Vom gleichen Autor erschienen außerdem
als Heyne-Taschenbücher

Die Frauen meines Freundes · Band 01/5960
Kinderarzt Dr. Carroll · Band 01/6006
Dr. Murrays Auftrag · Band 01/6078
Der spanische Gärtner · Band 01/6139
Die Sterne blicken herab · Band 01/6168
Lucy Moore · Band 01/6229
Der neue Assistent · Band 01/6266
Bunter Vogel Sehnsucht · Band 01/6311
Dr. Finlays Praxis · Band 01/6373
Das Haus der Schwäne · Band 01/6471
Der Judasbaum · Band 01/6559
Traumkinder · Band 01/6662

A. J. CRONIN

DIE ZITADELLE

Roman

WILHELM HEYNE VERLAG

MÜNCHEN

HEYNE ALLGEMEINE REIHE
Nr. 01/5928

Titel der englischen Originalausgabe
THE CITADEL
Deutsche Übersetzung von Richard Hoffmann

7. Auflage

Printed in Germany 1987
Umschlagfoto: Süddeutscher Verlag, Bilderdienst, München
Umschlaggestaltung: Atelier Heinrichs & Schütz, München
Satz: IBV Lichtsatz KG, Berlin
Druck und Bindung: Elsnerdruck, Berlin

ISBN 3-453-01423-5

ERSTER TEIL

1

An einem Spätnachmittag im Oktober des Jahres 1924 blickte ein schäbig gekleideter junger Mann mit gespannter Aufmerksamkeit durch das Fenster eines Abteils dritter Klasse in dem fast leeren Zug, der sich von Swansea das Penowelltal hinaufarbeitete. Den ganzen Tag war Manson vom Norden her schon auf der Fahrt, war in Carlisle und Shrewsbury umgestiegen, aber auf der Endstrecke seiner mühseligen Reise nach Südwales wurde er von einer immer stärkeren Erregung erfaßt. Er sollte nämlich in dieser fremdartigen, häßlichen Gegend seine erste Stelle als Arzt antreten.

Draußen ging ein schwerer Strichregen zwischen den Bergen nieder, die sich zu beiden Seiten der eingleisigen Bahnlinie erhoben. Die Gipfel waren in grauer Himmelswüste verborgen, die Hänge aber fielen, verunstaltet von großen Schutthalden der Erzbergwerke, schwarz und öde ab. Ein paar schmutzige Schafe streunten darauf umher und suchten vergeblich nach Gras. Kein Busch, kein grüner Fleck war zu sehen. Die Bäume sahen im Zwielicht des scheidenden Tages wie dürre, kümmerliche Gespenster aus. An einer Biegung der Strecke blitzte der rote Schein einer Gießerei auf. Er beleuchtete einige Dutzend Arbeiter, die, nackt bis zum Gürtel, mit gestrafftem Rücken ihre Arme zum Schlag erhoben hatten. Obwohl das Bild durch den aufragenden Förderturm eines Bergwerks rasch dem Blick entzogen wurde, hinterließ es doch einen Eindruck von angespannter lebensvoller Kraft. Manson holte tief Atem. Er spürte, wie auch ihn plötzlich ein Kraftgefühl durchflutete, eine überwältigende Zuversicht auf die Erfüllung seiner Hoffnungen und Zukunftsaussichten.

Das Dunkel war hereingebrochen und verstärkte noch den Eindruck der Fremdartigkeit und Verlassenheit der Landschaft, als nach einer halben Stunde der Zug in Drineffy einlief. Endlich war Manson am Ziel. Er nahm seinen Koffer, sprang aus dem

Zug und schritt rasch den Bahnsteig entlang, eifrig Umschau haltend, ob man ihn abholen würde. Beim Ausgang stand unter einer im Winde schwankenden Lampe ein gelbgesichtiger alter Mann mit einem eckigen Hut und einem langen Nachthemd von Wettermantel wartend da. Mit scheelen Blicken musterte er Manson, und seine Stimme klang widerwillig, als er fragte: »Sind Sie der neue Hilfsarzt für Doktor Page?«

»Gewiß. Mein Name ist Manson. Andrew Manson.«

»Schön. Der meinige ist Thomas. Den alten Thomas nennt man mich gewöhnlich, hol's der Teufel. Ich hab' das Gig hier. Steigen Sie ein – wenn Sie nicht schwimmen wollen.«

Manson warf seinen Koffer hinauf und kletterte auf das zerbeulte, von einem hochbeinigen, knochigen Rappen gezogene Gig. Thomas folgte ihm, ergriff die Zügel und rief dem Pferd zu. »Hü, Taffy, los!« sagte er.

Sie fuhren weg, durch die Stadt, die – so sehr Andrew sich auch bemühte, ihre Umrisse wahrzunehmen – im klatschenden Regen nichts anderes erkennen ließ als ein undeutliches Gewirr niederer grauer Häuser, die unter hohen, überall aufragenden Bergen aneinandergereiht waren. Mehrere Minuten sprach der alte Kutscher kein Wort, sondern warf unter der triefenden Hutkrempe hervor seinem Fahrgast unablässig geringschätzige Blicke zu. Er glich in keiner Weise dem schmucken Kutscher eines erfolgreichen Arztes, im Gegenteil, er sah verhutzelt und schlampig aus und gab fortwährend einen eigentümlichen, aber kräftigen Geruch von ranzigem Küchenfett von sich. Schließlich sagte er:

»Haben wohl eben erst Ihren Doktor gemacht?«

Andrew nickte.

»Ich hab's ja gewußt.« Der alte Thomas spuckte aus. Die Freude über seinen Scharfsinn machte ihn etwas gesprächiger. »Der letzte Hilfsarzt ist vor zehn Tagen fort. Die meisten halten es nicht lang aus.«

»Warum?« Trotz seiner Nervosität lächelte Andrew.

»Einmal ist die Arbeit zu schwer, vermute ich.«

»Und weiter?«

»Das werden Sie schon noch herausbekommen.« Einen Augenblick später hob Thomas, wie ein Fremdenführer, der auf eine prächtige Kathedrale weist, die Peitsche und zeigte damit auf das Ende einer Häuserzeile, wo aus einer kleinen erleuchteten Tür eine Dampfwolke drang. »Sehen Sie dort! Da ist meine Alte und mein kleines Heim. Sie wird wahrscheinlich waschen.« Ein Zucken, als ob er sich heimlich belustigte, ging über seine lange Oberlippe. »Vermutlich werden Sie bald recht froh sein, daß Sie das wissen.«

Hier endete die Hauptstraße; sie bogen in einen kurzen, holprigen Seitenweg ein, schaukelten über ein Stück ungeebneten Grundes und bogen in den schmalen Zufahrtsweg zu einem Haus ein, das, abseits von den benachbarten Häuserreihen, hinter einer verkümmerten Esche lag. Am Tor stand der Name Bryngover.

»Wir sind da«, sagte Thomas und hielt den Gaul an.

Andrew stieg ab. Im nächsten Augenblick, während er noch seine Gedanken sammelte, wie er sich beim Eintreten verhalten sollte, um einen guten Eindruck zu machen, wurde die Haustür aufgerissen, und er befand sich schon in der erleuchteten Halle, wo ihn eine lächelnde, große, hagere Frau von etwa fünfzig Jahren mit ruhigen Gesichtszügen und klaren blauen Augen herzlich begrüßte.

»Na also! Na also! Sie sind gewiß der Herr Doktor Manson. Treten Sie nur ein, bitte, treten Sie ein! Ich bin des Doktors Schwester, Miß Page. Hoffentlich war Ihnen die Reise nicht zu anstrengend. Ich freue mich wirklich, Sie bei uns zu sehen. Ich bin schier ganz außer mir, seit der letzte Doktor, den wir hatten – ein gräßlicher Kerl war er –, fort ist. Das war ein fixer Bursche, wie ich in meinem ganzen Leben noch keinen gesehen habe, kann ich Ihnen sagen. Den hätten Sie kennen sollen. Oh! Aber jetzt Schwamm darüber! Jetzt ist ja alles in Ordnung, nachdem Sie da sind. Kommen Sie gleich mit! Ich will Ihnen Ihr Zimmer, in dem Sie logieren werden, persönlich zeigen.«

Andrews Zimmer im Obergeschoß war ein kleiner, getünchter Raum mit einem Messingbett, einer gelb polierten Kommode und einem Bambustischchen, auf dem Waschschüssel und Krug standen. Während Miß Page mit ihren hellen blauen Augen Andrews Gesicht musterte, sah er sich in dem Raum um und sagte dann, beflissen, höflich zu sein:

»Das sieht sehr behaglich aus, Miß Page.«

»Gewiß. Sie haben recht.« Sie lächelte und klopfte ihm bemutternd auf die Schulter. »Es wird Ihnen hier bestimmt ganz prächtig gefallen. Tun Sie das Ihre, dann will ich das Meine tun. Schöner kann man es doch nicht sagen, nicht wahr? Jetzt kommen Sie aber augenblicklich mit mir und lassen sich dem Doktor vorstellen!« Sie hielt inne; ihr Blick forschte noch immer in dem seinen, und sie bemühte sich ungezwungen zu sprechen.

»Ich weiß nicht, ob ich es in meinem Brief erwähnt habe, aber eigentlich – ist der Doktor seit einiger Zeit nicht sehr gesund.«

Andrew sah sie mit jäher Überraschung an.

»Oh, es ist nichts Besonderes«, fuhr sie rasch fort, ehe er sprechen konnte. »Er ist seit ein paar Wochen bettlägerig. Aber er wird bald wieder auf dem Damm sein. Sie mißverstehen mich doch nicht!«

Verblüfft folgte ihr Andrew zum Ende des Korridors, wo sie eine Tür aufstieß und munter rief: »Edward – das ist Doktor Manson, unser neuer Hilfsarzt. Er will dir guten Tag sagen.«

Während Andrew in den Raum trat, ein längliches, nachlässig eingerichtetes Schlafzimmer mit fest zugezogenen Chenillevorhängen und einem kleinen Feuer im Kamin, drehte sich Edward Page im Bett langsam um, was ihn anscheinend große Mühe kostete. Er war ein großer, knochiger Mann von vielleicht sechzig Jahren, mit scharf eingegrabenen Zügen und müden, fiebrigen Augen. In seinem ganzen Wesen waren Leiden und eine Art matter Geduld ausgeprägt. Dazu kam noch etwas: Im Licht der Petroleumlampe, das aufs Kissen fiel, gewahrte man, daß die eine Gesichtshälfte starr und ausdruckslos war. Auch die linke Körperseite war gelähmt, und die linke Hand, die auf der Steppdecke lag, hatte sich zusammengezogen und glich einem glänzenden Kegel. Als Andrew diese Symptome eines schweren und allem Anschein nach schon länger zurückliegenden Schlaganfalls bemerkte, wurde ihm mit einemmal recht unbehaglich zumute. Verlegenes Schweigen herrschte.

»Hoffentlich wird's Ihnen bei uns gefallen«, sagte Doktor

Page endlich. Er sprach langsam und mit Mühe, und verschliff ein wenig die Worte miteinander. »Hoffentlich wird Ihnen die Arbeit nicht zuviel. Sie sind noch sehr jung.«

»Ich bin vierundzwanzig, Doktor«, erwiderte Andrew unbeholfen. »Ich weiß, daß dies meine erste Stellung ist, ich weiß das alles – aber ich scheue die Arbeit nicht.«

»Na also«, sagte Miß Page lächelnd, »ich hab' dir's doch gesagt, Edward – mit dem Nächsten werden wir Glück haben.«

Eine fast noch starrere Regungslosigkeit verbreitete sich über Pages Gesicht. Er blickte Andrew an. Dann schien seine Anteilnahme zu schwinden. Mit müder Stimme sagte er: »Hoffentlich bleiben Sie.«

»Du guter Gott!« rief Miß Page. »Was das wieder für eine Redensart ist!« Lächelnd und gleichsam entschuldigend wandte sie sich an Andrew. »Er spricht ja nur so, weil er heute ein bißchen schlecht beisammen ist. Aber bald, bald werden wir wieder obenauf und ganz gesund sein! Nicht wahr, mein Lieber?« Sie beugte sich über ihren Bruder und küßte ihn herzhaft. »Na also! Ich schicke dir durch Annie das Abendbrot, sobald wir gegessen haben.«

Page gab keine Antwort. Infolge der Lähmung der einen Gesichtshälfte sah sein Mund verzerrt aus. Die gesunde Hand griff nach dem Buch, das auf dem Nachttischchen lag. Andrew sah den Titel: »Die wilden Vögel Europas.« Noch bevor der Gelähmte zu lesen anfing, hatte er begriffen, daß er entlassen war.

Als sich Andrew zum Abendessen hinab begab, gingen seine Gedanken schmerzlich durcheinander. Er hatte sich um diese Hilfsarztstelle aufgrund einer Ankündigung beworben, die in der ›Lancet‹ erschienen war. Doch in dem Briefwechsel mit Miß Page, der mit seiner Anstellung geendigt hatte, war mit keinem Wort von Doktor Pages Krankheit die Rede gewesen. Aber Page war krank; die Schwere des Gehirnschlags, der ihn arbeitsunfähig gemacht hatte, stand ganz außer Frage. Es mochte Monate dauern, bis er wieder imstande war, seinen Beruf auszuüben, wenn er dies überhaupt jemals wieder konnte.

Mit einiger Willensanstrengung schob Andrew dieses Problem beiseite. Er war jung und stark und hatte nichts gegen die

Mehrarbeit einzuwenden, die Pages Krankheit für ihn bedeuten mochte. In seinem Enthusiasmus sehnte er sich geradezu nach einer ganzen Lawine von Patienten.

»Sie haben Glück, Doktor!« bemerkte Miß Page munter, als sie das Speisezimmer betrat. »Sie können sich dann gleich für die Nacht langlegen. Heute gibt's kein Ambulatorium mehr. Dai Jenkins hat die Arbeit gemacht.«

»Dai Jenkins?«

»Das ist unser Apothekergehilfe«, warf Miß Page beiläufig hin. »Ein geschickter kleiner Kerl. Und dienstwillig obendrein. ›Doktor Jenkins‹ heißen ihn manche Leute, obwohl man ihn natürlich nicht im selben Atemzug mit Doktor Page nennen darf. In den letzten zehn Tagen hat er das Ambulatorium erledigt und auch Krankenbesuche gemacht.«

Andrew starrte sie mit neuer Besorgnis an. Alles, was man ihm von den fragwürdigen Heilmethoden in diesen entlegenen walisischen Tälern erzählt hatte, alle Warnungen, die ihm zugegangen waren, blitzten in seiner Erinnerung auf. Abermals kostete es ihn Anstrengung, den Mund zu halten.

Miß Page saß am oberen Ende des Tisches, den Rücken zum Kaminfeuer. Nachdem sie sich mit einem Kissen behaglich in ihren Sessel eingekeilt hatte, seufzte sie voll angenehmer Erwartung und klingelte mit der kleinen Kuhglocke, die vor ihr stand. Eine Magd in mittleren Jahren mit blassem, sauber gewaschenem Gesicht trug das Essen auf. Beim Eintreten musterte sie Andrew mit einem verstohlenen Blick.

»Kommen Sie her, Annie!« rief Miß Page, während sie eine Schnitte weiches Brot mit Butter bestrich und sich dann in den Mund stopfte. »Das ist Doktor Manson.«

Annie erwiderte nichts. Sie bediente Andrew zurückhaltend und lautlos mit einer Schnitte kalten Siedefleisches. Für Miß Page gab es ein gleiches Stück, dazu eine Tasse frischer Milch. Als sie sich das harmlose Getränk einschenkte und an die Lippen führte, erklärte sie mit einem Blick auf Andrew:

»Ich hab' zu Mittag recht wenig gegessen, Doktor. Außerdem soll ich Diät halten. Es hapert im Blut. Deswegen muß ich ab und zu ein Glas Milch trinken.«

Andrew kaute das geschmacklose Fleisch und trank entschlossen kaltes Wasser dazu. Nach einer flüchtigen Entrüstung hatte er am meisten gegen seine Belustigung anzukämpfen. Schließlich konnte er ja auf den Tischen dieser spartanischen Täler hier keine üppigen Gastmähler erwarten.

Während der Mahlzeit sprach Miß Page nicht viel. Endlich bestrich sie die letzte Brotschnitte mit Butter, aß sie fertig, wischte nach dem letzten Schluck Milch ihre Lippen ab und lehnte sich in ihren Stuhl zurück. Ihr hagerer Körper entspannte sich, ihre Augen blickten vorsichtig forschend umher. Jetzt schien sie geneigt, noch eine Zeitlang sitzen zu bleiben, sich ungezwungen zu geben und vielleicht den Versuch zu machen, dadurch von Andrew ein Bild zu bekommen.

Sie gewahrte vor sich einen hageren, ungelenken jungen Mann, dunkelhaarig, ziemlich fest gebaut, mit starken Backenknochen, zarten Wangen und blauen Augen. Wenn er diese Augen hob, waren sie, trotz der nervösen Anspannung der Brauen, außerordentlich fest und forschend. Obwohl Blodwen Page keine Ahnung davon hatte, sah sie hier einen keltischen Typus vor sich. Sie ließ zwar den Ausdruck von Kraft und aufgewecktem Verstand in Andrews Gesicht gelten, fand aber dennoch das größte Gefallen daran, daß er sich ohne Murren mit diesem mageren, drei Tage alten Fleischbrocken zufrieden gegeben hatte. Sie dachte nun, er werde, mochte er auch verhungert aussehen, doch nicht schwer durchzufüttern sein.

»Wir werden ganz bestimmt prächtig auskommen, wir beide!« erklärte sie wieder mit überaus freundlicher Miene. »Wir könnten zur Abwechslung einmal ein bißchen Glück haben.« Aufgekratzt erzählte sie ihm von ihren Schwierigkeiten und entwarf in undeutlichen Umrissen ein Bild von der Praxis ihres Bruders.

»Es war schrecklich, mein Lieber! Sie können sich das nicht vorstellen. Doktor Page krank, die Hilfsärzte ein böses Pack, schier keine Einkünfte und eine Menge Ausgaben – na, Sie würden's mir nicht glauben. Und welche Mühe es mich gekostet hat, den Direktor und die übrigen Bergwerksbeamten bei der Stange zu halten! Die machen nämlich die Praxis einträglich – soweit man davon überhaupt sprechen kann...«, fügte sie mit einem Achselzucken hinzu. »Sehen Sie, die Dinge liegen in Drineffy so: Die Grubengesellschaft beschäftigt drei Ärzte – freilich, Doktor Page ist bei weitem der tüchtigste, und außerdem, wie lange arbeitet er schon hier! Über dreißig Jahre, das will schon etwas heißen, möchte ich meinen! Nun also, diese Ärzte können sich beliebig viel Hilfskräfte halten. Doktor Page hat Sie, und Doktor Lewis hat einen Kerl namens Denny – aber die Hilfsärzte kommen nicht in die Personalliste der Gesellschaft. Immerhin, die Bergwerksleitung zieht, wie gesagt, vom Lohn eines jeden Arbeitnehmers einen bestimmten Betrag ab und honoriert davon die in den Listen geführten Ärzte je nach der Zahl der Leute, die sich von jedem behandeln lassen.«

Sie hielt inne und sah ihn neckisch an.

»Ich verstehe schon, wie das organisiert ist, Miß Page.«

»Nun also!« Sie ließ ihr kurzes Lachen hören. »Sie brauchen sich nicht weiter den Kopf darüber zu zerbrechen. Sie haben nur eines im Auge zu behalten, nämlich, daß Sie für Doktor Page arbeiten. Das ist die Hauptsache, Doktor. Denken Sie immer daran, daß Sie für Doktor Page arbeiten, und wir beide werden miteinander blendend auskommen.«

Manson, der sie schweigend beobachtete, schien es, als habe sie jetzt das Gefühl, in ihrer Vertraulichkeit zu weit gegangen zu sein. Mit einem Blick auf die Uhr straffte sie sich und steckte ihre Serviette in den Beinring. Dann stand sie auf. Ihre Stimme klang nun anders, geschäftsmäßig.

»Nebenbei bemerkt, Doktor. Am Glydar Place, Nummer sieben, ist ein Krankenbesuch zu erledigen. Man hat nach fünf Uhr hergeschickt. Ich würde Ihnen empfehlen, gleich hinzugehen.«

2

Andrew machte sich unverzüglich auf den Weg; ihm war sonderbar zumute. Fast fühlte er Erleichterung. Er war froh über diese Gelegenheit, sich von den seltsamen, widerstreitenden Gefühlen freimachen zu können, die seine Ankunft in Bryngover in ihm aufgewühlt hatte. Schon dämmerte ihm ein Argwohn, wie die Dinge hier in Wirklichkeit standen und wie Blodwen Page ihn auszunutzen gedachte, um die Praxis seines arbeitsunfähigen Brotgebers in Gang zu halten. Es war eine sonderbare Lage und ganz anders als jegliches romantische Bild, das seine Fantasie ihm vielleicht vorgegaukelt hatte. Aber trotzdem – die Arbeit war die Hauptsache, und alles andere daneben bedeutungslos. Es drängte ihn, mit ihr den Anfang zu machen. Unmerklich beschleunigte er den Schritt, gestrafft vor Erwartung, frohlockend bei dem Gedanken, daß dies, dies sein erster Fall war.

Es regnete noch immer, als er das schmierig-schwarze unbebaute Grundstück überquerte und durch die Chapel Street in der Richtung trottete, die ihm Miß Page recht allgemein angegeben hatte. Während er durch die Stadt schritt, nahm sie dunkel vor ihm Gestalt an. Läden und Bethäuser – Zion, Chapel, Hebron, Bethel, Bethesda, rund an einem Dutzend solcher Kapellen kam er vorbei –, dann Läden einer großen Verbrauchergenossenschaft, eine Zweigstelle der Western Counties Bank, dies alles zu beiden Seiten der Hauptstraße, die längs der Talsohle hinführte. Das Gefühl, tief unten in dieser Bergschlucht begraben zu sein, war seltsam bedrückend. Nur wenig Leute waren unterwegs. Im rechten Winkel zur Chapel Street, an beiden Seiten nur kurze Strecken hinausreichend, standen Reihen um Reihen von Arbeiterhäusern mit blauem Dach. Und dahinter, am Ende der Talenge, unter einem Glutschein, der sich wie ein großer Fächer in den dunklen Himmel breitete, lagen die Hämatitgrube und die Erzbergwerke von Drineffy.

Er kam zum Haus Nummer sieben des Glydar Place, klopfte außer Atem an und wurde sogleich in die Küche eingelassen, wo in einer Bettnische die Patientin lag. Sie war eine junge Frau, die Gattin eines Stahlpuddlers namens Williams, und als er, heftig pochenden Herzens, zum Bett trat, überwältigte ihn das Gefühl der Bedeutsamkeit dieses Augenblicks, der der eigentliche Ausgangspunkt seines Lebens war. Wie oft hatte er sich das ausgemalt, wenn er unter einer Studentenschar in Professor Lamploughs Abteilung einer Demonstration beiwohnte. Jetzt hatte er keinen Halt mehr an der Menge, keine leichte Erklärung des Falls. Er stand einem Fall allein gegenüber, ohne irgendeine Hilfe bei Diagnose oder Therapie. Sogleich wurde er sich mit einer jähen Angst seiner Nervosität bewußt, seiner Unerfahrenheit, des Umstandes, daß er für eine solche Aufgabe gänzlich unvorbereitet war.

Während der Mann der Patientin in dem engen, schlecht beleuchteten, mit Steinfliesen belegten Raum dabeistand, untersuchte Andrew mit gewissenhafter Sorgfalt die Frau. Sie war krank, das stand außer Frage. Sie klagte über unerträgliche Kopfschmerzen, Temperatur, Puls, Zungenbelag – alles wies auf ein Übel, ein ernstes Übel hin. Doch was war es? Andrew legte sich mit größter Eindringlichkeit diese Frage vor, während er die Frau neuerlich untersuchte. Sein erster Fall. Oh, er wußte, daß er überängstlich war. Aber angenommen, er irrte sich, beginge einen furchtbaren Fehler? Und schlimmer noch – angenommen, er fände sich unfähig, eine Diagnose zu stellen? Er hatte doch nichts übersehen? Nichts. Und doch rang er jetzt mühsam nach irgendeiner Lösung des Problems, eifrig darauf bedacht, die Symptome in die Rubrik einer bekannten Krankheit einzureihen. Schließlich wurde ihm bewußt, daß er seine Untersuchung nicht länger ausdehnen durfte. Er richtete sich langsam auf, legte das Stethoskop zusammen und suchte nach Worten.

»War sie erkältet?« fragte er gesenkten Blickes.

»Ja, freilich«, antwortete Williams eifrig. Er hatte während der allzu langen Untersuchung schon ängstlich dreingeschaut. »Vor drei, vier Tagen. Es war ganz bestimmt eine Erkältung, Doktor.«

Andrew nickte und bemühte sich krampfhaft, ein Vertrauen zu erwecken, das er selber nicht fühlte. »Wir werden sie bald wieder gesund haben«, murmelte er. »Kommen Sie in einer halben Stunde ins Ambulatorium! Dann geb' ich Ihnen ein Medikament für sie.«

Er verabschiedete sich und trottete gesenkten Kopfes, verzweifelt grübelnd, ins Ambulatorium zurück, einem wackeligen Holzbau gleich vorn am Zufahrtsweg zum Haus Doktor Pages. Innen zündete er das Gas an und begann neben den blauen und grünen Flaschen, die auf den staubigen Regalen standen, auf und ab zu gehen, während er sich das Hirn zermarterte, da er mit dem Fall gänzlich im dunkeln tappte. Er fand kein Merkmal einer besonderen Krankheit. Es mußte die Folge der Erkältung sein; es mußte das sein. Aber zutiefst im Herzen fühlte er, daß es doch keine Erkältung war. Verzweifelt stöhnte er auf, unglücklich und erbittert über seine Unfähigkeit. Wider Willen sah er sich gezwungen, Zeit zu gewinnen. Wenn sich Professor Lamplough in seiner Abteilung einem unklaren Fall gegenübergestellt sah, hatte er dafür ein nettes, kleines Etikett, das er taktvoll anzuwenden pflegte: P. U. U. – Pyrexia (Fieberanfall) unbekannten Ursprungs. Das stimmte, das verpflichtete zu nichts und klang doch so wunderbar wissenschaftlich.

Tief unglücklich nahm Andrew eine Sechs-Unzen-Flasche aus dem Fach unter dem Ladentisch der Apotheke und begann mit gedankenvollem Stirnrunzeln eine antipyretische Mixtur zusammenzustellen. Nitrumgeist, Sodiumsalicylat, Natrium salicylicum, wo, zum Teufel, war denn das Zeug nur? Aha, hier! Er versuchte, sich damit zu beruhigen, daß das lauter bewährte, ausgezeichnete Heilmittel waren, die unbedingt ein Sinken der Temperatur bewirken und bestimmt helfen mußten. Professor Lamplough hatte oft erklärt, es gebe kein zweites so allgemein verwendbares und wirksames Mittel wie Sodium salicylicum.

Er war eben erst mit dem Mischen fertig geworden und schrieb nun mit einem angenehmen Gefühl getaner Arbeit das Etikett, als die Glocke des Ambulatoriums ›ping‹ machte, die Außentür aufging und ein kleiner, kräftig untersetzter, rotgesichtiger Mann von dreißig Jahren, gefolgt von einem Hund, hereinschlenderte. Während der schwarzgelb gefleckte Köter sich auf die schlammbespritzten Hinterbeine setzte und der Mann, der einen alten Samtanzug, Ledergamaschen, genagelte Stiefel und über den Schultern einen triefnassen Ölzeugüberwurf trug, Andrew vom Scheitel bis zur Sohle mit den Blicken maß, herrschte tiefes Schweigen. Als er dann sprach, klangen in seiner Stimme höfliche Ironie und aufreizende Wohlerzogenheit.

»Beim Vorbeikommen hab' ich Licht in Ihrem Fenster gesehen. Da dacht' ich mir, ich könnte hereinschauen und Sie begrüßen. Ich heiße Denny und bin Hilfsarzt bei dem hochverehrten Doktor Lewis. L. A. K. Diese Abkürzung bedeutet – falls sie Ihnen noch nicht untergekommen ist: Lizentiat der Apotheker-Kunst, und ist der höchste bekannte Befähigungsausweis vor Gott und den Menschen.«

Andrew starrte den Fremden zweifelnd an. Philip Denny nahm aus einer zerknitterten Papierpackung eine Zigarette, zündete sie an, warf das Zündholz auf den Boden und schlenderte frech herzu. Er hob die Arzneiflasche auf, las Adresse und Gebrauchsanweisung, entkorkte die Flasche und roch daran, korkte sie wieder zu und stellte sie nieder, wobei sein mürrisches rotes Gesicht einen schmeichelhaften Ausdruck annahm.

»Blendend! Sie haben schon gleich mit der richtigen Arbeit angefangen! Ein Eßlöffel voll alle drei Stunden! Du allmächtiger Gott. Es beruhigt einen immer wieder, dem guten alten Humbug zu begegnen. Aber sagen Sie mir nur, lieber Kollege, warum nicht dreimal täglich? Wissen Sie denn nicht, Doktor, daß nach strenger Orthodoxie dieser Eßlöffel voll den Ösophagus dreimal täglich passieren muß?« Er machte ein Pause und wurde mit seiner anscheinend vertraulichen Miene noch unverhohlener beleidigend als zuvor. »Jetzt sagen Sie mir bloß Doktor, was ist da drin? Nitrumgeist, nach dem Geruch zu schließen. Ein herrliches Zeug, dieser liebliche Nitrumgeist. Wunderbar! Wunderbar, verehrtester Doktor! Karminativ, stimulierend, diuretisch, und man kann es fässerweis saufen. Erinnern Sie sich noch, was in dem bewußten roten Büchlein steht? Im Zweifelsfalle verordne man Nitrumgeist, oder heißt es Pot. Jod.? Ach! Ach! Ich scheine einiges von meinen Elementarkenntnissen verschwitzt zu haben!«

Wieder herrschte in der kleinen Holzbaracke Schweigen, nur unterbrochen vom prasselnden Regen, der auf das Blechdach trommelte. Plötzlich lachte Denny, als er den verständnislosen Ausdruck in Andrews Gesicht gewahrte, höhnisch auf. Voll Spott sagte er:

»Die Wissenschaft beiseite, Kollege, Sie könnten meine Neugier befriedigen. Warum sind Sie hergekommen?«

Inzwischen war Andrews Zorn zusehends gewachsen. Bissig antwortete er:

»Ich habe mir in den Kopf gesetzt, Drineffy zu einem Kurort zu machen – zu einer Art Heilbad, wissen Sie.«

Wieder lachte Denny. Sein Lachen war so unverschämt, daß es Andrew juckte, ihm ins Gesicht zu schlagen. »Sehr witzig, sehr witzig, mein lieber Doktor! Der richtige schottische Dampfwalzenhumor. Leider kann ich das hiesige Wasser nicht als ideal geeignet für ein Heilbad empfehlen. Und was die Herren Ärzte betrifft, mein lieber Doktor, so sind sie in unserm Tal der Abhub und die Hefe eines vornehmen, eines wahrhaft edlen Berufs.«

»Sie mit eingeschlossen?«

»Sehr richtig!« Denny nickte. Er schwieg einen Augenblick, während er unter den sandfarbenen Augenbrauen Andrew musterte. Dann ließ er von seinem ironischen Spötteln ab, sein häßliches Gesicht wurde wieder mürrisch, und sein Tonfall war bei aller Bitterkeit ernst.

»Hören Sie einmal, Manson! Ich kann mir ja denken, daß Sie hier nur auf der Durchreise zu einer erstrangigen Praxis in der Herley Street in London sind, inzwischen aber könnte ich Ihnen ein paar Kleinigkeiten über Drineffy erzählen, die Sie wissen sollten. Sie werden finden, daß diese Dinge gerade nicht den besten Traditionen der ärztlichen Praxis entsprechen. Es gibt hier kein Spital, keine Ambulanz, keine Röntgeneinrichtung, nichts. Wenn Sie Operationen machen wollen, müssen Sie's auf dem Küchentisch tun. Nachher können Sie sich am Spülstein säubern. Die hygienischen Einrichtungen vertragen keine nähere Prüfung. In trockenen Sommern sterben die kleinen Kinder an Brechdurchfall und Cholera wie die Fliegen. Page, Ihr Chef, war ein sehr tüchtiger alter Arzt, aber jetzt ist er fertig, vollkommen fertig infolge Überarbeitung, und er wird nie wieder einen Handstreich tun. Nicholls, mein Oberherr, ist eine armselige, pfennigfuchsende kleine Hebamme. Bramwell, der Blasengel, kennt sonst nichts als ein paar sentimentale Rezitationen und die Sprüche Salomos. Und was mich betrifft, ist es ratsam, wenn ich die frohe Botschaft gleich vorwegnehme – ich saufe wie ein

Loch! Ach, und Jenkins, Ihr zahmer Pillendreher, betreibt nebenbei einen schwunghaften Handel mit kleinen Bleipillen gegen weibliche Beschwerden. Das dürfte so ziemlich alles sein. Auf, Hawkins, wir gehen!«

Er gab dem Hund einen leichten Stoß mit der Fußspitze und schritt schwerfällig zur Tür. Hier blieb er stehen, und wieder glitt sein Blick von der Flasche auf den Tisch zu Manson. Sein Tonfall war klanglos und völlig gleichgültig.

»Nebenbei bemerkt, ich an Ihrer Stelle würde den Fall am Glydar Place auf Enteritis ansehen. Manche dieser Fälle sind nicht ganz typisch.«

›Ping‹ machte die Tür abermals. Ehe Andrew antworten konnte, waren Philip Denny und Hawkins im nassen Dunkel verschwunden.

3

Nicht die bucklige Seegrasmatratze war daran schuld, daß Andrew in dieser Nacht schlecht schlief, sondern seine steigende Besorgnis wegen des Falles am Glydar Place. Handelte es sich wirklich um Enteritis? Dennys Abschiedsworte hatten seine Unschlüssigkeit vermehrt und neue Zweifel und Mißbehagen geweckt. Voll Furcht, er könnte ein wichtiges Symptom übersehen haben, hielt er sich nur mit Mühe davor zurück, aufzustehen und den Fall zu einer ungewöhnlich frühen Morgenstunde neuerdings in Augenschein zu nehmen. Ja, während er immer wieder auffuhr und sich hin und her wälzte in dieser langen schlaflosen Nacht, erschien es ihm sogar fraglich, ob er denn überhaupt etwas von der Medizin verstehe. Manson war von Natur außerordentlich heftig. Wahrscheinlich hatte er dies von seiner Mutter, einer Hochländerin, die als Kind im Vaterhaus in Ullapool das Nordlicht über den froststarren Himmel zucken sah. Sein Vater, John Manson, ein kleiner Landwirt in Fifeshire, war gesetzt, arbeitsam und beständig gewesen. Nie war es ihm gelungen, aus seinem Grundstück etwas Richtiges zu machen, und als er im letzten Kriegsjahr in den Reihen der Yeomanry fiel, hinterließ er den kleinen Hof in trostlosem Zustand. Zwölf Monate bemühte sich Jessie Manson verzweifelt, auf ihrem Anwesen eine Milchwirtschaft einzurichten. Sie kutschierte den Wagen mit den Kannen sogar selber, wenn sie bemerkte, daß Andrew von seinen Büchern zu sehr in Anspruch genommen war. Dann verschlimmerte sich der Husten, an dem sie, ohne Böses zu ahnen, einige Jahre gelitten hatte, und plötzlich erlag sie dem Lungenleiden, das diesen zarthäutigen, dunkelhaarigen Typ so oft befällt.

Mit achtzehn Jahren fand sich Andrew allein, im ersten Jahr seiner Studien an der St. Andrews University, im Genuß eines Stipendiums von vierzig Pfund jährlich, sonst aber mittellos. Seine Rettung war das Glen Endowment gewesen, jene typisch schottische Stiftung, die in der naiven Ausdrucksweise des verewigten Sir Andrew Glen »würdige und bedürftige Studenten mit dem Taufnamen Andrew einlud, sich um Darlehen im Höchstbetrag von jährlich fünfzig Pfund auf die Dauer von fünf Jahren zu bewerben, die gewissenhafte Bereitwilligkeit vorausgesetzt, das so empfangene Darlehen nach erfolgter Promotion zurückzuerstatten«.

Mit Hilfe der Glen-Stiftung nebst einigen frisch-fröhlichen Hungerzeiten hatte sich Andrew durch die restliche Studienzeit an St. Andrews und dann durch die medizinischen Schulen der Stadt Dundee hindurchgelotst. Nach der Promotion hatte ihn ein Gefühl der Dankbarkeit gegenüber der Stiftung und eine höchst überflüssige Ehrenhaftigkeit bewogen, Hals über Kopf nach Südwales zu eilen, denn dort konnten frisch graduierte Hilfsärzte auf die beste Bezahlung rechnen, und er sollte zweihundertfünfzig Pfund im Jahr beziehen – obwohl ihm im innersten Herzen für ein Honorar, das ein Zehntel dieses Bezuges ausmachte, eine Assistentenstelle im königlichen Spital von Edinburgh lieber gewesen wäre.

Und jetzt war er in Drineffy, stand auf, rasierte sich, kleidete sich an und war bei all dem völlig betäubt von der Sorge um seine erste Patientin. Hastig aß er sein Frühstück, dann lief er wieder in sein Zimmer hinauf. Hier öffnete er den Koffer und entnahm ihm eine kleine blaue Ledertasche. Er öffnete auch sie und betrachtete ernst die Medaille darin, die Goldene Hunter-Medaille, die an der Universität St. Andrews alljährlich dem Studenten verliehen wurde, der sich in klinischer Medizin am meisten ausgezeichnet hatte. Er, Andrew Manson, hatte diese Medaille errungen! Er schätzte sie über alles in der Welt und betrachtete sie nun schon als seinen Talisman, als seine Inspiration für die Zukunft. An diesem Morgen sah er sie aber weniger mit Stolz an, als vielmehr mit einem seltsamen heimlichen Flehen, als wollte er sein Selbstvertrauen wiedergewinnen. Dann eilte er fort zum Morgenambulatorium. Dai Jenkins befand sich schon in dem hölzernen Schuppen, als Andrew hinkam, und ließ vom Leitungshahn in eine große irdene Flasche Wasser rinnen. Er war ein flinkes, quecksilbriges Männchen mit eingefallenen, von purpurroten Adern durchzogenen Wangen, mit Augen, die gleichzeitig überall hinblickten, und trug an den dünnen Beinen die engsten Hosen, die Andrew sein Lebtag gesehen hatte. Einschmeichelnd begrüßte er Manson: »Sie brauchen nicht so zeitig zu kommen, Doktor. Die Rezepte und die Krankenscheine kann ich vor Ihrer Ankunft erledigen. Miß Page hat einen Gummistempel mit der Unterschrift des Herrn Doktor anfertigen lassen, als der Herr Doktor krank wurde.«

»Danke«, antwortete Andrew. »Ich schaue mir dann lieber die Fälle persönlich an.« Er machte eine Pause und fragte dann, durch das geschäftige Treiben des Pharmaziegehilfen für den Augenblick aus seiner Besorgnis aufgerüttelt: »Was soll das?« Jenkins zwinkerte. »Aus diesem Gefäß schmeckt es besser. Wir beide wissen ja, was der gute alte ›Aqua‹ bedeutet, he, Doktor! Aber der Patient weiß es nicht. Ich würde wohl ein saudummes Gesicht machen, wenn die Leute dabeistünden und mir zusähen, wie ich ihnen die Arzneiflaschen an der Wasserleitung auffülle.«

Offenbar hatte der kleine Laborant Lust, gesprächig zu werden, aber in diesem Augenblick erklang eine laute Stimme aus der Hintertür des vierzig Yard entfernten Hauses:

»Jenkins! Jen–kins! Kommen Sie! Aber flink!«

Jenkins sprang erschrocken auf, seine Nerven waren offenbar nicht die besten. Er stammelte: »Entschuldigen Sie, Doktor, Miß Page ruft mich. Ich... ich muß laufen.«

Zum Glück kamen an diesem Morgen nur wenig Leute in die Sprechzeit, die um halb elf zu Ende war, und Andrew, dem Jenkins eine Visitenliste überreicht hatte, fuhr sogleich mit Thomas im Gig los. In fast qualvoller Spannung befahl er dem alten Kutscher, unverzüglich zum Glydar Place Nummer sieben zu fahren.

Zwanzig Minuten später verließ er das Haus Nummer sieben, bleich, mit fest zusammengepreßten Lippen und einem sonderbaren Gesichtsausdruck. Er trat dann in das zweitnächste Haus, Nummer elf, das ebenfalls auf seiner Liste stand. Von Nummer elf ging er quer über die Straße zu Nummer achtzehn. Von Nummer achtzehn bog er um die Ecke zum Radnor Place. Dort hatte Jenkins laut Vermerk auf seiner Liste am Tag vorher selbst zwei Visiten gemacht. Alles in allem erledigte er binnen einer Stunde sieben solcher Besuche in der unmittelbaren Umgebung. Fünf dieser Fälle, darunter auch die Patientin vom Glydar Place Nummer sieben, die jetzt ein typisches Steigen der Fieberkurve aufwies, waren unverkennbar Enteritis. Die letzten zehn Tage hatte Jenkins alle diese Leute mit Kalk und Opium behandelt. Und nun wurde sich Andrew, der am Abend vorher so stümperhaft herumgeraten hatte, mit einem Angstschauer darüber klar, daß er einer Typhusepidemie gegenüberstand.

Den Rest seiner Runde erledigte er, so rasch er nur konnte, in einem Zustand, der immer mehr in Entsetzen überging. Beim Mittagessen, bei dem Miß Page sich für ihre Person mit blau gesottenem Fisch befaßte – »Ich hab' ihn für Doktor Page bestellt, aber ich weiß nicht, er scheint ihm nicht zu schmecken!« –, brütete er in eisigem Schweigen über das Problem nach. Er erkannte, daß bei Miß Page nur wenig Informationen und keinerlei Hilfe zu holen war. Er beschloß daher, unbedingt mit Dr. Page selbst zu sprechen.

Doch als er oben in das Zimmer des Arztes trat, fand er die Vorhänge zugezogen, und Edward lag mit Kopfschmerzen und hochroter, qualgefurchter Stirn lang ausgestreckt da. Obwohl er durch eine Handbewegung den Besucher zum Sitzen einlud, hielt es Andrew doch für eine Grausamkeit, ihn in diesem Zustand mit solchen Sorgen zu belasten. So blieb er ein paar Minuten beim Bett sitzen; als er sich dann erhob, mußte er sich auf die Frage beschränken:

»Doktor Page, wie verhält man sich am klügsten, wenn man an einen infektiösen Fall gerät?«

Eine Pause trat ein. Dann antwortete Page mit geschlossenen Augen und völlig bewegungslos, als ob sich seine Kopfschmerzen schon durch das bloße Sprechen verschlimmerten: »Das war von jeher eine recht schwierige Sache. Wir haben nicht einmal ein Spital, geschweige denn eine Infektionsabteilung. Sollte Ihnen einmal etwas wirklich Unangenehmes unterkommen, müssen Sie Griffiths in Toniglan anrufen. Das liegt fünfzehn Meilen talabwärts. Er ist der beamtete Distriktsarzt.« Wieder schwieg er, länger als vorher. Dann sagte er: »Aber ich fürchte, er wird Ihnen wenig an die Hand gehen.«

Gleichwohl war Andrew froh über die Auskunft, eilte in die Halle hinab und ließ sich mit Toniglan verbinden. Während er mit dem Hörer am Ohr dastand, bemerkte er, wie Annie, die Magd, ihn durch die offene Küchentür beobachtete.

»Hallo! Hallo! Spricht dort Doktor Griffiths in Toniglan?« Endlich hatte er die Verbindung erhalten.

Eine Männerstimme antwortete sehr zurückhaltend: »Wer will ihn denn sprechen?«

»Hier Doktor Manson, Hilfsarzt bei Doktor Page in Drineffy.«

Andrews Stimme klang überreizt. »Ich habe hier fünf Typhusfälle. Ich möchte, daß Doktor Griffiths sofort heraufkommt.«

Nach einer kaum merklichen Pause kam überstürzt, im Singsang, dem typisch walisischen Tonfall, und sehr verlegen die Antwort: »Es tut mir furchtbar leid, Doktor, wirklich ungemein leid, aber Doktor Griffiths ist nach Swansea gefahren. In wichtigen Amtsgeschäften.«

»Wann kommt er zurück?« schrie Manson. Die Eisenbahnverbindung war erbärmlich.

»Ich kann es Ihnen wirklich nicht genau sagen, Doktor.«

»Aber hören Sie doch...«

Manson vernahm ein Knacken in der Muschel. In aller Seelenruhe hatte der andere aufgehängt. Manson fluchte laut. »Verdammt! Ich glaube, das war Griffiths selber!«

Er rief die Nummer noch einmal an, konnte aber keine Verbindung erlangen. Trotzdem wollte er, hartnäckig verbissen, ein drittes Mal anrufen, als er bei einer Wendung bemerkte, daß Annie in die Halle getreten war. Sie hielt die Hände über der Schürze gefaltet, ihre Augen waren ruhig auf ihn gerichtet. Sie war eine Frau von ungefähr fünfundvierzig Jahren, sehr sauber und ordentlich, in ihrem ganzen Wesen drückte sich ernste, gelassene Ruhe aus.

»Ich habe, ohne zu wollen, zuhören müssen, Doktor«, sagte sie. »Zu dieser Tagesstunde können Sie Doktor Griffiths nie in Toniglan antreffen. Er fährt nachmittags meistens nach Swansea zum Golfspielen.«

Er antwortete zornig und schluckte dabei, denn ihm war, als sei ihm die Kehle zugeschnürt:

»Aber mir kommt vor, als hätte ich mit ihm persönlich gesprochen.«

»Kann schon sein.« Sie lächelte flüchtig. »Wenn er nicht nach Swansea fährt, soll er manchmal am Telefon sagen, er sei fortgefahren.« Sie musterte Andrew mit ruhiger Freundlichkeit, während sie sich zum Gehen wandte. »Ich würde an Ihrer Stelle meine Zeit nicht an den vergeuden!«

Mit einem Gefühl tiefer Niedergeschlagenheit und Entrüstung hängte Andrew den Hörer wieder ein. Fluchend verließ er das Haus und begab sich abermals auf seine Besuchsrunde. Als er zurückkam, war es Zeit für das Abendambulatorium. Anderthalb Stunden saß er in der rückwärts gelegenen kleinen Schlafkammer, die als Sprechzimmer diente, und rackerte sich mit dem Haufen Patienten ab, bis vom Dampf der schwitzenden Leiber die Wände schwitzten und die Luft zum Schneiden dick war. Bergleute mit zerschlagenen Knien, mit verletzten Fingern, mit Nystagmus, mit chronischer Arthritis. Dazu ihre Frauen und ihre Kinder mit Husten, Erkältungen, Zerrungen – kurz, mit all den geringfügigen Gebresten der Menschheit. Unter andern Umständen wäre er darüber froh gewesen und hätte sich mit Freuden den ruhig forschenden, anerkennenden Blicken dieser dunkelhaarigen Leute von gelblicher Hautfarbe ausgesetzt, vor denen er nun offensichtlich seine Probe zu bestehen hatte. Jetzt aber war er ganz von jener wichtigeren Angelegenheit in Anspruch genommen und der Kopf wirbelte ihm unter dem Ansturm so alltäglicher Beschwerden. Dennoch trachtete er die ganze Zeit, zu einem Entschluß zu kommen, und während er Rezepte schrieb, Brustkörbe abklopfte und Patienten beriet, dachte er in einem fort über seine Typhusfälle nach: »Er war es, der mich auf die Spur gebracht hat. Ein widerlicher Kerl! Ja, er geht mir verteufelt gegen den Strich, der überhebliche Satan! Aber ich kann's nicht vermeiden, ich muß zu ihm!«

Als um halb zehn der letzte Patient fortgegangen war, trat Andrew mit entschlossener Miene aus seinem Verschlag.

»Jenkins, wo wohnt Doktor Denny?«

Der kleine Laborant verriegelte, aus Angst, es könnte noch ein Nachzügler kommen, eilig die Tür. Dann wandte er sich mit einem fast komischen Ausdruck des Entsetzens um.

»Sie werden sich doch mit diesem Menschen nicht einlassen. Doktor? Miß Page – sie mag ihn nämlich nicht.«

Andrew antwortete grollend: »Warum mag sie ihn nicht?«

»Aus demselben Grund, warum ihn niemand mag. Er war so schauderhaft grob zu ihr.« Jenkins machte eine Pause, dann bemerkte er Andrews Miene und fügte widerstrebend hinzu: »Nun, wenn Sie's wissen müssen, er wohnt bei Mrs. Seager. Chapel Street neunundvierzig.«

Wieder aus dem Haus! Den ganzen Tag war er unterwegs gewesen, aber die Müdigkeit, die er sonst vielleicht verspürt hätte, trat vor dem Gefühl für seine Verantwortung, vor der Bürde jener Fälle, die so unendlich schwer auf seinen Schultern lastete, zurück. Er atmete erleichtert auf, als er in der Chapel Street erfuhr, daß Denny daheim war. Die Wirtin führte ihn ins Zimmer.

Wenn Denny über den Besuch überrascht war, so wußte er das zu verbergen. Nachdem er ihn aufreizend lange gemustert hatte, fragte er: »Nun? Haben Sie schon wen um die Ecke gebracht?«

Andrew stand noch immer auf der Schwelle des warmen, unordentlichen Wohnzimmers. Er wurde rot. Doch mit großer

Anstrengung bemeisterte er Zorn und Stolz. Er sagte unvermittelt: »Sie hatten recht. Es war Enteritis. Ich gehöre erschossen dafür, daß ich das nicht gleich erkannt habe. Fünf Fälle! Es ist mir nicht allzu angenehm, daß ich zu Ihnen kommen muß. Aber ich weiß hier nicht Bescheid. Ich telefonierte dem Distriktsarzt, konnte aber nicht das geringste erreichen. Ich möchte Sie um Rat fragen!«

Denny drehte sich in seinem Sessel am Kaminfeuer halb um, hörte, die Pfeife im Mund, flüchtig hin und sagte schließlich mit einer Gebärde des Unwillens: »So kommen Sie doch endlich herein!« und dann plötzlich gereizt: »Oh! Mensch Gottes, nehmen Sie sich doch einen Stuhl! Stehen Sie nicht da wie ein Presbyterianerpastor, der gegen ein Heiratsaufgebot Einspruch einlegt. Was zu trinken? Nein! Na, das hätt' ich mir denken können!«

Obwohl Andrew der Aufforderung, sich zu setzen, nur hölzern nachkam und sogar – widerstrebend – eine Zigarette anzündete, schien Denny es ganz und gar nicht eilig zu haben. Er saß da und stupfte seinen Hund Hawkins mit der großen Zehe, die aus dem zerrissenen Pantoffel hervorsah. Doch als Manson die Zigarette zu Ende geraucht hatte, wandte er jäh den Kopf und sagte endlich:

»Schauen Sie sich das an, wenn Sie wollen!«

Auf dem Tisch, zu dem Denny gewiesen hatte, lagen ein Mikroskop, ein schöner Zeissapparat und mehrere Glasplättchen. Andrew stellte ein Plättchen ein und entdeckte sofort die stäbchenförmigen Bakterienhaufen. »Natürlich ist es ein recht schäbiges Präparat«, sagte Denny rasch und zynisch, als wollte er einer Kritik zuvorkommen. »Genaugenommen, eine Stümperarbeit. Aber ich muß, Gott sei Dank, mein Geld nicht als Geburtshelfer verdienen. Wenn ich überhaupt etwas bin, bin ich vielleicht Chirurg. Doch bei unserem lausigen System muß man ja Hansdampf in allen Gassen sein. Immerhin, hier ist kein Irrtum möglich. Das sieht man schon auf den ersten Blick. Ich hab' das Zeug auf meinem Herd gargekocht.«

»Haben auch Sie Fälle?« fragte Andrew mit angespanntem Interesse.

»Vier! Alle in derselben Gegend wie die Ihrigen.« Er machte eine Pause. »Und diese Tierchen stammen aus dem Brunnen am Glydar Place.«

Andrew sah ihn aufmerksam an und hätte am liebsten ein Dutzend Fragen auf einmal gestellt. Die saubere Arbeit seines Kollegen machte starken Eindruck auf ihn, vor allem aber freute er sich, daß er ihm den Herd der Seuche bekanntgegeben hatte.

»Wissen Sie«, fuhr Denny mit demselben kalten, bitteren Hohn in seiner Stimme fort, »typhöse Erkrankungen sind hier mehr oder minder endemisch. Aber eines Tages, und zwar sehr bald, werden wir eine hübsche kleine Epidemie erleben. Der Hauptkanal der Abwässeranlage ist an der Schweinerei schuld. Er ist verteufelt durchlässig und der Dreck versickert in die Hälfte der tiefer gelegenen Brunnen in der unteren Stadt. Ich habe Griffiths den Kopf damit vollgesummt, bis mir der Mund in Fransen ging. Er ist ein träges, aalglattes, unfähiges, frömmelndes Schwein. Als ich das letztemal mit ihm telefonierte, drohte ich ihm, ich würde ihm bei der nächsten Begegnung den Schädel eindreschen. Wahrscheinlich hat er sich deshalb heute vor Ihnen gedrückt.«

»Es ist eine Schande und eine Schmach!« brach Andrew los, der sich von einer plötzlichen Entrüstung hinreißen ließ.

Denny zuckte die Achseln. »Er hat Angst, den Distriktsrat um etwas zu bitten, man könnte ja sein armseliges Gehalt kürzen, wenn die Ausgaben für die Gesundheitspflege zu sehr ansteigen.«

Nun schwiegen sie beide. Andrew hätte zwar brennend gewünscht, die Unterhaltung fortzusetzen. Ungeachtet seiner feindseligen Stimmung gegen Denny fühlte er sich durch den Pessimismus, die Skepsis und die zynische Gelassenheit des andern seltsam angespornt. Aber er hatte jetzt keinen Vorwand mehr, länger zu bleiben. Deshalb stand er von seinem Platz am Tisch auf und schritt zur Tür. Er verbarg seine Gefühle und bemühte sich vielmehr nur, für die ihm zuteil gewordene Hilfe rein förmlich zu danken.

»Ich bin Ihnen für die Mitteilung sehr verbunden. Sie haben

mir gezeigt, woran ich bin. Ich zerbrach mir den Kopf wegen des Ursprungs der Seuche und glaubte, ich hätte es vielleicht mit einem Bazillenträger zu tun, aber da Sie den Brunnen als Seuchenherd festgestellt haben, liegt die Sache viel einfacher. Von nun an wird jeder Tropfen Wasser vom Glydar Place gekocht werden.«

Auch Denny erhob sich. Er knurrte: »Griffiths sollte gekocht werden.« Dann sagte er wieder in der alten spöttischen Laune: »Nun, Doktor, keine rührenden Danksagungen, wenn ich bitten darf. Wir werden uns wahrscheinlich noch öfter miteinander abfinden müssen, so lange diese Geschichte dauert. Besuchen Sie mich jederzeit, wenn Sie's über sich bringen. In unserer Gegend hier gibt's nicht viel gesellschaftlichen Verkehr.« Er sah den Hund an und schloß grob: »Sogar ein schottischer Doktor ist willkommen. Nicht wahr, Sir John?«

Sir John Hawkins peitschte mit dem Schweif den Teppich und streckte seine rosafarbene Zunge heraus, als wollte er sich über Manson lustig machen.

Und doch – als Andrew über den Glydar Place heimging, wo er seinen Patienten noch rasch strenge Weisungen bezüglich des Gebrauchs des Trinkwassers gab, erkannte er, daß er Denny keineswegs so sehr verabscheute, wie er geglaubt hatte.

4

Andrew stürzte sich mit dem ganzen Feuer seines stürmischen und leidenschaftlichen Wesens in den Feldzug gegen die Enteritis. Er liebte seinen Beruf und schätzte sich glücklich, daß ihm so früh in seiner Laufbahn eine solche Gelegenheit untergekommen war. Während dieser ersten Wochen rackerte er sich freudig ab. Er hatte das ganze Alltagswerk seiner Praxis zu verrichten, dennoch erledigte er es irgendwie und widmete sich dann mit Wonne seinen Typhusfällen.

Vielleicht hatte er bei diesem ersten Sturmangriff auf den Knochenmann Glück. Gegen Monatsende ging es allen seinen Enteritispatienten besser, und es schien, als hätte er die Seuche eingedämmt. Als er jetzt an seine so streng erzwungenen Vorsichtsmaßregeln dachte – das Kochen des Wassers, die Desinfektion und Isolierung, das karbolgetränkte Laken an jeder Tür, die vielen Pfund Chlorkalk, die er für Doktor Pages Rechnung gekauft und persönlich in die Kanäle am Glydar Place geschüttet hatte –, rief er begeistert aus: »Es funktioniert! Ich habe das nicht verdient. Aber, bei Gott, ich schaffe es!« Es machte ihm heimlich Vergnügen, so verwerflich es war, daß seine Patienten rascher genasen als die Dennys.

Denny gab ihm noch immer Rätsel auf, und oft war er über ihn maßlos erbittert. Selbstverständlich sahen sie einander oft, weil ihre Fälle in derselben Gegend waren. Denny gefiel sich darin, über die Arbeit, die sie beide leisteten, die volle Schale seiner Ironie auszuschütten. Manson und sich selber nannte er »grimme Kämpfer gegen das Seuchengespenst« und kostete diese Phrase mit bösartigem Behagen aus. Doch ungeachtet des Hohns und der ironischen Aufforderung: »Vergessen Sie nicht, Doktor, daß wir die Fahne dieses wahrhaft ruhmvollen Berufes hochhalten müssen!«, ging er zu seinen Patienten, setzte sich an ihre Betten, legte ihnen die Hand auf und verbrachte Stunden in den Krankenzimmern.

Zuzeiten gewann ihn Andrew um einer plötzlich hervortretenden scheuen und doch selbstbewußten Schlichtheit willen beinahe lieb, dann wurde das Ganze durch eine mürrische, höhnische Bemerkung wieder zerstört. Verletzt und verblüfft, schlug Andrew eines Tages, da er sich Aufklärung erhoffte, im Ärzteregister nach. Es war ein fünf Jahre altes Exemplar auf Doktor Pages Regal, aber es gab einen unerwarteten Aufschluß. Man ersah daraus, daß Philip Denny in Cambridge mit Auszeichnung absolviert hatte, Ehrenmitglied der Medizinischen Gesellschaft von England war und – damals – eine Praxis und Anstellung als Chirurg in der Herzogstadt Leeborough gehabt hatte.

Auf einmal, am zehnten November, klingelte Denny unerwartet an: »Manson, ich würde Sie gern sprechen. Können Sie um drei Uhr zu mir kommen? Es ist wichtig.«

»Sehr schön. Ich komme.«

Nachdenklich ging Andrew zum Mittagstisch. Während er die ihm heute vorgesetzte Fleischpastete aß, fühlte er, wie Blodwen Pages Blick forschend auf ihm ruhte.

»Wer war das vorhin am Telefon? Also Denny, wie? Sie haben sich mit diesem Kerl nicht abzugeben. Er taugt nichts.«

Manson sah ihr trotzig ins Gesicht. »Im Gegenteil, ich habe gefunden, daß er sehr viel taugt.«

»Da hört sich aber alles auf, Doktor!« Miß Page schien durch seine Antwort verstimmt zu sein. »Er ist richtig verrückt. Meistens verschreibt er überhaupt keine Medikamente. Stellen Sie sich vor, als Megan Rhys Morgan, die ihr Lebtag Arzneien hat schlucken müssen, zu ihm kam, sagte er ihr, sie solle täglich zwei Meilen bergauf steigen und aufhören, Spülicht zu saufen. Das waren seine eigenen Worte. Nachher kam sie zu uns – sag' ich Ihnen – und seither hat ihr Jenkins schon viele, viele Flaschen mit ausgezeichneten Mixturen zukommen lassen. Oh, er ist ein spöttischer Teufel. Übrigens heißt es, er habe irgendwo eine Frau. Die lebt aber nicht mit ihm. Sehen Sie! Außerdem ist er meistens betrunken. Lassen Sie die Finger von ihm, Doktor, und denken Sie daran, daß Sie für Doktor Page arbeiten!«

Als sie ihm diese wohlbekannte Mahnung an den Kopf warf, fühlte Andrew, wie ihn jäher Zorn überkam. Er bemühte sich aufs äußerste, mit ihr auszukommen, doch schienen ihre Ansprüche keine Grenzen zu kennen. Ihr Betragen war, mochte sie sich nun geschäftsmäßig nüchtern oder liebenswürdig geben, offenbar immer darauf berechnet, das letzte Gramm aus ihm herauszupressen. Eine plötzliche Wut stieg in ihm auf, und er erinnerte sich daran, daß sein erstes Monatsgehalt schon seit drei Tagen fällig war; vielleicht handelte es sich dabei um ein Versehen ihrerseits, jedenfalls hatte er sich wegen der Sache schon weidlich geärgert.

Wie er sie nun so dreist und selbstgerecht über Denny zu Gericht sitzen sah, konnte er sich nicht länger beherrschen.

Hitzig schleuderte er ihr die Worte ins Gesicht: »Ich würde mich besser daran erinnern, daß ich für Doktor Page arbeite, wenn ich mein Gehalt hätte, Miß Page.«

Sie errötete vor Unwillen. Nun war er davon überzeugt, daß

sie die Sache völlig vergessen hatte. Sie warf den Kopf zurück: »Sie werden es kriegen! Eine solche Idee!«

Bis zum Schluß der Mahlzeit saß sie erzürnt da und würdigte Andrew keines Blickes, als ob er sie beleidigt hätte. Aber auch Manson ärgerte sich – über sich selbst. Er hatte gedankenlos dahergeredet und gar nicht die Absicht gehabt, sie zu kränken. Sein ungezügeltes Temperament hatte ihm wieder einmal einen Streich gespielt.

Während er den Rest seiner Mahlzeit verzehrte, mußte er unwillkürlich an sein Verhältnis zu Miß Page denken. Vom ersten Augenblick an, wo er in Bryngover eingetroffen war, hatte er das Gefühl gehabt, daß sie einander nicht leiden konnten. Vielleicht lag die Schuld daran auf seiner Seite – der Gedanke machte ihn noch verdrießlicher –, er war, wie er wohl wußte, steif und nicht leicht zu behandeln.

Anderseits war Blodwen Page zweifellos eine höchst achtbare Frau, eine gute, sparsame Wirtschafterin, die jeden Augenblick zu nutzen verstand. In ihrer unbedingten Ergebenheit gegenüber ihrem Bruder und in der schrankenlosen Wahrung seiner Interessen war sie geradezu vorbildlich.

Gleichwohl sah Andrew in ihr nur die unfruchtbare, hagere alte Jungfer, deren Lächeln jede Herzenswärme vermissen ließ. Als verheiratete Frau, im Kreise sich balgender Kinder, hätte sie ihm bestimmt besser gefallen.

Nach dem Mittagessen erhob sie sich und rief ihn einen Augenblick darauf ins Wohnzimmer. Sie gab sich würdig, fast streng.

»Hier haben Sie also Ihr Geld, Doktor. Ich habe die Erfahrung gemacht, daß meine Assistenten Barzahlung lieber haben. Nehmen Sie Platz, ich zähle Ihnen den Betrag vor.«

Sie saß in dem grünen Plüschfauteuil; in ihrem Schoß lagen eine Anzahl Pfundnoten und ihre schwarze Lederbörse. Sie nahm die Banknoten und zählte sie sorgsam in Mansons Hand. »Eins – zwei – drei – vier –.«

Als sie ihm zwanzig Noten gegeben hatte, öffnete sie ihre Börse und zahlte ihm mit der gleichen Genauigkeit sechzehn Shilling acht Pence aus. Dann bemerkte sie: »Mir scheint, so geht es für einen Monat in Ordnung, Doktor. Wir haben ein Jahresgehalt von zweihundertfünfzig Pfund vereinbart.«

»Gewiß«, antwortete er linkisch, »es ist völlig in Ordnung.«

Sie warf ihm einen flüchtigen Blick zu: »So, jetzt wissen Sie, daß ich Sie nicht betrügen will, Doktor.«

Andrew verließ das Haus in dumpfer Erbitterung. Ihre Zurechtweisung verletzte ihn um so schwerer, als sie offenbar ungerecht war.

Erst als er zum Postamt kam, einen Geldbriefumschlag kaufte und zwanzig Pfund – das Silber behielt er als Taschengeld zurück – an das Glen Endowment absandte, besserte sich seine Laune. Dann sah er Doktor Bramwell kommen, und seine Miene heiterte sich noch mehr auf. Bramwell ging langsam einher; er setzte seine großen Füße majestätisch auf das Pflaster auf, die schäbig gekleidete, dunkle Gestalt war hoch aufgerichtet, ungeschnittenes Silberhaar flatterte hinten über den schmutzigen Kragen und die Augen blickten unverwandt in ein Buch, das er in Armeslänge vor sich hielt. Als er bei Andrew war, den er schon von halber Höhe der Straße gesehen hatte, spielte er den Überraschten, als ob er ihn erst jetzt bemerkt hätte.

»Ah, Manson, lieber Junge! Ich war so vertieft, daß ich beinahe an Ihnen vorbeigegangen wäre.«

Andrew lächelte. Er stand auf gutem Fuß mit Doktor Bramwell, der ihn, im Gegensatz zu Nicholls, dem andern ›eingetragenen‹ Arzt, bei der Ankunft herzlich willkommen geheißen hatte.

Bramwells Praxis war nicht sehr ausgedehnt, er konnte sich daher nicht den Luxus eines eigenen Hilfsarztes leisten, aber er trat großspurig auf und verstand es, sich in mancher Hinsicht wie ein berühmter Heilkünstler zu geben.

Jetzt klappte er sein Buch zu, nachdem er mit dem schmutzigen Finger sorgfältig die Stelle bezeichnet hatte, wo er beim Lesen stehengeblieben war, dann steckte er die freie Hand malerisch vorn in den zerschlissenen Rock. Er benahm sich so ganz wie eine Opernfigur, daß er kaum wirklich zu sein schien. Aber da stand er nun, auf der Hauptstraße von Drineffy. Kein Wunder, daß Denny ihn Blasengel genannt hatte.

»Und wie gefällt Ihnen unser kleines Gemeinwesen, mein Junge? Ich sagte Ihnen ja, als Sie meine liebe Frau und mich im ›Retreat‹ aufsuchten: Es ist gar nicht so übel, wie es auf den ersten Blick aussieht. Wir haben auch hier Begabung und Kultur. Meine liebe Frau und ich tun unser Bestes, das zu fördern. Wir halten die Fackel hoch, Manson, sogar in der Einöde. Sie müssen einmal einen Abend zu uns kommen. Singen Sie?«

Andrew hatte das höchst unbehagliche Gefühl, loslachen zu müssen. Bramwell aber redete salbungsvoll weiter.

»Natürlich haben wir schon von Ihren Leistungen bei den Enteritisfällen gehört. Drineffy ist stolz auf Sie, mein lieber Junge. Wenn nur ich diese Gelegenheit gehabt hätte! Sollten Sie einmal in eine schwierige Lage kommen, wo ich Ihnen von Nutzen sein kann, müssen Sie bestimmt zu mir kommen!«

Von einem Gefühl der Zerknirschung erfaßt – wer war er denn, daß er sich über den älteren Mann lustig machen durfte? –, erwiderte Andrew rasch:

»Ja, wirklich, Doktor Bramwell, ich habe bei einem meiner Patienten einen tatsächlich interessanten Fall von sekundärer Mediastinitis, etwas höchst Seltenes. Vielleicht wollen Sie mit mir hingehen, wenn Sie frei sind?«

»Ja?« fragte Bramwell, bedeutend weniger begeistert. »Ich möchte Ihnen aber nicht zur Last fallen.«

»Es ist gleich um die Ecke«, sagte Andrew einladend. »Und ich habe eine halbe Stunde zur Verfügung, ehe ich mit Doktor Denny zusammentreffe. Wir sind im Augenblick dort.«

Bramwell zögerte; eine Minute lang hatte es den Anschein, als wollte er ablehnen, dann stimmte er durch eine schwache Geste zu. Sie gingen zum Glydar Place hinunter und betraten die Wohnung des Kranken.

Der Fall war, wie Manson erklärt hatte, ungewöhnlich interessant, denn er zeigte ein ziemlich seltenes Beispiel von Persistenz der Thymusdrüse. Andrew war ehrlich stolz auf diese Diagnose, eifrig schilderte er den Verlauf der Krankheit und bemühte sich, Bramwell an seiner Entdeckerfreude teilnehmen zu lassen.

Aber Doktor Bramwell schien trotz seinen Beteuerungen von

der ihm gebotenen Gelegenheit nicht allzu entzückt. Zaudernd folgte er Andrew ins Zimmer und trat, durch die Nase atmend, zimperlich wie eine große Dame ans Bett. Hier blieb er steif wie eine Schildwache stehen und sah sich aus sicherer Entfernung den Patienten flüchtig an. Er zeigte auch gar keine Lust, länger zu verweilen. Erst nachdem sie das Haus verlassen und er in der reinen frischen Luft einen tiefen Atemzug getan hatte, fand er seine gewohnte Beredsamkeit wieder. Er strahlte Andrew an.

»Ich freue mich, mein lieber Junge, daß ich diesen Fall mit Ihnen gesehen habe, erstens, weil ich es für eine Pflicht des Arztes halte, nie und nimmer vor der Gefahr einer Infektion zurückzuschrecken, und zweitens, weil ich mich über jede Gelegenheit zu wissenschaftlicher Vervollkommnung freue. Ob Sie es glauben oder nicht, ich habe noch nie einen schöneren Fall von Pankreasentzündung gesehen!«

Er schüttelte ihm die Hand und eilte weg; Andrew blieb völlig verdattert zurück. Pankreas! dachte er betäubt. Es war nicht etwa nur ein falscher Zungenschlag Bramwells gewesen, sondern ein ganz krasser Irrtum. Sein ganzes Betragen während des Krankenbesuches hatte Unwissenheit verraten. Er wußte es einfach nicht. Andrew rieb sich die Stirn. Welche Vorstellung: ein approbierter praktischer Arzt, in dessen Hand das Leben Hunderter menschlicher Wesen lag, kannte den Unterschied zwischen dem Pankreas und der Thymus nicht, obwohl die eine dieser Drüsen in der Bauchhöhle und die andere im Brustkorb lag – aber, das war doch geradezu erschütternd!

Langsam ging er die Straße zu Dennys Wohnung hinauf und erkannte von neuem, wie seine ganze wohlgeordnete Auffassung von ärztlicher Berufsausübung rings um ihn in die Brüche ging. Er wußte wohl, daß er selber noch unfertig, unzulänglich geschult und seiner Unerfahrenheit wegen manchen Irrtümern ausgesetzt war. Aber Bramwell war nicht unerfahren, und deshalb gab es für seine Ignoranz keine Entschuldigung. Unwillkürlich kehrten Andrews Gedanken zu Denny zurück, der es nie an bitterem Spott über ihren Ärzteberuf fehlen ließ. Anfangs hatte er sich durch Dennys resignierte Behauptung, in ganz England gebe es Tausende unfähiger Ärzte, die es nur durch reine Dummheit und die allmählich erworbene Fähigkeit, die Patienten zu bluffen, zu etwas gebracht hätten, aufs tiefste verletzt gefühlt. Jetzt begann er sich zu fragen, ob nicht doch etwas Wahres an Dennys Worten sei. Er beschloß, noch bei seinem heutigen Besuch das Thema wieder anzuschneiden.

Doch sobald er Dennys Zimmer betreten hatte, sah er, daß die Gelegenheit für akademische Debatten keineswegs günstig war.

Philip empfing ihn in mürrischem Schweigen mit düsterer Miene und finsterer Stirn. Nach einem Augenblick sagte er dann:

»Um sieben Uhr morgens ist der junge Jones gestorben. Perforation.« Er sprach ruhig, in stiller, kalter Wut. »Und ich habe zwei neue Enteritisfälle in der Ystrad Row.«

Andrew senkte mitfühlend den Blick, wußte aber nicht recht, was er sagen sollte.

»Schauen Sie nicht so vergnügt drein!« fuhr Denny erbittert fort. »Sie sind natürlich höchlich zufrieden, wenn's mit meinen Patienten schief geht und die Ihren gesund werden. Aber das sähe anders aus, wenn der verdammte Kanal einmal in Ihrer Gegend undicht würde.«

»Nein! Nein! Auf Ehre, mir tut's leid«, rief Andrew impulsiv. »Wir müssen da etwas unternehmen. Schicken wir doch dem Gesundheitsministerium einen Bericht!«

»Wir könnten ein Dutzend Berichte schmieren«, antwortete Philip mit verhaltenem Groll. »Im besten Fall würden wir erreichen, daß so in einem halben Jahr so ein Tatterich als Kommissar herkäme. Nein! Ich hab' mir's genau überlegt. Es gibt nur eine Möglichkeit, die Kerle zum Bau eines neuen Kanals zu zwingen.«

»Und zwar?«

»Den alten in die Luft sprengen!«

Eine Sekunde lang fragte sich Andrew, ob Denny am Ende nicht gar den Verstand verloren habe. Dann dämmerte ihm eine Ahnung von der harten Entschlossenheit dieses Mannes. Bestürzt starrte er ihn an. So sehr Andrew sich auch bemühen mochte, seine hergebrachten Schulbegriffe, die dem Leben nicht standhielten, doch immer wieder aufzubauen, Dennys Bestimmung schien es zu sein, sie zu zertrümmern. Andrew murmelte:

»Es kann böse Scherereien geben, wenn man darauf kommt!«

Anmaßend hob Denny den Blick.

»Sie brauchen nicht mitzutun, wenn es Ihnen nicht paßt!«

»Natürlich bin ich dabei«, antwortete Andrew langsam. »Aber Gott allein weiß, warum.«

Den ganzen Nachmittag ging Andrew krampfhaft seinen Geschäften nach und bedauerte, jenes Versprechen gegeben zu haben. Der Mann, dieser Denny, war ja irrsinnig und brachte ihn gewiß, früher oder später, bös in die Klemme. Sein Vorschlag konnte einem Angst machen – das war eine Gesetzwidrigkeit, die sie beide, wenn die Sache aufflog, vor den Polizeirichter bringen mußte, ja sogar ihre Streichung aus dem Ärzteregister zur Folge haben mochte. Schreckensschauer schüttelten Andrew, wenn er daran dachte, daß seine herrliche Laufbahn, die sich so glanzvoll vor ihm auftat, der Gefahr ausgesetzt war, plötzlich abzubrechen und zu Ende zu sein. Ungestüm verwünschte er Philip und schwor sich insgeheim ein gutes Dutzend Eide, nicht mitzumachen.

Und dennoch – aus einem seltsamen, schwer erklärlichen Grunde würde er das nicht tun, sich von der Sache nicht zurückziehen können.

Um elf Uhr abends machten sich Denny und er in Gesellschaft des Köters Hawkins auf den Weg zum Ende der Chapel Street.

Es war sehr dunkel, stoßweise wehte Wind, feiner Regen rieselte herab und wurde ihnen an den Straßenecken ins Gesicht geblasen. Denny hatte seinen Plan sorgfältig entworfen und die Zeit genau bemessen. Die Nachtschicht war vor einer Stunde ins Bergwerk eingefahren. Ein paar junge Burschen lungerten vorn am Hause des alten Thomas umher, sonst war die Straße menschenleer.

Die beiden Männer und der Hund bewegten sich leise weiter. In der Tasche seines dicken Mantels hatte Denny sechs Dynamitpatronen, die Tom Seager, der Sohn seiner Hauswirtin, am Nachmittag eigens für ihn aus dem Sprengstofflager der Grube gestohlen hatte. Andrew trug sechs Kakaobüchsen, jede mit einem in den Deckel gebohrten Loch, ferner eine elektrische Taschenlampe und ein Rolle Zündschnur. So trottete er, den Mantelkragen hochgeschlagen, mit dem einen Auge manchmal angstvoll über die Schulter zurückspähend, in einem Wirbel widerstreitender Gefühle dahin. Dennys kurze Bemerkungen erwiderte er nur ganz wortkarg. Grimmig fragte er sich, was Lamplough – dieser brave Lehrmeister der reinen Wissenschaft – wohl von ihm dächte, könnte er ihn hier in dieses haarsträubende nächtliche Abenteuer verstrickt sehen.

Unmittelbar über dem Glydar Place gelangten sie an den Haupteinstieg in den Kanal, der mit einem rostigen Eisendeckel auf abbröckelnder Betonfassung überdeckt war. Dort machten sie sich ans Werk. Der halbverrostete Deckel war jahrelang nicht in seiner Ruhe gestört worden, aber nach einigem Kampf konnten sie ihn wegreißen. Dann leuchtete Andrew vorsichtig mit der Taschenlampe in die stinkige Tiefe, wo über das zerfallene Mauerwerk ein dreckiger Bach schleimig dahinfloß.

»Hübsch, nicht wahr?« schnarrte Denny. »Schauen Sie sich nur die Risse in der Mauer an. Schauen Sie sich's zum letztenmal an, Manson!«

Sonst wurde kein Wort weiter gesprochen. Ohne daß Andrew es hätte erklären können, hatte sich seine Stimmung verändert, und er fühlte eine wild emporsteigende Freude, eine Entschlossenheit, die nicht geringer als die Dennys war. Menschen mußten dieses verseuchten Pfuhls wegen sterben, und schäbiges kleines Beamtentum hatte nichts dagegen unternommen. Dieses Übel ließ sich nicht dadurch heilen, daß man sich brav an ein Krankenbett setzte und Arzneiflaschen vollkritzelte!

Hastig begannen sie nun die Kakaobüchsen zuzurichten, indem sie in jede eine Dynamitpatrone steckten. Die Schnur schnitten sie in genau gleich lange Stücke und befestigten diese in den Büchsen. Ein Zündholz flammte im Dunkel auf und beleuchtete scharf Dennys blasses, hartes Gesicht, Andrews zitternde Hände. Dann knisterte die erste Zündschnur. Nun wurden die geladenen Kakaobüchsen einzeln in die träge Flut hinabgesandt, die mit den längsten Lunten zuerst. Andrew konnte nicht deutlich sehen. Sein Herz hämmerte vor Erregung.

Was hier geschah, war vielleicht nicht klassische Medizin, aber er hatte noch nie einen schöneren Augenblick erlebt. Als die letzte Büchse mit ihrer kurzen glimmenden Zündschnur davonschwamm, setzte es sich Hawkins in den Kopf, auf eine Ratte Jagd zu machen. Es gab einen Augenblick atemloser Spannung, erfüllt vom Kläffen des Hundes und der schauerlichen Möglichkeit einer Explosion unter ihren Füßen, während sie dem Hund nacheilten und ihn einfingen. Hierauf wurde das Kanalgitter wieder zugeworfen, und sie rasten wie toll dreißig Yard die Straße aufwärts.

Kaum hatten sie die Ecke des Radnor Place erreicht und dort haltgemacht, um sich umzublicken, als bang! die erste Dose in die Luft ging.

»Bei Gott!« keuchte Andrew frohlockend. »Wir haben es geschafft, Denny!« Er fühlte sich seinem Gefährten in Kameradschaft verbunden, es verlangte ihn, nach der Hand des andern zu fassen und laut hinauszuschreien.

Dann folgten rasch, etwas gedämpft, die weiteren Explosionen – zwei, drei, vier, fünf – und die letzte, ein glorreiches Dröhnen, gewiß mindestens eine Viertelmeile talab.

»So!« sagte Denny gepreßt, als faßte er alle heimliche Bitternis seines Lebens in diesem einzigen Wort zusammen. »Eine Schweinerei weniger auf Erden!«

Kaum hatte er das ausgesprochen, da ging auch schon der Wirbel los. Türen und Fenster wurden aufgerissen und ergossen Licht auf die dunkle Fahrbahn. Leute liefen aus den Häusern. Im Augenblick war die Straße gedrängt voll. Erst rief man einander zu, es sei eine Explosion im Bergwerk. Doch diese Auslegung stieß sogleich auf Widerspruch – der Lärm war unten im Tal gewesen. Es gab Meinungsverschiedenheiten und alle möglichen Vermutungen. Eine Partie Männer machte sich mit Laternen auf den Weg, der Sache nachzugehen. In Getümmel und Wirrwarr erdröhnte die Nacht. Unter dem Schutz der Dunkelheit und des Lärms traten Denny und Manson durch Hintergäßchen den Rückweg an. Singender Triumph war in Andrews Blut.

Noch vor acht Uhr am nächsten Morgen erschien Doktor Griffiths im Automobil auf dem Schauplatz, fett, kalbsgesichtig und in einem an Entsetzen grenzenden Zustand, denn er war vom Stadtrat Glyn Morgan unter wüstem Gefluche aus dem warmen Bett aufgescheucht worden. Griffiths konnte den Hilferufen der lokalen Ärzte sein Gehör verweigern, doch dem zornigen Geheiß Glyn Morgans durfte er keinen Widerstand entgegensetzen. Und Glyn Morgan hatte wahrlich Grund zum Zorn.

Die neue Villa des Stadtrats, die eine halbe Meile talabwärts lag, war über Nacht mit einem Wassergraben umgeben worden, der einen mehr als mitteralterlichen Gestank ausströmte. Eine halbe Stunde wandte der würdige Stadtvater, unterstützt von seinen Gefolgsmannen Hamar Davies und Deawn Roberts, daran, dem zuständigen Distriktsarzt, für viele hörbar, unverblümt seine Meinung zu sagen.

Endlich wankte Griffiths, der sich den Schweiß von der Stirn wischte, zu Denny hin, der neben Manson in der erregten und belustigten Menge stand. Andrew wurde plötzlich unruhig, als der Distriktsarzt näher kam. Nach einer gestörten Nachtruhe war er jetzt nicht gerade in Hochstimmung. Im kalten Licht des Morgens, vor sich das häßliche Bild der aufgerissenen Straße, fühlte er sich wieder unbehaglich, nervös und verwirrt. Aber Griffiths war gar nicht in der Verfassung, argwöhnisch zu sein.

»Mensch, Mensch!« lallte er, zu Philip gewandt. »Jetzt werden wir Ihnen doch Ihren neuen Kanal bauen müssen!«

Dennys Gesicht blieb ausdruckslos.

»Ich habe Sie schon vor Monaten darauf aufmerksam gemacht«, sagte er eisig. »Sie werden sich daran wohl erinnern?«

»Ja, ja, natürlich! Aber wie hätte ich ahnen können, daß das verdammte Zeug so in die Luft gehen wird? Es ist mir schleierhaft, wie das Ganze geschehen konnte.«

Denny musterte ihn kühl.

»Wo haben Sie denn Ihre hygienischen Kenntnisse gelassen, Doktor? Wissen Sie denn nicht, daß Kanalgase hoch entzündlich sind?«

Schon am nächsten Montag wurde der Bau des neuen Kanals in Angriff genommen.

5

Es war drei Monate später, an einem schönen Märznachmittag. Frühlingsahnen würzte die linde Brise, die von den Bergen her wehte, und an den Hängen drangen undeutliche grüne Streifen gegen die vorherrschenden häßlichen Schutthalden siegreich vor. Unter dem klaren blauen Himmel war sogar Drineffy schön.

Als Andrew, der soeben zu einem Kranken ins Haus Nummer drei der Riskin Street gerufen worden war, zu Hause wegging, versetzte ihn der schöne Tag in gehobene Stimmung. Allmählich hatte er sich in dieser sonderbaren, primitiven und abgelegenen, unter Bergen förmlich begrabenen Stadt eingelebt. Es gab zwar keinerlei Unterhaltungsstätten, nicht einmal ein Kino, nichts als das düstere Bergwerk, die Hüttenwerke und Schutthalden, Kapellen und kahlen Häuserzeilen – und doch bildete es ein sonderbares, stumm in sich abgeschlossenes Gemeinwesen.

Und auch die Menschen hier waren sonderbar; dennoch fühlte Andrew, obwohl er sie als so fremdartig empfand, hin und wieder Zuneigung für sie. Mit Ausnahme der Kaufleute, der Prediger und einiger Angehöriger der freien Berufe standen sie alle direkt im Dienst der Bergwerksgesellschaft. Gegen Schluß und bei Beginn einer jeden Arbeitsschicht erwachten die stillen Straßen mit einemmal, hallten wider unter den Tritten eisenbeschlagener Stiefel, belebten sich unerwartet mit einer Heerschar marschierender Gestalten. Die Kleider, das Schuhwerk, die Hände, ja sogar die Gesichter der Männer aus der Hämatitmine trugen einen Belag hellroten Erzstaubes. Die Männer, die an den Schutthalden arbeiteten, hatten lederne Kniehosen an. Die Arbeiter an den Schmelzöfen waren an ihren blauen Zwillichhosen zu erkennen.

Sie sprachen wenig, und das zumeist in walisischer Sprache. In ihrer stolzen Abgeschlossenheit erweckten sie den Eindruck, als wären sie eine Rasse für sich, doch waren sie freundliche Menschen. Ihre geselligen Freuden waren schlicht, zumeist vergnügten sie sich daheim oder in den Bethallen, seltener auf dem allzu kleinen Rugby- und Fußballplatz oberhalb der Stadt. Ihre

Hauptleidenschaft bildete vielleicht die Musik – nicht billige Schlager oder Gassenhauer, sondern ernste, klassische Musik. Wenn Andrew nachts durch die Gassen schritt, war es nichts Ungewöhnliches, daß er aus der einen oder andern ärmlichen Behausung die Klänge eines Klaviers hörte – eine Beethovensonate oder ein Präludium von Chopin, schön gespielt, durch die stille Luft schwebend, emporsteigend zu diesen unerforschlichen Bergen und dem Nachthimmel darüber.

Jetzt sah er deutlich, wie es um Doktor Pages Praxis stand. Edward Page war bestimmt nie wieder fähig, einen Patienten selbst zu behandeln. Aber die Leute hatten eine Abneigung dagegen, Page, der ihnen länger als dreißig Jahre getreulich gedient, ›aufzugeben‹. Die ergebene Blodwen hatte bei Watkins, dem Bergwerksdirektor, der über die Arztbeiträge der Arbeiter zu verfügen hatte, alle Minen springen lassen und erreicht, ihren Bruder auf der Arztliste der Gesellschaft zu erhalten, so daß sie ein hübsches Einkommen bezog, von dem Manson etwa ein Sechstel erhielt, obwohl er die ganze Arbeit tat.

Andrew hatte mit Edward Page aufrichtiges Bedauern. Edward, eine edle, schlichte Seele, hatte in seinem einsamen Junggesellenleben wenig Freuden erlebt. Er hatte sich durch unermüdliche Pflichterfüllung in diesem rauhen Tal buchstäblich aufgerieben. Jetzt hatte er, ein bettlägeriges Wrack, für nichts mehr Interesse. Treu, wie er war, hing er an Blodwen, und sie war insgeheim leidenschaftlich in Edward verliebt. Er, der Doktor Page, war ihr vielgeliebter Bruder, nur sie hatte ein Anrecht auf ihn. Wenn Andrew bei dem Kranken saß, kam sie manchmal ins Zimmer, trat näher, lächelte und rief trotzdem in einem Ton, in dem etwas Eifersucht mitklang, daß ihr von der Unterhaltung etwas entgangen war:

»He! Was habt ihr zwei da wieder zu reden?«

Es war unmöglich, Edward Page nicht zu lieben, so offenbar besaß er die seelische Fähigkeit des Opfermutes und der Selbstlosigkeit. Da lag er nun hilflos im Bett, verbraucht, mußte alle Aufmerksamkeiten seiner Schwester über sich ergehen lassen und konnte ihr nur durch einen Blick oder eine Bewegung seiner Augenbrauen danken.

Page hätte keineswegs in Drineffy zu bleiben brauchen, und gelegentlich sehnte er sich auch nach einer schöneren, freundlicheren Gegend. Als ihn Andrew einmal fragte: »Was hätten Sie eigentlich gerne, Doktor?«, da hatte er geseufzt: »Ich wäre gerne fort von hier, junger Freund. Ich habe viel über jene Insel gelesen – über Capri; dort will man einen Vogelschutzpark einrichten.« Dann hatte er das Gesicht auf dem Kissen zur Seite gewandt. Die Sehnsucht in seiner Stimme hatte sehr traurig geklungen.

Von der ärztlichen Praxis sprach er nie, höchstens sagte er gelegentlich in müdem Ton: »Ich glaube, ich hatte kein allzu großes Wissen. Immerhin, ich tat mein Bestes.« Doch er konnte stundenlang ganz still daliegen und das Fensterbrett beobachten, wo Annie jeden Morgen liebevoll Brotkrumen, Speckschwarten und geröstete Kokosnußbrocken ausstreute. Am Sonntagvormittag kam immer ein alter Bergarbeiter, Enoch Davies, zu Besuch, sehr steif in seinem fuchsig gewordenen schwarzen Anzug und mit dem Zelluloidkragen, und blieb lange bei Page sitzen. Schweigend beobachteten die beiden Männer die Vögel. Einmal begegnete Andrew dem alten Enoch, als dieser gerade aufgeregt die Treppe herabstapfte. »Mensch Gottes«, platzte der alte Arbeiter heraus, »wir haben heute einen besonders schönen Tag gehabt. Zwei Blaumeisen waren da und spielten so wunderhübsch fast eine Stunde lang auf dem Fensterbrett.« Enoch war Pages einziger Freund. Er hatte großen Einfluß bei den Grubenarbeitern. Er schwor Stein und Bein, so lange er atme, werde sich keine Seele bei einem andern Arzt auf die Liste setzen lassen. Er hatte keine Ahnung, welch üblen Dienst er dem armen Edward Page durch solche Treue erwies.

Ein anderer häufiger Besucher im Haus war Aneurin Rees, der Direktor der Western Counties Bank, ein langer, dürrer, kahlköpfiger Mensch, gegen den Andrew vom ersten Augenblick an Mißtrauen empfand. Rees war ein hochangesehener Bürger, der es aber um keinen Preis der Welt fertiggebracht hätte, einem ins Auge zu schauen. Er kam, verbrachte flüchtige fünf Minuten in Doktor Pages Krankenzimmer und schloß sich dann oft für eine geschlagene Stunde mit Miß Page ein. Diese

Zusammenkünfte waren aber höchst ehrbar. Es drehte sich dabei ausschließlich um Geld. Andrew kam zu dem Schluß, daß Blodwen eine beträchtliche Summe in guten Papieren angelegt haben mußte, und daß sie, von Aneurin Rees bewundernswert gut beraten, von Zeit zu Zeit ihr Kapital schlau vermehrte. Geld hatte für Andrew damals noch keine Bedeutung. Ihm genügte, daß er seiner Verpflichtung gegenüber dem Glen Endowment regelmäßig nachkam. Außerdem verfügte er über ein paar Shilling Taschengeld für Zigaretten. Sonst hatte er seine Arbeit.

Jetzt wußte er besser denn je zu würdigen, was ihm die klinische Arbeit bedeutet hatte. Dieses Wissen war da wie ein warmes, immer gegenwärtiges Gefühl und glich einem Feuer, an dem er sich wärmte, wenn er müde, bedrückt und verwirrt war. In letzter Zeit hatte ihn wahrlich so manches in größere Verwirrung versetzt und wirkte stärker in ihm nach als bisher. Er hatte über die Heilkunde selbständig zu denken begonnen. In erster Linie war Denny mit seinen radikal zerstörerischen Ansichten daran schuld. Dennys Kodex war buchstäblich das Gegenteil von all dem, was man Manson gelehrt hatte. In kürzester Fassung hätte dieser Kodex in Glas und Rahmen gar wohl wie eine Bibelstelle über Philips Bett hängen können: »Ich glaube nicht.«

Von der Hochschule nach dem Schema ausgebildet, hatte Manson der Zukunft mit festem Lesebuchvertrauen entgegengeblickt. Er besaß oberflächliche Kenntnisse in Physik, Chemie und Biologie – zumindest hatte er den Regenwurm aufgeschlitzt und studiert. Hernach war er mit den anerkannten Doktrinen dogmatisch aufgefüttert worden. Er kannte alle Krankheiten mit ihren typischen Symptomen und die anzuwendenden Heilmittel. Zum Beispiel Gicht. Die konnte man mit Kolchikum behandeln. Noch immer sah er Professor Lamplough vor sich, wie er salbungsvoll seinem Auditorium vorschnurrte: »Vinum colchici, meine Herren, zwanzig bis dreißig Minimaldosen, ein absolut verläßliches Spezifikum gegen Gicht. »Stimmte das aber? Das war die Frage, die Manson sich jetzt stellte. Vor einem Monat hatte er Kolchikum versucht und in einem Fall echter ›Arme-Leute-Gicht‹ bis zur zulässigen Höchstgrenze angewandt – einem ernsten und schmerzhaften Fall. Das Ergebnis war ein kläglicher Mißerfolg gewesen.

Und wie stand es um die Hälfte, je um drei Viertel anderer ›Heilmittel‹ der Pharmakopöe? Dieses Mal hörte er die Stimme Doktor Eliots, des Dozenten für Materia Medica. »Und jetzt, meine Herren, jetzt gehen wir zu Elemi über – einer festen Wurzelabsonderung, deren botanischer Ursprung nicht bestimmt, wahrscheinlich aber Canarium commune ist, hauptsächlich aus Manila importiert und in Salbenform angewandt, eins zu fünf, ein wunderbares Stimulans und Desinfektionsmittel bei Wunden und Schrunden.«

Unsinn! Ja, absoluter Unsinn! Das wußte er jetzt. Hatte Eliot je im Leben Unguentum elemi anzuwenden versucht? Manson war fest überzeugt, daß Eliot das nie getan haben konnte. Diese ganze Weisheit stammte aus einem Buch, und dorthin war sie ihrerseits wieder aus einem andern Buch gekommen, und so weiter, wahrscheinlich bis ins Mittelalter zurück. Das Wort ›Schrunden‹, heute tot wie ein abgestochenes Kalb, bestätigte seine Ansicht.

Denny hatte ihn an jenem ersten Abend verhöhnt, weil er, Manson, in aller Herzenseinfalt eine Flasche Arznei zusammenmixte. Denny hatte für die Arzneimischer, die Heilmittelbrauer, immer nur Hohn übrig. Denny war der Ansicht, nur ein halbes Dutzend Medikamente taugten wirklich etwas, alle übrigen bezeichnete er zynisch als »Mist«. Diese Ansicht Dennys konnte einem schon schlaflose Nächte bereiten – es war ein niederschmetternder Gedanke, dessen Auswirkungen Andrew vorerst nur ganz unklar zu ahnen vermochte.

An dieser Stelle in seinen Erwägungen kam er zur Riskin Street und betrat das Haus Nummer drei. Hier fand er als Patienten einen kleinen Jungen von neun Jahren, namens Joey Howells. Es war ein leichter, normaler Fall von Masern. Die Sache hatte keine große Bedeutung, brachte aber wegen des ganzen Zustands des – sehr armseligen – Haushalts für Joeys Mutter arge Ungelegenheiten mit sich. Howells selbst, Tagelöhner in den Steinbrüchen, lag schon drei Monate an Pleuritis krank, erhielt weder Lohn noch Krankengeld, und jetzt hatte Mrs. Howells, eine zarte Frau, die sich bei der Pflege des einen Patienten ohenedies schon neben ihrer Arbeit als Scheuerfrau im Bethesda-Bethaus die Füße wundlief, noch für einen zweiten Kranken zu sorgen.

Als Andrew nach der Visite vor der Haustür mit ihr sprach, sagte er bedauernd: »Sie haben alle Hände voll zu tun. Wirklich schade, daß Sie Idris nicht zur Schule schicken dürfen.« Idris war Joeys jüngerer Bruder.

Mrs. Howells hob rasch den Kopf. Sie war eine schicksalergebene kleine Frau mit glänzend roten Händen und von der Arbeit angeschwollenen Fingerknöcheln.

»Aber Miß Barlow sagt, ich brauche ihn nicht zu Hause zu behalten.«

Trotz seines Mitgefühls empfand Andrew jähen Ärger.

»So?« fragte er. »Wer ist denn Miß Barlow?«

»Die Schullehrerin in der Bank Street«, sagte die ahnungslose Mrs. Howells. »Sie hat mich heute vormittag besucht. Und weil ich so bedrängt bin, läßt sie den kleinen Idris weiter in der Klasse. Gott weiß, was ich angefangen hätte, wenn mir auch noch der auf dem Hals säße!«

Andrew hatte große Lust, ihr zu sagen, sie habe seinen Anordnungen Folge zu leisten und nicht denen einer vorwitzigen Schulmeisterin. Allein er sah sofort ein, daß Mrs. Howells kein Vorwurf traf. Daher machte er vorläufig keine Bemerkung, doch als er sich verabschiedet hatte und die Riskin Street hinunterschritt, runzelte er ärgerlich die Stirn. Er haßte jegliche Einmischung, besonders in seine Arbeit, ganz besonders aber war ihm die Einmischung von Frauen zuwider. Je länger er darüber nachdachte, desto zorniger wurde er. Es war ein klarer Verstoß gegen die Vorschriften, Idris in der Schule zu belassen, wenn sein Bruder Joey die Masern hatte. Er entschloß sich plötzlich, diese geschäftige Miß Barlow aufzusuchen und mit ihr die Angelegenheit ins reine zu bringen.

Fünf Minuten später stieg er den Hang der Bank Street hinan, trat in die Schule, erkundigte sich beim Hauswart und stand schließlich vor dem Zimmer der ersten Klasse. Er klopfte an und betrat den Raum.

Der war groß und gut gelüftet, in der Ecke brannte ein Kaminfeuer. Keines der Kinder zählte mehr als sieben Jahre. Da gerade Nachmittagspause war, hatte jedes ein Glas Milch vor sich – das gehörte zu dem von der Ortsstelle der M. W. U. eingeführten Hilfswerk. Andrews Blick fiel sogleich auf die Lehrerin. Sie war eben damit beschäftigt, auf der Schultafel etwas zu addieren, hatte ihm den Rücken zugekehrt und beachtete ihn nicht sogleich. Aber plötzlich wandte sie sich um.

Sie sah so ganz anders aus als das wichtigtuende Frauenzimmer seiner entrüsteten Fantasie, daß er zögerte. Oder war es die Überraschung in ihren braunen Augen, die ihm sogleich ein Gefühl des Unbehagens bereitete? Errötend fragte er:

»Sind Sie Miß Barlow?«

»Ja.« Sie war eine zarte Gestalt in einem braunen Tweedrock, trug Wollstrümpfe und kleine, feste Schuhe. In seinem Alter etwa, schätzte er, nein – jünger, etwa zweiundzwanzig. Sie musterte ihn, ein wenig unsicher, mit einem leichten Lächeln, als ob sie, kindlicher Arithmetik müde, an diesem schönen Frühlingstag eine Ablenkung willkommen hieße. »Sie sind doch Dr. Pages neuer Assistent?«

»Darum handelt es sich kaum«, antwortete er steif, »obwohl ich allerdings Dr. Manson bin. Ich glaube, Sie haben ein infektionsgefährliches Kind hier: Idris Howells. Sie wissen, daß sein Bruder an Masern erkrankt ist?«

Ein Schweigen entstand. Ihre Augen blickten jetzt zwar fragend, aber noch immer freundlich. Sie strich sich ein paar widerspenstige Haare zurück und antwortete:

»Ja, das weiß ich.«

Daß sie es unterließ, seinen Besuch ernst zu nehmen, versetzte ihn abermals in Wut.

»Sind Sie sich nicht darüber klar, daß es ganz und gar vorschriftswidrig ist, das Kind hier zu belassen?«

Vor dieser Sprache stieg ihr die Röte ins Gesicht, und der kameradschaftliche Ausdruck von vorhin verschwand. Wider Willen mußte er feststellen, wie rein und frisch ihre Haut war, mit einem winzigen braunen Muttermal, das genau die Farbe ihrer Augen hatte und hoch oben an der rechten Wange saß. Sie sah ungemein zart aus in ihrer weißen Bluse und lächerlich jung. Jetzt atmete sie zwar ziemlich rasch, sagte aber dann doch langsam:

»Mrs. Howells wußte nicht mehr aus noch ein. Die meisten Kinder haben die Masern schon gehabt. Und die andern bekommen sie früher oder später doch ganz bestimmt. Wenn Idris zu Hause bliebe, käme er um seine Milch, die ihm so besonders zuträglich ist.«

»Hier handelt es sich nicht um die Milch«, stieß er hervor. »Er gehört isoliert.«

Sie antwortete verstockt: »Ich habe ihn ja isoliert – in gewissem Sinn. Wenn Sie mir nicht glauben, schauen Sie selber!«

Er folgte ihrem Blick. Der fünfjährige Idris saß mutterseelenallein vor einem kleinen Pult beim Kamin und schien mit seinem Schicksal außerordentlich zufrieden zu sein. Seine blaßblauen Augen zwinkerten vergnügt über den Rand des Milchgefäßes hinweg.

Dieser Anblick versetzte Andrew in helle Wut. Er lachte geringschätzig und feindselig.

»Das mag ja Ihr Begriff von Isolierung sein. Der meine ist es leider nicht. Sie müssen das Kind sofort heimschicken.«

Kleine Lichtpunkte funkelten in ihren Augen auf.

»Kommt Ihnen gar nicht der Gedanke, daß hier in der Klasse ich zu befehlen habe? In höheren Sphären werden Sie vielleicht die Leute kommandieren dürfen. Aber hier gilt mein Wille.« Er starrte sie wütend von oben herab an:

»Sie vergehen sich gegen das Gesetz! Sie dürfen ihn nicht hier behalten. Wenn Sie es trotzdem tun, muß ich Sie anzeigen.«

Kurzes Schweigen folgte. Er konnte sehen, wie ihre Hand die Kreide, die sie hielt, fester faßte. Dieses Zeichen der Erregung steigerte seinen Zorn gegen sie, ja, gegen sich selbst. Sie aber sagte geringschätzig:

»Dann täten Sie besser daran, mich anzuzeigen. Oder mich verhaften zu lassen. Ich bezweifle nicht, daß Ihnen das eine ungeheure Genugtuung wäre.«

Trotz seiner Wut antwortete er nicht, denn er merkte, daß er in eine recht schiefe Lage geraten war. Er versuchte sich zusammenzunehmen, den Blick zu heben, ihren Blick niederzuzwingen, der ihm jetzt so frostig entgegenfunkelte. Eine ganz kurze Zeitspanne standen sie einander Aug' in Auge gegenüber, so nahe, daß er den leichten Pulsschlag ihres Halses, das Blinken der Zähne zwischen den kaum geöffneten Lippen wahrnehmen konnte. Dann sagte sie:

»Das ist wohl alles, nicht wahr?« Heftig drehte sie sich zu den Schülern um. »Steht auf, Kinder, und sagt: ›Guten Tag, Doktor Manson! Schönen Dank für den Besuch!‹«

Ein Klappern von Stühlen, während die Kleinen sich erhoben und die ironischen Worte der Lehrerin im Singsang nachsprachen. Seine Ohren brannten, als sie ihm das Geleit zur Tür gab. Er hatte das ärgerliche Gefühl einer Schlappe und zudem den kläglichen Verdacht, sich schlecht benommen zu haben, weil er die Selbstbeherrschung verloren hatte, während sie die ihre so wunderbar bewahrte. Er suchte nach einer niederschmetternden Phrase, nach einem endgültigen, einschüchternden Abschiedswort. Doch ehe ihm etwas einfiel, wurde ihm die Tür ruhig vor der Nase zugemacht.

6

Nach einem Abend, an dem er wuterfüllt drei schwefelsaure Briefe an die Gesundheitsbehörde aufgesetzt und wieder zerrissen hatte, suchte Manson die ganze Episode zu vergessen. Sein angeborener Sinn für Humor, den er in der Nähe der Bank Street vorübergehend verloren hatte, bewog ihn jetzt, unzufrieden mit sich selbst zu sein, weil er so kleinliche Gefühle gezeigt hatte. Nach einem harten Kampf gegen seinen starren schottischen Stolz kam er zu dem Schluß, daß er im Unrecht gewesen war, daß er nicht im entferntesten daran denken durfte, den Fall anzuzeigen, am wenigsten bei dem unausstehlichen Griffiths. Dennoch war er trotz redlichem Bemühen nicht imstande, Christine Barlow aus seinen Gedanken zu bannen.

Er fand es widersinnig, daß eine jugendliche Schulmeisterin sein Denken so beharrlich ausfüllte, und daß er sich überhaupt darum kümmerte, was sie wohl von ihm hielt. Er sagte sich, das Ganze sei ein idiotischer Fall gekränkten Stolzes. Er kannte seine Scheu und Unbeholfenheit im Umgang mit Frauen. Und doch konnte keinerlei Logik die Tatsache aus der Welt schaffen, daß er jetzt unruhig und leicht gereizt war. In Augenblicken, in denen er seinen Gedanken freien Lauf ließ, zum Beispiel beim Einschlafen, tauchte der abscheuliche Vorgang im Klassenzimmer immer wieder von neuem auf, und in tiefem Dunkel runzelte Andrew die Stirn. Er sah sie vor sich, wie sie schier die Kreide zerdrückte und ihre braunen Augen vor Entrüstung sprühten. Die Bluse hatte vorn drei kleine Perlmutterknöpfe. Die Gestalt war schlank und geschmeidig, von einer straffen Sparsamkeit der Linien, die auf vieles Laufen und ruheloses Springen in der Kindheit schließen ließ. Er stellte sich gar nicht die Frage, ob sie wohl hübsch sei. Ihm genügte, daß sie, schlank und lebendig, in seinem Blickfeld stand. Und ganz wider Willen preßte sich sein Herz unter einem süßen Druck zusammen, desgleichen er noch nie erlebt hatte.

Zwei Wochen später schritt er, etwas geistesabwesend, durch die Chapel Street, als er an der Ecke der Station Road beinahe auf Mrs. Bramwell prallte. Er wäre weitergegangen, ohne sie überhaupt zu erkennen, aber sie hielt ihn sogleich an, indem sie ihm mit verwirrendem Lächeln zurief: »Nein, so was! Dr. Manson! Gerade Sie suche ich. Heute gebe ich eine meiner kleinen Abendgesellschaften. Sie kommen doch, ja?«

Gladys Bramwell war eine flachsblonde Dame von fünfunddreißig Jahren, auffallend gekleidet, mit kinderblauen Augen und Backfischmanieren. Gladys bezeichnete sich romantisch als femme aux hommes; die Klatschbasen von Drineffy gebrauchten allerdings ein anderes Wort. Dr. Bramwell vergötterte sie, und es ging das Gerücht, nur seine blinde Verliebtheit hindere ihn, ihre über bloßes Getändel hinausgehende Beschäftigung mit Dr. Gabell, dem ›farbigen‹ Arzt von Toniglan, zu bemerken. Während Andrew sie musterte, suchte er hastig nach einer Ausflucht.

»Leider werde ich mich heute abend nicht freimachen können, Mrs. Bramwell.«

»Aber Sie müssen, Sie Schlimmer! Es kommen so nette Leute. Mr. und Mrs. Watkins vom Bergwerk und...« – hier konnte sie ein schuldbewußtes Lächeln nicht unterdrücken – »und Dr. Gabell aus Toniglan – oh, und fast hätte ich's vergessen, die kleine Lehrerin Christine Barlow.«

Ein Schauer durchfuhr Manson.

Er lächelte albern.

»Nun, natürlich komme ich, Mrs. Bramwell. Und vielen Dank für die liebenswürdige Einladung.« Er brachte es sogar fertig, einige Augenblicke ihrem Geplauder standzuhalten; dann ging sie ihres Weges. Doch während des ganzen übrigen Tages konnte er an nichts anderes als an das Wiedersehen mit Christine Barlow denken.

Mrs. Bramwells ›Abendgesellschaft‹ begann um neun Uhr. Diese späte Stunde war aus Rücksicht auf die Herren Ärzte gewählt worden, die vielleicht noch bei den Abendambulatorien lange aufgehalten wurden. Tatsächlich war es Viertel nach neun, als Andrew den letzten Patienten abfertigte. Hastig wusch er sich an der Wasserleitung des Sprechzimmers, strich sich mit dem zerbrochenen Kamm das Haar zurück und eilte zum Retreat. Er erreichte das Haus – trotz des idyllischen Namens war es ein kleiner Ziegelwohnbau inmitten der Stadt – und mußte sehen, daß er als letzter Gast ankam. Mrs. Bramwell schalt ihn neckisch und schritt ihren fünf Gästen und ihrem Gatten ins Speisezimmer voran.

Das Abendessen bestand in kaltem Büfett, das auf papierenen Spitzendeckchen auf dem dunkel polierten Eichentisch angerichtet war. Mrs. Bramwell setzte ihren Stolz darein, Gastgeberin zu spielen und gewissermaßen in Drineffy den Ton anzugeben. Das ermöglichte es ihr, die öffentliche Meinung dadurch zu entsetzen, daß sie sich ›herrichtete‹. Ihre Vorstellung von ›Stimmung machen‹ bestand darin, daß sie sehr viel sprach und lachte. Sie ließ immer durchblicken, daß sie vor ihrer Verheiratung mit Doktor Bramwell in ausschweifendem Luxus gelebt habe. Als sich nun alle setzten, fragte sie sprühend:

»Nun! Hat jeder, was er will?«

Andrew, noch atemlos vom schnellen Gehen, war anfangs arg

verlegen. Volle zehn Minuten wagte er es nicht, Christine anzuschauen. Er hielt den Blick gesenkt, denn er hätte sonst unwiderstehlich auf das andere Tischende starren müssen. Dort saß sie nämlich, zwischen Dr. Gabell, einem dunkelhäutigen Dandy in Flanellanzug, gestreiften Hosen und mit einer Perlennadel, und Mr. Watkins, dem ältlichen, struppigen Bergwerksdirektor, der sich in seiner derben Art viel mit ihr befaßte. Als Watkins dann lachend seine Nachbarin fragte: »Sind Sie noch immer mein Yorkshirer Mädel, Miß Christine?«, hob Manson endlich eifersüchtig den Blick und sah sie an. Sie schien ihm hier in einem weichen grauen Kleid mit weißem Kragen und weißen Manschetten in einem so vertraulichen Kreis zu sein, daß er erschrak und wegsah, damit sie nicht in seinen Augen lesen sollte.

In unwillkürlicher Abwehr, seiner eigenen Worte kaum bewußt, widmete er sich fortan seiner Nachbarin, Mrs. Watkins, einem zarten kleinen Ding, das sich Strickarbeit mitgebracht hatte.

Während der ganzen Mahlzeit mußte er die Pein erdulden, sich mit jemandem zu unterhalten und sich dabei gleichzeitig danach zu sehnen, mit jemandem andern sprechen zu können. Am liebsten hätte er vor Erleichterung aufgeseufzt, als Dr. Bramwell, der an der Spitze der Tafel den Vorsitz führte, nun wohlwollend die leergegessenen Teller musterte und mit napoleonischer Gebärde sagte:

»Meine Teure, ich glaube, wir sind alle fertig. Sollen wir in den Salon hinübergehen?«

Als dann im Salon die Gäste hier und dort – zumeist auf der dreiteiligen Garnitur – untergebracht waren, wurde es sofort klar, daß nach dem Programm des Abends jetzt Musik kommen sollte. Mit verliebt strahlendem Lächeln führte Bramwell seine Frau zum Flügel.

»Was wollen wir heute unseren lieben Gästen zuerst bringen, mein Schatz?« Summend wühlte er unter den Noten auf dem Ständer.

»›Tempelglocken‹«, schlug Gabell vor. »Das kann ich gar nicht oft genug hören, Mrs. Bramwell.«

Mrs. Bramwell setzte sich auf den drehbaren Klavierhocker

und spielte und sang, während ihr Gatte, die eine Hand auf dem Rücken, die andere vorgestreckt, als wollte er eine Prise Schnupftabak nehmen, neben ihr stand und gewandt das Notenheft umblätterte. Gladys, die eine volle Altstimme hatte, holte die tiefen Töne mit einem Heben des Kinns aus dem Busen. Nach den ›Liebesliedern‹ gab sie ›Im Vorbeiwandern‹ zum besten und dann noch ›Nur ein Mädchen‹.

Man kargte nicht mit Beifall. Bramwell murmelte hingerissen, schlecht verhohlenen Stolz im Ton: »Heute ist sie gut bei Stimme.«

Nun ließ sich Dr. Gabell überreden, sein Scherflein beizutragen. Mit seinem Ring spielend, das reichlich gefettete, aber trotzdem noch ungebärdige Haar glättend, verbeugte sich der olivenfarbige Bock geziert vor der Hausfrau, dann legte er die Hände über dem Bauch zusammen und brüllte schmalzig: »Liebe in Sevilla.« Nachher als Zugabe: »Auf, in den Kampf.«

»Sie singen diese spanischen Lieder mit echtem Schmiß, Dr. Gabell«, lobte die freundliche Mrs. Watkins.

»Das kommt wohl von meinem spanischen Blut«, lachte Gabell bescheiden, während er sich wieder setzte.

Andrew sah ein spöttisches Funkeln in Watkins' Auge. Der alte Bergwerksdirektor verstand als echter Waliser etwas von Musik. Im Winter hatte er seinen Arbeitern geholfen, eine der weniger bekannten Opern Verdis aufzuführen, und jetzt schien er sich, mit der Pfeife im Mund dösend, rätselhaft wohl zu fühlen. Unwillkürlich dachte Andrew, es müsse Watkins höllisch belustigen, wenn diese Fremden hier in seiner Heimatstadt so taten, als verbreiteten sie durch derlei wertlose, sentimentale Gassenhauer Kultur. Als sich Christine lächelnd weigerte, etwas vorzutragen, wandte sich der ältliche Mann, um dessen Lippen es zuckte, zu ihr.

»Sie sind wohl so wie ich, mein Kind. Sie haben das Klavier zu gern, um es zu spielen.«

Doch jetzt erstrahlte der Glanzpunkt des Abends. Doktor Bramwell betrat die Mitte der Bühne. Er räusperte sich, setzte kräftig den einen Fuß vor, warf das Haupt zurück und steckte sich schauspielerisch die Hand in den Busen. Er verkündete:

»Meine Damen und Herren! ›Der gefallene Stern.‹ Ein musikalischer Monolog.« Am Klavier begann Gladys eine stimmungsvolle Begleitung zu improvisieren, dann hob Bramwell an.

Der deklamierte Monolog, der das tragisch-wechselvolle Schicksal einer dereinst berühmten, nun in bitterer Armut lebenden Schauspielerin behandelte, quoll über von Sentimentalität, die Bramwell durch seinen beseelten, schmerzdurchwühlten Vortrag noch unterstrich. Sobald er dramatisch wurde, hämmerte Gladys Baßtöne. Trotz Rührung klimperte sie hohe Triller. Auf dem Höhepunkt straffte sich Bramwell, und bei der letzten Zeile brach seine Stimme: »Da war sie nun...« Eine Pause. »Und endete im Rinnstein...« Lange Pause. »Gefallener Stern!«

Die kleine Mrs. Watkins, der die Handarbeit zu Boden gesunken war, wandte dem Künstler die feuchten Augen zu.

»Ach, das arme Ding, das arme Ding! Oh, Dr. Bramwell, wie schön Sie das immer machen!«

Der Rotwein kam, dadurch wurden die Gäste etwas abgelenkt. Inzwischen war es schon nach elf Uhr geworden, und in der stillschweigenden Annahme, daß nach Dr. Bramwells Meisterleistung eine jegliche Darbietung nur abschwächend wirken könnte, schickten sich die Gäste zum Aufbruch an. Unter Lachen und höflichen Danksagungen schritt alles der Halle zu. Während Andrew den Mantel anlegte, dachte er tiefbekümmert, daß er den ganzen Abend kein einziges Wort mit Christine gewechselt hatte.

Draußen blieb er am Tor stehen. Er fühlte, daß er mit ihr sprechen mußte. Der Gedanke an diesen langen, vergeudeten Abend, an dem er so leicht, so freundschaftlich die Angelegenheit zwischen ihnen hatte in Ordnung bringen wollen, lastete auf ihm wie Blei. Obwohl sie ihn offenbar keines Blickes gewürdigt hatte, war sie doch da, ihm nahe, im selben Raum mit ihm gewesen, und er hatte tölpisch nur auf seine Schuhe geschaut. O Gott, dachte er kläglich, ich bin übler daran als der gefallene Stern. Am klügsten, mich nach Hause zu verziehen und schlafen zu gehen.

Doch das tat er nicht. Er blieb an Ort und Stelle, und seine Pulse begannen plötzlich zu jagen, als sie, allein, die Stufen herabstieg und auf ihn zuging. Er raffte alle Willenskraft zusammen und stammelte:

»Miß Barlow, darf ich Sie nach Hause begleiten?«

»Tut mir leid.« Sie machte eine Pause. »Ich habe Mr. und Mrs. Watkins versprochen, auf sie zu warten.«

Sein Mut verflog. Er hatte das Gefühl, als müßte er nun davonschleichen wie ein geprügelter Hund. Und doch – irgend etwas hielt ihn noch zurück. Sein Gesicht war bleich, aber sein Kinn zeigte eine feste Linie. Sich überstürzend, kamen ihm die Worte über die Lippen:

»Ich wollte Ihnen nur sagen, daß ich die Sache mit dem kleinen Howells bedaure. Ich kam zu Ihnen, um Sie auf billige Weise meine Autorität fühlen zu lassen. Dafür verdiene ich Fußtritte – aber feste. Was Sie mit dem Jungen gemacht haben, war ausgezeichnet. Ich bewundere Sie darob! Schließlich ist es immer besser, den Geist des Gesetzes zu befolgen und nicht den Buchstaben. Verzeihen Sie, daß ich Sie damit behellige, aber ich habe es sagen müssen. Gute Nacht!«

Er konnte ihr Gesicht nicht sehen. Er wartete auch gar nicht auf eine Antwort. Er machte kurz kehrt und schritt die Straße hinab. Zum erstenmal seit vielen Tagen fühlte er sich glücklich.

7

Die Halbjahresabrechnung über die Arzthonorare war von der Buchhaltung der Gesellschaft eingetroffen und hatte Miß Page Stoff zu ernstem Nachdenken gegeben und bildete ein neues Thema für ihre Besprechungen finanzieller Angelegenheiten mit Aneurin Rees, dem Bankdirektor. Zum erstenmal seit achtzehn Monaten zeigten die Zahlen einen jähen Sprung nach oben. Über siebzig Patienten mehr als vor Mansons Ankunft standen jetzt auf Dr. Pages Liste.

Entzückt über das Anwachsen ihres Kontos, hegte Blodwen doch einen höchst beunruhigenden Argwohn. Bei den Mahlzeiten ertappte Andrew sie dabei, wie sie ihn forschend und mißtrauisch anstarrte. Am Mittwoch nach Doktor Bramwells

Abendgesellschaft kam Blodwen ungewöhnlich aufgekratzt zum Mittagessen.

»Hören Sie«, sagte sie, »mir ist gerade etwas eingefallen. Sie sind jetzt fast schon vier Monate hier, Doktor. Und Sie haben gar nicht schlecht gearbeitet. Ich kann mich nicht beklagen. Natürlich, mit Dr Page kann man's nicht vergleichen. Ach, davon ist ja gar keine Rede, mein Lieber! Erst neulich hat mir Mr. Watkins wieder gesagt, wie sehr sich alle darauf freuen, daß Dr. Page endlich zurückkommt. ›Dr. Page ist so tüchtig‹, hat Mr. Watkins gesagt, ›daß es uns nicht im Traum einfiele, jemanden andern statt seiner anzustellen.‹ «

Nun malte sie bis in die kleinsten Einzelheiten die außergewöhnlichen Kenntnisse und Leistungen ihres Bruders aus.

»Wer das nicht gesehen hat, glaubt es nicht«, rief sie und wackelte mit dem Kopf, »aber es gibt nichts, das er nicht könnte oder nicht schon gemacht hätte. Und diese Operationen! Die hätten Sie sehen sollen. Lassen Sie sich von mir nur eines sagen, Doktor, er ist der geschickteste Arzt, der je in diesem Tal gewirkt hat.«

Andrew antwortete nicht. Ihre Absicht war ihm klar, sie kam ihm zugleich tragisch und komisch vor.

Inzwischen hatte sie sich in ihren Stuhl zurückgelehnt und musterte ihn scharf, um die Wirkung ihrer Worte auf ihn festzustellen. Dann lächelte sie vertraulich.

»In Drineffy wird's einen Jubel geben, wenn Dr. Page wieder zu arbeiten anfängt. Und das wird bald sein. Im Sommer, habe ich Mr. Watkins gesagt, im Sommer ist Dr. Page wieder auf dem Damm.«

Als Andrew gegen Ende dieser Woche von seiner Nachmittagsrunde zurückkam, fand er zu seinem Entsetzen in der Vorhalle Edward in einem Stuhl zusammengekauert, ganz angekleidet, eine Decke über den Knien und eine Mütze über dem Kopf. Scharfer Wind blies, und der Schein der Aprilsonne, der die tragische Gestalt umfloß, war blaß und kalt.

»Na also!« rief Miß Page, die aus der Vorhalle Manson triumphierend entgegenkam. »Sie sehen, der Doktor ist auf! Ich habe soeben Mr. Watkins angerufen, um ihm zu sagen, daß es dem Doktor besser geht. Bald wird er wieder arbeiten können, nicht wahr, Liebling?«

Andrew fühlte, wie ihm das Blut in die Wangen schoß.

»Wer hat ihn hierher gebracht?«

»Ich«, sagte Blodwen munter. »Und warum nicht? Er ist doch mein Bruder. Und es geht ihm besser.«

»Er darf nicht außer Bett sein; beileibe nicht!« zischte ihr Andrew zu. »Tun Sie jetzt, was ich Ihnen sage. Helfen Sie mir, ihn sogleich zu Bett zu bringen.«

»Ja, ja«, sagte Edward matt. »Bringt mich ins Bett zurück! Mir ist kalt. Ich fühle mich nicht wohl. Mir – mir ist nicht gut.«

Und zu Mansons Verzweiflung begann der Kranke zu winseln. Sogleich war Blodwen tränenüberströmt an seiner Seite. Sie kniete sich vor ihm nieder, legte die Arme um ihn und rief zerknirscht aus:

»Aber so was, mein Liebster! Natürlich sollst du ins Bettchen, mein armes Lamm. Blodwen hat einen Fehler gemacht. Blodwen wird dich gesund pflegen. Blodwen hat dich ja so gern, liebster Edward!«

Sie küßte ihn auf die starre Wange.

Als eine halbe Stunde später Edward wieder oben war und sich etwas wohler fühlte, kam Andrew wuterfüllt in die Küche.

Annie war ihm jetzt eine richtige Freundin; vieles hatten sie einander hier in der Küche anvertraut, und manchen Apfel- oder Rosinenkuchen hatte ihm die nicht mehr junge Frau heimlich aus der Speisekammer zugesteckt, wenn er hungrig hereingekommen war. Manchmal lief sie sogar, wenn sie nichts übrig hatte, in die Stadt hinunter und holte zwei Fischmenüs. Auf dem Küchentisch verzehrten sie dann bei Kerzenlicht das üppige Mahl. Annie diente fast schon zwanzig Jahre im Hause Page. Sie hatte viele Verwandte und Freunde in Drineffy, lauter bessere Leute, und der einzige Grund, warum sie so lange in dienender Stellung blieb, war die große Anhänglichkeit an Dr. Page.

»Geben Sie mir den Tee hier, Annie«, erklärte Andrew jetzt. »Im Augenblick kann ich Blodwen nicht sehen.«

Er war schon in der Küche, ehe er bemerkte, daß Annie Besuch hatte – ihre Schwester Olwen und Olwens Gatte Emlyn Hughes.

Er war den beiden schon mehrere Male begegnet. Emlyn arbeitete als Sprengmeister in den Drineffy High Levels. Er war ein gesetzter, gutmütiger Mann mit blassem, gedunsenem Gesicht.

Als Manson die beiden sah, zögerte er. Aber Olwen, eine muntere junge Frau mit dunklen Augen, schnaufte lebhaft auf:

»Lassen Sie sich durch uns nicht stören, Doktor, wenn Sie Ihren Tee haben wollen. Übrigens haben wir gerade jetzt, bevor Sie kamen, von Ihnen gesprochen.«

»Wirklich?«

»Ja, wirklich!« Olwen warf einen Blick auf ihre Schwester. »Es nützt dir nichts, Annie, daß du mich so ansiehst. Ich sag' trotzdem, was ich mir denke. Alle Leute reden davon, Doktor Manson, daß wir schon seit Jahren keinen so guten jungen Arzt wie Sie hier gehabt haben, und wie Sie sich Mühe geben mit der Untersuchung und dergleichen. Wenn Sie mir nicht glauben, können Sie Emlyn fragen. Und man ist sehr erbost über Miß Page und ihr Vorgehen. Allgemein heißt es, von Rechts wegen sollten Sie die Praxis haben. Aber freilich, sie verehrt den alten Mann über alles und glaubt tatsächlich, daß es ihm wieder besser gehen wird. Man müßte ihr beibringen, daß das nicht stimmt.«

Sobald Andrew mit seinem Tee fertig war, zog er sich zurück. Olwens unverblümte Worte setzten ihn in Verlegenheit. Dennoch war es schmeichelhaft zu hören, daß ihn die Leute in Drineffy gern hatten. Und er faßte es als besonderes Zeichen der Anerkennung auf, als ein paar Tage später der Vorarbeiter John Morgan, Bohrer im Hämatitbergwerk, seine Frau zu ihm brachte.

Die Morgans waren ein Paar in mittleren Jahren, nicht sehr wohlhabend, aber hochangesehen in der ganzen Gegend und fast schon zwanzig Jahre verheiratet. Andrew hatte gehört, daß sie in kurzem nach Südafrika auswandern wollten, wo Morgan eine Arbeit in den Minen von Johannesburg in Aussicht hatte. Es war nichts Ungewöhnliches, daß gute Bohrer gerne in die Goldminen am ›Rand‹ fuhren, denn dort war die Bohrarbeit ähnlich und der Lohn viel besser. Doch niemand hätte mehr überrascht sein können denn Andrew, als ihm Morgan, der jetzt mit seiner Gattin in dem kleinen Sprechzimmer saß, selbstbewußt den Zweck dieses Besuches auseinandersetzte:

»Nun, Herr, endlich scheint's uns gelungen zu sein. Die Frau kriegt ein Kind. Was sagen Sie dazu, nach neunzehn Jahren! Wir freuen uns furchtbar, Doktor. Und wir haben beschlossen, die Abreise bis nach dem großen Ereignis aufzuschieben. Denn wir haben uns den Kopf zerbrochen, welchen Arzt wir nehmen sollen, und haben gefunden, daß Sie der einzige sind, dem wir diesen Fall anvertrauen können. Es bedeutet uns sehr viel, Doktor. Und so einfach wird es wohl nicht abgehen, stell' ich mir vor. Die Frau hier ist dreiundvierzig. Ja, wirklich. Aber nun, wir wissen, daß Sie Ihr Bestes tun werden.«

Andrew übernahm den Fall mit dem warmen Gefühl, es sei ihm eine Ehrung zuteil geworden. Dieses Gefühl war seltsam, rein, ohne materiellen Hintergrund und für Andrew in seinem gegenwärtigen Zustand doppelt tröstlich. In der letzten Zeit hatte er sich einsam, völlig verlassen gefühlt. Etwas Fremdes, Unklares wühlte in ihm und quälte ihn. Zuzeiten empfand er ein dumpfes, sonderbares Herzweh, das er als reifer Graduierter der Medizin bisher für unmöglich gehalten hatte.

Noch nie hatte er ernsthaft an Liebe gedacht. An der Universität war er zu arm gewesen, zu schlecht gekleidet und viel zu eifrig bestrebt, seine Prüfungen zu machen, als daß er oft in Berührung mit dem andern Geschlecht gekommen wäre. In St. Andrews mußte einer ein Geck sein – wie sein Freund und Jahrgangskollege Freddie Hamson –, wenn er sich in den Kreisen bewegen wollte, die tanzten und Gesellschaften veranstalteten und sich als vornehm gaben. All das war ihm versagt geblieben. Eigentlich hatte er – abgesehen von seiner Freundschaft mit Hamson – zu der Schar von Außenseitern gehört, die den Mantelkragen hochstellten und Geplauder, Rauchen und gelegentlich eine Erholungsstunde nicht im Klub, sondern in einem vorstädtischen Billardsalon genossen.

Gewiß waren auch ihm die unvermeidlichen romantischen Bilder aufgestiegen. Da er arm war, hoben sie sich zumeist von einem Hintergrund üppigen Reichtums ab. Aber jetzt, in Drineffy, starrte er durchs Fenster seines zusammengezimmerten

Ambulatoriums, den verschleierten Blick auf die schmutzigen Schutthalden der Bergwerke gerichtet, das Herz erfüllt von Sehnsucht nach der schlanken Hilfslehrerin einer städtischen Volksschule. Die alberne Lage, in der er sich befand, reizte ihn beinahe zum Lachen.

Er hatte von jeher, dank einer angeborenen starken Neigung zu Vorsicht und Mißtrauen, seinen Stolz darein gesetzt, praktisch zu sein und versuchte daher jetzt, ungestüm und in verbissenem Selbstschutz, sich sein Gefühl durch Vernunftgründe auszutreiben. Kalt und logisch machte er sich daran, die Mängel des Mädchens zu prüfen. Sie war nicht schön, ihre Gestalt zu klein und mager. Sie hatte jenes Muttermal auf der Wange und eine leichte Runzel auf der Oberlippe, was man sah, wenn sie lachte. Zu allem Überfluß verabscheute sie ihn wahrscheinlich.

Zornig sagte er sich, es sei höchst übel angebracht, so schwächlich seinen Gefühlen nachzugeben. Er hatte sein Leben der Arbeit geweiht. Er war noch immer einfacher Hilfsarzt. Wie stand es um seinen Berufseifer, wenn er nun, knapp am Beginn seiner Laufbahn, eine Bindung einging, die seine Zukunft hemmen mußte und ihn sogar jetzt schon ernstlich in der Arbeit störte?

Bei diesen Bemühungen, sich in die Hand zu nehmen, verfiel er auf alle möglichen versteckten Ablenkungen. So redete er sich ein, er vermisse die alten Beziehungen von St. Andrews, und schrieb einen langen Brief an Freddie Hamson, der vor kurzem eine Stelle in einem Londoner Krankenhaus angetreten hatte. Er suchte immer mehr die Gesellschaft Dennys. Doch Philip verhielt sich zwar manchmal freundlich, war aber noch öfter kalt und argwöhnisch und trug die Verbitterung eines Menschen zur Schau, dem das Leben eine unheilbare Wunde geschlagen hat.

So sehr Andrew es auch versuchen mochte, es gelang ihm nicht, sich Christine aus dem Sinn zu schlagen oder sein Herz von diesem qualvollen Sehnen nach ihr zu befreien. Seit seinem Gefühlsausbruch am Tor des Retreat hatte er sie nicht mehr gesehen. Was hielt sie von ihm? Dachte sie überhaupt an ihn? Obwohl er lebhaft Ausschau hielt, so oft er durch die Bank Street kam, war es seit der letzten Begegnung mit ihr doch schon so lange her, daß er daran zweifelte, sie überhaupt wiederzusehen. Doch da erhielt er an einem Samstag, am fünfundzwanzigsten Mai, als er schon fast jede Hoffnung aufgegeben hatte, mit der Nachmittagspost folgende Einladung:

»Lieber Dr. Manson!
Mr. und Mrs. Watkins sind morgen, Sonntag abend, zum Abendessen bei mir. Wollen Sie nicht ebenfalls kommen, wenn Sie nichts Besseres zu tun haben? Halb acht.
Beste Grüße Christine Barlow.«

Er stieß einen Schrei aus, daß Annie aus der Waschküche herbeigelaufen kam.

»Aber, Doktor, Herr Assistent!« rügte sie. »Manchmal sind Sie wirklich albern.«

»Sie haben recht, Annie«, antwortete er, noch immer überwältigt. »Aber ich – ich kann offenbar nichts dafür. Hören Sie, teuerste Annie: Wollen Sie mir morgen früh die Hosen bügeln? Ich hänge sie heute beim Schlafengehen vor die Tür.«

Da der nächste Tag ein Sonntag war, hatte Manson kein Abendambulatorium. Zitternd vor Aufregung, fand er sich in dem nahe dem Institut gelegenen Haus der Mrs. Herbert ein, bei der Christine logierte. Er war zu früh daran und wußte das wohl, allein er konnte keinen Augenblick länger warten.

Christine selbst öffnete ihm die Tür. Mit freundlichem Willkommen lächelte sie ihn an.

Ja wirklich, sie lächelte ihn an. Und er hatte geglaubt, sie könne ihn nicht leiden! Er war so überwältigt, daß er kaum sprechen konnte.

»Das war ein schöner Tag heute, nicht wahr?« stammelte er, während er ihr ins Wohnzimmer folgte.

»Sehr schön«, stimmte sie zu. »Und ich habe einen herrlichen Spaziergang gemacht. Noch über Pandy hinaus. Ich habe sogar Schellkraut gefunden.«

Sie setzten sich. Ihm lag die hastige Frage auf der Zunge, ob sie gerne Spaziergänge unternehme, doch verschluckte er diese linkische Albernheit noch beizeiten.

»Mrs. Watkins hat mir soeben sagen lassen«, bemerkte sie, »daß sie und ihr Mann sich ein wenig verspäten werden. Er mußte noch in sein Büro gehen. Sie haben doch nichts dagegen, ein paar Minuten auf sie zu warten?«

Etwas dagegen! Ein paar Minuten! Vor eitel Glück hätte er herauslachen mögen. Wüßte sie nur, wie sehr er all diese Tage gewartet hatte und wie herrlich es jetzt war, hier bei ihr zu sein! Verstohlen blickte er sich um. Das Wohnzimmer, mit Christines eigenen Sachen eingerichtet, unterschied sich von allen anderen Räumen, die er in Drineffy betreten hatte. Hier gab es weder Plüsch noch Roßhaar noch Axminsterteppiche noch glänzende Atlaskissen, wie sie Mrs. Bramwells Salon so aufdringlich zierten. Der Parkettboden war gewachst, vor dem offenen Kamin lag eine schlichte braune Matte. Die Möbel waren so unauffällig, daß man sie kaum bemerkte. In der Mitte des zum Abendessen gedeckten Tisches stand eine schmucklose weiße Schüssel, in der, vielen zarten Wasserrosen gleich, das von Christine gepflückte Schellkraut schwamm. Alles wirkte einfach und schön. Auf dem Fensterbrett stand ein hölzernes Konfektkistchen, jetzt mit Erde gefüllt, aus der zarte grüne Schößlinge sprossen. Über dem Kamin hing ein höchst eigenartiges Bild, auf dem nichts anderes zu sehen war als ein Kindersesselchen aus Holz in roter Farbe, nach Andrews Meinung jämmerlich verzeichnet.

Sie hatte wohl bemerkt, wie überrascht er das Bild musterte. Mit einer Fröhlichkeit, die ansteckend wirkte, meinte sie lachend:

»Hoffentlich halten Sie das nicht für das Original!«

Er war verlegen und wußte nicht recht, was er sagen sollte. Die Art, wie das ganze Zimmer das Gepräge ihrer Persönlichkeit trug, verwirrte ihn. Er war überzeugt, daß sie von Dingen wußte, die über seinen Horizont gingen. Dennoch war sein Interesse so geweckt, daß er seine Schüchternheit vergaß und die albernen Banalitäten eines Gesprächs über das Wetter vermied. Er begann sie nach ihrem Leben zu fragen.

Sie antwortete schlicht. Sie stammte aus Yorkshire. Als sie fünfzehn Jahre alt war, verlor sie die Mutter. Damals war ihr Vater Subdirektor einer der großen Kohlengruben Bramwells.

Ihr einziger Bruder John war in derselben Grube als Bergbauingenieur ausgebildet worden. Vier Jahre später, als sie neunzehn Jahre zählte und die Mittelschule absolviert hatte, wurde ihr Vater zum Direktor der Porthzeche, zwanzig Meilen talabwärts, ernannt. Sie und ihr Bruder zogen mit nach Südwales, sie, um den Haushalt zu führen, John als Gehilfe seines Vaters. Sechs Monate nach der Übersiedlung ereignete sich ein schlagendes Wetter in der Grube. John, der unter Tage war, fand sogleich den Tod. Der Vater fuhr, als er von dem Unglück hörte, unverzüglich ein und fiel den Gasschwaden zum Opfer. Eine Woche später wurden die beiden Leichen zusammen an den Tag gebracht.

Als sie ihre Erzählung beendet hatte, wurde es still.

»Wie furchtbar!« sagte Andrew dann mitfühlend.

»Man war sehr gut zu mir«, erwiderte sie ruhig. »Besonders Mr. und Mrs. Watkins. Ich bekam die Stellung hier an der Schule.« Sie machte eine Pause, und ihr Gesicht wurde wieder hell. »Aber mir geht's trotzdem wie Ihnen. Ich fühle mich noch immer fremd hier. Man braucht lange, bis man sich an die Täler gewöhnt hat.«

Er blickte zu ihr auf und suchte nach einem Ausdruck, der auch nur schwach seine Gefühle für sie andeutete, nach einer Bemerkung, die taktvoll einen Strich unter die Vergangenheit gesetzt und einen hoffnungsreichen Blick in die Zukunft eröffnet hätte.

»Man fühlt sich hier leicht von der Welt abgeschnitten und vereinsamt. Ich kenne das. Mir geht es oft so. Oft möchte ich jemanden haben, mit dem ich sprechen könnte.«

Sie lächelte. »Worüber möchten Sie denn sprechen?«

Er wurde rot und fühlte sich ertappt. »Nun, über meine Arbeit, vermutlich.« Er hielt ein, dann aber fand er, er müsse das genauer erklären. »Mir ist, als tappte ich bloß im dunkeln, als liefe ich aus einem Problem ins andere.«

»Wollen Sie damit sagen, daß Sie schwierige Fälle haben?«

»Das ist es nicht.« Er stockte und fuhr dann fort: »Als ich herkam, war ich voll von Formeln, von Sätzen, die ein jeder glaubt oder zu glauben vorgibt. Daß Gelenkschwellungen Rheumatismus bedeuten. Daß Rheumatismus Salizylate bedeutet. Sie verstehen, die orthodoxen Lehrsätze! Nun, allmählich komme ich darauf, daß manche davon ganz falsch sind. Und auch die Medikamente. Mir scheint, viele bringen mehr Schaden als Nutzen. Das System ist schuld. Ein Patient kommt in die Ordination. Er erwartet eine ›Arzneiflasche‹. Und die kriegt er, und wenn's nichts anderes ist als gebrannter Zucker, Soda bicarb und das gute alte Aqua. Darum werden nämlich die Rezepte lateinisch geschrieben – damit er's nicht versteht. Das ist ein Unrecht. Das ist nicht wissenschaftlich. Und noch etwas anderes. Mir scheint, daß allzuviel Ärzte die Krankheiten symptomatisch behandeln, das heißt, sie bekämpfen jedes Symptom einzeln für sich. Sie geben sich gar nicht die Mühe, die Symptome im Geist zu kombinieren und auf die richtige Diagnose zu kommen. Sie sagen – und zwar sehr rasch, weil sie gewöhnlich Eile haben: ›Aha, Kopfweh – hier ein Pulver dagegen‹ oder ›Sie sind anämisch – Sie brauchen Eisen.‹ Statt sich zu fragen, was die Ursache der Kopfschmerzen oder der Anämie ist –« Er brach jäh ab. »Oh, verzeihen Sie! Ich langweile Sie ja!«

»Nein, nein«, sagte sie lebhaft. »Es ist furchtbar interessant.«

»Ich beginne mich erst langsam einzuarbeiten«, fuhr er stürmisch fort, erregt durch ihre Anteilnahme. »Aber ich bin nach dem, was ich gesehen habe, fest davon überzeugt, daß die Bücher, aus denen wir lernen, zu viel altmodische, konservative Ideen enthalten. Heilmittel, die wertlos sind, Symptome, die irgend jemand im Mittelalter in den Text geschmuggelt hat. Sie können mir darauf erwidern, dies spiele für den durchschnittlichen praktischen Arzt keine so große Rolle. Aber warum soll der praktische Arzt nicht etwas Besseres sein als ein simpler Arzneimixer und Pillendreher? Es ist hohe Zeit, daß die Fronttruppe der Medizin mit wahrer Wissenschaft ausgerüstet wird. Viele Leute glauben, die Wissenschaft liege auf dem Boden eines Reagenzglases. Ich glaub' es nicht. Ich meine, ein beschäftigter praktischer Arzt hat jede Gelegenheit, die Dinge zu sehen, und bessere Möglichkeiten, die ersten Symptome einer neuen Krankheit zu beobachten, als man sie in irgendeinem Spital hat. Wenn ein Fall ins Krankenhaus eingeliefert wird, ist er zumeist schon über das Frühstadium hinaus.«

Sie wollte lebhaft antworten, doch da klingelte es an der Tür. Sie unterdrückte ihre Bemerkung, stand auf und sagte mit ihrem flüchtigen Lächeln:

»Hoffentlich vergessen Sie Ihr Versprechen nicht, mir ein andermal davon zu erzählen.«

Watkins und seine Frau traten ein und entschuldigten sich wegen der Verspätung. Fast unmittelbar darauf setzte man sich zu Tisch.

Das war ein ganz anderes Essen als der kalte Imbiß, der sie unlängst zusammengeführt hatte. Es gab Kalbfleisch, in der Kasserolle gedämpft, und in Butter gerösteten Kartoffelbrei; hernach eine frische Rhabarbertorte mit Schlagrahm; dann Käse und Kaffee. Jeder Gang war zwar einfach, aber schmackhaft und reichlich. Nach den kargen Mahlzeiten, die Blodwen ihm vorsetzte, war es für Andrew ein wahres Fest, daß er warme, gut zubereitete Speisen vor sich sah. Er seufzte komisch:

»Sie haben Glück mit Ihrer Hauswirtin, Miß Barlow. Sie kocht wunderbar.«

Watkins, der Andrew beim Hantieren mit Messer und Gabel belustigt zugesehen hatte, lachte unvermittelt laut auf.

»Das ist gut.« Er wandte sich an seine Frau. »Hast du's gehört, Mutter? Er sagt, die alte Mrs. Herbert kocht wunderbar.«

Christine errötete ein wenig. »Hören Sie nicht auf ihn!« sagte sie zu Andrew. »Ein so nettes Kompliment hat mir noch niemand gemacht – weil Sie es nämlich nicht beabsichtigt haben. Sie müssen wissen: das Essen habe nämlich ich gekocht. Ich habe Küchenbenutzung. Und ich koche gern. Ich bin's gewohnt.«

Ihre Bemerkung veranlaßte den Grubendirektor nur zu einem noch stürmischeren Heiterkeitsausbruch. Er war ganz verändert – gar nicht mehr das schweigende Individuum, das die Genüsse jenes Gesellschaftsabends bei Mrs. Bramwell stoisch über sich hatte ergehen lassen. Geradeheraus und angenehm ungezwungen freute er sich am Essen, leckte sich nach der Torte die Lippen, stemmte die Ellbogen auf den Tisch und erzählte Geschichten, daß alle lachen mußten.

Der Abend verging rasch. Als Andrew auf die Uhr sah, mußte er zu seinem Erstaunen feststellen, daß es beinahe schon elf war.

Und er hatte einem Patienten auf dem Bleina Place versprochen, ihn noch vor halb elf zu besuchen.

Als er sich, ungern, erhob, um Abschied zu nehmen, begleitete ihn Christine zur Tür. In dem schmalen Korridor berührte sein Arm ihre Seite. Ein süßer Schmerz durchzuckte ihn. Sie war so anders als alle die Leute, die er kannte, so ruhig war sie, so zart, so verstehend der Blick ihrer dunklen Augen! Er bat den Himmel um Verzeihung, weil er sie für zu hager gehalten hatte! Er murmelte, und sein Atem ging rasch:

»Ich kann Ihnen für Ihre freundliche Einladung gar nicht genug danken. Bitte, darf ich Sie wiedersehen? Ich fachsimple nicht immer, das verspreche ich Ihnen. Wollen Sie – Christine, wollen Sie einmal mit mir nach Toniglan ins Kino gehen?«

Ihre Augen lächelten zu ihm auf, zum erstenmal leicht herausfordernd: »Versuchen Sie's, mich einzuladen!«

Eine Minute des Schweigens auf der Türschwelle unter den hohen Sternen. Die taufrische Luft kühlte seine heißen Wangen. Süß drang Christines Atem zu ihm. Es verlangte ihn, sie zu küssen. Ungelenk drückte er ihr fest die Hand, dann wandte er sich um, stapfte den Pfad hinab und ging heimwärts, mit tanzenden Gedanken, als schritte er auf Wolken jenen schwindelnden Pfad, den Millionen verzückt wandelten und dabei ihr Los für einzigartig, auf wunderbare Weise vorausbestimmt und ewiglich gesegnet hielten! Oh! Sie war ein wunderbares Mädchen! Wie gut hatte sie ihn verstanden, als er von den Schwierigkeiten seiner Praxis sprach! Sie war klug, viel klüger als er. Und was für eine herrliche Köchin obendrein! Und er hatte zu ihr Christine gesagt!

8

Obwohl Christine nun sein Gemüt mehr denn je beschäftigte, war doch sein Denken und seine Stimmung völlig verändert. Er fühlte sich nicht mehr verzagt, sondern glücklich, gehoben und hoffnungsvoll. Und dieser Wechsel in seinen Aussichten wirkte sich unmittelbar auf seine Arbeit aus. Er war jung genug, um sich sie ständig vorstellen zu können, wie sie ihn beobachtete, wenn er seine Patienten behandelte, wie sie seine sorgfältigen Untersuchungen, sein bedachtes Vorgehen sehen konnte, wie sie ihn ob der wissenschaftlichen Genauigkeit seiner Diagnosen belobte. Jede Versuchung, eine Krankenvisite rasch abzutun, sich eine Meinung zu bilden, ohne vorher den Brustkorb des Patienten abzuklopfen, begegnete sogleich dem Einwand: »Guter Gott, nein! Was dächte sie von mir, wenn ich das täte?«

Mehr als einmal fand er Dennys Blick spöttisch, verständnisvoll auf sich gerichtet. Doch das machte ihm nichts aus. In seiner heftigen idealistischen Art brachte er Christine in Verbindung mit seinen ehrgeizigen Plänen, und ohne daß sie es wußte, wurde sie ihm ein ganz besonderer Ansporn in seinem Kampf gegen die menschlichen Leiden.

Er gestand sich ein, daß er tatsächlich noch recht wenig wußte. Doch er gewöhnte sich an, selbständig zu denken, in dem Bestreben, die eigentliche Ursache herauszufinden, über den äußeren Anschein hinaus vorzudringen. Noch nie vorher hatte er sich zu dem wissenschaftlichen Ideal so machtvoll hingezogen gefühlt. Er betete um die Gnade, niemals schlampig oder geldgierig zu werden, niemals übereilte Schlüsse zu ziehen, niemals der Einfachheit halber das alte Rezept zu verschreiben. Er wollte Entdeckungen machen, wissenschaftlich arbeiten, wollte Christines würdig sein.

Angesichts dieses stürmischen Tatendrangs fand er es furchtbar schade, daß die Arbeit in seiner Praxis plötzlich und auf der ganzen Linie höchst eintönig wurde. Er hätte am liebsten Berge versetzt. Doch in den nächsten paar Wochen bekam er unbedeutende Maulwurfshügel zu Gesicht. Seine Krankheitsfälle waren alltäglich, höchst uninteressant, eine banale Folge von Verrenkungen, Fingerverletzungen und Erkältungen aller Art. Der Gipfel war, als er zwei Meilen talabwärts zu einer alten Frau gerufen wurde, die ihr gelbes Gesicht halb unter einer Flanellhaube hervorstreckte und ihn bat, ihr die Hühneraugen zu schneiden.

Er fühlte sich albern, gehemmt durch diesen Mangel an Möglichkeiten, und sehnte sich nach Wirbelwind und Sturm.

Allmählich begann er, an sich selbst zu zweifeln, sich zu fragen, ob ein Arzt in diesem abgeschiedenen Nest überhaupt etwas anderes als ein ganz gewöhnlicher Karrengaul sein könne. Und dann kam beim tiefsten Stand der Ebbe ein Zwischenfall, der die Quecksilbersäule seiner Zuversicht wieder bis zum Himmel emportrieb.

Gegen Ende der letzten Juniwoche begegnete er auf der Eisenbahnbrücke Dr. Bramwell. Der Blasengel schlüpfte gerade aus der Seitentür des Bahnhofsrestaurants und wischte sich verstohlen mit dem Handrücken die Oberlippe. Wenn Gladys, fröhlich und aufs beste herausgeputzt, fortgegangen war, um ihre rätselhaften ›Einkäufe‹ in Toniglan zu besorgen, pflegte er sich unauffällig mit zwei, drei Pinten Bier zu trösten.

Ein wenig verlegen, weil Andrew ihn gesehen hatte, zog er sich doch ziemlich elegant aus der Klemme.

»Ah, Manson! Freut mich, Sie zu sehen. Ich habe eben einen Krankenbesuch bei Pritchard gemacht.«

Pritchard war der Eigentümer des Bahnhofsrestaurants, und Andrew hatte ihn vor fünf Minuten mit seinem Bullterrier auf einem Spaziergang gesehen. Aber er ließ die Notlüge hingehen. Er hatte eine Schwäche für den Blasengel, dessen hochtrabende Sprache und falsches Heldentum in sehr menschlicher Art durch seine Schüchternheit und die Löcher in den Socken gemildert wurden, die Gladys zu stopfen vergaß.

Als sie zusammen die Straße hinaufgingen, fingen sie zu fachsimpeln an. Bramwell war immer gerne bereit, über seine Patienten zu sprechen, und jetzt erzählte er mit ernster Miene, daß Emlyn Hughes, Annies Schwager, in seiner Behandlung sei. Emlyn, sagte er, sei in letzter Zeit recht sonderbar geworden und habe bei der Arbeit im Bergwerk Schwierigkeiten gehabt, da er das Gedächtnis verliere. Er sei streitsüchtig und heftig geworden.

»Das gefällt mir gar nicht, Manson«, erklärte Bramwell mit weisem Kopfnicken. »Ich habe früher schon Fälle von Geisteskrankheit gehabt, und dieser Fall gleicht ihnen haarscharf.«

Andrew interessierte sich für den Fall. Er hatte Hughes immer für einen ruhigen und angenehmen Menschen gehalten. Doch jetzt fiel ihm ein, daß Annie seit einiger Zeit besorgt aussah und auf Fragen undeutlich – denn trotz ihrer Schwatzhaftigkeit war sie in Familienangelegenheiten verschwiegen – darauf anspielte, sie sei ihres Schwagers wegen bekümmert. Als sich Andrew von Bramwell verabschiedete, sprach er die Hoffnung aus, der Fall möge bald eine Wendung zum Besseren nehmen.

Doch am nächsten Freitag wurde er um sechs Uhr morgens durch ein Klopfen an seiner Schlafzimmertür geweckt. Es war Annie, ganz angekleidet und mit ganz rotgeweinten Augen; sie reichte ihm einen Brief. Andrew riß den Umschlag auf, es war eine Mitteilung von Dr. Bramwell.

»Kommen Sie sofort! Ich möchte, daß Sie mit mir eine Bescheinigung über einen gemeingefährlichen Irrsinnigen ausstellen.«

Annie kämpfte mit den Tränen.

»Es ist Emlyn, Doktor. Etwas Furchtbares ist geschehen. Kommen Sie, bitte, so schnell als möglich.«

Andrew war in drei Minuten angekleidet. Annie begleitete ihn die Straße hinab und beschrieb ihm, so gut sie konnte, Emlyns Zustand. Schon drei Wochen war er krank und gar nicht mehr der alte gewesen, doch in dieser Nacht war er gewalttätig geworden und hatte zweifellos den Verstand verloren. Er war mit dem Brotmesser auf seine Frau losgegangen. Olwen hatte sich nur dadurch retten können, daß sie im Nachthemd auf die Straße geflüchtet war. Diese aufregende Geschichte war traurig genug, wie Annie sie jetzt abgerissen berichtete, während sie im fahlen Morgenlicht an Andrews Seite dahineilte, und er konnte Annie nur wenig zum Trost sagen. Sie kamen zur Wohnung der Familie Hughes. Andrew fand im Vorderzimmer Dr. Bramwell, unrasiert, ohne Kragen und Krawatte, aber mit ernster Miene am Tisch, die Feder in der Hand. Vor ihm lag ein bläuliches Formular, halb ausgefüllt.

»Ah, Manson! Nett von Ihnen, daß Sie so rasch kommen. Eine böse Geschichte. Aber es wird Sie nicht lange aufhalten.«

»Was ist denn los?«

»Hughes ist verrückt geworden. Ich glaube, ich habe Ihnen schon vor einer Woche angedeutet, daß ich das befürchtete.

Nun, ich behielt recht. Akuter Wahnsinn.« Bramwell ließ die Worte tragisch großartig über die Zunge rollen. »Akute Manie mit Mordtrieben. Wir müssen ihn unverzüglich nach Pontynewdd schaffen. Dazu sind zwei Unterschriften auf der Bescheinigung erforderlich, meine und Ihre – die Verwandten wünschten, daß ich Sie zuziehe. Sie kennen ja den Vorgang, nicht wahr?«

»Ja.« Andrew nickte. »Welche Beweise führen Sie an?«

Bramwell begann, nachdem er sich geräuspert hatte, vorzulesen, was er auf das Formular geschrieben hatte. Es war ein ausführlicher, schwulstiger Bericht über einige Handlungen Hughes' während der vorigen Woche, die alle auf geistige Zerrüttung deuteten. Am Ende hob Bramwell den Kopf. »Das ist doch schlüssig, meine ich?«

»Es klingt ziemlich schlimm«, antwortete Andrew langsam. »Na schön! Ich werde ihn mir ansehen.«

»Besten Dank, Manson. Wenn Sie fertig sind, finden Sie mich hier.«

Und er machte sich daran, weitere Rubriken des Formulars auszufüllen.

Emlyn Hughes lag im Bett, und neben ihm saßen, falls es notwendig werden sollte, ihn festzuhalten, zwei seiner Arbeitskameraden aus dem Bergwerk. Am Fußende des Bettes stand Olwen, und ihr sonst so munteres und lebhaftes Gesicht war nun bleich und vom Weinen entstellt. Sie schien so erschöpft und die Atmosphäre im Zimmer war so düster und gespannt, daß es Andrew im Augenblick kalt überlief und er fast Furcht bekam. Er trat zu Emlyn und erkannte ihn anfangs kaum. Die Veränderung sah man zwar nicht allzu deutlich, denn dies war Emlyn, aber ein verwischter und verwandelter Emlyn, dessen Züge sich auf nicht recht erklärliche Art vergröbert hatten. Das Gesicht schien angeschwollen zu sein, die Nasenflügel verdickt, die Haut wächsern bis auf ein paar mattrötliche Flecken über der Nase. Der ganze Mensch machte einen unbeholfenen, apathischen Eindruck. Andrew sprach ihn an. Emlyn murmelte eine unverständliche Antwort. Dann ballte er die Fäuste und sprudelte eine Tirade beleidigenden Unsinns hervor. In Verbindung mit Bramwells Krankengeschichte wurde dadurch der Fall nur allzu klar.

Schweigen folgte. Andrew glaubte, er könne nun überzeugt sein. Und doch fühlte er sich – er konnte sich das nicht erklären – irgendwie nicht befriedigt. Warum sollte Hughes so sprechen? Warum, warum? So fragte er sich unaufhörlich. Und angenommen, der Mann hatte den Verstand verloren, was war die Ursache? Er war doch immer ein glücklicher und zufriedener Mensch, sorglos, gesellig, freundlich gewesen. Warum hatte er ohne ersichtlichen Grund sich so verändert?

Es mußte einen Grund geben, dachte Manson verbissen. Symptome kommen nicht aus sich selbst. Und er starrte in das angeschwollene Gesicht und quälte und quälte sich ab, um dieses Rätsel zu lösen. Ganz unbewußt streckte er die Hand aus und berührte das aufgedunsene Gesicht. Da bemerkte er unwillkürlich, daß der Druck seines Fingers in der ödematösen Wange keine Spur hinterließ.

Jetzt zuckte wie ein elektrischer Schlag ein Wort durch sein Hirn. Warum war die Anschwellung nicht druckempfindlich? Weil – ihm pochte das Herz – weil es kein wirkliches Ödem war, sondern ein Myxödem! Das war es, bei Gott, das war es! Nein, nein, er durfte sich nicht übereilen, fest nahm er sich in die Hände. Er durfte nicht quacksalbern, er durfte nicht überstürzte Schlüsse ziehen. Er mußte vorsichtig, langsam zu Werk gehen, seiner Sache sicher sein.

Er bückte sich und hob die Hand des Patienten auf. Ja, die Haut war trocken und rauh, die Finger an den Spitzen leicht verdickt. Temperatur? Unternormal. Methodisch beendete er die Untersuchung und kämpfte Woge um Woge der Entdeckerfreude nieder. Jedes Anzeichen und jedes Symptom – alles fügte sich so herrlich ineinander wie ein schwieriges Silbenrätsel. Die schwerfällige Sprache, die trockene Haut, die spatulierten Finger, das aufgedunsene, unelastische Gesicht, der Gedächtnisschwund, das langsame Denken, die Anfälle von Reizbarkeit, die bis zum Mordtrieb ausarteten. Oh! Der Triumph, daß alles zum Krankenbild paßte, war herrlich.

Er richtete sich auf und ging ins Wohnzimmer hinunter, wo

Dr. Bramwell, mit dem Rücken zum Kaminfeuer, stand und ihm entgegenrief:

»Nun? Haben Sie sich überzeugt? Die Feder liegt auf dem Tisch.«

»Schauen Sie, Bramwell«, entgegnete Andrew mit abgewandtem Blick, krampfhaft bemüht, den ungestümen Triumph aus seiner Stimme zu bannen, »ich glaube nicht, daß wir für Hughes eine Bescheinigung ausstellen müssen.«

»Wie, was?« Der ruhige Ausdruck schwand langsam aus Bramwells Gesicht. Gekränkt und erstaunt rief er: »Aber der Mann ist doch irrsinnig!«

»Dieser Meinung bin ich eben nicht«, antwortete Andrew gleichmütig, noch immer Meister seiner Erregung und seiner Freude. Es genügte nicht, daß er die richtige Diagnose gestellt hatte. Jetzt mußte er auch Bramwell geschickt behandeln, durfte ihn nicht zum Gegner bekommen. »Meiner Ansicht nach ist Hughes nur deshalb geistig krank, weil er körperlich krank ist. Ich glaube, er leidet an einer Unterfunktion der Schilddrüse – es ist ein glatter Fall von Myxödem.«

Mit gläsernen Augen starrte Bramwell ihn an. Jetzt war er wirklich wie vor den Kopf geschlagen. Er setzte wiederholt zum Sprechen an, es gab einen sonderbaren Laut, als ob Schneeklumpen von einem Dach fielen.

»Und schließlich«, fuhr Andrew einschmeichelnd fort, den Blick auf den Kaminvorsatz gerichtet, »ist Pontynewdd ein so abscheulicher Ort. Wenn Hughes einmal dort ist, kommt er nie wieder heraus. Und selbst wenn er herauskommt, haftet ihm der Makel sein ganzes Leben lang an. Wie wär's, wenn wir den Versuch machten, ihm vorerst Thyroid zuzuführen?«

»Aber, Kollege«, stotterte Bramwell. »Ich wüßte nicht –«

»Bedenken Sie, welche Ehre Sie damit einlegen können«, unterbrach ihn Andrew rasch, »wenn Sie ihn wieder gesund machen. Glauben Sie nicht, daß das die Mühe lohnen würde? Also hören Sie, ich rufe jetzt Mrs. Hughes herein. Sie weint sich die Augen aus, weil sie glaubt, daß Emlyn fortkommt. Sie können ihr erklären, daß wir eine neue Behandlung versuchen wollen.«

Ehe Bramwell noch Einwendungen erheben konnte, ging Andrew aus dem Zimmer. Als er wenige Minuten später mit Mrs. Hughes zurückkam, hatte sich der Blasengel wieder gefaßt. In Positur vor dem Kamin, verkündete er der Gattin des Patienten auf seine beste Art, daß es »vielleicht noch einen Hoffnungsstrahl gebe«, während hinter seinem Rücken Andrew die Bescheinigung zu einem niedlichen Ball zerknüllte und ins Feuer warf. Dann ging er fort, um telefonisch in Cardiff Thyroid zu bestellen.

Nun kamen bange Zeiten, mehrere Tage qualvollen Wartens, bis Hughes auf die Behandlung zu reagieren begann. Doch sobald einmal die Reaktion eingetreten war, schien sie wie durch Zauber fortzuschreiten. In zwei Wochen war Emlyn aus dem Bett und nach zwei Monaten wieder an der Arbeit. Eines Abends kam er, hager und frisch, begleitet von der lächelnden Olwen, ins Ambulatorium nach Bryngover und erklärte Andrew, er habe sich nie im Leben wohler gefühlt. Olwen sagte:

»Wir verdanken Ihnen alles, Doktor. Wir möchten uns weiterhin statt von Bramwell von Ihnen behandeln lassen. Emlyn war bei Bramwell auf der Liste, noch bevor wir heirateten. Aber Dr. Bramwell ist ja ein dummes, altes Weib. Er hätte meinen Emlyn ins – na, Sie wissen ja, wohin – gebracht, wenn Sie nicht gewesen wären und so viel für uns getan hätten.«

»Sie dürfen sich nicht umschreiben lassen, Olwen«, antwortete Andrew. »Das wäre von Nachteil.« Er ließ seinen Berufsernst fallen und wurde echt jungenhaft heiter. »Und wenn Sie den Versuch machen, komme ich mit demselben Brotmesser über Sie.«

Bramwell bemerkte munter bei der nächsten Begegnung auf der Straße:

»Hallo, Manson! Sie haben Hughes wohl schon gesehen? Na, die beiden sind aber dankbar! Ich kann mir schmeicheln, noch nie einen schöneren Erfolg erzielt zu haben.«

Annie sagte:

»Der alte Bramwell bläht sich überall in der Stadt auf, als ob er jemand wäre. Und er versteht gar nichts. Und seine Frau, na! Die kann ihre Dienstboten keine vierzehn Tage im Haus halten.«

Miß Page sagte: »Vergessen Sie nicht, Doktor, daß Sie bei Dr. Page angestellt sind.«

Dennys Kommentar lautete:

»Manson, gegenwärtig sind Sie viel zu aufgeblasen, als daß man mit Ihnen reden könnte. Sie werden noch einmal einen unglaublichen Blödsinn machen. Und zwar bald. Sehr bald.«

Doch Andrew, der voll des Triumphs über seine wissenschaftliche Methode zu Christine eilte, bewahrte alles, was er zu sagen hatte, für das Mädchen auf.

9

Im Juli dieses Jahres fand in Cardiff der alljährliche Kongreß der British Medical Union statt. Dieser Verband, dem, wie Professor Lamplough seinen Studenten bei der Abschiedsansprache immer verkündete, ein jeder achtbare Arzt angehören sollte, war seiner Jahresversammlungen wegen berühmt. Die ausgezeichnet organisierten Veranstaltungen boten den Mitgliedern und deren Familien sportliche, gesellschaftliche und wissenschaftliche Freuden, Preisermäßigungen in allen Gasthöfen, mit Ausnahme der Luxushotels, kostenlose Wagenfahrten zu einer jeden Klosterruine in der Umgebung, eine künstlerische Broschüre als Andenken, hübsch ausgestattete Kalender der führenden Instrumentenfabriken und Heilmittelfirmen und Badegelegenheiten im nächsten Kurort. Im Vorjahr warem am Ende der Festwoche allen Ärzten und ihren Gattinnen umfängliche Schachteln mit Non-Adipo-Zwieback zugesandt worden. Andrew gehörte der Union nicht an, da der Mitgliedsbeitrag von fünf Guineen vorläufig noch seine Mittel überstieg, aber aus der Ferne beobachtete er die Veranstaltung mit einigem Neid. Das hatte zur Folge, daß er sich in Drineffy vereinsamt und von der Welt abgeschnitten fühlte. Fotos in den lokalen Zeitungen – ein Rudel Ärzte auf einer flaggengeschmückten Tribüne, mit Begrüßungsansprachen überschüttet, oder auf der Fahrt zu dem exklusiven Golfplatz von Penarth oder zusammengepfercht auf einem Dampfer zu einer Vergnügungsfahrt nach Weston-super-Mare – hatten lediglich die Wirkung, dieses Gefühl des Ausgeschlossenseins zu vertiefen.

Doch um die Wochenmitte kam ein Brief mit dem Aufdruck eines Cardiffer Hotels und erweckte in Andrew freudigere Gefühle. Das Schreiben war von seinem Freund Freddie Hamson. Freddie nahm, wie zu erwarten war, an der Tagung teil und lud Manson ein, einen Abstecher hinüber zu machen und ihn zu besuchen. Er schlug ihm ein gemeinsames Dinner am Samstag vor.

Andrew zeigte den Brief Christine. Es war ihm schon zur zweiten Natur geworden, sie ins Vertrauen zu ziehen. Seit jener jetzt schon fast zwei Monate zurückliegenden Abendeinladung zu ihr war er mehr denn je in sie verliebt. Nun, da er sie oft sehen durfte und sie augenscheinlich gern mit ihm zusammenkam, war er so glücklich wie noch nie im Leben. Vielleicht wirkte Christine festigend auf seinen Charakter. Sie war ein sehr praktisches kleines Ding, ungewöhnlich offen und von jeder Koketterie gänzlich frei. Oft kam er bekümmert oder gereizt zu ihr und ging dann beruhigt und ausgeglichen wieder fort. Sie hatte ihre Art, dem, was er zu sagen wußte, ruhig zu lauschen und dann irgendeine Bemerkung zu machen, die zumeist sehr treffend oder belustigend war. Sie hatte starken Sinn für Humor. Und sie schmeichelte Andrew nie.

Gelegentlich hatten sie trotz Christines Ruhe heftige Auseinandersetzungen, denn sie war eigensinnig. Sie sagte ihm lächelnd, daß diese Rechthaberei von einer schottischen Großmutter komme. Vielleicht hatte sie auch ihren Sinn für Unabhängigkeit aus dieser Quelle. Oft fand er Gelegenheit, ihren großen Mut zu bewundern, das rührte ihn dann und erweckte in ihm das Verlangen, sie zu schützen. Sie war, wenn man von einer alten Tante in Bridlington absah, wirklich ganz allein auf der weiten Welt.

War es am Samstag- oder Sonntagnachmittag schön, so machten sie auf der Straße nach Pandy lange Spaziergänge. Einmal waren sie nach Toniglan gegangen, um Chaplin in dem Film ›Goldrausch‹ zu sehen, und einmal, auf Christines Vorschlag, wieder nach Toniglan zu einem Orchesterkonzert. Doch am meisten liebte er die Abende, an denen Mrs. Watkins das Mädchen besuchte und er an der herzlichen Gastfreundschaft Christines in ihrer Wohnung teilhaben durfte. Dort fanden zumeist auch ihre lebhaften Diskussionen statt. Mrs. Watkins saß dann friedlich strickend dabei, bis sie ihr Wollknäuel aufgebraucht hatte, und diente als Puffer, wenn die Geister allzu heftig aufeinanderplatzten.

Jetzt nun hätte er es gern gesehen, daß ihn Christine bei seinem Besuch in Cardiff begleitete. In der Schule an der Bank Street begannen die Sommerferien am Ende der Woche, und Christine wollte nach Bridlington fahren, um dort ihren Urlaub bei ihrer Tante zu verbringen. Andrew hielt es für angebracht, vor ihrer Abfahrt noch etwas ganz Besonderes zu veranstalten.

Als sie den Brief gelesen hatte, sagte er daher unvermittelt: »Wollen Sie mitkommen? Es sind nur anderthalb Stunden Bahnfahrt. Ich werde Blodwen dazu bringen, daß sie mich am Samstagabend von der Kette läßt. Vielleicht sehen wir etwas vom Ärztekongreß. Und auf jeden Fall möchte ich, daß Sie Hamson kennenlernen.«

Sie nickte.

»Ich habe schon Lust, mitzukommen.«

Von dieser Zusage freudig erregt, war er fest entschlossen, sich von Miß Page auf keinen Fall zurückhalten zu lassen. Deshalb brachte er schon, bevor er sie wegen seines Urlaubs anging, im Fenster des Ambulatoriums einen riesigen Zettel an:

SAMSTAG ABEND GESCHLOSSEN

Dann ging er fröhlich ins Haus

»Miß Page! Nach meiner Auslegung des Gesetzes gegen die Ausbeutung von Hilfsärzten habe ich das Recht auf einen halbtägigen Ausgang im Jahr. Meinen freien Halbtag möchte ich gern am Samstag haben. Ich fahre nach Cardiff.«

»Na, hören Sie, Doktor!« Sie war im ersten Augenblick aufgefahren, denn sein Ton kam ihr selbstbewußt und anmaßend vor. Doch nachdem sie ihn eine Zeitlang argwöhnisch gemustert hatte, erklärte sie widerwillig: »Na, schön – meinetwegen können Sie gehen.« Plötzlich fiel ihr etwas ein und ihre Miene hellte sich auf. Sie leckte sich die Lippen. »Da könnten Sie mir ja von Parry Backwerk mitbringen. Man kriegt nirgends besseres.«

Am Samstag, um halb fünf, nahmen Christine und Andrew den Zug nach Cardiff. Andrew war in bester Laune, leutselig redete er den Gepäckträger und den Schalterbeamten mit ihren Vornamen an. Jetzt sah er lächelnd auf Christine, die ihm gegenübersaß. Sie trug eine marineblaue Jacke und einen Rock von derselben Farbe und sah noch hübscher aus als sonst. Ihre schwarzen Schuhe waren blitzblank. Ihre Augen, ihr ganzes Wesen zeigten, wie sehr sie der Ausflug freute. Ihre Miene strahlte.

Da er sie so sah, überflutete ihn eine Welle der Zärtlichkeit und ein ungekanntes Gefühl des Begehrens. Das war ja recht schön und gut, ihre Kameradschaft, dachte er. Aber er wollte mehr. Er hatte den Wunsch, sie in die Arme zu nehmen, sie an sich zu drücken, ihren warmen Atem zu spüren.

Unwillkürlich sagte er:

»Ich werde ganz vereinsamt sein ohne Sie, wenn Sie im Sommer fort sind.«

Ihre Wangen röteten sich ein wenig. Sie sah durchs Fenster.

Er fragte geradeheraus:

»Hätte ich das nicht sagen sollen?«

»Ich freue mich jedenfalls, daß Sie's gesagt haben«, antwortete sie, ohne ihn anzusehen.

Es lag ihm auf der Zunge, ihr seine Liebe zu erklären, sie trotz der lächerlichen Unsicherheit seiner Stellung zu fragen, ob sie ihn heiraten wolle. Mit plötzlicher Hellsichtigkeit erkannte er, daß dies die einzige, die unvermeidliche Lösung für sie beide war. Aber irgend etwas, eine Ahnung, daß dies nicht der richtige Augenblick sei, hielt ihn zurück. So entschloß er sich, erst auf der Heimfahrt mit ihr zu sprechen.

Einstweilen fuhr er recht atemlos fort:

»Heute abend wollen wir's uns gut gehen lassen. Hamson ist ein Prachtkerl. Im Royal war er sehr beliebt. Ein forscher Junge. Ich erinnere mich« – sein Blick wurde versonnen –, »einmal gab man in Dundee eine Wohltätigkeitsmatinee für die Krankenhäuser. Lauter Stars traten auf, im Lyzeum, wissen Sie, richtige

Schauspieler. Und hol's der Teufel, Hamson geht her und gibt auch was zum Besten, singt und tanzt, und das ganze Haus dröhnte vor Beifall.«

»Der ist wohl eher ein Salonlöwe als ein Arzt«, sagte sie lächelnd.

»Nicht so von oben herab, Chris! Freddie wird Ihnen gefallen.«

Um Viertel nach sechs lief der Zug in Cardiff ein, und sie gingen sogleich zum Palace Hotel. Hamson hatte versprochen, sie dort um halb sieben zu erwarten, doch als sie die Halle betraten, war er noch nicht da.

Sie standen nebeneinander und beobachteten das Bild. Die Halle war voll von Ärzten und Ärztegattinnen, alles plauderte, lachte, es herrschte ein freundschaftlicher, gemütlicher Ton. Freundliche Einladungen flatterten nach allen Seiten.

»Kollege! Heute abend müssen Sie mit Mrs. Smith neben uns sitzen.«

»Hallo! Herr Kollege! Was ist mit den Theaterkarten?«

Es gab ein aufgeregtes Kommen und Gehen; Gentlemen mit roten Abzeichen im Knopfloch eilten, Schriftstücke in Händen, mit wichtiger Miene über den Parkettboden. In der gegenüberliegenden Nische wiederholte ein Angestellter in einem fort mit eintöniger Stimme: »Sektionen O-tologie und Laryn-gologie... hierher bitte!« Über einem Korridor, der zu dem Anbau führte, war zu lesen: ›Ärztliche Ausstellung.‹ Auch fehlte es nicht an Palmen und einem Streichorchester.

»Ein recht geselliger Betrieb, nicht?« bemerkte Andrew, der das Gefühl hatte, als seien er und seine Begleiterin von der allgemeinen Fröhlichkeit gewissermaßen ausgestoßen. »Und Freddie ist unpünktlich wie immer, hol's der Teufel! Stecken wir einmal die Nase in die Ausstellung!«

Interessiert machten sie einen Rundgang. Andrew hatte bald die Hände voll eleganter Literatur. Lächelnd zeigte er dem Mädchen eines der Hefte. »Doktor, ist Ihr Wartezimmer leer? Wir können Ihnen zeigen, wie man es füllt.« Dann hatte er noch neunzehn Prospekte in der verschiedensten Aufmachung mit Anpreisungen der neuesten Sedativa und Analgetika.

»Es sieht ganz so aus, als ob die Betäubung die neueste Richtung in der Medizin wäre«, bemerkte er stirnrunzelnd.

Als sie schon weggehen wollten, wurden sie beim letzten Stand taktvoll von einem jungen Mann festgehalten, der eine glänzende Vorrichtung, ähnlich einer Taschenuhr, zeigte.

»Doktor! Unser neuer Indexometer wird Sie gewiß interessieren. Er bietet die mannigfaltigsten Verwendungsmöglichkeiten, ist von präzisester Genauigkeit und macht auf den Patienten einen wunderbaren Eindruck. Er kostet nur zwei Guineen. Gestatten Sie, Doktor! Sie sehen vorn einen Index der Inkubationsfristen. Eine Drehung der Scheibe, und Sie finden den Zeitpunkt der Infektion. Im Innern« – dabei ließ er die Hinterseite des Gehäuses aufschnappen – »haben Sie einen hervorragenden Hämoglobin-Kolorimeter, während auf dem Rücken in Form einer Tabelle –«

»Mein Großvater hat schon so was gehabt«, unterbrach ihn Andrew ungerührt, »aber er hat's weggeschenkt.«

Christine lächelte noch immer, als sie durch die Nische zurückgingen.

»Armer Teufel«, sagte sie. »Bisher hat sich noch niemand getraut, seinen Indexometer zu verulken.«

Gerade als sie die Halle wieder betraten, fuhr Freddie Hamson vor, sprang aus dem Taxi und hielt, gefolgt von einem Hotelpagen, der ihm die Golfstöcke trug, seinen Einzug ins Gebäude. Er sah die beiden sogleich und kam mit breitem, gewinnendem Lächeln auf sie zu.

»Hallo! Hallo! Da seid ihr ja! Entschuldigt meine Verspätung! Das Wettspiel um den Lister Cup hat mich festgehalten. Hat der Bursche ein fabelhaftes Glück gehabt! Na also! Na also! Das ist eine Freude, dich wiederzusehen, Andrew. Noch immer der alte Manson! Haha! Junge, warum kaufst du dir keinen neuen Hut?« Freundschaftlich, leutselig schlug er Andrew auf den Rücken, und lächelnd schloß sein Blick auch Christine in die Begrüßung ein. »Stell mich doch vor, du Holzklotz! Wovon träumst du denn schon wieder hier?«

Sie setzten sich an einen der runden Tische. Hamson schlug vor, etwas zu trinken. Mit einem Fingerschnalzen lockte er einen

Kellner herbei. Beim Sherry erzählte er dann des langen und breiten von dem Golfmatch, wie er den Sieg schon in greifbarer Nähe gehabt habe, bis ihm vom Gegner sein Spiel verdorben worden sei.

Mit seiner frischen Gesichtsfarbe, dem brillantinegeglätteten Blondhaar, in seinem flott geschnittenen Anzug und schwarzen Opalknöpfen in den hervorlugenden Manschetten stellte Freddie eine stattliche Erscheinung vor. Er war nicht gerade hübsch, da er sehr gewöhnliche Gesichtszüge hatte, aber umgänglich und fesch. Vielleicht sah er ein wenig dünkelhaft aus, doch konnte er, gab er sich Mühe, gewinnend wirken. Er verstand es leicht, sich beliebt zu machen, trotzdem hatte ihm einst an der Universität der Patholog und Zyniker Dr. Muir vor dem ganzen Auditorium mürrisch erklärt: »Sie wissen ja gar nichts, Mr. Hamson. Ihr Hirn ist wie ein Ballon und zur Gänze mit Sacroegoismo-Gas gefüllt. Aber Sie kommen nie in Verlegenheit. Wenn es Ihnen gelingt, sich durch die Kindergartenspiele durchzuschlängeln, die hierorts Examina heißen, prophezeie ich Ihnen eine große, glänzende Zukunft.«

Sie gingen zum Essen in den Grillroom, da keiner von ihnen für den Abend gekleidet war. Allerdings erklärte Freddie, er werde sich später befracken müssen. Er habe zu einer Tanzveranstaltung zu gehen – abscheulich unangenehm, aber man sei doch gezwungen, sich zu zeigen.

Nachdem er aus einer vom Medizinerwahn befallenen Speisekarte lässig das Menü zusammengestellt hatte – potage Pasteur, sole Madame Curie, tournedos à la Conférence Médiciale –, ergiong er sich mit dramatischer Inbrunst in Erinnerungen an die alte Zeit.

»Ich hätte mir damals nicht träumen lassen«, sagte er schließlich kopfschüttelnd, »daß sich Freund Manson in den Tälern von Südwales begraben könnte.«

»Halten Sie ihn für ganz begraben?« fragte Christine, und ihr Lächeln wirkte ziemlich gezwungen. Ein Schweigen entstand. Freddie warf einen Blick durch den vollgepferchten Grillroom und grinste Andrew an.

»Wie gefällt dir der Kongreß?«

»Ich finde«, antwortete Manson zögernd, »daß dies eine zweckdienliche Methode ist, sich auf dem laufenden zu halten.«

»Auf dem laufenden, o du heiliger Bimbam! Die ganze Woche war ich bei keiner einzigen Sektionsbesprechung. Nein, nein, mein lieber Alter, nicht darauf kommt es an, sondern auf die Beziehungen, die man anknüpft, die großen Tiere, die man kennenlernt und mit denen man dann später wieder zusammentrifft. Du hast ja keine Ahnung, mit was für wirklich einflußreichen Leuten ich diese Woche Fühlung genommen habe. Darum bin ich ja überhaupt hier. Wenn ich nach London zurückkomme, werde ich sie anklingeln und mit ihnen ausgehen oder Golf spielen. Und später – paß auf, was ich dir sage –, später bedeutet das gute Geschäfte.«

»Ich kann dir nicht ganz folgen, Freddie«, sagte Manson.

»Aber das ist doch so einfach wie nur etwas. Vorläufig hab' ich noch eine Anstellung, aber ich habe mein Auge schon auf ein hübsches kleines Zimmer im Westen geworfen, wo sich eine kleine Messingtafel mit der Aufschrift ›Freddie Hamson M. B.‹ ganz reizend ausnehmen müßte. Sobald diese Tafel angebracht ist, schicken mir meine Freunde – die Leute hier – Patienten. Du weißt doch, wie das zugeht. Versicherung auf Gegenseitigkeit. Eine Hand wäscht die andere.« Freddie trank genießerisch langsam einen Schluck Rheinwein. Dann fuhr er fort: »Abgesehen davon, macht es sich bezahlt, wenn man bei den kleinen Kollegen in den Vororten lieb Kind ist. Manchmal können sie einem etwas zukommen lassen. Na, altes Haus, in einem Jahr oder in zweien wirst du mir aus deinem Drin... na, wie heißt denn das Nest, wo die Füchse einander gute Nacht sagen? – Patienten nach London schicken.«

Christine maß Hamson mit einem raschen Blick und schien etwas sagen zu wollen, bezwang sich aber dann. Sie blickte unverwandt auf ihren Teller.

»Und jetzt erzähl von dir, Manson, alter Knabe!« schnatterte Freddie lächelnd weiter. »Was hast du alles erlebt?«

»Oh, nichts Besonderes. Ich ordiniere in einer Holzbaracke und erledige durchschnittlich dreißig Visiten am Tag, zumeist bei Bergleuten und ihren Angehörigen.«

»Klingt nicht allzu verheißungsvoll.« Freddie schüttelte abermals, diesmal bedauernd, den Kopf.

»Mir macht es Freude«, sagte Andrew milde.

Christine warf ein: »Und Sie können oft wirklich etwas leisten.«

»Ja, ich hatte unlängst einen ziemlich interessanten Fall«, erklärte Andrew nachdenklich. »Ich habe sogar dem ›Journal‹ einen Bericht darüber geschickt.«

Er schilderte in großen Zügen die Krankheit Emlyn Hughes'. Obwohl Freddie scheinbar ganz Ohr war, glitten seine Blicke unablässig durch den Raum.

»Eine prachtvolle Leistung«, bemerkte er, als Manson zu Ende war. »Ich hatte gedacht, Kropf gibt's nur in der Schweiz oder so wo. Hoffentlich hast du eine gepfefferte Rechnung ausgestellt. Übrigens, dabei fällt mir ein, daß mir heute jemand auseinandergesetzt hat, wie man sich in der Honorarfrage am wirksamsten sichert –« Und schon stak er mitten drin, ganz erfüllt von dem, was er an diesem Tag frisch gehört hatte, und entwickelte begeistert den Plan einer Barbezahlung aller Arzthonorare. Sie wurden mit dem Essen fertig, bevor er mit seiner wortreichen Abhandlung zu Ende war. Dann erhob er sich und warf die Serviette auf den Tisch.

Trinken wir den Kaffee draußen! Wir können alles Weitere in der Vorhalle bemurmeln.«

Um dreiviertel zehn hatte Freddie seine Zigarre ausgeraucht und seinen Vorrat an Geschichten vorerst erschöpft; er gähnte leicht und sah auf seine Platin-Armbanduhr

Aber Christine kam ihm zuvor. Sie warf Andrew einen Blick zu, setzte sich kerzengerade auf und bemerkte:

»Ist es nicht schon Zeit für unseren Zug?«

Manson wollte schon einwenden, daß sie noch eine halbe Stunde zur Verfügung hätten, als Freddie sagte:

»Und ich werde auch schon an diese saublöde Tanzerei denken müssen. Ich kann die Leute, denen ich zugesagt habe, nicht sitzen lassen.«

Er begleitete die beiden zur Drehtür und verabschiedete sich ebenso herzlich wie umständlich von ihnen.

»Nun, altes Haus«, schnurrte er mit einem letzten Händedruck und einem vertraulichen Schulterklopfen. »Wenn ich das kleine Schild im Westend anbringe, werd' ich gewiß nicht vergessen, dir eine Anzeige zu schicken.«

Draußen in der warmen Abendluft schritten Andrew und Christine schweigend die Park Street entlang. Er hatte das undeutliche Gefühl, als sei der Abend weniger erfreulich verlaufen, als er angenommen hatte, und habe zumindest Christines Erwartungen enttäuscht. Er wartete auf ein Wort von ihr, doch sie schwieg. Schließlich sagte er unsicher:

»Für Sie war es ziemlich langweilig, fürchte ich, all den alten Spitalklatsch anhören zu müssen.«

»Nein«, antwortete sie, »das hat mich ganz und gar nicht gelangweilt.«

Nach einer Pause fragte er:

»Gefällt Ihnen Hamson nicht?«

»Nicht besonders.« Sie wandte sich ihm zu und verlor die Selbstbeherrschung, ihre Augen funkelten ehrlich entrüstet. »Welche Idee, den ganzen Abend mit seinem gewichsten Haar und seinem billigen Lächeln dazusitzen und Sie zu begönnern!«

»Mich zu begönnern?« wiederholte er verblüfft.

Hitzig nickte sie.

»Er war unerträglich! ›Da hat mir einer auseinandergesetzt, wie man sich in der Honorarfrage am wirksamsten sichert.‹ Gleich nach dem Bericht über Ihre herrliche Leistung! Und dann nennt er's noch einen Kropf. Sogar ich weiß, daß das ganz was anderes ist. Und die Bemerkung, daß Sie ihm Patienten schicken sollen!« Sie kräuselte die Lippen. »Das war einfach großartig!« Ganz wütend schloß sie: »Oh! Ich konnte es kaum aushalten, wie er Sie von oben herab behandelte.«

»Ich finde nicht, daß er mich von oben herab behandelt hat«, wandte Andrew verwirrt ein. Nach kurzem Schweigen fuhr er fort: »Ich gebe zu, daß er heute sehr mit sich selbst beschäftigt schien. Vielleicht war das eine Stimmung. Er ist der gutmütigste Geselle, den man sich nur wünschen kann. Wir waren im College dicke Freunde und haben viel zusammen ausgefressen.«

»Wahrscheinlich fand er, daß man Sie gut ausnutzen

konnte!« sagte Christine mit ungewohnter Bitterkeit. »Er hat sich gewiß von Ihnen bei der Arbeit helfen lassen.«

Betrübt erhob er Einspruch:

»Seien Sie doch nicht ungerecht, Chris!«

»Sie sind es jetzt!« brauste sie auf, Tränen im Auge vor Zorn. »Sie müssen blind sein, daß Sie den Menschen nicht durchschauen. Und er hat uns den ganzen Ausflug verdorben. Wie nett war es doch, bevor er kam und von sich zu reden anfing! Und in der Victoria Hall gab man ein herrliches Konzert, zu dem wir hätten gehen können. Aber das haben wir versäumt, und jetzt ist es überhaupt schon zu spät für irgend etwas, aber die Hauptsache ist ja, daß *er* rechtzeitig zu seinem idiotischen Tanzabend kommt!«

In einigem Abstand voneinander trotteten sie dem Bahnhof zu. Es war das erstemal, daß er Christine zornig gesehen hatte. Und auch er war zornig – er grollte sich selbst, er grollte Hamson, und er grollte – ja, er grollte auch Christine. Und doch hatte sie mit der Behauptung recht, der Abend sei nicht erfreulich gewesen. Ja, wenn er jetzt ihr bleiches, beherrschtes Gesicht insgeheim beobachtete, mußte er zugeben, daß der ganze Ausflug gründlich verdorben war.

Sie betraten den Bahnhof. Während sie zum oberen Perron emporstiegen, gewahrte Andrew zwei Personen auf der anderen Seite. Er erkannte sie sogleich: Mrs. Bramwell und Dr. Gabell. In diesem Augenblick lief ein Zug, der Lokalzug zur Küste, nach Porthcawl ein. Gabell und Mrs. Bramwell bestiegen, einander anlächelnd, gemeinsam den Zug nach Porthcawl. Ein Pfiff, und er dampfte davon.

Andrew wurde es plötzlich elend zumute. Er blickte rasch zu Christine hin und hoffte, sie habe nichts bemerkt. Erst am Morgen war er Bramwell begegnet, der über den schönen Tag Bemerkungen gemacht, sich befriedigt die knochigen Hände gerieben und erzählt hatte, seine Gattin sei über das Wochenende zu ihrer Mutter nach Shrewsbury gefahren.

Andrew stand, gesenkten Hauptes, schweigend da. Seine Liebe zu Christine war so innig, daß ihm der Vorfall, dessen Zeuge er soeben gewesen war, und alle Schlüsse, die man daraus ziehen mußte, weh taten wie ein körperlicher Schmerz. Er fühlte leichte Übelkeit. Dieser Abschluß hatte dem Unglückstag gerade noch gefehlt! Andrews gute Laune war völlig ins Gegenteil umgeschlagen. Ein Schatten war auf seine Freude gefallen. Aus tiefster Seele sehnte er sich danach, ein langes, stilles Gespräch mit Christine zu führen, ihr sein Herz auszuschütten, dieses alberne, kleinliche Mißverständnis aus der Welt zu schaffen. Vor allem aber sehnte er sich danach, mit ihr ganz allein zu sein. Doch als der Zug nach den Tälern jetzt einfuhr, waren die Wagen überfüllt. Die beiden mußten sich mit einem Abteil zufrieden geben, wo Bergleute, dicht zusammengepfercht, laute Debatten über das Fußballmatch in der Stadt führten.

Es war schon spät, als sie nach Drineffy kamen, und Christine sah müde aus. Er war jetzt überzeugt, das sie Mrs. Bramwell und Gabell bemerkt hatte. Jetzt mit ihr zu sprechen, war ganz und gar unmöglich. Es blieb ihm nichts anderes übrig, als sie zu Mrs. Herberts Haus zu begleiten und ihr traurig gute Nacht zu sagen.

10

Obwohl Andrew erst gegen Mitternacht Bryngover erreichte, fand er dort Joe Morgan, der auf ihn wartete und mit kurzen Schritten zwischen dem versperrten Ambulatorium und der Haustür auf und ab ging. Als der untersetzte Bohrer Andrew gewahrte, hellte sich seine Miene auf.

»Hallo, Doktor, ich bin froh, daß Sie kommen. Schon eine Stunde geh' ich hier herum. Die Frau braucht Sie – es ist vor der Zeit da.«

Jählings aus der Betrachtung seiner eigenen Angelegenheiten gerissen, hieß Andrew den Mann warten. Er ging ins Haus, seine Tasche zu holen, dann machten sie sich gemeinsam auf den Weg nach dem Haus Bleina Terrace zwölf. Die Nacht war kühl und tief von stillen Geheimnissen. Andrew, sonst so empfänglich für alle Eindrücke, fühlte sich heute stumpf und schlaff. Keine Vorahnung sagte ihm, daß dieser nächtliche Gang etwas

Ungewöhnliches bringen könnte, geschweige denn, daß diese Krankenvisite seine ganze Zukunft in Drineffy beeinflussen würde. Die beiden Männer schritten schweigend dahin, bis sie zur Tür des Hauses Nummer zwölf gelangten. Hier blieb Joe stehen.

»Ich gehe nicht mit«, sagte er gepreßt. »Aber, Herr, ich weiß, daß Sie Ihr Bestes für uns tun werden.«

Im Innern des Hauses führte eine schmale Treppe zu einem kleinen, sauberen, aber ärmlich eingerichteten Schlafzimmer, das nur von einer Petroleumlampe erhellt war. Hier warteten Mr. Morgans Mutter, eine große, grauhaarige Frau von fast siebzig Jahren, und die untersetzte, ältliche Hebamme am Bett der Wöchnerin und musterten Andrews Miene, während er durchs Zimmer ging.

»Ich werd' Ihnen eine Tasse Tee kochen, Doktor«, sagte nach einigen Augenblicken die alte Frau lebhaft.

Andrew lächelte schwach. Er sah, die kluge und lebenserfahrene Greisin wußte, daß es jetzt zu warten galt, sie hatte aber Angst er könnte fortgehen und sagen, er wolle später wiederkommen.

»Keine Sorge, Mutter! Ich laufe nicht davon.«

Unten in der Küche trank er den Tee, den sie ihm vorsetzte.

Trotz seiner Übermüdung erkannte er, daß er sich nicht einmal eine Stunde Schlaf gönnen konnte, wenn er jetzt heimging. Er wußte auch, daß dieser Fall seine ganze Aufmerksamkeit in Anspruch nehmen würde. Eine seltsame geistige Lethargie überkam ihn. Er beschloß, da zu bleiben, bis alles vorüber sei.

Eine Stunde später stieg er wieder die Treppe hinauf, stellte langsame Fortschritte fest, ging wieder hinunter und setzte sich ans Herdfeuer. Es war jetzt still, nur dann und wann raschelte ein Stück Glut, und die Wanduhr tickte träge. Nein – nun hörte man noch ein anderes Geräusch – die Schritte Morgans, der draußen auf der Straße hin und her ging. Andrew gegenüber saß die alte Frau in ihrem schwarzen Kleid, völlig regungslos, mit seltsam lebendigen weisen Augen, die ihn prüfend beobachteten und ständig auf ihm ruhten.

Seine Gedanken waren schwer und wirr. Die Episode, deren

Zeuge er am Bahnhof von Cardiff zufällig geworden war, hielt ihn noch immer krankhaft in ihrem Bann. Er dachte an Bramwell und seine läppische Liebe zu einer Frau, die ihn aufs schmutzigste hinterging, an Denny, der, von seiner Frau getrennt, unglücklich lebte. Seine Vernunft sagte ihm, daß alle diese Ehen jämmerlich gescheitert waren. Erschrocken über diese Schlußfolgerung, fuhr er leicht zusammen. Er wollte die Ehe so gern als idyllischen Stand betrachten, ja, er konnte sie nicht anders betrachten, da ihm das Bild Christines vorschwebte; wenn ihr Auge ihm leuchtete, war gar kein anderer Schluß möglich. Der Zwiespalt zwischen seinem klaren, skeptischen Verstand und seinem überströmenden Herzen erbitterte und verwirrte ihn. Er ließ das Kinn auf die Brust sinken, streckte die Beine aus und starrte grübelnd ins Feuer.

Er verharrte so lange in dieser Stellung, und sein Denken war so sehr von Christine erfüllt, daß er auffuhr, als die alte Frau, die ihm gegenübersaß, ihn plötzlich ansprach. Ihre Gedanken hatten einen anderen Weg genommen.

»Susan sagte, man soll ihr kein Betäubungsmittel geben, wenn es am Ende dem Kind schadet. Sie wünscht sich dieses Kind so sehr, Doktor.« Ihre alten Augen leuchteten bei einem plötzlichen Gedanken auf. Leise fügte sie hinzu: »Wenn ich aufrichtig sein soll, wünschen wir es alle.«

Mit Mühe riß er sich zusammen.

»Die Betäubungsmittel werden nicht im geringsten schaden«, sagte er freundlich. »Mutter und Kind werden wohl sein.«

Jetzt hörte man die Hebamme vom oberen Treppenabsatz rufen. Andrew sah auf die Uhr, die halb vier zeigte. Er erhob sich und stieg zum Schlafzimmer hinauf. Er wußte, daß er jetzt mit seiner Arbeit beginnen konnte.

Eine Stunde verstrich. Es war ein langer, harter Kampf. Und als die ersten Streifen des Morgengrauens neben dem schadhaften Rand der Jalousien sichtbar wurden, war das Kind geboren – leblos.

Als Andrew das starre kleine Geschöpf anblickte, durchfuhr ihn ein Schauer des Entsetzens. Was hatte er nicht alles versprochen! Sein Gesicht, das von der Anstrengung heiß gewesen war, wurde plötzlich eiskalt. Er zögerte, im Widerstreit zwischen seinem Wunsch, bei dem Kind Belebungsversuche zu machen, und seiner Pflicht gegen die Mutter, die selber in einem verzweifelten Zustand war. Dieser Zwiespalt drängte sich ihm mit solcher Macht auf, daß er ihn gar nicht bewußt löste. Blindlings, instinktiv reichte er der Hebamme das Kind und wandte seine Aufmerksamkeit Susan Morgan zu, die im Kollaps, fast pulslos und noch immer nicht aus dem Ätherrausch erwacht, auf der Seite lag. In verzweifelter Hast stürzte er sich in ein rasendes Wettrennen mit dem Kräfteverfall der Wöchnerin. Im nächsten Augenblick hatte er eine Glasampulle zerschlagen und eine Pituitrininjektion gemacht. Dann warf er die Injektionsspritze beiseite und bemühte sich mit aller Kraft, die völlig erschlaffte Frau wieder hochzubringen. Nach einigen Minuten fieberhafter Anstrengung war ihr Herz gekräftigt, und er sah, daß er guten Gewissens von ihr ablassen konnte. Er wandte sich um, in Hemdsärmeln, das Haar an die feuchte Stirn geklebt.

»Wo ist das Kind?«

Die Hebamme fuhr erschrocken zusammen. Sie hatte es unters Bett gelegt.

Blitzschnell kniete Andrew nieder und fischte aus dem durchnäßten Zeitungspapier unter dem Bett das Kind heraus. Ein Junge war es, gänzlich ausgetragen, der schlaffe, warme Körper weiß und weich wie Talg. Die hastig unterbundene Nabelschnur lag da wie ein abgebrochener Pflanzenstengel. Die Haut war feingewebig, glatt und zart. Der Kopf hing schlaff an dem dünnen Hals. Die Gliedmaßen schienen keine Knochen zu haben.

Noch immer kniend, starrte Andrew mit düster gerunzelter Stirn das Kind an. Die weiße Verfärbung des kleinen Körpers, diese Asphyxia pallida, hetzte Andrews übermenschlich angespannte Gedanken zu einem Fall zurück, den er einst in der Gebärklinik gesehen, zu der Behandlung, die man damals angewandt hatte. Augenblicklich stand er wieder auf den Füßen.

»Bringen Sie mir heißes Wasser und kaltes Wasser!« rief er der Hebamme zu. »Und Waschbecken! Schnell! Schnell!«

»Aber, Doktor –« stammelte sie, den Blick auf den fahlen Körper des Kindes gerichtet.

»Rasch!« schrie er.

Er nahm ein Laken, legte das Kind darauf und begann mit speziellen Atemübungen. Inzwischen wurden die Waschbekken, ein Eimer und der große eiserne Kessel hereingebracht.

In wahnsinniger Hast goß er in das eine Becken kaltes Wasser, in dem anderen mischte er es mit heißem Wasser, so heiß, daß er gerade noch die Hand hineinhalten konnte. Dann tauchte er behend wie ein toller Jongleur das Kind bald in das eiskalte, bald in das dampfende Bad.

Fünfzehn Minuten vergingen. Schweiß rann in Andrews Augen und blendete ihn. Der eine Hemdsärmel hing triefend herab. Keuchend ging sein Atem. Aber kein Atemzug kam aus dem schlaffen Körper des Kindes.

Ein verzweifeltes Gefühl des Unterliegens drückte ihn nieder, eine tobende Hoffnungslosigkeit. Er bemerkte, wie ihn die Hebamme in unverhohlener Verblüffung beobachtete, während dort drüben, an die Wand gelehnt, die Hand an die Kehle gepreßt, lautlos, mit brennenden Augen auf ihn blickend, die alte Frau stand. Er erinnerte sich ihrer Sehnsucht nach einem Enkel, die nicht minder groß gewesen war als die Sehnsucht ihrer Tochter nach diesem Kind. Das alles war jetzt zerschmettert, vergeblich, unwiederbringlich dahin.

Der Fußboden bot ein Bild wüsten Durcheinanders. Andrew strauchelte über ein triefnasses Handtuch und hätte beinahe das Kind fallen lassen, das jetzt, naß und schlüpfrig wie ein seltsamer weißer Fisch, in seinen Händen lag.

»Um Himmels willen, Doktor!« winselte die Hebamme. »Es ist doch eine Totgeburt!«

Andrew beachtete sie nicht. Geschlagen, verzweifelnd, nach einer halben Stunde fruchtlosen Schuftens, riß er sich doch noch zu einer letzten Kraftanstrengung zusammen, rieb das Kind mit einem Frottiertuch ab, preßte und entspannte mit beiden Händen den winzigen Brustkorb und versuchte, diesen schlaffen Körper zum Atmen zu bringen.

Und dann ging wie durch ein Wunder durch die zwergenhafte, von Andrews Händen umschlossene Brust ein krampfhaftes Zucken. Noch einmal. Und noch einmal. Schwindel befiel

Andrew. Das Gefühl, daß nach all dem langen vergeblichen Kampf hier unter seinen Fingern ein Leben begann, war so einzigartig, daß er fast ohnmächtig wurde. Fieberhaft verdoppelte er seine Anstrengungen. Das Kind atmete jetzt stoßweise, immer tiefer und tiefer. Aus dem einen winzigen Nasenloch trat eine Schleimblase, eine freudig regenbogenfarbene Blase. Die Gliedmaßen sahen nicht mehr aus, als hätten sie keine Knochen. Der Kopf fiel nicht mehr rückgratlos nach hinten. Die blutleere Haut wurde langsam rosig. Dann kam – oh, Entzücken! – des Kindes erster Schrei.

»Guter Gott im Himmel!« schluchzte die Hebamme hysterisch.

»Es ist... es ist lebendig geworden.«

Andrew reichte ihr das Kind. Er fühlte sich schwach und betäubt. Das Zimmer rings um ihn war ein schwankendes Chaos: Laken, Handtücher, Waschbecken, beschmutzte Instrumente, die mit der Spitze im Linoleum steckende Injektionsspritze, der umgestürzte Eimer, der auf die Seite gerollte Kessel in einer Wasserpfütze. Auf dem zerwühlten Bett träumte sich die Wöchnerin friedlich von den Betäubungsmitteln frei. Die alte Frau stand noch immer an der Wand. Aber sie hatte die Hände gefaltet, und ihre Lippen bewegten sich lautlos. Sie betete.

Mechanisch wand Andrew seinen Ärmel aus und legte den Rock an.

»Die Tasche hole ich später!«

Er ging in die Küche. Seine Lippen waren trocken. Er trank Wasser in langen Zügen. Dann nahm er Hut und Mantel.

Vor dem Haus fand er Joe auf dem Gehsteig. Joes Gesicht war voll gespannter Erwartung,

»Schon gut, Joe«, sagte er gepreßt. »Beide sind gesund.«

Es war schon ganz hell. Gleich fünf Uhr. Ein paar Bergleute gingen durch die Straßen, die ersten, die von der Nachtschicht kamen. Während Andrew, erschöpft und langsam, mit ihnen dahinschritt und sein Tritt mit dem der anderen unter dem Morgenhimmel widerhallte, dachte er nur in einem fort, aller anderen Arbeit uneingedenk, die er in Drineffy getan: »Ich habe etwas geleistet! O Gott, endlich habe ich wirklich etwas geleistet.«

11

Nachdem er sich gebadet und rasiert hatte – Annie sorgte dafür, daß immer heißes Wasser bereitstand –, fühlte er sich weniger müde. Aber Miß Page, die sein Bett unberührt vorgefunden hatte, machte am Frühstückstisch neckisch-ironische Bemerkungen. Sie stichelte um so ärger, je hartnäckiger er schwieg. »Na, Doktor! Heut sehen Sie ja ziemlich hergenommen aus. Und dunkle Ringe unter den Augen! Die ganze Nacht in Cardiff gewesen, wie? Und außerdem haben Sie wahrscheinlich vergessen, mir den Kuchen von Parry mitzubringen. Eine kleine Bummelei, junger Mann? Hihi! Mich führen Sie nicht hinters Licht. Ich hab' mir ohnedies gedacht, soviel Ehrbarkeit kann nicht stimmen. Mit euch Hilfsärzten ist es immer die gleiche Geschichte. Bis jetzt habe ich noch keinen gehabt, der nicht getrunken oder sonst irgendwie gelumpt hätte!«

Nach der Vormittagssprechstunde und den Visiten sah sich Andrew nach seiner Patientin um. Es hatte eben halb eins geschlagen, als er die Bleina Terrace betrat. Kleine Gruppen von Frauen sprachen vor den offenen Türen, und als er vorbeikam, unterbrachen sie ihr Geplauder und entboten ihm, freundlich lächelnd, einen guten Morgen. Als Andrew sich dem Haus Morgans näherte, war ihm, als sähe er ein Gesicht am Fenster. Er irrte sich nicht. Man hatte auf ihn gewartet. Sobald er den Fuß auf die neu gemörtelte Schwelle setzte, wurde die Tür aufgerissen, und die alte Frau, die, so unwahrscheinlich es aussah, tatsächlich über das ganze verrunzelte Gesicht strahlte, hieß ihn im Hause willkommen. In ihrem Eifer, ihn so feierlich als möglich zu empfangen, konnte sie kaum die Worte finden. Sie forderte ihn auf, vorerst in die Wohnstube zu treten und eine Erfrischung zu sich zu nehmen. Als er ablehnte, meinte sie aufgeregt:

»Schon recht, schon recht, Doktor. Ganz, wie Sie wollen. Vielleicht haben Sie aber nachher Zeit für einen Schluck Johannisbeerwein und ein Stückchen Kuchen.« Mit ihren zitternden alten Händen schob sie ihn zärtlich die Treppe hinauf. Er trat ins Schlafzimmer. Der kleine Raum, vor kurzem noch ein Schlachtfeld, war gescheuert und funkelte vor Sauberkeit. Andrews Instrumente lagen ordentlich ausgerichtet, schimmernd auf dem lackierten Toilettentisch. Seine Tasche hatte man sorgfältig mit Gänseschmalz gewichst, die Metallteile poliert, so daß sie wie Silber aussahen. Es war frisches Bettzeug ausgebreitet, und auf dem schneeweißen Leinen lag die Mutter, deren unhübsches, ältliches Gesicht in stumpfem Glück zu Andrew blickte, während das Neugeborene ruhig und warm an ihrer vollen Brust lag.

»Ah!« Die untersetzte Hebamme erhob sich von ihrem Sessel beim Bett und ließ ein ganzes Salvenfeuer von Lachgrimassen los. »Jetzt sehen die beiden besser aus, nicht wahr, Doktor? Die haben ja keine Ahnung, was für Mühe sie uns gemacht haben.«

Susan Morgan befeuchtete sich die Lippen, sah den Besucher mit sanften, verschwommenen Augen warm an und versuchte ihren Dank zu stammeln.

»Das will ich meinen«, sagte die Hebamme kopfnickend, um ihre Wichtigkeit bis ins Letzte auszukosten. »Und vergessen Sie nicht, meine Liebe, daß Sie, bei Ihrem Alter, kein zweites Kind mehr bekommen werden. Da hat es geheißen: diesmal oder nie, verstanden?«

»Das wissen wir, Mrs. Jones«, unterbrach die alte Frau bedeutungsvoll von der Tür her. »Wir wissen, daß wir alles dem Doktor verdanken.«

»War mein Joe schon bei Ihnen, Doktor?« fragte die Wöchnerin schüchtern. »Nein? Nun, er wird kommen, da können Sie sicher sein. Er ist rein verrückt vor Freude. Gerade vorhin hat er gesagt, das einzige, was uns in Südafrika fehlen wird, ist, daß Sie uns nicht behandeln können.«

Andrew verließ, gebührend gestärkt mit Kuchen und hausgemachtem Johannisbeerwein – der alten Frau wäre das Herz gebrochen, hätte er sich geweigert, auf das Wohl ihres Enkels ein Glas zu leeren –, das Haus und setzte seine Besuchsrunde mit einem warmen Gefühl in der Brust fort. Verlegen sagte er sich: »Sie hätten nicht mehr Aufhebens mit mir machen können, wenn ich der König von England wäre.« Dieser Fall war in gewissem Sinn ein Gegengift gegen die Episode, die er im Bahnhof von Cardiff beobachtet hatte. Es sprach doch manches für die Ehe und für das Familienleben, wenn man solches Glück finden konnte, wie es jetzt das Heim der Morgans erfüllte.

Als Andrew vierzehn Tage später seinen letzten Besuch auf Nummer zwölf abgestattet hatte, kam Joe Morgan zu ihm. Joe tat furchtbar feierlich. Und nachdem er sich lange mit Worten abgeplagt hatte, brach er schließlich los:

»Hol's der Teufel, Herr Assistent, aber ich tauge nicht zum Reden. Mit Geld kann ich Ihnen nicht bezahlen, was Sie für uns getan haben, aber trotzdem möchten die Frau und ich Ihnen dieses kleine Präsent machen.«

Aufgeregt händigte er Andrew ein Blatt Papier aus. Es war eine Anweisung an die Building Society auf fünf Guineen.

Andrew starrte den Scheck an. Die Morgans waren, wie man zu sagen pflegt, bessere Leute, aber bei weitem nicht wohlhabend. Dieser Betrag mußte, so knapp vor ihrer Abreise, angesichts der hohen Übersiedlungskosten, ein gewaltiges Opfer bedeutet haben und zeugte von vornehmster Großzügigkeit. Gerührt sagte Andrew:

»Joe, lieber Freund, das kann ich nicht annehmen.«

»Sie müssen es annehmen«, sagte Joe ernst und beharrlich, während seine Hand die des jungen Arztes umschloß. »Sonst sind die Frau und ich zu Tode beleidigt. Es ist ein Präsent für Sie persönlich. Es geht Dr. Page nichts an. Er hat jetzt schon seit Jahren durch meine Beiträge Geld von mir bekommen, und das war das erstemal, daß wir ihn gebraucht hätten. Er ist gut bezahlt worden. Das ist eine Aufmerksamkeit – für Sie, Doktor. Sie verstehen.«

»Ja, Joe, ich verstehe«, sagte Andrew lächelnd.

Er faltete den Scheck zusammen, steckte ihn in die Westentasche und vergaß für mehrere Tage die ganze Angelegenheit. Als er dann am nächsten Dienstag an der Western Counties Bank vorbeikam, blieb er stehen, dachte einen Augenblick nach und trat ein. Da Miß Page ihm sein Gehalt immer in Banknoten auszahlte, die er mit eingeschriebenem Brief an das Endowment schickte, hatte er noch nie Gelegenheit gehabt, die Dienste der Bank in Anspruch zu nehmen. Doch jetzt entschloß er sich, in dem angenehmen Gefühl, angehender Kapitalist zu sein, mit Joes Geschenk ein Bankkonto zu eröffnen.

Vor dem Schalter füllte er etliche Formulare aus, indossierte den Scheck und reichte ihn dem jungen Kassenbeamten, wobei er lächelnd bemerkte:

»Es ist nicht viel, aber immerhin ein Anfang.«

Unterdes hatte er Aneurin Rees bemerkt, der sich im Hintergrund umhertrieb und ihn beobachtete. Und als Andrew sich zum Gehen wandte, kam der langköpfige Direktor zum Schalter vor. In den Händen hielt er den Scheck. Er glättete ihn leicht und warf einen Blick über seine Brille hinweg.

»Tag, Dr. Manson. Wie geht's?« Pause. Dann sog er durch seine gelben Zähne den Atem ein. »Wie? Sie wollen das auf Ihr neues Konto einzahlen?«

»Ja«, erwiderte Manson mit einiger Überraschung. »Ist es als Einlage zu wenig?«

»Aber nein, gewiß nicht, Doktor. Es handelt sich nicht um die Höhe des Betrags. Wir freuen uns sehr, mit Ihnen in Geschäftsverbindung zu treten.« Rees zögerte, sah forschend den Scheck an und blickte dann mit den kleinen argwöhnischen Augen zu Andrews Gesicht empor. »Wie? Wollen Sie das Konto auf *Ihren* Namen?«

»Nun, natürlich.«

»Schon gut, schon gut, Doktor.« Sein Gesicht zerfloß plötzlich zu einem wässerigen Lächeln. »Ich wollte es nur wissen, um sicher zu gehen. Haben wir nicht herrliches Wetter für diese Jahreszeit? Schönen guten Tag, Dr. Manson. G–u–ten Tag!« Verstimmt verließ Manson die Bank und fragte sich, was der kahlköpfige, zugeknöpfte Teufel wohl im Schild führen mochte. Es dauerte einige Tage, bis er die Antwort auf diese Frage erhielt.

Christine war schon über eine Woche auf Ferien fort. Andrew hatte der Fall Morgan so in Anspruch genommen, daß er sie am Tage ihrer Abreise nur einige Augenblicke hatte sehen können. Er hatte nicht mit ihr gesprochen. Aber nun, da sie fern weilte, sehnte er sich von ganzem Herzen nach ihr.

Der Sommer in der Stadt war diesmal besonders unangenehm. Die grünen Spuren, die der Frühling bei seinem Einzug hinterlassen hatte, waren längst verwelkt und verdorrt, die ganze Landschaft starrte in schmutzigem Gelb. Die Luft über den Bergen zitterte wie in Fieberschauern, die täglichen Sprengschüsse in den Gruben oder Steinbrüchen hallten in der stillen, schlaffen Luft wider wie in einem von Berg, Tal und Himmel gebildeten Kuppelgewölbe. Die Arbeiter kamen aus der Grube mit verschmierten Gesichtern. Der Erzstaub darin sah aus wie Rost. Freudlos spielten die Kinder. Der alte Kutscher Thomas war an Gelbsucht erkrankt, und so mußte Andrew seine Krankenbesuche zu Fuß erledigen. Während er durch die siedeheißen Straßen trottete, dachte er an Christine. Was trieb sie wohl? Dachte sie vielleicht ein wenig an ihn? Und wie stand es wohl um die Zukunft, um Christines Pläne, um die Möglichkeit eines gemeinsamen Glücks?

Und dann erhielt er ganz unerwartet eine Aufforderung, sich im Büro der Gesellschaft bei Watkins zu melden.

Der Bergwerksdirektor empfing ihn freundlich, forderte ihn auf, Platz zu nehmen, und schob ihm die Zigarettenschachtel hin. »Hören Sie, Doktor«, sagte er liebenswürdig, »ich wollte schon lange mit Ihnen sprechen, und es wäre gut, wenn wir es erledigen, bevor ich meinen Jahresbericht abschließe.« Er machte eine Pause, um eine gelbe Tabakfaser von der Zunge zu nehmen. »Eine größere Anzahl von den Jungens war bei mir. Emlyn Hughes und Ed Williams sind die Drahtzieher; die Leute wollen, daß ich Sie auf die Arztliste der Gesellschaft setze.« Andrew straffte sich auf seinem Stuhl, von einem lebhaften Gefühl der Genugtuung, von warmer Erregung durchdrungen.

»Sie meinen – ich soll Dr. Pages Praxis übernehmen?«

»Nun, nicht gerade das, Doktor«, sagte Watkins langsam. »Verstehen Sie, die Situation ist nicht einfach. Ich muß scharf aufpassen, daß ich mich mit den Arbeitern nicht überwerfe. Ich kann Dr. Page nicht von der Liste streichen, weil sehr viele Leute dagegen wären. Was ich vorhabe, liegt durchaus in Ihrem Interesse: ich wollte Sie ohne viel Aufhebens auf die Liste der Gesellschaft setzen, und wer dann von Dr. Page zu Ihnen abschwenken will, kann das ja leicht machen.«

Der Glanz in Andrews Gesicht erlosch. Er runzelte die Stirn, saß noch immer straff da.

»Aber Sie werden doch einsehen, daß ich das nicht machen kann. Ich bin von Page als Hilfsarzt angestellt. Wenn ich ihm Konkurrenz mache – so was kann doch ein anständiger Arzt nicht tun!«

»Es ist die einzige Möglichkeit.«

»Warum wollen Sie denn nicht, daß ich seine Praxis übernehme?« sagte Andrew eindringlich. »Ich würde ihm gerne dafür zahlen, aus meinen Eingängen – das wäre doch eine andere Möglichkeit.«

Watkins schüttelte heftig den Kopf.

»Blodwen gibt das nie zu. Ich hab' es ihr schon einmal vorgeschlagen. Sie weiß, daß ihre Stellung gefestigt ist. Fast alle älteren Arbeiter, Enoch Davies zum Beispiel, sind auf Pages Seite. Sie glauben, er werde wieder arbeiten können. Ich riskiere einen Streik, wenn ich auch nur den Versuch mache, Page auszuschalten.« Er schwieg eine Weile, dann fuhr er fort: »Überlegen Sie's bis morgen, Doktor. Morgen muß ich aber die neue Liste ins Zentralbüro nach Swansea schicken. Sobald die Liste abgegangen ist, läßt sich für ein weiteres Jahr nichts mehr machen.«

Andrew starrte einen Augenblick auf den Boden, dann schüttelte er langsam den Kopf. Seine noch vor einer Minute so kühnen Hoffnungen waren jetzt völlig in Trümmern.

»Es nützt ja nichts, ich kann nicht, und wenn ich mir's wochenlang überlege.«

Es schmerzte ihn tief, diesen Entschluß fassen zu müssen und ihn angesichts des deutlichen Wohlwollens, das Watkins ihm entgegenbrachte, aufrechtzuerhalten. Doch ließ sich die Tatsache nicht aus der Welt schaffen, daß er als Dr. Pages Hilfsarzt nach Drineffy gekommen war. Es erschien ihm ganz undenkbar, sich jetzt, selbst unter den außergewöhnlichen Umständen des ganzen Falles, gegen seinen Brotgeber zu stellen. Gesetzt den Fall, Page nähme irgendwie die Praxis wieder auf – wie erbärmlich sähe es dann aus, wenn man dem alten Mann Patienten wegfischte. Nein, nein, das konnte er nicht und das wollte er auch nicht.

Dennoch war er den ganzen Tag traurig und niedergeschlagen, grollte über die schamlose Ausbeutung durch Blodwen, war sich darüber klar, daß er in einer unmöglichen Lage feststak, und hätte es lieber gesehen, wenn ihm das Angebot gar nicht gestellt worden wäre. Am Abend gegen acht Uhr ging er verzagt zu Denny. Er hatte ihn jetzt schon einige Zeit nicht mehr gesehen und glaubte, ein Gespräch mit Philip werde ihm wohltun und vielleicht die Richtigkeit seiner Handlungsweise bestätigen. Um ungefähr halb neun kam er zu Philips Haus und trat, wie er es jetzt gewohnt war, ohne anzuklopfen, ins Wohnzimmer.

Philip lag auf dem Sofa. Zuerst glaubte Manson im Zwielicht des scheidenden Tages, er ruhe nur nach einem schweren Arbeitstag aus. Aber Philip hatte an diesem Tag nichts gearbeitet. Er lag auf dem Rücken, den Arm über dem Gesicht, und atmete schwer. Er war stockbesoffen. Als Andrew sich umwandte, sah er dicht hinter sich die Hauswirtin, die ihn mit besorgtem, furchtsamem Blick scheu musterte.

»Ich hab' Sie kommen hören, Doktor. Den ganzen Tag ist er schon so. Und gegessen hat er auch nicht. Ich kann nichts mit ihm anfangen.«

Andrew wußte einfach nicht, was er antworten sollte. Er stand da, starrte auf Philips stumpfes Gesicht und erinnerte sich jener ersten zynischen Bemerkung, die er am Abend seiner Ankunft im Ambulatorium von Denny gehört hatte.

»Jetzt ist es zehn Monate her seit dem letzten Suff«, fuhr die Hauswirtin fort. »Und in der Zwischenzeit trinkt er keinen Tropfen. Aber wenn er einmal anfängt, dann treibt er's arg. Ich kann Ihnen sagen, es ist mehr als unangenehm, denn Dr. Nicholls ist auf Urlaub weg. Es sieht ganz so aus, als müßt' ich ihm telegrafieren.«

»Schicken Sie mir Tom herauf«, sagte Andrew schließlich. »Wir werden ihn zu Bett bringen.«

Der Sohn der Hauswirtin kam, ein junger Bergarbeiter, der den ganzen Fall als Spaß zu betrachten schien. Mit vereinten Kräften entkleideten sie Philip und legten ihm den Pyjama an. Dann trugen sie ihn ins Schlafzimmer; er war regungslos und schwer wie ein Sack.

»Die Hauptsache ist, aufzupassen, daß er nichts mehr bekommt, verstehen Sie? Wenn nötig, versperren Sie die Tür«, sagte Andrew zur Hauswirtin, als sie wieder ins Wohnzimmer zurückkamen. »Und jetzt – jetzt könnten Sie mir seine heutige Besuchsliste zeigen.«

Von der Kinderschiefertafel, die in der Halle hing, schrieb er die Besuche ab, die Philip an diesem Tag hätte erledigen sollen. Er verließ das Haus. Wenn er sich beeilte, konnte er vor elf Uhr noch die meisten hinter sich bringen.

Am nächsten Vormittag ging er sogleich nach der Ordination zu Philip. Die Hauswirtin kam ihm händeringend entgegen. »Ich weiß nicht, woher er sich's verschafft hat. Ich bin nicht schuld. Ich hab' scharf aufgepaßt.«

Philip war noch schwerer betrunken als am Tag vorher und seiner Sinne nicht mächtig. Nach langem Schütteln und dem Versuch, ihn mit starkem Kaffee zu erwecken, der schließlich nur umgeschüttet und übers ganze Bett vergossen wurde, nahm Andrew die Besuchsliste wieder vor. Unter Flüchen auf die Hitze, die Fliegen, die Gelbsucht des Kutschers und auf Denny leistete er an diesem Tage doppelte Arbeit.

Am Spätnachmittag kam er erschöpft und mit dem zornigen Entschluß, Denny auf jeden Fall nüchtern zu kriegen, zurück. Diesmal fand er ihn im Pyjama rittlings auf einem Sessel sitzend, wie er, noch immer betrunken, eine lange Ansprache an Tom und Mrs. Seager hielt. Bei Andrews Eintreten verstummte Denny und warf ihm einen lauernden, höhnischen Blick zu. Dann sagte er heiser:

»Ha! Der gute Samariter. Ich höre, Sie haben meine Visiten

absolviert. Unglaublich edel. Aber warum? Warum soll dieser verfluchte Nicholls abstinken und uns die Arbeit lassen?«

»Das kann ich Ihnen nicht sagen.« Andrew verlor allmählich die Geduld. »Ich weiß nur, daß die Arbeit leichter wäre, wenn Sie Ihr Teil täten.«

»Ich bin Chirurg. Ich bin kein verblödeter praktischer Arzt. Ein praktischer Arzt! Was soll denn das eigentlich heißen? Haben Sie sich das schon gefragt? Nein? Nun, dann will ich's Ihnen sagen. Es ist der letzte, stereotypeste Anachronismus, es ist das schlimmste und dümmste System, das der von Gott erschaffene Mensch jemals erfunden hat! Die guten, alten praktischen Ärzte und das gute, alte britische Publikum. Haha!« Er lachte höhnisch. »Das hat sie geschaffen. Das liebt sie. Das läßt sich zu Tränen rühren durch sie.« Er schwankte auf seinem Sessel, der Ausdruck der entzündeten Augen war wieder bitter und mürrisch, als er seine betrunkene Vorlesung fortsetzte. »Was kann so ein armer Teufel machen? So ein praktischer Arzt – der liebe, alte Quacksalber, der in allen Sätteln reitet! Vielleicht sind seit seiner Approbation schon zwanzig Jahre vergangen. Wie kann er in der Medizin und Geburtshilfe und Bakteriologie und in allen anderen wissenschaftlichen Errungenschaften und in der Chirurgie obendrein Bescheid wissen? Ach ja! Ach ja! Die Chirurgie darf man nicht vergessen! Gelegentlich versucht er im Ortsspital eine kleine Operation. Haha!« Wieder die gleiche schneidende Belustigung. »Sagen wir zum Beispiel eine Mastoiditis. Zweieinhalb geschlagene Stunden. Wenn er den Eiterherd findet, ist er ein Erlöser der Menschheit. Wenn nicht, wird der Patient begraben.« Seine Stimme stieg an. Er war zornig, wild, in der Wut eines Betrunkenen. »Tod und Teufel, Manson, so geht es schon seit Jahrhunderten. Wollen denn die Leute das System niemals ändern? Was nützt es? Was *nützt* es, frage ich Sie. Ich möchte noch einen Whisky. Wir sind Lumpenhunde alle miteinander. Und mir scheint, ich bin obendrein betrunken.«

Ein paar Augenblicke herrschte Schweigen, dann sagte Andrew, der seinen Ärger niederkämpfte:

»Sie sollten jetzt zu Bett gehen. Also los, wir werden Ihnen helfen.«

»Laßt mich in Ruhe«, sagte Denny verdrießlich. »Kommen Sie mir nicht mit Ihren blödsinnigen Krankenbesuchsmanieren. Die Komödie habe ich meinerzeit oft genug gespielt. Ich kenne sie zu gut.« Unvermittelt erhob er sich, taumelte, packte Mrs. Seager an der Schulter und drückte sie auf den Sessel. Dann spielte er, auf den Füßen schwankend, der erschrockenen Frau den sanften, von Milde triefenden Besuchsarzt vor: »Und wie geht's Ihnen denn heute, mein liebes Kind? Doch sicher ein wenig besser? Der Puls ist schon viel hübscher. Gut geschlafen? He, hm! Dann müssen wir ein kleines Sedativ verschreiben.«

Diese höhnische Szene, in welcher der stämmige, unrasierte Philip im Pyjama den Arzt der besseren Gesellschaftskreise karikierte und in serviler Liebedienerei vor der verschüchterten Bergarbeitersfrau schwankte, hatte einen sonderbaren, beunruhigenden Beigeschmack. Tom ließ ein kurzes, nervöses Lachen hören. Mit Blitzesschnelle drehte sich Denny nach ihm um und gab ihm eine heftige Ohrfeige. »So ist's recht! Lach nur! Lach nur mit deinem blöden Maul. Aber ich hab' fünf Jahre meines Lebens damit vertan. O Gott! Wenn ich daran denke, möchte ich am liebsten sterben.« Er starrte die drei an, nahm eine Vase, die auf dem Kaminsims stand, und schmiß sie zu Boden. Im nächsten Augenblick hatte er das Gegenstück dazu in den Händen und ließ es gegen die Wand krachen. Er sprang vor, Zerstörungswut in den geröteten Augen. »Um Himmels willen«, heulte Mrs. Seager. »Halten Sie ihn fest, halten Sie ihn fest –«

Andrew und Tom Seager warfen sich auf Philip, der sich mit der ungebärdigen Wildheit des Berauschten wehrte. Dann aber erschlaffte er urplötzlich und wurde sentimental geschwätzig. »Manson«, stammelte er, sich an Andrews Schulter hängend, »Sie sind ein guter Kerl. Sie sind mir lieber als ein Bruder. Sie und ich – wenn wir beide zusammenhielten, könnten wir die ganze verblödete Medizin retten.«

Er stand da mit irrem, verlorenem Blick. Dann sank ihm der Kopf herab. Der Körper sackte zusammen. Er ließ sich von Andrew in das Nebenzimmer und ins Bett bringen. Als sein Kopf aufs Kissen fiel, machte er noch eine letzte rührselige Bemerkung.

»Versprechen Sie mir eins, Manson! Um Christi willen, heiraten Sie keine feine Dame!«

Am nächsten Morgen war er noch mehr betrunken. Andrew gab es auf. Er hatte den jungen Seager im Verdacht, daß er Alkohol einschmuggelte, doch der Junge schwor mit bleichem Gesicht, als man es ihm vorhielt, er habe nichts damit zu tun.

Die ganze Woche hatte Andrew außer seinen eigenen Krankenbesuchen noch die Dennys zu machen. Am Sonntag suchte er nach dem Mittagessen die Wohnung in der Chapel Street auf. Philip war außer Bett, rasiert und angekleidet und sah tadellos aus; er schien noch ermattet und zitterig, aber völlig nüchtern. »Ich höre, daß Sie mir meine Arbeit abgenommen haben, Manson.« Der vertrauliche Ton der letzten Tage war verschwunden. Er tat gemessen und eisig steif.

»Ach, nicht der Rede wert«, antwortete Andrew linkisch.

»Im Gegenteil, es muß Ihnen eine große Belästigung gewesen sein.«

Dennys Verhalten war widerwärtig, daß Andrew errötete. Kein Wort des Dankes, dachte er, nichts als diese kühle, verschlossene Arroganz.

»Wenn Sie die Wahrheit wissen wollen«, platzte er heraus, »war es wirklich eine ganz verteufelte Belästigung.«

»Sie können mir glauben, daß ich mich erkenntlich zeigen werde.«

»Wofür halten Sie mich denn?« entgegnete Andrew hitzig. »Für einen Droschkenkutscher, der ein Trinkgeld von Ihnen erwartet? Wenn ich nicht gewesen wäre, hätte Mrs. Seager ein Telegramm an Dr. Nicholls geschickt, und Sie wären mit einem Tritt hinausgeworfen worden. Sie sind ein anmaßender, unreifer Lümmel. Sie brauchen nur ein paar hinter die Ohren.«

Denny zündete sich eine Zigarette an, seine Finger zitterten heftig, daß er das Zündholz kaum halten konnte. Er höhnte: »Nett von Ihnen, daß Sie gerade diesen Augenblick wählen, mir einen körperlichen Kampf anzutragen. Echt schottischer Takt. Ein andermal tue ich Ihnen vielleicht den Gefallen.«

»Oh! Halten Sie doch Ihr blödes Maul!« sagte Andrew. »Hier

haben Sie die Liste Ihrer Visiten. Die mit einem Kreuz sind montags zu erledigen.«

Wütend stürmte er aus dem Haus. Zum Teufel, tobte er grollend, wer ist er denn eigentlich? Er glaubt ja, der liebe Gott zu sein. Benimmt sich, als ob er mir einen Gefallen getan hätte, weil ich seine Arbeit habe erledigen dürfen!

Doch auf dem Heimweg kühlte sich sein Zorn langsam ab. Andrew hatte Philip aufrichtig gern und kannte jetzt sein schwieriges Wesen schon besser. Dieser Mann war scheu, überempfindlich und leicht verletzbar. Dies allein war der Grund, daß er sein Inneres unter einer rauhen Schale verbarg. Die Erinnerung an seinen letzten Suff und wie er sich während dieser Tage bloßgestellt hatte, mußte Philip Höllenqualen bereiten. Abermals stieß sich Andrew an dem Widerspruch, daß sich dieser gescheite Mann in Drineffy vor der Welt abschloß. Als Chirurg war Philip ganz außerordentlich begabt. Andrew hatte ihm einst als Narkotiseur assistiert und zugesehen, wie Philip auf dem Küchentisch eines Bergarbeiterhauses eine Halsphlegmone eröffnete, ein Musterbild der Raschheit und Exaktheit, während von seinem roten Gesicht und den behaarten Unterarmen der Schweiß troff. Einem Mann, der solche Leistungen vollbringen konnte, durfte man schon etwas zugute halten.

Trotzdem schmerzte ihn Philips Kälte noch immer, als er seine Wohnung erreichte. Und darum war er, nachdem er durch die Tür getreten war und seinen Hut an den Ständer gehängt hatte, kaum in der Laune, Miß Pages Stimme zu hören, die rief:

»Sind das Sie, Doktor? Doktor Manson! Ich wünsche Sie!«

Andrew tat, als hörte er nichts. Er wandte sich um und wollte in sein Zimmer hinaufgehen. Doch als er die Hand aufs Treppengeländer legte, erklang abermals Blodwens Stimme, jetzt schärfer und lauter.

»Doktor! Doktor Manson! Ich wünsche Sie!«

Andrew drehte sich unvermittelt um und sah Miß Page aus dem Wohnzimmer segeln. Ihr Gesicht war ungewöhnlich bleich, ihre blauen Augen funkelten in heftiger Erregung. Sie kam auf ihn zu. »Sind Sie taub? Haben Sie nicht gehört, daß ich Sie wünsche?«

»Was gibt es Miß Page?« fragte er gereizt.

»Was es gibt? Das ist die Höhe!« Sie konnte kaum atmen. »Das gefällt mir. Daß Sie mich so was fragen! Ich will Sie etwas fragen, mein feiner Herr Doktor!«

»Was denn?« fuhr Andrew los.

Seine Schroffheit schien sie über alle Maßen zu reizen.

»Das! Ja, mein tüchtiger junger Mann! Vielleicht haben Sie die Güte, mir das zu erklären.« Sie zog hinter ihrem Rücken ein Blatt Papier hervor und schwenkte es, ohne es loszulassen, drohend vor Andrews Augen. Er sah, daß es Joe Morgans Scheck war. Dann hob er den Kopf und bemerkte, daß hinter Blodwen in der Wohnzimmertür Rees lauerte.

»Ja, schauen Sie nur«, fuhr Blodwen fort. »Ich sehe, daß Sie den Scheck wiedererkennen. Aber Sie täten gut daran, uns rasch zu sagen, wie Sie dazu kommen, dieses Geld auf Ihr eigenes Konto einzulegen, obwohl es Dr. Page gehört und Sie das genau wissen.«

Andrew fühlte, wie ihm das Blut in raschen, brandenden Wellen hinter den Ohren emporstieg.

»Es ist mein Eigentum. Joe Morgan hat mir den Scheck als Präsent gegeben.«

»Ein Präsent! Hoho! Das gefällt mir. Er ist ja nicht mehr da und kann es daher nicht mehr widerlegen.«

Er antwortete mit zusammengepreßten Zähnen:

»Schreiben Sie ihm doch, wenn Sie an meinem Wort zweifeln.«

»Ich habe Besseres zu tun, als in alle Welt Briefe zu schreiben.«

Noch lauter schrie sie: »Ich zweifle an Ihrem Wort. Sie halten sich für einen ganz Schlauen. Ja, ja! Da kommen Sie her und glauben, Sie können die Praxis in Ihre Hände kriegen, statt daß Sie für Dr. Page arbeiten. Aber das hier beweist ganz deutlich, was Sie sind. Sie haben nichts als Ihre eigenen schmutzigen Interessen im Auge!«

Sie schleuderte ihm die Worte ins Gesicht, während sie sich, gleichsam Hilfe suchend, halb zu Rees wandte, der mit noch käsigerem Gesicht als sonst in der Tür stand und Töne der Entrüstung aus seiner Kehle hervorholte. Andrew erkannte in ihm sofort den Anstifter der ganzen Geschichte, der ein paar Tage unentschlossen gezögert hatte und dann mit der großen Entdckkung zu Blodwen gelaufen war. Seine Hände ballten sich vor Wut. Er stieg die zwei untersten Stufen wieder herab und ging mit drohender Gebärde auf die beiden zu, den Blick unverwandt auf den schmalen, blutlosen Mund des Bankdirektors gerichtet. Er war fahl vor Zorn und dürstete nach Kampf.

»Miß Page«, sagte er mühsam, »Sie haben eine Anklage gegen mich erhoben. Wenn Sie sie nicht zurücknehmen und sich innerhalb zweier Minuten entschuldigen, belange ich Sie wegen Verleumdung auf Schadenersatz. Bei Gericht werden Sie Ihre Informationsquelle nennen müssen. Ich zweifle nicht daran, daß der Verwaltungsrat der Bank mit Interesse hören wird, wie Mr. Rees das Geschäftsgeheimnis wahrt.«

»Ich – ich habe nur meine Pflicht getan«, stotterte der Bankdirektor, dessen Haut noch lehmfarbener wurde.

»Ich warte, Miß Page.« Die Worte überstürzten sich und drohten Manson zu ersticken. »Und wenn Sie sich nicht beeilen, gebe ich Ihrem Bankdirektor hier die wüsteste Tracht Prügel, die er sein Lebtag bekommen hat.«

Sie erkannte, daß sie zu weit gegangen war und mehr, weit mehr gesagt hatte, als ihre Absicht gewesen war. Seine Drohung, seine unheilverkündende Haltung erschreckten sie. Es war fast möglich, ihren raschen Gedankengang zu verfolgen. Schadenersatz! Hoher Schadenersatz! Oh, Gott, das konnte sie einen schönen Haufen Geld kosten! Sie rang nach Atem, schluckte, stammelte: »Ich – ich nehme es zurück. Ich entschuldige mich.«

Es sah fast komisch aus, wie rasch und unerwartet das hagere wütende Weib zahm geworden war. Aber Andrew fand herzlich wenig Belustigendes daran. Er erkannte in wachsender Erbitterung mit einemmal, daß er die Grenze seiner Geduld erreicht hatte. Er konnte in dieser unmöglich gewordenen Lage nicht länger verbleiben. Rasch und tief schöpfte er Atem.

»Miß Page, ich möchte Ihnen nur noch eines sagen. Es wird Sie vielleicht interessieren, daß vorige Woche eine Arbeiterabordnung beim Direktor war, und daß der mich aufgefordert hat, mich in die Arztliste eintragen zu lassen. Es wird Sie vielleicht weiterhin interessieren, daß ich aus ethischen Gründen, von denen Sie wahrscheinlich nicht das mindeste verstehen können, entschieden ablehnte. Und jetzt, Miß Page, habe ich Sie so restlos satt, daß ich nicht mehr bleiben kann. Sie mögen eine ganz gute Frau sein, ich zweifle nicht daran. Aber nach meiner Meinung sind Sie auf einem total falschen Weg. Und wenn wir tausend Jahre zusammen wären, so würden wir uns doch nicht verstehen. Ich kündige Ihnen hiermit zum nächsten Monatstermin.«

Offenen Mundes starrte sie ihn an, ihre Augen sprangen ihr beinahe aus den Höhlen. Dann kreischte sie plötzlich:

»Nein, das tun Sie nicht! Nein, das tun Sie nicht! Sie lügen ja nur. Sie kommen für die Liste ja nicht einmal im Traum in Betracht. Und Sie sind *entlassen*, verstanden? Noch nie hat mir ein Hilfsarzt die Stellung aufgekündigt. So eine Idee! *So* eine Unverschämtheit! So eine Frechheit! So mit mir zu reden! Ich habe es zuerst gesagt. Sie sind entlassen, entlassen sind Sie, das sind Sie, entlassen, entlassen, entlassen –«

Dieser Ausbruch war überlaut, ihre Stimme ging durch Mark und Bein. Auf dem Höhepunkt wurde sie unterbrochen. Oben in Edwards Zimmer öffnete sich langsam die Tür, und einen Augenblick später erschien Edward selbst, eine gespenstische, hagere Gestalt, seine eingeschrumpften Schenkel wurden unter dem Nachthemd hervor sichtbar. So seltsam und unerwartet kam diese Erscheinung, daß Miß Page mitten im Wort stecken blieb. Von der Halle starrte sie hinauf, auch Rees und Andrew taten es, während der Kranke, das gelähmte Bein nachschleppend, langsam und schmerzverzerrt zur obersten Stufe kam.

»Kann ich nicht ein wenig Ruhe haben?« Seine Stimme klang aufgeregt, aber ernst: »Was ist denn los?«

Blodwen schnappte noch einmal nach Luft und ließ dann eine tränenreiche Anklagerede gegen Manson vom Stapel. Am Schluß sagte sie: »... und darum – und darum hab' ich ihm gekündigt.«

Manson widersprach ihrer Darstellung nicht.

»Willst du sagen, daß er geht?« fragte Edward. Er zitterte am ganzen Körper vor Erregung, hielt sich nur mit Mühe aufrecht.

»Ja, Edward.« Sie schnupfte auf. »Ich tat es um deinetwillen. Und du wirst ja bald wieder arbeiten können.«

Schweigen trat ein. Edward behielt alles für sich, was er hatte sagen wollen. Sein Blick ruhte leer auf Andrew, glitt zu Rees hinüber, von diesem rasch zu Blodwen, und blieb dann gramvoll im Nichts haften. Ein Ausdruck von Hoffnungslosigkeit und doch von Würde formte sich auf seinem steifen Gesicht.

»Nein«, sagte er schließlich. »Ich werde nie wieder arbeiten. Du weißt das – ihr alle wißt es.«

Sonst sagte er nichts. Langsam drehte er sich um und tastete sich an der Wand entlang in sein Zimmer zurück. Lautlos schloß sich die Tür.

13

Die Erinnerung an die Freude, an das reine Entzücken, das Andrew der Fall Morgan bereitet hatte, war durch den Streit mit Blodwen Page beschmutzt worden. Zornig brütete er über die Angelegenheit nach und fragte sich, ob er nicht doch die Sache weiterverfolgen, an Joe Morgan schreiben, mehr als eine bloße Entschuldigung von Blodwen fordern sollte. Aber er ließ den Gedanken fallen, weil er ihm unwürdig und allzu geschäftstüchtig erschien. Am Ende wählte er die allersinnloseste Wohltätigkeitseinrichtung des Bezirkes und sandte ihr in einer Stimmung verbissener Erbitterung fünf Guineen mit dem Ersuchen, die Empfangsbestätigung an Aneurin Rees zu schicken. Nachher fühlte er sich besser. Aber er hätte gerne Rees beim Empfang dieser Bestätigung gesehen.

Und nachdem nun seine Arbeit hier am Monatsende aufhören sollte, begann er unverzüglich, sich nach einer anderen Stellung umzusehen. Er studierte eifrig den Anzeigenteil der ›Lancet‹ und beantwortete jedes Stellenangebot, das ihm irgendwie passend erschien. Es gab in der Rubrik ›Hilfsärzte gesucht‹ viele Annoncen. Er sandte ausführliche Bewerbungsschreiben mit Kopien seiner Zeugnisse, und sogar, wie dies oft gefordert wurde, mit seinem Foto ein. Doch weder am Ende der ersten noch der zweiten Woche hatte er auf seine Briefe auch nur eine einzige Antwort erhalten. Er war enttäuscht und erstaunt. Da klärte ihn Denny mit einem kurzen Satz auf: »Sie arbeiten in Drineffy.«

Und nun fiel es Andrew schmerzlich auf, daß seine Tätigkeit in diesem abgelegenen walisischen Bergarbeiternest an dem Mißerfolg schuld war. Niemand wollte einen Hilfsarzt aus ›den Tälern‹. Diese Ärzte hatten einen üblen Ruf. Als seit seiner Kündigung vierzehn Tage verstrichen waren, wurde er allmählich unruhig. Was in aller Welt sollte er beginnen? Er schuldete dem Glen Endowment noch immer mehr als fünfzig Pfund. Natürlich würde man ihm dort den Betrag stunden. Aber abgesehen davon, wovon sollte er denn leben, wenn er keine andere Arbeit fand? Er besaß zwei oder drei Pfund Bargeld, nicht mehr. Er verfügte über keine Instrumente, keine Reserven. Er hatte sich in Drineffy nicht einmal einen neuen Anzug gekauft, und seine jetzige Garderobe war schon bei seiner Ankunft schäbig genug gewesen. Zuweilen sah er sich schon der bitteren Not preisgegeben und hatte dann für ein paar Augenblicke einen gehörigen Schreck.

Unter dem Druck dieser Ungewißheit und der wachsenden Schwierigkeiten sehnte er sich erst recht nach Christine. Briefe hatten keinen Wert, er hatte nicht die Gabe, sich schriftlich auszudrücken; was er auch hätte schreiben können, hätte bestimmt einen falschen Eindruck gemacht. Doch sie sollte ja erst in der ersten Septemberwoche nach Drineffy zurückkommen. Mit gehetztem, gierigem Blick durchflog er den Kalender und zählte die Tage, die ihn noch von ihr trennten. Noch volle zwölf Tage! In seiner wachsenden Verzagtheit ließ es ihn schon gleichgültig, ob sie um waren oder nicht, denn nach ihrem Ablauf würde seine Lage nicht anders sein.

Am Abend des dreißigsten August, drei Wochen, nachdem er Miß Page gekündigt und aus lauter Not sich schon mit dem Gedanken vertraut gemacht hatte, als Pharmaziegehilfe in eine Apotheke einzutreten, schritt er mutlos durch die Chapel Street.

Da begegnete ihm Denny. Während der letzten Wochen hatte sich ihr Verkehr auf den Austausch der knappsten Grußformen beschränkt, und Andrew war daher überrascht, als Philip ihn anhielt.

Philip klopfte sich die Pfeife am Schuhabsatz aus und betrachtete sie, als nähme sie seine volle Aufmerksamkeit in Anspruch. »Es tut mir recht leid, daß Sie fortgehen, Manson. Es ist doch ganz anders, seit Sie hier sind.« Er zögerte. »Heute nachmittag hab' ich gehört, daß die Medical Aid Society in Aberalaw einen neuen Hilfsarzt sucht. Aberalaw liegt genau dreißig Meilen von hier. Die Gesellschaft ist soweit ganz anständig. Ich glaube, daß der Chefarzt, Llewellyn, ein ganz brauchbarer Mann ist. Und da es eine Stadt in den Tälern ist, wird man dort gegen einen Mann aus den Tälern nicht allzuviel einzuwenden haben. Warum machen Sie keinen Versuch?«

Andrew blickte ihn zweifelnd an. Seine vor kurzem noch so hochgespannten Erwartungen waren in letzter Zeit so hoffnungslos enttäuscht worden, daß er allen Glauben an seine Fähigkeit, sich durchzusetzen, verloren hatte.

»Nun ja«, räumte er langsam ein, »wenn das so ist, kann ich's ja versuchen.«

Wenige Minuten später ging er in dem jetzt stärker niederprasselnden Regen nach Hause, um sein Bewerbungsschreiben abzufassen.

Am sechsten Semptember fand in Aberalaw die Vollversammlung des Komitees der Medical Aid Society statt. Es war ein Nachfolger für Dr. Leslie zu wählen, der unlängst zurückgetreten war, um einen Posten auf einer Gummiplantage im Malaiischen Archipel anzunehmen. Sieben Ärzte hatten sich um die freie Stelle beworben, und alle sieben waren zum Erscheinen aufgefordert worden.

Es war ein herrlicher Sommernachmittag, auf der großen Uhr des Genossenschaftswarenhauses wurde es gleich vier. Andrew schlenkerte auf dem Trottoir vor dem Büro der Medical Aid Society auf dem Hauptplatz von Aberalaw hin und her und warf nervöse Blicke auf die sechs anderen Kandidaten. Unruhig wartete er auf den ersten Stundenschlag. Nun, da seine trüben Ahnungen sich als unrichtig erwiesen hatten und er hier und für den Posten wirklich in die engere Auswahl gezogen war, wünschte er aus ganzem Herzen den Sieg herbei.

Nach allem, was er gesehen hatte, gefiel ihm Aberalaw. Die Stadt, am äußersten Ende des Gethlytales, lag eigentlich nicht so sehr im Tal wie oberhalb des Tals. Weit ausgedehnt, viel größer als Drineffy – nach Andrews Schätzung mußte sie mindestens zwanzigtausend Einwohner zählen –, mit guten Straßen und Läden, zwei Kinos und einem Eindruck von Geräumigkeit, den ihr die grünen Felder an ihrem Rande verliehen, erschien sie ihm nach der drückenden Enge der Penellyschlucht als richtiges Paradies.

»Aber ich krieg' den Posten ja doch nicht«, grübelte er beim Auf- und Abschreiten. »Nie, nie, *nie!*« Nein, solches Glück konnte er nicht haben! Alle anderen Kandidaten schienen viel größere Aussichten zu haben als er. Sie waren besser gekleidet, selbstsicherer. Besonders Dr. Edwards strahlte von Zuversicht. Andrew hatte sogleich einen Abscheu vor diesem Edwards, einem untersetzten, wohlgenährten Mann in mittleren Jahren, der vorhin in dem allgemeinen Gespräch im Hausflur des Gebäudes ganz offen mitgeteilt hatte, er habe seine Praxis im unteren Teil des Tals verkauft, um sich um diese Stellung zu bewerben. Hol' ihn der Teufel, knirschte Andrew insgeheim, er hätte gewiß nicht eine sichere Sache aufgegeben, wäre er nicht überzeugt gewesen, den Posten hier zu bekommen!

Auf und ab, auf und ab, gesenkten Kopfes, die Hände tief in den Taschen. Was Christine wohl von ihm denken würde, wenn er Mißerfolg hatte? Heute oder morgen kam sie nach Drineffy zurück, in ihrem Brief hatte sie es noch nicht gewußt. Die Schule in der Bank Street nahm am Montag wieder den Unterricht auf. Obwohl er ihr kein Wort von seiner Bewerbung in Aberalaw geschrieben hatte, würde er ihr im Fall eines Mißerfolges doch niedergeschlagen oder, was noch schlimmer war, mit gespielter Munterkeit wieder unter die Augen treten müssen, gerade jetzt, da er vor allem andern auf Erden den Wunsch hegte, mit ihr gut zu stehen, mit ihrem ruhigen, innigen, erregenden Lächeln beglückt zu werden.

Endlich vier Uhr! Während Andrew dem Eingang zuschritt, bog eine schöne Limousine lautlos auf den Platz ein und machte vor dem Gebäude halt. Dem Fond entstieg ein kurzgewachsener eleganter Mann, der den Kandidaten lebhaft und leutselig, aber mit ziemlicher Herablassung zulächelte. Bevor er die Stufen hinaufstieg, gewahrte er Edwards und nickte flüchtig.

»Guten Tag, Edwards.« Dann halblaut: »Es wird schon klappen, mein' ich.«

»Vielen Dank, vielen ergebensten Dank, Doktor Llewellyn.« hauchte Edwards mit ekelhafter Liebedienerei.

»Schluß!« sagte Andrew bitter zu sich.

Das Wartezimmer oben war klein und kahl und roch säuerlich, es lag am Ende eines kurzen Ganges, der zum Sitzungssaal führte. Andrew war der dritte, der sich vorstellen ging. Mit nervöser Verbissenheit betrat er den großen Saal. Wenn der Posten schon jemandem versprochen war, wollte er nicht darum betteln. Mit leerer Miene nahm er den angebotenen Platz ein.

Ungefähr dreißig Bergleute füllten den Raum; sie saßen alle rauchend da und starrten Andrew mit unverhohlener, aber doch nicht unfreundlicher Neugierde an. An dem kleinen Seitentisch saß ein blasser, ruhiger Mann mit ausdrucksvollem, intelligentem Gesicht – nach seiner bläulich verfärbten Haut zu schließen, ein ehemaliger Bergarbeiter. Das war Owen, der Sekretär. Am Ende des Tisches rekelte sich Dr. Llewellyn und lächelte Andrew gutmütig an.

Die Befragung begann. Gelassen erklärte Owen zunächst die Anstellungsbedingungen.

»Passen Sie also auf, Doktor. Wir haben das so organisiert, daß die Arbeiter in Aberalaw – hier im Bezirk sind zwei Anthrazitminen, ein Stahlwerk und eine Kohlengrube – wöchentlich von ihrem Lohn einen gewissen Betrag an unseren Verein abführen. Aus diesem Fonds bestreitet der Verein den nötigen ärztlichen Dienst, führt ein hübsches, kleines Spital, Ambulatorien, liefert Arzneien, Verbandzeug und so weiter. Außerdem stellt der Verein Ärzte an, nämlich Dr. Llewellyn, unseren Chefarzt und Chirurgen, nebst vier Hilfsärzten, sowie einen Zahnarzt, und zahlt ihnen ein Kopfhonorar, das nach der Zahl der bei ihnen eingetragenen Patienten berechnet wird. Ich glaube, als Dr. Leslie uns verließ, verdiente er ungefähr fünfhundert Pfund im Jahr.« Er machte eine Pause. »Alles in allem hat sich dieses System bewährt.« Die dreißig Komiteemitglieder ließen ein beifälliges Murmeln hören. Owen hob den Kopf und sah zu den Leuten hin. »Und jetzt, meine Herren, haben Sie irgendwelche Fragen zu stellen?«

Nun begannen sie Andrew mit Fragen zu bestürmen. Er versuchte, ruhig, ohne Übertreibung und wahrheitsgetreu zu antworten. Einmal erzielte er einen Erfolg.

»Sprechen Sie Walisisch, Doktor?« Diese Frage kam von einem beharrlich fragenden, noch ziemlich jungen Arbeiter namens Chenkin.

»Nein«, sagte Andrew. »Ich bin bei Gaelisch aufgewachsen.«

»Das wird Ihnen hier nicht viel helfen.«

»Ich hab's immer ganz brauchbar gefunden, meine Patienten auszuschelten«, sagte Andrew kühl und hatte die Lacher auf seiner Seite, während Chenkin verstummte.

Endlich war es vorüber. »Besten Dank, Dr. Manson«, sagte Owen. Und Andrew war wieder draußen in dem säuerlichen, kleinen Wartezimmer. Während er dem Eintritt der übrigen Kandidaten in den Sitzungssaal zusah, hatte er das Gefühl, als würde er von schwerem Seegang geschaukelt.

Edwards wurde zuletzt aufgerufen und war lange, sehr lange Zeit drinnen. Mit breitem Lächeln kam er heraus, und seine Miene sagte deutlich: »Ihr tut mir leid, Jungens, Ich hab's ja schon in der Tasche.«

Nun mußten die Bewerber endlos lange warten. Doch schließlich wurde die Tür des Sitzungssaales geöffnet, und aus den brodelnden Rauchschwaden trat Owen, der Sekretär, ein Papier in der Hand. Sein suchender Blick blieb am Ende auf Andrew haften, seine Miene wurde ungemein freundlich.

»Wollen Sie einen Augenblick kommen, Dr. Manson? Das Komitee möchte Sie noch einmal sprechen.«

Mit blassen Lippen und pochendem Herzen folgte Andrew dem Sekretär in den Saal. Das konnte doch nicht sein, nein, das konnte nicht sein, daß sie sich für ihn interessierten.

Als er wieder in dem Armensünderstuhl saß, bemerkte er, daß man ihm zulächelte und ihn durch Kopfnicken zu ermutigen suchte. Dr. Llewellyn freilich sah ihn nicht an. Owen ergriff als Sprecher der Versammlung das Wort.

»Dr. Manson, wir wollen ganz aufrichtig zu Ihnen sein. Das Komitee ist sich nicht ganz im klaren. Das Komitee hatte eigentlich auf Dr. Llewellyns Rat einen anderen Kandidaten im Auge, der durch seine Praxis im Gethlytal sehr viel Erfahrungen gesammelt hat.«

»Der Kerl ist zu dick, dieser Edwards«, unterbrach ein grauhaariges Komiteemitglied in den hinteren Reihen. »Ich möchte ihn sehen, wie er zu den Häusern auf dem Mardy Hill hinaufsteigt.«

Andrew war zu erregt, um zu lächeln. Atemlos wartete er auf Owens weitere Mitteilungen.

»Aber ich muß sagen«, fuhr der Sekretär fort, »daß das Komitee heute einen sehr guten Eindruck von Ihnen gewonnen hat. Das Komitee wünscht, wie Tom Kettles es vor ein paar Minuten so poetisch ausgedrückt hat – aktive junge Männer.«

Gelächter und Rufe: »Hört! Hört!« und »Bravo, Tom!«

»Außerdem, Dr. Manson«, fuhr Owen fort, »kann ich Ihnen sagen, daß auf das Komitee besonders zwei Zeugnisse starken Eindruck gemacht haben – und ich möchte betonen, daß diese Zeugnisse ohne Ihr Verlangen ausgestellt wurden, was ihnen natürlich in den Augen des Komitees besonderen Wert verleiht–, zwei Zeugnisse, die wir erst heute mit der Post erhalten haben. Sie kommen von zwei Ärzten Ihrer Stadt, das ist Drineffy. Der eine ist ein gewisser Dr. Denny, ein M. S., also sehr hoch qualifiziert, wie Dr. Llewellyn, der es doch wissen muß, selber zugibt. Das andere, das beilag, ist von Dr. Page unterzeichnet, dessen Hilfsarzt Sie ja gegenwärtig noch sind. Nun, Dr. Manson, das Komitee hat seine Erfahrungen mit Zeugnissen; in diesen beiden Schreiben werden Sie auf eine so echte, unverfälschte Art gelobt, daß es auf das Komitee sehr tiefen Eindruck gemacht hat.«

Andrew biß sich die Unterlippe und blickte zu Boden, als er zum erstenmal hörte, wie edel Denny an ihm gehandelt hatte.

»Es besteht nur noch eine Schwierigkeit, Dr. Manson.« Owen machte eine Pause und fuhr verlegen mit dem Lineal über den Tisch. »Das Komitee ist zwar einstimmig für Sie, doch ist dieser – dieser verantwortungsvolle Posten eigentlich für einen verheirateten Mann gedacht. Wissen Sie, ganz abgesehen davon, daß den Leuten ein verheirateter Doktor für die Behandlung ihrer Familien lieber ist, gehört zu dem Posten auch freie Wohnung, Vale View, ein hübsches Haus. Das würde für einen Junggesellen ganz und gar nicht passen.«

Andrew schwieg verlegen, aber sein Inneres war aufgewühlt. Dann holte er tief Atem, und vor seinem Geiste tauchte wie ein helles Licht das Bild Christines auf. Alle, sogar Dr. Llewellyn, blickten ihn an und warteten auf seine Antwort. Sie kam ihm, ohne daß er sie gedacht und gewollt hatte, ganz von selbst aus dem Mund. Er hörte sich ruhig erklären:

»Meine Herren, ich bin mit einer jungen Dame in Drineffy verlobt. Ich – ich habe bloß auf eine passende Anstellung gewartet – wie diese etwa, um heiraten zu können.«

Owen ließ befriedigt das Lineal fallen. Die anderen trampelten mit ihren schweren Stiefeln Beifall, und der unverwüstliche Kettles rief:

»Sehr gut, mein Junge. Aberalaw ist ein reizender Platz für Flitterwochen!«

»Ich nehme also Ihre Zustimmung als gegeben an, meine Herren«, rief Owen durch den Lärm. »Dr. Manson ist mit einstimmigem Beschluß angestellt.«

Man hörte lautes, beifälliges Murmeln. Andrew frohlockte, ein Schauer durchfuhr ihn.

»Wann können Sie Ihren Dienst antreten, Dr. Manson? Je früher, desto besser, wäre der Wunsch des Komitees.«

»Anfang der nächsten Woche«, antwortete Manson. Dann wurde ihm ganz kalt bei dem Gedanken: »Und wenn Christine mich nicht haben will? Wie, wenn ich sie verliere und diesen wunderbaren Posten dazu?«

»Das wäre also erledigt. Schönen Dank, Dr. Manson. Ich bin überzeugt, das Komitee wünscht Ihnen – und der zukünftigen Mrs. Manson – viel Glück in Ihrem neuen Wirkungskreis.«

Beifall. Alle gratulierten ihm jetzt: die Mitglieder, Llewellyn und, mit einem sehr herzlichen Händedruck, Owen. Dann war Andrew wieder im Wartezimmer und bemühte sich, seine Freude zu verbergen und Edwards ungläubiges, verdattertes Gesicht nicht zu bemerken.

Aber es nützte nichts, gar nichts. Während er vom Hauptplatz zum Bahnhof eilte, schwoll ihm das Herz in der Erregung über seinen Sieg. Sein Schritt war rasch und beschwingt. Als er den Hügelhang hinabstieg, lag zu seiner Rechten ein kleiner, grüner Park mit einem Springbrunnen und einem Musikkiosk. Nein, so was! Ein Musikkiosk! Und in Drineffy war eine Schlackenhalde der einzige Schmuck, ja, das einzige Merkmal der Landschaft. Und schau, das Kino dort drüben! Die schönen, großen Kaufläden! Die gute Asphaltstraße – kein steiniger Gebirgskarrenweg! Und hatte Owen nicht auch von einem Spital gesprochen, von einem hübschen, kleinen Spital? Ah! Bei dem Gedanken, was das Spital für seine Arbeit bedeutete, schöpfte Andrew tief und erregt Atem. Er sprang in ein leeres Abteil, und als der Zug nach Cardiff ihn fortführte, frohlockte er wild.

14

Obwohl die Entfernung quer über die Berge nicht groß war, machte doch die Eisenbahn von Aberalaw nach Drineffy ziemlich viel Krümmungen. Der Zug hielt an jeder Station, und der Zug ins Penellytal, in den Andrew in Cardiff umstieg, wollte und wollte ihm nicht schnell genug fahren. Mansons Stimmung hatte sich jetzt gewandelt. Er saß tief in die Ecke gedrückt da und glaubte ersticken zu müssen. Er brannte darauf, wieder an Ort und Stelle zu sein, seine Gedanken folterten ihn.

Zum erstenmal sah er, wie selbstsüchtig er in den letzten Monaten gewesen war, da er den Fall nur von seinem Standpunkt aus betrachtet hatte. Alle seine Zweifel an der Ehe, sein Zögern, mit Christine zu sprechen, hatten immer nur um seine Gefühle gekreist, während es ihm als selbstverständlich erschienen war, daß sie ihn haben wollte. Wie aber, wenn er einen furchtbaren

Irrtum begangen hätte? Wie, wenn Christine ihn nicht liebte? Er sah sich schon abgewiesen, sah sich, wie er voll Verzweiflung dem Komitee einen Brief schrieb, in dem er mitteilte, daß er ›infolge von Umständen, auf die er keinen Einfluß nehmen könne, außerstande sei, die Stellung anzutreten‹. Jetzt sah er das Mädchen deutlich vor sich. Wie gut kannte er sie, dieses leichte, fragende Lächeln, die Art, wie sie die Hand ans Kinn legte, die ständige Offenheit in ihren dunklen, braunen Augen. Sehnsuchtsqual ergriff ihn. Liebste Christine! Wenn er sie aufgeben mußte, hatte das Leben seinen Wert für ihn verloren.

Um neun Uhr fuhr der Zug langsam in Drineffy ein. Mit Blitzesschnelle war Andrew auf dem Perron und eilte die Railway Road hinan. Obwohl er Christine erst am nächsten Morgen erwartete, bestand doch die Möglichkeit, daß sie vielleicht schon angekommen war. In die Chapel Street! Um die Ecke beim Institut. Ein Licht im Vorderzimmer ihrer Wohnung erfüllte ihn mit angstvoller Erwartung. Er riß sich mit Gewalt zusammen, denn wahrscheinlich war es nur die Hauswirtin, die das Zimmer in Ordnung brachte. Dennoch fuhr er wie der Blitz ins Haus und stürmte ins Wohnzimmer.

Ja! Es war Christine. Sie kniete vor einem Stoß Bücher in der Ecke und stellte sie ins unterste Fach des Regals. Als sie damit fertig war, begann sie Schnur und Papier wegzuräumen, die neben ihr auf dem Boden lagen. Auf einem Sessel stand ihr Koffer, und darübergeworfen waren Jacke und Hut. Andrew sah, daß sie vor ganz kurzer Zeit zurückgekommen sein mußte.

»Christine!«

Sie drehte sich um, noch immer auf den Knien, eine Haarsträhne war ihr über die Stirn gefallen. Doch jetzt sprang sie mit einem kleinen Schrei der Überraschung und Freude auf.

»Andrew! Wie reizend von Ihnen, daß Sie hergekommen sind!« Mit strahlendem Gesicht trat sie auf ihn zu und hielt ihm die Hand hin. Doch er ergriff beide Hände des Mädchens und hielt sie fest in den seinen. Er blickte zu ihr hinab. In dieser Bluse und diesem Rock hatte er sie besonders gern. Diese Kleidung unterstrich irgendwie ihre Schlankheit, die zarte Süße ihrer Jugend. Wieder hämmerte sein Herz.

»Chris! Ich muß Ihnen etwas sagen.«

Ein Ausdruck der Sorge trat in ihre Augen. Sie musterte sein blasses, noch vom Reisestaub bedecktes Gesicht mit wirklicher Angst. Hastig sagte sie:

»Was ist geschehen? Haben Sie wieder Schwierigkeiten mit Miß Page? Gehen Sie fort von hier?«

Er schüttelte den Kopf und umklammerte ihre kleinen Hände nur noch fester. Doch dann brach er urplötzlich los:

»Christine! Ich habe eine Stellung, eine ganz wundervolle Stellung. In Aberalaw. Heute war ich beim Komitee mich vorstellen. Fünfhundert im Jahr und ein Haus. Ein Haus, Christine! Oh, Liebste! Können Sie – wollen Sie mich heiraten?«

Sie wurde sehr blaß. Ihre Augen leuchteten in dem bleichen Gesicht. Der Atem schien ihr in der Kehle steckenzubleiben. Sie sagte matt: »Und ich hatte gedacht – ich hatte gedacht, Sie bringen mir schlimme Nachrichten.«

»Nein, nein«, rief er lebhaft. »Ganz wundervolle Nachrichten, mein Schatz, oh, wenn du doch die Stadt gesehen hättest! Geräumig und sauber, mit grünen Feldern und anständigen Läden und Straßen und einem Park und – einem Spital, einem wirklichen Spital, Christine! Wenn du mich nur heiraten willst, Liebste, können wir dort sofort anfangen.«

Ihr Mund war sanft, ihre Lippen bebten. Aber ihre Augen lächelten, lächelten ihm mit einem seltsam leuchtenden Schimmer entgegen.

»Freuen Sie sich so Aberalaws oder meinetwegen?«

»Deinetwegen, Chris! Oh, du weißt doch, daß ich dich lieb habe, aber, aber – vielleicht liebst du mich gar nicht?«

Mit einem kleinen Schrei kam sie auf ihn zu und barg ihren Kopf an seiner Brust. Als sich seine Arme um sie schlossen, stammelte sie:

»Oh, Lieber! Lieber! Ich liebe dich, seit –« nun lächelte sie selig durch ihre Tränen – »oh, seit ich dich damals in das langweilige Schulzimmer kommen sah.«

ZWEITER TEIL

1

Gwilliam John Lossins altersschwaches Lastauto fuhr ratternd und knatternd die Bergstraße hinan. Eine alte geteerte Wagendecke hing über das schadhafte hintere Brett und die rostige Nummerntafel, und die Öllampe, die nie angezündet war, zog eine Spur durch den Staub. An den Seiten klatschten und klapperten die losen Kotflügel im Rhythmus des altehrwürdigen Motors, und vorn saßen, lustig eingekeilt neben Gwilliam John, Dr. Manson und seine Gattin.

An diesem Vormittag hatten sie geheiratet. Dies war ihr Hochzeitswagen. Unter der Wagendecke waren Christines wenige Einrichtungsgegenstände verstaut: ein Küchentisch, den sie in Drineffy unter der Hand für zwanzig Shilling gekauft hatte, verschiedene neue Töpfe und Pfannen und die Koffer. Da weder sie noch Andrew hochmütig waren, hatten sie gefunden, die billigste Art, ihre großartige irdische Habe und sich selbst nach Aberalaw zu schaffen, sei Gwilliam Johns Möbelwagen.

Der Tag war klar, eine frische Brise wehte und hielt den blauen Himmel blank. Die beiden hatten mit Gwilliam John gelacht und gescherzt, und der zeigte sich gelegentlich dafür erkenntlich, indem er seine Spezialnummer, Händels ›Largo‹, auf der Autohupe zum besten gab. Auf der Höhe des Ruthinpasses, hoch oben in den Bergen, hatten sie in dem einsamen Gasthaus haltgemacht und sich von Gwilliam John mit Rhymneybier zutrinken lassen. Gwilliam John, ein spaßiger, kleiner Kerl, der schielte, trank ihnen mehrere Male zu und genehmigte sich dann noch einen Tropfen Gin. Die nachherige Fahrt bergab nach Ruthin, mit den beiden Haarnadelkurven neben einem Abgrund von fünfhundert Fuß Tiefe, war geradezu höllisch gewesen. Endlich überwanden sie die letzte Höhe und fuhren nun nach Aberalaw hinunter. Es war ein berückender Augenblick. Vor ihnen lag die Stadt mit den langen wogenden Linien der Dächer, talauf und talab, mit ihren Läden, Kirchen und Ämtern, die alle am obern Ende sich zusammendrängten, und mit den Bergwerken und Erzgießereien am unteren Ende, wo die Kamine rauchten und die Kondensatoren unaufhörlich Dampfwolken ausspien – und das alles vom Glanz der Mittagssonne überflutet.

»Schau, Chris, schau«, flüsterte Andrew, während er ihren Arm fest an sich drückte. Er geriet in Eifer wie ein Fremdenführer. »Ist es nicht ein schöner Ort? Das dort ist der Hauptplatz! Wir erreichen ihn jetzt von hinten her. Und schau! Hier brauchen wir uns nicht mit Petroleumlampen abzuquälen, Liebling. Dort ist das Gaswerk. Wo unser Haus nur liegen mag?«

Sie hielten einen vorübergehenden Bergarbeiter an und wurden von ihm nach Vale View gewiesen, das, wie er sagte, an derselben Straße lag, gleich am Rande der Stadt. Nach einer Minute waren sie dort.

»Ja«, sagte Christine. »Es ist – es ist hübsch, nicht wahr?«

»Ja, Schatz. Es sieht – es sieht recht schön aus.«

»Donnerwetter!« rief Gwilliam John, während er sich die Kappe auf den Hinterkopf schob. »Das ist aber eine merkwürdige Bude.«

Vale View war wirklich ein außergewöhnliches Gebäude, auf den ersten Blick eine Art Mittelding zwischen einem Schweizer Häuschen und einer Jagdhütte des schottischen Hochlandes; es hatte eine ungeheure Menge kleiner Zinnen und stand im Rohverputz in einem etwa eine halbe Acre großen verwilderten Garten, den Nesseln und Unkraut erstickten. Mittendurch plätscherte über Haufen von Blechbüchsen ein Bach, der mitten in seinem Lauf von einer vermoderten ländlichen Brücke überspannt wurde. Ohne daß Andrew und Christine es damals wußten, war Vale View ihre erste Bekanntschaft mit der totalen Macht, dem vielseitigen, allwissenden Komitee, das in dem Haussejahr 1919, als die Mitgliederbeiträge reichlich flossen, großartig erklärt hatte, es wolle ein Haus bauen, ein prächtiges Haus, das dem Komitee Ehre machen sollte, etwas Flottes, ein wirkliches Schmuckkästchen. Jedes Mitglied des Komitees hatte seine eigenen Vorschläge und seine eigenen Begriffe von einem Schmuckkästchen. Das Komitee zählte dreißig Köpfe und ebenso viele Sinne. Vale View war das Ergebnis.

Allein, wie immer auch ihr Eindruck von der Außenseite des Hauses gewesen sein mochte, im Innern trösteten sie sich rasch. Das Haus war fest gebaut, hatte gute Fußböden und saubere Tapeten. Aber die Zahl der Räume war erschreckend groß. Andrew und Christine erkannten sogleich, obwohl keines von ihnen dessen Erwähnung tat, daß Christines dürftige Einrichtung nicht einmal zwei dieser Gemächer würde füllen können.

»Wir wollen sehen, mein Lieber«, sagte Christine, die nach ihrer praktischen Art etwas an den Fingern abzählte, als sie nach dem ersten Rundgang atemlos in der Halle standen. »Ich glaube: ein Speisezimmer, ein Salon und eine Bibliothek, oh, oder ein Frühstückszimmer – wie wir es eben nennen wollen – im unteren Stockwerk und fünf Schlafzimmer oben.«

»Schon recht«, erwiderte Andrew lächelnd. »Jetzt wundert es mich nicht mehr, daß sie einen Verheirateten haben wollten.«

Sein Lächeln verging plötzlich, er sah ganz zerknirscht aus. »Auf Ehre Chris, ich habe ein niederträchtiges Gefühl in dieser Sache – da sitze ich hier ohne einen Knopf und richte mich mit deinen hübschen Möbeln ein, und es macht ganz den Eindruck, als nutzte ich dich aus, als nähme ich alles selbstverständlich hin, schleppte dich einfach von einer Minute zur andern hierher, ließe dir kaum Zeit, deine Nachfolgerin in der Schule einzuführen. Ich bin ein egoistisches Schwein. Ich hätte zuerst herkommen und das Haus für dich anständig in Ordnung bringen sollen.«

»Andrew Manson, wehe, wenn Sie gewagt hätten, mich allein zurückzulassen!«

»Immerhin, da muß etwas geschehen«, sagte er mit trotzigem Stirnrunzeln. »Also höre, Chris–«

Sie unterbrach ihn lächelnd.

»Weißt du was, Liebster, ich werde dir jetzt eine Omelette machen – frei nach Madame Poulard, wenigstens so, wie sie im Kochbuch steht.«

Fassungslos über diese Unterbrechung seiner erst begonnenen Deklamation, öffnete er den Mund und starrte sie an. Dann heiterte sich seine finstere Miene allmählich auf. Als er Christine jetzt zur Küche begleitete, lächelte er wieder. Er konnte sie nicht aus den Augen lassen. In dem leeren Haus hallten ihre Schritte wie in einer Kathedrale.

Die Omelette – Gwilliam John war noch vor seiner Rückfahrt um Eier geschickt worden – kam jetzt heiß, duftig und köstlich gelb aus der Pfanne. Sie setzten sich nebeneinander ans Ende des Küchentisches und aßen. Lebhaft rief Andrew:

»Bei Gott! Verzeih, Liebste, ich habe ganz vergessen, daß ich fromm erzogen bin – also beim Zeus! Du kannst kochen! Der Kalender da an der Wand, den die Leute vor uns zurückgelassen haben, schaut gar nicht schlecht aus. Er füllt das Zimmer. Ganz hübsch ist auch das Bild darauf – die schönen Rosen. Hast du noch ein wenig Omelette? Wer war denn diese Poulard? Das klingt ja nach Huhn. Danke, mein Kind. Ach! Du weißt gar nicht, wie brennend gern ich schon mit der Arbeit anfinge. Hier muß genug zu tun sein. Große Möglichkeiten!« Er verstummte plötzlich, und sein Blick blieb an einem lackierten Holzkasten haften, der unter dem Gepäck in der Ecke stand. »Sag einmal, Chris, was ist denn das?«

»Ach, das.« Sie bemühte sich, gleichmütig zu sprechen. »Das ist ein Hochzeitsgeschenk – von Denny.«

»Von Denny!« Sein Gesichtsausdruck änderte sich. Philip war steif und abweisend gewesen, als Andrew zu ihm geeilt war, um ihm für die Hilfe bei der Anstellung zu danken und ihm die Mitteilung zu machen, daß er Christine heiraten wolle. Und heute früh war er nicht einmal gekommen, Abschied zu nehmen. Das hatte Andrew verletzt. Er hatte das Gefühl, Denny sei viel zu schwierig, zu schwer zu verstehen, um sein Freund bleiben zu können. Jetzt näherte er sich langsam und ziemlich argwöhnisch dem Kasten und dachte, wahrscheinlich werde ein alter Schuh darin sein – Denny hatte schon einen so merkwürdigen Begriff von Humor. Er öffnete die Schublade. Dann stieß er vor Entzücken einen leisen Schrei aus. Es war Dennys Mikroskop, der herrliche Zeissapparat, und ein Zettel: »Ich brauche das wirklich nicht mehr. Ich hab' Ihnen ja erklärt, daß ich ein Knochensäger bin. Viel Glück!«

Dazu ließ sich nichts sagen. Gedankenvoll, fast bedrückt, aß Andrew die Omelette zu Ende und hielt die ganze Zeit den Blick auf das Mikroskop geheftet. Dann nahm er es ehrfurchtsvoll in die Hände und ging, von Christine begleitet, in den an das Speisezimmer anstoßenden Raum. Feierlich stellte er das Mikroskop mitten auf den leeren Fußboden hin.

»Das ist nicht die Bibliothek, Chris, auch nicht das Frühstückszimmer, das Studio oder sonst etwas. Dank unseren guten Freund Philip Denny taufe ich es hiermit als Laboratorium.«

Er hatte sie gerade geküßt, um die Zeremonie recht wirkungsvoll zu gestalten, als das Telefon klingelte – ein hartnäckiges Schrillen, das besonders erschreckend klang, weil es aus der ganz leeren Halle kam. Fragend und aufgeregt blickten sie einander an.

»Vielleicht ruft man mich zu einem Kranken, Chris? Denk dir nur! Mein erster Fall in Aberalaw.« Und er eilte in die Halle. Es war aber kein Fall, sondern Dr. Llewellyn, der von seiner Wohnung am anderen Ende der Stadt telefonisch einen Willkommgruß entbot. Deutlich und freundlich kam seine Stimme durch den Draht, so daß Chris, die, an Andrews Schulter gelehnt, auf den Fußspitzen stand, das Gespräch genau hören konnte.

»Hal-lo, Manson. Wie fühlen Sie sich? Keine Sorge, diesmal ist es nichts Dienstliches. Ich wollte nur der erste sein, der Sie und Ihre Gnädige in Aberalaw begrüßt.«

»Vielen Dank, Dr. Llewellyn, vielen Dank. Das ist schrecklich nett von Ihnen. Aber mir hätte es auch nichts gemacht, wenn es Arbeit gewesen wäre.«

»Ach was, fällt mir nicht ein, solange Sie nicht einigermaßen in Ordnung sind«, schnurrte Llewellyn. »Und hören Sie, wenn Sie heute abend nichts anderes vorhaben, kommen Sie doch herüber und essen Sie mit uns, Sie und Ihre Frau, ohne Formalitäten. Um halb acht. Wir werden uns herzlich freuen, Sie beide zu sehen. Dann können wir uns aussprechen. Also abgemacht? Einstweilen auf Wiedersehen.«

Andrew legte den Hörer hin, und seine Miene zeigte tiefe Genugtuung.

»Ist das nicht anständig, Chris, daß er uns so kurzerhand einlädt? Und denk dir, der Chefarzt! Außerdem ist er ein hochqualifizierter Mann. Ich habe nachgeschlagen. Spitaldienst in London, M. D., F. R. C. S. und außerdem D. P. H. Denk dir nur, alle diese hohen Grade! Und er war so freundlich. Glauben Sie mir, Mrs. Manson, wir werden es hier schon schaffen.« Dann legte er den Arm um Christine und begann jubelnd mit ihr durch die Halle zu walzen.

2

Am Abend, um sieben Uhr, machten Sie sich durch die fröhlich belebten Straßen auf den Weg zu Dr. Llewellyns Haus Glynmawr. Es war ein anregender Spaziergang. Andrew musterte begeistert seine neuen Mitbürger.

»Schau den Mann an, der dort kommt, Christine! Rasch! Der dort! Jetzt hustet er.«

»Ja, mein Lieber, aber warum –«

»Oh, nichts weiter.« Und dann lässig: »Nur das er wahrscheinlich mein Patient werden wird.«

Es machte ihnen keine Schwierigkeit, Glynmawr, eine solide Villa mit wohlgepflegtem Garten, zu finden, denn Dr. Llewellyns schöner Wagen stand vor dem Haus, und des Chefarztes sauber geputztes Schild, auf dem die wissenschaftlichen Grade mit keuschen kleinen Buchstaben angedeutet waren, prangte an dem gußeisernen Gittertor. Ob solcher Vornehmheit plötzlich nervös geworden, klingelten sie und wurden eingelassen.

Dr. Llewellyn kam ihnen aus dem Salon entgegen, fescher denn je, im Frack, goldene Kettenknöpfe in den steifen Manschetten, und mit strahlend herzlichem Ausdruck.

»Fein! Fein! Das ist reizend! Ich bin entzückt, Sie kennenzulernen, Mrs. Manson. Hoffentlich gefällt Ihnen Aberalaw. Gar kein so übles Nest, kann ich Ihnen sagen. Bitte treten Sie näher! Mrs. Llewellyn wird sofort hier sein.«

Und Mrs. Llewellyn erschien unverzüglich, ebenso strahlend wie ihr Gatte. Sie war eine Frau von ungefähr fünfundvierzig, mit rötlichem Haar und blassem, sommersprossigem Gesicht.

Nachdem Sie Manson begrüßt hatte, wandte sie sich mit einem gerührten Schnaufen zu Christine:

»Oh, mein lie-iebes Kind! Sie reizendes, kleines Geschöpf! Ich hab' ja jetzt schon mein Herz an Sie verloren. Ich muß Sie küssen. Ich muß! Sie nehmen es mir doch nicht übel, meine Liebe, nicht wahr?«

Unverzüglich umarmte sie Christine, dann hielt sie sie mit ausgestreckten Armen vor sich hin und schaute sie noch immer begeistert an. Am Ende des Korridors erklang ein Gong. Man begab sich zu Tisch.

Es war ein ausgezeichnetes Mahl – Tomatensuppe, zwei gebratene Hühner mit Fülle und Würstchen, Rosinenpudding. Dr. Llewellyn und seine Frau plauderten lächelnd mit ihren Gästen.

»Sie werden sich bald einarbeiten, Manson«, sagte Llewellyn. »Ja, wirklich. Ich werde Ihnen behilflich sein, so gut ich kann. Übrigens freue ich mich, daß dieser Edwards den Posten nicht bekommen hat. Ich hatte ihm zwar halb und halb versprochen, ein Wort für ihn einzulegen, aber ich hätte ihn nicht ausstehen können. Was hab' ich eben gesagt? Ach ja! Nun, Sie werden im westlichen Ambulatorium arbeiten – das ist in Ihrem Stadtteil draußen –, und zwar mit dem alten Dr. Urquhart; er ist ein Prachtmensch, kann ich Ihnen sagen, und mit dem Laboranten Gadge. Hier am Ostende haben wir die Doktoren Medley und Oxborrow. Oh, das sind lauter gute Kerle. Die werden Ihnen gefallen. Spielen Sie Golf? Manchmal können wir nach Fernley auf den Golfplatz fahren – nur neun Meilen talabwärts. Natürlich habe ich eine Menge hier zu tun. Ja, ja, wirklich. Ich selbst lege nicht so großen Wert auf die Ambulatorien. Ich habe ja das Spital zu beaufsichtigen. Ich erledige die Unfallrentenansprüche der Arbeiter. Außerdem bin ich Amtsarzt für den Stadtbezirk, Arzt für das Gaswerk und Chirurg im Altersheim und Leiter der öffentlichen Impfstelle. Ferner bin ich Polizeiarzt und Beisitzer beim Grafschaftsgericht. Oh, und dann obliegt mir noch die Leichenbeschau. Und schließlich« – seinen arglosen Augen entschlüpfte ein Funke – »habe ich in meiner freien Zeit eine ganz hübsche Privatpraxis.«

»Das ist nicht wenig«, sagte Manson.

Llewellyn strahlte. »Man muß eben schauen, wie man durchkommt, Dr.Manson. Der kleine Wagen, der draußen steht, kostet allein die Kleinigkeit von zwölfhundert Pfund. Und dann gar – ach, lassen wir das. Ich sehe nicht ein, warum Sie hier nicht hübsch verdienen sollten. Sagen wir, rund drei- oder vierhundert, wenn Sie fleißig arbeiten und aufpassen.« Er machte eine Pause – vertraulich, schmierig-aufrichtig. »Nur auf eines muß ich Sie aufmerksam machen, es ist eine Abmachung zwischen den Hilfsärzten, daß mir ein jeder ein Fünftel seines Einkommens zahlt.« Rasch und unschuldig fuhr er fort: »Weil ich doch die Kontrolle über die Patienten ausübe. Und wenn einer nicht Bescheid weiß, hat er eben mich. Ich kann Ihnen sagen, es ist nicht der Schaden der jungen Ärzte.«

Andrew blickte einigermaßen überrascht auf. »Ist denn das nicht im Gesetz über die Hilfsärzte geregelt?«

»Nun, nicht so ganz«, sagte Llewellyn stirnrunzelnd. »Die Angelegenheit wurde von den Ärzten selbst aufgerollt und geregelt – schon vor längerer Zeit.«

»Aber –«

»Dr. Manson!« rief Mrs. Llewellyn süß vom Tischende her. »Eben sagte ich Ihrer entzückenden kleinen Frau, wir müssen recht oft zusammenkommen. Und sie soll manchmal nachmittags bei mir Tee trinken. Sie werden sie mir doch abtreten, nicht wahr? Und manchmal möchte ich sie im Wagen nach Cardiff mitnehmen. Wird das nicht reizend sein, mein lie-iebes Kind?«

»Natürlich«, fuhr Llewellyn ölig fort, »werden Sie sich anstrengen müssen. Leslie, das ist der Kerl, der vor Ihnen hier war, war entsetzlich langsam. Ach, ein ganz schlechter Arzt, fast ebenso schlecht wie dieser Edwards. Er konnte nicht einmal eine anständige Narkose machen. Hoffentlich sind Sie ein guter Narkotiseur, Doktor. Wenn ich einen wichtigen Fall habe, brauche ich unbedingt einen guten Narkotiseur. Aber, du lieber Gott, davon wollen wir jetzt nicht sprechen. Sie sind doch kaum angekommen, da darf man Sie noch nicht belästigen.«

»Idris!« rief Mrs. Llewellyn ihrem Gatten mit einer Art sensationslüsternen Entzückens zu. »Sie haben erst heute früh geheiratet! Mrs. Manson erzählt es mir eben. Sie ist eine kleine

Braut! Ach, daß so etwas möglich ist! Die lieben, unschuldigen Lämmer!«

»Nein, so was, nein, so was!« Llewellyn strahlte.

Mrs. Llewellyn tätschelte Christines Hand. »Mein armer Engel! Wenn ich mir vorstelle, was für eine Arbeit es sein wird, sich in diesem albernen Vale View einzurichten. Ich muß einmal hinüberkommen und Ihnen an die Hand gehen.«

Manson war leicht errötet und suchte seine Gedanken zu sammeln. Er hatte das Gefühl, als seien er und Christine zu einem weichen, kleinen Ball zusammengeknüllt worden, den Doktor und Mrs. Llewellyn einander mit behaglicher Gewandtheit zuwarfen. Immerhin hielt er die letzte Wendung des Gesprächs für günstig.

»Dr. Llewellyn«, sagte er mit nervöser Entschlossenheit, »die Bemerkung Ihrer Frau Gemahlin ist sehr richtig. Ich dachte soeben daran – es ist mir gar nicht angenehm, darum bitten zu müssen –, ob ich nicht zwei Tage frei haben könnte, um mit meiner Frau nach London zu fahren und Einrichtungsgegenstände für unser Haus und noch einige Kleinigkeiten zu kaufen.«

Er sah, wie Christines Augen sich vor Überraschung weiteten. Aber Llewellyn nickte gnädig.

»Warum nicht? Warum nicht? Sobald Sie einmal in der Arbeit sind, kommen Sie nicht mehr so leicht fort. Nehmen Sie sich den morgigen und folgenden Tag, Dr. Manson. Sehen Sie, das ist schon ein Fall, bei dem ich Ihnen nützen kann. Ich vermag für die Hilfsärzte eine Menge zu tun. Ich werde beim Komitee ein Wort für Sie einlegen.«

Andrew hätte gar nichts dagegen gehabt, selbst beim Komitee, bei Owen, vorzusprechen. Aber er ließ es dabei bewenden.

Sie tranken im Salon den Kaffee aus ›handgemalten‹ Schalen, wie Mrs. Llewellyn hervorhob. Llewellyn bot aus einer goldenen Dose Zigaretten an. »Sehen Sie einmal. Dr. Manson. Das war ein Geschenk! Von einem dankbaren Patienten! Schwer, nicht wahr? Zwanzig Pfund wert, zum allermindesten!«

Gegen zehn blickte Dr. Llewellyn auf seine schöne, goldene Uhr – ja, eigentlich strahlte er die Uhr an, denn er konnte sogar leblose Gegenstände, zumal wenn sie ihm gehörten, mit jener aufrichtigen Herzlichkeit, die für ihn so eigentümlich war, betrachten. Einen Augenblick glaubte Manson, der andere werde jetzt die Geschichte über die Herkunft der Uhr zum besten geben, statt dessen bemerkte Llewellyn:

»Ich muß jetzt ins Spital. Eine Zwölffingerdarmgeschichte, die ich heute vormittag operierte. Wie wär's wenn Sie mit mir fahren und sich das Haus ansehen würden?«

Andrew willigte sofort ein. »Aber sehr gern, Dr. Llewellyn.«

Nachdem die Aufforderung auch für Christine zu gelten schien, sagten sie Mrs. Llewellyn gute Nacht, die ihnen dann noch zärtlich von der Haustür nachwinkte, während sie in den wartenden Wagen stiegen und vornehm-lautlos durch die Hauptstraße zu dem Hang links hinauffuhren.

»Ein starker Scheinwerfer, nicht wahr?« bemerkte Llewellyn, nachdem er ihn für seine Gäste angeknipst hatte. »Luxit. Ich habe ihn speziell aufmontieren lassen.«

»Luxit!« sagte Christine plötzlich leise. »Das ist doch gewiß sehr kostpielig, Doktor?«

»Das will ich meinen«, antwortete Llewellyn mit bedeutsamem Kopfnicken, erfreut über diese Frage. »Hat mich volle dreißig Pfund gekostet.«

Andrew hielt an sich und wagte es nicht, seiner Frau ins Auge zu sehen.

»Hier wären wir also«, sagte Llewellyn zwei Minuten später. »Dies ist mein geistiges Heim.«

Das Spital war ein Zweckbau aus roten Ziegeln, mit einem kiesbestreuten Zufahrtsweg zwischen Lorbeergebüsch. Sobald sie eintraten, hellte sich Andrews Miene auf. Das Gebäude war zwar klein, aber modern und schön eingerichtet. Als Llewellyn ihnen den Operationssaal zeigte, das Röntgenzimmer, das Verbandzimmer, die beiden schönen, luftigen Krankensäle, dachte Andrew immer wieder voll Entzücken: ›Das ist herrlich – das ist ja herrlich! Was für ein Unterschied gegen Drineffy! O Gott, hier werde ich schaffen können.‹

Sie trafen auf ihrem Rundgang die Oberschwester, eine große, knochige Frau, die Christine gar nicht beachtete, Andrew nur kühl begrüßte, aber vor Llewellyn in Anbetung zerschmolz.

»Wir bekommen hier alles, was wir brauchen, nicht wahr, Oberschwester«, sagte Llewellyn. »Es genügt, wenn wir dem Komitee ein Wort sagen. Ja, ja, das sind ganz gute Kerle, alles in allem genommen. Was macht meine Gastro-Enterostomie, Oberschwester?«

»Ganz in Ordnung. Dr. Llewellyn«, murmelte die Oberschwester.

»Schön, ich werde in einer Minute nachsehen!« Er begleitete Christine und Andrew wieder ins Vestibül zurück.

»Nun ja, ich gebe es zu, Manson, daß ich auf dieses Haus ziemlich stolz bin. Ich betrachte es als mein Werk. Brauche mich seiner nicht zu schämen. Sie werden doch richtig nach Hause finden, nicht wahr? Und hören Sie, wenn Sie am Mittwoch zurückkommen, rufen Sie mich an. Vielleicht brauche ich Sie für eine Narkose.«

Als sie mitsammen die Straße hinabgingen, verharrten sie eine Weile in Schweigen, dann nahm Christine Andrews Arm.

»Nun?« fragte sie.

Er konnte fühlen, wie sie im Dunkel lächelte.

»Mir gefällt er«, sagte er rasch. »Mir gefällt er sogar sehr. Hast du übrigens die Oberschwester bemerkt – es war, als wollte sie ihm den Rocksaum küssen. Aber, wahrhaftig, es ist ein wunderbares kleines Spital. Und ein gutes Essen haben sie uns gegeben. Sie sind nicht knickerig. Nur – ach, ich weiß nicht recht – warum sollen wir ihm eigentlich ein Fünftel von unserem Einkommen zahlen? Das kommt mir nicht anständig, ja nicht einmal ehrenhaft vor. Und irgendwie habe ich das Gefühl, als hätte man mich gestreichelt und gehätschelt und mir gesagt, ich solle ein artiger Junge sein.«

»Du warst ein sehr artiger Junge, weil du dir diese beiden Tage erbeten hast. Aber wirklich, mein Lieber, wie können wir denn das machen! Wir haben doch kein Geld, uns Möbel zu kaufen – oder doch?«

»Warte es nur ab!« antwortete er geheimnisvoll.

Die Lichter der Stadt lagen hinter ihnen, und ein seltsames Schweigen senkte sich zwischen sie, während sie sich Vale View näherten. Wie köstlich war es, ihre Hand auf seinem Arm zu spüren. Eine große Woge der Liebe überflutete ihn. Er dachte daran, wie er sie im Handumdrehen aus einer Bergarbeiterstadt herausgeheiratet, in einem gebrechlichen alten Karren über die Berge geführt und in ein halbleeres Haus gesetzt hatte, wo das Brautlager Christines Mädchenbett war – und mit welchem Mut und welch zärtlichem Lächeln nahm sie all diese Unannehmlichkeiten und Beschwernisse auf sich! Sie liebte ihn, sie vertraute ihm, sie glaubte an ihn. Ein großer Entschluß wuchs in ihm empor. Er wollte ihr das lohnen, er wollte ihr durch seine Arbeit zeigen, daß ihr Glaube an ihn gerechtfertigt war.

Sie schritten über die hölzerne Brücke. Das Murmeln des Baches zwischen den verunreinigten Ufern, die das weiche Dunkel der Nacht verbarg, klang ihnen süß ins Ohr. Andrew nahm den Schlüssel aus der Tasche, den Schlüssel ihres Heims, und sperrte auf.

In der Halle war es finster. Als er die Tür geschlossen hatte, wandte er sich Christine zu, die stehengeblieben war; ihr Gesicht war matt erleuchtet, ihre schlanke Gestalt erwartungsvoll, ohne Abwehr. Sanft legte er den Arm um sie. Mit sonderbarer Stimme flüsterte er:

»Wie heißt du, Liebling?«

»Christine«, antwortete sie erstaunt.

»Christine wie?«

»Christine Manson.« Rasch ging ihr Atem, stürmisch, und wehte warm um seine Lippen.

3

Am nächsten Nachmittag fuhr ihr Zug in die Paddington-Station in London ein. Mit einem abenteuerlichen Gefühl, dennoch ihrer Unerfahrenheit angesichts dieser Riesenstadt, die keiner von ihnen je gesehen hatte, voll bewußt, stiegen Andrew und Christine aus.

»Siehst du ihn?« fragte Andrew ängstlich.

»Vielleicht ist er an der Sperre«, meinte Christine.

Sie hielten Ausschau nach dem Mann mit dem Katalog.

Auf der Fahrt hatte Andrew seiner Frau mit allen Einzelheiten seinen großartigen, einfachen und außerordentlich umsichtigen Plan auseinandergesetzt und erzählt, wie er noch vor der Abreise von Drineffy erkannt habe, was ihnen alles fehlte, und mit der Regency Plenishing Company in London E. in Verbindung getreten sei. Diese Regency, kein ungeheuer großes Unternehmen – nicht so ein Warenhausblödsinn –, sondern eine anständige private Handelsfirma, sei ein Abzahlungsgeschäft. Er hatte den Brief des Firmeninhabers in der Tasche. Nun, und angesichts der Tatsache –

»Ah!« rief er jetzt befriedigt. »Da ist er ja!«

Ein unansehnlicher kleiner Mann in abgewetztem blauen Anzug und mit steifem Hut, einen großen, grünen Katalog wie einen Sonntagsschulpreis in den Händen, schien die beiden durch geheimnisvolle Telepathie aus der Menge der Reisenden herausgefunden zu haben. Er schlängelte sich zu ihnen hin.

»Habe ich die Ehre mit Dr. Manson? Und mit Mrs. Manson?« Dabei zog er ehrerbietig den Hut. »Ich bin Vertreter der Regency. Wir haben Ihr Telegramm heute bekommen, mein Herr. Das Auto wartet. Darf ich Ihnen eine Zigarre anbieten?«

Als sie durch die fremden, vor Verkehr schier berstenden Straßen fuhren, verriet Andrew vielleicht einen ganz schwachen Schimmer von Unruhe, während er aus dem einen Augenwinkel mißtrauisch auf die angebotene Zigarre blickte, die er noch immer unangezündet in der Hand hielt. Er knurrte:

»In den letzten Tagen fahren wir gar nicht wenig im Auto. Aber diesmal wird es schon stimmen. Die Leute garantieren für alles, einschließlich freie Fahrt zum und vom Bahnhof, desgleichen die Eisenbahnspesen.«

Doch trotz dieser Zusicherungen war die Fahrt durch die verwirrend unübersichtlichen und oft häßlichen Straßenzüge eine ziemlich beunruhigende Angelegenheit. Doch endlich waren sie am Ziel. Das Unternehmen erwies sich als prunkhafter, als die beiden erwartet hatten, mit einer Menge Schaufenster und funkelndem Messing an der Front. Die Autotür wurde aufgerissen, und unter Verbeugungen geleitete man die beiden in das Handelshaus der Regency Company.

Auch hier erwartete man sie; fürstlich hieß sie ein ältlicher Verkäufer im Frack und mit hohem Kragen willkommen, der mit seiner verblüffend redlichen Miene irgendwie dem hochseligen Prinzregenten Albert zu ähneln schien.

»Hier bitte, mein Herr. Hier bitte, gnädige Frau. Ich bin sehr glücklich, einen Herrn von der medizinischen Fakultät bedienen zu dürfen, Doktor Manson. Sie wären überrascht, wenn Sie wüßten, mit wieviel Herren von der Harley Street ich zu tun zu haben die Ehre hatte. Und was für Referenzen sie mir gegeben haben! Und jetzt sagen Sie bitte, Doktor, was Sie benötigen.«

Mit würdigen Schritten wanderte er die Gänge des Kaufhauses auf und ab und begann, Möbel herzuzeigen. Er nannte ungebührlich hohe Preise, warf mit den Worten Tudor, Jakob und Louis Seize nur so herum. Was er ihnen aber anbot, war gebeizter und gefirnißter Schund.

Christine biß sich auf die Lippen, es wurde ihr immer unbehaglicher zumute. Mit aller Kraft wünschte sie, Andrew möchte sich nicht hintergehen lassen und ihr Heim nicht mit diesem entsetzlichen Zeug verunstalten.

»Liebster«, flüsterte sie hastig, als Prinz Albert ihnen den Rücken zuwandte, »das taugt nichts – das taugt ganz und gar nichts.«

Statt einer Antwort verzog er nur unmerklich die Lippen. Man besichtigte noch einige Stücke. Dann sagte Andrew ruhig, aber mit überraschender Schroffheit zu dem Verkäufer:

»Sie, hören Sie einmal! Wir haben eine lange Fahrt unternommen, um Möbel zu kaufen. Ich meine *Möbel.* Nicht solchen Kram.« Kräftig drückte er mit dem Daumen auf die Tür eines neben ihm stehenden Kleiderkastens, und da sie nur aus Furnierholz war, gab sie mit einem verdächtigen Krachen nach.

Der Verkäufer sackte beinahe zusammen. Unmöglich, ganz unmöglich, schien seine Miene zu sagen.

»Aber, Doktor«, keuchte er. »Ich zeige doch Ihnen und Ihrer Gnädigen die besten Stücke im Haus.«

»Dann zeigen Sie uns die schlechtesten«, tobte Andrew. »Zeigen Sie uns alte, gebrauchte Möbel – aber wenigstens Möbel.«

Eine Pause. Dann murmelte der Mann halblaut: »Der Chef

bringt mich um, wenn ich Ihnen nichts verkaufe!« Und er wanderte untröstlich von dannen. Er kam nicht wieder. Vier Minuten später erschien ein kurzer, rotgesichtiger, gewöhnlicher Mensch, der geschäftig auf das Paar zueilte. Ohne Umschweife rief er: »Was wünschen Sie?«

»Gute, gebrauchte Möbel – billig!«

Der kleine Mann warf Andrew einen harten Blick zu. Ohne ein weiteres Wort drehte er sich um und führte die beiden zu einem Warenlift im Hinterhaus. Sie fuhren in ein großes, kühles, unterirdisches Gewölbe, das bis zur Decke mit gebrauchten Möbeln vollgestopft war.

Eine ganze Stunde suchte Christine unter Staub und Spinnweben und fand hier eine solide Kommode, dort einen guten einfachen Tisch, einen kleinen Fauteuil unter einem Stoß von Säkken, während Andrew lange mit dem kleinen Mann feilschte.

Endlich war die Liste vollständig, und Christine, deren Gesicht zwar bestaubt war, aber vor Glück strahlte, drückte mit einem herrlichen Gefühl des Triumphes, als sie im Lift wieder emporfuhren, Andrews Hand.

»Genau, was wir wollten«, flüsterte sie.

Der Rotgesichtige führte sie ins Kontor, wo er mit der Miene eines Mannes, der unter unsäglichen Anstrengungen sein Bestes getan hat, das Bestellbuch auf den Tisch des Chefs legte und sagte: »Das hätten wir also, Mr. Isaacs.«

Mr. Isaacs liebkoste seine Nase. Seine Augen, die neben der gelblichen Haut wäßrig aussahen, drückten Kummer aus, als er das Bestellbuch studierte.

»Ich bedaure, Dr. Manson, aber für diese Waren kann ich Ihnen keine Raten bewilligen. Es sind doch lauter gebrauchte Stücke.« Ein abwehrendes Achselzucken. »Das verstößt gegen unsere Geschäftsprinzipien.«

Christine wurde blaß. Aber Andrew setzte sich grimmig entschlossen auf einen Sessel, als wollte er hier über Nacht bleiben.

»O nein, ganz und gar nicht, Mr. Isaacs. Wenigstens steht dies in Ihrem Brief. Schwarz auf weiß am Kopf ihres Briefpapiers. ›Neue und alte Möbel mit Zahlungserleichterungen.‹«

Eine Pause entstand. Der rotgesichtige Mann neigte sich zu Mr. Isaacs und flüsterte ihm unter lebhaften Gebärden hastig etwas ins Ohr. Christine vernahm ganz deutlich wenig schmeichelhafte Worte über die Zähigkeit ihres Gatten und seinen schottischen Starrsinn.

»Nun, Doktor Manson«, lächelte Mr. Isaacs mit einiger Mühe. »Sie sollen Ihren Willen haben. Damit Sie nicht sagen können, die Regency habe Sie schlecht bedient. Und vergessen Sie nicht, es Ihren Patienten weiterzusagen, wie man Ihnen hier entgegengekommen ist. Smith, tragen Sie die Rechnung auf Abzahlungskonto ein und sehen Sie zu, daß an Dr. Manson morgen früh mit der ersten Post eine Kopie abgeht.«

»Danke, Mr. Isaacs.«

Wieder eine Pause. Mr. Isaacs sagte, um die Unterredung abzuschließen: »Na also, das wäre erledigt. Die Ware wird am Freitag bei Ihnen eintreffen.«

Christine schickte sich an, das Kontor zu verlassen. Aber Andrew blieb noch immer auf seinem Sessel sitzen. Langsam sagte er: »Und was ist jetzt mit unseren Fahrtspesen, Mr. Isaacs?«

Das wirkte, als wäre eine Bombe geplatzt. Der rotgesichtige Smith sah aus, als wollten ihm die Adern bersten. »Ach mein Gott, Doktor Manson«, rief Isaacs aus. »Was stellen Sie sich denn vor? So können wir nicht Geschäfte machen. Alles, was recht ist, aber ich bin kein Kamel! Fahrtspesen!«

Unerbittlich zog Andrew die Brieftasche. Seine Stimme zitterte leicht, war aber gemessen.

»Ich habe hier einen Brief, Mr. Isaacs, in dem Sie schwarz auf weiß erklären, daß Sie Ihren Kunden in England und Wales die Eisenbahnfahrt ersetzen, wenn die Bestellung über fünfzig Pfund ausmacht.«

»Aber ich sage Ihnen doch«, protestierte Isaacs wild, »Sie haben für fünfundfünfzig Pfund Waren gekauft – und nur gebrauchte –«

»In Ihrem Brief, Mr. Isaacs –«

»Lassen Sie schon meinen Brief.« Isaacs hob die Hände hoch. »Lassen Sie schon das alles. Ich storniere das Geschäft. So einen Kunden wie Sie hab' ich mein Lebtag noch nicht gehabt. Wir sind an nette, jungverheiratete Paare gewöhnt, die mit sich reden lassen. Zuerst beleidigen Sie meinen Mr. Clapp, dann kann mein Mr. Smith mit Ihnen nichts ausrichten, dann kommen Sie hier herein und brechen mir das Herz mit Ihren Fahrtspesen. Wir können kein Geschäft miteinander machen, Dr. Manson. Sie können versuchen, ob Sie woanders besser bedient werden.«

Christine blickte entsetzt auf Andrew, in ihren Augen war ein verzweifeltes Flehen. Sie sah schon alles verloren. Dieser entsetzliche Mann, den sie da hatte, machte ja alle so schwer errungenen Vergünstigungen zunichte! Aber Andrew schien sie nicht einmal zu bemerken, als er jetzt verbissen seine Brieftasche zumachte und einsteckte.

»Also schön, Mr. Isaacs, wir werden uns verabschieden. Aber ich sage Ihnen – meine Patienten und Ihre Bekannten werden das nicht gerne hören. Ich habe eine ausgedehnte Praxis. Und so etwas spricht sich bestimmt herum. Wie Sie uns nach London gelockt haben, unter der Zusage, uns die Fahrt zu bezahlen, und als wir dann –«

»Hören Sie auf! Hören Sie auf!« heulte Isaacs wie irrsinnig. »Wieviel haben Sie denn für die Fahrkarten ausgelegt? Zahlen Sie's schon aus, Mr. Smith. Zahlen Sie's den Leuten, zahlen Sie's den Leuten! Niemand soll behaupten, daß die Regency ihre Versprechungen nicht einhält. Na also! Sind Sie jetzt zufrieden?«

»Danke sehr, Mr. Isaacs. Wir sind sehr zufrieden. Wir erwarten die Lieferung am Freitag. Guten Tag, Mr. Isaacs.«

Ernst schüttelte ihm Manson die Hand, dann nahm er Christines Arm und führte sie hastig zur Tür. Draußen wartete die ehrwürdige alte Limousine, die sie hergebracht hatte, und Andrew lief, als hätte er eben die größte Bestellung in der Geschichte dieser Firma gemacht:

»Chauffeur, fahren Sie uns zum Museum-Hotel!«

Sogleich fuhren sie los und kamen vom East End in die Gegend des Bloomsbury Square. Christine, die Andrews Arm umklammert hielt, enspannte sich allmählich.

»Oh, du Lieber«, flüsterte sie. »Du hast das herrlich gemacht, Und ich dachte schon –«

Mit einem noch immer verbissenen Ausdruck schüttelte er den Kopf. »Die Leute wollten keine Scherereien haben, die Bande! Ich hatte ihr Versprechen in Händen, ihr schriftliches Versprechen –« Er drehte sich mit funkelnden Augen zu ihr um. »Es hat sich natürlich nicht um diese läppischen Fahrtspesen gehandelt, mein Kind. Das weißt du ja. Es war das Prinzipielle an der Sache. Man muß sein Wort halten. Außerdem hat es mich geärgert, wie die Leute auf uns lauerten. Man konnte es schon von ferne sehen – hier kommt ein Paar Neulinge – leicht Geld zu verdienen – und dann auch noch diese Zigarre – die ganze Sache roch nach Schwindel.«

»Immerhin haben wir, was wir brauchen«, murmelte sie versöhnlich.

Er nickte. Er war noch zu erregt, noch zu heiß vor Entrüstung, um in diesem Augenblick das Komische an der Sache zu erkennen. Aber als sie dann im Museum-Hotel in ihrem Zimmer waren, kam er auch auf diese Seite der Angelegenheit. Er zündete sich eine Zigarette an und streckte sich auf dem Bett aus, während er zusah, wie Christine ihr Haar ordnete, und plötzlich begann er zu lachen. Er lachte so sehr, daß er auch sie damit ansteckte.

»Was für ein Gesicht dieser alte Isaacs gemacht hat«, preßte er hervor, und die Rippen taten ihm weh. »Es war – es war zum Schreien komisch.«

»Und als du«, keuchte sie matt, »als du die Fahrtspesen verlangtest.«

»Wir können kein Geschäft machen.« Er fiel von neuem in krampfhaftes Lachen. »Und ob er ein Kamel sei, hat er gefragt. O Gott! Ein Kamel –«

»Ja, Liebster.« Den Kamm in der Hand und mit Tränen auf den Wangen, wandte sie sich zu ihm, kaum fähig, zu sprechen. »Aber das Komischste für mich war, wie du immer sagtest: ›Ich habe es hier bei mir, schwarz auf weiß‹, und ich – und ich – oh, du lieber Himmel – ich wußte doch die ganze Zeit, daß du den Brief zu Hause auf dem Kaminsims gelassen hast.«

Er setzte sich auf und starrte sie an. Dann warf er sich mit einem heulenden Gelächter wieder hin. Er wälzte sich, stopfte sich das Kissen in den Mund, aber alles half nichts, er konnte einfach nicht mehr einhalten, während sie sich am Toilettentisch festhielt, zitternd, halb wund vor Lachen, und Andrew verzweifelt bat, aufzuhören, sonst müsse sie sterben.

Als sie sich später wieder beruhigt hatten, gingen sie ins Theater. Er überließ ihr die Wahl, und sie entschied sich für ›Die heilige Johanna‹. Ihr ganzes Leben lang, sagte sie, habe sie schon gewünscht, ein Stück von Shaw zu sehen.

Als er neben ihr in dem vollen Parkett saß, interessierte ihn weniger das Stück – zu historisch, sagte er ihr später, und wofür hält sich dieser Kerl, der Shaw, denn eigentlich? –, als das leichte Rot auf Christines eifrigem, entzücktem Gesicht. Ihr erster gemeinsamer Theaterbesuch. Nun, es würde nicht der letzte sein, der nächste würde bald folgen. Seine Augen wanderten durch das volle Haus. Eines Tages wollte er mit Christine wieder hier sitzen, und dann nicht mehr im Parkett, sondern in einer dieser Logen. Das wollte er schon schaffen; er wollte es den Leuten schon zeigen! Christine sollte ein ausgeschnittenes Abendkleid tragen, und dann sahen die Leute zu ihm hin und nickten einander zu – das ist Manson, wissen Sie, der Arzt, der die großartige neue Lungenbehandlung entdeckt hat. Er riß sich scharf zusammen und kaufte mit ziemlich albernem Gesicht in der Pause eine Eiscreme für Christine.

Später war er geradezu fürstlich großzügig. Vor dem Theater fühlten sie sich völlig verloren, von den Lichtern, von den Autobussen, den wogenden Mengen verwirrt. Gebieterisch hob Andrew die Hand; im Innern des Automobils in Sicherheit gebracht, fuhren sie zum Hotel und hielten sich selig für die Entdecker der Abgeschlossenheit, die ein Londoner Taxi bieten kann.

4

Nach der Londoner Luft war die Brise in Aberalaw frisch und kühl. Während Andrew Donnerstag morgen von Vale View hinunterstieg, um seine Arbeit aufzunehmen, fühlte er diesen Hauch belebend auf den Wangen. Prickelnde Fröhlichkeit erfüllte ihn. Er sah hier Arbeit vor sich, gut und sauber geleistete Arbeit, Arbeit immer nach seinem Grundsatz, der wissenschaftlichen Methode.

Das westliche Ambulatorium, das nicht mehr als vierhundert Yard von seinem Haus entfernt lag, war ein hoher Kuppelbau mit weißem Ziegeldach. Es machte einen hygienischen Eindruck. Der wichtigste Teil in der Mitte war der Warteraum. Am unteren Ende, vom Warteraum durch eine Schiebetür getrennt, war die Anstaltsapotheke. Im oberen Stockwerk lagen zwei Ordinationsräume. An der Tür des einen war der Name Dr. Urquharts, auf der des andern in frischem Anstrich der geheimnisvoll lockende Name Dr. Manson zu lesen.

Es bereitete Andrew eine freudige Überraschung, daß sein Name schon jetzt an seinem Zimmer prangte, das zwar nicht groß war, aber einen guten Schreibtisch und einen festen Lederdiwan für die Untersuchungen hatte. Es schmeichelte ihm auch, zu sehen, wieviel Leute ihn bereits erwarteten. Es war eine solche Menge, daß er es für richtiger hielt, die Arbeit sofort zu beginnen, ohne sich, wie er eigentlich beabsichtigt hatte, vorher bei Dr. Urquhart und dem Laboranten Gadge vorzustellen.

Er setzte sich und winkte seinen ersten Patienten herein. Das war ein Mann, der einfach nur ein Zeugnis wollte und dann so nebenbei etwas von einem aufgeschlagenen Knie erwähnte. Andrew untersuchte ihn, fand, daß die Angabe auf Richtigkeit beruhte, und stellte ihm ein ärztliches Zeugnis aus.

Nun kam der zweite Patient. Auch er verlangte sein Zeugnis und erklärte, an Nystagmus zu leiden. Der dritte Fall: Zeugnis, Bronchitis. Der vierte Fall: Zeugnis, Ellbogenverletzung.

Andrew erhob sich und hätte gern gewußt, woran er war. Die Untersuchungen für Zeugnisse erforderten sehr viel Zeit. Er ging zur Tür und fragte:

»Wer hier noch ein Zeugnis will, möge bitte aufstehen.«

Draußen warteten vielleicht vierzig Leute. Alle standen sie auf. Andrew überlegte rasch. Er brauchte gewiß den größten Teil des Tages dazu, sie alle gründlich zu untersuchen. Soviel Zeit hatte er nicht. Widerstrebend entschloß er sich, die genaueren Untersuchungen auf einen anderen Tag zu verschieben.

Trotzdem war es halb elf, als er den letzten Patienten behandelt hatte. Da blickte er auf, denn in das Zimmer stampfte ein mittelgroßer, betagter Mann mit ziegelrotem Gesicht und einem kleinen, kampflustigen grauen Bart. Er ging ein wenig vorgeneigt, so daß sein Kopf kriegerisch vorgestreckt erschien. Er trug Knickerbockers aus geripptem Samt, Wickelgamaschen und eine Tweedjacke, deren Seitentaschen mit Pfeife, Taschentuch, einem Apfel und einem Katheter aus Gummi zum Platzen vollgestopft waren. Er verbreitete einen Geruch von Medikamenten, Karbol und starkem Tabak. Ehe der Fremde noch den Mund aufmachte, wußte Andrew, daß dies Dr. Urquhart war.

»Hol's der Teufel, Mensch«, sagte Urquhart, ohne ihm die Hand zu reichen oder sich vorzustellen. »Wo waren Sie denn diese zwei Tage? Ich hab' Ihnen die Arbeit abnehmen müssen. Na, schon gut, schon gut. Reden wir nicht mehr davon! Gott sei Dank, Sie scheinen körperlich und geistig gesund zu sein und sind endlich hier. Rauchen Sie Pfeife?«

»Ja.«

»Auch dafür sei Gott gedankt! Spielen Sie Geige?«

»Nein.«

»Ich auch nicht – aber ich kann hübsche Geigen machen. Außerdem sammle ich Porzellan. Mein Name ist sogar in einem Buch genannt. Wenn Sie einmal zu mir kommen, will ich's Ihnen zeigen. Ich wohne gleich neben dem Ambulatorium, wie Sie bemerkt haben werden. Und jetzt kommen Sie mit und machen Sie sich mit Gadge bekannt. Das ist ein erbärmlicher Kerl. Aber er kennt seine Laster.«

Andrew folgte Urquhart durch den Warteraum in die Anstaltsapotheke, wo Gadge ihn mit einem düsteren Kopfnicken begrüßte. Gadge war ein langer, hagerer, leichenblasser Mann mit einem Kahlkopf, auf dem einige Büschel kohlschwarzen Haares wuchsen, und langem Backenbart von derselben Farbe. Er trug eine kurze Jacke, die vor Alter schon ganz grün und von Medikamenten fleckig war, seine knochigen Handgelenke und die eckigen Schulterblätter eines Schwindsüchtigen sehen ließ. Seine Miene war traurig, bissig, müde; sein Benehmen des eines Menschen, der die größten Enttäuschungen im ganzen Weltall erlebt hat. Als Andrew eintrat, fertigte Gadge eben seinen letzten Klienten ab, dem er durch den Schalter eine Schachtel Pillen zuwarf, als wäre es Rattengift. »Nehmen Sie's oder lassen Sie's bleiben«, schien er sagen zu wollen. »Sterben müssen Sie auf jeden Fall.«

»Na schön«, sagte Urquhart, als er die beiden einander vorgestellt hatte. »Jetzt kennen Sie Gadge und haben das Schlimmste überstanden. Ich mache Sie darauf aufmerksam, daß er an nichts glaubt, außer vielleicht an Rhizinusöl und an Charles Bradlaugh. Nun – kann ich Ihnen irgendwie behilflich sein?«

»Ich mache mir Kopfschmerzen über die vielen Krankheitszeugnisse, die ich ausstellen mußte. Manche von den Leuten schienen mir heute ganz arbeitsfähig zu sein.«

»Ach ja, Lesli hat sie so zu einem Haufen anwachsen lassen. Seine Vorstellung von einer ärztlichen Untersuchung war die, geschlagene fünf Sekunden den Puls zu fühlen. Das andere war ihm Wurst.«

Andrew antwortete rasch: »Was soll man denn von einem Arzt halten, der Zeugnisse hergibt, als wären es Zigaretten-Reklamebilder?«

Urquhart warf ihm einen raschen Blick zu. Er sagte schroff: »Nehmen Sie sich in acht! Die Leute haben es gewöhnlich nicht gern, wenn man sie gesund schreibt.«

Zum ersten- und letztenmal an diesem Vormittag beteiligte sich Gadge an dem Gespräch, indem er mürrisch einwarf:

»Der Hälfte fehlt ja gar nichts, diesen rotbackigen Simulanten!«

Den ganzen Tag lang war Andrew, während er Krankenbesuche machte, dieser ärztlichen Zeugnisse wegen beunruhigt.

Die Runde kostete ihn viel Zeit, denn er kannte die Gegend nicht; die Straßen waren ihm nicht vertraut, und mehr als einmal mußte er umkehren und dieselbe Strecke noch einmal zurücklegen. Außerdem lag sein Bezirk oder doch der größte Teil davon am Hang des Mardy Hill, auf den Tom Kettles angespielt hatte, und das bedeutete steile Steigungen zwischen den verschiedenen Häuserreihen.

Noch im Laufe des Vormittags sah er sich durch seine Erwägungen zu einem unangenehmen Entschluß gezwungen. Er konnte und durfte um keinen Preis inhaltlich falsche Zeugnisse ausstellen. Und so ging er zum Abendambulatorium, etwas aufgeregt, aber fest entschlossen, dem Unfug ein Ende zu machen. Die wartende Menge war womöglich noch größer als am Vormittag. Und der erste Patient, der eintrat, ein großer Klumpen von Mann, von Fett strotzend, roch stark nach Bier und sah aus, als hätte er in seinem ganzen Leben noch nie ein richtiges Tagewerk getan. Er zählte ungefähr fünfzig Jahre und hatte kleine Schweinsaugen, die auf Andrew herabblinzelten.

»Zeugnis«, sagte er, so ungehobelt als möglich.

»Weshalb?« fragte Andrew.

»... 'stagmus.« Er streckte die Hand hin. »Ich heiße Chenkin. Ben Chenkin.«

Allein schon der Ton dieses Menschen brachte Andrew gegen ihn auf. Bereits nach einer flüchtigen Untersuchung war er überzeugt, daß Chenkin nicht an Nystagmus litt. Auch abgesehen von der Andeutung Gadges, war ihm klar, daß manche dieser alten Bergleute mit dem Nystagmus Schinluder trieben und jahrelang völlig zu Unrecht Krankengelder bezogen. Er wollte sich sogleich vergewissern und stand auf.

»Ziehen Sie sich aus!«

Diesmal fragte Chenkin: »Weshalb?«

»Ich will Sie untersuchen.«

Ben Chenkin machte ein langes Gesicht. Er konnte sich nicht erinnern, während der siebenjährigen Amtsdauer Doktor Leslies jemals untersucht worden zu sein. Widerwillig und mürrisch legte er Halsbinde und Jacke, das rotblau gestreifte Hemd ab und zeigte nun einen schwammig-fetten, behaarten Körper.

Andrew untersuchte ihn lange und gründlich, insbesondere mit seiner winzigen elektrischen Birne auch die Augennetzhaut. Dann sagte er scharf:

»Ziehen Sie sich an, Chenkin!« Er setzte sich, nahm die Feder und begann ein Zeugnis zu schreiben.

»Na ja«, höhnte der alte Ben. »Ich hab' doch gewußt, daß Sie's hergeben werden.«

»Der Nächste bitte«, rief Andrew.

Chenkin riß ihm das rosafarbene Blatt fast aus der Hand. Dann stolzierte er triumphierend aus dem Zimmer.

Fünf Minuten später war er wieder da, mit fahlem Gesicht, brüllend wie ein Stier, und drängte sich durch die Leute, die auf den Bänken saßen und warteten.

»Schaut her, was er gemacht hat! Glaubt er, daß er so mit uns umspringen kann? He, was soll das bedeuten?« Und er hielt Andrew das Zeugnis unter die Nase.

Andrew tat so, als läse er den Zettel. Da stand in seiner eigenen Handschrift: »Hiermit bezeuge ich, daß Ben Chenkin an den Folgen übermäßigen Biergenusses leidet, aber vollauf arbeitsfähig ist. Gezeichnet: A. Manson, M. B.«

»Nun, und?« fragte er.

»...'stagmus«, schrie Chenkin. »Ein Zeugnis für 'stagmus. Sie können uns nicht zum Narren halten. Fünfzehn Jahre leide ich an 'stagmus.«

»Jetzt haben Sie keinen mehr«, sagte Andrew. Eine größere Gruppe hatte sich an der offenen Tür angesammelt. Andrew bemerkte den Kopf Urquharts, der neugierig vom anderen Zimmer hereinblickte. Auch Gadge beobachtete durch seinen Schalter genießerisch den Tumult.

»Zum letztenmal – wollen Sie mir ein Zeugnis für 'stagmus geben oder nicht?« brüllte Chenkin.

Andrew verlor die Selbstbeherrschung.

»Fällt mir gar nicht ein«, schrie er zurück. »Und schauen Sie, daß Sie fortkommen, sonst werfe ich Sie hinaus.«

Ben wölbte den Bauch. Es schien, als wollte er den Fußboden mit Andrew aufwischen. Dann senkte er den Blick, wandte sich um und verließ, zotige Flüche murmelnd, das Ordinationszimmer.

Sobald er fort war, kam Gadge aus der Anstaltsapotheke und drängte sich durch die Menge zu Andrew. Mit melancholischem Entzücken rieb er sich die Hände.

»Wissen Sie, wer das war, den Sie eben hinausgeworfen haben? Das war Ben Chenkin. Sein Sohn ist ein ganz großes Tier im Komitee.«

5

Das Aufsehen, das der Fall Chenkin erregte, war ungeheuer und verbreitete sich mit Windeseile im ganzen Bezirk Mansons. Einige Leute erklärten, es sei höchste Zeit gewesen – ein paar gingen sogar so weit, zu sagen, allerhöchste Zeit –, daß dem Schwindel Bens ein Ende gemacht und er als arbeitsfähig erklärt worden war. Aber die Mehrheit trat für Ben ein. Alle sogenannten ›Hausfälle‹, also die, die in häuslicher Pflege blieben und Krankengeld erhielten, waren überaus erbittert gegen den neuen Arzt. Wenn Andrew seine Runde machte, bemerkte er, daß ihm finstere Blicke nachgesandt wurden. Und abends im Ambulatorium bekam er die feindseligen Gefühle der Leute noch ärger zu spüren.

Obwohl offiziell einem jeden Hilfsarzt ein bestimmter Bezirk zugewiesen war, hatten doch die Arbeiter dieses Bezirks das Recht der freien Arztwahl. Der einzelne Arbeiter hatte eine Karte und konnte einen Wechsel seines Arztes durchführen, indem er diese Karte zurückverlangte und sie einem anderen Arzt übergab. Und nun begann dieses schmachvolle Erlebnis für Andrew. An jedem Abend dieser Woche kamen Leute, die er noch nie gesehen hatte, in sein Sprechzimmer – manche, die nicht einmal eine persönliche Begegnung wünschten, sandten sogar ihre Frauen – und sagten mit niedergeschlagenen Augen: »Wenn Sie nichts dagegen haben, Doktor, möchte ich meine Karte zurück.«

Die abscheuliche Demütigung, aufstehen und diese Karten aus der Schachtel auf seinem Schreibtisch nehmen zu müssen, war unerträglich. Und jede Karte, die er zurückgab, bedeutete einen Abzug von zehn Shilling von seinem Gehalt.

Am Samstagabend lud ihn Urquhart zu sich ein. Der alte Mann, der die ganze Woche mit der Miene eines Menschen, der recht behalten hat, in seinem cholerischen Gesicht unhergegangen war, begann nun, ihm die Schätze seiner vierzigjährigen Praxis zu zeigen. Er hatte an den Wänden vielleicht zwei Dutzend gelbe Geigen hängen, alle eigenhändig verfertigt, aber das war nichts gegen seine erlesene Sammlung alten englischen Porzellans.

Es war eine herrliche Sammlung. Alles fand sich hier: Spode, Wedgwood, Crown Derby und als Glanzstück altes Swansea. Seine Teller und Krüge, seine Schalen, Becher und Kannen füllten jeden Raum im Haus und waren sogar bis ins Badezimmer vorgedrungen, wo Urquhart bei seiner Toilette voll Stolz ein echtes Teeservice mit dem Weidenmuster betrachten konnte.

Porzellan war die große Leidenschaft in Urquharts Leben, und er erwies sich als abgefeimter und listenreicher Meister in der edlen Kunst, es zu erwerben. Wenn er ein ›hübsches Stück‹, wie er es nannte, im Hause eines Patienten sah, besuchte er diesen immer wieder und wieder mit unermüdlicher Aufmerksamkeit und richtete dabei den Blick hartnäckig und in stiller Wehmut auf den auserwählten Gegenstand, bis schließlich die brave Hausfrau verzweifelt ausrief:

»Doktor, das scheint Ihnen ja furchtbar am Herzen zu liegen. Ich werde es Ihnen doch wohl geben müssen.«

Worauf Urquhart tugendhaft protestierte und dann seine Trophäe, in Zeitungspapier gehüllt, triumphierend tänzelnd nach Hause trug und sie zärtlich auf dem Regal unterbrachte.

Der alte Mann galt in der Stadt als Sonderling. Er gab sich als sechzigjährig aus, war aber vermutlich schon über siebzig, ja vielleicht schon nahe an achtzig. Zäh wie Fischbein, benutzte er nie ein anderes Vehikel als Schusters Rappen, legte unglaubliche Entfernungen zurück, konnte seine Patienten geradezu mörderisch beschimpfen und doch zärtlich sein wie eine Frau. Er lebte, seit seine Gattin vor elf Jahren gestorben war, allein und nährte sich fast ausschließlich von Suppenwürfeln.

Als er an diesem Abend seine Sammlung voll Stolz gezeigt hatte, bemerkte er plötzlich zu Andrew mit beileidigter Miene: »Übrigens soll Sie der Teufel holen! Ich brauche Ihre Patienten nicht. Ich hab' genug eigene. Aber was kann ich denn machen, wenn sie mir das Haus einrennen? Sie können nicht alle ins östliche Ambulatorium gehen. Das ist zu weit.«

Andrew errötete. Er wußte nichts zu erwidern.

»Sie werden vorsichtiger sein müssen, lieber Mann«, fuhr Urquhart in verändertem Ton fort. »Oh, ich weiß, ich weiß. Sie wollen die Mauern Babylons niederreißen – ich bin selbst einmal jung gewesen. Aber trotzdem: Eile mit Weile und bei allem bedenke das Ende! Gute Nacht, empfehlen Sie mich Ihrer Frau.«

Urquharts Worte klangen Andrew in den Ohren nach, und er bemühte sich nach Kräften, seinen Kurs vorsichtig zu steuern. Trotzdem ereilte ihn kurz darauf ein noch größeres Unheil.

Am folgenden Montag ging er in die Wohnung des Thomas Evans in der Cefan Row. Evans, ein Häuer in der Kohlengrube von Aberalaw, hatte sich einen Kessel siedenden Wassers über den linken Arm gegossen. Es war eine schlimme Verbrennung von ziemlicher Ausdehnung, die besonders in der Gegend des Ellbogens übel aussah. Als Andrew kam, entdeckte er, daß die Distriktspflegerin, die zur Zeit des Unfalls in der Gegend gewesen war, die Brandwunde mit Öl behandelt, einen Verband gemacht und dann ihre Runde fortgesetzt hatte.

Andrew untersuchte den Arm sorgfältig und bemühte sich, sein Entsetzen über den schmutzigen Verband zu verbergen. Mit einem Seitenblick bemerkte er die Ölflasche, die, mit einem Pfropfen aus Zeitungspapier verschlossen, eine schmutzigweißliche Flüssigkeit enthielt, und Andrew glaubte beinahe, die Bakterienschwärme darin brüten zu sehen.

»Die Schwester Lloyd hat es doch gut gemacht, nicht wahr Doktor?« fragte Evans nervös. Er war ein dunkeläugiger, hochgewachsener junger Mann. Auch seine ihm aufs Haar gleichende Frau, die dabeistand und Andrew scharf beobachtete, war unruhig.

»Ein schöner Verband«, sagte Andrew mit gut gespieltem Entzücken. »Ich habe selten einen besseren gesehen. Natürlich nur ein Notverband. Jetzt wollen wir es mit einem anderen Mittel versuchen.«

Er wußte, daß der Mann, wenn er nicht rasch handelte, schier unfehlbar Blutvergiftung bekommen würde. Und dann blieb, wenn kein Wunder geschah, das Ellbogengelenk steif.

Sie beobachteten ihn mißtrauisch, während er gewissenhaft den Arm reinigte und einen feuchten Tanninverband anlegte.

»Na also«, rief er. »Fühlen Sie sich nicht besser?«

»Ich weiß nicht recht«, sagte Evans. »Sind Sie überzeugt, Doktor, daß es gut wird?«

»Unbedingt«, beruhigte ihn Andrew lächelnd. »Überlassen Sie es nur der Schwester und mir.«

Bevor er das Haus verließ, schrieb er der Distriktspflegerin einen kurzen Brief und gab sich besondere Mühe, sich taktvoll, rücksichtsvoll und vorsichtig auszudrücken. Er dankte ihr für ihre geradezu ausgezeichnete Erste Hilfe und fragte sie, ob sie etwas dagegen habe, zur Vermeidung einer möglichen Sepsis mit der von ihm eingeleiteten Behandlung fortzufahren. Sorgfältig verschloß er das Kuvert.

Als er am nächsten Morgen wieder ins Haus kam, war sein Tanninverband ins Feuer geworfen worden und der Arm wieder mit Öl verbunden. Im Zimmer wartete kampfbereit die Distriktspflegerin.

»Ich möchte gern wissen, was das bedeuten soll. Ist Ihnen meine Arbeit nicht gut genug, Doktor?« Sie war eine breite, ältliche Frau mit unordentlichem, eisengrauem Haar und einem gehetzten, überanstrengten Gesicht. Sie konnte kaum sprechen, so wogte ihr Busen.

Andrew wurde mutlos. Doch er riß sich zusammen und zwang sich sogar zu einem Lächeln. »Aber gehen Sie, Schwester Lloyd, verstehen Sie mich doch nicht falsch! Wollen wir das nicht im Wohnzimmer miteinander besprechen?«

Die Pflegerin warf den Kopf hoch und blickte dorthin, wo Evans und seine Gattin, die ein kleines Mädchen von drei Jahren an sich gepreßt hielt, mit großen, erschrockenen Augen lauschten. »Nein, wir wollen das hier besprechen. Ich habe nichts zu verbergen. Mein Gewissen ist rein. Ich bin in Aberalaw geboren und aufgewachsen. Hier bin ich zur Schule gegangen, hier war ich verheiratet und habe Kinder gehabt. Hier habe ich meinen Gatten verloren und arbeite schon zwanzig Jahre als Distriktspflegerin. Und noch nie hat mir jemand gesagt, daß man eine Brandwunde oder Verbrühung anders behandelt als mit Öl.«

»So hören Sie doch, Schwester«, redete Andrew auf sie ein. »Öl ist vielleicht gar nicht schlecht. Aber hier besteht große Gefahr für das Gelenk.« Er griff ihr an den Ellbogen, um es zu illustrieren. »Darum möchte ich, daß Sie weiterhin meinen Verband machen.«

»Ich hab' von dem Zeug noch nie gehört. Der alte Dr. Urquhart verwendet es nicht. Und ich hab' das auch Mr. Evans gesagt. Ich halte nichts von so neumodischen Ideen, wenn einer erst eine Woche hier ist!«

Andrews Lippen waren trocken. Er fühlte sich zittrig, und ihm wurde übel beim Gedanken an weitere Schwierigkeiten, an den Widerhall, den dieser Vorfall erwecken mußte, denn die Pflegerin, die von Haus zu Haus ging und gewiß überall ihr Leid klagte, war eine Persönlichkeit, mit der sich zu überwerfen gefährlich werden konnte. Aber er wollte und durfte seinen Patienten nicht der Gefahr dieser veralteten Behandlung aussetzen. So sagte er leise:

»Wenn Sie den Veband nicht anlegen wollen, Schwester, werde ich vormittags und abends kommen und es selber machen.«

»Meinetwegen«, erklärte Schwester Lloyd, und ihre Augen wurden feucht. »Hoffentlich überlebt es Tom Evans.«

In der nächsten Minute war sie aus dem Haus gestürzt.

Andrew entfernte in tiefem Schweigen abermals den Verband. Er wandte fast eine halbe Stunde daran, den verletzten Arm geduldig zu baden und zu verbinden. Beim Fortgehen versprache er, um neun Uhr abends wieder zu erscheinen.

Als er am späten Nachmittag sein Sprechzimmer betrat, war die erste, die kam, Mrs. Evans – mit weißem Gesicht und unstetem dunklen Blick, der dem seinen auswich.

»Wirklich, Doktor«, stammelte sie. »Ich belästige Sie nicht gern. Aber kann ich nicht Toms Karte haben?«

Hoffnungslosigkeit befiel Andrew. Ohne ein Wort stand er auf, suchte Tom Evans' Karte und reichte sie der Frau.

»Nicht wahr, Doktor, Sie verstehen doch – Sie – Sie kommen nicht mehr?«

Er sagte unsicher: »Ich verstehe, Mrs. Evans.« Während sie dann zur Tür ging, fragte er – er mußte diese Frage stellen: »Hat er wieder den Ölverband?«

Sie schluckte, nickte und verschwand.

Nach seiner Sprechstunde schritt Andrew, der gewöhnlich möglichst schnell nach Hause eilte, müde seinem Heim zu. Ein

Triumph für die wissenschaftliche Methode, dachte er bitter. Und, bin ich ehrlich oder bin ich einfach ungeschickt? Ungeschickt und dumm, dumm und ungeschickt!

Beim Essen war er sehr wortkarg. Doch als sie dann in dem jetzt behaglich eingerichteten Wohnzimmer vor dem lustig flakkernden Feuer nebeneinander auf der Couch saßen, lehnte er den Kopf fest an Christines zarte junge Brüste.

»O Liebste«, stöhnte er. »Ich habe unseren Start schön verpatzt!« Während sie ihn beruhigte und ihm weich über die Stirn strich, fühlte er Tränen unter seinen Lidern brennen.

6

Der Winter setzte früh und ganz unerwartet mit heftigem Schneefall ein. Obwohl es erst Mitte Oktober war, bekam Aberalaw wegen seiner Höhenlage, fast noch, ehe das Laub von den Bäumen gefallen war, schon harten, bitteren Frost. Lautlos fiel der Schnee in weichen, treibenden Flocken während der Nacht, und als Christine und Andrew erwachten, lag alles Land ringsum unter schimmerndem Weiß. Eine Herde Bergponys war seitlings am Haus durch eine Lücke im Pfahlzaun gekommen und hatte sich um die Hintertür geschart. Auf den weiten Hochebenen, auf den von rauhem Gras bestandenen Berghängen rings um Aberalaw zogen diese dunklen, wilden kleinen Geschöpfe in großen Herden umher und flohen, wenn man sich ihnen näherte. Doch bei Schneefall trieb sie der Hunger an den Rand der Stadt.

Den ganzen Winter fütterte Christine die Ponys. Zuerst wichen sie scheu und stolpernd vor ihr zurück, doch schließlich fraßen sie ihr aus der Hand. Besonders mit einem schloß sie Freundschaft, dem kleinsten von allen, einem schwarzen, wirrmähnigen, schelmäugigen Tierchen, das nicht größer als ein Shetland-Pony war, sie nannte es Darkie. Die Ponys fraßen alles: Brot, Kartoffeln und Apfelschalen, sogar Orangenschalen. Einmal hielt Andrew zum Spaß Darkie eine leere Zündholzschachtel hin. Darkie würgte sie hinunter, dann leckte er sich die Lippen wie ein Feinschmecker, der Pastete gegessen hat.

Obwohl Christine und Andrew arm waren, obwohl sie so mancherlei zu tragen hatten, waren sie doch glücklich. In Andrews Tasche klimperten nur Pennies, aber die Schuld an das Endowment war nahezu beglichen, und die Raten für die Möbel wurden pünktlich bezahlt. Christine hatte trotz ihrer Zartheit und scheinbaren Unerfahrenheit die Eigenschaften der Yorkshirerin: sie war die geborene Hausfrau. Nur mit der Hilfe eines jungen Mädchens namens Jenny, einer Bergmannstochter aus der Nachbarschaft, das für ein paar Shilling die Woche täglich kam, hielt sie das Haus blitzsauber. Vier der Zimmer blieben zwar unmöbliert und waren diskret versperrt, dennoch hatte Christine aus Vale View ein gemütliches Heim gemacht. Wenn Andrew nach einem langen Arbeitstag müde, beinahe erschöpft nach Hause kam, fand er eine warme Mahlzeit auf dem Tisch, die ihn bald wieder in die Höhe brachte.

Die Arbeit war verzweifelt schwer – ach, nicht weil er so viele Patienten hatte, sondern wegen des Schnees, der mühseligen ›Kletterei‹ zu den höheren Teilen seines Bezirks, der großen Entfernung zwischen den einzelnen Wohnstätten.

Wenn es taute und die Straßen zu Matsch wurden, ehe sie nachts wieder froren, war das Gehen besonders schwer und mühsam. Er kam so oft mit durchnäßten Hosenstößen heim, daß Christine ihm ein Paar Gamaschen kaufte. Wenn er abends erschöpft in einen Fauteuil sank, kniete sie vor ihm nieder und nahm ihm die Gamaschen ab. Dann zog sie ihm die schweren Schuhe aus und stellte ihm die Pantoffeln hin. Das war nicht Dienen, sondern Liebe.

Die Leute blieben argwöhnisch, ihre Behandlung schwierig. Alle Verwandten Chenkins – und es gab deren viele, denn in den Tälern heirateten die Familien immer wieder untereinander – hatten sich zu einem Bund gegen ihn zusammengeschlossen. Die Pflegerin Lloyd war ganz offen seine bittere Feindin geworden und ließ kein gutes Haar an ihm, wenn sie bei ihren Krankenbesuchen vor einer aus vielen Nachbarinnen bestehenden Zuhörerschaft Tee trank.

Außerdem hatte er gegen einen stets wachsenden Ärger zu kämpfen. Dr. Llewellyn zog ihn weit öfter zu Narkosen heran, als Andrew für billig hielt. Andrew haßte diese Arbeit – sie war mechanisch und erforderte eine besondere Geistesverfassung, ein langsames und gemessenes Temperament, das er gewiß nicht besaß. Er hatte nicht den geringsten Einwand dagegen, seinen eigenen Patienten zu dienen. Aber wenn er dreimal in der Woche zu Fällen zugezogen wurde, die er noch nie gesehen hatte, erkannte er doch allmählich, daß er eine Last auf sich nahm, die von Rechts wegen einem anderen zufallen sollte. Doch aus Furcht, seine Stellung zu verlieren, wagte er es einfach nicht, Einspruch zu erheben. Aber eines Tages im November bemerkte Christine, daß ihn etwas Ungewöhnliches verstört hatte. An diesem Abend kam er ohne fröhlichen Gruß, und obwohl er unbefangen tat, liebte sie ihn doch zu sehr, um nicht zu bemerken, daß er, nach der tiefen Furche zwischen seinen Augen und einer Menge anderer kleiner Anzeichen zu schließen, einen unerwarteten Schlag abbekommen hatte.

Sie machte während des Abendessens keine Bemerkung und nahm sich dann eine Näharbeit zum Kamin. Er setzte sich neben sie, biß auf die Pfeife und sprudelte dann heraus:

»Ich hasse das Nörgeln, Chris, und ich hasse es, dich zu beunruhigen. Gott weiß, daß ich versuche, alles für mich zu behalten!« In Anbetracht der Tatsache, daß er ihr jeden Abend sein Herz ausschüttete, war diese Bemerkung höchst belustigend. Aber Christine lächelte nicht, als er fortfuhr:

»Du kennst doch das Spital, mein Liebling. Du erinnerst dich, am ersten Abend haben wir es angesehen. Du wirst auch noch wissen, wie es mir gefiel und wie ich vor Freude über die Aussicht auf schöne Arbeit hier fast außer mir war, und so weiter. Ich sah damals den Himmel voller Baßgeigen, nicht wahr, Liebling? Und ich hatte alles mögliche mit diesem kleinen Aberalawer Spital vor.«

»Ja, das weiß ich.«

Er sagte steinern:

»Ich hätte mich nicht selbst betrügen sollen. Das ist ja gar nicht das Spital von Aberalaw. Es ist Llewellyns Spital.«

Sie schwieg und wartete darauf, daß er sich näher erklärte; ihr Blick war besorgt.

»Ich hatte heute vormittag einen Fall, Chris!« Er sprach jetzt rasch und in weißglühender Wut. »Wohlgemerkt, ich sage, ich *hatte* – eine Entzündung der Lungenspitze bei einem Anthrazitbohrer im Frühstadium. Ich hab' dir oft gesagt, wie brennend mich der Zustand der Lunge bei diesen Leuten interessiert. Ich bin fest überzeugt, daß sich hier ein großes Forschungsgebiet auftun könnte. Ich dachte mir: hier ist mein erster Fall fürs Spital, eine richtige Gelegenheit für Messungen und wissenschaftliche Arbeit. Ich telefonierte Llewellyn an und bat ihn, sich den Patienten mit mir anzusehen, damit ich ihm die Aufnahme ins Spital erwirken könne!« Er hielt inne, um rasch Atem zu schöpfen, dann sprach er hastig weiter:

»Nun! Da kam Llewellyn mit seiner Limousine und allem Klimbim. Nett, daß man sich's netter nicht vorstellen kann, und scheußlich genau bei der Untersuchung. Weißt du, er versteht ja sein Handwerk wirklich durch und durch. Er ist erstrangig in seinem Fach. Er bestätigte meine Diagnose, nachdem er eine und die andere Einzelheit festgestellt hatte, die von mir übersehen worden war, und war gern bereit, den Mann an Ort und Stelle ins Spital aufzunehmen. Ich begann ihm zu danken und sagte, wie sehr ich es schätzen würde, in den Krankensaal zu kommen und in diesem besonderen Fall so gute Arbeitsmöglichkeiten zu haben.« Wieder machte er eine Pause und biß die Zähne zusammen. »Da sah mich Llewellyn sehr freundlich und nett an, Chris. ›Sie brauchen sich die Mühe nicht zu machen, Manson‹, sagte er. ›Ich selbst werde den Fall weiter behandeln. Wir können es nicht brauchen, daß ihr Hilfsärzte euch in den Krankensälen umhertreibt –‹ Er sah dabei meine Gamaschen an – ›in euren klappernden Nagelschuhen –‹« Andrew brach mit einem halb erstickten Ausruf ab. Dann sprach er weiter: »Oh! Was nützt es denn, wiederzukauen, was er gesagt hat! Das alles läuft ganz einfach darauf hinaus: ich darf in meinem tropfnassen Regenmantel und mit meinen dreckigen Stiefeln in die Küchen der Bergleute trampeln, darf meine Patienten bei schlechtem Licht untersuchen, sie in einer schauerlichen Umgebung behandeln, aber was das Spital anbelangt – ah! dort braucht man mich nur fürs Narkotisieren!«

Er wurde durchs Klingeln des Telefons unterbrochen. Christine warf ihm einen mitfühlenden Blick zu und erhob sich nach kurzem Zögern, um den Apparat zu bedienen. Andrew konnte sie in der Halle sprechen hören. Dann kam sie zögernd zurück.

»Dr. Llewellyn ist am Telefon. Es tut mir – es tut mir furchtbar leid, Liebster, aber er braucht dich morgen um elf Uhr zum – zum Narkotisieren.«

Manson antwortete nicht, sondern blieb, den Kopf zwischen den geballten Fäusten, verzagt sitzen.

»Was soll ich ihm sagen, Liebster?« murmelte Christine.

»Sag ihm, er soll zum Teufel gehen!« schrie er, dann strich er sich mit der Hand über die Stirn. »Nein, nein, sag ihm, ich bin um elf Uhr dort.« Er lächelte bitter. »Punkt elf.«

Als sie wiederkam, brachte sie ihm eine Schale heißen Kaffees mit, eines ihrer wirksamsten Mittel, um seine Anwandlungen von Niedergeschlagenheit zu bekämpfen.

Während er den Kaffee trank, lächelte er sie verlegen an.

»Ich bin so furchtbar glücklich hier mit dir, Chris. Wenn es nur mit der Arbeit besser ginge! Ach ja, ich gebe es zu, es liegt keine persönliche Spitze gegen mich, nichts Außerordentliches darin, daß Llewellyn mich nicht ins Spital lassen will. Genauso ist es in London und überall in jedem großen Spital. Das System ist schuld. Aber warum, Chris? Warum soll der Arzt auf den Patienten verzichten, wenn der Fall ins Spital kommt? Er verliert ihn so aus den Augen, als hätte er ihn nie gehabt. Das gehört zu unserem verwünschten System der praktischen Ärzte, und es ist falsch, ganz falsch! Großer Gott, warum halte ich dir diese Vorlesung? Als ob wir nicht genug eigene Sorgen hätten! Wenn ich daran denke, wie ich hier angefangen habe! Was ich alles leisten wollte. Und statt dessen ist eins nach dem andern, einfach alles, schief gegangen!«

Doch am Ende der Woche erhielt er unerwarteten Besuch. Ganz spät, als er und Christine schon schlafen gehen wollten, klingelte es an der Tür. Es war Owen, der Sekretär der Gesellschaft.

Andrew erbleichte. In dem Besuch des Sekretärs sah er das bedrohlichste Ereignis der letzten Zeit, den Höhepunkt der bitteren Mißerfolge dieser Monate. Wollte ihn das Komitee zum Rücktritt zwingen? Sollte er hinausgeworfen werden, mit Christine auf die Straße gesetzt, jammervoll erledigt? Das Herz preßte sich ihm zusammen, während er dem Sekretär in das hagere, verschlossene Gesicht blickte, dann wurde ihm plötzlich leicht und freudig zumute, als Owen eine gelbe Karte hervorzog.

»Verzeihen Sie, daß ich so spät komme, Dr. Manson. Aber man hat mich lange im Büro aufgehalten, darum habe ich nicht Zeit gehabt, in Ihre Sprechstunde zu gehen. Ich wüßte gerne, ob Sie etwas dagegen hätten, meine Karte zu nehmen. Es ist ja sonderbar, daß ich als Sektretär der Gesellschaft bisher noch nicht daran gedacht habe, mich einem Arzt eintragen zu lassen. Als ich das letztemal bei einem war, fuhr ich nach Cardiff. Aber jetzt ließe ich mich gern auf Ihre Liste setzen, wenn Sie mich haben wollen.«

Andrew konnte kaum sprechen. Er hatte so viele dieser Karten hergeben müssen, und immer hatte es ihm weh getan, so daß es jetzt einfach überwältigend war, eine zu erhalten, und noch dazu die des Sekretärs.

»Vielen Dank, Mr. Owen. Ich – ich werde hocherfreut sein, Sie zu behandeln.«

Christine, die in der Halle stand, warf rasch ein:

»Wollen Sie nicht hereinkommen, Mr. Owen? Bitte!«

Der Sekretär wandte ein, daß er sie gewiß stören werde, ließ sich aber schließlich doch ins Wohnzimmer bitten. Jetzt saß er in einem Fauteuil, hatte den Blick nachdenklich aufs Kaminfeuer gerichtet und sah außerordentlich ruhig aus. Obwohl er sich in Kleidung und Sprache von einem gewöhnlichen Arbeiter nicht zu unterscheiden schien, hatte er doch die ruhige Beschaulichkeit, die fast durchsichtige Haut des Asketen. Einige Augenblicke schien er seine Gedanken ordnen zu wollen. Dann sagte er: »Ich freue mich, daß ich die Gelegenheit habe, mit Ihnen zu sprechen, Doktor. Lassen Sie den Kopf nicht hängen, wenn Sie am Anfang so ein paar Rückschläge haben. Die Leute hier sind ein wenig schwer zu behandeln, aber sie haben ein gutes Herz.

Nach einiger Zeit werden sie schon kommen, ganz bestimmt!«
Ehe Andrew noch etwas sagen konnte, fuhr Owen fort:

»Sie haben wohl nichts weiter von Ihrem Fall Tom Evans gehört? Nein? Mit seinem Arm steht es sehr schlimm. Ja, das Zeug, vor dem Sie gewarnt haben, hatte genau die Wirkung, die Sie befürchteten. Toms Ellbogen ist ganz steif und verkrümmt. Er kann ihn nicht gebrauchen und hat seine Arbeit im Bergwerk verloren. Ja, und da er sich zu Hause verbrüht hat, bekommt er keinen Penny Entschädigung.«

Andrew murmelte ein paar Worte des Bedauerns. Er hegte keinen Groll gegen Evans, sondern war nur traurig darüber, daß dieser Fall so unnötig schlimm ausgegangen war.

Owen schwieg wieder. Dann begann er mit seiner ruhigen Stimme, ihnen von den Kämpfen seiner ersten Zeit zu erzählen, wie er als Knabe von vierzehn Jahren unter Tage gearbeitet, gleichzeitig die Abendschule besucht und sich allmählich emporgearbeitet, wie er Maschineschreiben und Stenographieren gelernt und schließlich die Sekretärstelle errungen hatte.

Andrew sah, daß Owens ganzes Leben der Aufgabe gewidmet war, das Los der Arbeiter zu verbessern. Dieser Mann liebte seinen Dienst in der Gesellschaft, weil er mit seinen Idealen im Einklang stand. Er wollte bessere Unterkunft, bessere sanitäre Verhältnisse, bessere und gesichertere Arbeitsbedingungen, nicht nur für die Bergleute, sondern auch für deren Angehörige. Er erwähnte die Zahl der tödlich verlaufenen Geburten bei den Bergarbeiterfrauen, die hohe Säuglingssterblichkeit. Er hatte alle Zahlen, alle Tatsachen im kleinen Finger.

Aber er sprach nicht nur, er hörte auch zu. Er lächelte, als Andrew von der Typhusepidemie in Drineffy und seinem Abenteuer mit dem Abwässerkanal berichtete. Er zeigte ein tiefes Interesse für Andrews Ansicht, daß die Anthrazitarbeiter mehr von Lungenleiden bedroht seien als andere Arbeiter unter Tage.

Angeregt durch Owens Gegenwart, erging sich Andrew mit großem Eifer über dieses Thema. Aufgrund vieler gewissenhafter Untersuchungen war es ihm aufgefallen, welch großer Prozentsatz der Anthrazitarbeiter an heimtückischen Lungenleiden erkrankte. In Drineffy waren viele Bohrer, die zu ihm kamen, um sich über einen Husten oder ›ein bißchen Schleim in der Luftröhre‹ zu beklagen, beginnende oder sogar schon offene Fälle von Lungentuberkulose gewesen. Und er fand dieselben Verhältnisse hier. Er hatte sich daher die Frage gestellt, ob nicht zwischen der Beschäftigung und der Krankheit ein unmittelbarer Zusammenhang bestand.

»Sie verstehen doch, was ich meine?« rief er eifrig. »Die Leute arbeiten den ganzen Tag im Staub und in den schlimmeren Stollen im bösartigen Steinstaub – ihre Lungen werden ganz voll davon. Nun habe ich so meine Idee, daß dies schaden muß. Die Bohrer zum Beispiel, die das meiste davon abbekommen, scheinen viel öfter von dieser Krankheit befallen zu werden als, sagen wir, die Verlader. Nun, vielleicht bin ich auf dem Holzweg, aber ich glaube nicht. Und was mich so sehr aufregt, ist – nun ja, es ist der Umstand, daß es sich um eine Forschungsrichtung handelt, um die sich bisher niemand viel gekümmert hat. In der Liste des Home Office ist eine solche Berufskrankheit nicht aufgeführt. Wenn also die Leute arbeitsunfähig werden, bekommen sie keinen roten Heller Entschädigung!«

Interessiert neigte sich Owen vor, und lebhafte Erregung rötete sein blasses Gesicht.

»Du meine Güte, Doktor! Das nenne ich eine Rede. Seit langem habe ich nichts so Wichtiges gehört.«

Sie begannen nun, diese Frage eingehend zu erörtern. Es war spät geworden, als der Sekretär sich erhob, um sich zu verabschieden. Er entschuldigte sich, so lange geblieben zu sein, und forderte Andrew mit ehrlichem Eifer auf, seine Nachforschungen fortzusetzen, für die er ihm jede mögliche Unterstützung versprach.

Als sich die Haustür hinter Owen schloß, blieb eine warme Atmosphäre der Aufrichtigkeit zurück. Und wie bei der Komiteesitzung, in der er die Anstellung erhalten hatte, dachte Andrew: Dieser Mann ist mein Freund.

7

Die Neuigkeit, daß der Sekretär seine Karte bei Andrew eingereicht hatte, verbreitete sich rasch durch den ganzen Distrikt und trug viel dazu bei, die anfängliche Unpopularität des jungen Arztes zu beseitigen.

Abgesehen von diesem materiellen Gewinn, hatte Owens Besuch Andrew und Christine wohlgetan. Bisher war das gesellschaftliche Leben der Stadt achtlos an ihnen vorbeigeglitten. Obwohl Christine nie davon sprach, gab es doch während der vielen Stunden, die Andrew bei seinen Krankenbesuchen außer Hause verbrachte, manche Augenblicke, in denen sie sich einsam fühlte. Die Gattinnen der höheren Bergwerksbeamten waren viel zu hochmütig, um den Frauen von Hilfsärzten Besuche zu machen. Mrs. Llewellyn, die ihr ewige Zuneigung und entzückende Autoausflüge nach Cardiff versprochen hatte, gab Visitenkarten ab, wenn Christine nicht daheim war, und ließ nicht weiter von sich hören. Anderseits wirkten die Frauen Dr. Medleys und Dr. Oxborrows vom östlichen Ambulatorium – jene ein farbloses, weißes Kaninchen von Frau, diese eine harte Zelotin, die imstande war, eine ganze geschlagene Stunde nach der beim Trödler erworbenen Biedermeieruhr über die westafrikanischen Missionen zu sprechen – keineswegs anregend. Zwischen den Hilfsärzten und ihren Familien schien überhaupt kein Zusammenhalt und kein Bedürfnis nach geselligem Verkehr zu bestehen. Sie waren teilnahmslos, hatten kein Rückgrat, ja, sie nahmen der Stadt gegenüber eine kriecherische Haltung ein.

Als Andrew an einem Dezembernachmittag auf einem Seitenweg über den Hügelhang nach Hause ging, sah er einen ungefähr gleichaltrigen, hageren und aufrecht schreitenden jungen Mann daherkommen, den er sogleich als Richard Vaughan erkannte. Sein erster Gedanke war, auf die andere Straßenseite zu gehen, um einer Begegnung auszuweichen. Doch dann kam ihm der verbissene Gedanke: »Wozu denn? Ich schere mich nicht drum, wer er ist!«

Schon wollte er an Vaughan vorbeitrotten, da hörte er sich plötzlich halb freundlich, halb humorvoll gerufen.

»Hallo! Sie sind doch der Mann, der Ben Chenkin wieder zur Arbeit geschickt hat, wie?«

Andrew blieb stehen; kampflustig hob er den Blick, und seine Miene sagte: »Und wenn schon! Ihnen zuliebe habe ich es nicht getan.« Er antwortete zwar halbwegs höflich, dachte aber, er wolle sich auf keinen Fall begönnern lassen, nicht einmal von Edwin Vaughans Sohn. Die Vaughans waren die eigentlichen Herren der Bergbaugesellschaft in Aberalaw. In ihre Tasche flossen auch alle Bergbauabgaben der benachbarten Gruben; sie waren reich, exklusiv und unnahbar. Nachdem sich der alte Edwin unlängst auf ein Landgut bei Brecon zurückgezogen, hatte Richard, der einzige Sohn, die Stellung des Generaldirektors der Gesellschaft übernommen. Er war seit kurzem verheiratet und hatte sich ein großes, modernes Haus mit schönem Ausblick über die Stadt bauen lassen.

Jetzt musterte er Andrew und zupfte sich an dem schütteren Schnurrbärtchen. Er sagte:

»Ich hätte das Gesicht des Kerls gerne gesehen.«

»Ich habe es nicht so erheiternd gefunden.«

Vaughans Lippen zuckten hinter der vorgehaltenen Hand vor Belustigung über den steifen schottischen Stolz. Er sagte leichthin: »Nebenbei bemerkt, sind Sie unser nächster Nachbar. Meine Frau – sie war ein paar Wochen in der Schweiz – wird die Ihre einmal aufsuchen, nachdem Sie jetzt wohl schon einigermaßen in Ordnung gekommen sind.«

»Danke«, sagte Andrew kurz und ging weiter. Beim Tee am Abend erzählte er voll Hohn diesen Zwischenfall.

»Was hat er sich eigentlich vorgestellt? Kannst du mir das sagen? Ich habe gesehen, wie er auf der Straße an Llewellyn vorbeigegangen ist und ihm kaum zugenickt hat. Vielleicht denkt er, er könne mich dazu kriegen, daß ich ihm noch ein paar Leute in seine dreckigen Gruben zurückschicke!«

»Sei doch nicht so, Andrew«, widersprach Christine. »Das ist was mit dir! Du bist argwöhnisch, furchtbar argwöhnisch.«

»Zugegeben, ich bin argwöhnisch gegen ihn. Welch aufgeblasener Kerl! Schwimmt im Geld, hat eine Krawatte in den

Schulfarben unter der häßlichen Fratze! ›Meine Frau‹ – in den Alpen hat sie jodeln müssen, während du dich hier auf dem Mardy Hill abgerackert hast – ›meine Frau wird die Ihre aufsuchen!‹ Na, ich kann mir's vorstellen, wie die auf unsere Bekanntschaft scharf ist, Liebling! Und wenn« – plötzlich wurde er zornig –, »dann paß gut auf, daß sie dich nicht von oben herab behandelt.« Chris antwortete, und kürzer, als er sie in all der Zärtlichkeit dieser Flitterwochen jemals sprechen gehört hatte: »Ich weiß mich zu benehmen.«

Trotz Andrews gegenteiliger Vermutung machte Mrs. Vaughan Besuch bei Christine und blieb viel länger, als ein bloßer Höflichkeitsbesuch erfordert hätte. Als Andrew am Abend heimkehrte, fand er Christine heiter, mit leicht geröteten Wangen und allem Anschein nach sehr vergnügt. Sie schwieg zu seinen ironischen Sticheleien, gab aber zu, einen sehr angenehmen Nachmittag verbracht zu haben.

Er höhnte: »Hoffentlich hast du das Familiensilber, das beste Porzellan und den vergoldeten Samowar herausgenommen. Ach, und natürlich einen Kuchen von Parry.«

»Nein, wir hatten Butterbrot«, antwortete sie gleichmütig. »Und die braune Teekanne.«

Spöttisch zog er die Brauen hoch.

»Und es hat ihr gefallen?«

»Hoffentlich.«

Nach diesem Gespräch nagte etwas an Andrews Herz, er hätte das sonderbare Gefühl beim besten Willen nicht näher bestimmen können. Als nach zehn Tagen Mrs. Vaughan anrief und Christine und ihn zum Abendessen bat, war er ein wenig erschrocken. Christine buk gerade einen Kuchen, und so ging er selbst zum Telefon.

»Bedaure«, sagte er. »Leider unmöglich. Ich habe jeden Abend fast bis neun Uhr im Ambulatorium zu tun.«

»Aber doch nicht am Sonntag.« Mrs. Vaughans Ton war leicht und gewinnend. »Kommen Sie doch am Sonntagabend! Also abgemacht! Wir erwarten Sie.«

Er stürzte zu Christine in die Küche.

»Deine verdammten vornehmen Freunde wollen uns durchaus zum Abendessen haben. Wir können nicht gehen. Ich bin fest davon überzeugt, daß ich am Sonntagabend zu einem Schwerkranken gerufen werde!«

»Hören Sie mich einmal an, Andrew Manson!« Ihre Miene hatte sich auf die Kunde von der Einladung erhellt, trotzdem hielt sie ihm jetzt eine ernste Predigt. »Du mußt mit solchen Dummheiten aufhören. Wir sind arm, und jedermann weiß das. Du trägst alte Anzüge, und ich koche. Aber das macht nichts. Du bist Arzt, und dazu noch ein guter Arzt, und ich bin deine Frau.« Ihre Miene entspannte sich etwas. »Hörst du mich auch? Ja, es wird dich vielleicht überraschen, aber ich habe meinen Trauschein zuunterst in der Schublade gut aufgehoben. Die Vaughans haben eine Menge Geld, aber das ist belanglos neben der Tatsache, daß sie freundliche, nette und intelligente Menschen sind. Wir sind miteinander sehr, sehr glücklich hier, mein Lieber, aber wir müssen Freunde haben. Warum sollen wir mit den Leuten nicht verkehren, wenn sie wollen? Schäm dich doch deiner Armut nicht! Vergiß einmal Geld und Stellung und alles andere und lerne es, die Menschen so zu nehmen, wie sie sind!«

»Ach, meinetwegen –« sagte er grollend.

Am Sonntag ging er mit gelangweilter Miene und offensichtlichem Widerstreben zu den Vaughans. Als sie neben einem neuen, frisch gewalzten Tennisplatz den wohlgepflegten Fahrweg zum Haus hinanschritten, warf er aus halbgeschlossenem Mund die Bemerkung hin: »Wahrscheinlich wird man uns gar nicht einlassen, weil ich keinen Schwalbenschwanz anhabe.«

Wider sein Erwarten wurden sie freundlich empfangen. Vaughans knochiges, häßliches Gesicht lächelte gastfreundlich über einer silbernen Büchse, die er aus einem unerklärlichen Grunde herzhaft schüttelte. Mrs. Vaughan begrüßte die beiden mit ungespielter Schlichtheit. Es waren noch zwei Gäste da: Professor Challis und dessen Frau, die das Wochenende bei den Vaughans verbrachten.

Beim ersten Cocktail, mit dem er je im Leben zu tun gehabt hatte, musterte Andrew den langen, rehfarben tapezierten Raum mit den Blumen, Büchern und den seltsam schönen alten Möbeln. Christine unterhielt sich angeregt mit dem Ehepaar

Vaughan und mit Mrs. Challis, einer nicht mehr ganz jungen Frau mit fröhlichen Fältchen um die Augen. Andrew kam sich vernachlässigt vor, fürchtete, aufzufallen und trat deshalb behutsam zu dem Professor, der trotz seinem würdigen weißen Vollbart zufrieden und munter den dritten Drink hinter die Binde goß.

»Will vielleicht ein kluger junger Arzt freundlicherweise eine Untersuchung vornehmen«, sagte er lächelnd zu Andrew, »warum sich eigentlich im Martini eine Olive befindet? Übrigens, ich sage es Ihnen gleich, ich habe so meinen Verdacht. Aber was meinen Sie, Doktor?«

»Nun –« stammelte Andrew. »Ich – ich weiß kaum –«

»Also, hören Sie meine Theorie!« erbarmte sich Challis seiner. »Es handelt sich um eine Verschwörung von Barwirten und ungastlichen Leuten, wie unser Freund Vaughan einer ist. Um einen Mißbrauch des archimedischen Prinzips.« Er blinzelte rasch unter den schwarzen buschigen Brauen hervor: »Durch das einfache Mittel der Flüssigkeitsverdrängung hoffen sie an Gin sparen zu können!«

Andrew konnte nicht lächeln, so sehr fühlte er die eigene Unbeholfenheit. Er hatte keinen gesellschaftlichen Schliff und war sein Lebtag in keinem so großen Haus gewesen. Er wußte nicht, was er mit seinem leeren Glas, mit seiner Zigarettenasche, ja mit seinen Händen beginnen sollte! Er war froh, als man zu Tisch ging. Aber hier kam er wieder in Verlegenheit.

Es war ein einfaches, aber sehr geschmackvoll serviertes Mahl; eine Schale mit heißer Bouillon stand schon an jedem Platz, und hernach kam ein Hühnersalat, nur das weiße Fleisch und Lattichherzen, das Ganze mit seltsam köstlichen Gewürzen. Andrew saß neben Mrs. Vaughan.

»Ihre Frau ist entzückend, Dr. Manson«, bemerkte sie ruhig, als man Platz genommen hatte. Sie war eine hochgewachsene, schlanke, elegante Frau von sehr zarter Erscheinung, durchaus nicht hübsch, aber mit großen klugen Augen und ungezwungen vornehmen Manieren. Ihr leicht gewölbter Mund zeigte eine Beweglichkeit, die irgendwie den Eindruck von Witz und guter Erziehung machte.

Sie begann, mit ihm über seine Arbeit zu sprechen, und sagte, daß ihr Mann bei mehr als bloß einer Gelegenheit von Andrews Gewissenhaftigkeit gehört habe. Freundlich versuchte sie, ihn aus sich herauszulocken, und fragte ihn voll Interesse, wie nach seiner Meinung die Bedingungen der ärztlichen Berufsausbildung im Distrikt gebessert werden könnten.

»Nun – ich weiß nicht –«, erwiderte er und vergoß dabei ungeschickt ein paar Tropfen Suppe. »Ich meine – es wäre schon gut, wenn wissenschaftliche Methoden angewandt würden.« Er blieb auch bei diesem seinem Lieblingsthema, mit dem er Christine stundenlang hingerissen hatte, steif und wortkarg und hielt die Augen auf den Teller gerichtet, bis Mrs. Vaughan zu seiner Erleichterung mit ihrem anderen Nachbarn, Challis, ein Gespräch begann.

Challis, der, wie sich herausstellte, Professor der Metallurgie in Cardiff, Dozent desselben Faches an der Londoner Universität und Mitglied des Mines Fatigue Board war, sprach munter und gerne. Wenn er redete, taten Körper, Hände, Bart mit, und während er stritt, lachte, losplatzte und gurgelte, führte er sich unterdes die ganze Zeit große Mengen Speise und Trank zu Gemüte, wie ein Maschinist, der fieberhaft einheizt, um auf Volldampf zu kommen.

Aber was er sagte, hatte Hand und Fuß, und die Anwesenden schienen ihm gern zuzuhören.

Doch Andrew sträubte sich innerlich dagegen, dieser Art Unterhaltung irgendeinen Wert zuzuerkennen, und hörte jetzt mürrisch zu, wie man nun über Musik, über die Größe Bachs plauderte, und dann dank einem der ungeheuerlichen Sprünge, die Challis so gern machte, auf die russische Literatur kam. Er hörte die Namen Tolstoj, Tschechow, Turgenjew, Puschkin und biß die Zähne zusammen. Geschwätz, tobte er insgeheim, seichtes Geschwätz! Wofür hält sich denn dieser alte Fuchs eigentlich? Den möchte ich einmal sehen, wenn er zum Beispiel in einer Küche der Cefan Row eine Tracheotomie durchführen müßte. Da käm' er nicht weit mit seinem Puschkin!

Christine dagegen unterhielt sich ausgezeichnet. Wenn Andrew zu ihr hinüberschielte, sah er, wie sie Challis anlächelte, und er hörte, daß sie sich am Gespräch lebhaft beteiligte. Sie war ganz zwanglos, völlig natürlich. Einmal oder zweimal erwähnte sie ihre Volksschulklasse in der Bank Street. Es verblüffte ihn, wie gut sie dem Professor gewachsen war, wie rasch und ohne jede Verlegenheit sie ihre Einwände erhob. Er hatte das Gefühl, als sähe er seine Frau zum erstenmal und in einem seltsamen neuen Licht. »Sie scheint ja diese russischen Popanze genau zu kennen«, knirschte er heimlich, »komisch, daß sie nie mit mir darüber spricht!« Und als Challis später Christines Hand wohlwollend tätschelte, dachte Andrew: Können so alte Böcke denn die Pfoten nicht an sich halten? Er hat doch selbst eine Frau! Mehrere Male erhaschte er Christines Blick, die ihn mit herzlicher Vertraulichkeit ansah, und mehrere Male lenkte sie das Gespräch zu ihm hinüber.

»Mein Mann interessiert sich sehr für die Lage der Anthrazitarbeiter, Professor Challis. Er hat mit Untersuchungen über ihre Berufskrankheiten begonnen. Über die Staubeinwirkung auf die Lungen.«

»So, so!« schnurrte Challis und blickte erwartungsvoll gespannt zu Manson hinüber.

»Ist's nicht so, mein Lieber?« ermutigte Christine ihren Gatten. »Du hast mir doch neulich am Abend soviel davon erzählt.«

»Ach, ich weiß nicht«, knurrte Andrew. »Wahrscheinlich steckt gar nichts dahinter. Ich habe noch nicht genug Daten. Vielleicht kommt die Tuberkulose gar nicht vom Staub.«

Natürlich war er wütend über sich. Dieser Mann, dieser Challis, hätte ihm ja helfen können. Gewiß hätte Andrew ihn nie um Unterstützung ersucht, doch allein der Umstand, daß er mit dem Mines Fatigue Board in Verbindung stand, schien herrliche Möglichkeiten zu eröffnen. Aus irgendeinem unbegreiflichen Grunde richtete sich Andrews Zorn gegen Christine. Auf dem Heimweg nachher sprach er eifersüchtig kein Wort, und in demselben Schweigen ging er ihr voran ins Schlafzimmer.

Beim Entkleiden, bei dem er sonst mitteilsam und gesprächig war und sich mit herabhängenden Hosenträgern und die Zahnbürste in der Hand oft und gern über die Ereignisse des Tages ausließ, hielt er den Blick starr abgewandt.

Als Christine einschmeichelnd sagte: »Es war doch nett, nicht wahr, Lieber?«, antwortete er mit erlesener Höflichkeit: »Oh, es war ganz prächtig!« Im Bett hielt er sich an den Rand, möglichst fern von ihr, und beantwortete die leichte Bewegung, die Christine auf ihn zu machte, mit langem, lautem Schnarchen.

Am nächsten Morgen war diese Spannung zwischen ihnen noch nicht geschwunden. Mürrisch und ganz gegen seine Art verbohrt, ging er zur Arbeit. Als sie gegen fünf Uhr nachmittags beim Tee saßen, klingelte es an der Haustür. Es war der Chauffeur der Vaughans mit einem Stoß Bücher, auf dem ein großer Strauß köstlicher Narzissen lag.

»Von Mrs. Vaughan, Gnädige«, sagte er lächelnd, griff an die Kappe und zog sich zurück.

Christine kam mit glückstrahlendem Gesicht und vollen Armen ins Wohnzimmer.

»Schau, Liebster«, rief sie erregt, »das ist doch reizend. Mrs. Vaughan borgt mir den ganzen Trollope. Schon so lange möchte ich ihn lesen! Und die schönen, schönen Blumen!«

Steif stand er auf und höhnte:

»Sehr hübsch! Bücher und Blumen von der Herrschaft! Du brauchst das wohl, weil du sonst das Leben mit mir nicht aushieltest. Ich bin dir zu langweilig. Ich gehöre nicht zu den Schönrednern, die dir, nach gestern zu schließen, so gut gefallen. Ich habe keine Ahnung von den Russen. Ich bin nur ein dreckiger, gewöhnlicher Hilfsarzt.«

»Andrew!« Alle Farbe war aus ihrem Gesicht gewichen. »Wie kannst du nur?«

»Es ist doch wahr, sag doch selbst! Ich konnte es ja sehen, während ich mich durch das blöde Souper durchquälte. Ich habe doch Augen im Kopf. Du hast jetzt schon genug von mir. Ich tauge nur dazu, durch den Dreck zu stampfen, schmutzige Leintücher anzugreifen und Flöhe zu sammeln. Ich bin jetzt schon zu tölpelhaft für dich.«

Dunkel und mitleidig glänzten die Augen in dem blassen Gesicht Christines, aber sie sagte ruhig:

»Wie kannst du nur so sprechen? Ich liebe dich doch, weil du du bist. Und nie werde ich einen anderen lieben.«

»Sieht mir ganz so aus«, knurrte er, ging aus dem Zimmer und warf die Tür hinter sich zu.

Fünf Minuten schmollte er in der Küche, trampte hin und her und biß sich in die Lippen. Dann kehrte er plötzlich zerknirscht ins Wohnzimmer zurück, wo Christine verloren, mit gesenktem Kopf, vor dem Kamin stand und ins Feuer starrte. Er zog sie ungestüm in die Arme.

»Chris, meine Liebste!« rief er in heißer Reue. »Liebste, Liebste! Verzeih! Um's Himmels willen, vergib mir! Ich hab's ja ganz und gar nicht so gemeint. Ich bin nur ein eifersüchtiger Narr! Ich bete dich an!«

Wild und fest klammerten sie sich aneinander. Der Duft der Narzissen lag in der Luft.

»Weißt du denn nicht«, schluchzte sie, »daß ich ohne dich sterben müßte!«

Später, als sie neben ihm saß und die Wange an die seine preßte, griff er nach einem der Bücher und sagte albern:

»Wer ist denn eigentlich dieser Kerl, der Trollope? Willst du mir's erklären, mein Kind? Ich bin ja ein ignorantes Schwein.«

8

Der Winter verstrich. Andrew hatte einen neuen Ansporn zu seiner Arbeit über die Staubeinwirkung gefunden, denn er war dabei, eine systematische Untersuchung eines jeden Anthrazitarbeiters durchzuführen, den er auf seiner Liste hatte. Die gemeinsamen Abende mit Christine verliefen noch froher als bisher. Christine half ihm, seine Notizen zu übertragen und arbeitete vor dem schönen Kohlenfeuer im Kamin – einer der Vorteile dieser Gegend war es, daß man immer ganz billige Kohle im Überfluß hatte –, wenn Andrew spät von der Sprechstunde heimkam. Oft führten sie lange Gespräche, und immer wieder staunte er über Christines Belesenheit und ihr umfassendes Wissen, mit dem sie aber nie aufdringlich prunkte. Außerdem entdeckte er an ihr allmählich eine Feinheit des Instinkts, eine Intuition, die ihr Urteil über Literatur, Musik und vor allem über Menschen unheimlich richtig erscheinen ließ. »Hol's der Teufel«, neckte er sie oft, »ich lerne jetzt erst meine Frau kennen. Falls du aber hochnäsig werden solltest, unterbrechen wir für eine halbe Stunde, und ich werde dich im Piquet schlagen.« Dieses Spiel hatten sie bei den Vaughans gelernt.

Als die Tage länger wurden, machte sich Christine, ohne ihm etwas zu sagen, daran, die Wildnis zu roden, die ›der Garten‹ hieß. Jenny, die Magd, hatte einen Großonkel – und sie war stolz auf diesen einzigen Verwandten –, einen älteren, arbeitsunfähigen Bergmann, der für zehn Pence die Stunde Christine bei der Gartenarbeit half. Als Manson an einem Märztag über die baufällige Brücke schritt, fand er beide beim Bach damit beschäftigt, die rostigen Lachsbüchsen wegzuräumen, die dort lagen.

»He, ihr unten«, schrie er von der Brücke. »Was macht ihr denn? Wollt ihr meine Fische verjagen?«

Sie beantwortete seinen Scherz mit einem munteren Kopfnikken. »Wart es nur ab!«

In wenigen Wochen hatte sie das Unkraut gejätet und die verwahrlosten Wege gesäubert. Das Bachbett war gereinigt, die Ränder gerade und in Ordnung gebracht. Am Ende der kleinen Schlucht war aus lose herumliegenden Steinen eine kleine Felsgruppe errichtet. Vaughans Gärtner John Roberts kam häufig herüber, brachte Knollen und Stecklinge und erteilte Ratschläge. Mit wirklichem Triumph zeigte Christine ihrem Mann die erste gelbe Osterglocke.

Am letzten Sonntag im März kam unangesagt Denny auf Besuch. Sie eilten ihm mit offenen Armen entgegen und erdrückten ihn beinahe mit ihrer freudigem Begrüßung. Manson war selten froh, diese untersetzte Gestalt, dieses rote Gesicht mit den sandfarbenen Brauen wiederzusehen. Nachdem sie ihm alles gezeigt und ihm ein Festmahl vorgesetzt hatten, drückten sie ihn in den weichsten Fauteuil und fragten eifrig nach Neuigkeiten.

»Page ist tot«, berichtete Philip. »Ja, der arme Kerl starb vor einem Monat. An einer zweiten Hämorrhagie. Und es ist ein Glück für ihn!« Er sog an seiner Pfeife, und der alte Zynismus zuckte ihm um die Augen. »Blodwen und dein Freund Rees scheinen sich mit Heiratsgedanken zu tragen.«

»So steht es also«, sagte Andrew ohne Bitterkeit. »Der arme Edward!«

»Page war ein Prachtmensch. Ein guter, alter praktischer Arzt«, erwiderte Denny nachdenklich. »Du weißt, daß ich diese Worte und alles, was sie bedeuten, sonst nicht einmal hören kann. Aber Page hat dem Namen Ehre gemacht.«

Eine Pause verstrich, während sie an Edward Page dachten, der sich in all den Jahren der Plackerei mitten zwischen den Schlackenhalden Drineffys nach Capri mit seinen Vögeln und seinem Sonnenschein gesehnt hatte.

»Und wie geht es dir, Philip?« fragte Andrew schließlich.

»Ach, ich weiß nicht recht, ich kann nicht mehr stillsitzen«, sagte Denny mit trockenem Lächeln. »Drineffy ist gar nicht mehr so wie früher, seit ihr beide weg seid. Ich glaube, ich fahre irgendwohin ins Ausland. Vielleicht als Schiffsarzt – wenn ein Frachtschiff mich nimmt.«

Andrew schwieg, wieder bekümmert, wenn er daran dachte, wie dieser kluge Mann, dieser wirklich begabte Chirurg sein Leben absichtlich und in einer Art wollüstigen Wütens wider sich selbst vertat. Aber vertat Denny sein Leben wirklich? Christine und Andrew hatten oft von Philip gesprochen, hatten versucht, das Rätsel seiner Laufbahn zu ergründen. Dunkel wußten sie, daß er eine Frau geheiratet hatte, die gesellschaftlich über ihm stand und bestrebt gewesen war, ihn nach den Erfordernissen einer Landpraxis umzumodeln, bei der man mit vier hervorragenden Operationen in der Woche keine Ehre einlegte, wenn man nicht die anderen drei Tage Jagden ritt. Die fünfjährigen Bemühungen Dennys, sich ihr anzupassen, hatte sie ihm damit gelohnt, daß sie ihn ganz plötzlich um eines andern willen verließ. Kein Wunder, daß Denny in die Einöde geflüchtet war, daß er alle gesellschaftlichen Floskeln verachtete und die Orthodoxie haßte. Vielleicht kehrte er eines Tages doch noch in die Zivilisation zurück.

Sie plauderten den ganzen Nachmittag, und Philip blieb bis zum letzten Zug. Er nahm lebhaften Anteil an Andrews Bericht über die Verhältnisse in Aberalaw. Als Manson voll Entrüstung von den Prozenten sprach, die Llewellyn vom Gehalt der Hilfsärzte abzog, sagte Denny mit einem sonderbaren Lächeln: »Ich kann mir nicht vorstellen, daß du das lange mitmachen wirst!«

Nach dem Besuch Philips wurde sich Andrew im Verlauf der Tage allmählich einer Leere, eines seltsamen Risses in seiner Arbeit bewußt. In Drineffy hatte er Philip nahe gehabt und immer ein gemeinsames Band, eine Übereinstimmung in Zielen und Zwecken gespürt. Doch in Aberalaw gab es kein solches Band, und bei seinen Berufskollegen konnte er von einem gemeinsamen Ziel nicht das mindeste merken.

Dr. Urquhart, sein Kollege im westlichen Ambulatorium, war zwar trotz aller grimmigen Laune im Grunde ein gütiger Mann. Allein er war schon recht alt und verkalkt und besaß keinerlei Inspiration. Obwohl eine lange Erfahrung es ihm ermöglichte, eine Pneumonie bereits in dem Augenblick zu »riechen«, wie er sich ausdrückte, in dem er die Nase ins Krankenzimmer steckte, obwohl er beim Anlegen von Verbänden und Schienen sehr geschickt und geradezu ein Künstler in der Behandlung von Brandwunden war, obwohl er gelegentlich seine Freude daran fand, zu beweisen, daß er kleine Operationen durchführen konnte, war er dennoch in gar mancher Hinsicht erschütternd veraltet. In Andrews Augen stellte er Dennys ›guten alten Typus‹ des Hausarztes dar – den schlauen, gewissenhaften, erfahrenen, von seinen Patienten und vom Publikum überhaupt mit einem sentimentalen Nimbus umgebenen Arzt, der seit zwanzig Jahren kein wissenschaftliches Buch mehr aufgemacht hat und auf geradezu gefährliche Weise hinter der Zeit zurückgeblieben ist. Gleichwohl benutzte Andrew jede Gelegenheit, mit Urquhart Diskussionen zu führen, doch hatte der alte Mann für ›Fachsimpeleien‹ nur selten Zeit. Nach des Tages Arbeit trank er seine Konservensuppe – am liebsten solche aus Tomaten –, polierte seine neue Violine, besichtigte sein altes Porzellan und trottete dann in den Freimaurerklub, um dem Damespiel zu frönen und zu rauchen.

Die beiden Hilfsärzte des östlichen Ambulatoriums waren ebensowenig anregend. Dr. Medley, der ältere, ein Mann von nahezu fünfzig, mit klugem, offenem Gesicht, war leider fast stocktaub. Ohne dieses Gebrechen, das vom Pöbel aus unerfindlichen Gründen zumeist als belustigend angesehen wird, wäre Charles Medley eher alles andere als ein Hilfsarzt in den Bergwerkstälern gewesen. Wie Andrew, war er im Grunde ein Wissenschaftler. Als Diagnostiker leistete er Hervorragendes. Doch wenn seine Patienten zu ihm sprachen, verstand er kein Wort. Natürlich konnte er dank seiner Übung viel von den Lippen lesen. Doch war er schüchtern, denn es unterliefen ihm oft lächerliche Irrtümer. Es war geradezu eine Marter, ihm zuzusehen, wenn sich diese gequälten Augen in einer Art verzweifelter Frage auf die Lippen des Sprechenden richteten. Und weil er Angst vor folgenschweren Irrtümern hatte, verschrieb er von allen Arzneien immer nur die allerkleinsten Dosen. Er war nicht in guten Verhältnissen, denn er hatte mit seinen erwachsenen Kindern viel Kummer und Kosten gehabt und war gleich seiner unscheinbaren Frau ein schemenhaftes, seltsam rührendes Geschöpf geworden, das in ständiger Furcht vor Dr. Llewellyn, dem Komitee und einer plötzlichen Entlassung durchs Leben ging. Der andere Hilfsarzt, Dr. Oxborrow, unterschied sich gewaltig von dem armen Medley, und Andrew mochte ihn keineswegs so gut leiden. Oxborrow war ein großer, schwammiger Mann mit Bratwurstfingern und von verkrampfter Liebenswürdigkeit. Andrew dachte oft, daß Oxborrow, hätte er nur mehr Blut in den Adern, einen prächtigen Buchmacher abgegeben hätte. In Wirklichkeit aber begab sich Oxborrow jeden Samstagabend, begleitet von seiner Frau, die das tragbare Harmonium spielte, in die Nachbarstadt Fernley, schlug dort auf dem Marktplatz seine kleine, mit Matten behängte Bude auf und hielt ein religiöses Freiluftmeeting ab. In Aberalaw konnte er nämlich aus Berufsgründen nicht wohl so auftreten. Oxborrow war Evangelist. Als Idealist, als Mensch, der an eine höchste waltende Kraft im Leben glaubte, hätte Andrew diese Inbrunst bewundern können. Aber ach, Oxborrows Gefühlsduselei ging einem auf die Nerven. Ganz unerwartet konnte er in Tränen ausbrechen, und sein Beten verursachte erst recht einen Zwiespalt der Gefühle. Einmal, bei einer schweren Entbindung, am Ende seines nicht allzu großen Wissens angelangt, plumpste er plötzlich neben dem Bett auf die Knie und flehte stammelnd Gott um ein Wunder für diese arme Frau an. Urquhart, der Oxborrow verabscheute, erzählte Andrew von diesem Vorfall, denn Urquhart war dazugekommen, hatte die Ärmel aufgekrempelt und die Patientin mit der Zange entbunden.

Je mehr Andrew über seine Kollegen und über das System nachdachte, unter dem sie arbeiten mußten, desto mehr verlangte es ihn, sie alle unter einen Hut zu bringen. Vorläufig aber gab es noch keine Einigkeit, keine Zusammenarbeit und fast keinen Verkehr unter ihnen. Sie waren einfach jeder für sich und einer gegen den andern, und jeder versuchte nach dem Konkurrenzsystem, das bei den praktischen Ärzten üblich ist, möglichst viel Patienten an sich zu ziehen. Das hatte häufig Argwohn und Übelwollen zur Folge. Andrew erlebte es zum Beispiel, daß Urquhart, als ein Patient Oxborrows mit seiner Karte zu ihm kam, dem Mann die halbleere Arzneiflasche aus der Hand nahm, sie öffnete, verächtlich daran roch und losplatzte:

»Also *das* hat Oxborrow Ihnen gegeben? Zum Teufel, wollte er Sie denn langsam vergiften?«

Indes strich Dr. Llewellyn unter Ausnutzung solcher Zwietracht von jeder Auszahlung an die Hilfsärzte in aller Seelenruhe seinen Anteil ein. Andrew schäumte vor Wut darüber und hatte den brennenden Wunsch, zu einer anderen Abmachung zu gelangen, ein neues und besseres Einvernehmen zwischen den Hilfsärzten zustande zu bringen, das es ihnen vielleicht ermöglichte, durch geschlossenes Auftreten diesen Tribut an Llewellyn abzuschütteln. Aber seine eigenen Sorgen, die Erkenntnis, wie kurze Zeit er erst hier war, und vor allem die Fehler, die er zu Beginn seiner Tätigkeit im Distrikt begangen hatte, mahnten ihn zur Vorsicht. Erst als er Con Boland kennenlernte, entschloß er sich zu dem großen Wagnis.

9

Eines Tages, anfangs April, entdeckte Andrew ein Loch in einem seiner Backenzähne und begab sich daher an einem Nachmittag der folgenden Woche auf die Suche nach dem Zahnarzt der Gesellschaft. Er hatte die Bekanntschaft Bolands noch nicht gemacht und wußte nicht, wann dieser ordinierte. Als er auf dem Hauptplatz angelangt war, wo Bolands kleine Ordination lag, fand er die Tür geschlossen und daran genagelt einen mit roter Tinte beschriebenen Zettel: ›Bin auf Krankenbesuch. Wenn dringend, in Wohnung nachfragen.‹

Nach einiger Überlegung fand Andrew, nachdem er schon hier sei, könne er wenigstens eine Stunde vereinbaren. Er fragte daher einen der jungen Burschen, die gruppenweise vor dem Eissalon umherlungerten, nach dem Weg und begab sich zur Wohnung des Zahnarztes.

Das war ein kleines, nach einer Seite freistehendes Häuschen am oberen östlichen Rande der Stadt. Als Andrew den unordentlichen Gartenweg hinaufging, hörte er lautes Hämmern. Er blickte durch die weitgeöffnete Tür eines zerfallenen Holzschuppens an der Seite des Hauses und sah einen rothaarigen stämmigen Mann in Hemdsärmeln, der mit einem Hammer ungestüme Angriffe auf den zerlegten Rumpf eines Automobils unternahm. Zu gleicher Zeit wurde der Mann seiner ansichtig.

»Hallo!« rief er.

»Hallo!« antwortete Andrew, ein wenig kampflustig.

»Was wollen Sie denn?«

»Ich möchte mich beim Zahnarzt anmelden. Dr. Manson.«

»Immer herein!« sagte der Mann, während er freundlich einladend den Hammer schwang. Es war Boland.

Andrew betrat den Holzschuppen, der mit Bestandteilen eines unglaublich altertümlichen Automobils besät war. In der Mitte stand auf hölzernen Eierkisten das Chassis, das man augenscheinlich in zwei Teile zersägt hatte. Andrew sah von diesem außergewöhnlichen Gesellenstück der Mechanikerkunst zu Boland hin.

»Ist das Ihr Krankenbesuch?«

»Gewiß«, erlärte Con. »Wenn ich die Ordination schwänze, gehe ich in die Garage und richte irgend etwas an meinem Wagen.«

Abgesehen von seinem irischen Akzent, der so dick war, daß man ihn mit dem Messer hätte schneiden können, gebrauchte er die Ausdrücke Garage für die zerfallene Scheune und Wagen für dieses zertrümmerte Fuhrwerk in einem Ton unverkennbaren Stolzes.

»Sie werden mir nicht glauben, wenn ich Ihnen sage, was ich jetzt damit mache«, fuhr er fort, »das heißt, wenn Sie nicht ein geborener Bastler sind wie ich. Ich habe diesen kleinen Wagen jetzt schon fünf Jahre, und vergessen Sie nicht, als ich ihn kaufte, war er drei Jahre alt. Wenn Sie ihn so ohne Korsett sehen, kommt's Ihnen vielleicht sonderbar vor, aber er läuft wie ein Hase. Nur war er mir zu klein, Manson, zu klein, weil die Familie größer geworden ist! Darum bin ich jetzt gerade dabei, ihn zu strecken. Ich hab' ihn zerschnitten, sehen Sie, genau in der Mitte, und da will ich gute zwei Fuß ansetzen. Warten Sie nur, bis er fertig ist, Manson! Da werden Sie Augen machen!« Er griff nach seiner Jacke. »Dann ist er lang genug, ein ganzes Regiment aufzunehmen. Kommen Sie jetzt mit in die Ordination, und ich richte Ihnen den Zahn.«

In der Ordination, die fast ebenso unordentlich wie die Garage und, wie man zugeben muß, ebenso schmutzig war, plombierte Con den Zahn, wobei er unablässig schwatzte. Con sprach so viel und so schnell, daß sein buschiger röter Schnurrbart immer mit Tautropfen bedeckt schien. Seine Mähne kastanienbraunen Haares, die längst nach der Schere schrie, fiel immer wieder Andrew in die Augen, wenn Con sich über ihn beugte, um eine Portion Amalgam einzubringen, die er unter seinem ölbeschmutzten Fingernagel festhielt. Er hatte sich nicht die Mühe genommen, sich die Hände zu waschen – so etwas spielte für Con keine Rolle! Er war ein sorgloser, triebhafter, gutmütiger, großzügiger Gesell. Je häufiger Andrew mit ihm zu tun hatte, desto mehr fühlte er sich durch seinen Humor, seine Schlichtheit, Ursprünglichkeit und Sorglosigkeit hingerissen. Con, der schon sechs Jahre in Aberalaw war, hatte noch keinen

Groschen auf die Seite gelegt. Dennoch bot ihm das Leben ungeheuer viel Freude. Er war verrückt mit mechanischen Dingen, verfertigte immerfort irgendwelche Spielereien und betete sein Automobil an. Die Tatsache, daß Con ein Automobil besaß, war an sich schon ein Witz. Aber Con liebte Witze, selbst wenn sie auf seine Kosten gingen. Er erzählte Andrew, wie er einst zu einem wichtigen Komiteemitglied gerufen wurde, dem er einen Backenzahn ziehen sollte, und wie er glaubte, die Zange in der Tasche zu haben und dann plötzlich mit einem Franzosenschlüssel auf den Zahn losging.

Als die Füllung gemacht war, warf Con seine Instrumente in einen Marmeladetopf mit Lysol – das entsprach seinen Vorstellungen von Desinfektion – und forderte Andrew auf, zum Tee zu ihm zu kommen.

»Also los!« drängte er gastfreundlich. »Sie müssen meine Familie kennenlernen. Und wir kommen gerade zur rechten Zeit. Es ist fünf.«

Cons Familie war wirklich soeben dabei, Tee zu trinken, als die beiden kamen. Doch waren Cons Angehörige offenbar an seine Absonderlichkeiten zu sehr gewöhnt, um sich dadurch, daß er einen Fremden mitbrachte, in ihrer Ruhe stören zu lassen. In dem warmen, unordentlichen Raum saß Mrs. Boland oben am Tisch mit dem Säugling an der Brust. Dann kam Mary, fünfzehn, ruhig und scheu – »die einzige Dunkelhaarige und der Liebling ihres Papas«, stellte Con sie vor –, ein Mädchen, das schon jetzt als Schreibkraft bei Joe Larkins, dem Buchmacher auf dem Hauptplatz, ganz hübsch verdiente. Neben Mary saß Terence, zwölf Jahre, dann kamen noch drei jüngere Kinder, die durch großes Geschrei ihren Vater auf sich aufmerksam zu machen suchten.

Die ganze Familie atmete, vielleicht mit Ausnahme der verlegen-scheuen Mary, eine sorglose Fröhlichkeit, die Andrew entzückte. Sogar das Zimmer schien mit irischem Akzent zu sprechen. Über dem Kamin hingen unter einem farbigen Porträt des Papstes Pius X., das mit einem Bündel Palmkätzchen geschmückt war, die Windeln des Säuglings zum Trocknen. Der ungesäuberte, aber vor Gesang berstende Käfig des Kanarienvogels stand auf der Anrichte neben Mrs. Bolands aufgerolltem Mieder – sie hatte es gerade vorhin der größeren Bequemlichkeit wegen abgelegt – und einem zerrissenen Sack mit Hundekuchen. Auf der Kommode befanden sich sechs vom Krämer gekommene Flaschen Stoutbier neben Terences Flöte, und in den Ecken lagen zerbrochene Spielsachen, einzelne Stiefel, ein rostiger Schlittschuh, ein japanischer Sonnenschirm, zwei leicht verbeulte Gebetbücher und eine Fotozeitschrift.

Doch beim Tee war Andrew am meisten von Mrs. Boland entzückt – er konnte einfach den Blick nicht von ihr wenden. Blaß, verträumt, ungestört, saß sie schweigend da und trank endlos eine Schale schwarzen Tees nach der andern, während die Kinder um sie lärmten und der Säugling sich ganz offen aus der üppigen Quelle die Nahrung holte. Sie lächelte und nickte, schnitt den Kindern Brot ab, goß Tee ein, trank und stillte das Kleine, all das mit einer Art abstrakter Gelassenheit, als ob Jahre von Lärm, Schmutz und Öde – und Cons Temperament sie am Ende zu einer Ebene himmlischen Irrsinns emporgehoben hätten, auf der sie einsam stand und ihr nichts mehr etwas anhaben konnte.

Als sie jetzt den Besucher ansprach, wobei sie über seinen Scheitel hinwegblickte, klang ihre Stimme demütig und um Entschuldigung bittend. Er erschrak so, daß er fast seine Schale umgeworfen hätte.

»Ich wollte Mrs. Manson aufsuchen, Doktor, aber ich hatte so viel zu tun –«

»Du lieber Gott!« Con bog sich vor Lachen. »Zu tun, nein, so was! Sie will sagen, sie hatte kein neues Kleid. Das Geld war schon zur Seite gelegt – aber, hol's der Teufel, Terence oder sonst eines der Kinder brauchte Schuhe. Mach dir nichts draus, Mutter, warte, bis ich den Wagen verlängert habe, dann werden wir dich schon ausstaffieren.« Mit ungekünstelter Offenheit wandte er sich an Andrew. »Wir haben schwer zu känpfen, Manson. Es ist zu dumm! Zu fressen haben wir, Gott sei Dank, noch genug, aber was die Kleidung anbelangt, na ja – es sind schäbige Kerle, die Leute vom Komitee. Und natürlich, der Chef kriegt auch seinen Happen.«

»Wer?« fragte Andrew erstaunt.

»Llewellyn! Er nimmt mir genauso ein Fünftel ab wie Ihnen.«

»Aber, um Gottes willen, unter welchem Vorwand denn?«

»Ach, gelegentlich untersucht er einen meiner Patienten. In den letzten sechs Jahren hat er zweimal Zahnfisteln für mich aufgeschnitten. Und er macht auch alle Röntgensachen, wenn man's braucht. Aber er ist ein Teufelskerl.« Die Familie war in die Küche gelaufen, um zu spielen, und so brauchte sich Con bei seinen Reden keinen Zwang aufzuerlegen. »Der Mensch und seine große Limousine! Das Zeug ist ja nur Anstrich. Hören Sie, Manson, eines Tages fuhr ich mit meinem kleinen Autobus hinter ihm den Mardy Hill hinauf und ließ mir einfallen, auf den Gashebel zu treten. Du lieber Gott, Sie hätten sein Gesicht sehen sollen, als er meinen Staub schlucken mußte.«

»Hören Sie, Boland«, sagte Andrew rasch. »Diese Geschichte mit Llewellyns Anteil ist eine empörende Niedertracht. Warum unternehmen wir nichts dagegen?«

»He?«

»Warum unternehmen wir nichts dagegen?« wiederholte Andrew lauter. Noch beim Sprechen fühlte er, wie sein Blut in Wallung geriet. »Es ist eine schreiende Ungerechtigkeit. Da plagen wir uns und trachten, vorwärtszukommen – hören Sie, Boland, Sie sind der richtige Mann für mich. Wollen Sie das mit mir durchkämpfen? Wir werden uns der anderen Hilfsärzte versichern. Mit einer großen gemeinsamen Aktion –«

Ein langsamer Schimmer erhellte Cons Auge.

»Soll das heißen, daß Sie Llewellyn an den Leib gehen wollen?«

»Gewiß.«

Mit eindrucksvoller Gebärde streckte Con die Hand hin.

»Manson, lieber Freund«, erklärte er bedeutsam, »ich mache mit.«

Voll Eifer lief Andrew heim. Er dürstete nach Kampf.

»Chris! Chris! Ich hab' eine Perle gefunden. Einen rothaarigen Zahnarzt – ganz verrückt, ja, genauso wie ich. Ich hab' doch gewußt, daß du das sagen wirst. Aber hör, mein Kind, wir wollen Revolution machen.« Er lachte erregt. »O Gott, wenn der alte Llewellyn nur wüßte, was ihm blüht!«

Ihre Mahnungen zur Vorsicht waren unnötig. Er hatte sich entschlossen, alles, was er tat, genau zu erwägen. Daher ging er am nächsten Tag zu Owen.

Der Sekretär war sehr interessiert und erstaunt. Er erklärte Andrew, die Abmachung sei ein freiwilliges Übereinkommen zwischen dem Chefarzt und seinen Assistenten. Das Ganze liege daher außerhalb der Zuständigkeit des Komitees.

»Wissen Sie, Dr. Manson«, sagte Owen schließlich, »Dr. Llewellyn ist ein tüchtiger, hochqualifizierter Mann. Wir schätzen uns glücklich, ihn zu haben, aber er bezieht von der Gesellschaft ein hübsches Gehalt für seine Tätigkeit als Revisionsarzt. Ihr Hilfsärzte meint ja, er solle noch mehr bekommen.«

Den Teufel meinen wir, dachte Andrew. Er ging jedoch befriedigt fort, klingelte Oxborrow und Medley an und bat sie, sich am Abend in seiner Wohnung einzufinden. Urquhart und Boland hatten ihr Erscheinen schon zugesagt. Aus früheren Gesprächen wußte er, daß jeder der vier Ärzte alles eher als gern ein Fünftel seiner Bezüge hergab. Sobald er sie also einmal beisammen hatte, mußte alles klappen.

Als nächstes galt es, mit Llewellyn zu sprechen. Er war nach längerem Überlegen der Ansicht, daß es feige wäre, den geplanten Schritt nicht im voraus anzukündigen. Am Nachmittag war er einer Narkose wegen im Spital. Als er zusah, wie Llewellyn seine Operation durchführte, eine keineswegs einfache Abdomensache, konnte er ein Gefühl der Bewunderung nicht unterdrücken. Owens Bermerkung erwies sich als völlig richtig: Llewellyn war erstaunlich fähig, nicht nur fähig, sondern hochbegabt. Er bildete die Ausnahme, die einzige Ausnahme, die – so hätte Denny behauptet – die Regel bestätigt. Nichts übersah er, nichts ging ihm fehl. Von der öffentlichen Sanitätsverwaltung, deren obskurste Verordnung ihm geläufig war, bis zu den neuesten Errungenschaften der Radiumtherapie kannte Llewellyn das ganze Gebiet seiner vielfachen Obliegenheiten im kleinsten Detail und war allem gewachsen.

Als sich Llewellyn nach der Operation wusch, trat Andrew zu ihm und legte mit hastigen Bewegungen den Kittel ab.

»Entschuldigen Sie, daß ich davon spreche, Dr. Llewellyn,

aber wie Sie eben den Tumor entfernten, das war einfach prachtvoll. Ich konnte nicht anders als zusehen.«

Llewellyns matte Haut rötete sich vor Befriedigung. Er lächelte freundlich.

»Freut mich, daß Sie das finden, Manson. Weil wir davon sprechen, Sie machen die Narkose schon viel besser.«

»Aber nein, nein«, murmelte Andrew. »Dazu werde ich nie so recht taugen.«

Nach einem kurzen Schweigen fuhr Llewellyn gleichmütig fort, sich die Hände einzuseifen. Andrew, ihm zur Seite, räusperte sich nervös. Nun, da der Augenblick gekommen, war es ihm fast unmöglich, zu sprechen. Aber endlich brachte er es zustande, herauszuplatzen:

»Schauen Sie, Dr. Llewellyn, es ist nur recht und billig, daß ich es Ihnen sage – wir Hilfsärzte halten es für ungerecht, daß wir Ihnen von unseren Bezügen einen Anteil zahlen müssen. Es ist peinlich, das auszusprechen, aber ich – ich will den Vorschlag machen, diese Zahlung einzustellen. Heute abend treffen wir bei mir zu Hause zusammen, und mir ist es lieber, Sie erfahren es jetzt, als hinterher. Sie – Sie sollen mich wenigstens für ehrenhaft halten.«

Andrew drehte sich um, ohne Llewellyn ins Gesicht zu sehen und verließ, ehe dieser antworten konnte, den Operationssaal. Wie ungeschickt er sich ausgedrückt hatte! Aber immerhin, es war gesagt. Wenn man dem Chefarzt das Ultimatum stellte, konnte Llewellyn ihn nicht eines heimtückischen Vorgehens beschuldigen.

Die Besprechung im Vale View war für neun Uhr abends angesagt. Andrew ließ Flaschenbier holen und bat Christine, belegte Brote vorzubereiten. Als sie dies getan hatte, legte sie den Mantel an und ging für eine Stunde zu den Vaughans. In angespannter Erwartung stampfte Andrew in der Halle auf und ab und versuchte, seine Gedanken zu sammeln. Jetzt kamen auch die Gäste – Boland zuerst, Urquhart als nächster, Oxborrow und Medley zusammen.

Im Wohnzimmer gab sich Andrew, der Bier einschenkte und Sandwiches anbot, alle Mühe, eine herzliche Note in die Zusammenkunft zu bringen. Da er gegen Dr. Oxborrow fast eine Abneigung hatte, sprach er diesen als ersten an.

»Bedienen Sie sich, Oxborrow! Es ist noch eine Menge im Keller.«

»Danke, Manson.« Die Stimme des Evangelisten klang kühl. »Ich berühre Alkohol in keiner Form. Es verstößt gegen meine Grundsätze.«

»Im Namen Gottes!« sagte Con mit schaumbedecktem Schnurrbart.

Als Anfang war das nicht gerade sehr verheißungsvoll. Medley kaute belegte Brote und blickte die ganze Zeit den anderen aufmerksam auf den Mund, während sein Gesicht die steinerne Angst des Tauben zeigte. Urquharts angeborene Kampfeslust wurde bereits vom Bier noch gesteigert; einige Minuten starrte er Oxborrow unverwandt an und legte plötzlich los:

»Nun, da wir einmal beisammen sind, Dr. Oxborrow, werden Sie mir vielleicht erklären wollen, wie Tudor Evans, Glyn Terrace, Nummer siebzehn, von meiner Liste auf Ihre kam.«

»Ich erinnere mich an den Fall nicht«, sagte Oxborrow, während er gleichmütig die Fingerspitzen zusammenpreßte.

»Aber ich!« brach Urquhart los. »Das war einer von den Patienten, die Euer medizinische Hochwürden mir gestohlen haben! Und was schlimmer ist –«

»Aber, meine Herren«, rief Andrew entsetzt. »Bitte, bitte! Wie können wir denn etwas zustande bringen, wenn wir untereinander streiten? Bedenken Sie doch, weshalb wir hier sind.«

»Weshalb sind wir überhaupt hier?« fragte Oxborrow wie eine Frau. »Ich sollte bei einem Patienten sein.«

Andrew, der mit starrem und ernstem Gesicht vor dem Kamin stand, suchte die ins Gleiten kommende Situation zu retten.

»Die Sache liegt so, meine Herren!« Er holte tief Atem. »Ich bin der Jüngste hier und übe auch noch nicht lange die Praxis aus, aber ich – ich hoffe, daß man mir das nachsieht! Vielleicht kann ich gerade als Neuling hier die Dinge unbeeinflußt betrachten, Dinge, mit denen ihr euch allzulange abgefunden habt. Vor allem scheint mir, daß unser System hier grundfalsch ist. Wir plagen und rackern uns in vorsintflutlicher Manier wie praktische Ärzte in der Stadt oder auf dem Land ab und bekämpfen einander, statt daß wir als Angehörige desselben Berufs die herrlichen Gelegenheiten zu gemeinsamer Arbeit ausnutzen! Jeder Arzt, den ich kenne, schwört, die Praxis sei ein Hundeleben. Er erzählt einem, daß er sich abplagt, sich die Füße abläuft, kaum einen Augenblick für sich hat, nicht einmal Zeit zum Essen, immer auf dem Sprung! Ja, warum denn? Weil man in unserem Beruf noch niemals eine Organisation versucht hat. Nehmt nur ein Beispiel – obwohl ich Dutzende andere anführen könnte: die Nachtvisiten. Ihr wißt, wie wir uns abends alle niederlegen, voll Angst, daß man uns herausholen und zu einem Kranken rufen werde. Wir verbringen elende Nächte, weil wir vielleicht geholt werden. Angenommen, wir wüßten, daß man uns nicht holen *kann*. Angenommen, wir vereinbarten als Anfang ein kooperatives System der Nachtarbeit. Ein Arzt übernimmt für eine Woche alle Nachtvisiten und hat dann alle anderen Nächte des Monats Ruhe, solange die anderen Dienst machen. Wäre das nicht herrlich? Bedenkt nur einmal, wie frisch man dann für die Tagesarbeit wäre –«

Er brach ab, denn er sah ihre ausdruckslosen Gesichter.

»Das taugt nichts«, fuhr Urquhart los. »Hol's der Teufel! Lieber stehe ich jede Nacht im Monat auf, als daß ich dem alten Ochsen Borrow einen einzigen meiner Patienten anvertraue. Hihi! Wen er einmal hat, den gibt er ja nie wieder her.«

Andrew unterbrach ihn fieberhaft:

»Also lassen wir das – bis zu unserer nächsten Zusammenkunft –, da wir darüber nicht schlüssig werden können. Aber in einer Sache sind wir einig. Und darum habe ich Sie hergebeten. Es handelt sich um die Prozente, die wir an Dr. Llewellyn abführen.« Er machte eine Pause. Alle blickten ihn jetzt an, denn das ging ihnen an die Taschen, folglich interessierte es sie. »Wir sind uns darüber einig, daß es ungerecht ist. Ich habe auch schon mit Owen darüber gesprochen. Er erklärte, es gehe das Komitee nichts an, sondern sei eine Angelegenheit, die die Ärzte selber regeln müßten.«

»Sehr richtig«, warf Urquhart ein. »Ich erinnere mich, wie die Sache anfing. Vor ungefähr neun Jahren. Damals hatten wir zwei arge Tölpel von Hilfsärzten. Den einen im Ostambulatorium und den andern in meiner Gegend. Sie machten Llewellyn mit ihren Patienten eine Menge Arbeit. Und so rief er uns eines Tages zusammen und erklärte, er könne seine Zeit nicht so vergeuden, wenn wir nicht zu irgendeinem Abkommen mit ihm gelangten. Damit fing die Sache an, und seither ist es eben so weiter gegangen.«

»Aber das Gehalt, das er vom Komitee bekommt, deckt doch seine *ganze* Arbeit im Verein. Und aus seiner Privatpraxis bezieht er doch scheffelweise Geld. Er schwimmt darin!«

»Ich weiß, ich weiß«, sagte Urquhart mürrisch. »Aber bedenken Sie, Manson, er ist uns doch verteufelt nützlich. Wenn er sich gegen uns auf die Hinterfüße stellt, können wir einpacken.«

»Warum sollen denn *wir* ihm was zahlen?« fragte Andrew mit unerbittlicher Hartnäckigkeit.

»Hört, hört!« rief Con und füllte frisch sein Glas.

Oxborrow warf dem Zahnarzt einen Blick zu.

»Falls man mir erlaubt, ein Wort dazu zu sagen, bin ich mit Dr. Manson einer Meinung, daß es ungerecht ist, wenn man uns vom Gehalt etwas abzieht. Aber freilich ist Dr. Llewellyn ein Mann von hohem Rang, hervorragend qualifiziert und eine Zierde des Vereins. Und außerdem kommt er uns entgegen, indem er uns die schlimmsten Fälle abnimmt.«

Andrew starrte ihn an.

»Ja, wollen Sie denn, daß man Ihnen die schlimmen Fälle abnimmt?«

»Natürlich«, sagte Oxborrow verdrießlich. »Das will doch jeder.«

»Ich nicht«, schrie Andrew. »Ich will sie behalten und gesund machen.«

»Oxborrow hat recht«, murmelte Medley ganz unerwartet. »Das ist die Grundregel der ärztlichen Praxis, Manson. Sie werden schon darauf kommen, wenn Sie einmal älter sind. Alles Unangenehme loswerden, loswerden, loswerden!«

»Ach, hol's der Teufel!« widersprach Andrew hitzig.

Die Diskussion ging weiter, dreiviertel Stunden lang, im Kreis. Schließlich rief Andrew, schon sehr zornig:

»Wir müssen das durchsetzen. Hört ihr mich, wir müssen einfach. Llewellyn weiß schon, daß wir gegen ihn auftreten wollen. Ich habe es ihm heute gesagt.«

»Was?« riefen Oxborrow, Urquhart, ja sogar Medley.

»Wollen Sie behaupten, Doktor, daß Sie es Dr. Llewellyn gesagt haben –« Oxborrow hatte sich halb erhoben und gaffte Andrew entsetzt an.

»Natürlich. Einmal wird er es doch erfahren. Seht ihr denn nicht ein, wir brauchen nur zusammenzuhalten, eine Einheitsfront zu bilden, und wir haben den Sieg in der Tasche!«

»Ach, alle Teufel!« Urquhart war ganz fahl geworden. »Sie haben eine eiserne Stirn! Wissen Sie denn, wie einflußreich Llewellyn ist? Überall hat er seine Finger dazwischen. Wir werden von Glück reden können, wenn man uns nicht alle hinauswirft. Bedenken Sie einmal, wie ich in meinem Alter einen neuen Posten finden soll.« Er stapfte der Tür zu. »Sie sind ein netter Bursche, Manson, aber zu jung. Gute Nacht!«

Medley war schon vorher hastig aufgestanden. Der Ausdruck seines Gesichts zeigte, daß er jetzt stracks zum Telefon eilen würde, um sich bei Dr. Llewellyn zu entschuldigen und zu betonen, daß er, Llewellyn, ein herrlicher Arzt sei, und daß er, Medley, ihn sehr gut verstehen könne. Oxborrow folgte ihm auf den Fersen. In zwei Minuten befanden sich im Zimmer nur noch Con, Andrew und das restliche Bier.

Sie tranken es schweigend aus. Dann erinnerte sich Andrew, daß noch sechs Flaschen in der Speisekammer waren. Sie leerten auch diese sechs Flaschen. Dann erst begannen sie zu sprechen. Sie redeten allerlei über Herkunft, Verwandtschaft und moralische Qualitäten Oxborrows, Medleys und Urquharts. Besonders liebevoll gingen sie auf Oxborrow und sein Harmonium ein. Sie bemerkten gar nicht, daß Christine heimkam und die Treppe hinaufstieg. Seelenvoll, wie schändlich verratene Brüder, sprachen sie miteinander.

Am nächsten Vormittag trat Andrew mit brummendem Kopf und Sodbrennen seine Besuchsrunde an. Auf dem Hauptplatz begegnete ihm Llewellyn im Wagen. Als Andrew beschämt und trotzig den Kopf hob, lächelte ihm Llewellyn strahlend zu.

Die ganze Woche ging Andrew niedergeschlagen und bitter enttäuscht umher. Am Sonntagvormittag, der gewöhnlich langer, friedlicher Ruhe gewidmet war, brach er plötzlich los.

»Es dreht sich nicht ums Geld, Chris. Es ist das Prinzip! Wenn ich daran denke, macht es mich verrückt! Warum kann ich mich damit nicht abfinden? Warum mag ich Llewellyn nicht? Oder besser gesagt, warum mag ich ihn in dem einen Augenblick und verabscheue ihn im nächsten? Sag mir ehrlich, Chris, warum sitze ich nicht zu seinen Füßen? Bin ich eifersüchtig? Was ist es denn?«

Ihre Antwort verblüffte ihn. »Ja, ich glaube, du bist eifersüchtig.«

»Was?«

»Zerreiß mir nicht das Trommelfell, mein Lieber! Du hast mich ersucht, es dir ehrlich zu sagen. Du bist eifersüchtig, furchtbar eifersüchtig. Und warum nicht? Ich möchte nicht mit einem Heiligen verheiratet sein. Ich habe zuviel im Haus zu säubern, um auch noch einen Heiligenschein putzen zu können.«

»Nur weiter«, knurrte er. »Wirf mir nur alles vor, wenn du schon dabei bist. Argwöhnisch! Eifersüchtig! Du hast mich ja schon einmal durchgehechelt. Ach, und vermutlich bin ich zu jung. Der Achtziger Urquhart hat mir das neulich unter die Nase gerieben!« Eine kurze Zeitspanne wartete er darauf, daß sie das Gespräch weiterführen würde. Dann sagte er gereizt: »Warum soll ich denn auf Llewellyn eifersüchtig sein?«

»Weil er ungemein tüchtig ist bei seiner Arbeit. Weil er so viel weiß, und – hauptsächlich deshalb, weil er so viele hervorragende Qualifikationen hat.«

»Während ich nur ein schäbiger, kleiner Baccalaureus einer schottischen Universität bin! Du lieber Gott! Jetzt weiß ich endlich, was du eigentlich von mir hältst.« Wütend sprang er aus dem Bett und begann im Pyjama durchs Zimmer zu gehen. »Und was besagen denn Qualifikationen überhaupt? Sie sind nur ein dummer, gemeiner Schwindel. Die Methodik allein zählt, die klinischen Fähigkeiten. Ich glaube nicht an den ganzen Kram, den einem die Lehrbücher servieren. Ich glaube nur an das, was ich in meinem Stethoskop höre! Und falls du es nicht wissen solltest: Ich beginne jetzt, in meinen Anthrazitforschungen auf Ergebnisse zu stoßen. Vielleicht kann ich dich eines Tages überraschen, meine Gnädige! Hol's der Teufel, das ist ja ein feiner Zustand, wenn man am Sonntag aufwacht und seine Frau sagt einem, man verstehe überhaupt *nichts!*«

Sie setzte sich im Bett auf, nahm ihre Manikürekassette und begann sich die Nägel zu richten, bis er fertig war.

»Ich habe kein Wort davon gesagt, Andrew.« Ihre Ruhe ärgerte ihn nur noch mehr. »Es ist bloß das, Liebster – du wirst ja nicht dein ganzes Leben lang Hilfsarzt sein wollen. Du möchtest doch, daß man auf dich hört, daß man deine Arbeit beachtet, deine Ideen – ach, du verstehst schon, was ich meine. Wenn du einen wirklich schönen akademischen Grad hättest – den Doktor oder das M. R. C. P., würde dir das sehr viel helfen.«

»Das M. R. C. P.«, wiederholte er verständnislos. Dann sagte er: »Also das hat sich die junge Dame ausgedacht, das M. R. C. P. – aber nein! Mit meiner Praxis in einem Bergarbeiternest soll ich Mitglied der Königlichen Ärztegesellschaft werden!« Sein Spott verfolgte den Zweck, sie niederzuschmettern. »Weißt du denn nicht, daß man dort nur die gekrönten Häupter Europas aufnimmt?«

Er knallte die Tür ins Schloß und ging ins Badezimmer, sich zu rasieren. Fünf Minuten später kam er wieder, die eine Hälfte des Gesichts rasiert, die andere eingeseift. Er war zerknirscht und erregt.

»Glaubst du denn wirklich, daß ich das schaffen könnte, Chris? Du hast völlig recht. Wir brauchen ein paar Buchstaben auf dem guten alten Namensschild, wenn wir was erreichen wollen. Aber das M. R. C. P. setzt doch das schwierigste medizinische Examen voraus, das es nur gibt. Es ist – es ist mörderisch! Aber – vielleicht – wart, ich werde mich über die Bedingungen erkundigen –«

Er brach ab und eilte die Treppe hinunter, um im Medical Directory nachzusehen. Als er mit dem Buch in der Hand zurückkehrte, war seine Miene recht niedergeschlagen.

»Geht nicht«, murmelte er betrübt. »Nichts zu machen! Ich hab's dir ja gesagt, es ist unmöglich. Eine Vorprüfung in Sprachen. Vier Sprachen. Latein, Französisch, Griechisch, Deutsch zur Auswahl, zwei davon obligatorisch. Und das, bevor man überhaupt zu der eigentlichen verflixten Prüfung antreten kann. Ich verstehe nichts von Sprachen. Mein ganzes Latein ist Apothekerlatein. Und was Französisch betrifft –«

Sie antwortete nicht. Schweigen herrschte, während er düster am Fenster stand und ins Leere starrte. Schließlich wandte er sich um, mürrisch, bekümmert, unfähig, von der Sache wieder loszukommen.

»Ach, verdammt, Chris! Warum – warum soll ich eigentlich diese Sprachen für das Examen nicht lernen?«

Ihr Manikürezeug fiel zu Boden, denn sie sprang aus dem Bett und umarmte ihn.

»Ach, Liebster, das wollte ich ja, daß du das sagst. Das bist wirklich du. Ich kann – ich kann dir vielleicht helfen. Vergiß nicht, daß deine Frau einmal Schulmeisterin gewesen ist.«

Den ganzen Tag schmiedeten sie erregt Pläne. Trollope, Tschechow und Dostojewskij wurden zu Bündeln verschnürt und ins Gastzimmer verbannt. Der Wohnraum wurde als geistiger Tummelplatz hergerichtet. Und am Abend ging Andrew mit Christine zur Schule. Ebenso am nächsten Abend und am übernächsten –

Manchmal fühlte Andrew die ungeheure Komik des Ganzen, hörte von ferne das Hohnlachen der Götter, wenn er hier in dieser abgeschiedenen walisischen Bergarbeiterstadt an dem harten Tisch saß und seiner Frau nachmurmelte: ›caput – capitis‹ oder ›Madame, est-il possible que ...?‹ Wenn er durch Deklinationen, durch unregelmäßige Zeitwörter watete, wenn er aus Tacitus und einem patriotischen Lesebuch ›Pro Patria‹, das sie irgendwo aufgegabelt hatten, vorlas, warf er sich oft plötzlich im Lehnstuhl zurück und erklärte in geradezu krankhafter Hellsichtigkeit:

»Könnte Llewellyn uns so sehen, der würde nicht wenig grinsen! Und bedenk, das ist erst der Anfang, nachher kommt noch der ganze medizinische Stoff!«

Vom Ende des nächsten Monats an langten in Vale View von der Londoner Zweigstelle der Internationalen Ärztebibliothek in regelmäßigen Zeitabständen Bücherpakete ein. Andrew begann dort weiterzulesen, wo er im College stehengeblieben war. Er entdeckte rasch, wie früh er stehengeblieben war. Er entdeckte das und war von den therapeutischen Fortschritten in der Biochemie einfach niedergeschmettert. Er kam auf die neuen Nieren- und Blutharnstofforschungen, die Basenveränderungen, die Fehlerquellen bei den Versuchen mit Eiweißstoffen. Als auch dieser Grundpfeiler seiner Studentenzeit einstürzte, stöhnte Andrew laut.

»Chris! Ich weiß ja ganz und gar nichts. Dieses Zeug bringt mich um.«

Dabei hatte er seiner Praxis nachzugehen, es blieben ihm nur die langen Nächte zum Studieren. Durch schwarzen Kaffee und ein nasses Handtuch um den Kopf hielt er sich aufrecht, kämpfte weiter und las bis in den frühen Morgen hinein. Wenn er dann erschöpft ins Bett sank, konnte er oft nicht einschlafen, und schlief er, wachte er manchmal auf, schwitzend vor Alpdruck, den Kopf wirr von Fachausdrücken, Formeln und den ihm unüberwindlich scheinenden Schwierigkeiten des Französischen. Er rauchte übermäßig, verlor an Gewicht, seine Wangen fielen ein. Aber Christine war an seiner Seite; unablässig, schweigend war sie neben ihm und hörte ihm zu, wenn er sprach, sah zu, wenn er Diagramme zeichnete, merkte auf, wenn er in zungenbrechenden Nomenklaturen die außerordentliche, die erstaunliche, die berückende selektive Tätigkeit der Nierentubuli erklärte. Sie erlaubte ihm auch zu schreien, herumzufuchteln und, als seine Nerven schon stark angegriffen waren, sie zu beschimpfen. Wenn sie um elf Uhr frischen Kaffee brachte, knurrte er gewöhnlich:

»Kannst du mich denn nicht in Ruhe lassen? Was nützt denn schon dieses Gesüff? Koffein – ist doch nur ein übles Gift. Du weißt, daß mich das Büffeln umbringt, nicht wahr? Und ich tue es für dich. Du bist hart! Du bist verdammt hart. Du bist wie ein weiblicher Kerkermeister, der mit dem Blechnapf ein und aus geht! Ich schaffe es nie. Hunderte aus dem Westend Londons versuchen es, Leute aus den großen Spitälern, und du glaubst, daß ich aus Aberalaw – haha!« Sein Lachen klang hysterisch. »Aus der guten alten Medical Aid Society! Ach Gott! Ich bin ja so müde, und ich weiß ganz genau, daß man mich heute nacht zu der Entbindung in der Cefan Road holen wird, und –«

Sie war ein besserer Kämpfer als er. Sie hatte eine Fähigkeit, das Gleichgewicht zu erhalten, die sie beide durch jede Krise durchlotste. Auch sie konnte aufbrausen, aber sie beherrschte sich besser. Sie brachte Opfer, sie lehnte alle Einladungen der Vaughans ab und ging nicht mehr zu den Orchesterkonzerten in der Temperance Hall. Auch wenn sie noch so schlecht geschlafen hatte, war sie immer früh auf, hübsch angezogen und hatte das Frühstück fertig, wenn er schleppend, unrasiert, schon die erste Zigarette zwischen den Lippen, herunterkam.

Als Andrew sechs Monate gearbeitet hatte, erkrankte plötzlich Christines Tante in Bridlington an Phlebitis und bat sie, zu ihr zu kommen. Christine reichte Andrew den Brief und erklärte sofort, es sei ihr ganz unmöglich, ihn allein zu lassen. Er aber knurrte, während er mürrisch in den Speckeiern stocherte:

»Mir wäre lieber, du führest, Chris. In diesem Stadium meiner Arbeit komme ich besser ohne dich vorwärts. In der letzten Zeit gehen wir einander auf die Nerven. Verzeih – aber – mir erscheint es so am besten.«

Sehr wider Willen fuhr sie am Ende der Woche weg. Sie war noch keine vierundzwanzig Stunden fort, als Andrew seinen Irrtum erkannte. Ohne sie war es zum Verzweifeln.

Jenny befolgte zwar ihre ganz genauen Weisungen, gab aber dennoch Anlaß zu ständigem Ärger. Trotzdem lag es nicht an Jennys Kochen, auch nicht an dem lauwarmen Kaffee oder an dem schlecht gemachten Bett. Es lag einfach an Christines Abwesenheit, an der Gewißheit, daß sie nicht im Haus weilte, daß er sie nicht rufen konnte, daß sie ihm fehlte. Er ertappte sich dabei, daß er stumpf in die Bücher starrte und Stunden damit verlor, an Christine zu denken.

Nach vierzehn Tagen telegrafierte sie ihm, daß sie zurückkomme. Er ließ alles liegen und stehen und traf Anstalten, sie würdig zu empfangen. Nichts war ihm zu gut für ihre Wiedersehensfeier, nichts zu pompös. Ihr Telegramm ließ ihm nicht viel Zeit, aber er dachte hastig nach, dann eilte er in die Stadt, um einmal richtig aus dem vollen zu schöpfen. Zuerst kaufte er einen Strauß Rosen. Dann hatte er das Glück, beim Fischhändler Kendrick einen frisch gefangenen Hummer zu finden. Er kaufte ihn schnell, damit nicht Mrs. Vaughan, für die Kendrick alle derartigen Köstlichkeiten in erster Linie aufhob, telefonieren und ihm zuvorkommen könne. Dann kaufte er große Mengen Eis, bestellte beim Gemüsehändler Salat und erstand schließlich ein wenig ängstlich eine Flasche Moselwein, den Lampert, der Händler auf dem Hauptplatz, ihm als ›vorzüglich‹ empfahl.

Nach dem Tee erklärte er Jenny, sie könne gehen, denn er merkte, wie sie ihn mit jugendlicher Neugier beobachtete. Dann machte er sich an die Arbeit und stellte liebevoll einen Hummersalat zusammen. Der Zinneimer aus der Küche gab für den Wein einen prächtigen Eiskübel ab. Unerwartete Schwierigkeiten entstanden mit den Blumen, denn Jenny hatte den Schrank unter der Treppe abgesperrt, in dem alle Vasen aufbewahrt waren, und den Schlüssel versteckt. Aber er überwand auch dieses Hindernis, indem er einen Teil der Rosen in den Wasserkrug und den Rest in den Zahnbürstenbehälter aus dem Badezimmer steckte. Das sah ganz originell aus.

Endlich waren seine Vorbereitungen beendet, die Blumen, das Essen, der Wein im Eis, und er betrachtete mit strahlendem Eifer das Bild. Nach der Abendordination jagte er um halb zehn zur Bahn, um Christine am Oberen Bahnhof abzuholen.

Es war, als hätte er sich aufs neue in sie verliebt. Alles sah frisch und herrlich aus. Zärtlich geleitete er sie zu ihrem Liebesfest. Der Abend war warm und still. Der Mond schien auf die beiden. Andrew vergaß die Tücken der Basenveränderungen. Verträumt sagte er Christine, sie könnten jetzt in der Provence sein oder sonst irgendwo in einem großen Schloß am Ufer eines Sees. Er sagte ihr, sie sei ein süßes, herrliches Kind. Er sagte ihr, er habe sie schmählich behandelt, doch wolle er sein ganzes weiteres Leben ein Teppich sein – nicht rot, denn gegen diese Farbe hatte sie eine Abneigung –, ein Teppich für ihre Füße. Er sagte ihr noch viel mehr dieser Art. Am Ende der Woche aber sagte er ihr schon wieder, sie solle ihm die Pantoffeln holen. Der August kam glühend und staubig. Andrew, der das theoretische Studium beinahe beendet hatte, stand jetzt der Notwendigkeit gegenüber, sein praktisches Können aufzufrischen, besonders auf dem Gebiet der Histologie, was in seiner gegenwärtigen Lage eine offensichtlich unüberwindbare Schwierigkeit war. Da erinnerte sich Christine an Professor Challis und seine Stellung an der Universität Cardiff. Andrew schrieb ihm, und Challis antwortete unverzüglich mit großem Wortschwall, er freue sich, seinen Einfluß bei der Pathologischen Abteilung geltend machen zu können. Manson werde, so sagte er, mit Dr. Glyn-Jones höchst zufrieden sein. Und dann schloß er mit einer scherzhaften Frage nach Christine.

»Das danke ich dir, Chris! Es ist doch etwas wert, wenn man Freunde hat. Und ich wäre damals beinahe nicht hingegangen und hätte Challis nie kennengelernt. Der alte Schwätzer benimmt sich ganz anständig! Trotzdem ist es mir verhaßt, um Gefälligkeiten zu bitten. Und was soll das heißen, daß er dir zärtliche Grüße schickt?«

In der Mitte dieses Monats tauchte in Vale View ein gebrauchtes Red-Indian-Motorrad auf, ein minderwertiges, für einen Arzt gar nicht standesgemäßes Fahrzeug, das der frühere Eigentümer als ›zu schnell‹ zum Verkauf angeboten hatte. In der flauen Sommerzeit hatte Andrew drei freie Nachmittagsstunden, die er füglich für sich verwenden konnte. Und so ratterte jeden Tag sogleich nach dem Mittagessen ein roter Strich dreißig Meilen talabwärts nach Cardiff. Und jeden Tag fuhr gegen fünf Uhr ein etwas staubigerer roter Strich in der entgegengesetzten Richtung Vale View zu.

Diese sechzig Meilen in der glühenden Hitze und dazwischen eingepfercht eine Stunde Arbeit mit Glyn-Jones' Präparaten und Objektträgern, wobei Andrews Hände vom Vibrieren der Lenkstange oft noch am Mikroskop zitterten, machten die nächsten Wochen zu einer schweren Zeit. Für Christine war das der beängstigendste Teil des ganzen irrsinnigen Abenteuers, wenn sie Andrew mit Vollgas abfahren sah und dann besorgt auf das leise, entfernte Rattern der Rückfahrt wartete und die ganze Zeit befürchten mußte, es könnte ihm auf diesem Teufelskarren etwas zustoßen.

Obwohl er so viel zu tun hatte, fand er doch gelegentlich Zeit, ihr aus Cardiff Erdbeeren mitzubringen. Die hoben sie dann bis nach seiner Abendsprechstunde auf. Beim Tee hatte er immer rote Augen, war vom Staub ganz ausgedörrt und fragte sich verdrießlich, ob ihm nicht in einem Straßenloch in Trecoed der Zwölffingerdarm abgerissen sei, oder ob er es vor der Abendsprechstunde noch schaukeln könnte, die beiden Visiten bei den Kranken zu machen, zu denen er während seiner Abwesenheit gerufen worden war.

Aber endlich kam die letzte Fahrt. Glyn-Jones hatte ihm nichts mehr zu zeigen. Andrew kannte jeden Objektträger und jedes Präparat auswendig. Jetzt hatte er nichts anderes mehr zu tun, als sich zum Examen anzumelden und die gepfefferte Prüfungsgebühr zu entrichten.

Am 15. Oktober trat Andrew allein die Reise nach London an. Christine begleitete ihn zur Bahn. Jetzt, wo das große Ereignis so nahe war, hatte sich eine sonderbare Ruhe auf ihn gesenkt. All sein Streben, seine verzweifelten Anstrengungen, seine fast hysterischen Ausbrüche schienen weit zurückzuliegen und unwirklich geworden zu sein. Sein Hirn war untätig, fast stumpf. Er fühlte, daß er nichts wußte.

Dennoch entdeckte er am nächsten Tag bei der schriftlichen Prüfung, die im Ärztekolleg abgehalten wurde, daß er mit blinder Automatik die vorgelegten Themen behandelte. Er schrieb und schrieb, ohne auch nur einmal auf die Uhr zu sehen, und füllte Blatt für Blatt, bis ihm der Kopf wirbelte.

Er stieg im Museum-Hotel ab, wo er und Christine bei ihrem ersten Besuch Londons gewohnt hatten. Hier war es äußerst billig. Aber das Essen war erbärmlich. Das hatte ihm bei seiner ohnedies gestörten Verdauung gerade noch gefehlt, konnte leicht einen Anfall von Dyspepsie zur Folge haben. So war er gezwungen, sich strenge Diät aufzuerlegen und sich ausschließlich von heißer Malzmilch zu ernähren. Ein Wasserglas voll davon in einer A. B. C.-Teestube am Strand war sein Mittagsmahl. Zwischen den schriftlichen Prüfungen lebte er in einer Art Nebel.

Es fiel ihm nicht im Traum ein, ein Vergnügungslokal zu besuchen. Die Leute auf den Straßen sah er kaum. Gelegentlich unternahm er, um den Kopf klar zu bekommen, eine Fahrt auf dem Dach eines Autobusses.

Nach den schriftlichen Arbeiten begann der praktische und mündliche Teil des Examens, und Andrew ertappte sich dabei, daß ihm dies weit mehr Angst als alles Bisherige einjagte. Es hatten sich vielleicht noch zwanzig Kandidaten eingefunden, jeder älter als er, und jeder mit unverkennbar zuversichtlicher Miene und stolz auf die höhere gesellschaftliche Stellung. Sein Nachbar zum Beispiel, ein Mann namens Harrison, mit dem Andrew ein- oder zweimal ein paar Worte gewechselt hatte, war in Oxford graduiert worden, im St. John angestellt und hatte seine Privatpraxis in der Brook Street. Wenn Andrew die gewinnenden Manieren Harrisons und seinen augenfälligen sozialen Rang mit der eigenen provinziellen Unbeholfenheit verglich, mußte er zugeben, daß seine Aussichten, auf die Mitglieder des Prüfungsausschusses einen günstigen Eindruck zu machen, gering waren.

Die praktische Prüfung im Süd-Londoner Spital ging anscheinend ganz gut. Er hatte einen Fall von Bronchiektasie bei einem vierzehnjährigen Jungen. Das war ein besonders glücklicher Zufall, da Andrew sich auf die Lunge spezialisiert hatte. Er hatte das Gefühl, den Fall recht gut dargestellt zu haben. Aber als es zu der mündlichen Prüfung kam, schien ihn sein Glück ganz im Stich zu lassen. Das Verfahren im Ärztekollegium hatte seine Eigentümlichkeiten. An zwei aufeinanderfolgenden Tagen wurde jeder Kandidat abwechselnd von zwei Prüfern examiniert. Wenn am Ende der ersten Sitzung der Kandidat als ungeeignet befunden wurde, überreichte man ihm einen höflichen Brief, er brauche sich am nächsten Tag nicht herzubemühen. Noch stak Andrew die erste Angst vor diesem schicksalsschweren Schreiben in allen Knochen, da entdeckte er zu seinem Entsetzen, daß ihm als erster Prüfer ein Mann zugefallen war, von dem er Harrison voll Furcht hatte sprechen hören: Dr. Maurice Gadsby.

Gadsby, ein hagerer, untermittelgroßer Mann mit einem zerzausten schwarzen Schnurrbart und kleinen tückischen Augen, war erst unlängst zum Mitglied der Gesellschaft gewählt worden und hatte daher noch nicht die Duldsamkeit der älteren Prüfer, sondern schien die Kandidaten, die sich ihm stellen mußten, absichtlich durchsausen lassen zu wollen. Er musterte Andrew mit anmaßend hochgezogenen Brauen und legte ihm sechs Objektträger vor. Fünf bestimmte Andrew korrekt, aber den sechsten konnte er nicht bezeichnen. An diesen hakte sich jetzt Gadsby fest. Fünf Minuten quälte er Andrew mit dem Präparat, das sich dann als das Ei eines obskuren westafrikanischen Parasiten herausstellte, und übergab ihn schließlich ohne Interesse dem nächsten Prüfer, Sir Robert Abbey.

Andrew erhob sich und schritt mit blassem Gesicht und heftig pochendem Herzen durch den Saal. Alle Ermüdung, aller Gleichmut, den er am Beginn der Woche gefühlt hatte, war jetzt verschwunden. Er hatte nur den fast verzweifelten Wunsch, durchzukommen. Allein er war fest davon überzeugt, daß ihm Gadsby seine Stimme verweigern werde. Jetzt erhob er den Blick und bemerkte, daß Robert Abbey ihn mit freundlichem, ein wenig belustigtem Lächeln betrachtete.

»Was haben Sie denn?« fragte Abbey unerwartet.

»Nichts, mein Herr«, stammelte Andrew. »Ich glaube, ich habe bei Dr. Gadsby schlecht abgeschnitten – das ist alles.«

»Lassen Sie sich deswegen keine grauen Haare wachsen! Schauen Sie jetzt diese Präparate an, und dann sagen Sie mir, was Sie davon halten.« Abbey lächelte ermutigend. Er war ein glattrasierter Mann von ungefähr fünfundsechzig Jahren mit rotem Gesicht, hoher Stirn und einer langen, von Humor zeugenden Oberlippe. Obwohl Abbey unter den ärztlichen Größen Europas vielleicht an dritter Stelle stand, hatte er doch in seiner Jugendzeit, als er aus der Provinzpraxis in seiner Heimat Leeds nach London gekommen war, viele Mühsal und bittere Kämpfe erlebt, denn er war auf Schritt und Tritt Vorurteilen und Widerständen begegnet. Als er nun verstohlen Andrew beobachtete, dessen schlecht geschnittenen Anzug bemerkte, den weiten Kragen, die billige, schlecht geknüpfte Krawatte und den Ausdruck heftiger Anspannung in dem ernsten Gesicht, kehrte ihm die Erinnerung an seine eigene Jugend in der Provinz wieder. Instinktiv öffnete sich sein Herz diesem ungewöhnlichen Kandidaten. Ein Blick auf die Liste sagte ihm zu seiner Befriedigung, daß die Qualifikationen, besonders bei der kürzlich abgehaltenen praktischen Prüfung, über dem Durchschnitt lagen.

Indes hatte Andrew, die Augen starr auf die vor ihm stehenden Glasgefäße gerichtet, betrübt mit seinen Erläuterungen zu den Präparaten begonnen.

»Gut«, sagte Abbey plötzlich. Er nahm ein Präparat – ein Aneurysma der aufsteigenden Aorta – und stellte nun in freundlichem Ton Fragen an Andrew. Sie waren zuerst einfach, gingen dann mehr ins Einzelne und wurden immer schwieriger, bis sie schließlich zu einer neuen Spezialbehandlung durch künstlich hervorgerufene Malaria kamen. Doch Andrew, der sich unter der freundlichen Art Abbeys erschloß, antwortete gut. Schließlich stellte Abbey das Präparat hin und fragte:

»Wissen Sie etwas über die Geschichte des Aneurysma?«

»Ambrose Paré«, antwortete Andrew, und Abbey wollte schon zustimmend nicken, »soll als erster diesen Zustand entdeckt haben.«

Abbeys Gesicht drückte Überraschung aus.

»Warum ›soll‹, Dr. Manson? Paré hat das Aneurysma entdeckt.«

Andrew errötete, dann wurde er blaß und stammelte hervor: »Nun, mein Herr, das steht in den Lehrbüchern. Man findet es überall – ich selbst nahm mir die Mühe, festzustellen, daß sechs Bücher es bringen.« Ein rascher Atemzug. »Aber ich las zufällig Celsus, weil ich mein Latein auffrischen wollte, denn das hatte es nötig, und da stieß ich ganz ohne Zweifel auf das Wort Aneurysma. Celsus hat also das Aneurysma gekannt. Er beschreibt es auch eingehend. Und das war ungefähr dreizehnhundert Jahre vor Paré.«

Schweigen herrschte. Andrew sah empor, auf freundlichen Spott gefaßt. Abbey blickte ihn jetzt mit einem sonderbaren Ausdruck in seinem geröteten Gesicht an.

»Dr. Manson«, sagte er schließlich. »Sie sind der erste Kandidat, der mir in diesem Prüfungssaal jemals etwas Originelles gesagt hat, etwas Neues und etwas, das ich nicht gewußt habe. Ich gratuliere Ihnen.«

Andrew wurde wieder scharlachrot.

»Jetzt beantworten Sie mir nur noch eine Frage, die ich aus rein persönlicher Neugier stelle«, schloß Abbey. »Was betrachten Sie als Hauptprinzip, als grundlegende Idee, die Sie sich vor Augen halten, wenn Sie Ihren Beruf ausüben?«

Einige Zeit verstrich, während Andrew verzweifelt nachdachte. Endlich merkte er, daß er den ganzen guten Eindruck aufs Spiel setzte, den er gemacht hatte, und so stammelte er hervor: »Ich – ich sage mir immer wieder, daß ich nichts als gegeben hinnehmen darf.«

»Danke, Dr. Manson.«

Als Andrew den Saal verließ, griff Abbey nach der Feder. Er fühlte sich wieder jung und verdächtig sentimental. Er dachte: »Wenn er mir gesagt hätte, sein Streben sei es, die Leute zu heilen, der leidenden Menschheit zu helfen, hätte ich ihn aus lauter Enttäuschung durchfallen lassen.« So aber setzte Abbey zu Andrew Mansons Namen das unerhörte Maximum 100, und wahrlich, wenn Abbey nach Belieben hätte handeln können, hätte er diese Zahl verdoppelt.

Wenige Minuten später stieg Andrew mit den anderen Kandidaten die Treppe hinab. Unten stand neben der mit Leder verhängten Nische ein livrierter Portier mit einem kleinen Stoß von Briefumschlägen. Jedem der Kandidaten, die vorbeigingen, reichte er einen. Harrison, der vor Andrew kam, riß sein Kuvert rasch auf. Seine Miene veränderte sich, und er sagte ruhig: »Man braucht mich morgen nicht mehr.« Dann zwang er sich zu der lächelnden Frage: »Und Sie?« Andrews Finger zitterten. Er konnte kaum lesen. Wie durch einen Nebel hörte er Harrisons Glückwünsche. Er hatte also noch Aussichten. Jetzt ging er ins A. B. C.-Restaurant und erfrischte sich mit Malzmilch. Angespannt dachte er: »Wenn ich jetzt nicht durchkomme, nach all dem, dann – dann werfe ich mich vor einen Autobus.«

Der nächste Tag verging unter großen Martern. Kaum die Hälfte der ursprünglichen Kandidatenzahl war übriggeblieben, und es hieß, daß auch von diesen noch die Hälfte durchfallen werde. Andrew hatte keine Ahnung, ob er gut oder schlecht abschnitt, er wußte nur, daß ihn der Kopf abscheulich schmerzte, seine Füße eiskalt waren und sein Magen knurrte.

Endlich war es vorüber. Um vier Uhr nachmittags kam Andrew erschöpft und melancholisch aus der Garderobe und legte den Mantel an. Da bemerkte er Abbey, der in der Halle vor dem großen offenen Kaminfeuer stand. Andrew wollte an ihm vorbeigehen, aber Abbey winkte ihm aus irgendeinem Grund, lächelte, sprach zu ihm und sagte ihm – und sagte ihm, daß er durchgekommen war.

Du guter Gott, er hatte es geschafft! Er hatte es geschafft. Jetzt war er wieder am Leben, an diesem herrlichen Leben, wußte nichts mehr von Kopfschmerzen, hatte seine ganze Ermüdung vergessen. Als er nun zum nächsten Postamt rannte, sang sein Blut wild und toll. Er war durchgekommen, er hatte sich durchgesetzt, obwohl er nicht aus dem Londoner Westend, sondern aus einer gottvergessenen Bergarbeiterstadt angetreten war. Entzücken brandete in ihm hoch. Es war also doch nicht vergebens gewesen – die langen Nächte, die tollen Fahrten nach Cardiff, die qualvollen Stunden des Studiums. Und jetzt jagte er, stieß und drängte sich durch die Menge, entkam um Haaresbreite den Rädern von Taxis und Autobussen und lief mit funkelnden Augen, raste, raste, um die Nachricht von diesem Wunder Christine zu telegrafieren.

11

Als der Zug mit halbstündiger Verspätung einlief, war es nahezu Mitternacht. Während der ganzen Fahrt talaufwärts hatte die Lokomotive gegen heftigen Wind zu kämpfen gehabt, und Andrew wurde, nach dem er in Aberalaw auf den Perron gestiegen war, von der Gewalt des Sturms beinahe umgeworfen. Der Bahnhof lag leer. Die jungen Pappeln, die man vor dem Eingang in einer Reihe gepflanzt hatte, krümmten sich wie Bogen und ächzten und zitterten bei jedem Windstoß. Die Sterne oben waren blitzblank gescheuert.

Andrew ging mit gestrafftem Körper, angeregt durch den Kampf mit den Windstößen, die Station Road entlang. Ganz erfüllt von seinem Erfolg, von seiner Berührung mit der großen, der blasierten ärztlichen Welt, die Worte Sir Robert Abbeys im Ohr, konnte er gar nicht schnell genug zu Christine gelangen, um ihr glückstrahlend alles, einfach alles Vorgefallene zu erzählen. Durch das Telegramm wußte sie schon von seinem Erfolg, aber jetzt wollte er ihr jede Einzelheit des aufregenden Ereignisses berichten.

Als er mit gesenktem Kopf in die Talgarth Street einbog, bemerkte er plötzlich einen Mann. Dieser Mann lief, mühsam gegen den Sturm ankämpfend, hinter ihm her. Das Geräusch seiner klappernden Stiefel auf dem Pflaster verlor sich im Heulen des Windes, daß er wie ein Gespenst einherzuwandeln schien. Instinktiv blieb Andrew stehen. Als der Mann näher kam, erkannte ihn Manson; es war Frank Davies, ein Ambulanzmann der Anthrazitmine Nr. 3; er hatte im vorigen Frühling an Andrews Kurs über Erste Hilfe bei Unglücksfällen teilgenommen. Im selben Augenblick wurde er von Davies bemerkt.

»Ich suche Sie, Doktor. Ich war bei Ihnen zu Hause. Der Sturm hat alle Telefondrähte zerrissen.« Ein Windstoß verwehte die weiteren Worte.

»Was ist denn passiert?« schrie Andrew.

»Ein Stolleneinsturz auf Nr. 3!« rief Davies durch die gewölbten Hände in Mansons Ohr. »Ein junger Bursche ist dort verschüttet. Es scheint, daß man ihn nicht herausziehen kann. Es ist Sam Bevan. Er steht auf Ihrer Liste. Machen Sie schnell, Doktor, und schauen Sie, daß Sie ihm helfen können.«

Andrew eilte noch ein paar Schritte mit Davies die Straße hinab, dann kam ihm ein plötzlicher Einfall, und er blieb stehen.

»Ich brauche meine Arzttasche«, brüllte er Davies zu. »Laufen Sie zu mir nach Hause, sie zu holen. Ich gehe inzwischen auf Nr. 3.« Er fügte hinzu: »Und, Frank, sagen Sie meiner Frau, wo ich bin.«

In vier Minuten war er beim Schacht Nr. 3, denn der Wind blies ihn schier über die Ausweichgleise der Bahn und durch die Roath Lane. Im Sanitätszimmer fand er den Inspektor und drei

Mann, die auf ihn warteten. Als der Inspektor seiner ansichtig wurde, hellte sich sein besorgtes Gesicht etwas auf.

»Gut, daß Sie kommen, Doktor. Wir sind alle schon ganz verrückt von dem Sturm. Und außerdem hat es einen bösen Einsturz gegeben. Gott sei Dank ist niemand tot, aber einen der Jungens hat es am Arm festgenagelt. Wir können ihn nicht einen Zoll breit wegziehen. Und das Dach ist kaputt.«

Sie gingen zum Schacht; zwei Männer trugen eine Bahre mit Verbandzeug und der dritte eine hölzerne Kiste mit Material für die Erste Hilfe. Als sie den Korb betraten, kam noch jemand über den Hof gelaufen. Es war Davies, der mit der Tasche herankeuchte.

»Das haben Sie rasch gemacht, Frank«, sagte Manson, als Davies sich neben ihm im Förderkorb niederkauerte.

Davies nickte nur; er konnte nicht sprechen. Jetzt ein Klirren, ein Augenblick des Wartens, und der Förderkorb fiel sausend in die Tiefe. Sie stiegen alle aus und gingen im Gänsemarsch weiter, voran der Inspektor, dann Andrew, dann Davies, noch immer mit der Tasche, zuletzt die drei Männer.

Andrew war schon öfter unter Tage gewesen, er kannte die hohen gewölbten Höhlungen der Gruben von Drineffy, große, dunkle, hallende Höhlen, tief unter der Erde, wo das Mineral aus seinem Flöz gebohrt und gesprengt wurde. Aber diese Zeche Nr. 3 war alt, und ein langer, gewundener Stollen führte zu den Arbeitsplätzen. Der Gang hier war eigentlich weniger ein Stollen als ein niedrig gedeckter, triefender und schlüpfriger Kanal, durch den sie oft auf Händen und Knien, fast eine halbe Meile weit, kriechen mußten. Plötzlich machte die vom Inspektor getragene Laterne knapp vor Andrew halt, und dieser wußte jetzt, daß man an Ort und Stelle war.

Langsam kroch er vorwärts. Drei Männer, in einer Sackgasse zusammengefercht, auf dem Bauch liegend, taten ihr möglichstes, einen anderen Mann freizumachen, der mit seitwärts gebogenem Körper, die Schulter zurückgedreht, in der Masse herabgestürzter Felsblöcke ringsum wie ein verlorenes Bündel dalag. Werkzeuge, zwei umgeworfene Eßkannen, abgelegte Jacken lagen zerstreut hinter den Männern.

»Nun, Jungens?« fragte der Inspektor leise.

»Wir können ihn nicht von der Stelle bringen.« Der Mann, der gesprochen hatte, wandte das schweißbeschmierte Gesicht den Ankömmlingen zu. »Wir haben alles mögliche versucht.«

»Ihr könnt aufhören«, sagte der Inspektor mit einem raschen Blick auf das Dach. »Hier ist der Doktor. Geht ein wenig zurück, Jungens, und macht uns Platz. An eurer Stelle ginge ich ein ziemliches Stück zurück.«

Die drei Männer schoben sich vom Ende des Stollens fort, und als sie sich an Andrew vorbeigezwängt hatten, kroch dieser weiter. Dabei zuckte ihm einen kurzen Augenblick die Erinnerung an sein Examen durch den Sinn, an all die Fortschritte der Physiologie, an die hochtrabenden Termini technici, an die wissenschaftlichen Phrasen. Ein solcher Fall wie hier war dort nicht vorgesehen.

Sam Bevan war voll bei Bewußtsein. Aber sein Gesicht sah unter der Staubkruste verfallen aus. Matt versuchte er Manson zuzulächeln.

»Mir scheint gar, Sie wollen mich als Versuchskaninchen benutzen, Doktor.« Auch Bevan war in jenem Kurs für Erste Hilfe bei Unglücksfällen gewesen und hatte oft Verbände anlegen müssen.

Andrew arbeitete sich vor. Beim Licht der Laterne, die ihm der Inspektor über die Schulter hielt, griff er mit den Händen nach dem Verunglückten. Bevans ganzer Körper war frei bis auf den linken Unterarm, der unter den Gesteinsmassen, von dem ungeheuren Gewicht der Blöcke so zerquetscht und zerdrückt lag, daß der Mann rettungslos feststak.

Andrew sah sogleich, daß es nur eine einzige Möglichkeit gab, Bevan zu befreien, nämlich die Amputation des Unterarms. Und Bevan, der, von Schmerzen gepeinigt, seine Augen anstrengte, las diesen Entschluß sogleich in Andrews Miene.

»Na, also los, Doktor!« murmelte er. »Bringen Sie mich nur rasch von hier weg!«

»Seien Sie unbesorgt, Sam«, sagte Andrew. »Ich werde Sie jetzt einschläfern. Wenn Sie aufwachen, liegen Sie schon im Bett.« Flach ausgestreckt in einer Schlammpfütze unter dem nur zwei Fuß hohen Dach, legte Andrew den Rock ab, faltete ihn zusammen und schob ihn unter Bevans Kopf. Er krempelte sich die Hemdsärmel auf und verlangte seine Tasche. Der Inspektor reichte sie ihm und flüsterte Andrew ins Ohr:

»Um Gottes willen, beeilen Sie sich, Doktor! Das Dach fällt uns jeden Augenblick auf den Kopf.«

Andrew öffnete die Tasche. Sogleich roch er den Chloroformdunst. Fast noch ehe er die Hand in das dunkle Innere steckte und die zackige Kante zerbrochenen Glases spürte, wußte er, was geschehen war. Frank Davies hatte in seiner Eile, rechtzeitig zum Bergwerk zu gelangen, den Koffer fallen lassen. Die Chloroformflasche war zerbrochen, ihr Inhalt unwiederbringlich verschüttet. Ein Schauer überlief Andrew. Er hatte keine Zeit, wieder jemand nach Hause zu schicken. Und er hatte kein anderes anästhesierendes Mittel.

Vielleicht dreißig Sekunden blieb er wie gelähmt. Dann tastete er automatisch nach seiner Injektionsspritze, füllte sie und injizierte Bevan ein Maximum Morphin. Er konnte die Wirkung nicht abwarten. Nun stellte er den Koffer neben sich, um alles griffbereit zu haben, und beugte sich wieder über Bevan. Er sagte, als er nach den Instrumenten griff:

»Schließen Sie die Augen, Sam!«

Das Licht war trüb, und die Schatten bewegten sich wirr und flackernd. Beim ersten Einschnitt stöhnte Bevan zwischen den zusammengebissenen Zähnen. Noch einmal stöhnte er, und dann, als das Messer schon am Knochen scharrte, wurde ihm die Gnade einer Ohnmacht zuteil.

Kalter Schweiß brach auf Andrews Stirn aus, als er in dem einreißenden, zerfetzten Fleisch die Arterienklammer anlegte. Er konnte nicht sehen, was er tat. Ihm war in diesem Rattenloch hier, tief unter der Oberfläche der Erde, bäuchlings im Schlamm, zum Ersticken. Keine Narkose, kein Operationssaal, keine Reihe von Schwestern, die hin und her liefen, seine Befehle auszuführen. Er war kein Chirurg. Er hatte einfach nicht die Nerven dazu. Er konnte das nie zustande bringen. Das Dach mußte sie alle zerschmettern. Hinter ihm die hastigen Atemzüge des Inspektors. Ein langsames Träufeln von Wasser, das ihm kalt in den Nacken fiel. Seine Finger, fieberhaft arbeitend, warm von quellendem Blut. Das Knirschen der Säge. Die Stimme Sir Robert Abbeys, sehr weit entfernt: »Die Gelegenheit für wissenschaftliche Praxis ...« O Gott, wurde er denn niemals fertig?

Endlich. Er schluchzte beinahe vor Erleichterung. Er drückte ein Stück Gaze auf den blutigen Stummel. Dann richtete er sich auf die Knie und sagte: »Tragt ihn weg!«

Fünfzig Yard zurück, an einer Ausweichstelle des Bremsbergs, wo man aufrecht stehen konnte, beendete er die Arbeit beim Schein von vier Laternen. Hier war es leichter. Er säuberte die Wunde, vernähte sie, behandelte sie antiseptisch. Jetzt einen Drain. Dann ein paar Nähte. Bevan blieb bewußtlos. Aber sein Pulsschlag war regelmäßig, wenngleich schwach. Andrew strich sich mit der Hand über die Stirn. Fertig.

»Geht vorsichtig mit der Bahre, wickelt ihn in die Decken! Sobald wir draußen sind, brauchen wir Wärmflaschen.«

Die langsame Prozession schwankte weiter durch die Stollen, an den niederen Stellen tief gebückt. Sie hatten noch keine sechzig Schritte zurückgelegt, als ein leises Poltern hinter ihnen im Dunkel widerhallte. Es glich dem leisen Donnern eines Eisenbahnzuges, der in einen Tunnel einfährt. Der Inspektor wandte sich nicht um. Er sagte nur mit grimmiger Ruhe zu Andrew: »Na also, das ist der Rest des Daches.«

Die Reise nach oben dauerte beinahe eine Stunde. An den beschwerlichen Stellen mußten sie die Bahre schieben. Andrew hätte nicht sagen können, wie lange sie unter Tage waren. Aber endlich kamen sie zum Schacht.

Hinauf schossen sie, hinauf, aus der Tiefe empor. Der scharfe Biß des Sturmes faßte sie, als sie die Förderschale verließen. In einer Art Ekstase schöpfte Andrew lange Atem.

Er stand am Fuß der Treppe, ans Geländer geklammert. Es war noch dunkel, aber im Bergwerkshof hatte man eine große Teerfackel aufgehängt, die zischend und vielzüngig flackerte. Rings um die Flamme sah er eine kleine Menge wartender Gestalten versammelt. Frauen waren darunter, mit Tüchern um den Kopf. Plötzlich, als die Bahre langsam an ihm vorbeigetragen wurde, hörte Andrew wild seinen Namen rufen, und im nächsten Augenblick hatte ihm Christine die Arme um den Hals geschlungen. Hysterisch schluchzend, preßte sie ihn an sich. Barhaupt, nur mit einem Mantel über dem Nachthemd, die nackten Füße in Lederschuhen, sah sie in dem sturmgepeitschten Dunkel wie eine Schiffbrüchige aus.

»Was ist geschehen?« fragte er erschrocken und versuchte, sich aus ihren Armen loszumachen, um ihr Gesicht sehen zu können. Aber sie wollte ihn nicht freigeben. Verzweifelt klammerte sie sich an ihn wie eine Ertrinkende und sagte mit brechender Stimme:

»Es hieß, das Dach sei eingebrochen und du – und du kämst nicht mehr herauf.«

Ihre Haut war blau, ihre Zähne klapperten vor Kälte. Er führte sie zum Kaminfeuer im Sanitätszimmer, beschämt, aber doch tief gerührt. Dort gab es heißen Kakao. Sie tranken aus derselben dampfenden Schale. Es dauerte lange, bis sie sich seiner glorreichen neuen Qualifikation erinnerten.

12

Die Errettung Sam Bevans bedeutete nicht allzuviel in einer Stadt, die schon die Verzweiflung und das Grauen größerer Bergwerkskatastrophen erlebt hatte. Indes half sie Andrew ungemein in seinem Bezirk. Wäre er nur mit dem Londoner Erfolg zurückgekehrt, er hätte für diesen ›neumodischen Unsinn‹ nichts anderes geerntet als blutigen Hohn. So aber nickte man ihm zu, lächelte ihn sogar an, und Leute taten dies, die ihm früher keinen einzigen Blick geschenkt hatten. Die wirkliche Beliebtheit eines Arztes in Aberalaw konnte man erkennen, wenn er durch die Häuserzeilen schritt. Und dort, wo Andrew früher nur eine Reihe fest geschlossener Türen gesehen hatte, fand er sie jetzt offen, die schichtfreien Arbeiter saßen in Hemdsärmeln rauchend da, bereit, ein paar Worte mit ihm zu plaudern, die Frauen bereit, ihn ins Haus zu rufen, wenn er vorbeikam, und die Kinder grüßten ihn lächelnd mit seinem Namen. Der alte Gus Parry, Häuermeister im Schacht Nr. 2 und Doyen des westlichen Bezirks, hielt seinen Kameraden ein Resümee über diese neue Einstellung der öffentlichen Meinung, während er Andrews sich entfernender Gestalt nachblickte.

»Na ja, Jungens, er ist freilich ein Bücherwurm. Aber er kann auch wirkliche Arbeit leisten, wenn's notwendig ist.«

Jetzt kamen nach und nach Karten wieder zu Andrew zurück, erst allmählich, und als man dann bemerkte, daß er seine reuigen Renegaten nicht beschimpfte, in einem plötzlichen Ansturm. Owen freute sich darüber, daß Andrews Liste länger wurde. Eines Tages begegnete er Andrew auf dem Hauptplatz und fragte lächelnd:

»Na, hab' ich's Ihnen nicht gesagt?«

Llewellyn hatte sehr entzückt über das Ergebnis der Prüfung getan. Wortreich beglückwünschte er Andrew durchs Telefon und zog ihn dann schamlos zu doppelter Arbeit im Operationssaal heran.

»Nebenbei bemerkt«, fragte er strahlend am Ende der langen, äthergeschwängerten Operation, »haben Sie den Examinatoren erzählt, daß Sie in einer sozialen Organisation für Gewährung ärztlicher Behandlung Hilfsarzt sind?«

»Ich erwähnte Ihren Namen, Dr. Llewellyn«, antwortete Andrew sanft. »Und das hat mir viel geholfen.«

Oxborrow und Medley aus dem Ostambulatorium nahmen Andrews Erfolg nicht zur Kenntnis. Aber Urquhart freute sich aufrichtig, obwohl er seine Anerkennung in heftige Vorwürfe kleidete: »Verdammt noch einmal, Manson! Was glauben Sie denn eigentlich? Wollen Sie mir das Brot wegnehmen?«

Um seinen ausgezeichneten Kollegen zu ehren, berief er ihn als Konsiliarius zu einem Pneumoniefall, den er damals zu behandeln hatte, und fragte Andrew nach seiner Meinung über die Patientin.

»Sie wird gesund werden«, sagte Andrew und führte wissenschaftliche Gründe dafür an.

Zweifelnd schüttelte Urquhart den alten Kopf. Er sagte:

»Ich verstehe nichts von euren neuen Allheilmitteln, den Sera und Radiumbestrahlungen und dem ganzen Dreck der internationalen Chemietrusts, aber die Kranke war vor ihrer Ehe eine Powell, und wenn die Powells bei Pneumonie einen geschwollenen Bauch bekommen, sterben sie innerhalb einer Woche. Ich kenne die Familie durch viele Generationen. Und die Patientin hat doch einen angeschwollenen Bauch, nicht wahr?«

Der alte Mann ging mit einer Miene düsteren Triumphs über die wissenschaftliche Methode umher, als seine Patientin am siebenten Tag verschied.

Denny war im Ausland und erfuhr daher nichts von Andrews neuem Grad. Aber eine ziemlich unerwartete Gratulation kam in Form eines langen Briefes von Freddie Hamson. Freddie hatte die Prüfungsergebnisse in der ›Lancet‹ gelesen, zog Andrew wegen seines Erfolges auf, lud ihn nach London ein und erging sich dann in Einzelheiten über seine eigenen aufregenden Triumphe in der Queen Anne Street, wo jetzt, wie er damals in Cardiff prophezeit hatte, sein schönes Messingtäfelchen prangte. »Es ist eine Schande, wie wir die Fühlung mit Freddie verloren haben«, erklärte Manson. »Ich muß ihm öfter schreiben. Mir schwant, daß wir ihm wieder begegnen werden. Sein Brief ist nett, nicht wahr?«

»Ja, sehr nett«, antwortete Christine trocken. »Aber er schreibt ja fast nur von sich.«

Je näher Weihnachten kam, desto kälter wurde es – es gab rauhe Frosttage und stille Sternennächte. Die stahlharten Straßen hallten unter Andrews Schritten, die klare Luft war wie aufpeitschender Wein. Im Geiste bereitete Andrew schon den nächsten Schritt vor, den er bei seinem großen Unternehmen gegen die Staubeinatmung zu tun gedachte. Die Forschungsergebnisse unter seinen Patienten hatten ihm große Hoffnungen gemacht, und jetzt war ihm von Vaughan die Erlaubnis gegeben worden, das Feld seiner Untersuchung zu erweitern, indem er alle Arbeiter in den drei Anthrazitgruben systematisch untersuchen durfte. Das war eine einzigartige, wundervolle Gelegenheit. Er hatte die Absicht, die über Tage beschäftigten Arbeiter zur Gegenprobe gegen die Grubenarbeiter heranzuziehen. Diese Arbeit sollte mit dem neuen Jahr beginnen.

Am Heiligen Abend ging er von der Sprechstunde mit einem ungewöhnlich freudigen Vorgefühl und in bester körperlicher

Verfassung heim. Während er die Straße heraufstieg, fielen ihm überall die Anzeichen des kommenden Festes in die Augen. Die Bergleute hielten hier sehr viel auf Weihnachten. Schon die ganze Woche war die gute Stube in jedem Haus vor den Kindern versperrt und mit Papierbändern geschmückt, Spielzeug lag in den Kommoden versteckt und eine immer größer werdende Menge guter Dinge zum Essen, wie Kuchen, Orangen, Zuckerbäckereien, alles mit dem zu dieser Zeit ausbezahlten Sparklubgeld gekauft, war auf den Tischen aufgehäuft.

Voll froher Erwartung hatte Christine das Haus mit Stechpalmen- und Mistelzweigen geschmückt. Doch als Andrew jetzt ins Haus trat, gewahrte er sogleich eine ganz besondere Erregung in ihrem Gesicht.

»Sprich kein Wort«, sagte sie rasch und hielt die Hand vor. »Kein einziges Wort! Schließ die Augen und komm mit mir!«

Er ließ sich von ihr in die Küche führen. Dort lag auf dem Tisch eine Menge Pakete, von ungeschickten Händen gemacht, manche nur in Zeitungspapier gehüllt, aber jedes mit einem kleinen Brief daran. Augenblicklich wußte Andrew, daß dies Geschenke seiner Patienten sein mußten. Manche der Gaben waren überhaupt nicht eingewickelt.

»Schau, Andrew!« rief Christine. »Eine Gans! Und zwei Enten! Und ein Kuchen mit Zuckerguß! Und eine Flasche Johannisbeerwein! Ist das nicht rührend von den Leuten? Ist es nicht herrlich, daß sie den Wunsch haben, dir das zu schenken?«

Er konnte einfach nicht sprechen, so sehr überwältigte ihn dieser liebevolle Beweis, daß die Leute seines Bezirks ihn jetzt endlich schätzten und gerne hatten. Während Christine sich an seine Schulter lehnte, las er die Briefe, mühsam und unorthographisch geschriebene Wünsche, manche mit Bleistift auf alte, umgedrehte Briefumschläge gekritzelt. »Ihr dankbarer Patient aus der Cefan Row Nr. 3.« »Mit vielem Dank von Mrs. Williams.« Ein köstliches, windschiefes Schreiben Sam Bevans: »Danke, daß Sie mich fürs Weihnachtsfest herausgeholt haben, Doktor.« Und so ging es fort.

»Das müssen wir uns alles aufheben, Liebster«, sagte Christine leise. »Ich werde die Zettel oben einsperren.«

Als er seine gewöhnliche Beredsamkeit wiedergefunden hatte, wozu ihm ein Glas hausgemachten Johannisbeerweins gute Dienste leistete, schritt er in der Küche auf und ab, während Christine die Gans füllte. Er schwärmte selig:

»So sollten Honorare bezahlt werden, Chris. Kein Geld, keine dummen Rechnungen, keine Taxen, kein Zusammenraffen von Guineen. Zahlung in natura. Du verstehst mich doch, Liebste? Man bringt seinen Patienten in Ordnung, und er sendet einem etwas, das er selbst gemacht und produziert hat. Kohle, wenn du willst, einen Sack Kartoffeln aus seinem Garten, vielleicht Eier, wenn er Hühner hält. Du verstehst mich doch? Das wäre das ethische Ideal. Nebenbei bemerkt, diese Mrs. Williams, die uns die Enten schickt, wurde von Leslie fünf geschlagene Jahre lang mit Pillen und Mittelchen gequält, bis ich durch fünf Wochen Diät ihr Magengeschwür kurierte. Wo bin ich denn stehengeblieben? Ach ja! Du verstehst doch? Wenn jeder Arzt die Gewinnfrage ausschalten könnte, wäre das ganze System sauberer –«

»Ja, mein Liebster. Bitte, reich mir die Korinthen. Das oberste Fach im Schrank.«

»Zum Teufel, Frauenzimmer, kannst du denn nicht zuhören? Donnerwetter! Die Fülle wird aber fein!«

Der nächste Morgen, der Weihnachtstag, brach schön und klar an. Die Tallyn Beacons in der blauen Ferne glänzten mit ihren weißen Schneekuppen wie Perlen. Nach wenigen Morgenpatienten und mit der angenehmen Aussicht auf einen Abend ohne Sprechstunde machte sich Andrew auf seine Runde. Die Liste war heute kurz. In all den kleinen Häusern bereitete man das Festmahl, und das gleiche geschah bei ihm daheim. Er wurde der Weihnachtsgrüße nicht müde, die er in allen Gassen empfing und entbot. Unwillkürlich verglich er solche Freundlichkeit mit der frostigen Aufnahme, die man ihm in diesen selben Straßen vor nun einem Jahr bereitet hatte.

Vielleicht war es dieser Gedanke, der ihn bewog, bei dem Hause Nr. 18 der Cefan Row mit seltsam zögerndem Ausdruck stehenzubleiben. Von allen seinen Patienten war, abgesehen von Chenkin, den er nicht haben wollte, ein einziger, Tom Evans, nicht zu ihm zurückgekommen. Heute fühlte er sich so ungewöhnlich erregt, vielleicht von einem Gefühl für die Brüderlichkeit unter den Menschen über Gebühr hingerissen, daß er dem plötzlichen Impuls gehorchte, zu Evans zu gehen und ihm frohe Weihnacht zu wünschen.

Er klopfte einmal, öffnete die Haustür und trat in die Küche. Hier blieb er ganz erschrocken stehen. Der Raum war sehr kahl, fast leer, und im Herd brannte nur ein ganz kleines Feuer. Vor diesem saß auf einem Holzsessel mit zerbrochener Rückenlehne, den verkrümmten Arm wie einen Flügel von sich gestreckt, Tom Evans. Seine schlaffen Schultern sprachen von Verzagtheit und Hoffnungslosigkeit. Auf den Knien hatte er seine kleine Tochter, ein Kind von vier Jahren. Beide sahen in stiller Betrachtung auf einen Tannenzweig, der in einem alten Eimer stak. Auf diesem Miniaturchristbaum, den sich Evans durch eine zweistündige Bergwanderung hatte verschaffen müssen, waren drei winzige Talgkerzen angebracht, die aber noch nicht brannten. Und darunter lag der Festschmaus der Familie: drei kleine Orangen.

Plötzlich wandte sich Evans um und gewahrte Andrew. Er fuhr auf, und langsam breitete sich Röte der Scham und des Grolls über sein Gesicht. Andrew konnte nachfühlen, welche Marter es für den anderen sein mußte, sich hier arbeitslos, verkrüppelt, die Hälfte der Einrichtung verpfändet, vor dem Arzt zu zeigen, dessen Rat er abgelehnt hatte. Andrew hatte natürlich gewußt, daß es Evans sehr schlecht erging, doch einen solchen Jammer hatte er nicht erwartet. Er fühlte sich erschüttert und unbehaglich. Am liebsten hätte er sich umgedreht und wäre fortgegangen. In diesem Augenblick kam durch die Hintertür Mrs. Evans mit einer Papiertüte unter dem Arm. Sie war so erschrocken über Andrews Anwesenheit, daß sie den Papiersack fallen ließ, der auf dem Steinboden zerriß, so daß man zwei Stück Rindslunge sehen konnte, das billigste Essen, das es in Aberalaw zu kaufen gab. Das Kind sah das Gesicht der Mutter und begann plötzlich zu weinen.

»Was ist denn geschehen, Herr?« wagte Mrs. Evans endlich zu stammeln, während sie sich die Hand aufs Herz preßte. »Er hat doch nichts angestellt?«

Andrew biß die Zähne zusammen. Er war von diesem ihm plötzlich enthüllten Bild so ergriffen und überrascht, daß er nur eine Möglichkeit sah, wieder Frieden zu finden.

»Mrs. Evans!« Er hielt den Blick steif auf den Boden gerichtet. »Ich weiß, daß es zwischen Ihrem Tom und mir ein kleines Mißverständnis gegeben hat. Aber es ist Weihnacht – und – nun, ich möchte also –« Er wurde verlegen und wußte nicht recht weiter – »ich meine, ich würde mich riesig freuen, wenn ihr drei zu uns kämet und uns beim Festessen helfen wolltet.«

»Aber, Doktor«, warf sie zögernd ein.

»Sei still, Mädel«, unterbrach Evans wütend. »Wir lassen uns nicht einladen. Wenn wir nichts anderes essen können als Lunge, werden wir sie eben essen. Wir brauchen keine läppische Wohltätigkeit. Von niemandem.«

»Aber was denken Sie eigentlich?« rief Andrew betrübt. »Ich lade Sie wirklich freundschaftlich ein.«

»Ach, ihr seid ja alle gleich«, antwortete Evans verzweifelt. »Sobald ihr einmal einen unten im Dreck habt, versteht ihr nichts anderes, als ihm Fressen vorzuwerfen. Behalten Sie Ihr schäbiges Festmahl! Wir brauchen es nicht.«

»Aber, Tom –«, widersprach Mrs. Evans schüchtern.

Andrew wandte sich ihr zu, erschüttert, aber doch entschlossen, seinen Wunsch durchzusetzen.

»Reden Sie ihm zu, Mrs. Evans. Es würde mich wirklich kränken, wenn ihr nicht kämet. Um halb zwei. Wir erwarten euch.« Ehe Evans oder seine Frau noch ein Wort sagen konnten, hatte er kehrt gemacht und das Haus verlassen.

Christine sagte nichts, als er überstürzt erzählte, was er getan hatte. Die Vaughans wären wahrscheinlich heute zu ihnen gekommen, doch waren sie zum Skilaufen in die Schweiz gefahren. Und jetzt hatte er einen arbeitslosen Bergmann und dessen Familie eingeladen! So dachte er, als er mit dem Rücken zum Feuer stand und zusah, wie Christine die weiteren drei Gedecke auflegte.

»Bist du böse, Chris?« fragte er schließlich.

»Ich war der Meinung, ich hätte einen Arzt geheiratet«, antwortete sie ein wenig schroff, »nicht einen barmherzigen Bruder.

Nein, wirklich, mein Lieber, du bist unverbesserlich sentimental!«

Die Evans kamen pünktlich, gewaschen und gekämmt, verzweifelt unbehaglich, stolz und verschreckt. Andrew, der sich nervös abmühte, es den Leuten gemütlich zu machen, hatte das schreckliche Gefühl, daß Christine recht habe, und daß diese Einladung gar nicht angenehm verlaufen werde.

Evans, der Andrew unaufhörlich mit einem sonderbaren Blick musterte, stellte sich bei Tisch seines Armes wegen recht unbeholfen an. Seine Frau mußte ihm das Brot brechen und mit Butter bestreichen. Doch als dann Andrew seine Suppe nachsalzte, wollte es das Mißgeschick, daß der Deckel vom Pfefferstreuer fiel und eine halbe Unze weißen Pfeffers in seine Suppe geriet. Grabesschweigen herrschte, dann ließ Agnes, das kleine Kind, plötzlich ein entzücktes Kichern hören. Mit blassem Entsetzen neigte sich die Mutter zu ihr, um ihr einen Verweis zu erteilen, doch als sie Andrews Gesicht sah, ließ sie es bleiben. Im nächsten Augenblick lachten alle miteinander.

Evans wurde jetzt die Furcht los, von oben herab behandelt zu werden, und entpuppte sich als recht guter Gesellschafter, als leidenschaftlicher Anhänger des Rugbyspiels und als großer Musikfreund. Vor drei Jahren war er nach Cardigan gegangen, um dort beim Eisteddfod zu singen. Stolz, seine Kenntnisse zeigen zu können, sprach er mit Christine über Elgars Oratorien, während Agnes mit Andrew Krachmandeln knackte.

Später führte Christine Mrs. Evans und das kleine Mädchen ins Nebenzimmer. Zwischen Andrew und Evans, die allein blieben, herrschte anfänglich ein ungemütliches Schweigen. Beide hatten denselben Gedanken, doch keiner wußte, wie er beginnen sollte. Schließlich sagte Andrew in einer Art Verzweiflung:

»Mir tut das wirklich leid mit Ihrem Arm, Tom. Ich weiß, daß Sie dadurch die Arbeit unter Tage verloren haben. Sie dürfen nicht glauben, daß ich mich jetzt freue, weil ich recht behalten habe, es tut mir wirklich verdammt leid.«

»Nicht mehr als mir«, sagte Evans.

Nach einer Pause fuhr Andrew fort:

»Ich wüßte gerne, ob Sie mir erlauben würden, mit Mr. Vaughan über Sie zu sprechen. Sagen Sie es mir ruhig, wenn Sie glauben, ich mische mich in fremde Angelegenheiten – aber ich habe ein wenig Einfluß bei ihm und bin überzeugt davon, daß ich Ihnen eine Arbeit über Tage verschaffen könnte – als Kontrolleur oder sonstwie –«

Er wagte nicht, Evans anzusehen, und verstummte. Diesmal dauerte das Schweigen lange. Endlich hob Andrew den Blick, senkte ihn aber gleich wieder, denn über Evans' Wangen liefen Tränen, und sein ganzer Körper zitterte unter seiner Kraftanstrengung, sich zu beherrschen. Doch es half nichts. Er legte den gesunden Arm auf den Tisch und verbarg darin den Kopf. Andrew stand auf und trat zum Fenster, wo er ein paar Minuten stehen blieb. Schließlich hatte Evans sich wieder in der Gewalt. Er sagte nichts, und sein Auge wich dem Andrews mit einem stummen Schweigen aus, das mehr sagte als Worte.

Um halb vier ging die Familie Evans fort, in einer Stimmung, die sich von der Gezwungenheit bei ihrer Ankunft sehr glücklich unterschied. Christine und Andrew traten ins Wohnzimmer. »Weißt du, Chris«, dozierte Andrew, »das Unglück dieses armen Teufels – ich meine den steifen Ellbogen – ist ja nicht seine Schuld. Er hat mir mißtraut, weil ich neu war. Von ihm kann man doch nicht erwarten, daß er über das verdammte Öl Bescheid weiß. Aber Freund Oxborrow, dem er dann seine Karte anvertraute – der hätte klüger sein sollen. Unwissenheit, Unwissenheit, krasse Unwissenheit! Es müßte ein Gesetz geben, das die Ärzte zwingt, auf dem laufenden zu bleiben. Es liegt nur an unserem faulen System. Obligatorische Kurse für Graduierte täten not – alle fünf Jahre.«

»Mein Liebster«, widersprach Christine lächelnd vom Sofa her, »ich habe den ganzen Tag deine Philanthropie geschluckt. Ich habe dir die Flügel wachsen sehen wie einem Erzengel. Jetzt halt mir nicht auch noch eine Vorlesung darüber. Komm und setz dich zu mir. Ich hatte wirklich wichtigen Grund, warum ich heute mit dir allein bleiben wollte.«

»Ja?« fragte er zögernd. Dann fügte er entrüstet hinzu: »Du beklagst dich doch hoffentlich nicht? Ich glaube, recht anständig gehandelt zu haben. Und schließlich – Weihnachten –«

Sie lachte leise.

»Oh, mein Lieber, du bist ja zu reizend. Noch eine Minute, und es gibt einen Schneesturm, und du gehst mit den Bernhardinern hinaus, bis zum Hals vermummt, um einen verirrten Wanderer von den Bergen zu holen – spät, spätnachts.«

»Ich kenne jemanden, der zum Schacht Nr. 3 kam – spät, spätnachts«, zahlte er ihr knurrend heim. »Und der war nicht vermummt.«

»Setz dich her.« Sie streckte den Arm aus. »Ich möchte dir etwas sagen.«

Er ging hin und ließ sich neben ihr nieder, als man plötzlich von draußen das laute Tuten einer Hupe hörte.

»O weh«, sagte Christine ahnungsvoll. In ganz Aberalaw konnte nur eine Autohupe so jammern, die an Con Bolands Wagen.

»Ja, willst du ihn denn nicht?« fragte Andrew ziemlich überrascht. »Con hat doch halb und halb zum Tee zugesagt.«

»Nun ja«, sagte Christine. Sie stand auf und begleitete ihn zur Tür. Sie gingen den Bolands entgegen, die vor dem Gittertor in dem wiederhergestellten Automobil saßen. Con aufrecht am Steuerrad, mit einem runden, steifen Hut und riesigen neuen Stulpenhandschuhen, Mary und Terence an seiner Seite und die anderen drei Kinder rings um Mrs. Boland verstaut, die, den Säugling in den Armen, im Fond saß. Trotz der Verlängerung des Vehikels sahen sie wie die Heringe in einer Dose aus. Plötzlich begann die Hupe wieder zu heulen, denn Con hatte versehentlich auf den Knopf gedrückt. Der stak jetzt zu allem Überfluß fest.

Die Hupe hörte nicht auf, während Con herumbastelte und fluchte und in den Häusern gegenüber die Fenster aufgerissen wurden, Mrs. Boland jedoch mit gleichmütigem Ausdruck, ungestört, träumerisch, das Kind im Arm, sitzen blieb.

»Um Gottes willen«, rief Con, dessen Schnurrbart über dem Schaltbrett hin und her fuhr. »Ich verbrauch' ja meinen ganzen Strom. Was ist denn eigentlich passiert? Ist es ein Kurzschluß?«

»Es ist der Knopf, Vater«, sagte Mary ruhig und zog mit dem Fingernagel den Knopf hervor. Das Getöse verstummte.

»Na, das wäre erledigt«, seufzte Con. »Wie geht es Ihnen, Manson, mein Junge? Wie gefällt Ihnen die alte Karre jetzt? Ich habe sie um gut zwei Fuß länger gemacht. Ist sie nicht großartig? Freilich, mit den Gängen hapert es noch. Den Hügel haben wir nicht so richtig genommen, wie ich mir's vorgestellt habe.«

»Wir sind nur ein paar Minuten steckengeblieben, Vater«, warf Mary ein.

»Ach, lassen wir's«, sagte Con. »Das hab' ich bald in Ordnung gebracht, wenn ich ihn wieder einmal auseinandernehme. Wie geht es Ihnen, Mrs. Manson? Wir sind alle gekommen, Ihnen fröhliche Weihnachten zu wünschen und einen Tee bei Ihnen zu kriegen.«

»Treten Sie nur ein, Con«, sagte Christine lächelnd. »Sie haben aber schöne Handschuhe!«

»Ein Weihnachtsgeschenk von meiner Frau«, antwortete Con, während er die flatternden Stulpen bewunderte. »Militärisches Liquidationsgut. Es ist kaum zu glauben, daß man noch immer solche Sachen verkauft. Ja, was ist denn mit der Tür los?«

Er konnte die Wagentür nicht öffnen, stieg mit den langen Beinen darüber, kletterte hinaus und half den Kindern und seiner Frau aussteigen. Dann untersuchte er rasch den Wagen, entfernte von der Windschutzscheibe zärtlich einen Schlammspritzer und riß sich endlich von dem Anblick los, um den andern ins Haus zu folgen.

Die Teegesellschaft verlief sehr fröhlich. Con war in guter Laune, ganz erfüllt von seiner Schöpfung. »Sie werden den Wagen nicht wiedererkennen, wenn er einmal ein bißchen angestrichen ist.« Mrs. Boland trank geistesabwesend sechs Schalen starken schwarzen Tees. Die Kinder machten sich an das Schokoladebiskuit und lieferten einander am Schluß eine Schlacht um das letzte Stück Brot. Sie aßen jeden Teller auf dem Tisch kahl. Als nach dem Tee Mary hinausgegangen war, das Geschirr zu waschen – sie bestand darauf, denn sie erklärte, Christine sehe müde aus –, nahm Andrew Mrs. Boland den Säugling ab und spielte mit ihm vor dem Kaminfeuer. Es war das dickste Kind, das er je gesehen, ein Rubens-Kind mit ungeheuer feierlichen Augen und Wülsten an allen Gliedmaßen. Wiederholt versuchte es, ihm den Finger ins Auge zu bohren. So oft ihm dies mißlang, zeigte sich auf seinem Gesicht ein Ausdruck feierlichen Staunens. Christine saß untätig da, die Hände im Schoß. Sie sah zu, wie Andrew mit dem Kind spielte.

Aber Con und seine Frau konnten nicht lange bleiben. Das Tageslicht verblaßte schon, und Con, der sich seiner Stromleitung wegen Sorgen machte, zweifelte daran, daß die Lampen funktionieren würden, obwohl er es vorzog, diese Zweifel nicht auszusprechen. Als sie sich zum Gehen erhoben, lud er seine Gastgeber noch ein:

»Kommt mit und schaut uns beim Fortfahren zu!«

Wieder standen Andrew und Christine am Tor, während Con seine Brut in dem Wagen verpackte. Nach ein paar Drehungen gehorchte der Motor, und Con legte mit einem triumphierenden Nicken gegen das Ehepaar Manson die Stulpenhandschuhe an und schob seinen steifen Hut noch verwegener zur Seite. Dann ließ er sich stolz hinter dem Steuerrad nieder.

In diesem Augenblick zerbrach Cons Verbindungsstück, und der Wagen stürzte dröhnend zusammen. Unter der Last der ganzen Familie Boland sank das allzusehr gestreckte Fahrzeug langsam zu Boden wie ein Lasttier, das an Erschöpfung stirbt. Vor Andrews und Christines erschrockenem Blick drehten sich die Räder nach außen. Man hörte Bestandteile herunterfallen, die Kiste spie Werkzeug aus, dann lag der Körper des Wagens zergliedert auf der Straße. Vor einer Minute war es noch ein Automobil gewesen, im nächsten Augenblick nur noch eine Rummelplatzgondel. Im Vorderteil umklammerte Con das Lenkrad, im hinteren Teil seine Gattin das Kind. Mrs. Bolands Mund stand jetzt weit offen, und ihre träumerischen Augen schienen in die Ewigkeit gerichtet zu sein. Die Verblüffung in Cons Gesicht bei diesem plötzlichen Sturz war unwiderstehlich komisch.

Andrew und Christine kreischten vor Lachen. Sie konnten gar nicht mehr aufhören. Sie lachten, bis sie schwach wurden.

»Um des Himmels willen«, sagte Con, und rieb sich den Schädel, während er aufstand. Als er bemerkte, daß keinem der Kinder etwas zugestoßen und Mrs. Boland blaß, aber ungestört auf ihrem Sitz geblieben war, betrachtete er erstaunt und nachdenklich das Wrack. »Sabotage«, erklärte er schließlich und blickte zu den Fenstern der gegenüberliegenden Straßenseite empor, als wäre ihm eine Lösung des Rätsels aufgegangen. »Irgendein Kerl hier in den Häusern hat sich mit ihm zu schaffen gemacht.« Dann hellte sich sein Gesicht auf. Er nahm den vor Lachen hilflosen Andrew beim Arm und zeigte mit wehmütigem Stolz auf die verbeulte Motorhaube, unter der der Motor noch immer matt ein paar Zuckungen tat. »Schauen Sie, Manson! Er läuft immer noch!«

Irgendwie brachten sie es zustande, die Trümmer in den Hinterhof Vale Views zu schaffen. Hernach ging die Familie Boland zu Fuß heim.

»Was für ein Tag!« rief Andrew, als sie endlich Frieden hatten. »Mein Lebtag werde ich nicht vergessen, wie Con dreingesehen hat.«

Sie schwiegen einen Augenblick. Dann wandte sich Andrew an Christine und fragte:

»Hat dir der Weihnachtstag Freude gemacht?«

Sie antwortete in sonderbarem Ton:

»Es hat mich gefreut, dich mit dem Kind spielen zu sehen.«

Er blickte sie an.

»Warum?«

Sie sah nicht zu ihm auf. »Ich wollte es dir ja schon den ganzen Tag sagen. Ach, Lieber, kannst du es denn nicht erraten? – Mir scheint, du bist am Ende doch kein so tüchtiger Arzt.«

13

Der Frühling kehrte wieder. Früh wurde es Sommer. Der Garten von Vale View war ein Fleck zarter Farben, und die Bergleute blieben auf dem Heimweg von der Arbeit oft davor stehen, um ihn zu bewundern. Diese Farben kamen zumeist von blühenden Sträuchern, die Christine im Herbst gepflanzt hatte, denn jetzt erlaubte ihr Andrew keinerlei körperliche Arbeit mehr. »Du hast den Garten *gemacht*«, sagte er ihr gebieterisch. »Jetzt bleib darin *sitzen*.«

Ihr Lieblingsplatz war am Ende der kleinen Schlucht, wo sie an einem winzigen Wasserfall das beruhigende Rauschen des Baches hören konnte. Eine überhängende Weide bot Schutz vor den Häuserzeilen auf dem Hang. Der Garten Vale Views hatte den Nachteil, daß man sehr gut hineinsehen konnte. Andrew und Christine brauchten nur aus dem Haus zu treten, steckten die Leute aus allen Fenstern der Miethäuser die Köpfe heraus, und überall hieß es: »Ei, wie reizend! Komm geschwind, Fanny, der Doktor und seine Frau sitzen in der Sonne!« Und als einmal in der ersten Zeit ihrer Ehe Andrew den Arm um Christine legte, nachdem sich beide am Bachrand ausgestreckt hatten, war ihm das Glänzen eines Fernrohrs aus dem Wohnzimmer des alten Glyn Joseph aufgefallen. »Ach, Teufel!« hatte Andrew zornig geflucht. »Der alte Lump beobachtet uns durch sein Teleskop.«

Doch unter der Weide waren sie völlig geschützt, und hier erklärte Andrew seine Taktik.

»Weißt du, Chris«, sagte er und fuchtelte mit dem großen Thermometer herum, denn in einer Anwandlung übergroßer Vorsicht hatte er soeben ihre Temperatur gemessen. »Wir müssen uns ruhig verhalten. Denn wir sind ja nicht, nun ja, nicht gewöhnliche Leute. Schließlich bist du die Frau eines Arztes, und ich, ich bin der Arzt. Ich habe so etwas schon Hunderte Male, wenigstens Dutzende Male gesehen. Es ist eine ganz gewöhnliche Sache. Ein Naturphänomen, die Fortpflanzung der Rasse, und dergleichen, weißt du. Nun, versteh mich nicht falsch, meine Liebste, für uns ist es natürlich herrlich, aber eigentlich habe ich mir die Frage gestellt, ob du nicht zu zart bist, zu sehr ein Kind, um – nun, natürlich bin ich *entzückt*, aber wir wollen doch nicht sentimental werden. Ich meine, schmalzig. Nein, nein! Das wollen wir Mr. und Mrs. Smith überlassen. Es wäre doch ziemlich idiotisch, wenn ich als Arzt nun damit anfinge – oh, sagen wir, damit anfinge, über die kleinen Dinge zu stöhnen, die du da strickst oder häkelst oder was das ist. Nein! Ich seh' mir die Sachen nur an und hoffe, daß sie warm genug sein werden. Und die ganze Gefühlsduselei mit der Farbe der Augen, die das Kind haben wird, und mit der hübschen Zukunft, die man ihm bereiten will, das kommt für uns nicht in Betracht.«

Er machte eine Pause und runzelte die Stirn, dann breitete sich allmählich ein nachdenkliches Lächeln über sein Gesicht. »Aber freilich möchte ich zu gern wissen, Chris, ob es ein Mädel sein wird.«

Sie lachte, bis ihr die Tränen über die Wangen liefen. Sie lachte so sehr, daß er sich besorgt aufsetzte.

»Jetzt hör auf, Chris! Du – du kannst Schaden nehmen.«

»Ach, mein Lieber.« Sie trocknete sich die Augen. »Als sentimentalen Idealisten bete ich dich an. Als hartgesottenen Zyniker möchte ich dich aber nicht im Haus dulden!«

Er wußte nicht genau, was sie meinte, aber er wußte, daß er sich wissenschaftlich betrug und sich beherrschte. Wenn er nachmittags meinte, Christine solle ein wenig an die Luft, führte er sie im öffentlichen Park spazieren, denn das Bergsteigen auf den Hängen war ihr streng verboten. Im Park schlenderten sie umher, lauschten dem Orchester und beobachteten die Bergarbeiterkinder, die dort mit Fruchtsäften und sauren Bonbons Picknick hielten.

An einem frühen Maimorgen, als sie beide noch im Bett lagen, bemerkte er in seinem leichten Schlaf eine schwache Bewegung. Er wachte jäh auf und nahm wiederum dieses zarte Pochen wahr, die erste Bewegung des Kindes in Christines Leib. Er hielt sich mäuschenstill und wagte kaum, es zu glauben, von seinen Gefühlen, von seinem Entzücken gleichsam erstickt. O verflucht, dachte er einen Augenblick später, mir scheint, ich bin trotzdem nur ein Smith. Darum gilt es wohl als Regel, daß ein Arzt die eigene Frau bei Krankheit und im Wochenbett nicht selbst behandeln soll.

In der nächsten Woche schien es ihm an der Zeit, mit Dr. Llewellyn zu sprechen, den sie beide von Anfang an als behandelnden Arzt ausersehen hatten. Andrew rief ihn an, und Llewellyn war erfreut und geschmeichelt. Er kam sofort ins Haus und stellte eine vorläufige Untersuchung an. Dann plauderte er mit Andrew im Wohnzimmer.

»Ich freue mich, Ihnen helfen zu können, Manson«, sagte er, während er eine Zigarette annahm. »Ich glaubte immer, Sie könnten mich zuwenig leiden, um mir diesen Fall zu übertragen.

Seien Sie überzeugt, ich werde mein Bestes tun. Übrigens ist es jetzt ziemlich heiß in Aberalaw. Finden Sie nicht, daß Ihre kleine Gnädige, so lange sie das noch kann, eine Luftveränderung haben soll?«

»Was geht in mir vor?« fragte sich Andrew, als Llewellyn fort war. »Ich habe den Mann ja gern! Er benimmt sich anständig, hochanständig. Er ist mitfühlend und taktvoll. Und bei der Arbeit ein wahrer Hexenmeister. Noch vor einem Jahr wollte ich ihm den Hals abschneiden. Ich bin wirklich ein steifer, eifersüchtiger, klotziger Hochlandstölpel!«

Christine wollte nicht wegfahren, aber er drang sanft in sie: »Ich weiß, daß du nicht fort willst, Chris! Aber es ist zu deinem Besten. Wir müssen an – ach, an alles mögliche denken. Willst du lieber ans Meer oder vielleicht in den Norden zu deiner Tante? Ach, ich kann es mir doch jetzt leisten, dich fortzuschikken, Chris. Es geht uns gar nicht so schlecht.«

Sie hatten das Darlehen des Glen Endowment zurückbezahlt und auch schon die letzten Raten für die Möbel beglichen und verfügten über beinahe hundert Pfund Ersparnisse auf der Bank. Aber sie dachte nicht daran, als sie ihm nun die Hand drückte und ruhig antwortete: »Ja, es geht uns gut, Andrew.«

Da sie wohl oder übel fortfahren mußte, entschloß sie sich, ihre Tante in Bridlington zu besuchen, und eine Woche später nahm sie am Oberen Bahnhof mit einer langen Umarmung und einem Obstkorb für die Reise Abschied von Andrew.

Er vermißte sie mehr, als er für möglich gehalten hätte, so sehr war ihre Kameradschaft mit seinem Leben verwachsen. Ihre Gespräche, ihre Auseinandersetzungen, ihr Zanken, das gemeinsame Schweigen, die Art, wie er ihr zurief, wenn er das Haus betrat, und dann gespannt auf ihre muntere Antwort wartete – jetzt entdeckte er erst, wieviel ihm das alles bedeutete. Ohne sie wurde das Schlafzimmer zu einem fremden Raum in einem Hotel. Seine Mahlzeiten, die ihm Jenny gewissenhaft nach einem von Christine schriftlich festgelegten Programm servierte, wurden zu trockenen Bissen, die er hinter einem aufgestellten Buch hinunterschlang.

Als er einmal durch den von Christine angelegten Garten

ging, fiel ihm plötzlich der baufällige Zustand der Brücke auf. Das störte ihn, denn es schien ihm eine Beleidigung seiner abwesenden Christine zu sein. Schon mehrere Male hatte er beim Komitee deswegen Vorstellungen erhoben und auf die Einsturzgefahr hingewiesen, aber die Leute waren immer schwer in Bewegung zu setzen, wenn es sich um Reparaturen in den Behausungen der Hilfsärzte handelte. Jetzt aber rief er in seiner Gefühlsaufwallung das Büro an und forderte hartnäckig die Ausbesserung. Owen war für ein paar Tage auf Urlaub gefahren, aber der Schreiber versicherte Andrew, die Angelegenheit sei bereits vom Komitee genehmigt und dem Baumeister Richards übertragen worden. Die Arbeit sei nur deshalb noch nicht in Angriff genommen, weil Richards mit einem anderen Kontrakt noch zu tun habe.

Am Abend ging er meist zu Boland, zweimal auch zu den Vaughans, die ihn zum Bridge dabehielten, und einmal spielte er ganz plötzlich und zu seiner großen Überraschung mit Llewellyn Golf. Er schrieb Briefe an Hamson und an Denny, der endlich Drineffy verlassen hatte und als Arzt eines Tankschiffes auf der Fahrt nach Tampico begriffen war. In seinem Briefwechsel mit Christine ließ er sich nicht im mindesten anmerken, wie sehr sie ihm abging. Aber die Hauptablenkung suchte er in seiner Arbeit.

Seine klinischen Forschungen in den Anthrazitgruben waren zu dieser Zeit auf dem besten Weg. Er konnte sie nicht überstürzen, denn einmal wurde er von seinen eigenen Patienten stark in Anspruch genommen, sodann konnte er nur bei einer einzigen Gelegenheit die Männer untersuchen, nämlich wenn sie am Ende der Schicht in die Baderäume an Tag kamen. Da war es dann unmöglich, sie längere Zeit warten zu lassen, denn sie sollten doch schon zum Essen heim. Infolgedessen erledigte er durchschnittlich nur zwei Untersuchungen am Tag, aber trotzdem erregten ihn die Ergebnisse immer mehr. Ohne sich zu übereilten Schlußfolgerungen hinreißen zu lassen, sah er doch, daß die Zahl der Fälle von Lungenkrankheiten unter den Anthrazitarbeitern ganz zweifellos die Zahl der Fälle bei den anderen in den Kohlengruben beschäftigten Bergleuten überstieg.

Obwohl er Lehrbüchern mißtraute, nahm er sich doch zum Selbstschutz, um nicht später entdecken zu müssen, daß er nur auf den Spuren anderer gewandelt sei, die Mühe, die Literatur über diesen Gegenstand durchzugehen. Er staunte, wie wenig darüber zu finden war. Nur ganz selten schien sich ein Forscher für die Berufserkrankungen an der Lunge besonders interessiert zu haben. Zenker hatte einen hochtrabenden Terminus eingeführt: Pneumokoniose, pathologische Veränderungen des Lungengewebes infolge Staubeinatmung. Die Anthrakose, die schwarze Infiltration der Lungen, der man bei Kohlenarbeitern begegnet, war natürlich schon lange bekannt und wurde von Goldmann in Deutschland und von Trotter in England als harmlos erklärt. Es gab ein paar Abhandlungen über die Häufigkeit von Lungenerkrankungen bei Herstellern von Mühlsteinen, besonders in Frankreich, und bei den Schleifern von Messern und Äxten – ›Schleiferkrankheit‹ – und bei Steinschneidern. Dann gab es einander zumeist widersprechende unklare Berichte aus Südafrika über die Beschwerden der Arbeiter am ›Rand‹, die Goldgräberschwindsucht, die unzweifelhaft auf das Einatmen von Staub zurückzuführen war. Es war auch noch angeführt, daß Leute, die mit Flachs und Baumwolle zu tun hatten, und Getreideschaufler zu chronischen Veränderungen der Lungen neigten. Aber darüber hinaus fanden sich keine Angaben.

Andrew legte erregt die Bücher beiseite. Er wußte jetzt, daß er mit seinen Untersuchungen wissenschaftliches Neuland betrat. Er dachte an die ungeheure Zahl von Arbeitern in den großen Anthrazitgruben, an die mangelhafte Gesetzgebung über die industriellen Berufskrankheiten, an die gewaltige soziale Wichtigkeit dieses Forschungsgebietes. Welche Aussichten, welch wunderbare Aussichten! Kalter Schweiß brach ihm aus, als er plötzlich daran dachte, es könnte ihm jemand zuvorkommen. Aber er schob diese Besorgnis von sich. Lange nach Mitternacht noch schritt er vor dem erloschenen Kamin auf und ab, und plötzlich nahm er Christines Fotografie vom Kaminsims.

»Chris! Ich glaube wirklich, daß ich etwas schaffen werde!«

In der Kartothek, die er für diesen Zweck gekauft hatte, begann er sorgfältig, die Ergebnisse seiner Untersuchungen zu klassifizieren. Jetzt war seine klinische Tüchtigkeit, obwohl ihm das gar nicht recht zum Bewußtsein kam, schon ganz hervorragend.

Im Umkleideraum standen die Leute vor ihm, bis zum Gürtel nackt, und er fand mit seinen Fingern und dem Stethoskop mit geradezu unheimlicher Sicherheit die verborgene Pathologie dieser lebenden Lungen: hier eine Fasergeschwulst, beim nächsten ein Emphysem, dann eine chronische Bronchitis – vom Arbeiter geringschätzig als ›ein kleiner Husten‹ bezeichnet. Sorgfältig trug er die Schäden auf den an der Hinterseite jeder Karte vorgedruckten Diagrammen ein.

Gleichzeitig nahm er von jedem Bergmann Sputumproben ab und arbeitete bis zwei Uhr oder drei Uhr morgens an Dennys Mikroskop, worauf er die Ergebnisse in die Karten eintrug. Er entdeckte in dem trüben, fibrinversetzten Schleim – von den Leuten ›weiße Spucke‹ benannt – scharfkantige Kieskristalle. Er war erstaunt über die feststellbare Menge von Alveolarzellen und darüber, wie oft er auf den Tuberkelbazillus stieß. Am meisten aber fesselte das fast ständige Auftreten von Kieselkristallen überall in den Lungenbläschen und Phagozyten seine Aufmerksamkeit. Er konnte den aufregenden Gedanken nicht loswerden, daß mit dieser Erscheinung die Veränderungen in den Lungen, vielleicht sogar die Infektionen, zusammenhingen. So weit waren seine Studien gediehen, als Christine Ende Juni zurückkehrte und ihn umarmte.

»Es ist so gut, wieder daheim zu sein. Ja, es war sehr nett, aber ich weiß nicht – und du siehst blaß aus, mein Liebster! Mir scheint, Jenny hat dir nicht ordentlich zu essen gegeben.«

Die Luftveränderung hatte ihr gutgetan. Sie fühlte sich wohl, und ihre Wangen zeigten eine blühende Farbe. Aber sie machte sich Sorgen um Andrew, wegen seiner Appetitlosigkeit, seines übermäßigen Zigarettenrauchens.

Sie fragte ihn ernst:

»Wie lange soll denn diese Spezialarbeit noch dauern?«

»Ich weiß nicht.« Das war am Tag nach ihrer Rückkehr, einem Regentag, und Andrew war wider Erwarten in mürrischer Stimmung. »Vielleicht ein Jahr, vielleicht aber auch fünf.«

»Nun, hör einmal, ich will dich nicht neu aufbügeln lassen, ein Musterbeispiel in der Familie ist genug, aber glaubst du nicht, es wäre klüger, wenn die Arbeit so lange dauert, systematisch vorzugehen, regelmäßige Stunden einzuhalten, nicht so lange aufzubleiben – das bringt dich ja um!«

»Mir fehlt gar nichts.«

Aber in gewissen Dingen konnte sie merkwürdig hartnäckig sein. Sie ließ von Jenny den Boden des Laboratoriums scheuern, stellte einen Fauteuil hinein und legte einen Teppich auf. Das Zimmer war kühl in diesen heißen Nächten, und die Fichtenholzbretter hatten einen angenehmen, harzigen Geruch, der sich mit dem beißenden Geruch der von Andrew angewandten Reagenzien vermischte. Und hier saß Christine und nähte und strickte, während Andrew am Tisch arbeitete. Über das Mikroskop gebeugt, vergaß er ihre Anwesenheit, aber sie war da, und jeden Abend stand sie um elf Uhr auf.

»Schlafenszeit!«

»Nun, weißt du –« Kurzsichtig blinzelte er sie über das Okular des Mikroskops an. »Geh nur hinauf, Chris! Ich komme dir in einer Minute nach.«

»Andrew Manson, wenn Sie glauben, daß ich allein schlafen gehe, in meinem Zustand –«

Dieser Ausdruck war ein komisches Schlagwort im Haushalt geworden. Beide wandten ihn unterschiedslos, scherzhaft, als letztes Argument bei einer Auseinandersetzung an. Da gab es keinen Widerspruch mehr. Lachend stand er auf, streckte sich, versorgte das Mikroskop und legte die Präparate weg.

Gegen Ende Juli wurde er durch eine Schafblatternepidemie beruflich sehr in Anspruch genommen, und am 3. August hatte er eine besonders große Liste, deren Erledigung ihn von der Morgensprechstunde bis lang nach drei Uhr vom Hause fernhielt. Als er dann zur Mittagsmahlzeit, der üblichen Verbindung von Mittagessen mit Nachmittagstee, müde die Straßen hinanstieg, sah er vor seinem Haustor Dr. Llewellyns Auto stehen. Die Vermutung, die ihm dieser Anblick nahelegte, veranlaßte ihn, plötzlich zu laufen, und das Herz schlug ihm vor Erregung bis zum Halse hinauf. Er rannte die Stufen der Vorhalle hinan, öffnete hastig die Haustür und stieß dort in der Halle auf Llewellyn. Nervös starrte er ihn an und stammelte eifrig:

»Hallo, Llewellyn. Ich habe Sie hier nicht so früh erwartet.«

»Nein«, antwortete Llewellyn.

Andrew lächelte. »Nun?« In seiner Erregung konnte er keine anderen Worte finden, aber die Frage in seinem gespannten Gesicht war deutlich genug.

Llewellyn lächelte nicht. Nach einer ganz kurzen Pause sagte er: »Kommen Sie eine Minute herein, lieber Freund.« Und er zog Andrew ins Wohnzimmer. »Wir haben schon den ganzen Vormittag versucht, Ihrer habhaft zu werden.«

Llewellyns Gehaben, sein Zögern, das sonderbare Mitgefühl in seiner Stimme verursachten Andrew kalten Schauer. Er stotterte: »Ist etwas geschehen?«

Llewellyn sah durchs Fenster, und seine Blicke wandten sich der Brücke zu, als suchte er nach der besten, nach der mildesten Erklärung. Andrew konnte es nicht länger ertragen. Er vermochte kaum zu atmen. Eine verzweifelte Todesangst der Ungewißheit erfüllte seine Brust.

»Manson«, sagte Llewellyn freundlich, »heute vormittag ging Ihre Frau über die Brücke, da brach eines der morschen Bretter. Ihrer Frau ist nichts geschehen, aber leider –«

Noch ehe er mit dem Sprechen zu Ende war, hatte Andrew ihn verstanden. Ein furchtbarer Schmerz durchwühlte ihn.

»Sie können sich denken«, fuhr Llewellyn im Ton ruhigen Mitgefühls fort, »daß wir alles Erdenkliche vorkehrten. Ich kam sogleich mit der Oberschwester aus dem Spital. Wir sind schon den ganzen Tag hier –«

Eine Wand des Schweigens türmte sich auf. Ein Schluchzen kam aus Andrews Kehle, noch eines und noch einmal. Er legte sich die Hand vor die Augen.

»Aber mein lieber Junge«, sprach ihm Llewellyn zu, »vor so einem Unglücksfall ist niemand sicher. Ich bitte Sie, gehen Sie doch hinauf und trösten Sie Ihre Frau.«

Mit gesenktem Kopf, sich am Geländer festhaltend, stieg Andrew die Treppe hinauf. Vor der Tür des Schlafzimmers machte er, kaum atmend, halt, dann trat er schwankend ein.

14

Im Jahre 1927 hatte Dr. Manson von Aberalaw schon einen ziemlich ungewöhnlichen Ruf. Seine Praxis war nicht allzu groß – die Zahl der Patienten hatte sich auf seiner Liste seit jenen ersten nervösen Tagen nach seiner Ankunft in der Stadt nicht übermäßig vergrößert. Aber jeder, der auf dieser Liste stand, glaubte felsenfest an ihn. Er verschrieb selten Medikamente, ja, er hatte die unglaubliche Gewohnheit, seinen Patienten von Arzneien abzuraten. Aber wenn er sie verschrieb, dann geschah es auf erstaunliche Art. Oft kam es vor, daß Gadge mit einem Rezept in der Hand durch den Warteraum watschelte. »Stimmt das, Dr. Manson? Sechzig Gramm Bromkali für Evan Jones? Und in der Pharmakopöe steht fünf.«

»Das steht auch im ägyptischen Traumbuch! Geben Sie ruhig sechzig, Gadge. Es wird Ihnen doch gewiß Spaß machen, Evan Jones umzuschmeißen.«

Aber Evan Jones, ein Epileptiker, wurde nicht umgeschmissen. Statt dessen sah man ihn eine Woche später, weniger von Anfällen heimgesucht, im öffentlichen Park spazierengehen.

Das Komitee hätte besondere Freude an Dr. Manson haben müssen, weil seine Arzneirechnungen, trotz gelegentlicher ungeheurer Verschwendung – nicht einmal halb soviel ausmachten wie die der übrigen Hilfsärzte. Aber ach, Manson kostete das Komitee in anderen Richtungen dreimal soviel, und oft gab es deswegen großes Geschrei. So verwendete er zum Beispiel Impfstoffe und Sera, ruinös kostspielige Dinge, von denen man nach Ed Chenkins hitziger Erklärung noch nie etwas gehört hatte. Wenn Owen ihn in Schutz nahm und auf jenen Wintermonat hinwies, in dem Manson mit Bordet-Gengou-Vakzine eine Keuchhustenepidemie in seinem Bezirk eingedämmt hatte, während in der ganzen übrigen Stadt die Kinder davon befallen wurden, entgegnete Ed Chenkin: »Kann man's denn wissen, ob dieses neumodische Zeug daran schuld war? Als ich ihn selber fragte, sagte er, genau weiß das niemand!«

Manson hatte zwar viele treue Freunde, aber auch Feinde. Zu den letzteren gehörten einmal jene Mitglieder des Komitees, die ihm seinen Ausbruch, die verzweifelten Worte, die er ihnen der Brücke wegen vor drei Jahren in der Vollversammlung ins Gesicht geschleudert hatte, nie ganz verziehen hatten. Natürlich hegten sie Mitgefühl mit Mrs. Manson und mit Andrew wegen ihres schmerzlichen Verlustes, mußten aber doch jede Verantwortung ablehnen. Das Komitee überstürzte niemals eine Entscheidung. Owen war damals auf Urlaub gewesen, und Len Richards, dem die Arbeit übertragen worden war, hatte zu jener Zeit mit dem Bau der neuen Häuser in der Powis Street zu tun gehabt. Es war geradezu albern, dem Komitee schuld zu geben. Im Laufe der Zeit hatte Andrew manche Reibereien mit dem Komitee, denn er wollte dickköpfig immer seinen Willen durchsetzen, und dem Komitee behagte dies nicht. Außerdem richtete sich eine gewisse kirchliche Strömung gegen ihn. Obwohl seine Frau oft zur Kirche ging, war er dort nie zu sehen – Dr. Oxborrow hatte als erster darauf hingewiesen –, und es hieß sogar, daß er über die Lehre der Volltaufe gelacht habe. Überdies hatte er unter den Klerikern einen Todfeind – keine geringere Person als den Reverend Edwal Parry, den Pastor der Sinai-Kapelle. Im Frühjahr 1926 hatte sich der gute, damals jungverheiratete Edwal in Mansons Ordination geschlichen, mit einer durch und durch christlichen Miene, dennoch aber gewinnender Weltmann. »Wie geht's denn, lieber Dr. Manson? Ich komme zufällig gerade vorbei. Gewöhnlich lasse ich mich von Dr. Oxborrow behandeln. Er ist eines meiner Schäflein, wissen Sie, und außerdem liegt mir das Ostambulatorium näher. Aber nach allem, was man hört, sind Sie ja ein sehr moderner Arzt und wissen in allen neuen Errungenschaften Bescheid. Und ich wäre sehr froh – natürlich würde ich Ihnen ein sehr hübsches kleines Honorar zahlen, wenn Sie mir raten könnten –« Edwal verbarg ein flüchtiges priesterliches Erröten unter gespielter Weltgewandtheit –, »wissen Sie, meine Frau und ich, wir möchten noch eine Zeitlang keine Kinder, denn mein Stipendium hier ist –«

Manson musterte den Priester Sinais mit kaltem Abscheu. Er sagte gelassen:

»Wissen Sie nicht, daß es Leute gibt, die nur ein Viertel Ihres Stipendiums haben und ihre rechte Hand dafür gäben, Kinder bekommen zu können? Weshalb haben Sie denn geheiratet?« Sein Zorn stieg plötzlich zur Weißglut. »Hinaus – aber rasch – Sie – Sie – Sie dreckiger Mann Gottes!«

Mit einem seltsamen Zucken im Gesicht hatte sich Parry davongetrollt. Vielleicht waren Andrews Worte zu heftig gewesen, aber Christine konnte seit jenem unheilvollen Straucheln keine Kinder mehr bekommen, und sie beide hatten sich so von Herzen Kinder gewünscht.

Als Andrew nun am 15. Mai 1927 von einem Krankenbesuch heimging, war er geneigt, sich die Frage zu stellen, warum er und Christine seit dem Tod ihres Kindes in Aberalaw geblieben waren. Die Antwort lautete einfach: seine Arbeit über die Staubinhalation. Dieses Werk hatte ihn in Anspruch genommen, in seinen Bannkreis gezogen, ihn an die Bergwerke gefesselt. Wenn er nun das bisher Geleistete überdachte und die Schwierigkeiten erwog, denen er gegenübergestanden, staunte er darüber, daß er nicht länger gebraucht hatte, seine Forschungsergebnisse zu vervollständigen. Seine ersten Untersuchungen – wie fern schienen sie ihm jetzt, sowohl der Zeit wie der Technik nach. Nachdem er eine vollständige klinische Übersicht über den Lungenzustand aller Arbeiter seines Bezirkes zusammengestellt und das Gefundene statistisch geordnet hatte, erschien es ihm bewiesen, daß Lungenleiden unter den Anthrazitarbeitern ganz zweifellos am häufigsten vorkamen. So fand er zum Beispiel, daß neunzig Prozent aller seiner Fälle fibröser Lungen aus den Anthrazitgruben stammten. Unter den älteren Arbeitern in den Anthrazitgruben war auch die Zahl der Todesfälle an Lungenleiden fast dreimal so groß wie bei den Bergleuten in allen Kohlengruben zusammen. Er entwarf eine Reihe Tabellen, in denen die verhältnismäßige Häufigkeit der Lungenleiden bei den verschiedenen Beschäftigungszweigen der Anthrazitarbeiter aufgezeigt war.

Als nächstes machte er sich daran, zu beweisen, daß der Silikatstaub, den er in seinen Sputumuntersuchungen gefunden hatte, an den Arbeitsstellen der Anthrazitgruben auch wirklich vorkam. Er konnte dies nicht nur zweifelsfrei feststellen, sondern brachte es auch zuwege, indem er durch verschiedene Zeitperioden in verschiedenen Teilen der Bergwerke mit Kanadabalsam beschmierte Glasplatten aufstellte, um recht genaue Zahlen über die wechselnde Staubkonzentration zu gewinnen, Zahlen, die zur Zeit von Sprengungen und Bohrungen sich sprunghaft erhöhten.

Jetzt hatte er eine Reihe aufregender Gleichungen, die übermäßige atmosphärische Konzentrationen von Silikatstaub mit übermäßigem Auftreten von Lungenleiden in Wechselbeziehung setzten. Aber auch dies genügte ihm noch nicht. Er mußte wirklich *beweisen*, daß der Staub schädlich wirkte, daß er das Lungengewebe zerstörte und nicht nur eine harmlose Nebenerscheinung war. Er mußte eine Reihe pathologischer Experimente an Meerschweinchen durchführen, um die Wirkung des Silikatstaubes auf die Lungen zu studieren.

Und hier begannen, obwohl seine Erregung immer größer wurde, seine wirklichen Schwierigkeiten. Er hatte noch den leerstehenden Raum, das Laboratorium. Es fiel ihm auch nicht schwer, sich ein paar Meerschweinchen zu verschaffen. Und die Vorrichtung, die er für seine Experimente brauchte, war einfach. Doch so scharfsinnig er auch sein mochte, er war kein Patholog und hatte auch nicht das Zeug dazu. Diese Erkenntnis machte ihn zornig und bestärkte ihn in seinem Entschluß noch mehr. Er fluchte über ein System, das ihn zwang, allein zu arbeiten, und preßte Christine in seine Fron, indem er sie unterwies, Präparate zu schneiden und zu färben, alle die mechanischen Arbeiten zu versehen, was sie in der allerkürzesten Zeit schon besser fertigbrachte als er.

Dann konstruierte er auf sehr einfache Art eine Staubkammer, in der zu gewissen Stunden des Tages die Tiere Konzentrationen von Staub ausgesetzt wurden, während andere, die Kontrolltiere, von diesem Staub verschont blieben. Es war eine aufreibende Arbeit, die mehr Geld erforderte, als Andrew besaß. Zweimal zerbrach der kleine elektrische Ventilator. In einem kritischen Zeitpunkt des Experiments brachte Andrew Unordnung in seine Aufzeichnungen und war gezwungen, alles von neuem zu beginnen. Aber trotz Irrtümern und Verzögerungen bekam er seine Präparate, die in abgestuftem Grade die fortschreitende Schädigung der Lunge durch den Staub und das allmähliche Auftreten von Fibrose bewiesen.

Befriedigt schöpfte er tief Atem, hörte auf, Christine zu beschimpfen, und für ein paar Tage konnte man wieder mit ihm leben. Dann kam ihm ein anderer Einfall, und es war wieder vorbei.

Bei allen seinen Nachforschungen war er von der Vermutung ausgegangen, daß die Schädigung der Lunge auf mechanische Zerstörungen zurückzuführen sei, die von den harten, scharfen, eingeatmeten Silikatkristallen herrührten. Aber jetzt fragte er sich plötzlich, ob außer der bloßen physikalischen Irritation durch diese Partikel nicht ein chemischer Prozeß vorliege. Er war kein Chemiker, stak aber jetzt schon viel zu tief in diesem Problem, um sich geschlagen zu geben. So entwarf er den Plan zu einer neuen Serie von Versuchen.

Er verschaffte sich Kolloide von Quarzkristallen und injizierte sie unter die Haut eines der Versuchstiere. Die Folge war ein Abszeß. Ähnliche Abszesse konnten, wie er dann feststellte, durch die Injektion von Aufschwemmungen feinstzerriebenen amorphen Quarzes herbeigeführt werden, die, physikalisch gesprochen, nicht irritierend wirkten. Hingegen fand er triumphierend, daß die Injektion mechanisch irritierender Substanzen, wie zum Beispiel von Kohlenpartikelchen, keinerlei Abszeß hervorrief. Der Silikatstaub war also wirklich chemisch aktiv. Er geriet halb von Sinnen vor Erregung und Entzücken. Er hatte mehr gefunden, als er anfänglich gesucht hatte. Fieberhaft sammelte er seine Daten und stellte in gedrängter Form die Ergebnisse dieser dreijährigen Arbeit zusammen. Vor Monaten schon hatte er sich entschlossen, seine Nachforschungen nicht nur zu veröffentlichen, sondern sie auch als Dissertation für die Erwerbung des Doktorgrades einzusenden. Als das getippte Manuskript, in eine blaßblaue Mappe säuberlich gebunden, aus Cardiff zurückkam, las er es frohlockend durch und brachte es zusammen mit Christine zur Post. Dann erlitt er einen Rückschlag der Verzweiflung.

Er fühlte sich erschöpft und willenlos. Lebhafter denn je wurde er sich dessen bewußt, daß er kein Laboratoriumsarbeiter war, daß der beste, der wertvollste Teil seines Werkes in jener ersten Phase klinischer Forschung lag. Mit schmerzlicher Zerknirschung entsann er sich, wie oft er über die arme Christine wütend hergefallen war. Durch Tage war er verzagt und teilnahmslos. Und doch gab es bei alledem leuchtende Augenblicke, in denen er wußte, daß er trotz allem etwas geleistet hatte.

15

Als Andrew an diesem Mainachmittag nach Hause kam, hinderte ihn sein Versunkensein, diese seltsam negative Phase, die seit der Absendung seiner Dissertation eingetreten war, daran, den kummervollen Ausdruck in Christines Gesicht zu bemerken. Er begrüßte sie zerstreut, stieg die Treppe hinan, um sich zu waschen, und kam dann zum Tee zurück.

Sie waren mit dem Tee fertig, und Andrew zündete sich eine Zigarette an. Da fiel ihm plötzlich Christines Miene auf. Während er nach der Abendzeitung griff, fragte er:

»Nun? Was ist denn los?«

Sie musterte einen Augenblick ihren Teelöffel.

»Wir – eigentlich ich – hatten heute Besuch, als du nachmittags fort warst.«

»So! Wen denn?«

»Eine Abordnung des Komitees, fünf Personen, darunter Ed Chenkin, und mit ihnen Parry, du weißt ja, der Geistliche der Sinai-Kapelle – und ein gewisser Davies.«

Seltsames Schweigen trat ein. Lange sog er an seiner Zigarette, dann senkte er die Zeitung und sah Christine an.

»Was wollten sie denn?«

Sie hielt seinem forschenden Blick stand, in ihren Augen aber war jetzt zum erstenmal all ihre Unruhe und Sorge zu lesen. Sie sprach hastig. »Sie sind gegen vier Uhr gekommen – und haben nach dir gefragt. Ich erwiderte ihnen, du seiest fort. Da erklärte Parry, das mache nichts, sie würden hereinkommen. Natürlich war ich ganz verblüfft. Ich wußte nicht recht, ob sie auf dich warten wollten oder was sonst. Dann sagte Ed Chenkin, dieses Haus sei Eigentum des Komitees; sie kämen vom Komitee, und im Namen des Komitees könnten und dürften sie eintreten.« Sie machte eine Pause und schöpfte rasch Atem. »Ich wich keinen Zoll zurück. Ich war zornig – aufgeregt. Aber ich konnte sie doch noch fragen, warum sie denn ins Haus wollten. Da ergriff Parry das Wort. Er sagte, es sei ihm und dem Komitee zu Ohren gekommen, ja, es sei schon in aller Munde, daß du Tierexperimente machst, und er hatte noch die Frechheit, das Vivisektion zu nennen. Und darum seien sie da, deine Arbeitsräume zu besichtigen, und hätten auch Mr. Davies, den Vertreter des Tierschutzvereins, mitgebracht.«

Andrew hatte sich nicht geregt und den Blick nicht von ihrem Gesicht gewandt.

»Nur weiter, mein Kind«, sagte er ruhig.

»Nun, ich wollte ihnen den Weg verstellen, aber das nützte nichts. Sie drängten sich an mir vorbei, alle sieben, durch die Halle und ins Laboratorium. Als sie die Meerschweinchen sahen, stieß Parry ein Geheul aus: ›Oh, die armen hilflosen Geschöpfe!‹ Und Chenkin zeigte auf den Fleck, wo ich die Fuchsinflasche auf den Boden fallen ließ, du erinnerst dich doch, Andrew, und schrie: ›Seht her, Blut!‹ Sie durchschnüffelten jeden Winkel, fingerten unsere schönen Präparate ab, das Mikrotom, kurz, alles. Dann erklärte Parry: ›Nie und nimmer werde ich zulassen, daß diese armen gequälten Geschöpfe weiter gemartert werden. Lieber befreie ich sie selber von ihrer Pein.‹ Er nahm den Koffer, den Davies bei sich hatte, und steckte alle Tiere hinein. Ich versuchte ihm begreiflich zu machen, daß hier von Pein keine Rede sein könne, auch nicht von Vivisektion und ähnlichem Unsinn. Und diese fünf Meerschweinchen seien doch gar nicht für Experimente bestimmt, denn wir wollten sie den Bolandkindern und der kleinen Agnes Evans zum Spielen schenken. Aber die Leute hörten einfach nicht auf mich. Und dann – dann gingen sie fort.«

Schweigen herrschte. Andrews Gesicht war nun tief gerötet. Er setzte sich auf.

»Mein Lebtag hab' ich noch von keiner so niederträchtigen

Frechheit gehört. Wie – wie abscheulich, daß du das mitmachen mußtest, Chris! Aber das werde ich ihnen heimzahlen!«

Er dachte eine Minute nach, dann ging er in die Halle zum Telefon. Doch in dem Augenblick, da er nach dem Hörer griff, klingelte der Apparat. Andrew riß die Muschel vom Haken.

»Hallo!« sagte er zornig. Dann änderte sich sein Ton ein wenig. Owen sprach am andern Ende der Leitung. »Ja, hier ist Manson. Hören Sie einmal, Owen –«

»Ich weiß, ich weiß, Doktor«, unterbrach Owen rasch. »Schon den ganzen Nachmittag bemühe ich mich, Sie zu erreichen. Nun passen Sie auf! Nein, nein, unterbrechen Sie mich nicht! Wir müssen klaren Kopf bewahren. Wir stecken da in einer recht unangenehmen Geschichte, Doktor. Am Telefon können wir's nicht ausmachen; ich komme gleich zu Ihnen.«

Andrew kehrte zu Christine zurück.

»Was meint er denn?« tobte er, nachdem er ihr das Gespräch berichtet hatte. »Man könnte ja wirklich glauben, wir hätten etwas angestellt.«

Sie warteten auf Owen. Andrew schritt in leidenschaftlicher Ungeduld und Entrüstung auf und ab, Christine saß mit unruhigem Blick bei ihrer Näharbeit.

Owen kam. Aber seine Miene war nicht beruhigend. Er fragte, noch ehe Andrew etwas sagen konnte:

»Doktor, haben Sie eine Lizenz?«

»Eine was?« Andrew starrte ihn an. »Was für eine Lizenz?« Owens Gesicht schien jetzt noch verstörter. »Für Tierexperimente benötigt man eine Lizenz vom Home Office. Haben Sie das nicht gewußt?«

»Aber alle Teufel«, widersprach Manson hitzig, »ich bin kein Patholog und werde es nie sein. Und ich führe doch kein Laboratorium. Ich wollte nur im Zusammenhang mit meiner klinischen Arbeit ein paar einfache Versuche machen. Alles in allem hatten wir nicht mehr als ein Dutzend Tiere, nicht wahr, Chris?«

Owen hielt den Blick abgewandt. »Sie hätten sich die Lizenz beschaffen müssen, Doktor. Im Komitee ist eine Gruppe, die Ihnen aus dieser Sache einen Strick drehen will.« Rasch fuhr er fort: »Wissen Sie, Manson, ein Kerl wie Sie, einer, der Pionierarbeit leistet und ehrlich genug ist, seine Ansichten geradeheraus zu sagen, ist verpflichtet – nun, auf jeden Fall ist es nur recht und billig, wenn Sie wissen, daß einige Leute hier es gar nicht erwarten können, Ihnen das Messer in den Rücken zu stoßen. Aber lassen Sie nur, es wird schon gut ausgehen. Im Komitee wird es eben einen regelrechten Wirbel geben, und Sie werden sich rechtfertigen müssen. Aber Sie haben doch schon früher Zusammenstöße gehabt. Sie werden auch diesmal mit den Leuten fertig werden.«

Andrew tobte. »Ich werde einen Gegenschlag führen. Ich werde die Leute wegen Hausfriedensbruchs belangen. Nein, verdammt noch einmal, ich zeige sie an, weil sie mir die Meerschweinchen gestohlen haben. Die will ich zurück haben, auf jeden Fall!«

Ein Lächeln zuckte über Owens blasses Gesicht. »Das wird nicht mehr gehen, Doktor. Reverend Parry und Ed Chenkin waren entschlossen, die Tiere von ihren Qualen zu befreien. Und so haben sie sie im Namen der Menschlichkeit eigenhändig ersäuft.«

Bekümmert verließ Owen das Haus. Und am nächsten Abend erhielt Andrew die Aufforderung, in acht Tagen vor dem Komitee zu erscheinen.

Inzwischen hatte sich die Geschichte wie ein Lauffeuer verbreitet. Seit Rechtsanwalt Trevor Day im Verdacht gestanden hatte, seine Frau mit Arsenik vergiftet zu haben, war in Aberalaw nichts mehr so Aufregendes, Skandalöses, nichts mehr, was so sehr nach schwarzer Kunst roch, vorgefallen. Es bildeten sich Parteien, man ereiferte sich für oder gegen Manson. Edwal Parry verkündete von seiner Kanzel in der Sinai-Kapelle, welche Strafen in diesem Leben und im Jenseits über die Frevler verhängt werden, die Tiere und kleine Kinder quälen. Am andern Ende der Stadt blökte Reverend David Walpole, der rundliche Priester der Staatskirche, auf den Parry ähnlich wirkte wie Schweinefleisch auf einen guten Mohammedaner, über Fortschritt und das gute Einvernehmen zwischen Liberalen der Kirche Gottes und der Wissenschaft.

Sogar die Frauen traten auf den Plan. Miß Myfanwy

Bensusan, die Ortsgruppenpräsidentin der walisischen Damenliga, sprach vor einer Massenversammlung in der Temperance Hall. Nun hatte Andrew freilich die gute Myfanwy eines Tages dadurch beleidigt, daß er sich weigerte, in der Jahresversammlung obiger Liga den Vorsitz zu führen. Aber sonst waren Myfanwys Motive ohne jeden Zweifel lauter. Nach der Versammlung und an den darauffolgenden Abenden konnte man junge Damen, Mitglieder der Liga, die sich sonst nur an großen Festtagen öffentlich betätigten, blutrünstige Flugblätter gegen die Vivisektion verteilen sehen, auf denen ein halb ausgeweideter Hund abgebildet war.

Am Mittwoch abend rief Con Boland an, um eine lustige Geschichte zu erzählen.

»Wie geht's, Manson, alter Knabe? Du läßt dich nicht unterkriegen, was? Sehr gut! Ich hab' gedacht, vielleicht interessiert es dich – heut abend kam unsere Mary von Larkin heim, und da hielt ihr eine von den jämmerlichen Zettelverteilerinnen so einen Wisch hin – du weißt ja: die grausamen Moritaten, die man jetzt überall gegen dich losläßt. Und denk dir – haha! Du ahnst ja nicht, was meine schneidige Mary getan hat! Stell dir vor, sie nimmt den Wisch und reißt ihn in Fetzen. Dann hebt sie die Hand auf, gibt dem lächerlichen Frauenzimmer ein paar tüchtige Ohrfeigen, schlägt ihr den Hut vom Kopf und sagt – haha! – was, glaubst du, sagt unsere Mary? ›Wenn Sie schon Grausamkeit haben wollen‹, sagt sie – haha! –, ›wenn Sie schon Grausamkeit haben wollen – bitte, dann nehmen Sie sie schon von mir!‹«

Auch andere, ebenso treu wie Mary, trugen Faustkämpfe aus. Obwohl Andrews Bezirk geschlossen hinter ihm stand, gab es doch rings um das Ostambulatorium einen gegnerischen Block. In den Gasthäusern kam es zwischen Andrews Anhängern und Feinden zu Raufereien. Frank Davies erschien am Donnerstag abend ziemlich verbeult im Ambulatorium, um Andrew mitzuteilen, daß er »zwei Patienten Oxborrows den Schädel eingeschlagen habe«, weil sie gesagt hätten, unser Doktor sei ein blutbefleckter Metzger!

Hernach ging Dr. Oxborrow auf der Straße im Sturmschritt

und mit abgewandtem Blick an Andrew vorbei. Man wußte, daß er mit Reverend Parry ganz offen gegen den unerwünschten Kollegen wühlte. Urquhart kam aus dem Freimaurerklub und berichtete die schmalzigsten Äußerungen, von denen die zahmste noch die war: »Wie kann nur ein Arzt lebende Geschöpfe Gottes morden?«

Urquhart selbst hatte zu dem Fall nur wenig zu sagen. Doch einmal warf er einen schiefen Blick auf Andrews angespanntes, besorgtes Gesicht und erklärte:

»Hol's der Teufel! In Ihrem Alter hätte auch ich mich über eine derartige Geschichte gefreut. Aber jetzt – oh, du meine Güte, mir scheint, ich werde alt!«

Andrew konnte sich des Gedankens nicht erwehren, daß Urquhart ihn falsch beurteilte. Weit davon entfernt, sich über ›die Geschichte‹ zu freuen, fühlte er sich übermüdet, gereizt, gequält. Oft grübelte er ärgerlich darüber nach, ob er denn sein ganzes Leben lang gezwungen sein würde, mit dem Kopf gegen Steinmauern zu rennen. Und doch hatte er trotz dieser gedrückten Stimmung den verzweifelten Wunsch, sich zu rechtfertigen, vor der hadernden Stadt wieder in Ehren dazustehen. Endlich verging die Woche; am Samstagnachmittag versammelte sich das Komitee, auf der Tagesordnung stand als einziger Punkt: »Disziplinaruntersuchung gegen Dr. Manson.« Im Saal war kein einziger Platz frei, und draußen auf dem Hauptplatz standen zahlreiche Gruppen umher, als Andrew das Gebäude betrat und die schmale Treppe hinaufstieg. Er fühlte, wie sein Herz rasend schnell schlug. Er hatte sich gesagt, er müsse ruhig, stahlhart sein. Doch während er auf demselben Stuhl, auf dem er vor fünf Jahren als Kandidat gesessen hatte, Platz nahm, war er steif und nervös und sein Mund ausgetrocknet.

Die Verhandlung begann – nicht mit einem Gebet, wie man nach der Scheinheiligkeit hätte vermuten können, mit der die Opposition ihren Feldzug geführt hatte, sondern mit einer feurigen Ansprache Ed Chenkins.

»Ich werde jede Einzelheit dieses Falles«, sagte Chenkin und sprang auf, »dem Komitee vorlegen.« Und nun leierte er in einer lauten, ungehobelten Rede alle Anklagepunkte herunter. Dr.

Manson habe nicht das Recht, solche Dinge zu machen. Diese Arbeit geschehe in der dem Komitee gehörenden Zeit und Andrew werde doch dafür bezahlt, daß er dem Komitee zur Verfügung stehe. Außerdem benutze er unbefugt das Eigentum des Komitees. Ferner handle es sich um Vivisektion oder doch um etwas sehr Ähnliches. Und das alles geschehe ohne die vorgeschriebene Lizenz, was vom Standpunkt des Gesetzes aus eine sehr schwerwiegende Verfehlung darstelle.

Hier legte sich Owen rasch ins Mittel.

»Zum letzten Punkt muß ich das Komitee darauf aufmerksam machen, daß eine Anzeige gegen Dr. Manson wegen Fehlens der Lizenz die Medical Aid Society als solche hineinziehen müßte.«

»Ja, was meinen Sie eigentlich damit?« fragte Chenkin.

»Da Dr. Manson unser Hilfsarzt ist«, erwiderte Owen, »sind wir nach dem Gesetz für ihn haftbar.«

Jetzt hörte man zustimmendes Gemurmel und Rufe: »Owen hat recht. Wir wollen keine Scherereien für den Verein. Erledigen wir die Sache unter uns!«

»Na, man kann ja dann von der blöden Lizenz absehen«, brüllte Chenkin, der noch immer stand. »In den anderen Anklagen liegt genug Material vor, um einem jeden den Hals zu brechen.«

»Hört! Hört!« schrie jemand in einer hinteren Reihe. »Und was war denn damals vor drei Jahren, als er im Sommer jeden Tag mit seiner Maschine nach Cardiff fuhr?«

»Er verschreibt keine Arzneien«, ließ sich Len Richards vernehmen. »Man kann eine Stunde in seinem Sprechzimmer warten und kriegt dann nicht einmal was in die Flasche –«

»Ruhe, Ruhe!« brüllte Chenkin. Nachdem er die Zwischenrufer zum Schweigen gebracht hatte, kam er zum Schluß seiner Rede: »Alle diese Beschwerden sind schlimm genug! Sie beweisen, daß Dr. Manson nie ein getreuer Diener der Medical Aid gewesen ist. Außerdem möchte ich noch erwähnen, daß er den Arbeitern die gebührenden Krankheitszeugnisse verweigert. Aber wir dürfen nicht von der Hauptsache abschweifen. Hier haben wir den Fall eines Hilfsarztes, gegen den die ganze Stadt aufgebracht ist, weil der Mensch eigentlich vor den Polizeirichter gehört, denn er hat unser Eigentum in ein Schlachthaus verwandelt – bei Gott dem Allmächtigen kann ich es beschwören, meine Herren vom Komitee, daß ich mit eigenen Augen das Blut auf dem Fußboden gesehen habe. Der Mann ist ja nur ein Experimentierfritze und Gaukler. Ich frage Sie jetzt, meine Herren vom Komitee, ob Sie das dulden wollen. Nein, sage ich, und nein werden auch Sie sagen. Meine Herren, ich weiß, daß Sie mir einmütig beipflichten, wenn ich erkläre, daß wir hier unverzüglich Dr. Mansons Rücktritt verlangen.« Chenkin blickte sich nach seinen Freunden um und nahm unter lautem Beifall wieder Platz.

»Vielleicht erlauben Sie nun, daß Dr. Manson seinen Fall auseinandersetzt?« sagte Owen ruhig und erteilte Andrew das Wort. Schweigen trat ein. Andrew blieb einen Augenblick still. Die Sache stand ja noch schlimmer, als er erwartet hatte.

Auf ein Komitee darf man sich nicht verlassen, dachte er bitter. Waren das denn dieselben Leute, die ihm wohlwollend zugelächelt hatten, als sie ihm den Posten gaben? Zorn brannte in seinem Herzen. Er wollte nicht zurücktreten, nein, er wollte nicht. Er stand auf. Er war kein Redner und wußte das. Doch jetzt erfüllte ihn Groll; seine Nervosität schwand vor seiner wachsenden Entrüstung über die Ignoranz, die unerträgliche Dummheit, die in dieser von Chenkin erhobenen Anklage und in dem Beifall der anderen lag. Er begann:

»Mir scheint, niemand hat ein Wort über die Tiere gesagt, die von Ed Chenkin ertränkt wurden. Das war Grausamkeit, wenn Sie gestatten – zwecklose Grausamkeit. Ich habe etwas ganz anderes getan. Warum nehmt ihr weiße Mäuse und Kanarienvögel unter Tage mit? Damit ihr rechtzeitig merkt, wenn Grubengas auftritt. Ihr alle wißt das. Und wenn die Mäuse krepieren, nennt ihr das Grausamkeit? Nein. Ihr seid euch klar darüber, daß ihr die Tiere dazu verwendet habt, Menschenleben, vielleicht euer eigenes Leben, zu retten.

Und genau dasselbe wollte ich euch zum Nutzen tun. Ich studiere die Lungenkrankheiten, die ihr euch durch den Staub bei der Arbeit zuzieht. Ihr alle wißt, daß viele von euch brustkrank werden, in einem solchen Fall aber keine Entschädigung erhalten. Die letzten drei Jahre habe ich fast meine ganze freie Zeit an diese Frage der Staubeinatmung gewendet. Ich habe etwas entdeckt, was vielleicht geeignet ist, eure Arbeitsbedingungen zu verbessern, euch ein besseres Los zu sichern, eure Gesundheit mehr zu fördern, als die stinkenden Arzneien, von denen Len Richards vorhin gesprochen hat. Und wenn ich wirklich ein Dutzend Meerschweinchen dazu gebraucht habe? War es das wert oder nicht?

Ihr glaubt mir vielleicht nicht. Ihr seid so voreingenommen, daß ihr meint, ich lüge euch an. Vielleicht denkt ihr noch immer, ich hätte meine Zeit oder, wie ihr sagt, eure Zeit mit närrischen Experimenten vertan.« Er war jetzt so erregt, daß er seinen festen Entschluß, nicht dramatisch zu werden, vergaß. Er griff in die Brusttasche und zog einen Brief hervor, den er vor wenigen Tagen erhalten hatte. »Aber das hier soll euch beweisen, was andere Leute davon halten, Leute, die berechtigt sind, ein Urteil abzugeben.«

Er trat zu Owen und überreichte ihm den Brief. Es war eine Mitteilung vom Senat der St. Andrews University, daß Manson für seine Dissertation über Staubeinatmung den Grad eines Doktors der Medizin erhalten hatte.

Owen las den wappengeschmückten Brief, und sein Gesicht hellte sich plötzlich auf. Hernach ging das Schreiben von Hand zu Hand.

Andrew ärgerte sich über den Eindruck, den die Mitteilung des Senats machte. Trotz dem verzweifelten Wunsch, seine Sache siegreich durchzufechten, bedauerte er es jetzt beinahe, daß er sich hatte hinreißen lassen, diesen Brief vorzuweisen. Wenn man ihm nicht aufs Wort glaubte, sondern dazu gewissermaßen noch eine offizielle Bestätigung für erforderlich hielt, mußte man aufs äußerste gegen ihn voreingenommen sein. Brief hin, Brief her, er hatte das scheußliche Gefühl, daß man an ihm ein Exempel statuieren wollte.

Er fühlte sich erleichtert, als nach einigen weiteren Fragen und Antworten Owen sagte: »Vielleicht lassen Sie uns jetzt ein wenig allein, Doktor.«

Er wartete draußen auf die Abstimmung, kochend vor Erbitterung, rastlos vor Ungeduld. Es war ein herrliches Ideal, daß diese Gruppe von Arbeitern zum Besten ihrer Arbeitskollegen die der Gemeinschaft geleisteten ärztlichen Dienste kontrollierte. Aber es blieb nur ein Ideal. Sie staken zu sehr in Vorurteilen und waren zu wenig intelligent, um eine solche Aufgabe in fortschrittlichem Geist durchzuführen. Es kostete Owen ständig größte Mühe, sie mitzuschleppen. Und Andrew hatte die Überzeugung, daß in diesem Falle nicht einmal Owens Wohlwollen ihn retten würde.

Doch als Andrew wieder eintrat, lächelte der Sekretär und rieb sich fröhlich die Hände. Auch andere Mitglieder des Komitees betrachteten Manson mit größerer Freundlichkeit, zumindest nicht feindselig. Und Owen erhob sich sogleich und sagte:

»Dr. Manson, ich freue mich, Ihnen mitteilen zu können – ich darf sogar sagen, ich persönlich bin glücklich, Ihnen mitzuteilen, daß das Komitee mit Stimmenmehrheit beschlossen hat, Sie um Ihr Verbleiben im Dienst zu bitten.«

Er hatte gesiegt, er hatte sie trotz allem überzeugt. Aber dieses Bewußtsein bereitete ihm nach einem kurzen Augenblick der Befriedigung keine Freude. Eine Pause trat ein; man erwartete offenbar, er werde seine Genugtuung, seine Dankbarkeit zum Ausdruck bringen. Aber das konnte er nicht. Er hatte diese ganze verzerrte Geschichte, das Komitee, Aberalaw, die Arzneien, den Silikatstaub, die Meerschweinchen und sich selber satt.

Schließlich sagte er:

»Ich danke Ihnen, Mr. Owen. Ich freue mich, daß das Komitee nach allem, was ich hier zu leisten versucht habe, meinen Abschied nicht wünscht. Aber leider kann ich nicht mehr in Aberalaw versauern. Ich kündige hiermit auf einen Monat von heute an.« Er hatte ohne die geringste Aufregung, fast tonlos, gesprochen, hierauf machte er kehrt und verließ den Saal.

Grabesstille herrschte im Komitee. Ed Chenkin erholte sich von der Überraschung zuerst. »Den hätten wir los«, rief er halblaut hinter Manson her.

Und nun überraschte Owen das Komitee durch seinen ersten Zornesausbruch in diesem Saal.

»Halten Sie Ihr blödes Maul, Ed Chenkin!« schrie er und schleuderte mit erschreckender Heftigkeit das Lineal auf den Tisch. »Wir haben den besten Mann verloren, den wir je hatten.«

16

Andrew erwachte in tiefer Nacht und stöhnte:

»Bin ich verrückt, Chris, daß ich unseren Lebensunterhalt aufs Spiel setze, eine gute Stellung wegschmeiße? Schließlich habe ich seit einiger Zeit auch ein paar Privatpatienten. Und Llewellyn benimmt sich sehr anständig. Du weißt doch, daß er mir halb und halb versprochen hat, mich zu Fällen im Spital heranzuziehen? Und das Komitee – wenn man von Chenkin und seinem Klüngel absieht, sind die Leute gar nicht so übel. Schließlich glaube ich, man hätte mich, wenn Llewellyn einmal seinen Abschied nimmt, zum Chefarzt gemacht.«

Sie lag neben ihm im Dunkel und tröstete ihn ruhig und vernünftig.

»Du willst doch nicht im Ernst, daß wir unser ganzes Leben in einem walisischen Bergwerksnest bleiben. Wir waren hier glücklich, aber es ist an der Zeit, daß wir weiterkommen.«

»So hör, Chris«, sagte er sorgenvoll. »Wir haben noch nicht genug Geld, eine Praxis zu kaufen. Wir hätten uns etwas mehr ersparen müssen, bevor hier abhauen.«

Sie antwortete schlaftrunken: »Was hat denn das mit Geld zu tun? Außerdem werden wir alle Ersparnisse – oder nahezu alle – für einen richtigen Urlaub verwenden. Weißt du, daß du fast vier Jahre nicht von diesen dummen Bergwerken weggekommen bist?«

Ihr Mut steckte ihn an. Am nächsten Morgen schien die Welt froh und sorglos. Beim Frühstück, das er sich mit neuer Freude schmecken ließ, erklärte er:

»Du bist gar kein übles Ding, Chris. Statt auf die Kanzel zu steigen und mir zu predigen, daß du jetzt große Dinge von mir erwartest, daß es nun an der Zeit sei, der Welt zu zeigen, wer ich bin, willst du nur –«

Sie hörte gar nicht hin. Ehrfurchtslos tadelte sie:

»Nein, wirklich, Liebster, du darfst die Zeitung nicht so zerknittern. Ich habe gedacht, nur Frauen tun das. Wie soll ich da meine Gartenrubrik lesen?«

»Lies sie eben nicht!« Unterwegs zur Tür küßte er sie lächelnd. »Denk lieber an mich!«

Er fühlte sich abenteuerlustig, bereit, dem Leben die Stirn zu bieten. Außerdem konnte er, vorsichtig, wie er war, nicht umhin, die Habenseite seines Kontos zu betrachten. Er hatte nun die Mitgliedschaft der Königlichen Ärztegesellschaft, den Doktorgrad und mehr als dreihundert Pfund auf der Bank. Mit solchem Rückhalt verhungerten sie gewiß nicht.

Es war gut, daß ihr Entschluß feststand. Ein Rückschlag in der öffentlichen Meinung hatte die Stadt erfaßt. Nun, da Manson aus freien Stücken gehen wollte, wünschte jedermann, daß er bleibe.

Der Höhepunkt kam eine Woche nach der Versammlung, als Owen ohne Erfolg eine Deputation nach Vale View führte, um Andrew zu bitten, er möge sich seinen Entschluß nochmals überlegen.

Hernach wandte sich die Stimmung gegen Ed Chenkin, und es kam sogar zu Gewalttätigkeiten. In den Arbeitergassen beschimpfte man Ed. Zweimal wurde er mit Katzenmusik vom Bergwerk heimbegleitet, eine Schmach, die die Arbeiter gewöhnlich nur einem Angeber zufügten.

Angesichts all dieser lokalen Erschütterungen war es sonderbar, wie wenig Andrews Dissertation auf die Außenwelt Eindruck gemacht hatte. Er war durch sie M. D., Doktor der Medizin, geworden. Das ›Journal of Industrial Health‹ hatte sie abgedruckt, und in den Vereinigten Staaten wurde sie von der Gesellschaft für amerikanische Hygiene als Broschüre veröffentlicht. Sonst aber trug sie ihm nur drei Briefe ein.

Der erste kam von einer Firma in der Brick Lane, E. C. Sie teilte ihm mit, daß sie ihm mit gleicher Post Muster ihres Pulmo-Sirups sende, eines unfehlbaren Lungenmittels, wofür schon Hunderte von Zeugnissen vorlägen, darunter mehrere von prominenten Ärzten. Man hoffe, er werde in seiner Praxis den

Bergleuten Pulmo-Sirup verschreiben. Pulmo-Sirup, hieß es weiter, sei auch gut gegen Rheumatismus.

Der zweite Brief war von Professor Challis, eine enthusiastische Epistel mit Glückwünschen und Lobsprüchen und der Frage, ob Andrew nicht irgendeinmal im Laufe der Woche im Institut von Cardiff vorsprechen könnte. In einem P. S. fügte Challis hinzu: ›Kommen Sie womöglich Donnerstag.‹ Aber Andrew konnte sich im Wirbel dieser letzten Tage nicht danach richten. Ja, er verlegte den Brief und vergaß, ihn zu beantworten. Den dritten beantwortete er sofort, so aufrichtig freute er sich darüber. Diese ungewöhnliche, erregende Mitteilung war über den Atlantischen Ozean aus Oregon gekommen. Andrew las die mit Maschine beschriebenen Blätter immer wieder, dann trug er sie aufgeregt zu Christine.

»Das ist wirklich anständig, Chris! Schau dir diesen Brief aus Amerika an – von einem gewissen Stillman, Robert Stillman aus Oregon –, du hast wahrscheinlich noch nie von ihm gehört, aber ich schon. Der Brief ist eine einzige Anerkennung meiner Arbeit. Viel, viel detaillierter als der von Challis – ach, Teufel, dem hätte ich doch antworten sollen! Aber der Mensch hier versteht meine Absichten vollauf, ja, in einigen Punkten berichtigt er mich. Offenbar ist der aktiv-destruktive Bestandteil meines Silikons Serecit. Ich hatte nicht genug chemische Behelfe, das festzustellen. Aber was für ein herrlicher Brief mit Glückwünschen – und von Stillman!«

»Ja?« Sie sah ihn fragend an. »Ein bekannter Arzt drüben?«

»Nein, das ist eben das Erstaunliche. Er ist eigentlich Physiker. Aber er leitet in der Nähe von Portland in Oregon eine Klinik für Lungenkranke – schau, hier steht's auf dem Briefpapier. Manche anerkennen ihn noch nicht, aber er ist in seiner Art ebenso eine Größe wie Spahlinger. Wenn wir nächstens mehr Zeit haben, erzähle ich dir von ihm.«

Wieviel er von Stillmans Brief hielt, bewies die Tatsache, daß er sich sogleich hinsetzte und die Antwort schrieb.

Sie waren jetzt überlastet mit ihren Vorbereitungen für den Urlaub, mit der Einlagerung ihres Hausrats in Cardiff – dem dafür geeigneten Ort – und durch die trübseligen Abschiedsbesuche. Ihr Wegzug von Drineffy war Hals über Kopf ein heldischer Hieb durch den Knoten gewesen. Aber hier hatten sie viel unter wehmütigen Gefühlen zu leiden. Sie wurden von den Vaughans, den Bolands, ja sogar von Llewellyns zu Abschiedsfeiern eingeladen. Andrew erkrankte an ›Abschiedsdyspepsie‹, einer Folgeerscheinung dieser Abschiedsbankette. Als dann der große Tag kam, teilte ihnen Jenny, in Tränen aufgelöst, zu beider Bestürzung mit, daß man ihnen das Geleit an die Bahn geben werde.

Und als ob es an dieser erschütternden Mitteilung nicht genug gewesen wäre, kam Vaughan in aller Eile her.

»Verzeiht, daß ich euch noch einmal belästige. Aber hören Sie einmal, Manson, was haben Sie denn mit dem alten Challis gemacht? Soeben ist ein Brief von dem alten Knaben gekommen. Ihre Arbeit hat ihn und obendrein, wenigstens wie ich höre, auch die Metallarbeiterinspektion ganz verrückt gemacht. Jedenfalls bittet er mich, mich mit Ihnen in Verbindung zu setzen. Er möchte, daß Sie ihn in London ganz bestimmt aufsuchen, und sagt, es sei ungeheuer wichtig.«

Andrew antwortete ein wenig verdrossen:

»Aber, Mensch, wir verreisen. Seit Jahren ist das unser erster wirklicher Urlaub. Wie kann ich ihn da besuchen?«

»Dann geben Sie uns Ihre Adresse. Er wird Ihnen gewiß schreiben wollen.«

Andrew blickte Christine unsicher an. Sie hatten die Absicht gehabt, ihr Reiseziel geheim zu halten, um jeglicher Sorge, Korrespondenz und Belästigung zu entgehen. Dennoch gab er jetzt Vaughan die gewünschte Information.

Dann eilten sie zum Bahnhof, wurden dort von der wartenden Menge aus ihrem Bezirk geradezu verschluckt, mußten Hände schütteln, Zurufe über sich ergehen lassen, wurden auf den Rücken geklopft, umarmt und schließlich, als der Zug schon losfuhr, ins Abteil geschoben. Nun dampften sie davon, und ihre auf dem Perron versammelten Freunde stimmten herzhaft ›Men of Harlech‹ an.

»O Gott!« sagte Andrew, die ertaubten Finger bewegend.

»Dieses war der letzte Streich.« Aber seine Augen schimmerten, und in der nächsten Minute fügte er hinzu: »Trotzdem gäbe ich dieses Erlebnis für keinen Preis her, Chris. Die Leute sind doch wirklich anständig. Und wenn man sich vorstellt, daß noch vor einem Monat die halbe Stadt nach meinem Blut geschrien hat! Man kommt um die Tatsache nicht herum, daß das Leben verdammt komisch ist.« Belustigt sah er sie an, als sie jetzt neben ihm saß. »Und nun, Mrs. Manson, sind Sie zwar schon eine alte Ehefrau, aber jetzt kommen Ihre zweiten Flitterwochen!«

Am Abend gelangten sie nach Southampton und belegten eine Kabine auf dem Kanaldampfer. Am nächsten Morgen sahen sie die Sonne hinter St. Malo aufgehen, und eine Stunde später waren sie in der Bretagne.

Der Weizen reifte, die Kirschbäume waren schwer von Früchten. Ziegen streunten über die blumigen Weiden. Es war Christines Einfall gewesen, hierher zu fahren, ins wirkliche Frankreich – nicht zu Bildergalerien oder Palästen, nicht zu historischen Ruinen oder Denkmälern, nicht zu den Dingen, auf die das Reisehandbuch mit drei Sternen hinweist.

Sie erreichten Val André. Von dem kleinen Hotel konnte man das Branden der See hören, den Duft der Wiesen riechen. Das Schlafzimmer hatte einen einfachen gescheuerten Bretterboden, und den dampfenden Morgenkaffee erhielten sie in dicken blauen Schalen. Den lieben langen Tag faulenzten sie.

»O Gott!« sagte Andrew immer wieder. »Ist das nicht herrlich, mein Kind? Nie, nie, nie wieder möchte ich eine Lobärpneumonie sehen.« Sie tranken Apfelmost, aßen Langusten, Krevetten, Pasteten und weiße Kirschen. Am Abend spielte Andrew mit dem Wirt auf dem alten achteckigen Brett Billard. Wenn er gut in Form war, verlor er nur mit fünfzig zu hundert.

Es war herrlich, wunderbar, erlesen – alle diese Adjektive stammten von Andrew, doch fügte er hinzu: mit Ausnahme der Zigaretten. So verging ein ganzer seliger Monat. Und dann begann Andrew immer öfter und mit nie zur Ruhe kommender Nervosität den uneröffnet gebliebenen, von Kirschsaft und Schokolade fleckigen Brief zu befingern, den er nun schon vierzehn Tage in der Rocktasche trug.

»Na los«, drängte Christine endlich eines Morgens. »Wir haben unser Wort gehalten! Jetzt kannst du ihn öffnen.«

Behutsam schnitt er den Umschlag auf; rücklings im Sonnenschein liegend, las er den Brief, richtete sich auf und las ihn noch einmal. Schweigend reichte er seiner Frau das Blatt hinüber.

Der Brief kam von Professor Challis. Es hieß darin, daß sich das C. M. M. F. B., das Coal and Metalliferous Mines Fatigue Board, aufgrund der Forschungen Andrews über die Staubeinatmung entschlossen habe, die ganze Frage eingehender zu untersuchen, um darüber dem zuständigen Parlamentsausschuß berichten zu können. Zu diesem Zweck wollte das Board einen ärztlichen Beamten einstellen. Und es biete diese Anstellung ihm in Hinblick auf seine Untersuchungen an. Dieser Beschluß sei einstimmig und ohne Debatte gefaßt worden.

Als Christine den Brief gelesen hatte, blickte sie Andrew glückstrahlend an.

»Ich hab' dir doch gesagt, es wird sich etwas finden.« Sie lächelte. »Das ist ja herrlich!«

Rasch und nervös warf er Steinchen nach einem Hummertopf auf dem Strand.

»Es muß klinische Arbeit sein«, sagte er vor sich hin. »Ist ja anders nicht möglich. Die Leute wissen, daß ich Kliniker bin.« Mit immer innigerem Lächeln betrachtete sie ihn.

»Natürlich, Liebster, aber vergiß unsere Abmachung nicht! Sechs Wochen hier als Minimum, nichts tun, ausrasten, du wirst doch deshalb unsere Ferien nicht abbrechen?«

»Nein, nein.« Er sah auf die Uhr. »Unseren Urlaub wollen wir schon auskosten, aber – immerhin –« Er sprang auf und zog sie fröhlich in die Höhe. »Immerhin wird es nichts schaden, wenn wir zum Telegrafenamt laufen. Und ich wüßte gern – ich wüßte gern, ob es hier einen Fahrplan gibt.«

DRITTER TEIL

1

Das Coal and Metalliferous Mines Fatigue Board – gewöhnlich abgekürzt M. F. B. – war in einem großen ansehnlichen Sandsteinbau am Embankment untergebracht. Es lag unweit der Westminster Gardens und in der unmittelbaren Nachbarschaft sowohl des Handelsministeriums wie des Bergwerksdepartements. Die beiden Behörden vergaßen zeitweise das Board, dann stritten sie wieder heftig darüber, wem es eigentlich unterstehe. An dem frischen, klaren Morgen des 14. August lief Andrew strotzend vor Gesundheit und Unternehmungslust die Treppen des Gebäudes hinan und sah drein, als wollte er London erobern. »Ich bin der neue ärztliche Beamte«, sagte er zu dem uniformierten Pförtner.

»Sehr wohl, Sir, sehr wohl, Sir«, antwortete der Pförtner mit väterlicher Miene. Es freute Andrew, daß man ihn anscheinend erwartete. »Sie wollen gewiß Mr. Gill sprechen. Jones, führen Sie unsern neuen Doktor zu Mr. Gill!«

Langsam stieg der Lift in die Höhe, man konnte die grün gekachelten Korridore und viele Stockwerke sehen, in denen wieder die würdevolle Uniform des Office of Works auftauchte. Dann wurde Andrew in einen sonnigen Raum geführt, wo er Mr. Gill die Hand schüttelte, der von seinem Schreibtisch aufstand und die ›Times‹ hinlegte, um ihn willkommen zu heißen. »Ich komme ein wenig spät zum Dienstantritt, aber ich komme«, erklärte Andrew lebhaft. »Entschuldigen Sie, wir sind gestern aus Frankreich zurückgekommen, aber ich bin vollkommen bereit, meinen Dienst aufzunehmen.«

»Das ist nett von Ihnen!« Gill war ein gemütlicher kleiner Mann mit goldgefaßter Brille, fast priesterlichem Halskragen, dunkelblauem Anzug und dunkelblauer, von einem glatten Goldreif festgehaltener Krawatte. Er tat etwas steif, betrachtete aber Andrew mit Wohlwollen.

»Bitte, nehmen Sie Platz! Wollen Sie eine Schale Tee oder ein

Glas warme Milch? Ich trinke gewöhnlich gegen elf Uhr einen Schluck, und es ist fast schon elf –«

»Nun –« sagte Andrew zögernd, doch dann heiterte sich seine Miene auf. »Vielleicht können Sie mich über meinen Dienst informieren, während wir –«

Fünf Minuten später brachte ein Uniformierter eine hübsche Schale mit Tee und ein Glas warme Milch.

»Hoffentlich wird es recht sein, Mr. Gill. Sie ist abgekocht, Mr. Gill.«

»Danke, Stevens.« Als Stevens fortgegangen war, wandte sich Gill lächelnd an Andrew. »Sie werden ihn sehr brauchbar finden. Er macht herrlichen heißen Buttertoast. Es ist so schwer hier, wirklich erstklassige Boten zu bekommen. Wir gehören ein wenig zu allen Departements: zum Home Office, zum Bergwerksdepartement, zum Handelsministerium. Und ich« – Gill hustete mit sanftem Stolz –, »ich komme von der Admiralität.« Während Andrew die gekochte Milch trank und nach Mitteilungen über seine Arbeit dürstete, plauderte Gill freundlich über das Wetter, über die Bretagne, über das Pensionsgesetz für Zivilbeamte und über die Vorzüge der Pasteurisierung. Dann stand er auf und führte Andrew in dessen Zimmer.

Auch dieses war ein mit Teppichen belegter, warmer, zu beschaulicher Ruhe einladender sonniger Raum mit herrlicher Aussicht auf den Strom. Eine große Schmeißfliege summte schläfrig an der Fensterscheibe.

»Das Zimmer habe ich Ihnen selbst ausgesucht«, sagte Gill wohlwollend. »Und auch ein wenig herrichten lassen. Sehen Sie hier den Kohlenkamin – der wird Ihnen im Winter gute Dienste leisten – hoffentlich sind Sie zufrieden?«

»Aber natürlich, das Zimmer ist herrlich, nur –«

»Jetzt möchte ich Sie mit Ihrer Sekretärin, Miß Mason, bekannt machen.« Gill klopfte und öffnete eine Verbindungstür, hinter der Miß Mason an einem kleinen Schreibtisch sichtbar wurde, ein nettes, nicht mehr junges Mädchen, sauber und gesetzt. Sie legte ihre ›Times‹ hin und stand auf.

»Guten Morgen, Miß Mason.«

»Guten Morgen, Mr. Gill.«

»Miß Mason, das ist Dr. Manson.«

»Guten Morgen, Dr. Manson.«

Andrews Kopf schwindelte ein wenig unter dem Ansturm dieser Begrüßungen, aber er sammelte sich und nahm am Gespräch teil. Als Gill fünf Minuten später mit freundlichem Nikken davonschlich, bemerkte er ermutigend zu Andrew:

»Ich schicke Ihnen ein paar Akten.«

Die Akten erschienen, von Stevens zärtlich getragen. Abgesehen von seinen Talenten als Milchkocher und Toastbereiter, war Stevens der beste Aktenträger im ganzen Gebäude. Jede Stunde betrat er Andrews Büro mit Dokumenten und legte sie liebevoll in die lackierte Blechschachtel auf dem Schreibtisch, die den Vermerk ›Eingang‹ trug, während sein eifrig suchender Blick forschte, ob er etwas aus der Schachtel mit der Aufschrift ›Ausgang‹ fortnehmen könne. Es brach Stevens beinahe das Herz, wenn die Ausgangsschachtel leer war. Trat dieser beklagenswerte Fall ein, schlich er sich niedergeschmettert von dannen. Ratlos, verwirrt, gereizt durchflog Andrew, hastig blätternd, die Akten – detaillierte Sitzungsberichte des M. F. B., langweilig, ledern, unwichtig. Dann wandte er sich dringlich an Miß Mason. Aber Miß Mason, die, so erklärte sie, aus dem Home Office, Abteilung für Gefrierfleisch, kam, erwies sich als recht schwache Quelle der Belehrung. Sie sagte, die Amtsstunden seien von zehn bis vier. Sie erzählte vom Hockey-Team der Beamtenschaft – »natürlich meine ich das Damen-Team, Dr. Manson« –, dessen Vizekapitän sie war. Sie fragte, ob sie ihm ihr Exemplar der ›Times‹ borgen solle. Ihr Blick beschwor ihn, Ruhe zu bewahren.

Aber Andrew wahrte die Ruhe nicht. Frisch vom Urlaub, voll Arbeitslust, begann er, auf dem Teppich mit Schritten ein Muster zu weben. Aufgebracht blickte er auf das heitere Bild des Flusses, wo Dampfbarkassen geschäftig hin und her fuhren und lange Reihen von Kohlenschiffen gegen die Flut ankämpften. Dann ging er zu Gill hinunter.

»Wann soll ich eigentlich anfangen?«

Gill fuhr zusammen, so unvermittelt war die Frage gestellt worden.

»Aber mein lieber Junge, Sie haben mich beinahe erschreckt. Ich dachte, ich hätte Ihnen genug Akten für einen ganzen Monat gegeben.« Er sah auf die Uhr. »Kommen Sie mit, es ist höchste Zeit zum Lunch.«

Vor einer gedämpften Seezunge erklärte Gill taktvoll, während Andrew mit einem Hammelkotelett kämpfte, daß die nächste Sitzung des Board nicht vor dem 18. September stattfinden werde und nicht stattfinden könne, da Professor Challis in Norwegen, Dr. Maurice Gadsby in Schottland, Sir William Dewar, der Präsident, in Deutschland und Gills unmittelbarer Vorgesetzter, Mr. Blades, mitsamt seiner Familie in Frinton sei. Am Abend ging Andrew mit wirrem Kopf heim. Sein Hausrat war noch eingelagert, denn um genügend Zeit zur Wohnungssuche zu haben, hatten Andrew und Christine für einen Monat ein kleines möbliertes Apartment in Earl's Court gemietet.

»Du wirst es mir nicht glauben, Chris. Die Leute sind noch gar nicht vorbereitet auf mich. Ich habe einen ganzen Monat zur Verfügung, um Milch zu trinken, die ›Times‹ und eben angelegte Akten zu lesen – ach ja, und mit der alten Jungfer Mason lange, vertrauliche Hockey-Gespräche zu führen.«

»Wenn du nichts dagegen hast, wirst du es bei Gesprächen mit deiner alten Gattin bewenden lassen. Ach, wirklich, mein Lieber, nach Aberalaw ist es herrlich hier. Am Nachmittag machte ich einen kleinen Ausflug nach Chelsea und entdeckte Carlyles Haus und die Tate-Galerie. Oh, ich habe mir ja so schöne Dinge für uns beide vorgenommen. Man kann mit dem Pennydampfer nach Kew fahren. Stell' dir nur vor, die Gärten dort, Liebster! Und nächsten Monat die Kreisler-Konzerte in der Albert-Hall. Ach, und wir müssen uns das Programm anschauen, damit wir herausbekommen, warum sich alle Leute darüber lustig machen. Und die New Yorker Theatre Guild spielt ein Stück, und es wäre hübsch, wenn wir einmal miteinander Mittag essen gingen.« Sie streckte die zitternde kleine Hand aus. Andrew hatte Christine noch selten so erregt gesehen. »Liebster! Gehen wir essen. Hier in der Straße ist ein russisches Restaurant. Es sieht recht gut aus. Wenn du also nicht zu müde bist, können wir –«

»Oho, oho«, wandte er ein, als sie ihn zur Tür führte. »Ich habe gedacht, der nüchterne Teil unseres Haushaltes seiest du. Aber glaub mir, Chris, nach der furchtbaren Plage dieses ersten Arbeitstages könnte mir ein vergnügter Abend guttun.«

Am nächsten Morgen las er jeden einzelnen Akt auf seinem Schreibtisch, versah sie alle mit dem Anfangsbuchstaben und wanderte um elf wieder im Zimmer hin und her.

Doch bald wurde ihm der Käfig zu eng, und er machte sich ungestüm davon, das Gebäude zu durchforschen. Dieses erwies sich als ebenso interessant wie ein Leichenhaus ohne Leichen, doch plötzlich fand er sich im obersten Stockwerk in einem langen, halb und halb als Laboratorium eingerichteten Raum, in dem auf einer alten Schwefelkiste ein junger Mann in einem schmutzigen weißen Kittel saß und sich verzweifelt die Fingernägel manikürte, während die Zigarette in seinem Mund den Nikotinfleck auf der Oberlippe noch gelber färbte.

»Hallo!« sagte Andrew.

Eine kurze Pause. Dann antwortete der andere teilnahmslos: »Wenn Sie sich verirrt haben, der Lift befindet sich die dritte Tür rechts.«

Andrew lehnte sich an den Experimentiertisch und nahm sich eine Zigarette aus seiner Schachtel. Er fragte:

»Gibt's hier keinen Tee?«

Erst jetzt hob der junge Mann den Kopf mit dem kohlschwarzen, glattgebürsteten Haar, das zu dem hochgeschlagenen Kragen des schmutzigen Kittels in denkbar stärkstem Gegensatz stand. »Den bekommen nur die weißen Mäuse«, antwortete er interessiert. »Die Teeblätter sind besonders nahrhaft für sie.«

Andrew lachte. Der Spaßmacher hier war vielleicht fünf Jahre jünger als er. Andrew erklärte:

»Mein Name ist Manson.«

»Das habe ich befürchtet. Sie sind also gekommen, sich den Vergessenen anzuschließen.« Eine Pause. »Ich bin Dr. Hope. Wenigstens glaubte ich das früher. Jetzt bin ich entschieden ein hoffnungsloser Hope!«

»Was machen Sie hier?«

»Das weiß nur Gott – und Billy Knopf, das heißt Dewar! Einen Teil der Zeit sitze ich hier und denke nach. Aber meistens sitze ich nur. Gelegentlich sendet man mir Filets von zerrissenen Bergleuten und fragt mich nach der Ursache der Explosion.«

»Und können Sie die angeben?« fragte Andrew höflich.

»Nein«, sagte Hope derb, »ich mache nur Wind.«

Nach dieser Grobheit fühlten sich beide besser und gingen gemeinsam zum Lunch. Zum Lunch gehen, erklärte Dr. Hope, sei die einzige Funktion am Tag, die es ihm ermögliche, bei Verstand zu bleiben. Hope erklärte seinem neuen Kollegen auch andere Dinge. Er hatte in Cambridge studiert und war von Birmingham dorthin gekommen, was wohl – so fügte er grinsend hinzu – seine häufigen Verstöße gegen die gute Sitte begreiflich mache. Der lästigen Fürsprache Professor Dewars habe er es zu danken, daß er dem Metalliferous Board geborgt worden sei. Er habe nur rein mechanische Arbeit zu leisten, die jeder routinierte Laboratoriumsdiener ebensogut erledigen könnte. Er versicherte Andrew, er werde angesichts der Indolenz und Untätigkeit des Amtes, das er kurz und bündig als Narrenhaus bezeichnete, bestimmt irrsinnig. Diese Institution, typisch für den größten Teil der Forschungsarbeit hierzulande, unterstehe einer Anzahl großer Tiere, die zu sehr in die eigenen Theorien verstrickt und mit gegenseitigem Gezänke zu sehr beschäftigt seien, um die Karre in eine bestimmte Richtung zu ziehen. Und so werde Hope bald dahin, bald dorthin geschoben. Man schreibe ihm vor, was er zu tun habe, statt daß man ihm erlaube, nach seinem Gutdünken vorzugehen, und infolge dieser Unterbrechungen befasse er sich nie volle sechs Monate mit derselben Arbeit.

Er schilderte in flüchtigen Umrissen die Leitung des Narrenhauses. Da war einmal Sir William Dewar, der zittrige, aber höchst herrschsüchtige neunzigjährige Präsident, Billy Knopf genannt, weil er die Neigung hatte, gewisse wichtige Knöpfe nicht zuzumachen. Der alte Billy Knopf war Präsident fast jedes wissenschaftlichen Komitees in England, berichtete Hope. Ferner hielt er die bekannten, von der Hörerschaft so stürmisch begrüßten Radiovorträge: ›Wissenschaft für unsere Kleinen.‹ Dann kamen Professor Whinney, bei seinen Studenten unter dem Namen Nörgler bekannt, Challis, nicht so übel, wenn er vergaß, Komödie zu spielen – er hatte den Spitznamen Rabelais Pasteur Challis –, und Dr. Maurice Gadsby.

»Kennen Sie Gadsby?« fragte Hope.

»Ich bin dem Herrn einmal begegnet.« Und Andrew berichtete sein Prüfungserlebnis.

»Das sieht unserem Maurice ähnlich«, sagte Hope bitter. »Er ist ja ein so ekliger kleiner Wichtigtuer. Überall steckt er die Nase hinein, dieser Tage erst in eine Königliche Apothekergesellschaft. Aber eine kluge Bestie. Forschungen interessieren ihn nicht. Er interessiert sich nur für sich.« Hope lachte plötzlich. »Robert Abbey hat es Gadsby einmal gut gegeben. Gadsby wollte in den Rumpsteak Club aufgenommen werden, das ist so eine Fressersache, wie es sie in London gibt, und eine sehr vornehme! Nun, Abbey, der ein gefälliger Mensch ist, verspricht Gadsby, sich für ihn zu verwenden. Warum, das wissen die Götter. Nun, eine Woche später treffen die beiden zusammen. ›Bin ich aufgenommen?‹ fragte Gadsby. ›nein‹, antwortete Abbey. ›Großer Gott‹, stammelte Gadsby, ›Sie wollen doch nicht sagen, daß man mir die schwarze Kugel gegeben hat?‹ ›Gewiß‹, sagt Abbey. ›Hören Sie, Gadsby, Sie haben doch noch nie einen Teller Kaviar gesehen.‹« Hope lehnte sich zurück und heulte vor Lachen. Einen Augenblick später fügte er hinzu: »Übrigens ist auch Abbey in unserer Leitung. Ein weißer Rabe, aber viel zu vernünftig, um oft zu kommen.«

Das war die erste gemeinsame Mittagsmahlzeit, der viele andere folgen sollten. Trotz seinem studentenhaften Humor und einer natürlichen Neigung zum Leichtsinn war Hope mit viel Verstand gesegnet. Sein Mangel an Ehrfurcht hatte etwas Gesundes. Andrew fühlte, dieser Mann konnte eines Tages viel leisten. Und in seinen ernsteren Augenblicken sprach Hope oft die Hoffnung aus, zu der wirklichen Arbeit zurückkehren zu können, die er sich vorgenommen hatte, zu der synthetischen Darstellung der Darmfermente.

Gelegentlich aß auch Gill mit ihnen. Hopes Kennzeichnung Gills traf zu: ein guter kleiner Kerl. Obwohl durch seine dreißigjährige Dienstzeit als Staatsbeamter ein wenig verkalkt – er hatte sich von ganz unten heraufgearbeitet –, war er doch im Innersten menschlich geblieben. Im Amt funktionierte er wie eine gut geölte, lautlose Maschine. Jeden Morgen kam er mit dem gleichen Zug aus Sunbury und kehrte, wenn er nicht ›aufgehalten‹ wurde, jeden Abend mit dem gleichen Zug zurück. In Sunbury hatte er eine Gattin, drei Töchter und einen kleinen Garten, in dem er Rosen züchtete. Er war nach außen hin ein so echter Typ, daß er als das vollendetste Musterbild des selbstzufriedenen Vorstädters hätte gelten können. Und dennoch gab es hinter diesem Schein einen wirklichen Gill, der Yarmouth im Winter liebte und immer seinen Urlaub im Dezember dort verbrachte, einen Gill, der in einem Buch ›Hadschi Baba‹ eine sonderbare Bibel hatte, die er fast auswendig kannte, einen Gill, der seit fünfzehn Jahren Mitglied der Tiergartengesellschaft und in die Pinguine des Zoos ganz vernarrt war.

Einmal nahm Christine als vierte Person an dieser Tafelrunde teil. Gill übertraf sich selbst und zeigte seine guten Beamtenmanieren aufs beste. Sogar Hope betrug sich bewundernswert vornehm. Er vertraute Andrew an, daß er sich seit der Bekanntschaft mit Mrs. Manson nicht mehr so todsicher als Kandidaten für die Zwangsjacke betrachte.

Die Tage gingen dahin. Während Andrew auf die Direktionssitzung wartete, entdeckte er gemeinsam mit Christine die Stadt. Sie machten einen Dampferausflug nach Richmond. Sie wagten sich in ein Theater des Namens Old Vic. Sie lernten das Windesrauschen der Hampstead Heath kennen, den Zauber einer Kaffeebude zu Mitternacht. Sie bummelten in der Row und ruderten in der Serpentine. Sie lösten das Rätsel des enttäuschenden Soho. Als sie es nicht mehr nötig hatten, die Pläne der Untergrundbahn zu studieren, ehe sie sich diesem Verkehrsmittel anvertrauten, begannen sie sich als Londoner zu fühlen.

2

Der Nachmittag des 18. September führte die leitenden Männer des M. F. B. miteinander und endlich auch mit Andrew zusammen. Er saß zwischen Gill und Hope und war sich der auf ihm ruhenden höhnischen Blicke Hopes bewußt, während er zusah, wie sich die Mitglieder in den langen, mit vergoldeter Stukkatur geschmückten Sitzungssaal wälzten: Whinney, Dr. Lancelot Dodd-Canterbury, Challis, Sir Robert Abbey, Gadsby und schließlich Billy Knopf-Dewar in höchsteigener Person.

Abbey und Challis hatten vor Dewars Erscheinen Andrew angesprochen – Abbey mit ein paar ruhigen Worten, der Professor mit einem fröhlichen, leutseligen Wortschwall – und ihn zu der Anstellung beglückwünscht. Und als Dewar eintrat, steuerte er auf Gill zu und fistelte mit seiner sonderbar hochklingenden Stimme: »Wo ist unser neuer ärztlicher Beamter, Mr. Gill? Wo ist Dr. Manson?«

Andrew stand auf, verwirrt durch die Erscheinung Dewars, die sogar Hopes Schilderung übertraf. Billy war klein, gebeugt und haarig. Er trug einen alten Anzug mit sehr bekleckerter Weste, und der grünlich schimmernde Mantel bauschte sich üppig, so viele Schriftstücke, Broschüren und Memoranden der verschiedensten Gesellschaften staken darin. Für Billy gab es in diesem Fall keine Entschuldigung, denn er hatte viel Geld und ein paar Töchter, von denen die eine mit einem millionenreichen Oberhausmitglied verheiratet war, aber er sah jetzt, genauso wie immer in seinem Leben, wie ein verwahrloster alter Schimpanse aus.

»Im Jahr achtundachtzig war ein Manson mit mir in Queens«, quiekte er wohlwollend zur Begrüßung.

»Das ist er schon, Sir«, murmelte Hope, der dieser Versuchung nicht widerstehen konnte.

Billy hatte ihn gehört. »Das können Sie doch nicht wissen, Dr. Hope.« Jovial blinzelte er über die Stahlfassung seiner Brille, die ihm auf der Nasenspitze saß. »Damals waren Sie noch nicht einmal in den Windeln. Hihihihi!«

Jetzt watschelte er kichernd zu seinem Platz oben an der Tafel. Keiner der Kollegen, die alle schon saßen, nahm irgendwie Notiz von ihm. Es gehörte zu den Eigentümlichkeiten des Board, daß man hochmütig seinen Nachbarn übersah. Doch dies störte Billy nicht im geringsten. Er zog einen Stoß aus der Tasche, schenkte sich aus der Karaffe ein Glas mit Wasser voll, nahm den kleinen Hammer, der vor ihm lag, und schlug damit kräftig auf den Tisch.

»Meine Herren, meine Herren! Mr. Gill wird jetzt das letzte Sitzungsprotokoll verlesen.«

Gill, der Schriftführer, leierte hastig den Bericht über die letzte Versammlung herunter, während Billy, ohne diesem Singsang irgendwie Beachtung zu schenken, abwechselnd in seinen Schriftstücken wühlte und über den Tisch hin Andrew wohlwollend zuzwinkerte, den er noch immer irgendwie mit seinem Kollegen Manson aus dem Jahre 1880 in Verbindung brachte.

Endlich war Gill fertig, und Billy hämmerte unverzüglich auf den Tisch.

»Meine Herren, wir freuen uns ganz besonders, heute unseren neuen ärztlichen Beamten hier begrüßen zu dürfen. Ich entsinne mich, unlängst, ich glaube, im Jahre 1904, auf die Notwendigkeit hingewiesen zu haben, daß dem Board ein ständig angestellter Kliniker zur Unterstützung der Pathologen zugeteilt werde, die wir uns gelegentlich – hihi, meine Herren – vom Home Office ausborgen. Ich sage dies bei allem Respekt vor unserem jungen Freund Hope, von dessen Gnade – hihi – von dessen Gnade wir so sehr abhängen. Jetzt möchte ich Ihnen in Erinnerung rufen, daß erst 1889...«

Sir Robert Abbey unterbrach ihn:

»Ich glaube, Herr Präsident, im Namen der anderen Mitglieder des Board sprechen zu dürfen, wenn ich mich Ihrer Beglückwünschung Dr. Mansons zu seiner Arbeit über die Silikose aus ganzem Herzen anschließe. Man gestatte mir die Bemerkung, daß mir diese Studie als besonders eingehende und originelle klinische Arbeit erschienen ist, als eine Leistung, die, wie wir alle wohl wissen, die weitestgehenden Wirkungen auf unsere industrielle Gesellschaft haben kann.«

»Hört! Hört!« donnerte Challis, um seinen Schützling zu fördern.

»Lieber Robert, ich wollte das soeben selbst sagen«, erklärte Billy verdrießlich. In seinen Augen war Abbey noch ein junger Mann, beinahe ein Student, und eine solche Unterbrechung heischte milden Tadel. »Als wir uns anläßlich unserer letzten

Sitzung entschlossen, diese Forschungen weiter zu verfolgen, fiel mir sofort Dr. Mansons Name ein. Er hat die Frage angeschnitten, und wir müssen ihm jede Gelegenheit bieten, seine Arbeiten fortzuführen. Wir möchten, meine Herren, daß er« – da dies an Andrew gerichtet war, zwinkerte er ihm unter buschigen Brauen über den Tisch hin zu – »alle Anthrazitgruben im Land besichtige. Vielleicht können wir diese Inspektionen später auf alle Kohlenbergwerke ausdehnen. Ferner wollen wir ihm jede Gelegenheit geben, die Bergleute klinisch zu untersuchen. Wir werden ihm nach Kräften behilflich sein – dabei habe ich auch die hervorragenden bakteriologischen Dienste unseres jungen Freundes Dr. Hope im Auge. Kurz und gut, meine Herren, wir wollen nichts unterlassen, was dazu beitragen könnte, unserem neuen ärztlichen Beamten die Weiterführung der überaus wichtigen Studien über die Staubeinatmung bis zur letzten wissenschaftlichen und administrativen Schlußfolgerung zu ermöglichen.«

Andrew schöpfte rasch und verstohlen Atem. Das war ja herrlich, herrlich, viel schöner, als er je gehofft hatte. Man wollte ihm freie Hand lassen, ihn durch die ungeheure Autorität des Instituts schützen, ihn in seiner klinischen Forschung fördern. Die Leute waren ja Engel, und Billy der Erzengel Gabriel in Person.

»Aber, meine Herren«, piepste Billy plötzlich, während er einen neuen Akt aus der Rocktasche zerrte, »ehe Dr. Manson sich mit diesem Problem befaßt, ehe wir ihm guten Gewissens gestatten können, alle seine Bemühungen darauf zu konzentrieren, liegt noch eine andere und dringendere Sache vor, die er nach meiner Meinung aufgreifen sollte.«

Eine Pause. Andrew fühlte, wie sich sein Herz zusammenzog und seine Stimmung sank, während Billy weitersprach.

»Dr. Bigsby vom Handelsministerium hat mich auf die erschreckende Diskrepanz in der Bezeichnung der in der Industrie verwendeten Materialien für Erste Hilfe aufmerksam gemacht. Natürlich enthält das gegenwärtig in Kraft befindliche Gesetz darüber einige Bestimmungen, doch sind sie ungenau und nicht zufriedenstellend. Es bestehen zum Beispiel keine genauen Vorschriften über Größe und Webart des Verbandzeugs, Breite, Material und Typen der Bandagen. Nun, meine Herren, dies ist eine sehr wichtige Frage, und sie betrifft unmittelbar unser Board. Ich halte dafür, daß unser ärztlicher Beamter eine gründliche Untersuchung einleite und uns einen Bericht darüber vorlege, ehe er mit seiner Arbeit über die Staubeinatmung beginnt.«

Schweigen. Andrew blickte verzweifelt vom einen zum andern. Dodd-Canterbury hatte die Beine von sich gestreckt und den Blick zur Decke gerichtet. Gadsby zeichnete Diagramme auf sein Löschblatt, Whinney runzelte die Stirn, Challis wölbte zum Reden bereits die Brust. Allein Abbey ergriff das Wort: »Aber, Sir William, diese Angelegenheit fällt doch ins Ressort des Handelsministeriums oder des Bergwerksdepartements.«

»Wir unterstehen diesen Körperschaften«, quäkte Billy. »Wir sind – hihi – das Stiefkind beider.«

»Ja, ja, ich weiß, doch schließlich ist die Sache mit dem Verbandzeug verhältnismäßig unwichtig, und Mr. Manson...«

»Ich finde, lieber Robert, die Sache ist alles eher als unwichtig. Nächstens wird im Unterhaus eine Anfrage gestellt werden. Lord Ungar hat es mir erst gestern gesagt.«

»Ah«, rief Gadsby und spitzte die Ohren. »Wenn Ungar seine Hand im Spiel hat, bleibt uns keine andere Wahl.« Gadsby war trotz seiner gespielten Schroffheit ein Speichellecker und wollte es besonders mit Ungar nicht verderben.

Andrew fühlte den Drang, etwas zu sagen.

»Verzeihen Sie, Sir William«, stammelte er, »ich, ich dachte, ich würde hier klinischen Dienst versehen. Einen Monat lungere ich schon in meinem Büro umher, und wenn ich jetzt...«

Er brach ab und blickte um den Tisch. Abbey kam ihm zu Hilfe. »Dr. Mansons Bemerkung ist sehr gerechtfertigt. Vier Jahre arbeitet er geduldig auf seinem Spezialgebiet, und nachdem wir ihm jetzt jede Gelegenheit versprochen haben, seine Forschungen zu vervollständigen, stellen wir ihm das Ansinnen, herumzureisen und das Verbandzeug zu zählen.«

»Lieber Robert, wenn Dr. Manson vier Jahre Geduld gehabt hat«, zirpte Billy, »kann er noch ein wenig länger Geduld haben, hihihi!«

»Sehr richtig«, polterte Challis. »Schließlich bleibt ihm ja noch immer Zeit genug für Silikose.«

Whinney räusperte sich. »Na also«, murmelte Hope, zu Andrew gewendet, »der Nörgler muß auch noch sein Gewieher dazu geben.«

»Meine Herren«, sagte Whinney, »schon lange Zeit bitte ich das Board, das Problem der Muskelermüdung in Verbindung mit Dampfhitze zu erforschen, ein Thema, das, wie Sie wissen, mich zutiefst interessiert und dem Sie – das darf ich wohl sagen – bisher nicht die wohlverdiente Aufmerksamkeit zugewandt haben. Wenn sich nun Dr. Manson ohnehin mit dem Problem der Staubeinatmung nicht sofort beschäftigen kann, scheint mir die Gelegenheit überaus günstig, diese so hochwichtige Frage der Muskelermüdung ...«

Gadsby sah auf die Uhr. »In genau fünfunddreißig Minuten muß ich bei einem Konsilium in der Harley Street sein.«

Whinney wandte sich ärgerlich Gadsby zu. Sein Mitprofessor Challis unterstützte ihn durch ein stürmisches:

»Unerträgliche Frechheit!«

Ein Tumult schien nahe.

Aber Billys gutmütiges gelbes Gesicht lugte hinter seinem Backenbart hervor die Versammlung an. Er ließ sich nicht aus der Fassung bringen. Schon vierzig Jahre lang schaukelte er solche Sitzungen. Er wußte, daß man ihn verabscheute und seinen Rücktritt herbeisehnte.

Aber es ging nicht – er dachte gar nicht ans Gehen. Sein gewaltiger Schädel war mit Problemen, Daten, Agenden, obskuren Formeln, Gleichungen, physiologischen und chemischen Fakten, Forschungsergebnissen und Hypothesen gefüllt. Er glich einem unergründlichen Grabgewölbe, in dem enthirnte Katzen spukten, das von polarisiertem Licht erleuchtet und ganz rosig gefärbt war von der großen Erinnerung, daß einst Lister den Kopf Klein-Billys getätschelt hatte. Jetzt erklärte er arglos:

»Ich muß Ihnen sagen, meine Herren, ich habe Lord Ungar und Dr. Bigsby so gut wie versprochen, daß wir ihnen aus dieser Schwierigkeit helfen werden. Sechs Monate müssen ausreichen,

Dr. Manson. Höchstens eine Kleinigkeit länger. Es wird nicht uninteressant sein. Sie kommen mit Leuten und allen möglichen Sachen in Berührung, junger Mann. Sie erinnern sich doch an Lavoisiers Bemerkung über den Wassertropfen! Hihi! Und jetzt gehen wir über zu Dr. Hopes pathologischer Untersuchung der Probe aus der Wendover Kohlengrube vom letzten Juli...«

Als um vier Uhr alles vorbei war, besprach Andrew in Gills Zimmer die Sache des langen und breiten mit Gill und Hope. Die Wirkung, die dieses Board und vielleicht auch sein zunehmendes Alter auf ihn ausübten, bestand darin, daß der Keim der Selbstbeherrschung in ihn gelegt wurde. Er tobte nicht mehr, er verhaspelte sich auch nicht mehr wütend in seinen Sätzen, sondern beschränkte sich darauf, mit einer ärarischen Feder einen ärarischen Schreibtisch zu zerstochern.

»Es wird nicht so übel sein«, tröstete ihn Gill. »Natürlich bedeutet es, daß Sie das ganze Land bereisen müssen, ich weiß, aber das kann ja ziemlich vergnügt werden. Nehmen Sie doch Mrs. Manson mit. Zuerst fahren Sie nach Buxton – das ist das Zentrum des Kohlengebiets von Derbyshire. Und nach sechs Monaten können Sie sich wieder an Ihre Arbeit über das Anthrazit machen.«

»Dazu kommt er nie wieder«, erklärte Hope grinsend. »Jetzt ist er Bandagenzähler auf Lebenszeit.«

Andrew griff nach seinem Hut. »Sie haben einen einzigen Fehler, Hope: Sie sind zu jung.«

Er ging zu Christine heim. Und da sie sich entschieden weigerte, auf dieses fröhliche Abenteuer zu verzichten, kauften sie am Montag für sechzig Pfund einen gefahrenen Morris und traten gemeinsam die große Expedition an. Es läßt sich nicht leugnen, daß sie glücklich waren, als der Wagen auf der Straße nach Norden raste, und während Andrew, um Billy Knopf als Affen darzustellen, den Wagen mit den Füßen steuerte, bemerkte er: »Immerhin! Uns kümmert es nicht, was Lavoisier im Jahre 1832 über den Wassertropfen gesagt hat. Wir sind beisammen, Chris!«

Die Arbeit war läppisch. Sie bestand darin, daß er im ganzen Land das in den verschiedenen Kohlenbergwerken bereitgehaltene Material für Erste Hilfe bei Unglücksfällen zu überprüfen hatte: Schienen, Verbandzeug, Watte, Desinfektionsmittel, Aderpressen und dergleichen. In gut geleiteten Bergwerken war die sanitäre Ausrüstung gut und in schlecht geleiteten schlecht. Fahrten unter Tage waren für Andrew nichts Neues. Er unternahm Hunderte von Inspektionen im Innern der Bergwerke, kroch meilenweit durch Stollen bis zum Flöz, um eine Verbandzeugkiste zu mustern, die man eine halbe Stunde zuvor dort sorgfältig aufgestellt hatte. In kleinen Zechen des trotzigen Yorkshire hörte er manchmal, wie ein Steiger einem Mann leise zuflüsterte:

»Lauf schnell, Geordie, und schick Alex in die Apotheke...«

Und dann: »Nehmen Sie doch Platz, Herr Doktor, in einer Minute stehen wir Ihnen zur Verfügung!« In Nottingham erfreute er die abstinente Ambulanzmannschaft dadurch, daß er sagte, kalter Tee sei ein besseres Stimulans als Branntwein. Anderswo wieder schwor er auf Whisky. Aber fast überall verrichtete er seine Arbeit mit erschreckender Gewissenhaftigkeit. Zumeist mietete er sich mit Christine in einem geeigneten Standort ein. Dann kämmte er mit seinem Wagen den ganzen Bezirk durch. Während er auf Inspektion war, saß Christine im Wagen und strickte. Die beiden erlebten manches Abenteuer, gewöhnlich mit Wirtinnen. Sie schlossen Bekanntschaften, zumeist mit den Bergwerksinspektoren. Andrew war nicht überrascht, daß seine Mission diese hartköpfigen, hartfäustigen Mitbürger zu tollem Lachen reizte. Leider muß man feststellen, daß er mitlachte.

Im März kehrten sie nach London zurück, verkauften den Wagen mit nur zehn Pfund Verlust, und Andrew setzte sich hin, um seinen Bericht abzufassen. Er hatte beschlossen, dem Board für das gute Geld auch eine Gegenleistung zu bieten: ganze Scheffel statistischer Daten, seitenlange Tabellen, Diagramme und verschiedene Tafeln, die zeigten, wie die Bandagenkurve anstieg, während die Schienenkurve fiel. Er war gewillt, sagte er Christine, den Leuten zu zeigen, wie gut er seine Arbeit gemacht und wie vortrefflich sie alle ihre Zeit vertan hatten. Nachdem er am Ende des Monats Gill ein Konzept des Berichts gegeben hatte, erhielt er zu seiner Überraschung eine Einladung Dr. Bigsbys vom Handelsministerium.

»Er ist entzückt von Ihrem Referat«, schnurrte Gill, während er Andrew durch Whitehall begleitete. »Ich hätte die Katze nicht aus dem Sack lassen sollen, aber bitte: es ist ein guter Anfang für Sie, lieber Freund. Sie haben ja keine Ahnung, wie wichtig Bigsby ist. Er hat die ganze Fabrikinspektion in der Tasche!«

Sie brauchten einige Zeit, bis sie zu Dr. Bigsby vordrangen. Sie mußten, den Hut in der Hand, in zwei Vorzimmern sitzen, ehe sie ins Allerheiligste gelassen wurden. Aber hier thronte endlich Dr. Bigsby, untersetzt und leutselig, in einem dunkelgrauen Anzug, noch dunkleren Gamaschen, zweireihiger Weste und brodelnd vor Betätigungsdrang.

»Nehmen Sie Platz, meine Herren! Wissen Sie, Manson, Ihr Bericht – ich habe den Entwurf gesehen, und obwohl die Sache noch nicht in endgültiger Fassung vorliegt, muß ich sagen, daß sie mir sehr gut gefällt. Im höchsten Maß wissenschaftlich. Ausgezeichnete graphische Beilagen. Genau das, was wir im Departement brauchen. Da wir jetzt dabei sind, die Ausrüstungen in den Bergwerken und Fabriken zu standardisieren, möchte ich, daß Sie meine Einstellung kennen. Zuerst muß ich folgendes bemerken: Ich sehe, daß Sie als größeren Typ für die Ausrüstung eine Dreizollbandage vorschlagen. Nun, ich persönlich zöge eine zweieinhalbzöllige vor. Sie schließen sich doch hoffentlich meiner Meinung an?«

Andrew war gereizt. Vielleicht waren die Gamaschen daran schuld.

»Ich für meinen Teil glaube, wenigstens was die Bergwerke betrifft, daß eine Bandage um so bessere Dienste leistet, je größer sie ist. Aber ich kann mir nicht vorstellen, daß so eine Lappalie eine Rolle spielt.«

»He, was?« Der Mann wurde rot hinter den Ohren. »Keine Rolle?«

»Nicht die geringste.«

»Aber sehen Sie nicht ein – verstehen Sie denn nicht, daß das ganze Prinzip der Standardisierung damit steht und fällt? Wenn wir zweieinhalbzöllige Bandagen vorschlagen und Sie dreizöllige empfehlen, ist das doch ein ungeheurer Unterschied.«

»Ich empfehle eben dreizöllige«, sagte Andrew kühl.

Dr. Bigsbys Adern schwollen sichtlich an.

»Ihre Haltung ist schwer zu verstehen. Wir arbeiten schon Jahre auf die zweieinhalbzölligen Bandagen hin, und Sie müssen doch begreifen, wie wichtig –«

»Ja, ich weiß.« Auch Andrew geriet in Zorn. »Waren Sie jemals unter Tage? Ich schon. Ich habe, in einer Wasserpfütze auf dem Bauch liegend, unter einem einsturzreifen Dach beim Schein einer Grubenlaterne eine blutige Operation durchgeführt und kann Ihnen sagen, daß ein halber Zoll Unterschied bei den Bandagen ganz Wurst ist.«

Er war rascher aus dem Gebäude draußen, als er es betreten hatte. Hinter ihm her ging Gill, der den ganzen Weg bis zum Embankment die Hände rang und die große Katastrophe beklagte.

Wieder an Ort und Stelle, blieb Andrew in seinem Zimmer stehen und beobachtete mit ernster Miene den Schiffsverkehr auf dem Strom, die regen Straßen, die dahinrollenden Autobusse, die Trambahnen, die über die Brücken klingelten, das Hin und Her der Menschen, all das pulsierende, bewegte, flutende Leben. Ich gehöre nicht hierher ins Inventar, dachte er mit plötzlicher Ungeduld. Ich gehöre dorthin – dort hinaus!

Abbey wohnte den Sitzungen des Board schon lange nicht mehr bei. Und Challis hatte Andrew entmutigt, ja beinahe erschreckt, denn der wackere Professor hatte ihn in der letzten Woche zum Mittagessen eingeladen und darauf aufmerksam gemacht, daß Whinney mit allen Kräften bemüht sei, ihn für die Untersuchung über die Muskelermüdung einzuspannen, bevor die Untersuchung der Silikose überhaupt in Angriff genommen wurde. Andrew dachte in verzweifeltem Galgenhumor: Wenn das passiert, jetzt nach der Bandagengeschichte, kann ich mir ebensogut eine Lesekarte im Britischen Museum nehmen.

Während er vom Embankment nach Hause ging, betrachtete er voll Neid die Messingtafeln vor den Arztwohnungen. Er blieb stehen und beobachtete, wie ein Patient zur Tür hinanstieg, klingelte, eingelassen wurde. Dann schritt er verdrießlich weiter und erlebte im Geist die Szene, die sich jetzt abspielte – die Fragen, das Stethoskop, die ganze erregende Prozedur der Diagnose. War nicht auch er ein Arzt? Wenigstens von Zeit zu Zeit hätte man –

Gegen Ende Mai ging er in dieser Gemütsverfassung um ungefähr fünf Uhr die Oakley Street hinauf, als er plötzlich eine Gruppe von Leuten um einen Mann geschart sah, der auf dem Pflaster lag. Im Rinnstein daneben bemerkte man die Trümmer eines Fahrrades und fast auf diesem ein windschief dastehendes Lastauto.

Fünf Sekunden später war er inmitten der Menge und musterte den Verletzten, der, von einem knienden Polizisten betreut, aus einer tiefen Wunde im Oberschenkel blutete.

»He, lassen Sie mich hin, ich bin Arzt.«

Der Polizist, vergeblich bemüht, die Wunde abzubinden, wandte ihm das gerötete Gesicht zu.

»Ich kann die Blutung nicht stillen, Doktor, es ist zu hoch oben.«

Andrew sah, daß man die Aorta unmöglich abbinden konnte. Die Wunde saß zu hoch in der Leistengegend, und der Mann war im Verbluten.

»Stehen Sie auf«, sagte er zu dem Polizisten. »Legen Sie ihn flach auf den Rücken!« Dann hielt er den rechten Arm steif, beugte sich über den Verunglückten und drückte mit aller Kraft die Faust oberhalb der absteigenden Aorta in den Bauch des Mannes. Auf diese Weise drückte er sein ganzes Körpergewicht auf das große Gefäß, was die Blutung unverzüglich zum Stillstand brachte. Der Polizist nahm seinen Helm ab und wischte sich die Stirn. Fünf Minuten später kam der Rettungswagen, und Andrew fuhr mit.

Am nächsten Vormittag rief Andrew das Spital an. Der diensthabende Arzt antwortete brüsk, wie es bei seinesgleichen Brauch ist:

»Ja, ja, zufriedenstellend. Ganz gut. Wer will's denn wissen?«

»Ach, niemand«, murmelte Andrew aus der öffentlichen Sprechstelle.

Und das, dachte er bitter, entsprach genau der Wahrheit: er war niemand, er tat nichts, er gelangte an kein Ziel. Er trug es noch bis zum Ende der Woche, dann überreichte er ruhig und ohne viel Aufhebens Gill sein Abschiedsgesuch zur Weiterleitung an das Board.

Gill war zwar verstört, gab aber zu, dieses traurige Ereignis leider schon vorausgeahnt zu haben. Er hielt ihm eine hübsche kleine Ansprache, die mit den Worten schloß:

»Schließlich habe ich ja erkannt, mein lieber Junge, daß Ihr Platz – nun, gestatten Sie mir einen Ausdruck aus der Kriegszeit – nicht in der Etappe ist, sondern – äh – an der Front bei der – äh – Truppe.«

Hope sagte:

»Hören Sie doch nicht auf den Pinguin-Narren mit seinem Rosenkomplex. Sie haben Glück. Und wenn ich nicht den Verstand verliere, komme ich Ihnen nach, sobald meine drei Jahre um sind.«

Andrew vernahm von der Tätigkeit des Board in der Frage der Staubeinatmung erst viele Monate später, als Lord Ungar die Angelegenheit, hochdramatisch inszenierte, im Parlament zur Sprache brachte, wobei er reichlich medizinische Daten anwandte, die ihm von Dr. Maurice Gadsby geliefert worden waren.

Gadsby wurde von der Presse als Wohltäter der Menschheit und als großer Arzt gefeiert. Und in diesem Jahr noch wurde die Silikose als industrielle Berufskrankheit anerkannt.

VIERTER TEIL

1

Andrew und Christine machten sich auf die Suche nach einer Praxis. Das war eine nervenraubende Berg- und Talfahrt – wilde Gipfel der Erwartung und hernach noch wildere Tiefen der Verzweiflung. In dem Bewußtsein, dreimal hintereinander versagt zu haben – wenigstens erschien ihm sein Abgang aus Drineffy, Aberalaw und dem M. F. B. in diesem Licht –, hegte Andrew den glühenden Wunsch, sich durchzusetzen. Aber ihre gesamte Barschaft, die sich während der Monate seiner gesicherten Amtsbezüge dank strenger Sparsamkeit vermehrt hatte, betrug nicht mehr als sechshundert Pfund. Obwohl sie die ärztlichen Agenturen überrannten und jeder Gelegenheit nachliefen, die sich in den Spalten der ›Lancet‹ anbot, zeigte sich doch, daß diese Summe kaum ausreichte, eine Londoner Praxis zu kaufen. Nie vergaßen sie ihre erste Unterredung. Dr. Brent in Cadogan Garden trat in den Ruhestand und bot einen hübschen Patientenstock an, der sich für einen gut qualifizierten Arzt eignete. Von außen besehen, schien das eine wunderbare Gelegenheit zu sein. Aus Furcht, jemand anders könnte ihnen zuvorkommen und die Goldgrube wegschnappen, nahmen sie ein kostspieliges Taxi und fuhren zu Dr. Brent, einem weißhaarigen, freundlichen, fast schüchternen kleinen Mann.

»Ja,« sagte Dr. Brent bescheiden. »Ich habe eine recht nette Praxis. Auch das Haus ist nett. Ich will nur siebentausend Pfund Ablösung. Der Vertrag läuft noch vierzig Jahre, und die Miete ist nicht hoch – jährlich dreihundert. Und was die Praxis betrifft, so habe ich mir das Übliche vorgestellt – zwei Jahreseinnahmen in bar. Was meinen Sie, Dr. Manson?«

»Sehr gut.« Andrew nickte ernst. »Und Sie würden mich auch warm empfehlen, nicht wahr? Vielen Dank, Dr. Brent. Wir wollen es uns überlegen.«

Sie überlegten es in der Brompton Road bei einem Dreipennytee in einer Lyonsstube.

»Siebentausend für Ablösung!« Andrew lachte kurz auf. Er schob sich den Hut aus der gefurchten Stirn und stützte die Ellbogen auf die marmorne Tischplatte. »Das ist rein zum Teufelholen, Chris, wie diese alten Knaben sich in so etwas verbeißen. Und man kann sie nicht loskriegen, außer man hat genügend Geld. Spricht das nicht Bände gegen unser System? Aber schließlich, so verkommen es auch ist, ich muß mich damit abfinden. Na, wart nur! Von nun an bin ich hinter dem Geld her.«

»Hoffentlich nicht«, erwiderte sie lächelnd. »Wir waren ohne Geld recht glücklich.«

Er grunzte. »Das wirst du nicht mehr sagen, wenn wir als Straßensänger gehen müssen. Fräulein, bitte die Rechnung!«

Im Hinblick auf seine Qualifikationen als M. D. und M. R. C. P. suchte er eine Praxis ohne Krankenkassenpatienten. Er wollte sich nicht der Tyrannei des Kartensystems beugen. Doch nach einigen Wochen wollte er schon alles und ging jeder Chance nach, die sich ihm bot. Er besichtigte Ordinationen in Tulse Hill, Islington und Brixton und eine – das Ambulatorium hatte ein Loch im Dach – in Camden Town. Er ging sogar so weit, mit Hope darüber zu sprechen, wie es wäre, einfach ein Haus zu mieten und auf gut Glück das Schild auszuhängen. Hope bezeichnete das bei Andrews geringen Barmitteln freilich als Selbstmord.

Und als sie dann nach zwei Monaten auf dem Tiefpunkt der Verzweiflung angelangt waren, hatte der Himmel plötzlich ein Einsehen und ließ den alten Dr. Foy in Paddington schmerzlos verscheiden. Dr. Foys Todesanzeige, vier Zeilen im ›Medical Journal‹, erweckte Andrews Aufmerksamkeit. Ohne jede Begeisterung ging er mit Christine auf die Suche nach dem Haus Nummer neun der Chesborough Terrace. Sie sahen das Haus, eine hohe, bleifarbene Gruft mit einem Ambulatorium daneben und einer Ziegelgarage dahinter. Sie sahen die Bücher, aus denen hervorging, daß Dr. Foy ungefähr fünfhundert Pfund im Jahr, hauptsächlich aus Konsultationen mit gleichzeitiger Verabfolgung von Medikamenten zum Tarif von dreieinhalb Shilling, verdient hatte. Sie sahen die Witwe, die ihnen schüchtern versicherte, daß die Praxis ihres verstorbenen Gatten gut, ja einmal sogar ganz hervorragend gewesen sei, und daß viele ›bessere Leute‹ den Vordereingang benutzt hätten. Sie dankten der Frau und zogen ohne Begeisterung wieder ab.

»Ich weiß nicht recht«, sagte Andrew kummervoll. »Die Sache hat viele Haken. Ich verabscheue die Arzneimittelabgabe. Es ist eine schauerliche Örtlichkeit. Hast du die mottenzerfressenen Boardinghäuser in der Nachbarschaft gesehen? Immerhin ist es ein Eckhaus und liegt am Rand einer anständigen Gegend. Und an einer Hauptstraße. Und entspräche beinahe unseren Mitteln. Der eineinhalbjährige Ertrag – und es war ganz anständig, daß sie sich bereit erklärte, uns die Einrichtung des Alten in der Ordination und im Ambulatorium als Draufgabe zu überlassen. Und alles fertig zum Beziehen. Das ist eben der Vorteil, wenn eine Praxis durch Tod frei wird. Was meinst du, Chris? Jetzt müssen wir uns entscheiden. Sollen wir's versuchen?«

Christine sah ihn lange zweifelnd an. Für sie hatte London den Reiz der Neuheit verloren. Sie liebte das Land und sehnte sich hier, in dieser düsteren Umgebung, aus ganzem Herzen danach. Doch Andrew strebte so sehr nach einer Londoner Praxis, daß sie nicht einmal den Versuch machen wollte, ihm davon abzuraten. Langsam nickte sie.

»Wie du willst, Andrew.«

Am nächsten Tag bot er dem Anwalt der Mrs. Foy sechshundert Pfund anstelle der geforderten siebenhundertfünfzig. Dieser Preis wurde angenommen, der Scheck ausgestellt. Am Samstag, dem 10. Oktober, holten sie ihre Möbel aus dem Lager und nahmen Besitz von dem neuen Haus.

Erst am Sonntag hatten sie sich ein wenig von der tollen Eruption von Stroh und Sackleinwand erholt und fragten sich ein wenig unsicher, was sie nun beginnen sollten. Andrew ergriff die Gelegenheit, eine jener seltenen, aber ekelhaften Predigten zu halten, bei denen er den Eindruck eines Sektiererpriesters machte.

»Na, wir sitzen schön da, Chris. Wir haben den letzten Knopf investiert. Wir müssen von dem leben, was wir verdienen. Der Himmel allein weiß, wieviel das sein wird. Aber was bleibt uns übrig? Du mußt halt die Sachen etwas auffrischen, Chris, mußt sparen –«

Zu seinem Schreck brach sie in Tränen aus; blaß stand sie in dem großen, düsteren, noch untapezierten Vorderzimmer mit der schmutzigen Decke.

»Um's Himmels willen«, schluchzte sie. »Laß mich allein! Sparen! Spare ich nicht immer für dich? Koste ich dich denn einen Groschen?«

»Chris!« rief er entsetzt.

Verzweifelt warf sie sich ihm an die Brust. »Ach, dieses Haus! Ich hab' mir's ja nicht so schlimm vorgestellt. Das Kellergeschoß, die Stiege, der Schmutz –«

»Ach, pfeifen wir drauf! Wichtig ist nur die Praxis.«

»Hätten wir uns nicht irgendwo eine kleine Landpraxis kaufen können?«

»Ach, Blödsinn! Mit Rosen vor der Tür? Verflucht noch einmal!«

Schließlich bat er sie um Verzeihung. Dann ging er mit ihr, den Arm noch immer um ihre Hüften gelegt, in das geschmähte Kellergeschoß, um dort Eier zu braten. Hier versuchte er, sie aufzuheitern, indem er so tat, als wäre es nicht ein Kellergeschoß, sondern ein Teil des Paddingtontunnels, durch den jeden Augenblick Züge kommen konnten. Sie lächelte matt über seine Versuche, humorvoll zu sein, in Wirklichkeit aber musterte sie das zerbrochene Abwaschbecken in der Küche.

Am nächsten Morgen eröffnete er um Punkt neun – er hatte beschlossen, es nicht zu früh zu tun, damit man ihn nicht für übereifrig halte – sein Ambulatorium. Das Herz klopfte ihm vor Erregung und einer Erwartung, die viel, viel größer war als an jenem fast vergessenen Vormittag, da er in Drineffy seine erste Sprechstunde hielt.

Es wurde halb zehn. Angstvoll wartete er. Da das kleine Ambulatorium, das einen eigenen Eingang von der Seitenstraße her hatte, durch einen kurzen Gang mit dem Haus verbunden war, konnte er gleichzeitig auch sein Ordinationszimmer im Auge behalten – das größte Zimmer im Erdgeschoß, das mit einem Schreibtisch, einem Sofa und einem Schrank ganz gut eingerichtet war. In dieses Zimmer wurden die ›besseren‹ Patienten nach Mrs. Foys Angabe durch die Vordertür des Hauses eingelassen. So hatte er eigentlich zwei Netze ausgeworfen und wartete nun gespannt wie nur irgendein Fischer, was in den beiden Netzen sich fangen werde.

Doch sie brachten ihm nichts, einfach nichts. Es wurde allmählich elf Uhr, und noch immer war kein Patient erschienen. Die Taxichauffeure, die gegenüber auf dem Standplatz bei ihren Wagen standen, plauderten miteinander. Andrews Tafel schimmerte an der Tür unter der alten zerbeulten des Dr. Foy.

Plötzlich, als er schon jede Hoffnung aufgegeben hatte, klingelte die Glocke an der Tür des Ambulatoriums, und eine alte Frau im Schal trat ein.

Chronische Bronchitis, sah Andrew an allem, besonders an ihrem rheumatischen Keuchen, noch ehe sie ein Wort sagte. Liebevoll und zärtlich nötigte er sie, Platz zu nehmen, und klopfte sie ab. Sie war eine alte Patienten Dr. Foys. Er sprach mit ihr. In dem winzigen Loch von Dispensarium, einem bloßen Verschlag inmitten des Ganges zwischen dem Ambulatorium und dem Ordinationszimmer, fertigte er ihr Medikamente an. Und als er sich dann zitternd anschickte, sie darum zu ersuchen, kam sie ihm zuvor, nahm das Honorar heraus und reichte es ihm – dreieinhalb Shilling.

Die Erregung dieses Augenblickes, die Freude, die Erleichterung, die ihm die Silbermünzen hier, in seiner Handfläche, brachten, waren unglaublich. Es schien ihm das erste selbstverdiente Geld im Leben zu sein. Er versperrte das Ambulatorium, lief zu Christine und warf ihr die Münzen zu.

»Der erste Patient, Chris. Vielleicht ist diese alte Praxis doch nicht so schlecht. Immerhin, davon können wir zu Mittag essen.«

Er hatte keine Visiten zu erledigen, denn der alte Arzt war jetzt schon drei Wochen tot, und in der Zwischenzeit hatte ihn niemand vertreten. So mußte Andrew warten, bis er zu Kranken gerufen wurde. Einstweilen verwendete er, da er aus Christines Stimmung schloß, daß sie in ihrem Kampf mit den häuslichen Sorgen lieber allein blieb, den Vormittag dazu, Spaziergänge durch den Bezirk zu machen, die Gegend zu erkunden, die abblätternden Häuser zu betrachten, die langen Reihen eintöniger Privathotels, die rußgeschwärzten Plätze mit ihren schmutziggrünen Bäumen, die schmalen, in Garagen verwandelten Schuppen, dann, nach einer plötzlichen Wendung der North Street, schmutzige Slums – Pfandleihanstalten, Trödler, Spelunken, Schaufenster mit Heilmitteln und Gummiwaren. Er mußte sich eingestehen, daß diese Gegend seit der Zeit, da vor den gelbgetünchten Säulenhallen Equipagen vorfuhren, ziemlich herabgekommen war. Jetzt sah alles schäbig und schmutzig aus, doch inmitten des Schimmels bemerkte man Anzeichen neuen, aufblühenden Lebens – einen Wohnhäuserblock im Bau, einige gute Läden und Geschäftshäuser und am Ende der Gladstone Place das berühmte Kaufhaus Laurier. Selbst Andrew, der von Damenmoden nichts verstand, hatte schon von Laurier gehört, und es bedurfte gar nicht der langen Reihe eleganter Automobile, die vor dem schaufensterlosen, makellos weißen Gebäude standen, um ihn zu überzeugen, daß es mit der Exklusivität dieses Unternehmens, von der er gehört, seine Richtigkeit hatte. Er fand es sonderbar, daß das Kaufhaus Laurier sich in einem so herabgekommenen Viertel befand. Aber immerhin, da stand das Gebäude ebenso leibhaftig wie der gegenüber postierte Polizist.

Am Nachmittag krönte er seine erste Forschungsreise durch einen Besuch bei den Ärzten in der unmittelbaren Nachbarschaft. Im ganzen waren es acht. Nur drei machten einen tiefern Eindruck auf ihn: Dr. Ince am Gladstone Place, ein noch junger Mann, dann Reeder am Ende der Alexandra Street, und an der Ecke des Royal Crescent ein ältlicher Schotte namens McLean. Aber der Tonfall bedrückte ihn sehr, indem alle sagten:

»Ach so! Sie haben die Praxis des armen, alten Foy übernommen.« Warum dieses ›arm‹, dachte er, ein wenig ärgerlich. Er sagte sich, in sechs Monaten würden die Leute schon anders reden. Obwohl Manson jetzt dreißig Jahre alt war und gelernt hatte, sich zu beherrschen, war es ihm ebenso verhaßt, von oben herab behandelt zu werden, wie die Katze das Wasser verabscheut.

Am Abend kamen drei Patienten ins Ambulatorium, und zwei davon bezahlten die dreieinhalb Shilling. Der dritte versprach, seine Schuld am Samstag zu begleichen. So hatte Andrew am ersten Tag seiner Praxis zehn Shilling sechs Pence verdient. Aber am nächsten Tag nahm er gar nichts ein. Und am übernächsten nur sieben Shilling. Der Donnerstag war gut, am Freitag überstiegen die Einnahmen knapp den Nullpunkt, und am Samstag verdiente er nach einem patientenlosen Vormittag siebzehneinhalb Shilling beim Abendambulatorium, obwohl der Patient, dem er am Montag Kredit gewährt hatte, sein Versprechen nicht einlöste.

Am Sonntag hielt Andrew, ohne Christine etwas davon zu sagen, nervös Rückschau über die Woche. Hatte er einen furchtbaren Mißgriff begangen, indem er die vernachlässigte Praxis übernahm und alle Ersparnisse in diesem gruftähnlichen Haus begrub? Woran fehlte es denn bei ihm? Er war dreißig, ein wenig über dreißig. Er war M. D. und M. R. C. P. Er hatte klinische Erfahrung und konnte auf eine schöne Leistung auf dem Gebiet klinischer Forschung hinweisen. Und doch saß er hier und verdiente an Dreieinhalbshilling-Honoraren kaum genug, um sich mit seiner Frau satt essen zu können. Das ist das System, dachte er bitter. Es ist verkalkt. Es sollte eine bessere Organisation geben, eine Chance für jedermann – sagen wir, nun, sagen wir Beaufsichtigung des Gesundheitswesens durch den Staat. Doch da stöhnte er auf, denn er erinnerte sich an Dr. Bigsby und das M. F.B. Nein, zum Teufel, das war hoffnungslos – diese Bürokratie erstickte jede persönliche Leistung und hätte ihm den Atem abgeschnürt. »Ich muß mich durchsetzen, verdammt noch einmal, und ich werde mich durchsetzen!«

Noch nie vorher hatte sich ihm die finanzielle Seite der ärztlichen Praxis so stark aufgedrängt. Und es hätte keine raffiniertere Methode geben können, ihn in einen Materialisten zu verwandeln, als die echten Anfälle von Appetit – wie er es vornehm nannte, den Hunger, den er viele Tage in der Woche verspürte.

Ungefähr hundert Yard weiter an der Hauptstraße lag ein kleines Delikatessengeschäft, das von einer dicken, untersetzten Frau, einer naturalisierten Deutschen, geführt wurde. Sie nannte sich Smith, war aber nach ihrer Aussprache offenbar einmal eine Schmidt gewesen. Dieser kleine Laden der Frau Schmidt sah ganz kontinental aus: auf dem schmalen, marmornen Verkaufstisch türmten sich geräucherte Heringe, Oliven in Krügen, Sauerkraut, verschiedene Arten von Würstchen, Pasteten, Salami und eine köstliche Käsesorte, die Liptauer hieß. Außerdem hatte dieser Laden den Vorteil, sehr billig zu sein. Da im Haus Nr. 9 der Chesborough Terrace das Geld so rar und der Kochherd eine verstopfte und verfallene Ruine war, hatten Andrew und Christine sehr oft mit Frau Schmidt zu tun. An guten Tagen kauften sie heiße Frankfurter und Apfelstrudel; an schlechten Tagen begnügten sie sich mit einem Bückling und gebratenen Kartoffeln. Oft gingen sie abends zu Frau Schmidt, betrachteten durch das angelaufene Fenster wählerisch die Vorräte und kehrten mit einer Leckerei im Einkaufsnetz nach Hause zurück.

Frau Schmidt kannte sie bald und schloß besonders Christine ins Herz. Ihr fettiges Köchinnengesicht legte sich in freundliche Falten, so daß man unter dem hochgetürmten blonden Haar beinahe nichts mehr von den Augen sah, wenn sie Andrew kopfnickend anlächelte.

»Sie werden bald hochkommen. Sie werden Erfolg haben. Sie haben eine brave Frau. Sie ist klein wie ich, aber sie ist brav. Warten Sie nur ab – ich will Ihnen Patienten schicken!«

Fast über Nacht war der Winter gekommen, und in den Straßen hing Nebel, den der Rauch der nahegelegenen großen Eisenbahnstation noch dicker machte. Sie nahmen ihr Schicksal auf die leichte Schulter und taten so, als wäre ihr Kampf ums Dasein nur ein Lustspiel, aber in all den Jahren von Aberalaw hatten sie niemals solche Not gekannt.

Christine tat mit der verwahrlosten, unfreundlichen Wohnung ihr möglichstes. Sie tünchte die Zimmerdecken und machte neue Vorhänge für das Wartezimmer. Sie tapezierte das Schlafzimmer frisch. Sie bemalte die Türfüllungen schwarz und goldfarben und verschönerte so die greisenhaften Flügeltüren, die das Wohnzimmer im ersten Stock verunstaltet hatten.

Wenn Andrew zu Kranken gerufen wurde, was ziemlich selten vorkam, handelte es sich meist um Bewohner einer der Privatpensionen in der Nachbarschaft. Es war schwer, bei solchen Patienten das Honorar einzutreiben – die meisten waren schäbige, manche sogar zweifelhafte Erscheinungen und gerissene Schwindler. Andrew versuchte, sich bei den hageren Pensionsinhaberinnen einzuschmeicheln. In düsteren Hausgängen plauderte er mit ihnen. Er sagte: »Ich habe keine Ahnung gehabt, daß es so kalt ist. Ich hätte meinen Mantel nehmen sollen.« Oder: »Es ist unangenehm, zu Fuß gehen zu müssen, mein Wagen hat gerade eine Panne.«

Er schloß Freundschaft mit dem Polizisten, der an der belebten Kreuzung vor Frau Schmidts Laden den Verkehr regelte. Donald Struthers hieß der Mann, und er und Andrew fühlten sich von Anfang an zueinander hingezogen, denn Struthers stammte, ebenso wie Andrew, aus Fife. Er versprach, das menschenmögliche zu tun, um seinem Landsmann zu helfen, und bemerkte mit grimmigem Humor:

»Wenn jemand hier überfahren wird, Doktor, hole ich Sie bestimmt.«

Eines Nachmittags, ungefähr einen Monat seit der Eröffnung der Praxis, kam Andrew nach Hause, nachdem er unter dem Vorwand, eine 10-ccm-Voß-Spezialinjektionsspritze zu benötigen, die Apotheken in seinem Bezirk besucht hatte. Er wußte genau, daß die gewiß keiner auf Lager hatte, und benutzte nur die Gelegenheit dazu, sich dann so nebenbei als der neue und junge Doktor von der Chesborough Terrace vorzustellen. Christines Miene kündigte ihm an, daß etwas Aufregendes vorgefallen war.

»Im Ordinationszimmer ist eine Patientin«, flüsterte sie. »Sie ist durch die Vordertür gekommen.«

Sein Gesicht hellte sich auf. Das war der erste ›bessere‹ Patient, der zu ihm kam. Vielleicht bedeutete dies den Beginn besserer Zeiten. So faßte er sich und betrat munter das Ordinationszimmer.

»Guten Tag. Womit kann ich Ihnen dienen?«

»Guten Tag, Doktor. Mrs. Smith hat mich herempfohlen.«

Sie stand auf und schüttelte ihm die Hand. Sie war dicklich, gutmütig und wirkte in ihrer kurzen Pelzjacke und mit ihrer großen Handtasche reichlich plump. Er sah sogleich, daß dies eines der Straßenmädchen war, die in der Gegend ihrem Gewerbe nachgingen.

»Ja?« fragte er, und seine Erwartung sank ein wenig.

»Ach, Doktor!« Sie lächelte schüchtern. »Mein Freund hat mir ein hübsches Paar Ohrringe geschenkt. Und Mrs. Smith – ich kaufe dort immer ein – sagt, daß Sie mir die Ohren stechen würden. Mein Freund hat große Angst und will nicht, daß das mit einer schmutzigen Nadel oder nicht sachgemäß geschieht.«

Er atmete tief, um sich zu beruhigen. War er wirklich schon so weit gekommen? Dann sagte er:

»Gut, ich werde Ihnen die Ohren stechen.«

Er tat es, nachdem er die Nadel sterilisiert und die Ohrläppchen der Frau mit Wundbenzin gewaschen hatte, mit großer Sorgfalt und hängte ihr dann noch die goldenen Ringe an.

»Ach, Doktor, das ist prächtig!« rief sie, als sie sich in ihrem Handtaschenspiegel besah. »Und ich habe es gar nicht gespürt. Ah, wird sich mein Freund freuen. Wieviel bin ich Ihnen schuldig, Doktor?«

Das festgesetzte Honorar für Foys ›bessere‹ Patienten betrug, obwohl diese Patienten ja wahrscheinlich nur in der Sage existierten, siebeneinhalb Shilling. Er nannte die Summe.

Das Mädchen zog eine Zehnshillingnote aus der Tasche. Sie fand, Andrew sei ein freundlicher, vornehmer und sehr hübscher Herr – sie schwärmte für dunkle Männer –, und dachte auch, während sie das Wechselgeld in Empfang nahm, daß er hungrig aussehe.

Als sie fort war, raste Andrew nicht hin und her, wie er früher in einem solchen Fall getan hätte, und tobte auch nicht vor Wut darüber, daß auch er sich durch diesen läppischen, knechtischen Akt prostituiert habe. Er fühlte eine sonderbare Demut in sich. Die zerknitterte Geldnote in der Hand, trat er zum Fenster und sah der Frau nach, die, mit schwingenden Hüften, baumelnder Handtasche und voll Stolz über die neuen Ohrringe, die Straße hinabging.

2

Inmitten dieser mühseligen Kämpfe sehnte er sich nach Umgang mit Kollegen. Er war zu einer Versammlung der lokalen Ärztevereinigung gegangen, hatte aber nicht viel Freude daran gehabt. Denny war noch im Ausland. Da ihm Tampico gefiel, hatte er sich dort niedergelassen und eine Anstellung bei der New Century Oil Company angenommen. So war er, wenigstens vorläufig, für Andrew verloren. Hope befand sich auf einer Dienstreise in Cumberland, wo er – nach dem Wortlaut seiner grell kolorierten Ansichtskarte – Corpuscula für das Tollhaus zu zählen hatte.

Gar oft hatte Andrew das Verlangen, sich wieder mit Freddie Hamson in Verbindung zu setzen. Allein obwohl er manchmal sogar schon das Telefonbuch in der Hand hatte, ließ er sich immer wieder von der Erwägung abhalten, daß er noch keinen Erfolg hatte und noch nicht so richtig installiert war. Freddie ordinierte noch immer in der Queen Anne Street, allerdings nicht mehr in demselben Haus. Andrew dachte oft und oft darüber nach, wie es Freddie wohl ergehen mochte, entsann sich der alten Abenteuer aus der Studentenzeit, und plötzlich fand er, daß der Wunsch nach einem Wiedersehen übermächtig geworden sei. Er klingelte Hamson an. »Du hast mich wahrscheinlich schon ganz vergessen«, knurrte er, halb und halb auf eine kühle Ablehnung gefaßt. »Hier spricht Manson – Andrew Manson. Ich praktiziere hier in Paddington.«

»Manson? Dich vergessen? Du alter Idiot!« sang Freddie ganz lyrisch am andern Ende der Leitung. »Aber du lieber Gott, Mensch, warum hast du mich nicht schon längst angerufen?«

»Ach, wir sind kaum erst eingezogen«, rief Andrew, dem bei Freddies Worten warm ums Herz wurde, lächelnd in den Hörer. »Und vorher, als ich beim Board diente, reisten wir durch ganz England. Ich bin nämlich jetzt verheiratet, weißt du.«

»Ich auch. Schau, Alter, wir müssen wieder einmal zusammenkommen. Und zwar bald! Ich kann mir das gar nicht vorstellen, daß du hier in London bist. Das ist ja herrlich! Wo hab' ich denn mein Notizbuch – sag einmal, wie wäre es mit Donnerstag? Kannst du zum Abendessen kommen? Ja, ja. Großartig. Also, auf Wiedersehen, mein Alter, meine Frau wird deiner ein paar Zeilen schreiben.«

Christine schien nicht sehr begeistert zu sein, als Andrew ihr von dieser Einladung berichtete.

»Geh allein, Andrew«, schlug sie nach einer Weile vor.

»Ach, Unsinn! Freddie will, daß du seine Frau kennenlernst. Ich weiß ja, daß du nicht viel für ihn übrig hast, aber es werden ja noch andere Leute dort sein, wahrscheinlich Ärzte. Vielleicht trägt uns das etwas ein. Außerdem haben wir schon so lange keine Zerstreuung gehabt. Schwarze Krawatte, sagt er. Ein Glück, daß ich mir für jenen Abend in Newcastle den Smoking gekauft habe. Aber was ist mit dir, Chris? Du solltest doch auch etwas zum Anziehen haben.«

»Ich sollte einen neuen Gaskocher haben«, antwortete sie etwas bitter. Die letzten Wochen hatten ihre Nerven stark mitgenommen und ein wenig von der Frische zerstört, die stets ihr größter Reiz gewesen war. Manchmal klang ihr Ton, wie eben jetzt, kurz und schroff.

Doch als sie am Donnerstagabend den Weg in die Queen Anne Street antraten, dachte Andrew unwillkürlich, wie entzückend sie in dem Kleid aussah – ja, das war das weiße Kleid, das sie für jenes Essen im Bergwerksdistrikt von Newcastle gekauft und nun irgendwie geändert hatte, so daß es neu und elegant aussah. Auch ihr Haar war anders frisiert und lag dichter an den Kopf an, wodurch es die bleiche Stirn dunkel umrahmte. Er bemerkte das, als sie ihm die Krawatte band, und wollte ihr sagen, wie hübsch sie aussehe, dann vergaß er es in der plötzlichen Furcht, sie könnten sich verspäten.

Sie verspäteten sich jedoch nicht; nein, sie kamen zu früh, so früh, daß peinliche drei Minuten verstrichen, bis Freddie, beide Hände ausgestreckt, fröhlich eintrat, im gleichen Atemzug sie begrüßte und sich entschuldigte, daß er eben erst vom Spital zurückkomme, seine Frau werde auch im Augenblick hier sein. Dann bot er ihnen Drinks an, klopfte Andrew auf den Rücken und bat die beiden, Platz zu nehmen. Freddie hatte seit jenem Abend in Cardiff zugenommen, satter Wohlstand sprach aus dem rosa Fleischwulst in seinem Nacken, aber die kleinen Augen glitzerten noch immer, und kein einziges der gelben, angeklebten Haare war verschoben. Er war so gut gekleidet, daß er geradezu glänzte.

»Glaubt mir, ihr beide!« Er hob sein Glas. »Es ist entzückend, euch wieder zu sehen. Diesmal dürfen wir einander nicht mehr aus den Augen verlieren. Wie gefällt dir meine Bude, Alter? Habe ich es dir nicht damals bei dem Dinner gesagt – was für ein Dinner das war, aber ich wette, heute werden wir was Besseres kriegen –, daß ich es schaffen werde? Ich habe hier das ganze Haus, selbstverständlich, nicht bloß Zimmer, im vorigen Jahr habe ich es gemietet. Und Geld hat es gekostet.« Selbstgefällig klopfte er sich auf die Krawatte. »Es hat keinen Sinn, die Sachen an die große Glocke zu hängen, selbst wenn ich erfolgreich bin. Aber ich habe nichts dagegen, daß du es weißt, Alter.«

Die Einrichtung sah wirklich kostspielig aus: glatte, moderne Möbel, ein breiter, eingebauter Kamin, ein Spielzeugpiano mit einer künstlichen Magnolienblüte aus Perlmutter in einer großen weißen Vase. Andrew wollte gerade seine Bewunderung ausdrücken, als Mrs. Hamson eintrat, hochgewachsen, kühl, mit dunklem, in der Mitte gescheiteltem Haar und in einem Kleid, das sich von dem Christines ganz außerordentlich unterschied.

»Komm nur, mein Kind«, begrüßte Freddie seine Frau liebevoll, ja fast ehrerbietig, und dann beeilte er sich, ihr ein Glas Sherry einzuschenken. Sie hatte gerade noch Zeit, dieses Glas mit einer gelassenen Handbewegung abzulehnen, als die anderen Gäste – Mr. und Mrs. Charles Ivory und Dr. und Mrs. Paul Deedman – angemeldet wurden. Nun erfolgte die Vorstellung, es gab viel Geplauder und Gelächter zwischen den Ivorys, den Deedmans und den Hamsons. Dann ging man ohne Übereilung zu Tisch.

Die Tafel war reich und übervornehm gedeckt. Sie erinnerte ungemein an eine kostbare Schaustellung, komplett mit Kandelabern, die Andrew im Schaufenster der Firma Labin & Ben, der berühmten Juweliere in der Regent Street, gesehen hatte. Die Speisen waren als Fisch oder Fleisch nicht mehr erkenntlich, aber von ungemein köstlichem Geschmack. Und es gab Champagner. Nach zwei Gläsern hatte Andrew schon größeres Selbstvertrauen gewonnen. Er begann ein Gespräch mit Mrs. Ivory, die zu seiner Linken saß, einer schlanken Frau in Schwarz, mit unglaublich viel Schmuck am Hals und großen, vorquellenden blauen Augen, mit denen sie ihn von Zeit zu Zeit fast wie ein Säugling anstarrte.

Ihr Gatte war Charles Ivory, der Chirurg – sie lachte auf eine Frage Andrews, denn sie glaubte, jedermann müsse Charles kennen. Sie wohnten gleich um die Ecke in der New Cavendish Street, und das ganze Haus gehöre ihnen. Es sei so nett, bei Freddie und seiner Frau zu sein. Charles und Freddie und Paul Deedman seien ja so gut miteinander befreundet und gehörten alle dem Sackville Club an. Sie war überrascht, als Andrew gestand, nicht Mitglied dieses Klubs zu sein. Sie hatte gedacht, jedermann sei im Sackville Club.

Damit brach sie das Gespräch ab, und Andrew wandte sich Mrs. Deedman zu, die an seiner anderen Seite saß. Er fand sie weicher, freundlicher, mit einer hübschen, fast orientalischen Jugendfrische. Er veranlaßte auch sie, von ihrem Gatten zu sprechen. Er sagte sich: »Ich muß Näheres über diese Kerle wissen, sie sind so verdammt wohlhabend und elegant.«

Paul, erzählte Mrs. Deedman, sei praktischer Arzt, und obwohl sie auf dem Portland Place wohnten, ordiniere Paul in der Harley Street. Er habe eine herrliche Praxis – sie sprach mit zuviel Begeisterung, als daß man auf den Gedanken gekommen wäre, sie könnte prahlen – hauptsächlich im Plaza Hotel, Andrew müsse doch das große neue Plaza oberhalb des Parks kennen. Besonders zur Lunchzeit sei der Grillroom vollgepfercht mit Berühmtheiten. Und Paul sei der eigentliche offizielle Arzt des Plaza Hotels. So viele reiche Amerikaner kämen dorthin, Filmstars und – sie schloß den Satz mit einem Lächeln – oh, alle Prominenten, und das sei so herrlich für Paul.

Mrs. Deedman gefiel Andrew. Er ließ sie weitersprechen, bis Mrs. Hamson sich erhob, dann sprang er galant auf, um seiner Nachbarin den Sessel zurückzuziehen.

»Eine Zigarre, Manson?« fragte ihn Freddie mit Kennermiene, nachdem die Damen das Zimmer verlassen hatten. »Du wirst mit der Marke zufrieden sein, und ich rate dir, von diesem Brandy zu kosten, Jahrgang 1894. Absolut erstklassig.«

Als Andrews Zigarre brannte und in dem großen, weitbauchigen Glas Brandy war, zog er sich den Sessel näher zu den anderen. Darauf hatte er sich ja eigentlich gefreut, auf ein angeregtes ärztliches Gespräch über Berufsfragen und sonst nichts. Er hoffte, Hamson und seine Freunde würden über solche Dinge plaudern. Das taten sie auch.

»Nebenbei bemerkt«, sagte Freddie, »habe ich mir heute bei Glickert eine dieser neuen Iradiumlampen bestellt, recht gesalzen. An die achtzig Guineen. Aber preiswert.«

»Hm ja«, erklärte Deedman nachdenklich. Er war schlank, dunkeläugig und hatte ein kluges jüdisches Gesicht. »Das dauert einige Zeit, bis es sich amortisiert.«

Kampflustig faßte Andrew die Zigarre fester.

»Ich halte nicht viel von diesen Lampen, wissen Sie. Habt ihr im ›Journal‹ Abbeys Arbeit über die quacksalberische Heliotherapie gelesen? Die Iradiumlampen haben keinerlei infrarote Strahlen.«

Freddie machte große Augen, dann lachte er.

»Sie bieten aber hübsch viel Möglichkeiten, drei Guineen zu verdienen. Außerdem bräunen sie die Haut.«

»Weißt du, Freddie«, unterbrach Deedman. »Ich bin nicht sehr für kostspielige Apparaturen. Man muß sie ja doch erst bezahlen, bevor man etwas davon hat. Außerdem sind sie Modesache und verlieren den Reiz der Neuheit. Nein, wirklich, mein Alter, es gibt nichts Besseres als die gute, alte Injektionsspritze.«

»Na, davon machst du ja reichlich Gebrauch«, sagte Hamson. Jetzt mischte sich auch Ivory ins Gespräch. Er war untersetzt, älter als die anderen, blaß und glattrasiert und hatte die lässige Lebensart eines Weltmannes.

»Weil wir davon sprechen, ich habe heute eine Injektionskur begonnen. Zwölfmal. Ihr wißt, Mangan, und ich will euch was sagen: Ich glaube, es wird sich lohnen. Wißt ihr, was ich dem Kerl gesagt habe. ›Schauen Sie‹, hab' ich ihm gesagt, ›Sie sind ein Geschäftsmann. Diese Kur wird Sie fünfzig Guineen kosten, aber wenn Sie gleich bar bezahlen, können Sie's für fünfundvierzig haben.‹ Da hat er an Ort und Stelle den Scheck ausgeschrieben.«

»Unverschämter alter Raffer«, rief Freddie. »Ich habe gedacht, du seiest Chirurg.«

»Bin ich auch«, entgegnete Ivory nickend. »Morgen mache ich bei Sherrington eine Auskratzung.«

»Verlorene Liebesmüh'«, murmelte Deedman lässig zu seiner Zigarre hin. Dann nahm er den früheren Faden wieder auf. »Man kann es ja doch nicht leugnen, denn es ist von fundamentalem Interesse. In einer besseren Praxis kommt die orale Anwendung von Arzneien entschieden aus der Mode. Wenn ich in der Plaza irgendein Pulver verschriebe, bekäme ich nicht eine Guinea dafür. Wenn ich aber dasselbe subkutan injiziere und vorher die Haut reinige, sterilisiere und was sonst noch alles dazu gehört, glaubt der Patient, man stehe auf der Höhe der Wissenschaft.«

Hamson erklärte lebhaft:

»Es ist wirklich ein Segen für unseren Beruf, daß die orale Anwendung im Westend nichts mehr gilt. Nimm zum Beispiel Charlys Fall. Wenn er Mangan verschrieben hätte, oder Mangan und Eisen, die gute, alte Arznei in Fläschchen, die dem Patienten wahrscheinlich ebensogut hilft, hätte er nicht mehr davon als seine drei Guineen. Statt dessen verteilt er die Arznei auf zwölf Ampullen und bekommt dafür fünfzig – entschuldige, Charly, ich meine fünfundvierzig.«

»Minus zwölf Shilling«, murmelte Deedman freundlich. »Das kosten nämlich die Ampullen.«

Andrews Kopf brummte. Das war ein Argument gegen die Arzneiflasche, das ihn durch seine Neuheit erschütterte. Er nahm abermals einen Schluck Brandy, um mehr Sicherheit im Auftreten zu gewinnen.

»Das spielt auch eine Rolle«, meinte Deedman. »Die Leute wissen ja nicht, wie wenig das Zeug kostet. Wenn eine Patientin eine Reihe Ampullen auf dem Pult stehen sieht, denkt sie instinktiv: ›Du guter Gott, das wird ins Geld gehen!‹«

»Hast du bemerkt«, wandte sich Hamson zwinkernd an Andrew, »daß Deedman immer nur von Patientinnen spricht? Übrigens, Paul, ich hab' da gestern was gehört. Dummett ist zu einem Jagdausflug bereit, wenn du, Charles und ich uns ihm anschließen.«

Die nächsten zehn Minuten redeten sie von Jagden, vom Golf, das sie auf verschiedenen teuren Golfplätzen in der Nähe Londons spielten, und von Automobilen – Ivory ließ sich jetzt eigens für sich eines nach seinen Angaben bauen –, und Andrew hörte zu, rauchte seine Zigarre und trank seinen Brandy. Sie alle sprachen dem Brandy tüchtig zu. Andrew fand, ein wenig wirr im Kopf, das seien außerordentlich nette Leute. Sie schlossen ihn nicht aus ihrem Gespräch aus, sondern brachten es immer irgendwie, durch ein Wort oder einen Blick, zuwege, daß er sich als dazugehörig fühlte. Ja, sie machten ihn vergessen, daß er zum Mittagessen nur einen Bückling gehabt hatte. Und als man nun aufstand, klopfte ihm Ivory auf die Schulter.

»Ich muß Ihnen einmal eine Karte schicken, Manson. Es wäre mir wirklich ein Vergnügen, Sie zu einem Patienten beizuziehen.«

Im Gegensatz zu dieser Stimmung schien die Atmosphäre im Salon ziemlich förmlich zu sein. Aber Freddie – in herrlicher Laune, strahlender denn je, die Hände in den Taschen, mit makellos weiß schimmerndem Hemd – fand, der Abend sei noch kaum richtig angebrochen und man sollte zusammen ins Embassy.

»Leider«, erklärte Christine mit einem matten Blick auf Andrew, »müssen wir schon gehen.«

»Ach, Unsinn, mein Schatz«, rief Andrew mit rosigem Lächeln. »Wir können doch die Gesellschaft nicht sprengen.«

Im Embassy war Freddie offenbar Stammgast. Unter Verbeugungen und Lächeln geleitete man sie zu einem Tisch an der Wand. Es gab wieder Champagner. Es wurde getanzt. Die Kerle lassen sich's gut gehen, dachte Andrew, und das Herz ging ihm auf. Oh! Da-das ist j-ja w-wunderschön! Ob Christine tanzen will?

Als sie endlich im Taxi zur Chesborough Terrace zurückfuhren, erklärte er glücklich: »Erstklassige Burschen, Chris! Ein pra-prachtvoller Abend.«

Sie antwortete mit dünner, ruhiger Stimme:

»Ein abscheulicher Abend.«

»Wie?«

»Ich sehe deine Kollegen Denny und Hope gern als deine Freunde, Andrew, nicht diese vornehm tuenden –«

Er unterbrach sie. »Aber schau, Chris, wa-was hast du denn gegen –«

»Ja, hast du denn kein Gefühl dafür?« antwortete sie in eiskalter Wut. »Alles war abscheulich. Das Essen, die Möbel, die Unterhaltung – Geld, Geld, die ganze Zeit Geld. Vielleicht hast du gar nicht bemerkt, wie sie mein Kleid gemustert haben, Mrs. Hamson besonders. Man konnte ihr förmlich den Gedanken ablesen, daß sie für eine Sitzung im Schönheitssalon mehr ausgibt als ich im ganzen Jahr für Kleider. Es war geradezu komisch, wie sie im Salon endlich darauf kam, was für ein Niemand ich eigentlich bin. Sie ist nämlich die Tochter Whittons – des Whisky-Whittons! Du kannst dir ungefähr vorstellen, was das für eine Konversation war, bevor ihr hereinkamt. Mondänes Geplapper: wer mit wem ins Weekend fährt, was der Friseur erzält hat, die letzte Abtreibung in der Gesellschaft, kein Wort über irgend etwas Anständiges. Denk dir nur, sie hat wirklich angedeutet, daß sie für den Jazzkapellmeister in der Plaza ›etwas übrig hat‹, wie sie sich ausdrückte.«

Der Hohn ihrer Worte war deutlich. Andrew hielt ihn irrtümlich für Neid und stammelte: »Ich werde Geld verdienen, Chris, ich werde dir viele teure Kleider kaufen.«

»Ich brauche kein Geld«, sagte sie schroff. »Ich hasse teure Kleider.«

»Aber, Liebling!« Trunken griff er nach ihr.

»Laß das!« Ihre Stimme war eiskalt. »Ich liebe dich, Andrew, aber nicht, wenn du betrunken bist.«

Berauscht und wütend kauerte er sich in seine Ecke. Das war das erstemal, daß sie ihn zurückgestoßen hatte.

»Schon recht, Teuerste«, knurrte er. »Wie du willst.«

Er zahlte dem Chauffeur und trat vor Christine ins Haus.

Dann ging er wortlos die Treppe hinauf zu dem unbenutzten Schlafzimmer. Hier schien alles schäbig und düster nach dem Luxus, aus dem er gerade kam. Der elektrische Schalter funktionierte nicht richtig – die Leitungen im ganzen Haus waren nicht in Ordnung.

Ach, Teufel, dachte er, während er sich aufs Bett warf. Ich muß heraus aus diesem Loch. Ich werde es ihr schon zeigen. Ich *werde* Geld verdienen. Was fängt man denn ohne Geld an? Heute schliefen sie zum erstenmal seit ihrer Heirat getrennt.

3

Beim Frühstück am nächsten Morgen benahm sich Christine, als hätte sie den ganzen Vorfall vergessen. Andrew bemerkte, daß sie sich bemühte, besonders nett zu ihm zu sein. Dies freute ihn, aber nach außen tat er verdrießlicher denn je. Einer Frau, dachte er, während er scheinbar in die Morgenzeitung vertieft war, muß man gelegentlich den Herrn zeigen. Doch nachdem er ein paar säuerliche Antworten hervorgeknurrt hatte, hörte Christine plötzlich auf, nett zu sein und zog sich in sich selbst zurück. Sie saß mit zusammengepreßten Lippen bei Tisch und wartete, ohne ihn anzusehen, bis er mit dem Frühstück fertig war. Trotziger kleiner Teufel, dachte er, während er aufstand und das Zimmer verließ, na, ich werd's dir schon zeigen.

Im Ordinationszimmer nahm er zuallererst das Medical Directory zur Hand. Er war neugierig und hegte den lebhaften Wunsch, über seine Freunde vom gestrigen Abend Näheres zu erfahren. Rasch wandte er die Blätter um und suchte zuerst nach Freddie. Ja, hier stand er – Frederic Hamson, Queen Anne Street, M. B., CH. B., Assistent für ambulante Patienten, Walthamwood.

In Andrews Stirn grub sich eine Falte, er staunte. Freddie hatte gestern abend sehr viel über seine Stellung im Spital gesprochen und gemeint, im Westend sei nichts so günstig wie ein Spitalposten, denn er gebe dem Patienten das Vertrauen, daß es mit der Untersuchung genau genommen werde. Aber das war doch kein so hervorragender Posten in Walthamwood, einem der neueren Vororte. Das Spital war eine Anstalt, die aufgrund des Armengesetzes bestand. Doch jeder Irrtum war ausgeschlossen, das hier war die neue Ausgabe des Directory, Andrew hatte sie erst vor einem Monat gekauft.

Ein wenig langsamer schlug Andrew die beiden anderen, Ivory und Deedman, nach, dann hielt er das große rote Buch auf den Knien und sah ratlos und sonderbar nachdenklich drein. Paul Deedman war ebenso wie Freddie nur M. B., aber nicht, wie dieser, auch Ch. B. Deedman hatte keinen Spitalposten. Und Ivory? Mr. Charles Ivory aus der New Cavendish Street hatte als Chirurg nur die niederste Qualifikation, war Mitglied der Königlichen Chirurgengesellschaft und ohne Spitalpraxis. Seine Lebensgeschichte ließ auf ein gewisses Maß an Erfahrung im Krieg und in Verwundetenspitälern schließen, das war aber auch alles.

Höchst nachdenklich erhob sich Andrew und stellte das Buch wieder auf das Regal. Dann nahm sein Gesicht einen Ausdruck plötzlicher Entschlossenheit an. Zwischen seinen Qualifikationen und denen der wohlhabenden Burschen, mit denen er gestern abend beisammen gewesen, gab es keinen Vergleich. Was die konnten, konnte er auch. Und besser. Trotz Christines Ausbruch war er noch mehr entschlossen, den Weg zum Erfolg zu finden. Doch zuerst mußte er eine Beziehung zu einem der Londoner Spitäler haben. Aber nicht im Walthamwood oder einer ähnlichen armenrechtlichen Anstalt. Nein, es mußte ein wirkliches Londoner Spital sein, dem hatte jetzt sein Sinnen und Trachten zu gelten. Aber wie war das anzustellen?

Drei Tage grübelte er nach, dann ging er, ein wenig unsicher, zu Sir Robert Abbey. Es gab nichts Schlimmeres für ihn, als etwas für sich zu erbitten, zumal jetzt, da Abbey ihn mit so zwinkernder Freundlichkeit empfing.

»Nun, was macht unser Expreß-Bandagenzähler? Schämen Sie sich nicht, mir ins Auge zu sehen? Ich höre, daß Dr. Bigsby die Hypertension entdeckt hat. Wissen Sie etwas davon? Was wollen Sie? Eine Debatte mit mir oder einen Sitz im Verwaltungsrat des Board?«

»Nun, nein, Sir Robert, ich dachte – das heißt – könnten Sie mir helfen, Sir Robert, eine Verwendung in einem Spital zur Behandlung ambulanter Patienten zu finden?«

»Hm. Das ist ja noch viel schwieriger als der Posten im Board. Wissen Sie denn, wieviel junge Leute sich auf dem Embankment die Füße ablaufen? Und alle wollen solche Stellen. Sie sollten lieber Ihre Arbeiten über die Lungen weitermachen. Damit wäre auch Ihr Feld beschränkter.«

»Nun, ich dachte –«

»Ans Victoria Chest Hospital. Das wäre Ihr Ziel? Eines unserer ältesten Londoner Spitäler. Nun, vielleicht werde ich mich erkundigen. Ich verspreche nichts. Aber ich werde, wissenschaftlich gesprochen, ein Auge offen halten.«

»Abbey behielt ihn zum Tee. Er hatte die geradezu zum Zeremoniell gewordene Gewohnheit, jeden Nachmittag Schlag vier Uhr in seinem Ordinationszimmer zwei Schalen chinesischen Tees ohne Milch oder Zucker zu trinken, ohne etwas dazu zu essen. Es war ein besonderer Tee, der nach Orangenblüten schmeckte. Abbey hielt die Konversation im Fluß und sprach über verschiedene Themen, von den untertassenlosen Teeschalen aus Kianghsi bis zu der Pirquetschen Hautreaktion, und als er dann Andrew zur Tür geleitete, sagte er:

»Stehen Sie noch immer gegen die Lehrbücher im Kampf? Bleiben Sie nur so! Und, um Gottes willen, selbst wenn ich Sie ins Victoria bringe, um Galens willen, werden Sie kein vornehmer Arzt!« Er zwinkerte. »Das hat mich ruiniert.«

Andrew ging heim, als schwebte er über den Wolken. Er freute sich so, daß er ganz vergaß, sein würdevolles Gehaben Christine gegenüber aufrechtzuerhalten. Er platzte heraus:

»Ich war bei Abbey. Er will versuchen, mich ins Victoria zu bringen! Das würde meine Praxis ungeheuer heben.« Die Freude in ihren Augen beschämte ihn plötzlich, und er fühlte sich klein. »Ich war in letzter Zeit recht schwer zu behandeln, Chris. Wir haben uns, fürcht' ich, nicht sehr gut vertragen. Nun – oh, wir wollen das wieder gutmachen, Liebste.«

Sie lief auf ihn zu und beteuerte, sie sei an allem schuld. Da schien es ihm, er wußte selbst nicht, warum, als wäre nur er schuld. Doch in einem ganz kleinen Winkel seines Herzens bewahrte er die feste Absicht, sie eines Tages, und zwar bald, durch die ungeheure Größe seines materiellen Erfolges zu erschüttern.

Mit erneuter Lust stürzte er sich in die Arbeit, denn er hatte das bestimmte Gefühl, daß demnächst ein Glücksfall kommen mußte. Einstweilen ließ sich nicht bezweifeln, daß es mit seiner Praxis aufwärts ging. Freilich war es, sagte er sich, nicht die Art Praxis, die er gerne gehabt hätte, denn was konnte man schon mit diesen Ordinationen zu dreieinhalb Shilling und den Visiten zu fünf Shilling verdienen? Doch trotzdem: es war eine wirkliche Praxis. Die Leute, die zu ihm kamen oder ihn ins Haus riefen, waren viel zu arm, um einen Arzt zu bemühen, wenn sie nicht wirklich krank waren. So hatte er in sonderbaren, stickigen Zimmern über umgebauten Ställen mit Diphtherie zu tun, in feuchten Gesindesouterrains mit rheumatischem Fieber, in Dachkammern von Logierhäusern mit Pneumonie. Und er führte den Kampf gegen die Krankheit auch in dem tragischsten aller Räume, dem Einzelzimmer, in dem ein ältlicher Mann oder eine alte Frau, von Freunden und Verwandten vergessen, sich auf einem Gaskocher armselige Mahlzeiten bereitet und vernachlässigt, ungekämmt, einsam ein freudlos gewordenes Leben führt. Er hatte viele solche Fälle. Es kam ihm der Vater einer bekannten Schauspielerin unter, deren Name in der Shaftesbury Avenue in hellen Lichtern erstrahlte – ein alter, völlig gelähmter Mann von siebzig Jahren, erstickend in unbeschreiblichem Schmutz. Er besuchte eine betagte Aristokratin, eine hagere, geistvolle, darbende Frau, die ihm ihr Foto in der Hofrobe zeigte und ihm von den Tagen erzählte, da sie durch eben diese Straße im eigenen Wagen kutschierte. In tiefer Mitternacht mußte er ein elendes, bettelarmes und verzweifeltes Geschöpf, das den Gasschlauch dem Armenhaus vorgezogen hatte, ins Leben zurückrufen, und verabscheute sich dafür.

Viele seiner Fälle waren dringend operationsreife Fälle, die laut nach einer unverzüglichen Spitalaufnahme schrien. Und hier begegnete Andrew den größten Schwierigkeiten. Es gab kaum etwas Mühseligeres auf Erden, als für einen Patienten –

und war der Fall noch so schlimm und noch so gefährlich – die Aufnahme ins Spital durchzusetzen. Solche Dinge kamen besonders oft nachts vor. Wenn er dann, Rock und Mantel über dem Pyjama, einen Schal um den Hals, den Hut im Genick, zurückkam, hängte er sich ans Telefon und rief ein Krankenhaus nach dem andern an, bat, flehte, drohte, erhielt aber immer wieder die gleiche kurze, oft unverschämte ablehnende Antwort: »Doktor wer? Wer? Nein, nein! Bedaure! Wir sind belegt!«

Fahl vor Wut und fluchend ging er dann zu Christine.

»Sie sind nicht voll belegt. Im St. John gibt es für Protektionskinder eine Menge Betten. Wenn sie einen nicht kennen, zeigen sie einem die kalte Schulter. Wie gerne hätte ich diesem Rotzjungen den Hals umgedreht! Ist es nicht eine Schmach, Chris? Hier bin ich mit dieser inkarzerierten Hernie und kann kein Bett bekommen. Gewiß sind einige Spitäler ganz voll. Und das ist London! Das ist das Herz dieses elenden Britischen Reiches. Das ist unser freiwilliges Spitalsystem. Und so ein philanthropischer Idiot steht neulich bei einem Bankett auf und sagt, dieses System sei das wunderbarste auf Erden. Es bedeutet ja doch für den armen Teufel immer wieder das Armenhaus. Formulare ausfüllen: Was verdienen Sie? Religion? Ist Ihre Mutter ehelich geboren? Und dabei hat der Mensch Peritonitis! Ach Gott! Sei ein guter Kerl, Chris, und schaff mir den Aufnahmebeamten ans Telefon.«

Was immer er für Schwierigkeiten haben mochte und wie sehr er auch gegen Schmutz und Armut wetterte, die er oft zu bekämpfen hatte, Christine gab stets die gleiche Antwort:

»Wenigstens tust du wirkliche Arbeit. Und das scheint mir die Hauptsache zu sein.«

»Es genügt aber nicht, daß ich mir bloß die Wanzen vom Leibe halte«, knurrte er, und ging ins Badezimmer, um sich zu säubern.

Sie lachte, denn sie hatte ihr früheres Glück wiedergefunden. Obwohl der Kampf furchtbar gewesen war, hatte sie endlich dieses Haus bezwungen. Manchmal versuchte es noch, den Kopf zu heben und nach ihr zu schnappen, zumeist aber lag es sauber, glänzend und gehorsam da. Sie hatte ihren neuen Gaskocher, neue Lampenschirme, neue Sesselüberzüge. Und die Treppenstangen funkelten wie die Knöpfe eines Gardisten. Nach wochenlanger Mühe mit Mägden, die in dieser Gegend wegen der Trinkgelder lieber in den Privatpensionen arbeiteten, war Christine zufällig an Mrs. Bennett geraten, eine reinliche, arbeitsame Witwe von vierzig Jahren, die es wegen ihrer Tochter, eines siebenjährigen Kindes, fast unmöglich gefunden hatte, eine Stellung ›im Haus‹ zu erlangen. Gemeinsam hatten Mrs. Bennett und Christine das Kellergeschoß in Angriff genommen. Jetzt war der frühere Eisenbahntunnel ein bequemes Wohnschlafzimmer mit blumenreicher Tapete, beim Trödler gekauften Möbeln, die Christine cremefarben angestrichen hatte, und hier fühlten sich Mrs. Bennett und die kleine Florrie, die nun regelmäßig mit ihrem Ranzen zur Paddingtonschule ging, sicher und geborgen. Zum Dank für diese Sicherheit und dieses Behagen nach den vielen Monaten quälender Ungewißheit konnte Mrs. Bennett nicht genug tun, um ihre Tüchtigkeit zu beweisen. Die Blumen des frühen Frühlings, die das Wartezimmer so freundlich machten, strahlten das Glück wider, das Christines Haus durchdrang. Sie erstand sie für wenige Nickel auf dem Markt, wenn sie des Morgens einkaufen ging. Die meisten Hökerinnen der Mussleburgh Road kannten sie. Dort kaufte man billig Obst, Fische und Gemüse ein. Natürlich hätte Christine ihrer Würde als Gattin eines Arztes sich mehr bewußt sein sollen, aber ach, sie war es nicht, und oft brachte sie ihre Einkäufe in dem sauberen Netz heim und machte auf dem Rückweg bei Frau Schmidt halt, um ein paar Minuten zu plaudern und ein wenig Liptauer zu kaufen, den Andrew so gerne aß.

Am Nachmittag ging sie oft über die Serpentine. Die Kastanien zeigten schon die grünen Blattknospen, und die Schwimmvögel ruderten über das vom Wind gekräuselte Wasser. Das war ein guter Ersatz für das freie Landleben, das Christine von jeher so geliebt hatte.

Manchmal sah Andrew sie am Abend in der sonderbar eifersüchtigen Art an, die bedeutete, daß er verstimmt war, weil er sie tagsüber nicht zu Gesicht bekommen hatte.

»Was hast du denn den ganzen Tag getrieben, während ich

zu arbeiten hatte? Wenn ich jemals ein Automobil haben werde, mußt du das Teufelszeug chauffieren. Wenigstens bleibst du dann in meiner Nähe.«

Er wartete noch immer auf die ›besseren‹ Patienten, die nicht kamen, und sehnte sich nach einer Mitteilung Abbeys wegen jener Spitalarbeit und ärgerte sich darüber, daß der Abend in der Queen Anne Street sich nicht wiederholt hatte. Insgeheim war er verletzt, weil weder Hamson noch dessen Freunde von sich hören ließen.

In dieser Stimmung saß er eines Abends gegen Ende April im Ambulatorium. Es war beinahe schon neun, und er wollte schließen, als eine junge Frau eintrat. Sie blickte ihn unsicher an. »Ich habe nicht recht gewußt, ob ich hier eintreten soll oder bei der Vordertür.«

»Das ist ja ganz gleich«, erwiderte er mit säuerlichem Lächeln. »Nur kostet es hier die Hälfte. Na, also, wo fehlt's denn?«

»Ich zahle gerne das ganze Honorar.« Sie näherte sich mit sonderbarem Ernst und setzte sich auf den Wachstuchfauteuil. Sie war ungefähr achtundzwanzig Jahre alt, kräftig gebaut, trug ein dunkelolivgrünes Kostüm, hatte starke Beine und ein großes, unschönes, ernstes Gesicht. Wenn man sie ansah, dachte man unwillkürlich: kein leichtfertiges Ding.

Milder gestimmt, sagte er: »Wir wollen nicht vom Honorar reden. Was haben Sie für Beschwerden?«

»Nun, Doktor –« Sie schien noch immer den eindringlichen Wunsch zu haben, sich einzuführen. »Mrs. Smith in dem kleinen Lebensmittelgeschäft hat Sie mir empfohlen. Ich kenne sie schon lange. Ich bin bei Laurier angestellt, hier in der Nähe. Mein Name ist Cramb. Aber ich muß Ihnen sagen, daß ich schon bei sehr, sehr vielen Ärzten in der Gegend war.« Sie zog die Handschuhe ab. »So sehen meine Hände aus.«

Er sah ihre Hände an, deren Flächen rötlich, wie bei Psoriasis, entzündet waren. Doch es konnte sich nicht um Psoriasis handeln, denn die Ränder waren nicht mit Flechten behaftet. Mit erhöhtem Interesse nahm er ein Vergrößerungsglas und betrachtete die Sache genauer. Währenddessen fuhr sie in ihrem ernsten, überzeugenden Ton zu sprechen fort:

»Ich kann Ihnen gar nicht sagen, wie mich das im Beruf schädigt. Ich gäbe meinen letzten Groschen her, wenn ich davon frei würde. Ich habe alle erdenklichen Salben versucht, aber keine hat mir auch nur im geringsten genützt.«

»Das glaube ich gern.« Er legte die Lupe nieder und fühlte den ganzen Schauer einer ungewöhnlichen, aber doch positiven Diagnose. »Das ist eine ziemlich seltene Hautkrankheit, Miß Cramb. Es hat keinen Sinn, sie lokal zu behandeln. Es liegt im Blut, und die einzige Art, gesund zu werden, ist Diät.«

»Kein Medikament?« Ihr Ernst wich jetzt einem Zweifel. »Das hat mir noch niemand gesagt.«

»Darum sage ich's Ihnen.« Er lachte, nahm seinen Block und entwarf ihr eine Diät, der er noch eine Liste von Speisen hinzufügte, die sie unbedingt zu meiden hatte.

Sie nahm das Blatt zögernd entgegen. »Nun, natürlich, versuchen werde ich's, Doktor. Ich versuche ja schon alles.« Gewissenhaft zahlte sie ihm das Honorar, verweilte noch ein wenig, als hätte sie noch etwas auf dem Herzen, und ging dann fort. Gleich darauf hatte er sie vergessen.

Zehn Tage später kam sie wieder, diesmal durch den Vordereingang, und trat mit einer solchen Miene unterdrückter Inbrunst ins Ordinationszimmer, daß er sich eines Lächelns kaum erwehren konnte.

»Möchten Sie meine Hände sehen, Doktor?«

»Ja.« Jetzt lächelte er wirklich. »Hoffentlich bedauern Sie die Diät nicht.«

»Bedauern!« In leidenschaftlicher Dankbarkeit reichte sie ihm die Hände. »Schauen Sie nur, völlig geheilt, kein einziger Fleck mehr. Sie wissen ja nicht, was das für mich bedeutet – ich kann Ihnen nicht sagen, nein, solche Klugheit –«

»Schon gut, schon gut«, sagte er leichthin. »Das ist ja mein Beruf, daß ich mich auf solche Dinge verstehe. Jetzt passen Sie nur schön auf und machen Sie sich keine Sorgen. Vermeiden Sie die Speisen, die ich Ihnen aufgeschrieben habe, und Sie werden nie wieder über Ihre Hände zu klagen haben.«

Sie stand auf. »Und jetzt lassen Sie mich zahlen, Doktor.«

»Sie haben mir schon bezahlt.« Er wurde sich eines leichten

ästhetischen Schauers bewußt. Mit dem größten Vergnügen hätte er weitere dreieinhalb Shilling von ihr genommen, ja sogar siebeneinhalb, aber der Versuchung, den Triumph seines Könnens dramatisch zu gestalten, konnte er nicht widerstehen.

»Aber, Doktor –« Nur zögernd ließ sie sich zur Tür begleiten, wo sie halt machte, um zum letztenmal ihren Ernst zu zeigen. »Vielleicht kann ich Ihnen meine Dankbarkeit auf andere Art beweisen.«

Als Andrew in dieses emporgewandte Mondgesicht blickte, kam ihm ein merkwürdiger Gedanke. Aber er nickte nur und schloß dann die Tür hinter ihr. Wieder vergaß er sie, er war müde, und schon tat es ihm halb und halb leid, das höhere Honorar ausgeschlagen zu haben; auf keinen Fall hielt er viel von dem, was ein Ladenmädchen für ihn tun konnte. Aber hierin wenigsten verkannte er Miß Cramb. Noch mehr, er übersah ganz und gar eine Äsopfabel, an die er als schlechter Philosoph hätte denken sollen.

4

Martha Cramb war bei den jüngeren Angestellten Lauriers unter dem Spitznamen Mittelstürmer bekannt. Untersetzt, reizlos, geschlechtslos, schien sie sonderbar fehl am Ort als Abteilungsleiterin dieses einzigartigen Unternehmens, das elegante Toiletten, erlesene Wäsche und so vornehme Pelze verkaufte, daß die Preise in die Hunderte von Pfund gingen. Dennoch war der Mittelstürmer eine wunderbare Verkäuferin und galt sehr viel bei den Kundinnen. Laurier hatte ein eigenes System, demzufolge jede Abteilungsleiterin ihren eigenen Kundenkreis um sich scharte, eine kleine Gruppe der vornehmen Klientel, der sie ausschließlich diente, die sie studierte, die sie bekleidete und für die sie beim Eintreffen der neuen Modelle Waren zur Seite legte. Die Beziehungen zwischen einer solchen Abteilungsleiterin und der Kundschaft waren sehr innig, dauerten oft viele Jahre und taugten ganz gut zum Wesen des Mittelstürmers und seinem schlichten Ernst.

Sie war die Tochter eines Notars in Kettering. Viele der bei Laurier angestellten Mädchen waren die Kinder von Angehörigen der freien Berufe in der Provinz und in den äußeren Vororten. Es galt als Ehre, bei Laurier einen Posten zu finden, die dunkelgrüne Kleidung zu tragen, die gewissermaßen die Uniform des Unternehmens darstellte. Ausbeutung und sonstige Nachteile, die gewöhnliche Ladengehilfinnen oft in Kauf nehmen müssen, gab es hier einfach nicht, denn bei Laurier waren die Mädchen wunderbar verköstigt und untergebracht und betreut. Mr. Winch, der einzige männliche Verkäufer in dem Laden, achtete besonders darauf, daß die Mädchen behütet wurden. Er schätzte besonders den Mittelstürmer und hielt oft Konferenzen mit ihm ab. Er war ein rosiger, mütterlicher alter Herr, der vierzig Jahre in der Putzwarenabteilung gearbeitet hatte. Seine Daumen waren plattgedrückt vom Vorzeigen der Stoffe, sein Rücken ständig gekrümmt in ehrerbietigem Gruß. So mütterlich Mr. Winch auch sein mochte, für den Fremden, der das Kaufhaus betrat, bedeutete er doch das einzige Paar Hosen in einer ungeheuren wogenden See der Weiblichkeit. Er hatte mißbilligende Blicke für die Gatten, die, um die Mannequins zu inspizieren, mit ihren Frauen kaufen kamen. Er hatte sogar mit der königlichen Familie zu tun gehabt. Er war eine fast ebenso grandiose Erscheinung wie das Unternehmen selbst.

Die Geschichte von der Heilung Miß Crambs rief unter der Angestelltenschaft eine gelinde Sensation hervor. Die Folge war, daß eine Anzahl der jüngeren Verkäuferinnen mit mehr oder minder ernsten Beschwerden aus reiner Neugier in Andrews Ambulatorium kam. Kichernd erklärten sie einander, sie möchten gerne ›den Doktor des Mittelstürmers‹ sehen.

Und so suchten allmählich immer mehr Mädchen vom Kaufhaus Laurier das Ambulatorium in der Chesborough Terrace auf. Sie waren lauter Kassenpatientinnen. Nach dem Gesetz mußten sie einer Krankenkasse angehören, aber mit echt Laurierschem Hochmut wollten sie davon nichts wissen. Gegen Ende Mai war es gar nicht selten, daß ein halbes Dutzend im Ambulatorium wartete, alle sehr elegant, nach dem Muster der Kundinnen gekleidet, mit rot bemalten Lippen, jung. Das ergab ein merkliches Steigen der Einnahmen im Ambulatorium. Und Christine bemerkte lachend:

»Was machst du eigentlich mit diesem Revuechor, mein Lieber? Sie werden doch nicht deine Tür mit dem Bühneneingang verwechselt haben?«

Aber Miß Crambs unauslöschliche Dankbarkeit – ach, welches Entzücken bereiteten ihr die geheilten Hände! – begann sich erst jetzt auszuwirken. Bisher hatte man Dr. McLean, einen beruhigend-ältlichen Mann, der in Royal Crescent ordinierte, als den halboffiziellen Arzt bei Laurier angesehen und in dringenden Fällen gerufen, wie zum Beispiel damals, als Miß Twil von der Schneidereiabteilung sich mit einem heißen Bügeleisen arg verbrannte. Aber Dr. McLean wollte bald in den Ruhestand treten, und sein Partner und Nachfolger Dr. Benton war weder ältlich noch beruhigend. Vielmehr hatte Dr. Bentons Gewohnheit, auf die Beine der jüngeren Angestellten zu blicken, sowie seine allzu zarte Aufmerksamkeit für die hübscheren Mädchen oft Mr. Winch in Sorge versetzt. Miß Cramb und Mr. Winch besprachen diese Dinge bei ihren kleinen Konferenzen. Mr. Winch nickte, die Hände auf dem Rücken verschränkt, mit großem Ernst, während Miß Cramb sich über Bentons Unzulänglichkeit ausließ. Da ordiniere in der Chesborough Terrace doch ein ganz anderer Arzt, ein gesetzter, ruhiger Mann, der ohne jede erotische Absicht herrliche Erfolge erziele. Es wurde noch nichts abgemacht, denn Mr. Winch pflegte alles genau zu überlegen, aber in seinen Augen lag ein vielversprechender Schimmer, als er davonschwamm, eine Herzogin zu begrüßen.

In der ersten Juniwoche, als Andrew sich bereits darüber schämte, daß er Miß Cramb einst nicht so wichtig genommen hatte, fiel eine weitere Bekundung ihrer dankbaren Gefälligkeit als glühende Kohle auf sein Haupt.

Er erhielt einen Brief, sehr ordentlich und präzis geschrieben – später erfuhr er, daß eine Formlosigkeit wie ein Telefonanruf keineswegs zu der Schreiberin gepaßt hätte –, einen Brief, in dem er ersucht wurde, am nächsten Tag, Dienstag vormittags, möglichst gegen elf Uhr, im Haus Park Gardens Nr. 9 sich einzufinden und Miß Winifried Everett zu untersuchen.

Er schloß das Ambulatorium frühzeitig und machte sich mit einem Gefühl großer Erwartung auf den Weg zu dieser Visite. Zum erstenmal war er aus dieser öden Gegend, auf die sich seine Praxis bis jetzt beschränkt hatte, fortgerufen worden. Park Gardens war eine hübsche Gruppe von nicht ganz modernen, aber geräumigen und soliden Wohnhäusern, von denen aus man einen herrlichen Ausblick auf den Hyde Park genoß. Er klingelte gespannt und erwartungsvoll bei Nr. 9 und hatte dabei das seltsame Gefühl, daß dies endlich seine Chance sei. Ein ältlicher Diener ließ ihn ein. Das Zimmer war groß, mit alten Möbeln eingerichtet und erinnerte ihn mit seinen Büchern und Blumen an Mrs. Vaughans Salon. In dem gleichen Augenblick, da Andrew eintrat, fühlte er, daß seine Vorahnung richtig gewesen war. Er wandte sich um, als Miß Everett ins Zimmer kam und ihn mit ruhigem, gelassenem Blick wohlwollend musterte.

Sie war eine stattliche Frau von ungefähr fünfzig Jahren mit dunklem Haar und fahler Haut, streng gekleidet und offenbar höchst selbstsicher. Sie begann sogleich in gemessenem Ton: »Ich habe meinen Arzt verloren – leider, denn ich hatte großes Vertrauen zu ihm. Miß Cramb hat Sie empfohlen. Sie ist ein sehr treues Geschöpf, und ich verlasse mich auf sie. Außerdem habe ich Sie im Ärzteregister nachgeschlagen. Sie sind sehr gut qualifiziert.« Sie machte eine Pause, während sie ihn ganz unverhohlen betrachtete und abwog. Sie sah aus wie eine Frau, die gut genährt und gut betreut ist und in ihrer Nähe keine unmanikürten Finger dulden würde. Nun sagte sie vorsichtig: »Vielleicht werden Sie passen. Zu dieser Jahreszeit mache ich gewöhnlich eine Injektionskur. Ich neige zu Heuschnupfen. Sie wissen doch mit Heuschnupfen Bescheid, nicht wahr?«

»Ja«, antwortete er. »Was für Injektionen bekommen Sie?«

Sie nannte ein ziemlich bekanntes Präparat. »Mein alter Arzt hat mir das verschrieben. Ich halte sehr viel davon.«

»Ach das!« Durch ihre Art gereizt, war er schon im Begriff, ihr zu erklären, daß das vertrauenswürdige Medikament ihres vertrauenswürdigen Arztes nichts tauge und seine Verbreitung nur der geschickten Reklame der Firma, die es herstellte, und dem Umstand zu danken hatte, daß es im englischen Sommer meist sehr wenig Pollen gibt. Doch gewaltsam hielt er an sich. In seinem Inneren spielte sich ein Kampf ab zwischen all dem, woran er glaubte, und all dem, was er ersehnte. Trotzig dachte er: Wenn ich mir nach solchen Monaten diese Gelegenheit entgehen lasse, bin ich ein Idiot. Und er sagte: »Ich glaube, ich kann Ihnen die Injektionen ebensogut machen wie ein anderer.«

»Schön. Und nun zu Ihrem Honorar. Dr. Sinclair hat nie mehr als eine Guinea für die Visite bekommen. Ich nehme an, daß Sie mit diesem Arrangement einverstanden sind.«

Eine Guinea für die Visite – das war dreimal soviel wie das größte Honorar, das er je verdient hatte! Und, was mehr bedeutete, es stellte den ersten Schritt zu einem höhern Niveau der Praxis dar, zu einer Praxis, die er sich seit Monaten ersehnte. Was machte es da aus, wenn die Injektionen zwecklos waren? Das war Sache der Patientin, nicht seine. Er hatte den Mißerfolg satt, er war es müde, für dreieinhalb Shilling zu ordinieren. Er wollte vorwärtskommen, aufsteigen. Und aufsteigen um jeden Preis.

Am nächsten Tag um Punkt elf fand er sich wieder ein. Miß Everett hatte ihn in ihrer strengen Art darum ersucht, sich ja nicht zu verspäten. Sie wollte sich ihren Vormittagsspaziergang nicht verkürzen lassen. Er gab ihr die erste Injektion, und von nun an besuchte er sie zweimal wöchentlich und setzte die Behandlung fort.

Er war pünktlich und präzis wie sie und nie anmaßend. Die Art, wie sie ihm gegenüber allmählich auftaute, wirkte beinahe belustigend. Die gute Winifred Everett war ein sonderbares Geschöpf und eine ausgeprägte Persönlichkeit. Trotz ihrem Reichtum – ihr Vater hatte in Sheffield große Glasfabriken besessen, und das viele Geld, das sie von ihm geerbt hatte, war sicher angelegt – trachtete sie doch danach, für jeden Penny, den sie zahlte, vollen Gegenwert zu erhalten. Das war nicht Knickerei, sondern eher eine merkwürdige Art Egoismus. Sie machte sich zum Mittelpunkt ihres Weltalls, umgab ihren Körper, der noch immer weiß und ansehnlich war, mit der äußersten Fürsorge und griff zu jeder Behandlung, von der sie sich etwas versprach. Alles, was sie hatte, mußte das Beste sein. Sie aß mäßig, aber nur die feinsten Speisen. Als sie sich bei Andrews sechster Visite herabließ, ihm ein Glas Sherry anzubieten, bemerkte er, daß es Amontillado des Jahrgangs 1819 war. Ihre Kleider bezog sie von Laurier. Er hatte noch nie so feine Bettwäsche gesehen wie die ihre, und doch vergeudete sie niemals auch nur einen Groschen. Er hätte sich Miß Everett nicht vorstellen können, wie sie einem Taxichauffeur eine halbe Krone hinwarf, ohne sich vorher genau die Uhr besehen zu haben.

Eigentlich hätte er sie verabscheuen müssen, aber sonderbarerweise tat er dies nicht. Sie hatte ihre Selbstsucht zu einer Art Philosophie entwickelt, und sie war so ungeheuer vernünftig. Sie erinnerte ihn an eine Frau auf einem alten holländischen Gemälde, einem Terborch, den er einmal mit Christine gesehen hatte. Das war der gleiche große Körper, die gleiche glatte Haut, der gleiche abweisende und doch genießerische Mund.

Als sie sah, daß er, wie sie sich ausdrückte, ihr wirklich paßte, gab sie sehr viel von ihrer Zurückhaltung auf. Es war bei ihr ein ungeschriebenes Gesetz, daß der Besuch des Arztes zwanzig Minuten dauern müsse, sonst glaubte sie, ihn überzahlt zu haben. Doch nach einem Monat dehnte er die Zeit auf eine halbe Stunde aus. Sie plauderten miteinander. Er erzählte ihr von seinem Wunsch, vorwärtszukommen. Sie billigte das. Ihr Gesprächsstoff hatte Grenzen, aber ihre Beziehungen kannten keine Begrenzung, und von diesen sprach sie am meisten. Viel erzählte sie ihm von ihrer Nichte Catharine Sutton, die in Derbyshire lebte, aber oft in die Stadt kam, da ihr Gatte Captain Sutton Parlamentsabgeordneter für Barnwell war.

»Dr. Sinclair hat sie behandelt«, bemerkte sie so nebenbei. »Ich sehe eigentlich nicht ein, warum Sie nicht die Behandlung übernehmen sollten.«

Bei seinem letzten Besuch setzte sie ihm wieder ein Glas Amontillado vor und sagte sehr freundlich:

»Ich hasse es, wenn mir Rechnungen ins Haus kommen. Wollen wir das jetzt regeln?« Sie überreichte ihm einen gefalteten Scheck über zwölf Guineen. »Natürlich werde ich Sie bald wieder rufen. Im Winter lasse ich mir gewöhnlich Anticoryzavaccine injizieren.«

Sie begleitete ihn sogar bis zur Wohnungstür und blieb dort einen Augenblick stehen. Ein trockenes Licht erhellte ihre Züge, und er hatte sie noch nie einem Lächeln so nahe gesehen. Doch dieser Ausdruck verschwand bald wieder. Sie blickte ihn kühl an: »Wollen Sie den Rat einer Frau hören, die alt genug ist, Ihre Mutter sein zu können? Gehen Sie zu einem guten Schneider. Gehen Sie zu Rogers in der Conduit Street – er arbeitet für Captain Sutton. Sie haben mir doch gesagt, wie gern Sie vorwärts kämen. In so einem Anzug werden Sie das nie.«

Er schritt die Straße hinab und verwünschte dieses Weib. Die helle Empörung brannte ihm noch auf der Stirn, und er fluchte in seiner alten leidenschaftlichen Art. Wichtigtuerische alte Hexe! Was kümmerte sie das! Hatte sie denn das Recht, ihm vorzuschreiben, wie er sich anziehen sollte? War er ihr Schoßhund? Das hatte man also von den Kompromissen, der Fügsamkeit gegenüber dem Hergebrachten. Seine Patienten in Paddington zahlten ihm nur dreieinhalb Shilling, forderten ihn aber nicht auf, eine Modepuppe zu sein. In Zukunft wollte er sich auf diese Kreise beschränken und seine Seele nicht verkaufen! Aber irgendwie verging diese Stimmung wieder. Es war ja völlig richtig, daß er niemals die geringste Fürsorge an seine Kleidung gewendet hatte; ein fertig gekaufter Anzug war ihm immer recht gewesen, hatte ihn gekleidet und warm gehalten, ohne daß es der Eleganz bedurft hätte. Auch Christine, die zwar immer so ordentlich gekleidet ging, hielt nicht viel davon. Am glücklichsten war sie in einem Tweedrock und einem selbstgestrickten Wolljumper.

Heimlich musterte er sich, seine ungebügelten, schäbigen Hosen, die an den Rändern mit Schlamm bespritzt waren. Hol's der Teufel, dachte er verbissen, sie hat ja ganz recht. Wie kann ich erstklassige Patienten bekommen, wenn ich so aussehe? Warum macht mich Christine nicht darauf aufmerksam? Das ist doch ihre Sache und nicht die der alten Winnie! Wie heißt der Kerl nur, den sie mir genannt hat? Rogers in der Conduit Street. Ach Gott, ich werde doch hingehen!

Als er heimkam, hatte er seine gute Laune wiedergefunden. Mit großem Schwung hielt er den Scheck Christine unter die

Nase. »Sieh das an, meine Liebe. Erinnere dich, wie ich das erstemal mit den dreckigen Dreieinhalb aus dem Ambulatorium gelaufen kam; jetzt pfeife ich drauf! Das hier ist wirkliches Geld, ein richtiges Honorar, wie es einem hochqualifizierten M. D. und M. R. C. P. gebührt. Zwölf Guineen, weil ich mit Winnie nett geplaudert und ihr Glickerts Ephetylen, das ihr nichts schadet, injiziert habe.«

»Was ist das?« fragte sie lächelnd. Dann zeigte sich in ihrer Miene plötzlich ein Zweifel. »Ist das nicht das Zeug, über das du so geschimpft hast?«

Seine Miene änderte sich. Er machte ein finsteres Gesicht und war sehr verlegen. Sie hatte gerade die Bemerkung gemacht, die er nicht hatte hören wollen. Sogleich wurde er zornig, aber nicht gegen sich, sondern gegen Christine.

»Ach was, Chris! Du bist ja nie zufrieden.« Er verließ das Zimmer und warf die Tür ins Schloß. Den ganzen Tag zeigte er sich mürrisch. Am nächsten Tag aber heiterte er sich auf. Und er ging zu Rogers in die Conduit Street.

5

Selbstbewußt wie ein Schuljunge kam er vierzehn Tage später in einem seiner beiden neuen Anzüge zum Frühstück. Es war ein dunkler, doppelreihiger, grauer Anzug, zu dem er auf Rogers' Vorschlag einen Umlegekragen und eine dunkle Krawatte trug, die der Schattierung des Grau entsprach. Darüber konnte es nicht den leisesten Zweifel geben, daß der Schneider der Conduit Street seine Arbeit gut gemacht hatte, und die Berufung auf Captain Sutton hatte ihn zu besonderem Eifer angespornt. Gerade an diesem Morgen sah Christine zufällig nicht übermäßig gut aus. Sie hatte leichte Halsschmerzen und trug deshalb einen alten Schal um Hals und Kopf. Sie schenkte Andrew Kaffee ein, als ihr sein strahlendes Äußeres auffiel. Einen Augenblick war sie zu verblüfft, um sprechen zu können.

»Aber, Andrew«, stammelte sie dann. »Du siehst ja herrlich aus. Gehst du irgendwohin?«

»Irgendwohin? Ich erledige meine Visiten. Meine übliche Arbeit!« Aus lauter Selbstbewußtsein wurde er beinahe bissig. »Nun, gefällt es dir?«

»Ja«, sagte sie, aber, wie ihm vorkam, nicht rasch genug. »Du siehst – du siehst furchtbar elegant aus, aber –« sie lächelte – »irgendwie scheinst du nicht du selbst zu sein.«

»Du sähest es wohl lieber, wenn ich auch weiterhin wie ein Landstreicher herumliefe?«

Sie schwieg, und ihre Hand, die gerade die Schale zum Mund hob, preßte sich plötzlich zusammen, daß die Knöchel weiß hervortraten. Ah, dachte er, jetzt habe ich sie getroffen. Er frühstückte fertig und ging dann ins Ordinationszimmer.

Fünf Minuten später kam sie ihm nach, noch immer den Schal um den Hals, mit unschlüssigen, flehenden Augen.

»Liebster«, sagte sie, »bitte, versteh mich nicht falsch. Ich freue mich ja so sehr, dich in einem neuen Anzug zu sehen. Ich möchte, daß du alles Gute und Schöne hast. Verzeih mir, was ich vorhin gesagt habe, aber weißt du, ich bin so an dich gewöhnt – ach, das fällt mir schwer, zu erklären –, aber ich habe dich immer als einen Menschen im Sinn, der – aber, bitte, versteh mich nicht wieder falsch – als einen Menschen, der gar nichts darauf gibt, wie er aussieht oder wie die Leute ihn sehen. Erinnerst du dich an den Kopf von Epstein, den wir neulich gesehen haben? Dieser Kopf hätte doch ganz anders gewirkt, wäre er geschniegelt und gestriegelt gewesen.«

Er antwortete schroff:

»Ich bin kein Epstein-Kopf.«

Sie erwiderte nichts. In der letzten Zeit war es schwer geworden, ihm zu widersprechen, und da dieses Mißverständnis sie verletzte, wußte sie nicht, was sie sagen sollte. Noch immer unschlüssig, wandte sie sich zum Gehen.

Drei Wochen später kam Miß Everetts Nichte für ein paar Wochen nach London, und Andrew wurde dafür belohnt, daß er den Wink der älteren Dame so klug befolgt hatte. Unter irgendeinem Vorwand ließ ihn Miß Everett nach Park Gardens kommen, wo sie ihn mit strenger Billigung musterte. Er konnte beinahe sehen, wie sie ihn als Kandidaten für eine Empfehlung tauglich befand. Am nächsten Tag erhielt er eine Berufung zu Mrs. Sutton. Sie wollte – diese Krankheit schien in der Familie zu liegen – die gleiche Heuschnupfenbehandlung haben, die ihre Tante durchgemacht hatte. Diesmal empfand Andrew keine Gewissensbisse, ihr das nutzlose Epton der nutzliebenden Herren Glickert einzuspritzen. Auf Mrs. Sutton machte er einen blendenden Eindruck, und noch bevor der Monat um war, wurde er zu einer Freundin Miß Everetts, ebenfalls in ein Apartment der Park Gardens, geholt.

Andrew war höchlich belustigt über sich selbst. Er kam vorwärts, vorwärts, vorwärts! In seinem wilden Streben nach Erfolg vergaß er, wie sehr seine Fortschritte all dem widersprachen, woran er bisher geglaubt hatte. Er war bei seiner Eitelkeit gepackt. Er fühlte sich frisch und selbstsicher. Er nahm sich nicht mehr die Mühe, daran zu denken, daß diese rollende Lawine seiner erstklassigen Praxis von einer kleinen Deutschen hinter dem Ladentisch einer Lebensmittelhandlung in der schäbigen Gegend des Mussleburgh Market in Bewegung gesetzt worden war. Ja, fast ehe er noch Zeit hatte, über irgend etwas nachzudenken, rollte die Lawine weiter, und eine neue, noch aufregendere Chance bot sich ihm.

Eines Nachmittags im Juni, in der stillen Zeit zwischen zwei und vier, zu der sich gewöhnlich nichts ereignete, saß er im Ordinationszimmer und berechnete seine Einnahmen vom vergangenen Monat. Da läutete plötzlich das Telefon. Drei Sekunden, und er war beim Apparat.

»Ja, ja, hier spricht Dr. Manson.«

Eine ängstliche, zitternde Stimme ließ sich vernehmen.

»Oh, Herr Doktor, ich bin ja so froh, daß ich Sie vorfinde. Hier spricht Mr. Winch! Mr. Winch vom Kaufhaus Laurier. Einer Kundin ist ein kleines Mißgeschick zugestoßen. Können Sie kommen? Können Sie sofort kommen?«

»In vier Minuten bin ich drüben.« Andrew hängte den Hörer an und holte hastig seinen Hut. Mit einem gewaltigen Satz sprang er auf den Autobus der Linie 15, der draußen eben vorbeifuhr. Nach viereinhalb Minuten trat Andrew durch die Drehtür des Kaufhauses Laurier. Er wurde von der augenscheinlich verängstigten Miß Cramp empfangen und über weite Flächen grüner Teppiche, an langen vergoldeten Spiegeln und Sandelholztäfelungen vorbeigeführt, vor denen, wie zufällig zurückgelassen, ein kleiner Hut, ein Spitzenschal und ein Abendumhang aus Hermelin zu sehen waren. Während sie, hastig und ernst, dahineilten, erklärte Miß Cramp:

»Es handelt sich um Miß le Roy, Doktor. Eine unserer Kundinnen. Gott sei Dank nicht meine, denn sie macht immer Schwierigkeiten. Aber wissen Sie, Doktor Manson, ich habe mit Mr. Winch über Sie gesprochen –«

»Danke«, sagte er schroff. Gelegentlich konnte er noch immer schroff sein. »Was ist los?«

»Es scheint, daß sie – ach, Doktor Manson, es scheint, daß sie im Probierzimmer einen Anfall erlitten hat.«

Oben auf der letzten Stufe der breiten Treppe übergab sie ihn dem vor Aufregung geröteten Mr. Winch. Dieser stammelte: »Hier, Doktor – hier – hoffentlich können Sie etwas machen. Es ist furchtbar peinlich.«

Im Probierzimmer, einem mit hellgrünen Teppichen warm und erlesen ausgestatteten Raum mit golden und grün getäfelten Wänden, fand Andrew eine Schar schnatternder Mädchen, einen umgeworfenen vergoldeten Sessel, ein Handtuch auf der Erde, ein umgeschüttetes Wasserglas, das reinste Tollhaus vor. Und dort lag Miß le Roy, die Frau mit dem Anfall, starr auf dem Boden, im Mittelpunkt der Szene. Von Zeit zu Zeit krampften sich ihre Hände zusammen, und die Füße wurden plötzlich steif. Dann und wann drang aus ihrer gepreßten Kehle ein gequältes, erschreckendes Krächzen.

Als Andrew mit Mr. Winch eintrat, brach eine der älteren Gehilfinnen in der Gruppe in Tränen aus.

»Es ist wirklich nicht meine Schuld«, schluchzte sie. »Ich machte Miß le Roy nur darauf aufmerksam, daß sie doch selbst das Muster ausgewählt hat.«

»O Gott, o Gott«, flüsterte Mr. Winch. »Das ist ja schrecklich, schrecklich. Soll ich – soll ich den Rettungswagen kommen lassen?«

»Nein, noch nicht«, erklärte Andrew in sonderbarem Tonfall.

Er beugte sich über Miß le Roy. Sie war sehr jung, ungefähr vierundzwanzig Jahre alt, mit blauen Augen und verwaschenem, seidenweichem Haar, das nun unter dem schief gerutschten Hut zerzaust hervorhing. Die Starre nahm zu, und die krampfhaften Zuckungen häuften sich. An ihrer Seite kniete eine Frau mit dunklen, besorgten Augen, offenbar ihre Freundin. »Oh, Toppy, Toppy«, murmelte sie die ganze Zeit.

»Bitte, das Zimmer räumen«, sagte Andrew plötzlich. »Ich möchte, daß alle fortgehen, bis« – sein Blick fiel auf die dunkle junge Frau – »bis auf die Dame hier.«

Die Mädchen gingen ein wenig widerwillig fort. Es war eine so angenehme Abwechslung gewesen, Miß le Roys Anfall zu beobachten. Auch Miß Cramb entfernte sich, ja sogar Mr. Winch. Sobald alle fort waren, wurden die Krämpfe geradezu schreckenerregend.

»Das ist ein außerordentlich ernster Fall«, sagte Andrew nachdrücklich. Miß le Roys rollende Augäpfel richteten sich auf ihn.

»Bitte, einen Stuhl!«

Die andere Frau stellte den umgestürzten Stuhl mitten im Raum auf. Dann faßte Andrew die von Krämpfen geschüttelte Miß le Roy unter den Achseln und setzte sie langsam und mit großer Behutsamkeit aufrecht in den Sessel. Er hielt ihr den Kopf gerade.

»Da!« sagte er mit noch größerem Mitgefühl. Dann versetzte er ihr mit der flachen Hand eine schallende Ohrfeige. Das war seit vielen Monaten seine mutigste Tat, und leider blieb sie es auch für viele weitere Monate.

Miß le Roy hörte auf zu krächzen, die Zuckungen vergingen, die rollenden Augäpfel kamen zur Ruhe. In schmerzlicher, kindischer Verblüffung starrte sie ihn an. Noch ehe sie einen Rückfall bekam, versetzte er ihr mit der andern Hand einen Schlag auf die andere Wange. Die Pein in Miß le Roys Gesicht war geradezu drollig. Sie bewegte die Lippen, schien wieder krächzen zu wollen, begann jedoch leise zu weinen. Zu ihrer Freundin gewandt, schluchzte sie:

»Ach, Liebste, ich möchte nach Hause.«

Andrew blickte auf die dunkle junge Frau, um sich zu rechtfertigen, die ihn nun mit beherrschtem, aber doch deutlichem Interesse betrachtete.

»Tut mir leid«, murmelte er. »Es war die einzige Möglichkeit. Ein schlimmer hysterischer Anfall mit Hand- und Fußkrämpfen. Sie hätte Schaden erleiden können. Ich hatte auch kein Narkotikum oder dergleichen bei mir. Und immerhin, es hat geholfen.«

»Ja – es hat geholfen.«

»Sie soll sich ausweinen«, erklärte Andrew. »Das ist immer ein gutes Sicherheitsventil. In wenigen Minuten ist sie wieder in Ordnung.«

»Aber warten Sie doch«, erklärte die Frau rasch. »Sie müssen sie nach Hause bringen.«

»Sehr wohl!« sagte Andrew geschäftsmäßig.

Nach fünf Minuten war Toppy le Roy wieder imstande, ihr Gesicht herzurichten, eine ziemlich lange Operation, die von einigem matten Schluchzen begleitet wurde.

»Sehe ich nicht zu elend aus, Liebste?« fragte sie ihre Freundin. Von Andrew nahm sie überhaupt keine Notiz.

Hierauf verließen sie das Probierzimmer, und ihr Zug durch den großen Ausstellungsraum rief die reinste Sensation hervor. Vor Staunen und Erleichterung war Mr. Winch beinahe sprachlos. Er wußte nicht und sollte auch nie erfahren, wie es hatte geschehen können, daß die in Krämpfen sich windende Miß le Roy wieder auf die Beine gekommen war. Er ging hinterdrein und stammelte ehrerbietige Worte. Und als Andrew hinter den beiden Frauen durch den Hauptausgang schritt, reichte ihm Mr. Winch überschwenglich die schwammige Hand.

Das Taxi führte sie über die Bayswater Road in Richtung des Marble Arch. Man machte gar nicht den Versuch, ein Gespräch zu beginnen. Miß le Roy schmollte nun wie ein verwöhntes Kind, das gezüchtigt worden ist, und war noch immer zappelig. Von Zeit zu Zeit zuckten ihr unwillkürlich Hände und Gesichtsmuskeln. Jetzt konnte man sie in ihrem Normalzustand sehen, sie war sehr mager und in ihrer zarten kränklichen Art beinahe hübsch. Sie war schön gekleidet, machte aber auf Andrew doch den Eindruck eines gerupften Hühnchens, durch das von Zeit zu Zeit ein elektrischer Strom geleitet wird. Er selbst war nervös und sich der peinlichen Situation wohlbewußt, jedoch im eigenen Interesse fest entschlossen, diese Situation, so gut es ging, auszunutzen.

Der Wagen umfuhr den Marble Arch, dann ging es weiter den Hyde Park entlang, nach links, und hier hielt man vor einem Hause an der Green Street. Fast unmittelbar darauf waren sie eingetreten. Das Haus benahm Andrew den Atem – er hätte sich etwas so Luxuriöses nicht einmal vorstellen können, diese breite Halle in weichem Fichtenholz, den von Jade strotzenden Schrank, das sonderbare einzige Bild in kostbarem Rahmen, die rotgolden lackierten Stühle, die breiten Lehnbänke, die hautdünnen, blassen Teppiche überall.

Toppy le Roy warf sich auf ein mit Atlaskissen bedecktes Sofa. Sie nahm von Andrews Anwesenheit noch immer keine Notiz, riß sich den kleinen Hut ab und schleuderte ihn zu Boden.

»Bitte, klingle, Liebste. Ich muß etwas trinken. Gott sei Dank, daß Vater nicht zu Hause ist.«

Sogleich brachte ein Diener Cocktails. Als er fortgegangen war, betrachtete Toppys Freundin gedankenvoll und mit einem kaum merkbaren Lächeln Andrew.

»Wir sind Ihnen wohl eine Erklärung schuldig, Doktor. Das Ganze ist ziemlich schnell gegangen. Ich bin Mrs. Lawrence. Toppy – Miß le Roy – hatte einen heftigen Zank wegen eines Kleides, das sie sich für den Wohltätigkeitsball der Künstler eigens entwerfen ließ, und sie hat in letzter Zeit soviel unternommen, sie ist ein sehr nervöses kleines Ding – und kurz und gut, Toppy ist zwar sehr böse auf Sie, trotzdem sind wir Ihnen schrecklich dankbar, daß Sie uns hergebracht haben. Und jetzt möchte ich noch einen Cocktail.«

»Ich auch«, sagte Toppy verdrießlich. »Diese ekelhafte Person bei Laurier. Vater soll die Leute anrufen – sie muß hinausgeworfen werden! Aber nein, es lohnt sich nicht!«

Als sie ihren zweiten Cocktail gekippt hatte, verbreitete sich langsam ein zufriedenes Lächeln über ihr Gesicht. »Immerhin habe ich den Leuten zu schaffen gemacht, nicht wahr, Frances?

Ich wurde einfach wild! Und das Gesicht der alten Mama Winch war ja zum Sterben komisch.«

Ihre hagere kleine Gestalt zitterte vor Lachen. Ohne Groll begegnete sie nun Andrews Blick. »Los, los, Doktor, lachen Sie! Es war unbezahlbar.«

»Nein, mir erschien es nicht so belustigend.« Er sprach hastig, denn er hatte den dringenden Wunsch, sein Verhalten zu erklären, seine Position zu festigen, das Mädchen davon zu überzeugen, daß es wirklich krank sei. »Sie hatten tatsächlich einen schlimmen Anfall. Leider mußte ich zu dieser Behandlungsmethode greifen. Hätte ich ein Anästhetikum gehabt, hätte ich es Ihnen gegeben. Das wäre für Sie weit weniger – weit weniger ärgerlich gewesen. Und glauben Sie bitte nicht, daß ich vielleicht dächte, Sie hätten diesen Anfall gespielt. Es war ein hysterischer Anfall, ein typisches Syndrom. Man sollte sich gegen so etwas nicht so absprechend verhalten. Es ist ein Zustand des Nervensystems. Wissen Sie, Miß le Roy, Sie sind äußerst überanstrengt, alle Ihre Reflexe sind übersteigert, Sie befinden sich in einem Stadium hochgradiger Nervosität.«

»Das ist vollkommen richtig«, bestätigte Frances Lawrence. »Du hast in letzter Zeit viel zuviel unternommen, Toppy.«

»Hätten Sie mir wirklich Chloroform gegeben?« fragte Toppy in kindlichem Staunen. »Das wäre aber spaßig gewesen.«

»Nein, ganz im Ernst, Toppy«, sagte Mrs. Lawrence. »Du solltest dich schonen.«

»Du sprichst schon wie Vater«, erwiderte Toppy und verlor ihre gute Laune.

Eine Pause trat ein. Andrew hatte seinen Cocktail ausgetrunken. Er stellte das Glas hinter sich auf den Kaminsims aus geschnitztem Fichtenholz. Er hatte hier wohl nichts mehr zu suchen.

»Nun schön«, sagte er nachdrücklich. »Ich muß wieder zur Arbeit. Bitte befolgen Sie meinen Rat, Miß le Roy, essen Sie etwas Leichtes und gehen Sie zu Bett und – da ich Ihnen nicht mehr von Nutzen sein kann – rufen Sie morgen Ihren Hausarzt! Auf Wiedersehen!«

Mrs. Lawrence begleitete ihn in die Halle und schien es so wenig eilig zu haben, daß er gezwungen war, seine zur Schau getragene geschäftsmäßige Eile etwas zu bremsen. Sie war groß und schlank, mit ziemlich hohen Schultern und einem kleinen, vornehmen Kopf. In ihrem dunklen, schön gelockten Haar wirkten ein paar eisengraue Strähnen besonders reizvoll. Dennoch mußte sie ganz jung sein, höchstens siebenundzwanzig. Trotz ihrer Größe hatte sie zarte Knochen, zumal die Handgelenke waren zart und fein, ja, ihre ganze Gestalt schien biegsam und gleichmäßig durchgebildet wie die eines Fechters. Sie reichte ihm die Hand, und ihre grünlich-braunen Augen wandten sich ihm mit einem schwachen, freundlichen, verweilenden Lächeln zu.

»Ich wollte Ihnen nur noch sagen, wie sehr mir Ihre neue Behandlungsmethode Bewunderung abnötigt.« Ihre Lippen zuckten. »Bleiben Sie auf jeden Fall dabei! Ich prophezeie Ihnen damit einen durchschlagenden Erfolg!«

Als er jetzt die Green Street hinabschritt, um zum Autobus zu gelangen, sah er zu seiner Verblüffung, daß es schon fast fünf Uhr war. Drei Stunden hatte er in Gesellschaft dieser beiden Frauen verbracht. Dafür mußte er ein wirklich hohes Honorar berechnen. Und doch, trotz diesem erhebenden Gedanken, der so bezeichnend war für seine neuen Anschauungen, fühlte er sich verwirrt und sonderbar unbefriedigt. Hatte er seine Chance wirklich aufs beste genutzt? Er schien Mrs. Lawrence gefallen zu haben. Aber bei solchen Leuten konnte man nie wissen. Und was für ein prächtiges Haus! Plötzlich knirschte er erbittert und zornig mit den Zähnen. Er hatte es nicht nur versäumt, seine Karte zurückzulassen, sondern sogar vergessen, seinen Namen zu nennen. Und als er nun in dem überfüllten Autobus neben einem alten Arbeiter in schmutziger Berufskleidung Platz nahm, machte er sich bittere Vorwürfe, diese goldene Gelegenheit verpaßt zu haben.

6

Am nächsten Vormittag wollte er um Viertel nach elf Uhr gerade seine Runde billiger Krankenvisiten rings um den Mussleburgh Market antreten, da klingelte das Telefon. Die ernst besorgte Stimme eines Dieners schnurrte ihn an.

»Dr. Manson persönlich, Sir? Miß le Roy möchte wissen, Sir, wann Sie sie heute aufsuchen könnten. Entschuldigen Sie, Sir, bleiben Sie, bitte, am Apparat – Mrs. Lawrence möchte Sie sprechen.«

Andrew blieb am Apparat, und sein Puls schlug schneller, während Mrs. Lawrence freundlich mit ihm sprach und ihm erklärte, daß man seinen Besuch unbedingt erwarte.

Als er vom Telefon wegkam, sagte er sich frohlockend, daß ihm die gestrige Gelegenheit doch nicht entgangen war, nein, trotz allem nicht!

Er ließ alle anderen Besuche, dringliche wie weniger dringliche, sein und ging unverzüglich ins Haus an der Green Street. Hier lernte er Joseph le Roy kennen. Le Roy erwartete ihn ungeduldig in der von Jade glänzenden Halle. Er war ein kahler, untersetzter Mann mit offener Sprache und derber Art und rauchte seine Zigarre wie jemand, der keine Zeit zu verlieren hat. In einer Sekunde bohrte sich sein Blick in den Andrews, und das war eine rasche chirurgische Operation, die befriedigend ausfiel. Dann sprach er hastig mit kolonialem Akzent:

»Schauen Sie, Doktor, ich habe Eile. Mrs. Lawrence mußte sich furchtbar plagen, um Sie heute ausfindig zu machen. Ich höre, daß Sie ein tüchtiger junger Mann sind und sich nichts vormachen lassen. Sie sind auch verheiratet, nicht wahr? Das ist gut. Nun, nehmen Sie mein Mädel in die Hände! Bringen Sie sie in Ordnung! Machen Sie sie kräftig und treiben Sie ihr die verdammte Hysterie aus! Sparen Sie mit nichts! Ich kann alles zahlen. Auf Wiedersehen!«

Joseph le Roy war Neuseeländer. Und trotz seinem Geld, seinem Haus in der Green Street und seiner exotischen kleinen Toppy fiel es einem nicht schwer, die Wahrheit zu glauben – daß nämlich sein Urgroßvater ein gewisser Michael Cleary, ein Bauernknecht aus der Gegend von Greymouth Harbour, gewesen war, der nicht lesen und schreiben konnte und bei seinen Kameraden einfach Leary hieß. Joseph le Roy war zum Leben gewiß ebenso eingestellt wie Joe Leary, der als Junge auf den großen Bauernhöfen von Greymouth als Melker angefangen hatte. Aber Joes Bestimmung war es, wie er selber sagte, größere Dinge zu melken als Kühe. Und dreißig Jahre später war es im obersten Stockwerk des ersten Wolkenkratzers von Auckland Joseph le Roy, der seine Unterschrift unter den Vertrag setzte, in dem sich die Milchwirtschaften der Insel zu einem großen Kondensmilchtrust zusammenschlossen.

Das war ein geradezu zauberhafter Gedanke – dieser Cremogen-Trust. Zu jener Zeit kannte man Kondensmilch kaum und hatte den Handel damit noch nicht organisiert. Le Roy entdeckte als erster ihre großen Möglichkeiten, le Roy führte den Angriff auf den Weltmarkt durch, le Roy pries sie als gottgegebene Ernährung für Kinder und Kranke an. Doch Joe verdankte seine Erfolge weniger seinen Erzeugnissen, als seiner fruchtbaren Kühnheit. Die entrahmte Milch, die früher in den Rinnstein gegossen oder in den hunderten Farmen Neuseelands den Schweinen verfüttert worden war, fand jetzt überall auf der Welt in Joes sauberen, bunt etikettierten Dosen als Cremogen, Cremax und Cremefat reißenden Absatz und kostete dreimal soviel wie frische Milch.

Mitdirektor im le Roy-Trust und Leiter der englischen Abteilung war Jack Lawrence, der, so sonderbar das klingt, als Gardeoffizier gedient hatte, ehe er sich dem Geschäftsleben zuwandte. Indes war die Freundschaft zwischen Mrs. Lawrence und Toppy mehr als eine bloße Verbindung von Geschäftsinteressen. Frances war persönlich reich und in der vornehmen Gesellschaft Londons viel mehr zu Hause als Toppy, die gelegentlich ihr Hinterwäldlertum verriet, und hegte eine Zuneigung für dieses verwöhnte Kind, welches ihr Spaß machte. Als Andrew nach seinem Gespräch mit le Roy die Treppe hinanstieg, erwartete sie ihn vor Toppys Zimmer.

Auch an den folgenden Tagen war Frances Lawrence meist zugegen, wenn er seinen Besuch machte, und half ihm bei dieser aufregend eigensinnigen Patientin. Sie freute sich, wenn sie eine Besserung bei Toppy feststellen konnte, bestand darauf, daß sie die Behandlung fortsetzte, und fragte, wann man Andrews nächsten Besuch erwarten dürfe.

Bei aller Dankbarkeit gegenüber Mrs. Lawrence war er doch noch mißtrauisch genug, es als sonderbar zu empfinden, daß diese zugegebenermaßen hochmütige Patrizierin, die er als exklusiv erkannt hatte, noch ehe ihm ihr Bild in den illustrierten Zeitschriften unterkam, auch nur dieses gelinde Interesse an ihm haben konnte. Ihr breiter und ziemlich abweisender Mund hatte gewöhnlich einen Ausdruck der Feindseligkeit gegen alle, die nicht zu ihren Vertrauten zählten, doch war sie ihm gegenüber aus irgendeinem Grunde nie feindselig. Er hatte den lebhaften Wunsch, und das war mehr als bloße Neugier, ihren Charakter, ihre Persönlichkeit zu ergründen. Er schien von der wirklichen Mrs. Lawrence nichts zu wissen. Es entzückte ihn, die beherrschten Bewegungen ihrer Glieder zu beobachten, wenn sie durchs Zimmer schritt. Sie war allem gewachsen, war in allem, was sie tat, bedacht, und hinter den freundlich vorsichtigen Augen lag trotz der anmutigen Lässigkeit ihrer Worte Verstand.

Er wußte kaum, daß dieser Gedanke eigentlich von ihr kam, und doch fragte er sich jetzt ungeduldig, wie ein Arzt es eigentlich fertig bringe, eine erstklassige Praxis ohne elegantes Automobil auszuüben. Zu Christine, die noch immer stillvergnügt ihr Haushaltsbudget nach Shilling und Penny führte, sagte er freilich nichts davon. Aber es war ja lächerlich, daß er durch die Green Street lief, den Koffer in der Hand, Staub auf den Schuhen, und so ohne Wagen dem ein wenig überlegen tuenden Diener entgegentrat. Er hatte doch die Ziegelgarage hinter seinem Haus. Das würde die Betriebskosten seines Wagens beträchtlich verringern. Und es gab geschäftstüchtige Firmen, die sich darauf spezialisierten, Ärzte Automobile zu liefern, ausgezeichnete Firmen, die in den Zahlungsbedingungen sehr entgegenkamen.

Drei Wochen später fuhr ein brauner Wagen, funkelnagelneu und dunkel schimmernd, beim Haus Nummer neun der Chesborough Terrace vor. Andrew kletterte vom Lenkersitz und lief die Treppe hinauf.

»Christine!« rief er und suchte die frohlockende Erregung in seinem Ton zu unterdrücken. »Christine, komm und schau dir das an!«

Er hatte die Absicht gehabt, sie zu verblüffen. Und das gelang ihm auch.

»Du meine Güte!« Sie umklammerte seinen Arm. »Gehört der uns? Oh, welche Pracht!«

»Nicht wahr, er ist schön. Paß auf, Kind, Achtung auf den Anstrich. Der Wagen ist noch ganz frisch!« Er lächelte sie an wie früher. »Eine nette Überraschung, nicht wahr, Chris? Da habe ich ihn gekauft und mir die Fahrerlaubnis verschafft und alles, und dir kein Wort gesagt. Der sieht anders aus als unser alter Morris. Steigen Sie ein, gnädige Frau, und ich werde ihn vorführen. Er fliegt so leicht dahin wie ein Vogel.«

Sie konnte den kleinen Wagen nicht genug bewundern, während Andrew sie barhaupt, wie sie war, lautlos um den Square fuhr. Vier Minuten später waren sie wieder zurück und standen auf dem Trottoir, während Andrew noch immer sich am Anblick des neuen Schatzes labte. Ihre Augenblicke der Vertrautheit, des gegenseitigen Verstehens und des gemeinsamen Glücks waren jetzt so selten, daß Christine diesen einen gerne festgehalten hätte. Sie murmelte:

»Jetzt wird es dir so leicht fallen, deine Visiten zu erledigen, Liebster.« Dann fuhr sie scheu fort: »Und wenn wir, zum Beispiel am Sonntag, ein bißchen aufs Land fahren könnten, in die Wälder, oh, das wäre herrlich.«

»Gewiß«, antwortete er zerstreut. »Aber eigentlich ist der Wagen für die Praxis da. Wir dürfen ihn nicht allzu stark beanspruchen und ganz schmutzig machen!« Er dachte an die Wirkung, die dieses schneidige kleine Fahrzeug auf die Patienten ausüben mußte.

Die größte Wirkung jedoch hatte er nicht erwartet. Am Donnerstag der nächsten Woche kam er gerade aus dem schwer vergitterten und schwer verglasten Tor des Hauses Green Street 17 a, als ihm Freddie Hamson in die Hände lief.

»He, Hamson«, sagte er gleichmütig. Er konnte einen Schauer der Befriedigung nicht unterdrücken, als er Hamsons Gesicht sah. Hamson erkannte ihn erst kaum, dann aber durchlief seine Miene alle Stadien der Überraschung, und er konnte sich gar nicht erholen.

»Nein, so was«, sagte Freddie. »Was machst du denn hier?«

»Eine Patientin«, antwortete Andrew, und er wies mit einem Ruck des Kopfes zum Haus 17a. »Ich behandele die Tochter Joe le Roys.«

»Joe le Roy!«

Dieser Ausruf allein war für Andrew ein Genuß. Er legte besitzerisch die Hand auf die Tür seines schönen neuen Wagens. »Wohin willst du? Kann ich dich irgendwohin mitnehmen?« Freddie gewann rasch wieder seine Sicherheit. Er war selten in Verlegenheit, keinesfalls für längere Zeit. Und jetzt hatte sich in dreißig Sekunden seine Ansicht über Manson und seine ganze Einstellung zu Manson und dessen möglicher Verwendbarkeit rasch und unerwartet geändert.

»Ja.« Er lächelte freundlich. »Ich gehe in die Bentinck Street zu Ida Sherrington. Natürlich zu Fuß, um in Form zu bleiben, aber ich fahre gern mit.«

Ein paar Minuten schwiegen sie, während sie durch die Bond Street fuhren. Hamson dachte angestrengt nach. Er hatte Andrew in London so herzlich begrüßt, weil er der Meinung gewesen war, aus Mansons Praxis gelegentlich eine Konsultation für drei Guineen in die Queen Anne Street zu bekommen. Doch jetzt zeigte ihm die Veränderung, die mit seinem alten Studienkollegen vorgegangen war – der Wagen und vor allem die Erwähnung Joe le Roys, eines Namens, der für Freddie viel mehr Weltbedeutung hatte als für Andrew –, wie sehr er im Irrtum gewesen war. Dazu kamen noch Mansons hervorragende Qualifikationen – nein, dieser Mann war nützlich, überaus nützlich. Freddie, auf seinen Vorteil bedacht, sah nun eine bessere, eine gewinnbringendere Basis für die gemeinsame Arbeit mit Andrew. Natürlich wollte er vorsichtig zu Werk gehen, denn er kannte Manson als empfindlichen Kerl, bei dem man nie recht wußte, wie man mit ihm dran war. Er sagte:

»Warum kommst du nicht mit mir? Du solltest Ida kennenlernen. Es ist nützlich, sie zu kennen, obwohl sie das schlechteste Sanatorium in London führt. Ach, ich weiß nicht, vielleicht ist es auch nicht schlechter als die anderen, aber sie berechnet sicherlich mehr.«

»So?«

»Komm doch mit und sieh dir meine Patientin an. Sie ist harmlos, die alte Mrs. Raeburn. Ivory und ich machen ein paar Versuche mit ihr. Du verstehst doch viel von den Lungen, nicht wahr? Also komm und untersuch sie! Das wird ihr ungeheure Freude machen. Und für dich ist es ein Honorar von fünf Guineen.«

»Was? Meinst du wirklich? Aber was fehlt ihr denn an der Lunge?«

»Eigentlich gar nichts«, antwortete Freddie lächelnd. »Schau doch nicht so entsetzt drein. Wahrscheinlich eine ganz kleine Altersbronchitis. Und sie würde sich riesig freuen, dich zu sehen. Weißt du, wir machen das so, Ivory, Deedman und ich. Du solltest wirklich mittun, Manson. Na, sprechen wir jetzt nicht darüber – ja, hier um die erste Ecke! Jedenfalls würdest du staunen, wie sich das bezahlt macht.«

Andrew hielt den Wagen vor dem Haus an, das Hamson gezeigt hatte, einem gewöhnlichen Miethaus, das hoch und schmal und offenbar nicht für seinen jetzigen Zweck gebaut war. Eigentlich konnte man sich, wenn man in die belebte Straße schaute, durch die der Verkehr tobte und lärmte, nur schwer vorstellen, daß hier ein Kranker Ruhe hatte. Die Gegend sah genauso aus, als wäre sie eher geeignet, einen Nervenzusammenbruch hervorzurufen, als ihn zu heilen. Andrew sprach das auch aus, als er mit Hamson die Stufen zum Haustor hinanstieg.

»Ich weiß, mein Lieber«, stimmte Freddie herzlich zu. »Aber sie sind ja alle gleich. Dieser kleine Teil des Westends ist vollgestopft mit solchen Anstalten. Wir müssen sie doch in bequemer Nähe haben.« Er grinste. »Freilich wäre es ideal, wenn sie irgendwo draußen in der Stille lägen. Aber stell dir nur vor, welcher Arzt würde denn täglich zehn Meilen fahren, um einen Patienten fünf Minuten lang zu untersuchen. Oh, mit der Zeit wirst du schon unsere kleinen Westender Sanatorien kennenlernen.« Jetzt machte er in dem schmalen Korridor halt, der als Halle diente. »Hier gibt's immer nur drei Gerüche, paß auf: Narkotika, Küche und Exkremente – in logischer Reihenfolge. Verzeih, mein Alter! Und nun laß dich Ida vorstellen!«

Mit der Miene eines Mannes, der Bescheid weiß, ging er in ein schmales Kontor im Erdgeschoß voran, wo eine kleine Frau in malvenfarbener Uniform und steifer weißer Haube an einem kleinen Schreibtisch saß.

»Guten Morgen, Ida«, rief Freddie in einem Ton, der zwischen Schmeichelei und Vertraulichkeit die Mitte hielt. »Sie rechnen wohl Ihre Gewinne aus?«

Sie hob die Augen, bemerkte Freddie und lächelte gutmütig. Sie war kurz gewachsen, dick und ungemein vollblütig. Aber ihr rotes Gesicht war von einer solchen Puderschicht bedeckt, daß ihr Teint fast die Malvenfarbe ihrer Uniform hatte. Sie sah nach grob-geschäftiger Lebenskraft, verstehendem Humor und derbem Schneid aus. Ihre falschen Zähne saßen schlecht. Ihr Haar war angegraut. Irgendwie war man versucht, sie eines kräftigen Wortschatzes zu verdächtigen und sie sich als ungemein taugliche Leiterin eines zweitklassigen Nachtlokals vorzustellen.

Und dennoch war Ida Sherringtons Sanatorium das vornehmste in London. Sehr viele Aristokraten zählten zu ihrer Klientel, Damen der Gesellschaft, Männer vom Turf, berühmte Anwälte und Diplomaten. Man brauchte nur die Morgenzeitung zur Hand zu nehmen, um zu lesen, daß wieder eine junge Berühmtheit der Bühne oder des Films ihren Blinddarm wohlbehalten in Idas mütterlichen Händen gelassen habe. Sie kleidete alle ihre Pflegerinnen in eine zarte Mauveschattierung, zahlte ihrem Kellermeister zweihundert Pfund und ihrem Küchenchef doppelt soviel im Jahr. Die Preise, die sie ihren Patienten berechnete, waren fantastisch. Vierzig Guineen wöchentlich für ein Zimmer waren nichts Ungewöhnliches. Und dazu kamen noch Extraauslagen: die Apothekerrechnung, die oft in viele Pfund ging, die Nachtschwester, die Operationssaalgebühr. Doch wenn man Einwände erhob, hatte Ida eine Antwort bereit, die sie oft freigebig und leichthin mit Adjektiven ausschmückte.

Sie habe ihre eigenen Sorgen, da sie Provisionen und Prozente zahlen müsse, und oft komme es ihr vor, als wäre sie die Ausgebeutete.

Ida hatte eine Schwäche für die jüngeren Mitglieder der Fakultät, und so begrüßte sie Manson freundlich, während Freddie plapperte: »Sehen Sie ihn sich gut an! Er wird Ihnen bald so viele Patienten schicken, daß Sie die Leute ans Plaza Hotel werden abgeben müssen.«

»Das Plaza gibt an mich Leute ab«, antwortete Ida, die bedeutungsvoll mit ihrer Haube wackelte.

»Haha!« Freddie lachte. »Das ist aber gut. Das muß ich dem alten Deedman erzählen. Paul wird das zu schätzen wissen. Also komm, Manson, wir gehen jetzt hinauf.«

Der schmale Lift, gerade breit genug, eine Bahre auf Rädern, diagonal gestellt, zu befördern, führte sie zum vierten Stock. Auch der Korridor war eng. Vor den Türen standen Servierbretter und Vasen mit Blumen, die in der heißen Atmosphäre welkten. Sie betraten Mrs. Raeburns Zimmer.

Sie war eine Frau über sechzig, saß halb in ihren Kissen und erwartete den Besuch des Doktors. In der Hand hielt sie ein Blatt Papier, auf das sie gewisse Symptome geschrieben hatte, die ihr in der Nacht aufgefallen waren, ferner Fragen, die sie stellen wollte. Andrew klassifizierte sie sehr richtig als den Typ der ältlichen hypochondrischen Frau, Charcots »malade au petit morceau de papier«.

Freddie setzte sich aufs Bett und plauderte mit ihr. Er fühlte ihr den Puls – das war alles, was er tat –, hörte ihr zu und beruhigte sie mit heiterem Gespräch. Er sagte ihr, Mr. Ivory werde am Nachmittag mit dem Resultat einiger höchst wissenschaftlicher Untersuchungen zu ihr kommen. Er bat sie, seinem Kollegen Dr. Manson, einem Lungenspezialisten, zu erlauben, daß er ihre Brust untersuche. Mrs. Raeburn war geschmeichelt. Sie freute sich an all dem über die Maßen. Dem Gespräch konnte man entnehmen, daß sie schon zwei Jahre in Hamsons Behandlung stand. Sie war reich, hatte keine Verwandten und verbrachte ihre Zeit gleichermaßen in vornehmen Privathotels und Sanatorien des Westends.

»Du lieber Gott«, rief Freddie, als sie das Zimmer verließen. »Du kannst dir ja nicht vorstellen, Manson, was für eine Goldgrube die Alte ist. Wir haben geradezu Klumpen aus ihr geholt.« Andrew antwortete nicht. Die Atmosphäre des Hauses verursachte ihm leichten Brechreiz. Die Lungen der alten Frau waren in Ordnung, und nur der rührend dankbare Blick, den sie Freddie zuwarf, bewirkte, daß man die ganze Sache nicht für eine ausgesprochene Gaunerei halten mußte. Andrew versuchte, sich Mut zuzusprechen. Warum sollte er denn ein solcher Eiferer sein? Er konnte niemals Erfolge erzielen, wenn er auch weiterhin so unduldsam und dogmatisch blieb. Und Freddie hatte es doch gut gemeint, wenn er ihm die Chance gab, diese Patientin zu untersuchen.

Bevor er in seinen Wagen stieg, schüttelte er Hamson recht freundlich die Hand. Und als er am Ende des Monats einen sauber geschriebenen Scheck von Mrs. Raeburn erhielt, einen Scheck über fünf Guineen, mit ein paar Worten des Dankes, war er schon imstande, über seine albernen Skrupel zu lachen. Jetzt machte es ihm Freude, Schecks zu bekommen, und zu seiner ungeheuren Befriedigung liefen ihrer immer mehr ein.

7

Die Praxis, die so vielversprechend aufwärts gegangen war, begann sich nun, als wäre sie elektrisiert, mit Windeseile nach allen Richtungen auszudehnen, was zur Folge hatte, daß Andrew noch rascher von der Strömung mitgerissen wurde. In gewissem Sinne war er das Opfer seines eigenen Eifers. Er hatte immer in Armut gelebt. Früher hatte ihm sein verbissener Individualismus nur Mißerfolge gebracht. Jetzt fand er in den erstaunlichen Beweisen seines materiellen Aufstiegs die Rechtfertigung für sich selbst.

Kurz nach der Berufung zu Laurier hatte er ein höchst erfreuliches Gespräch mit Mr. Winch, und von nun an kamen noch mehr Verkäuferinnen der Firma, ja sogar einige Angestellte in leitenden Posten, zu ihm. Hauptsächlich handelte es sich hier um alltägliche Beschwerden, doch war es geradezu sonderbar, wie oft die Mädchen wiederkamen, wenn sie einmal bei ihm gewesen – er hatte eben eine so gütige, liebenswürdige, aufmunternde Art. Die Einnahmen seines Ambulatoriums stiegen und stiegen. Bald konnte er die Hausfassade frisch tünchen lassen und mit Hilfe einer jener Firmen für ärztliche Apparaturen – Firmen, die alle darauf bedacht sind, jungen praktischen Ärzten zu einem größeren Einkommen zu verhelfen – sein Ambulatorium und seine Ordination neu einrichten, die Couch auswechseln, einen drehbaren gepolsterten Lehnstuhl, einen auf Gummirädern laufenden Instrumententisch und mehrere ebenso elegant wie wissenschaftlich wirkende Schränke mit weißem Email und Glas anschaffen.

Der offensichtliche Wohlstand, der sich in dem cremefarben angestrichenen Haus, in dem eben erstandenen Automobil, in der funkelnd neuen modernen Einrichtung seiner Ordination äußerte, sprach sich bald in der ganzen Nachbarschaft herum und brachte ihm viele der ›besseren‹ Patienten zurück, die in früheren Zeiten zu Dr. Foy gegangen, aber allmählich abgefallen waren, als der alte Arzt und sein Ordinationszimmer immer schäbiger wurden.

Die Tage des Wartens, die Tage des Umherlungerns waren für Andrew zu Ende. Im Abendambulatorium wußte er kaum ein noch aus, denn immer wieder ging die Glocke zur Ordination, die Tür des Ambulatoriums machte ›ping‹, vorn und hinten warteten Patienten, so daß er zwischen Ambulatorium und Ordination hin- und herlaufen mußte. So kam unvermeidlich der nächste Schritt. Andrew war gezwungen, über eine mögliche Zeitersparnis nachzudenken.

»Hör, Chris«, sagte er eines Morgens. »Mir ist soeben etwas eingefallen, das mir in diesen überlasteten Stunden eine große Hilfe sein wird. Du weißt doch – wenn ich einen Patienten im Ambulatorium untersucht habe, muß ich ins Haus zurückgehen, um das Medikament zu machen. Das dauert im Durchschnitt fünf Minuten und ist eine entsetzliche Zeitverschwendung, da ich doch inzwischen einen der ›besseren‹ Patienten abfertigen könnte, die in der Ordination auf mich warten. Nun errätst du, was ich meine? Von heute an bist du mein Pharmaziegehilfe!« Überrascht runzelte sie die Stirn und sann nach.

»Aber ich verstehe doch gar nichts von Medikamenten.«

Er lächelte beruhigend.

»Schon gut, meine Liebe. Ich habe ja ein paar oft verwendete Arzneien fertig auf Lager. Du brauchst sie nur in Flaschen zu füllen, das Etikett aufzukleben und sie einzuwickeln.«

»Aber –« Christines Verblüffung zeigte sich in ihren Augen. »Natürlich möchte ich dir helfen, Andrew – nur – glaubst du wirklich –«

»Ja, siehst du denn nicht ein, daß ich es tun muß!« Sein Blick wich dem ihren aus. Gereizt trank er den Kaffee aus. »Ich weiß, daß ich in Aberalaw eine Menge unverdautes Zeug über die Medizin zusammengeredet habe. Das waren nur graue Theorien. Jetzt bin ich eben – bin ich praktischer Arzt. Außerdem fehlt doch den meisten Mädchen bei Laurier nichts. Sie sind nur anämisch. Eine gute Eisenmixtur kann ihnen nicht schaden.« Ehe Christine noch imstande war zu antworten, wurde er vom Klang der Ambulatoriumsglocke weggerufen.

In früheren Zeiten hätte sie widersprochen und sich nicht beirren lassen, doch jetzt dachte sie traurig darüber nach, wie sehr sich ihre einstigen Beziehungen geändert hatten. Sie übte keinen Einfluß mehr auf ihn aus, leitete ihn nicht mehr. Er war es, der vorwärts hetzte.

Und so stand sie von nun an in dem schmalen kleinen Korridor während der fieberhaft arbeitsreichen Zeit und wartete auf Andrews Weisungen, wenn er zwischen den besseren Patienten und denen im Ambulatorium hin- und herging und ›Eisen!‹ oder ›Alba!‹ oder ›Carminativ!‹ rief oder manchmal, wenn sie einwandte, daß die Eisenmixtur ausgegangen sei, ein unterdrücktes, bezeichnendes Bellen hören ließ: »Etwas anderes! Verdammt noch einmal! Irgend etwas!«

Oft dauerte die Arbeit im Ambulatorium weit über halb zehn. Dann öffneten sie das Buch, Dr. Foys schweres Geschäftsbuch, das nur zur Hälfte vollgeschrieben war, als sie die Praxis übernahmen.

»Mein Gott, was für ein Tag, Chris!« frohlockte er. »Erinnerst du dich an die schäbigen dreieinhalb Shilling, mein erstes Honorar, das ich, schlotternd wie ein Schuljunge, entgegengenommen habe. Nun, und heute – heute sind es über acht Pfund in bar.«

Er steckte das Geld, schwere Rollen Silbermünzen und ein paar Scheine, in den kleinen südafrikanischen Tabakbeutel, den Dr. Foy als Geldsack verwendet hatte, und sperrte es in die mittlere Schreibtischlade. Ebenso wie das Geschäftsbuch behielt er auch diesen alten Sack abergläubisch bei, um sein Glück nicht zu verscherzen.

Und nun vergaß er alle seine früheren Zweifel und pries die eigene Klugheit, weil er diese Praxis übernommen hatte.

»Es ist in jeder Hinsicht eine Goldgrube, Chris«, jubelte er. »Ein herrliches Ambulatorium und eine gute Mittelstandsklientel, und außerdem baue ich mir eine erstklassige eigene Praxis auf. Gib nur acht, wohin das alles noch führt.«

Am 1. Oktober konnte er ihr sagen, sie solle das Haus neu einrichten. Nach dem Vormittagsambulatorium erklärte er ihr mit der wirkungsvollen Nachlässigkeit, die seine neue Art war: »Ich möchte gerne, daß du heute in den Westen gehst, Chris. Zu Hudson oder zu Ostley, wenn dir der besser paßt. Geh zu der besten Firma, die du findest, und kauf neue Möbel, soviel du willst. Zwei neue Schlafzimmereinrichtungen, einen Salon, alles, was dir gut scheint.«

Schweigend sah sie ihn an, während er sich lächelnd eine Zigarette anzündete.

»Das ist eine der Freuden beim Geldverdienen, daß ich dir alles geben kann, was du brauchst. Du darfst nicht glauben, ich sei geldgierig geworden. Keine Spur! Du warst ein so tapferer Kamerad, Chris – die ganze Zeit, in der es uns schlecht ging, und jetzt wollen wir die guten Zeiten genießen!«

»Indem wir teure, pompöse Möbel kaufen und – und dreiteilige Roßhaargarnituren von Ostley.«

Die Bitterkeit in ihrem Ton entging ihm. Er lachte.

»So ist es, Liebste. Höchste Zeit, daß wir unseren alten Kram loswerden.«

Tränen traten ihr in die Augen, sie fuhr auf:

»In Aberalaw hast du es nicht für Kram gehalten. Und es ist auch kein Kram. Oh, das waren wirkliche Zeiten, das waren glückliche Zeiten!« Mit einem erstickten Schluchzen drehte sie sich um und verließ das Zimmer.

Verständnislos und überrascht starrte er ihr nach. In letzter Zeit war sie oft sonderbar gestimmt, ungleichmäßig und bedrückt, mit plötzlichen Ausbrüchen unbegreiflicher Bitterkeit. Er hatte das Gefühl, daß sie sich voneinander entfernten, daß sie die geheimnisvolle Einheit verloren, das unsichtbare Band der Kameradschaft, das immer zwischen ihnen bestanden hatte. Nun, es war nicht seine Schuld. Er tat sein Bestes, sein Äußerstes. Zornig dachte er, daß sein Aufstieg ihr nichts, gar nichts bedeute. Aber er konnte nicht länger bei der Unvernunft und der Ungerechtigkeit ihres Benehmens verweilen, er hatte eine große Liste von Visiten zu erledigen, und außerdem, da Dienstag war, seinen gewöhnlichen Besuch in der Bank.

Zweimal wöchentlich suchte er regelmäßig die Bank auf, um das eingenommene Geld auf sein Konto einzuzahlen, denn er wußte, daß es unklug sei, das Geld lange Zeit im Schreibtisch aufzubewahren. Unwillkürlich mußte er diese angenehmen Gänge mit seinem Erlebnis in Drineffy vergleichen, da er als abgerissener Hilfsarzt von Aneurin Rees gedemütigt worden war. Hier lächelte ihm Mr. Wade, der Direktor, immer voll warmer Ehrerbietung zu und lud ihn oft auch zu einer Zigarette in sein Privatkontor ein.

»Wenn ich mir die Bemerkung gestatten darf, Doktor, ohne aufdringlich zu erscheinen – Sie machen bemerkenswerte Fortschritte. Wir können hier in der Gegend einen aufstrebenden Arzt, der gerade das richtige Maß von Konservativismus hat, gut brauchen. So einen, wie Sie, Doktor, wenn ich das sagen darf. Nun also, die Eisenbahnobligationen, von denen wir neulich sprachen –«

Wades Ehrerbietung war nur ein Beispiel für Andrews steigendes Ansehen in der öffentlichen Meinung. Andrew bemerkte jetzt, daß ihn die übrigen Ärzte des Bezirks freundlich begrüßten, wenn sie mit ihrem Auto an dem seinen vorbeifuhren. In der Herbstsitzung der Medical Association seines Sprengels, in demselben Raum, wo er sich bei seinem ersten Erscheinen wie ein Paria hatte vorkommen müssen, wurde er begrüßt, man machte viel Getue mit ihm, und Dr. Ferrie, der Vizepräsident, bot ihm sogar eine Zigarre an.

»Das freut mich, Sie bei uns zu sehen, Kollege«, sprudelte der kleine, rotgesichtige Ferrie hervor. »Was sagen Sie zu meiner Rede? Wir müssen wegen der Honorare irgend etwas unternehmen. Besonders, was Nachtvisiten betrifft, möchte ich keinen Schritt zurückweichen. Neulich erst wurde ich nachts von einem Jungen wachgeklopft, einem Kind von zwölf Jahren, ich bitte Sie! ›Kommen Sie schnell, Doktor‹, stammelte er. ›Vater ist bei der Arbeit, und meiner Mutter geht es furchtbar schlecht.‹ Sie kennen doch diese Gespräche um zwei Uhr nachts. Und ich hatte den Burschen mein Lebtag nicht gesehen. ›Mein lieber Junge‹, sage ich, ›deine Mutter gehört nicht zu meinen Patienten. Also marsch und hole mir eine halbe Guinea, dann komme ich.‹ Natürlich ist er nie wieder erschienen. Ich sage Ihnen, Kollege, diese Gegend hier ist furchtbar –«

In der Woche nach dieser Versammlung rief ihn Mrs. Lawrence an. Er freute sich immer über die anmutige Inkonsequenz ihrer Telefongespräche, heute aber erwähnte sie zuerst, daß ihr Gatte zum Fischen nach Irland gefahren sei, und daß sie ihm vielleicht später nachreisen werde, dann fragte sie, scheinbar ganz nebensächlich, ob Andrew am Freitag zum Lunch zu ihr kommen wolle.

»Toppy wird auch da sein. Und noch ein paar Leute – ich glaube, weniger langweilig als die, die man gewöhnlich kennenlernt. Es schadet Ihnen vielleicht nicht, diese Bekanntschaften zu machen.« Mit einem aus Befriedigung und sonderbarer Gereiztheit gemischten Gefühl hängte er den Hörer ein. Im innersten Herzen war er verletzt, weil man nicht auch Christine eingeladen hatte. Dann gelangte er allmählich zu der Anschauung, daß dies ja nicht eine gesellschaftliche, sondern eigentlich eine berufliche Angelegenheit sei. Er mußte unter Leute kommen und Verbindungen anknüpfen, besonders unter der Schicht, die bei diesem Lunch vertreten sein würde. Übrigens brauchte Christine von der ganzen Sache nichts zu erfahren. Als der Freitag kam, sagte er ihr, er werde mit Hamson lunchen, und sprang erleichtert in seinen Wagen. Er übersah, daß er sich sehr schlecht aufs Lügen verstand.

Frances Lawrences Haus lag in Knightsbridge, in einer ruhigen Straße zwischen Hans Place und Wilton Crescent. Obwohl es an Pracht nicht dem Heim le Roys gleichkam, machte es doch durch seinen ruhigen Geschmack einen ebenso reichen Eindruck. Andrew kam spät, die meisten Gäste waren schon da: Toppy, Rosa Keane, die Romanschriftstellerin, Sir Dudley Rumbold-Blane, M. D., F. R. C. P., ein berühmter Arzt und Verwaltungsrat der Cremo-Artikel, Nicol Watson, der Forschungsreisende und Anthropolog, und einige andere, weniger bedeutende Persönlichkeiten.

Er saß bei Tisch neben einer Mrs. Thornton, die, wie sie ihm mitteilte, in Leicestershire lebte und öfter nach London kam, wo sie sich einige Zeit im Browns Hotel aufhielt. Obwohl er es jetzt schon zuwege brachte, die Prozedur der Vorstellungen ruhig über sich ergehen zu lassen, freute er sich doch, daß er unter dem Schutz ihres Geplauders seine Sicherheit wiedergewinnen konnte, als sie ihm jetzt voll mütterlicher Sorge von einer Fußverletzung erzählte, die sich ihre Tochter Sybil in der Roedeanschule beim Hockey zugezogen hatte.

Während er mit einem Ohr der guten Mrs. Thornton zuhörte, die sein stummes Lauschen für Interesse hielt, brachte er es doch fertig, einige Brocken der glatten und witzigen Konversation aufzuschnappen, die ringsum im Gange war – Rosa Keanes ätzende Bemerkungen, Watsons faszinierend anmutigen Bericht über seine Expedition, die er unlängst durch das Innere Paraguays unternommen hatte. Er bewunderte auch die Leichtigkeit, mit der Frances das Gespräch im Gange hielt, während sie gleichzeitig die gemessene Pedanterie Sir Rumbolds erduldete, der neben ihr saß. Einmal oder zweimal fühlte er ihren Blick auf sich ruhen, halb mit einem Lächeln, halb mit einer Frage.

»Nun freilich«, schloß Watson seine Erzählung mit einem affektiert verlegenen Lächeln, »vielleicht das schrecklichste Erlebnis war, heimzukommen und sofort die Grippe zu kriegen.«

»Ah«, sagte Sir Rumbold. »So sind also auch Sie ein Opfer

gewesen.« Dadurch, daß er sich räusperte und den Kneifer auf die reichlich ausgefallene Nase setzte, lenkte er die Aufmerksamkeit der Tischgenossen auf sich. Sir Rumbold fühlte sich in dieser Position zu Hause – denn seit vielen Jahren war die Aufmerksamkeit des großen britischen Publikums auf ihn gerichtet. Sir Rumbold hatte vor einem Vierteljahrhundert die Menschheit durch die Erklärung erschüttert, daß ein gewisser Teil der Eingeweide nicht nur nutzlos, sondern ausgesprochen schädlich sei. Hunderte von Menschen hatten sich dazu gedrängt, die gefährliche Partie entfernen zu lassen, und obwohl Sir Rumbold selbst nicht zu ihnen gehörte, begründete doch der Ruhm dieser Operation, die die Chirurgen die Exzision nach Rumbold-Blane nannten, seinen Ruf als Arzt. Seither hatte er immer in der ersten Reihe gestanden und hatte der Nation mit Erfolg Rohkost, Joghurt und den Milchsäurebazillus plausibel gemacht. Später erfand er die Rumbold-Blanesche Mastikation, und nun schrieb er neben seiner Tätigkeit in vielen Verwaltungsräten die Menüs für die berühmten Railey-Restaurants. »Kommen Sie, meine Damen und Herren, lassen Sie sich von Sir Rumbold-Blane, M. D., F. R. C. P., bei der Zusammenstellung der Kalorien helfen!« Gar oft hörte man befugtere Heilkünstler murren, man hätte Sir Rumbold schon vor Jahren aus der Ärzteliste streichen sollen, worauf die Antwort offenbar lautete: Was wäre das Ärzteregister ohne Sir Rumbold?

Eben sagte er mit einem väterlichen Blick auf Frances:

»Eine der interessantesten Seiten dieser jüngsten Epidemie war die geradezu fantastische Heilwirkung des Cremogens. Ich hatte Gelegenheit, das bei unserer letzten Versammlung in der vorigen Woche zu betonen. Wir kennen leider noch keine Heilung der Grippe. Und solange es keine Kur gibt, haben wir keinen anderen Weg, ihrer mörderischen Verbreitung Einhalt zu gebieten, als den, ein hohes Stadium von Widerstandsfähigkeit zu erzielen, den Körper in seiner Verteidigung gegen den Ansturm der Seuche zu unterstützen. Ich sagte damals – wie ich glaube, ziemlich treffend, daß wir nicht an Meerschweinchen – haha –, wie unsere Freunde im Laboratorium, sondern an *menschlichen Wesen* bewiesen haben, in welch phänomenalem

Maße das Cremogen geeignet ist, die dem Körper innewohnenden Widerstandskräfte zu organisieren und zu festigen.« Watson wandte sich mit einem sonderbaren Lächeln an Andrew. »Was halten Sie von den Cremo-Produkten, Doktor?«

Andrew antwortete unüberlegt:

»Auch keine schlechte Methode, die Milch abzurahmen.«

Rosa Keane warf ihm einen raschen, verstohlenen Blick der Billigung zu und war bösartig genug, zu lachen. Auch Frances lächelte. Hastig begann Sir Rumbold, seinen letzten Besuch des Trossachspasses zu schildern, den er als Gast der Northern Medical Union unternommen hatte.

Sonst aber verlief das Essen einträchtig. Andrew bemerkte, daß er sich schließlich ganz frei am Gespräch beteiligte. Ehe er von Frances im Salon Abschied nahm, hatte sie ihm ein paar Worte zu sagen.

»Wenn Sie nicht im Beruf stehen«, murmelte sie, »brillieren Sie ja geradezu. Mrs. Thornton konnte ihren Kaffee gar nicht trinken, soviel hatte sie von Ihnen zu erzählen. Ich habe eine Ahnung, daß Sie sie als Patientin in den Sack gesteckt haben, wenn das der richtige Ausdruck ist.«

Mit dieser Bemerkung im Ohr ging er in ausgezeichneter Stimmung heim. Auch Christine hatte durch dieses Abenteuer nicht gelitten.

Doch am nächsten Morgen erlebte er um halb elf einen unangenehmen Schreck. Freddie Hamson rief an und fragte munter: »War's gestern nett bei dem Lunch? Woher ich das weiß? Aber, mein Alter, hast du denn die heutige ›Tribune‹ nicht gelesen?« Bestürzt ging Andrew unverzüglich ins Wartezimmer, wo die Zeitungen aufgelegt wurden, wenn Christine und er sie ausgelesen hatten. Zum zweitenmal blätterte er jetzt die ›Tribune‹, eine der besser bekannten illustrierten Tageszeitungen, durch. Plötzlich fuhr er zusammen. Wie war ihm das nur entgangen? Hier sah er auf einer der Gesellschaftsplauderei gewidmeten Seite eine Fotografie Frances Lawrences mit einem Bericht, der die Lunchgesellschaft vom Vortag schilderte, auch sein Name war unter den Gästen genannt. Mit bekümmertem Gesicht riß er das Blatt heraus, zerknüllte es zu einer Kugel und warf es ins

Feuer. Dann wurde ihm klar, daß Christine die Zeitung ja schon gelesen hatte. Mit plötzlichem Ärger runzelte er die Stirn. Er war zwar überzeugt, daß ihr diese verfluchte Notiz entgangen war, dennoch ging er verdrießlich in sein Ordinationszimmer.

Aber Christine hatte den Bericht gelesen. Und nach einer kurzen Verblüffung fühlte sie sich in tiefster Seele getroffen. Warum hatte Andrew ihr das nicht gesagt? Warum? Warum? Sie hätte doch nichts dagegen gehabt, daß er zu diesem dummen Lunch ging. Sie versuchte sich zu beruhigen – das Ganze war doch viel zu albern, um ihr solche Angst und solches Leid zu verursachen. Aber in stumpfer Pein sah sie, daß ihre Schlußfolgerungen nicht albern waren.

Als er dann wegfuhr, seine Visiten zu erledigen, versuchte sie, die Arbeit im Hause weiterzumachen. Aber sie konnte das nicht. Sie wanderte ins Ordinationszimmer, von dort ins Ambulatorium und hatte immer den gleichen schweren Druck auf der Brust. Planlos begann sie, im Ambulatorium Staub zu wischen. Neben dem Schreibtisch lag Andrews Arzttasche, die erste, die er in Verwendung gehabt hatte, mit der er in Drineffy gegangen war, die er durch die Arbeiterviertel getragen und die er damals bei der schweren Operation unter Tage verwendet hatte. Christine berührte diese Tasche mit besonderer Zärtlichkeit. Jetzt hatte er eine neue, feinere Tasche. Die gehörte zu dieser neuen, dieser feineren Praxis, der er so fieberhaft nachjagte und der Christine tief im Herzen so sehr mißtraute. Sie wußte, daß es sinnlos war, über diese üblen Ahnungen mit ihm zu sprechen. Er war jetzt so empfindlich – ein Zeichen seines inneren Zwiespalts –, und ein Wort von ihr vermochte ihn sogleich aufzubringen und hatte einen Zank zur Folge. Sie mußte es anders mit ihm versuchen. Es war Samstagvormittag, und sie hatte Florrie versprochen, sie beim Einkaufen mitzunehmen. Florrie war ein munteres kleines Mädchen, und Christine hatte sie recht liebgewonnen. Sie konnte jetzt hören, wie das Kind auf dem Treppenabsatz des Souterrains, wohin sie die Mutter geschickt hatte, hin- und herging und wartete – sehr sauber hergerichtet, in einem frischen Kleid und in einem Zustand heftigster Spannung. Oft gingen sie so an Samstagen gemeinsam einkaufen.

Sie fühlte sich in der frischen Luft besser, als sie jetzt, die Kleine an der Hand, über den Markt schritt, mit bekannten Verkäuferinnen ein paar Worte wechselte, Obst und Blumen kaufte und versuchte, irgend etwas zu finden, womit sie Andrew eine besondere Freude machen könnte. Und doch war die Wunde noch immer offen. Warum, ach, warum hatte er ihr nichts gesagt, und warum war sie nicht eingeladen gewesen? Sie erinnerte sich jener ersten Gelegenheit in Aberalaw, da sie zu den Vaughans gingen und sie Andrew nur mit Mühe hatte mitschleppen können. Wie ganz anders lagen die Dinge jetzt! Traf die Schuld sie? Hatte sie sich geändert, sich zurückgezogen, war sie irgendwie eigenbrötlerisch geworden? Sie glaubte das nicht. Sie kam noch immer gern mit Menschen zusammen und lernte noch immer gern Menschen kennen, gleichgültig, um wen es sich handelte. Ihre Freundschaft mit Mrs. Vaughan setzte sich in einem regelmäßigen Briefwechsel fort.

Doch obwohl sie sich verletzt und vernachlässigt fühlte, galt doch ihre Hauptsorge nicht ihr selbst, sondern ihm. Sie wußte, daß reiche Leute ebenso krank werden konnten wie arme, und daß er in der Green Street in Mayfair ein ebenso guter Arzt war wie in der Cefan Row in Aberalaw. Sie verlangte ja gar nicht, daß er über die spartanischen Habseligkeiten von ehemals, jene Gamaschen und das alte rote Motorrad, nie hinauskam. Dennoch hatte sie in tiefster Seele das Gefühl, daß sein Idealismus in jenen Tagen rein und herrlich gewesen war und sowohl sein wie ihr Leben mit einer klaren weißen Flamme erhellt hatte. Jetzt war diese Flamme gelblicher geworden, aber dafür war das Glas der Lampe verrußt.

Als sie Frau Schmidts Laden betrat, versuchte sie, die Sorgenfalten auf ihrer Stirn zu glätten. Dennoch bemerkte sie, daß die alte Frau sie scharf musterte. Und jetzt knurrte Frau Schmidt: »Sie essen nicht genug, meine Liebe. Sie sehen gar nicht gut aus. Und dabei haben Sie jetzt ein schönes Auto und Geld und alles, was Sie wollen. Schauen Sie her, das müssen Sie kosten, es ist gut.«

Mit dem langen dünnen Messer, das sie in der Hand hielt, schnitt sie eine Scheibe von ihrem berühmten Schinken ab und zwang Christine, ein Schinkenbrot zu essen. Florrie erhielt eine Cremeschnitte. Frau Schmidt sprach die ganze Zeit weiter.

»Und jetzt wollen Sie gewiß Liptauer. Der Herr Doktor hat schon viele Pfund von meinem Käse gegessen und bekommt ihn nicht über. Eines Tages werde ich ihn bitten, daß er mir ein Zeugnis für mein Schaufenster schreibt. ›Das ist der Käse, der mich berühmt gemacht hat.‹ « Kichernd schwatzte Frau Schmidt weiter, bis die beiden gingen.

Draußen blieben Christine und Florrie auf dem Gehsteig stehen und warteten, bis der diensthabende Polizist – es war ihr alter Freund Struthers – den Übergang freigab. Christine hielt die ungeduldige kleine Florrie am Arm zurück.

»Hier mußt du immer gut auf den Verkehr aufpassen«, warnte sie. »Was würde deine Mutter sagen, wenn du überfahren würdest?«

Florrie, die sich eben das Ende ihrer Cremeschnitte in den Mund gestopft hatte, betrachtete diese Warnung als ausgezeichneten Spaß.

Endlich waren sie daheim, und Christine begann ihre Einkäufe auszuwickeln. Während sie jetzt durch das Vorderzimmer schritt und die bronzefarbenen Chrysanthemen, die sie gekauft hatte, in eine Vase stellte, fühlte sie sich wieder traurig.

Plötzlich läutete das Telefon.

Sie ging zum Apparat, mit ruhigem Gesicht und leicht gesenkten Mundwinkeln. Etwa fünf Minuten blieb sie aus. Als sie zurückkam, war ihr Ausdruck völlig verwandelt. Ihre Augen leuchteten in heller Erregung. Von Zeit zu Zeit blickte sie durchs Fenster, ob Andrew immer noch nicht zurückkomme, denn all ihre Verzagtheit hatte sie ob der guten Nachricht vergessen, die für Andrew, ja für sie beide so ungeheuer wichtig war. Sie hatte die frohe Überzeugung, daß überhaupt nichts Günstigeres hätte geschehen können, und daß es kein besseres Gegenmittel gegen das Gift eines allzu leichten Erfolges gab. Und dabei war es für Andrew ein solcher Fortschritt, ein so wirklicher Schritt aufwärts. Eifrig trat sie wieder zum Fenster. Als er ankam, konnte sie ihn gar nicht erwarten, sondern lief ihm in die Halle entgegen.

»Andrew! Andrew! Ich habe eine Botschaft von Sir Robert Abbey. Er hat vorhin telefoniert.«

»Ja?« Sein Gesicht, das bei ihrem Anblick plötzlich Zerknirschung gezeigt hatte, hellte sich auf.

»Ja, er hat persönlich angerufen und wollte mit dir sprechen. Ich sagte ihm, wer ich bin – oh, er war so nett –, ach, wie schlecht ich das erzähle, mein Lieber! Du bekommst die Stellung im Victoria Hospital, und zwar sofort.«

Langsam zeigte die zunehmende Erregung in seinen Augen, daß er begriffen hatte.

»Aber das ist doch eine frohe Botschaft, Chris.«

»Nicht wahr, nicht wahr!« rief sie entzückt. »Wieder die richtige Arbeit für dich, Gelegenheit zur Forschung, alles, was du im Fatigue Board haben wolltest und nicht bekamst.« Sie legte ihm die Arme um den Hals und drückte ihn an sich.

Er blickte zu ihr hinab, unsagbar gerührt durch ihre Liebe und edle Selbstlosigkeit. Ein jäher Schmerz durchzuckte ihn.

»Was für eine gute Seele du bist, Chris! Und ich – was für ein erbärmlicher Kerl!«

8

Am Vierzehnten des nächsten Monats begann Andrew seine Tätigkeit in der ambulatorischen Abteilung des Victoria Chest Hospital. Er machte am Dienstag und Donnerstag von drei bis fünf Uhr nachmittags Dienst. Das war genauso wie die Arbeit in seinem alten Ambulatorium in Aberalaw, nur kamen jetzt ausschließlich Lungen- und Bronchienfälle zu ihm. Und außerdem war er zu seinem großen heimlichen Stolz nicht mehr Hilfsassistent, sondern Honorararzt an einem der ältesten und berühmtesten Krankenhäuser Londons.

Daß das Victoria Hospital alt war, konnte niemand abstreiten. Es befand sich in Battersea, in einem Winkelwerk von Gäßchen nahe der Themse, und nicht einmal im Sommer empfing es mehr als ab und zu einen verirrten Sonnenstrahl, während im Winter die Balkons, auf die die Betten der Patienten gerollt werden sollten, meist im dichten Flußnebel lagen. An der düsteren, zerfallenden Fassade klebte ein großes, ebenso augenfälliges wie überflüssiges Plakat in Rot und Weiß:

›Das Victoria Hospital verfällt!‹

Die ambulatorische Abteilung, in der Andrew arbeitete, war zum Teil ein Überbleibsel aus dem 18. Jahrhundert. Und ein Mörser mit Stößel, die Dr. Lintel Hodges, von 1761 bis 1793 Leiter dieser Abteilung, verwendet hatte, waren in der Eingangshalle in einem Glaskasten stolz zur Schau gestellt. Die nicht gekachelten Wände zeigten eine merkwürdige Schattierung von dunklem Schokoladebraun, die unebenen Gänge wurden zwar peinlich sauber gehalten, aber so schlecht gelüftet, daß sie schwitzten, und alle Räume durchzog der moderige Geruch des Alters.

Am ersten Tag machte Andrew mit Dr. Eustace Thoroughgood die Runde. Das war der Primararzt, ein ältlicher, angenehm pedantischer Mann von fünfzig Jahren, etwas unter Mittelgröße, mit einem kleinen grauen Knebelbart und gütigem Wesen, das eher an die Art eines freundlichen Kirchenältesten erinnerte. Dr. Thoroughgood hatte seine eigene Abteilung im Spital und war, nach dem bestehenden System, einem Überbleibsel alter Tradition, von der er übrigens sehr viel wußte, für Andrew und für Dr. Milligan, den anderen jüngeren Honorararzt, ›verantwortlich‹.

Nach dem Rundgang durchs Spital führte er Andrew zu dem langen Gemeinschaftsraum im Kellergeschoß, wo die Lichter schon brannten, obwohl es kaum vier Uhr war. Ein schönes Feuer loderte hinter dem stählernen Kamingitter, und an den tapezierten Wänden hingen Porträts berühmter Ärzte, die hier gearbeitet hatten, darunter Dr. Lintel Hodges, sehr stattlich anzusehen in seiner Perücke, am Ehrenplatz über dem Kaminsims. Dieser Raum war ein vollendeter Überrest einer verehrungswürdigen und großzügigen Vergangenheit, und nach dem zarten Blähen der Nüstern zu schließen, liebte ihn Dr. Thoroughgood, mochte er auch Hagestolz und Kirchenältester sein, wie sein eigenes Kind.

Sie tranken mit den anderen Mitgliedern des Ärztestabes höchst behaglich Tee und aßen viel Buttertoast. Andrew fand großen Gefallen an den jungen Ärzten des Hauses. Doch als er bemerkte, mit welcher Ehrfurcht sie Dr. Thoroughgood und ihn behandelten, konnte er sich eines Lächelns nicht erwehren, denn er erinnerte sich der Zusammenstöße, die er vor gar nicht so vielen Monaten mit ähnlichen ›frechen Rotzjungen‹ gehabt hatte, wenn er, wie das so oft geschah, mit ihnen kämpfen mußte, um einen Patienten ins Spital zu bringen.

Neben ihm saß ein junger Mann, Dr. Vallance, der in den Vereinigten Staaten bei den Brüdern Mayo zwölf Monate studiert hatte. Andrew und er begannen sogleich ein Gespräch über diese berühmte Klinik und ihr System, dann fragte Andrew mit plötzlichem Interesse, ob der andere bei seinem Aufenthalt in Amerika etwas von Stillman gehört habe.

»Ja, natürlich«, sagte Vallance. »Man hält drüben sehr viel von ihm. Er hat freilich kein Diplom, aber inoffiziell wird er jetzt mehr oder weniger doch anerkannt. Er erzielt ganz erstaunliche Resultate.«

»Haben Sie seine Klinik gesehen?«

Vallance verneinte: »Ich bin nicht bis Oregon gekommen.«

Andrew schwieg einen Augenblick, denn er fragte sich, ob er sprechen solle. Dann sagte er endlich doch: »Ich halte diese Klinik für ein höchst bemerkenswertes Institut. Zufällig bin ich seit einer Reihe von Jahren mit Stillman in Verbindung. Er schrieb mir einmal über einen Artikel, den ich im ›American Journal of Hygiene‹ veröffentlicht habe. Ich kenne Fotos seiner Klinik und einige Angaben. Man könnte sich ein idealeres Institut für seine Patienten gar nicht wünschen. Hoch gelegen, inmitten von Nadelwäldern, isoliert, mit verglasten Balkons und einem eigenen Lüftungssystem, das völlige Reinheit der Luft und im Winter eine beständige Temperatur sichert.« Andrew brach ab und bedauerte seinen Enthusiasmus, denn das allgemeine Gespräch war verstummt, so daß man am ganzen Tisch jedes seiner Worte verstehen konnte. »Wenn man an unsere Zustände in London denkt, scheint es einem ein unerreichbares Ideal.«

Dr. Thoroughgood lächelte ein wenig trocken und bitter.

»Unsere Londoner Ärzte haben es immer fertiggebracht, in eben diesen Londoner Zuständen recht schöne Resultate zu erzielen, Dr. Manson. Wir verfügen vielleicht nicht über die exotischen Behelfe, von denen Sie sprechen. Aber ich möchte doch behaupten, daß unsere soliden, erprobten Methoden, obwohl sie vielleicht weniger augenfällig sind, doch ebenso befriedigende und wahrscheinlich dauerhaftere Ergebnisse zeitigen.«

Andrew, der den Blick gesenkt hielt, antwortete nicht. Er fühlte, daß es von ihm als neuem Mitglied der Ärzteschaft dieses Instituts unvorsichtig gewesen war, seine Meinung so offen zu äußern. Und Dr. Thoroughgood gab nun dem Gespräch, um zu zeigen, daß er keine Zurechtweisung beabsichtigt hatte, eine andere Wendung. Er sprach über ein Thema aus der Geschichte der Medizin, die schon lange sein Steckenpferd war, und wußte eine Menge über die balbierenden Heilkünstler des alten London zu erzählen.

Als sie aufstanden, sagte er freundlich zu Andrew: »Ich besitze eine Garnitur echter Schröpfköpfe. Ich muß sie Ihnen einmal zeigen. Es ist wirklich eine Schande, daß das Schröpfen aus der Mode gekommen ist. Es war, ja, es ist noch immer eine ganz bewundernswerte Methode, einen Gegenreiz hervorzurufen.« Abgesehen von jenem ersten leichten Zusammenstoß, erwies sich Dr. Thoroughgood als mitfühlender und hilfreicher Kollege. Er war ein guter Arzt, ein fast unfehlbarer Diagnostiker, und freute sich immer, Andrew in seinen Krankensälen zu sehen. Doch bei der Behandlung schrak sein Sinn für hergebrachte Sauberkeit und Ordnung vor dem Eindringen des Neuen zurück. Er wollte von Tuberkulin nichts wissen, denn er behauptete, daß dessen therapeutischer Wert noch gänzlich unerprobt sei. Er hatte nichts übrig für Pneumothorax, und sein Prozentsatz an solchen Fällen war der niedrigste im ganzen Spital. Jedoch war er überaus verschwenderisch, was Lebertran und Malz betraf. Diese Mittel verschrieb er allen Patienten.

Andrew vergaß Thoroughgood über der eigenen Arbeit. Es war herrlich, sagte er sich, nach diesen Monaten des Wartens wieder beginnen zu können. Sein Anfangseifer stellte eine gute Nachahmung seines alten Feuers und Enthusiasmus dar.

Notwendig hatte ihn seine frühere Beschäftigung mit den durch Staub herbeigeführten Lungenschädigungen zum Studium der Lungentuberkulose im allgemeinen geführt. Unklar plante er, im Zusammenhang mit der Pirquetschen Reaktion den ersten körperlichen Anzeichen des Pirmärinfektes nachzugehen. Er hatte ein ungeheuer reiches Material zur Hand – an den unterernährten Kindern, die die Mütter herbrachten, da sie hofften, von Dr. Thoroughgoods wohlbekannter Freigebigkeit Malzextrakt profitieren zu können.

Und obwohl Andrew bestrebt war, sich zu überzeugen, war doch sein Herz nicht bei der Arbeit. Er konnte die spontane Begeisterung seiner Inhalationsforschungen nicht wiederfinden. Er hatte viel zuviel im Sinn, zu viele wichtige Fälle in der Praxis, um sich auf undeutliche Symptome zu konzentrieren, die es vielleicht gar nicht gab. Niemand wußte besser als er, wie lange Zeit erforderlich war, einen Patienten richtig zu untersuchen, und er hatte es immer eilig. Dieses Argument war unwiderleglich. Bald verschanzte er sich hinter einer Haltung von bewundernswerter Logik – schlicht gesprochen: er konnte es einfach nicht machen.

Die armen Leute, die ins Ambulatorium kamen, verlangten ja nicht viel von ihm. Sein Vorgänger schien ein Lümmel gewesen zu sein, und solange man reichlich Medikamente verschrieb und gelegentlich einen Scherz machte, stand die Popularität außer Zweifel. Er vertrug sich auch gut mit Dr. Milligan, seinem Gegenüber, und bald bemerkte er, daß er sich Milligans Methode des Umgangs mit den regelmäßig wiederkehrenden Patienten aneignete. Er holte sie in einer ganzen Gruppe beim Beginn des Ambulatoriums zu seinem Schreibtisch und brachte rasch ihre Karten in Ordnung. Und wenn er hinkritzelte: Mixtura repetatur – Mixtur wie gehabt –, hatte er gar nicht die Zeit, sich daran zu erinnern, wie sehr er sich einst über diese klassische Phrase lustig gemacht hatte. Er war auf dem besten Weg, ein wunderbarer Spitalarzt zu werden.

9

Sechs Wochen nach seinem Dienstantritt im Victoria saß er eines Morgens mit Christine beim Frühstück und öffnete gerade einen Brief mit dem Poststempel Marseille. Ungläubig blickte er hinein, dann rief er plötzlich:

»Er ist von Denny! Endlich hat er Mexiko satt! Er sagt, er wolle zurückkommen und sich hier niederlassen. Das glaub' ich aber erst, wenn ich's sehe. Ach, du lieber Gott, das wird eine Freude sein, ihn wiederzusehen. Wie lange war er eigentlich fort? Mir scheint es eine ganze Ewigkeit. Er hat die Heimfahrt über China gemacht. Hast du die Zeitung dort, Chris? Sieh einmal nach, wann die ›Oreta‹ einläuft.«

Sie freute sich ebenso wie er über die unerwartete Nachricht, aber aus einem ganz anderen Grund. In Christine lebte ein starkes mütterliches Gefühl, ein seltsames calvinistisches Beschützertum gegenüber ihrem Gatten. Sie hatte immer erkannt, daß Denny und, wenn auch in etwas geringerem Maße, Hope einen guten Einfluß auf ihn ausübten. Besonders jetzt machte sie sich viele Sorgen, da mit Andrew eine solche Veränderung vor sich ging.

Kaum war dieser Brief angekommen, als Christine auch schon nachdachte, wie sie die drei Männer zusammenführen könnte. Am Tag vor der Ankunft der ›Oreta‹ in Tilbury brachte sie den Fall zur Sprache.

»Hast du wohl etwas dagegen, Andrew – ich dachte, ich könnte nächste Woche ein kleines Abendessen geben, nur für Denny und Hope.«

Einigermaßen überrascht sah er sie an. Im Hinblick auf die ungreifbare Spannung zwischen ihnen war es sonderbar, daß sie von einer solchen Veranstaltung sprach. Er antwortete:

»Hope ist wahrscheinlich in Cambridge. Und Denny und ich könnten ebensogut irgendwohin ausgehen.« Dann sah er ihren Gesichtsausdruck und gab rasch nach. »Nun gut. Aber mach es am Sonntag, das paßt für uns alle am besten.«

Am Sonntag kam Denny, stämmiger denn je und mit noch röterem Gesicht und Hals. Er sah älter aus, schien jedoch weniger mürrisch zu sein und gelassener in seinem Wesen. Trotzdem war es der alte Denny, der sie mit den Worten begrüßte:

»Das ist ja ein großartiges Haus. Bin ich nicht an der falschen Adresse?« Dann wandte er sich ernst an Christine. »Ist dieser gutangezogene Herr am Ende Dr. Manson? Wenn ich das gewußt hätte, hätte ich ihm einen Kanarienvogel mitgebracht.« Als er einen Augenblick später Platz genommen hatte, lehnte er Alkohol ab.

»Nein, ich bin jetzt ein Fruchtsäftler geworden. So komisch dies klingen mag, ich will mich jetzt niederlassen und die Sache scharf anpacken. Ich habe jetzt genug von der weiten Gotteswelt. Die beste Art, dieses blöde Land liebzugewinnen, ist ein Aufenthalt im Ausland.«

Andrew betrachtete ihn mit freundschaftlichem Vorwurf.

»Du solltest dich wirklich niederlassen, weißt du, Philip«, sagte er. »Schließlich bist du doch schon hübsch über vierzig. Und bei deiner Begabung –«

Denny warf ihm unter zusammengezogenen Brauen einen sonderbaren Blick zu.

»Nur nicht so von oben herab, Herr Professor. Vielleicht werde ich dir's noch eines Tages zeigen.«

Er erzählte ihnen, daß er das Glück gehabt habe, im Krankenhaus von South Hertfordshire als Chirurg angestellt zu werden, mit dreihundert Pfund im Jahr und voller Verpflegung. Natürlich betrachte er das nicht als Dauerposten, aber es gebe dort eine Menge operativer Arbeit, so daß er seine chirurgische Technik auffrischen könne. Hernach wolle er sehen.

»Ich weiß nicht, wie ich zu der Stellung gekommen bin«, meinte er. »Wahrscheinlich hat man mich wieder einmal verwechselt.«

»Nein«, sagte Andrew ziemlich albern. »Es ist dein Grad als M. S., Philip. Mit einer erstklassigen Qualifikation erreicht man alles.«

»Was haben Sie denn mit ihm gemacht?« stöhnte Denny und sah Christine vorwurfsvoll an. »Das ist ja gar nicht mehr derselbe, der mit mir den Kanal in die Luft gesprengt hat.«

In diesem Augenblick kam Hope. Er hatte Denny nicht gekannt. Doch fünf Minuten genügten, daß die beiden einander verstanden.

Nach Ablauf dieser fünf Minuten ging man zum Essen, aber Hope und Denny hatten inzwischen vereinbart, sich gegen Manson so ruppig wie möglich zu benehmen.

»Natürlich, Hope«, bemerkte Philip traurig, als er seine Serviette entfaltete. »Viel zu essen darf man hier nicht erwarten. Ach nein! Ich kenne die Leute schon lange. Den Professor kannte ich, bevor ich ein glatter Westender wurde. Aus dem letzten Haus hat man sie hinausgeworfen, weil sie ihre Meerschweinchen verhungern ließen.«

»Gewöhnlich trage ich eine Speckschwarte in der Tasche«, sagte Hope. »Diese Gewohnheit nahm ich bei der letzten Kitchengunga-Expedition von Billy Knopf an. Aber leider habe ich heute keine bei mir.«

So ging es während der ganzen Mahlzeit weiter, denn Hopes Spottsucht schien sich an Dennys Gegenwart zu entzünden, doch allmählich entwickelte sich ein richtiges Gespräch. Denny berichtete von Erlebnissen in den Südstaaten – durch ein paar Negergeschichten brachte er Christine zum Lachen –, und Hope schilderte die letzten Heldentaten des Board. Whinney hatte es endlich durchgesetzt, seine schon lange geplanten Experimente über die Muskelermüdung zu verwirklichen.

»Und das ist meine jetzige Arbeit«, sagte Hope düster. »Aber Gott sei Dank läuft die Anstellung nur noch neun Monate. Dann werde ich endlich etwas leisten, denn ich bin es müde, die Ideen anderer auszuarbeiten und mir von den alten Leuten in die Suppe spucken zu lassen.« Mit beißendem Hohn äffte er Whinneys Stimme nach: »›Wieviel freie Milchsäure haben Sie heute festgestellt, Mr. Hope?‹ Ich möchte etwas für mich tun. Wenn ich nur ein kleines Laboratorium haben könnte!« Und jetzt wandte sich das Gespräch, wie Christine gehofft hatte, ungestüm medizinischen Dingen zu. Als nach Tisch – trotz Dennys melancholischer Prophezeiung hatten sie ein paar Enten bis auf die Knochen abgenagt – der Kaffee gebracht wurde, bat sie, dableiben zu dürfen. Obwohl Hope ihr erklärte, die Sprache werde nicht für Damenohren taugen, blieb sie doch sitzen, die Ellbogen auf dem Tisch, das Kinn in den Händen, und lauschte stumm, den Blick ernst auf Andrews Gesicht gerichtet.

Anfangs zeigte er sich steif und zurückhaltend. Obwohl er sich über das Wiedersehen mit Philip freute, hatte er doch das Gefühl, als sei sein alter Freund ein wenig gleichgültig gegen all diese Erfolge, als wüßte er ihn nicht zu schätzen, ja, als verspotte er ihn ein wenig. Schließlich hatte er, Andrew, es doch zu etwas gebracht, nicht wahr? Und Denny – nun, was hatte schließlich Denny erreicht? Und als Hope wieder einmal eine seiner spöttischen Bemerkungen machte, war er schon im Begriff, sich ziemlich scharf diese Scherze auf seine Kosten zu verbitten.

Doch nun redeten sie über berufliche Fragen, und er nahm unwillkürlich Anteil. Ob er es wollte oder nicht, er wurde von den beiden anderen angesteckt und beteiligte sich am Gespräch mit demselben Feuereifer wie in seinen alten Tagen.

Sie sprachen eben über Spitäler, und dies bewog ihn plötzlich, sich über das ganze Spitalsystem auszulassen.

»Ich betrachte die Sache folgendermaßen.« Er sog tief den Rauch ein – jetzt war es keine billige Virginiazigarette, sondern eine Zigarre aus der Schachtel, die er trotz Dennys diabolischem Blick protzig auf den Tisch gestellt hatte. »Die ganze Organisation ist veraltet. Wohlgemerkt, ich möchte nicht, daß ihr glaubt, ich spräche gegen mein eigenes Spital. Ich liebe die Arbeit im Victoria, und ich kann euch sagen, daß wir dort Großes leisten. Aber es handelt sich hier um das ganze System. Nur das gute alte apathische britische Publikum läßt sich so etwas bieten. Es ist ein ebenso hoffnungslos veraltetes Chaos wie zum Beispiel unsere Straßen. Das Victoria zerfällt. Ebenso das St. John – jedes zweite Spital in London schreit nach Rettung vor dem Verfall! Und was tun wir dagegen? Wir sammeln Groschen. Ein paar Pfund bringt die Vermietung der Fassaden als Plakatwände ein. ›Browns Bier ist das beste!‹ Ist das nicht süß? Im Victoria können wir auf diese Weise, wenn wir Glück haben, so in zehn Jahren einen neuen Trakt bauen oder ein Schwesternheim – nebenbei bemerkt, ihr solltet einmal sehen, wie die Schwestern untergebracht sind! Aber was nützt es, den alten Kadaver zu flicken? Was nützt es, ein Lungenspital im Zentrum einer lärmenden, nebligen Stadt wie London zu halten? Zum Teufel, das ist doch so, als ob man einen Mann mit Pneumonie in ein Kohlenbergwerk setzte. Und genauso steht es um die meisten anderen Spitäler und auch um die Sanatorien. Sie sind eingeklemmt mitten im tobenden Verkehr, die Fundamente werden von der Untergrundbahn erschüttert, sogar die Krankenbetten wackeln, sooft Autobusse vorbeifahren. Wenn ich als Gesunder dort wohnte, müßte ich jeden Abend ein Schlafmittel nehmen. Und jetzt stelle man sich vor, daß in diesem Radau Patienten nach einer ernsten Bauchoperation oder mit einer Temperatur von einundvierzig mit Meningitis liegen müssen.«

»Nun, was kann man dagegen tun?« Philip zog die eine Augenbraue aufreizend in die Höhe, wie es jetzt seine Art war. »Eine staatliche Spitalverwaltung mit dir als Generaldirektor?«

»Sei doch kein Esel, Denny«, antwortete Andrew verärgert. »Dezentralisation ist das Heilmittel. Nein, das ist keine Buchweisheit, sondern das Ergebnis aller meiner Erfahrungen in London. Warum sollten eigentlich unsere großen Spitäler nicht in einem grünen Gürtel außerhalb Londons angelegt sein, etwa fünfzehn Meilen von der Stadt entfernt? Zum Beispiel in Benham, das nur zehn Meilen weit liegt und wo es noch Grün, frische Luft und Ruhe gibt. Bildet euch ja nicht ein, daß da Transportschwierigkeiten bestünden. Die Untergrundbahn – und schließlich könnte man ja einen eigenen Spitaldienst einrichten, eine gerade, ruhige Linie – würde einen in genau achtzehn Minuten nach Benham bringen. Wenn man bedenkt, daß der rascheste Krankenwagen im Durchschnitt vierzig Minuten braucht, um an Ort und Stelle zu sein, scheint mir dies ein Fortschritt. Man könnte einwenden, daß man die einzelnen Bezirke des ärztlichen Dienstes berauben würde, wenn man die Spitäler aus der Stadt verlegte. Das ist Unsinn! Die Ambulatorien bleiben im Bezirk, die Spitäler übersiedeln. Und weil wir gerade davon sprechen: diese Frage des ärztlichen Dienstes ist ein ebenso hoffnungsloser Wirrwarr. Als ich herkam, entdeckte ich hier in *West*london, daß ich meine Patienten nirgends anders unterbringen konnte als im *Ost*londoner Spital. Auch unten im Victoria bekommen wir Patienten von überall her – aus Kensington,

Ealing, Muswell Hill. Man macht gar nicht den Versuch, feste Bezirke abzugrenzen – alles strömt ins Zentrum der Stadt. Ich sage euch, Jungens, das Durcheinander ist oft unglaublich. Und was geschieht dagegen? Nichts, absolut nichts. Wir schleppen uns in der alten, uralten Art weiter, klappern mit Sammelbüchsen, halten Propagandatage ab, appellieren an die Öffentlichkeit und lassen maskierte Studenten für Nickelstücke den Hanswurst spielen. Eines muß man den neuen europäischen Staaten lassen – dort geschieht etwas. Mein Gott, wenn ich etwas zu reden hätte, ich würde das Victoria wegrasieren und in Benham ein neues Lungenspital mit einer direkten Verbindung errichten. Und bei Gott, das müßte sich in einer steigenden Zahl von Wiedergenesungen auswirken.«

Das war nur die Einleitung. Die Aussprache wurde immer lebhafter.

Philip kam wieder auf sein altes Thema – auf die Tollheit, vom praktischen Arzt zu verlangen, daß er alles aus seiner schwarzen Tasche ziehen solle, ihn zu zwingen, jeden Fall so lange verantworten zu müssen, bis der herrliche Augenblick kam, da für fünf Guineen ein Spezialist, den der Arzt noch nie gesehen hatte, im Auto anfuhr, um ihm zu sagen, daß jetzt schon alles zu spät sei.

Hope ließ sich ohne jede Beschönigung oder Zurückhaltung über das Los des jungen Bakteriologen aus, der zwischen Kommerzialismus und Konservativismus eingekeilt war – auf der einen Seite von einer schamlosen chemischen Firma, die ihm ein Gehalt zahlte, damit er Anerkennungsschreiben fabriziere, und auf der anderen Seite von einer Kollegialbehörde kindischer Mummelgreise.

»Stellt euch einmal«, zischte Hope, »die Marx Brothers in einem wackeligen Automobil, mit vier voneinander unabhängigen Steuerrädern und einer unbeschränkten Anzahl von Hupen vor! Das sind wir im M. F. B.«

So redeten sie weiter bis zwölf, worauf sie unerwartet belegte Brote und Kaffee vorgesetzt erhielten.

»Nun, ich muß sagen, Mrs. Manson«, erklärte Hope mit einer Höflichkeit, die bewies, daß er, wie Denny gespöttelt hatte, im Herzensgrund wirklich ein netter junger Mann war, »wir haben

Sie gewiß zu Tod gelangweilt. Komisch, wie hungrig man vom Sprechen wird. Ich werde das dem guten Whinney als neues Forschungsgebiet vorschlagen. Wirkung des Redens auf die gastrischen Absonderungen. Haha! Das wäre etwas für das alte Nilpferd!«

Nachdem Hope mit feurigen Versicherungen, wie nett der Abend gewesen sei, gegangen war, blieb Denny mit dem Recht der älteren Freundschaft noch ein paar Minuten sitzen. Als dann Andrew das Zimmer verließ, um ein Taxi herbeizutelefonieren, zog Denny mit verlegener Miene einen kleinen, sehr schönen spanischen Schal hervor.

»Der Herr Professor wird mich wahrscheinlich erschlagen«, sagte er, »aber das ist für Sie. Sagen Sie es ihm erst, wenn ich mich in Sicherheit gebracht habe.« Er wehrte ihren Dank ab, denn so etwas brachte ihn immer in Verlegenheit. »Merkwürdig, daß alle diese Schals aus China kommen. Sie sind nämlich gar nicht spanisch. Den habe ich via Schanghai bezogen.«

Schweigen trat ein. Sie hörten, wie Andrew aus der Halle zurückkam.

Denny stand auf, und seine gütigen, von Fältchen umgebenen Augen wichen den ihrigen aus.

»Wissen Sie, ich würde mir an Ihrer Stelle nicht allzuviel Sorgen um ihn machen.« Er lächelte. »Aber wir müssen doch versuchen, ihn wieder auf den Standard von Drineffy zurückzubringen.«

10

Zu Beginn der Osterferien erhielt Andrew einen Brief von Mrs. Thornton mit der Bitte, ins Browns Hotel zu kommen und ihre Tochter zu untersuchen. Sie teilte ihm kurz mit, daß Sybils Fuß nicht besser geworden sei, und da ihr Andrews Anteilnahme bei der Gesellschaft Mrs. Lawrences großen Eindruck gemacht habe, lege sie Wert darauf, seinen Rat zu hören. Geschmeichelt durch diese Anerkennung seiner Persönlichkeit, erledigte er die Visite unverzüglich.

Der Fall lag, wie er bei der Untersuchung feststellte, ganz einfach. Dennoch war eine vorbeugende Operation erforderlich. Er richtete sich auf, lächelte der stämmigen, nacktbeinigen Sybil, die jetzt auf der Bettkante saß, zu, zog ihr den langen schwarzen Strumpf übers Bein und sagte zu Mrs. Thornton:

»Der Knochen hat sich verdickt. Die Zehe könnte steif bleiben, wenn man nichts dagegen unternimmt. Ich möchte Ihnen raten, gleich dazuzutun.«

»Das hat auch der Schularzt gesagt«, erwiderte Mrs. Thornton ohne Überraschung. »Wir sind darauf vorbereitet. Sybil kann hier in ein Sanatorium gehen. Aber – nun, ich habe Vertrauen zu Ihnen, Doktor. Und ich möchte, daß Sie alles in die Wege leiten. Welchen Chirurgen schlagen Sie denn vor?«

Diese unmittelbare Frage brachte Andrew in Verlegenheit. Da er fast nur als praktischer Arzt zu tun hatte, kannte er zwar viele führende Ärzte, doch keinen einzigen Londoner Chirurgen. Plötzlich fiel ihm Ivory ein. Er sagte freundlich:

»Mr. Ivory könnte das machen – wenn er verfügbar ist.«

Mrs. Thornton hatte von Mr. Ivory schon gehört. Natürlich! Das war doch der Chirurg, der im vorigen Monat in allen Zeitungen stand, weil er nach Kairo flog, um einen Fall von Sonnenstich zu behandeln, ein höchst bekannter Mann! Der Vorschlag, daß Ivory die Operation ihrer Tochter durchführen solle, sagte ihr sehr zu. Nur bedang sie sich aus, daß Sybil bei Miß Sherrington untergebracht werde. So viele Bekannte seien schon dort gewesen, daß sie sich ein anderes Sanatorium gar nicht vorstellen könne.

Andrew ging nach Hause und telefonierte Ivory mit all der gebotenen Vorsicht eines Mannes an, der einen ersten Annäherungsversuch unternimmt. Aber Ivorys Art – freundlich, zuversichtlich, bestrickend – beruhigte ihn. Sie verabredeten für den nächsten Tag einen Besuch bei der Kranken, und Ivory erklärte, er wisse zwar, daß Ida das Haus bis zum Dachboden voll habe, sei aber überzeugt davon, daß sie im Notfall für Miß Thornton Platz finden werde.

Am nächsten Vormittag stimmte Ivory in Mrs. Thorntons Gegenwart nachdrücklich allem zu, was Andrew gesagt hatte, und erklärte außerdem noch, daß die unverzügliche Operation not tue.

Sybil wurde also in Miß Sherringtons Sanatorium übergeführt, und zwei Tage später – denn man wollte ihr Zeit lassen, sich einzugewöhnen – fand die Operation statt.

Andrew war dabei zugegen. Ivory bestand auf seiner Anwesenheit, und zwar in der denkbar aufrichtigsten und freundschaftlichsten Art.

Die Operation war keineswegs schwierig, Andrew hätte sie in seinen Drineffyer Tagen wahrscheinlich selber gemacht. Ivory schien zwar keinerlei Eile zu haben, führte aber doch seine Arbeit mit imponierender Tüchtigkeit durch. Er machte einen kräftigen, kühlen Eindruck in seinem langen, weißen Kittel, über dem das Gesicht fest, massig, mit mächtigen Kinnladen erschien. Man hätte keine genauere Wiedergabe des allgemeinen Ideals vom großen Chirurgen finden können als Charles Ivory. Er hatte die feinen, geschmeidigen Hände, die die romantische Fantasie dem Heros des Operationssaales verleiht. Mit seinem stattlichen Aussehen und seiner Selbstsicherheit wirkte er geradezu dramatisch. Andrew, der ebenfalls einen Kittel angelegt hatte, beobachtete ihn von der anderen Seite des Operationstisches mit neidischem Respekt.

Als Sybil Thornton vierzehn Tage später das Sanatorium verlassen hatte, lud ihn Ivory zum Lunch in den Sackville Club ein. Es war ein angenehmes Mahl. Ivory verstand sich blendend auf Konversation, plauderte leicht und unterhaltend und wußte den neuesten Klatsch zu berichten, was seinen Gefährten gewissermaßen auch zum eingeweihten Weltmann stempelte. Der hohe Speisesaal des Sackville mit dem Deckenfresko und den Kronleuchtern war voll Berühmtheiten – Ivory nannte sie komische Leute. Andrew fühlte sich durch dieses Erlebnis geschmeichelt, was zweifellos auch Ivorys Absicht gewesen war.

»Sie müssen mir gestatten, Sie bei der nächsten Sitzung zur Aufnahme vorzuschlagen«, bemerkte der Chirurg. »Sie werden hier viele Freunde finden, Freddie, Paul, mich – nebenbei bemerkt, ist auch Jackie Lawrence Mitglied. Eine interessante Ehe ist das, sie sind die besten Kameraden, und doch geht jedes seinen eigenen Weg! Nein, wirklich, ich würde Sie furchtbar gerne hierher in den Klub bringen. Wissen Sie, ich hatte so die Idee, als wären Sie ein ganz klein wenig argwöhnisch gegen mich, lieber Freund. Schottische Vorsicht, nicht wahr? Wie Ihnen bekannt ist, arbeite ich in keinem Spital. Aber nur deshalb, weil ich mir meine Freiheit nicht rauben lasse. Außerdem habe ich viel zuviel Arbeit, mein lieber Junge. Manche Spezialchirurgen haben keinen einzigen privaten Fall im Monat. Mein Durchschnitt sind zehn die Woche! Übrigens werden wir ja bald von den Thorntons hören. Überlassen Sie das mir. Das sind ja erstklassige Leute. Und weil ich gerade davon spreche, glauben Sie nicht, daß man mit Sybils Mandeln etwas unternehmen sollte? Haben Sie die angesehen?«

»Nein.«

»Oh, das hätten Sie tun sollen, mein Lieber! Viel zuviel Taschen, ständige Gefahr eitriger Pfröpfchen. Ich nahm mir die Freiheit – hoffentlich haben Sie nichts dagegen –, zu sagen, daß wir ihr die Mandeln entfernen werden, wenn das Wetter warm wird.«

Auf dem Heimweg konnte sich Andrew des Gedankens nicht erwehren, was für ein reizender Mensch dieser Ivory bei näherer Bekanntschaft doch war – er hatte wirklich Grund, Hamson für die neue Beziehung dankbar zu sein. Dieser Fall war ja blendend verlaufen. Und die Thorntons schienen besonders zufrieden zu sein. Das war schließlich das allerbeste Kriterium. Als er drei Wochen später mit Christine beim Tee saß, brachte ihm die Nachmittagspost einen Brief Ivorys.

»Mein lieber Manson!

Mrs. Thornton hat eben ganz hübsch berappt. Da ich gerade dem Narkotiseur seinen Happen schicke, kann ich auch Ihnen den Ihrigen senden – dafür, daß Sie mir bei der Operation so prächtig assistiert haben. Am Ende des Schuljahres wird sich Sybil von Ihnen untersuchen lassen. Sie haben doch die Mandeln nicht vergessen? Mrs. Thornton ist ungemein zufrieden.

Mit herzlichen Grüßen Ihr C. I.«

Beigeschlossen war ein Scheck über zwanzig Guineen.

Andrew starrte den Scheck verblüfft an – er hatte doch Ivory bei der Operation gar nicht assistiert –, dann stahl sich ihm allmählich das warme Gefühl ins Herz, das ihm der Empfang von Geld jetzt immer bereitete. Mit selbstgefälligem Lächeln reichte er seiner Frau Brief und Scheck.

»Verdammt anständig von Ivory, nicht wahr, Chris? Ich möchte darauf wetten, daß wir diesen Monat Rekordeinnahmen haben.«

»Aber ich verstehe das nicht.« Sie machte ein bestürztes Gesicht. »Ist das dein Honorar von Mrs. Thornton?«

»Nein, du Dummchen«, lachte er. »Das ist eine kleine Extravergütung – für die Zeit, die ich bei der Operation zugebracht habe.«

»Willst du sagen, daß dir Mr. Ivory einen Teil seines Honorars abgibt?«

Er errötete und wurde plötzlich wütend.

»Großer Gott, aber nein! Das ist doch streng verboten. So etwas fällt mir ja nicht im Traum ein. Verstehst du denn nicht, daß ich dieses Honorar verdient habe, weil ich dort war, weil ich assistierte, ebenso wie der Narkotiseur sein Honorar verdiente, weil er das Narkotikum geliefert hat. Ivory stellte das alles in seine Rechnung. Und ich kann mir denken, daß die gesalzen war.«

Sie legte den Scheck auf den Tisch, bedrückt und unglücklich. »Das ist ja sehr viel Geld.«

»Nun, warum nicht?« In heller Entrüstung machte er dem Gespräch ein Ende. »Die Thorntons sind beängstigend reich. Für sie bedeutet so etwas wahrscheinlich nicht mehr als dreieinhalb Shilling für unsere Ambulatoriumspatienten.«

Als er fortgegangen war, hielt Christine noch immer in schmerzlicher Angst den Blick auf den Scheck gerichtet. Sie hatte keine Ahnung davon gehabt, daß Andrew in beruflicher Verbindung mit Ivory stand. Plötzlich kam all das frühere Unbehagen wieder über sie. Dieser Abend mit Denny und Hope schien ja gar keine Wirkung auf ihn ausgeübt zu haben. Wie er das Geld jetzt liebte, wie schrecklich er es liebte! Seine Arbeit im Victoria bedeutete ihm nichts neben diesem verzehrenden Streben nach materiellem Erfolg. Sogar im Ambulatorium verwendete er, wie sie beobachtet hatte, jetzt immer mehr Mixturen, verschrieb Leuten, denen gar nichts fehlte, Medikamente und forderte sie immer aufs neue zum Wiederkommen auf. Ihr Gesicht wurde immer sorgenvoller, so daß es klein und verkniffen aussah, als sie nun Charles Ivorys Scheck anstarrte. Langsam traten ihr Tränen in die Augen. Sie mußte mit ihm sprechen, sie mußte, mußte.

Nach dem Abendambulatorium näherte sie sich ihm scheu. »Andrew, möchtest du mir etwas zuliebe tun? Willst du mich am Sonntag mit dem Wagen aufs Land fahren? Du hast mir das ja versprochen, als du den Wagen kauftest. Und im Winter konnten wir natürlich nicht fahren.«

Er warf ihr einen sonderbaren Blick zu.

»Nun ja, gut.«

Der Sonntag war schön, wie Christine gehofft hatte, ein milder Frühlingstag. Bis elf Uhr hatte Andrew die notwendigen Visiten erledigt, und mit einer Decke und einem rückwärts im Wagen verstauten Vorratskorb traten sie die Fahrt an. Christines Laune besserte sich, als sie über die Hammersmith Bridge fuhren, den Kingston By-Paß nach Surrey einschlugen. Bald hatten sie Dorking passiert und wandten sich rechts auf die nach Shere führende Straße. Es war so lange her, daß sie zusammen einen Ausflug gemacht hatten, und die Süße der Luft, das lebhafte Grün der Felder, der Purpur der knospenden Ulmen, der Goldstaub der herabhängenden Weidenkätzchen, das blassere Gelb der am Bachufer sich drängenden Primeln, all dies ging Christine zu Herzen, berauschte sie.

»Fahr nicht so schnell, Liebster«, murmelte sie, und ihr Ton war sanfter als seit vielen Wochen. »Es ist so lieblich hier.« Er hingegen schien den Ehrgeiz zu haben, jedem Wagen auf der Straße vorzufahren.

Gegen ein Uhr erreichten sie Shere. Das Dorf mit den wenigen rotgedeckten Häusern und dem Bach, der friedlich zwischen den Beeten mit Wasserkresse dahinplätscherte, war vom Strom der Sommerausflügler noch nicht berührt. Andrew und Christine kamen zu dem bewaldeten Hügel hinter dem Dorf und parkten den Wagen auf einem der von dichtem Rasen gesäumten Reitwege. Auf einer kleinen Lichtung breiteten sie die Decke aus, und hier war singende Einsamkeit, die nur ihnen und den Waldvögeln gehörte.

Sie aßen im Sonnenschein ihre belegten Brote und tranken aus der Thermosflasche den Kaffee. Rings um sie blühten unter den Erlenbeständen die Primeln in Mengen. Christine hätte sie gern gepflückt und das Gesicht in ihre weiche Kühle vergraben. Andrew lag mit halbgeschlossenen Augen, den Kopf ihr nahe, da. Süße Ruhe breitete sich über die dunkle Unrast ihrer Seele. Oh, hätte ihr gemeinsames Leben doch immer so sein können!

Andrews schlaftrunkener Blick haftete eine Zeitlang auf dem Wagen, und plötzlich sagte er:

»Kein schlechter kleiner Autobus, nicht wahr, Chris? Zumal, wenn man den Preis bedenkt. Aber auf der nächsten Autoausstellung kaufen wir uns einen neuen.«

Sie fuhr zusammen, ihre Unruhe war angesichts dieses frischen Beispiels seines rastlosen Vorwärtsstrebens wieder da. »Aber wir haben ihn doch erst gekauft! Was können wir uns denn mehr wünschen?«

»Hm. Er zieht schlecht. Hast du nicht bemerkt, daß wir den Buick nicht einholen konnten? Ich brauche einen dieser neuen Vitesse-Wagen.«

»Aber warum?«

»Warum nicht? Wir können es uns leisten. Wir machen Fortschritte, weißt du, Chris, ja, ja!« Er zündete sich eine Zigarette an und wandte sich mit allen Zeichen der Genugtuung an Christine. »Falls du es nicht wissen solltest, du liebe kleine Schulmeisterin aus Drineffy, wir steigen mit Riesenschritten in den Reichtum.«

Sie erwiderte sein Lächeln nicht. Sie fühlte, wie ihr Körper, der friedlich und warm im Sonnenschein lag, plötzlich kühl wurde. Sie begann an einem Grasbüschel zu zerren, verflocht ihn albern mit einer Franse der Decke.

Langsam sagte sie:

»Mein Lieber, wollen wir denn wirklich reich werden? Ich bestimmt nicht. Wozu dieses viele Gerede über Geld? Als wir noch gar keines hatten, waren wir – oh, wir waren irrsinnig glücklich. Damals sprachen wir nie vom Geld. Aber jetzt sprechen wir von nichts anderem.«

Er lächelte wieder – überlegen.

»Nachdem wir Jahre durch das Elend stapften, Würste und Käse und geräucherte Heringe aßen, uns von schweinsköpfigen Komiteemitgliedern wie Hunde behandeln ließen und in schmutzigen Schlafkammern Bergarbeitersfrauen behandelten, können wir, glaube ich, eine Verbesserung ganz gut brauchen. Was hast du dagegen einzuwenden?«

»Mach dich nicht lustig darüber, Liebster! Früher hast du nicht so gesprochen. Ach, verstehst du denn nicht, verstehst du denn nicht, daß du eben dem System zum Opfer fällst, das du immer so angegriffen und aus tiefster Seele gehaßt hast?« Ihr Gesicht sah in ihrer Aufregung bemitleidenswert aus. »Weißt du denn nicht mehr, wie du über das Leben sprachst, daß es eine Attacke sei gegen das Unbekannte, ein Sturm bergauf, als müßtest du eine Zitadelle einnehmen, von deren Existenz du weißt, die du aber nicht sehen kannst, weil sie auf dem Gipfel liegt –«

Er murmelte verlegen:

»Oh, damals war ich jung und dumm. Und führte romantische Reden. Sieh dich nur um, und du wirst bemerken, daß alle dasselbe tun – ein jeder trachtet, soviel wie möglich zusammenzuraffen. Was bleibt einem denn sonst übrig?«

Schwach holte sie Atem. Sie wußte, daß es jetzt zu sprechen galt oder nie.

»Ach, Lieber, es ist nicht das einzige auf Erden. Bitte, hör mich an! Bitte! Ich bin ja so unglücklich darüber, über diese Veränderung mit dir. Auch Denny hat sie bemerkt. Sie reißt uns auseinander. Du bist nicht mehr der Andrew Manson, den ich geheiratet habe. Oh, wenn du nur wieder so wärest wie früher!«

»Was habe ich denn getan?« erwiderte er gereizt. »Schlage ich dich? Betrinke ich mich? Begehe ich Morde? Nenn mir doch eines meiner *Verbrechen*!«

Verzweifelt erklärte sie:

»Es handelt sich nicht um die augenfälligen Dinge, sondern

um deine ganze Haltung, Lieber. Nimm als Beispiel den Scheck, den Ivory dir gesandt hat. Es ist vielleicht nur eine nebensächliche Kleinigkeit, aber wenn man tiefer geht, oh, wenn man tiefer geht, ist es schäbig und rafferisch und unehrenhaft.«

Er wurde kühl, setzte sich auf und starrte sie beleidigt an.

»Um Gottes willen, warum wärmst du das wieder auf? Was ist denn dabei, daß ich diesen Scheck genommen habe?«

»Verstehst du es denn nicht?« Alle die unterdrückten Gefühle der letzten Monate überwältigten sie, erstickten ihre Argumente, und sie mußte plötzlich in Tränen ausbrechen. Hysterisch schluchzte sie: »Um des Himmels willen, Liebster, verkauf dich doch nicht, verkauf dich doch nicht!«

Wütend knirschte er mit den Zähnen. Langsam, kalt und schneidend sagte er: »Ich warne dich zum letztenmal! Mach dich nicht durch neurotische Albernheiten lächerlich! Es wäre besser, du versuchtest mir zu helfen, statt mir ein Hemmnis zu sein und den lieben langen Tag herumzunörgeln.«

»Ich habe nicht genörgelt«, schluchzte sie. »So lange will ich schon mit dir sprechen und habe es nicht getan.«

»Dann laß es!« Er verlor die Selbstbeherrschung und begann plötzlich zu schreien. »Hörst du mich? *Laß das!* Du hast ja einen Komplex, du sprichst, als ob ich ein schmutziger Raffer wäre. Ich will nichts anderes als vorwärtskommen. Und wenn ich Geld haben möchte, ist es für mich nur ein Mittel zum Zweck. Die Menschen beurteilen einen nach dem, was man erreicht hat und was man besitzt. Ist man ein Habenichts, muß man mit sich herumkommandieren lassen. Nun, davon hatte ich seinerzeit genug. In Zukunft will *ich* herumkommandieren, verstehst du jetzt? Komm mir mit diesem albernen Unsinn nicht wieder!«

»Schon gut, schon gut«, schluchzte sie. »Ich tue es nicht mehr. Aber ich sage dir – eines Tages wirst du's bereuen.«

Der Ausflug war ihnen verdorben, und am meisten litt Christine darunter. Obwohl sie ihre Tränen trocknete und einen großen Strauß Primeln pflückte, obwohl sie noch eine Stunde auf dem sonnigen Hang verbrachten und auf dem Rückweg bei der Lavender Lady zum Tee einkehrten, obwohl sie in scheinbarer Eintracht von alltäglichen Dingen sprachen, war doch das ganze

Entzücken dieses Tages erstorben. Als sie durchs frühe Dunkel heimfuhren, war Christines Gesicht blaß und steif.

Andrews Zorn wuchs allmählich zur Entrüstung. Warum gerade Christine ihm so aufsässig war? Andere Frauen – und entzückende Frauen – waren begeistert von seinem raschen Aufstieg.

Einige Tage später rief ihn Frances Lawrence an. Sie war fort gewesen, denn sie hatte den Winter in Jamaica verbracht – in den letzten zwei Monaten hatte Andrew mehrere Male Briefe aus dem Myrtle Bank Hotel erhalten, aber jetzt war sie wieder hier und begierig, ihre Freunde wiederzusehen, den Sonnenschein auszustrahlen, den sie eingesogen hatte. Sie erklärte ihm fröhlich, sie wolle mit ihm zusammenkommen, ehe sie die Sonnenbräune verliere.

Er kam zum Tee. Wie sie erklärt hatte, war sie herrlich gebräunt, ihre Hände und ihre zarten Handgelenke und ihr kleines fragendes Gesicht dunkel wie das eines Fauns. Die Freude, sie wiederzusehen, wurde ganz besonders verstärkt durch den Willkomm in ihren Augen, in diesen Augen, die den meisten Menschen gegenüber gleichmütig blieben und die ihn mit den hell aufgesetzten Lichtern so freundlich anblickten.

Ja, sie plauderten wie alte Freunde. Sie erzählte ihm von ihrer Reise, von den Korallenbänken, von den Fischen, die man durch den Glasboden der Schiffe beobachten könne, von dem himmlischen Klima. Er berichtete ihr dafür von seinen Fortschritten. Vielleicht ließ er seine Gedanken allzusehr durchblicken, denn sie antwortete leichthin:

»Sie sind schrecklich feierlich und geradezu schmählich prosaisch. So ergeht es Ihnen, wenn ich weg bin. Nein! Ich glaube, eigentlich schuld ist, daß Sie zuviel arbeiten. *Müssen* Sie denn dieses Ambulatorium beibehalten? Wenn ich an Ihrer Stelle wäre, hätte ich schon lange die Zeit für gekommen erachtet, hier im Westen eine Ordination zu eröffnen – zum Beispiel in der Wimpole Street oder in der Welbeck Street – und hier zu arbeiten.«

In diesem Augenblick trat ihr Gatte ein, groß, lässig, manieriert. Er nickte Andrew zu, den er ganz gut kannte – ein paarmal hatten sie im Sackville Club Bridge gespielt –, und nahm gnädig eine Schale Tee entgegen.

Obwohl Lawrence munter erklärte, er wolle die beiden um keinen Preis stören, unterbrach sein Eintritt doch jedes ernstere Gespräch. Sie plauderten nun höchst belustigt über das letzte Heldenstückchen Rumbold-Blanes.

Doch eine halbe Stunde später, als Andrew in die Chesborough Terrace zurückfuhr, beschäftigte er sich unausgesetzt mit Mrs. Lawrences Vorschlag. Warum sollte er nicht wirklich eine Ordination in der Welbeck Street eröffnen? Die Zeit war offenbar dafür reif. Seine Praxis in Paddington brauchte er deshalb nicht aufzugeben – dazu war auch das Ambulatorium viel zu gewinnbringend. Aber er konnte sie leicht mit einer Ordination im Westend kombinieren und die vornehmere Adresse für seine Korrespondenz, für den Aufdruck seines Briefpapiers und seiner Rechnungen verwenden.

Der Gedanke hatte in ihm gezündet und stählte ihn zu angespannterem Streben. Was für ein gutes Geschöpf Frances doch war, ebenso hilfreich wie Miß Everett, aber unendlich reizvoller! Doch auch mit dem Gatten stand er ausgezeichnet. Er vermochte seinem Blick ohne Scheu zu begegnen. Er hatte es nicht notwendig, aus dem Haus zu schleichen wie ein gewöhnlicher Schürzenjäger. Oh! Freundschaft war etwas Großes!

Ohne Christine ein Wort zu sagen, hielt er nach einem geeigneten Ordinationsraum im Westen Ausschau. Und als er nach ungefähr einem Monat einen gefunden hatte, befriedigte es ihn besonders, mit gespielter Gleichgültigkeit bei der Morgenzeitung sagen zu können: »Nebenbei bemerkt – es wird dich interessieren –, ich habe mir jetzt ein Zimmer in der Welbeck Street gemietet. Für meine besseren Patienten.«

11

Das Ordinationszimmer in der Welbeck Street Nr. 57 a war für Andrew ein neuer Triumph. »Ich hab's erreicht«, frohlockte er insgeheim. »Ich hab's endlich erreicht!« Das Zimmer war zwar nicht groß, aber durch ein Erkerfenster sehr hell; es lag ebenerdig, was ohne Zweifel ein Vorteil war, da die wenigsten Patienten gerne Treppen steigen. Außerdem hatte Andrew, obwohl er den Warteraum mit verschiedenen anderen Ärzten teilte, deren saubere Täfelchen neben seinem an der Haustür funkelten, dieses Ordinationszimmer ausschließlich für sich.

Nach Unterzeichnung des Mietvertrages am 19. April ging Hamson mit Andrew, der sein Ordinationszimmer beziehen wollte. Freddie hatte sich bei allen Verhandlungen außerordentlich hilfreich gezeigt und ihm auch eine brauchbare Schwester verschafft, eine Freundin der Frau, die er selber in der Queen Anne Street verwendete. Schwester Sharp war nicht schön. Sie stand in mittleren Jahren und trug eine saure, irgendwie beleidigte, aber doch selbstbewußte Miene zur Schau. Freddie erklärte bezüglich der Schwester Sharp kurz und bündig:

»Was man am allerwenigsten brauchen kann, ist eine hübsche Schwester. Du verstehst mich doch, mein Alter? Spaß ist Spaß. Aber Geschäft ist Geschäft. Und die beiden lassen sich nicht vereinen. Das würde keinem von uns gut bekommen. Als verdammt hartköpfiger Bursche wirst du das billigen. Übrigens glaube ich, daß wir zwei jetzt ziemlich oft miteinander zu tun haben werden, nachdem du in meiner Nähe ordinierst.«

Während Freddie und Andrew die Zimmereinrichtung besprachen, erschien plötzlich Mrs. Lawrence. Sie war vorbeigekommen und trat fröhlich ein, um Andrews Wahl zu begutachten. Sie hatte eine höchst anziehende Art, glücklichen Zufall zu spielen, und wirkte nie aufdringlich. Heute war sie, in schwarzem Mantel und schwarzem Rock und einem braunen Pelzkragen, besonders reizvoll. Sie blieb nicht lange, aber sie gab Anregungen, machte Vorschläge zur Ausschmückung des Raumes, über die Stores an den Fenstern, den Vorhang hinter dem Schreibtisch, und alles war viel geschmackvoller als die unbeholfenen Ideen Freddies und Andrews.

Als sie gegangen war, schien das Zimmer plötzlich leer. Freddie war begeistert: »Du hast aber Glück! Das ist ein nettes Geschöpf!« Er grinste neidisch. »Was sagte Gladstone im Jahre 1890 über die sicherste Art Karriere zu machen?«

»Ich weiß nicht, worauf du anspielst.«

Als das Ordinationszimmer eingerichtet war, mußte Andrew der Meinung Freddies und Mrs. Lawrences zustimmen, die gekommen waren, den fertigen Raum zu besichtigen, und erklärten, daß er genau den richtigen Ton treffe – modern, aber doch solid und ernst. Eine Ordination in dieser Umgebung rechtfertigte vollauf ein Honorar von drei Guineen.

Er hatte anfangs nicht viele Patienten, doch dadurch, daß er jedem Arzt, der ihm Fälle ins Lungenspital schickte, höflich schrieb – natürlich Briefe, die nur auf die Spitalfälle und deren Symptome Bezug nahmen –, spann er bald ein Netz über ganz London, und allmählich kamen immer mehr Privatpatienten zu ihm. Er hatte viel zu tun in diesen Tagen und jagte in seiner neuen Vitesse-Limousine zwischen der Chesborough Terrace und dem Victoria, zwischen dem Victoria und der Welbeck Street hin und her und außerdem noch zu vielen Patienten und zum Ambulatorium, das immer voll war und ihn oft bis zehn Uhr abends in Anspruch nahm.

Das Rauschgift des Erfolges stählte ihn für alle Anstrengungen und pulste durch seine Adern wie ein köstliches Elixier. Er fand sogar noch Zeit, zu Rogers zu eilen und weitere drei Anzüge zu bestellen, ferner zu einem Hemdenmacher in der Jermyn Street, den ihm Hamson empfohlen hatte. Seine Beliebtheit im Spital wuchs. Freilich konnte er sich seinen Patienten in der ambulatorischen Abteilung nicht mehr so eingehend widmen, aber er sagte sich, daß er durch größere Berufserfahrung wettmache, was er an Zeit einsparen müsse. Selbst seinen Freunden begegnete er mit schroffer Eile und einem ewigen Lächeln, das zu sagen schien: »Ich muß schon wieder gehen, alter Knabe, ich lauf' mir noch die Beine ab.«

An einem Freitagnachmittag, fünf Wochen nach seinem Einzug in die Welbeck Street, kam eine ältliche Frau mit Halsbeschwerden. Sie hatte nur eine einfache Laryngitis, aber sie war eine klagesüchtige kleine Person und schien einen zweiten Arzt zu Rate ziehen zu wollen. Andrew fühlte sich ein wenig in seinem Stolz verletzt und dachte nach, wem er sie schicken könnte. Der Gedanke, die Zeit eines Mannes wie Sir Robert Abbey für so eine Kleinigkeit in Anspruch zu nehmen, war lächerlich. Plötzlich erhellte sich sein Gesicht, denn es fiel ihm Hamson ein, der hier gleich um die Ecke war. Freddie hatte sich in letzter Zeit außerordentlich nett benommen. Warum sollte nicht er statt irgendeines undankbaren Fremden die drei Guineen erhalten? Und so sandte Andrew die Patientin mit ein paar Zeilen zu Freddie.

Dreiviertel Stunden später kam sie wieder, in ganz anderer Stimmung, beruhigt und schuldbewußt, zufrieden mit sich, mit Freddie und vor allem mit Andrew.

»Verzeihen Sie, daß ich zurückkomme, Doktor. Ich wollte Ihnen für Ihre Mühe danken, die Sie sich meinetwegen gemacht haben. Ich war bei Dr. Hamson, und er hat Wort für Wort Ihre Ansicht bestätigt. Und – und er sagte, es lasse sich nichts Besseres verschreiben als das, was Sie mir gegeben haben.«

Im Juni wurden Sybil Thorntons Mandeln entfernt. Sie waren ja etwas zu groß, und erst in letzter Zeit hatte das ›Journal‹ einen Artikel gebracht, in dem die Vermutung ausgesprochen wurde, daß durch die eitrigen Absonderungen kranker Mandeln Rheumatismus hervorgerufen werden könnte. Ivory führte die Operation mit ermüdender Sorgfalt durch.

»Im lymphatischen Gewebe arbeite ich gern langsam«, sagte er zu Andrew, als sie sich die Hände wuschen. »Sie haben gewiß schon Leute gesehen, die sie im Handumdrehen herausschneiden. *Ich* arbeite anders.«

Als Andrew den Scheck von Ivory erhielt – wieder durch die Post –, war Freddie bei ihm. Sie besuchten einander oft in ihren Ordinationen. Hamson hatte den Ball unverzüglich zurückgeworfen, indem er Andrew als Dank für jene Laryngitis eine hübsche Gastritis sandte. Inzwischen hatten schon mehrere Patienten mit Briefchen in der Tasche den Weg zwischen der Welbeck und der Queen Anne Street zurückgelegt.

»Weißt du, Manson«, erklärte Freddie jetzt, »ich freue mich furchtbar, daß du deine frühere Neidhammelei und Scheinheiligkeit aufgegeben hast. Aber weißt du« – er schielte über Andrews Schulter zu dem Scheck hin –, »du preßt noch immer nicht den ganzen Saft aus der Zitrone. Tu dich mit mir zusammen, mein Junge, dann wirst du das Obst saftiger finden.« Andrew mußte lachen.

An diesem Abend war er beim Nachhausefahren in ungewöhnlich leichtsinniger Stimmung. Da er keine Zigaretten mehr hatte, hielt er vor einem Tabakladen in der Oxford Street an. Als er durch die Tür trat, bemerkte er eine Frau, die vor einem Schaufenster in der Nähe auf und ab ging. Es war Blodwen Page. Er erkannte sie sofort, aber sie hatte sich traurig verändert und war nicht mehr die sprühende Herrin von Bryngover. Ihre Gestalt war nicht mehr hochgereckt, sondern schlaff und gebückt, und die Augen, die sie ihm zuwandte, als er sie ansprach, sahen apathisch und ausdruckslos drein.

»Oh, Miß Page!« Er trat auf sie zu. »Vermutlich muß ich jetzt Mrs. Rees sagen. Sie erinnern sich meiner doch? Dr. Manson.« Sie musterte ihn, seine gute Kleidung, sein wohlhabendes Äußeres. Sie seufzte:

»Ich erinnere mich Ihrer, Doktor. Hoffentlich geht es Ihnen gut.« Dann wandte sie sich um, als hätte sie Angst, länger zu verweilen, und ging ein paar Schritte weiter, wo auf dem Trottoir ein langer, kahlköpfiger Mann ungeduldig wartete. Sie sagte furchtsam: »Ich muß jetzt gehen, Doktor, mein Mann wartet.« Andrew sah, wie sie davoneilte, und sah, wie sich Aneurins dünne Lippen zu dem Tadel formten: »Was fällt dir denn eigentlich ein – mich warten zu lassen!«, während sie demütig den Kopf neigte. Einen Augenblick fühlte Andrew den kalten Blick des Bankdirektors starr auf sich ruhen. Dann schritt das Paar davon und verschwand in der Menge.

Andrew konnte dieses Bild nicht aus dem Sinn bekommen. Als er die Chesborough Terrace erreichte und ins Vorderzimmer trat, saß Christine dort und strickte, und sein Tee – nach dem sie geklingelt hatte, sobald sie seinen Wagen anfahren hörte – stand schon auf einem Tablett bereit. Rasch und prüfend sah er sie an. Er hätte ihr gerne von dem Zwischenfall erzählt und sehnte sich plötzlich danach, dieser Spannung zwischen ihnen ein Ende zu machen. Doch nachdem er eine Schale Tee entgegengenommen hatte und noch ehe er sprechen konnte, sagte sie ruhig:

»Am Nachmittag hat dich Mrs. Lawrence wieder angerufen. Es ist nichts zu bestellen.«

»Oh!« Er errötete. »Was meinst du mit ›wieder‹?«

»Das ist das viertemal in dieser Woche.«

»Nun, und –«

»Nichts, ich sage ja nichts.«

»Nein, aber wie du dreinschaust! Kann *ich* ihr denn verbieten, mich anzurufen?«

Sie schwieg, ihr Blick war gesenkt und auf ihre Strickarbeit gerichtet. Hätte er den Aufruhr unter diesem ruhigen Äußeren geahnt, er hätte die Selbstbeherrschung nicht verloren.

»Wenn man dich ansieht, glaubt man ja rein, ich sei ein Bigamist. Sie ist eine ganz reizende Frau. Und ihr Mann einer meiner besten Freunde. Ganz entzückende Leute. Die gehen nicht umher und machen ein Gesicht wie sieben Tage Regenwetter. Ach, Teufel!«

Er schüttete rasch den Tee hinunter und stand auf. Doch sobald er das Zimmer verlassen hatte, reute es ihn. Er eilte ins Ambulatorium, zündete sich eine Zigarette an und dachte betrübt, daß es zwischen Christine und ihm immer schlimmer werde. Und er wollte das nicht. Diese wachsende Entfremdung bedrückte und reizte ihn. Sie war die einzige dunkle Wolke am hellen Himmel seines Erfolges.

Christine und er waren in ihrer Ehe ungemein glücklich gewesen. Die unerwartete Begegnung mit Miß Page hatte einen Ansturm zärtlicher Erinnerungen an seine Verliebtheit in Drineffy zur Folge gehabt. Er vergötterte Christine nicht mehr so wie einst, aber – ach, verdammt noch einmal, er *liebte* sie. Vielleicht hatte er sie in letzter Zeit das eine oder andere Mal gekränkt. Und während er nun so dastand, bekam er plötzlich ein Verlangen, sich mit ihr zu versöhnen, ihr Freude zu machen, sie umzustimmen. Er dachte angestrengt nach; plötzlich leuchtete sein Auge auf. Er sah auf die Uhr und bemerkte, daß er gerade noch eine halbe Stunde Zeit hatte, ehe Laurier schloß. Im nächsten Augenblick saß er im Wagen und fuhr zu Miß Cramb.

Als er ihr sagte, was er haben wolle, war Miß Cramb unverzüglich und mit Feuereifer dienstbereit. Sie begannen ein ernsthaftes Gespräch und gingen dann in die Pelzabteilung, wo dem Herrn Doktor verschiedene ›Felle‹ vorgeführt wurden. Miß Cramb streichelte sie mit sachkundigen Fingern und hob den Glanz und die sonstigen Vorzüge jeder Pelzart hervor. Einmal oder zweimal widersprach sie Andrew sanft und belehrte ihn ernst, was wirkliche Qualität sei und was nicht. Am Ende traf er eine Wahl, die Miß Crambs Billigung fand. Dann segelte sie davon, Mr. Winch zu suchen, und kam freudig erregt sogleich zurück mit der Bemerkung:

»Mr. Winch sagt, Sie können die Felle zum Selbstkostenpreis haben.« Ein Wort wie ›Rabatt‹ hatte noch nie die Lippen eines Angestellten bei Laurier besudelt. »Das macht also fünfundzwanzig Pfund, und Sie dürfen mir glauben, Doktor, daß dies preiswert ist. Es sind herrliche Felle, herrliche Felle! Ihre Frau Gemahlin wird stolz sein.«

Am nächsten Samstag um elf Uhr nahm Andrew die dunkelolivgrüne Schachtel mit der unnachahmlich künstlerisch daraufgekritzelten Geschäftsmarke und trat ins Wohnzimmer.

»Christine«, rief er, »komm einen Augenblick!«

Sie war oben und half Mrs. Bennett die Betten machen, aber sie kam sogleich, ein wenig außer Atem und etwas erstaunt über sein Rufen.

»Schau her, meine Liebe!« Nun, da der große Augenblick kam, war er so verlegen, daß er kaum Worte fand. »Ich hab' dir das gekauft. Ich weiß – ich weiß, daß wir uns in letzter Zeit nicht so gut vertragen haben. Aber dies soll dir zeigen –« Er verstummte und reichte ihr wie ein Schuljunge die Schachtel. Christine war sehr blaß, als sie den Deckel abnahm. Ihre Hände zitterten beim Lösen der Verschnürung. Dann stieß sie, überwältigt, einen kurzen Schrei aus.

»Was für ein herrlicher, herrlicher Pelz!«

Da lag in dem Seidenpapier eine Doppelstola aus Silberfuchs, zwei herrliche Felle, die zu einem Pelz verarbeitet worden waren. Rasch nahm Andrew sie heraus, glättete sie genauso, wie es Miß Cramb gemacht hatte, und sagte aufgeregt:

»Gefällt es dir, Christine? Probier es doch! Der gute alte Mittelstürmer hat mir bei der Auswahl geholfen. Es ist erste Qualität. Etwas Besseres gibt es nicht. Und preiswert. Siehst du den Glanz und die Zeichnung auf dem Rücken – darauf kommt's nämlich an!«

Tränen liefen ihr über die Wangen. Geradezu ungestüm wandte sie sich ihm zu.

»Hast du mich lieb? Hast du mich wirklich lieb? Das ist alles auf der Welt, was ich brauche.«

Endlich beruhigte sie sich und probierte den Pelz. Der war herrlich. Er konnte sie nicht genug bewundern. Es drängte ihn, der Versöhnung die Krone aufzusetzen. Er lächelte.

»Schau, Chris, eigentlich könnten wir eine kleine Feier veranstalten. Gehen wir doch heute zum Lunch. Ich erwarte dich um ein Uhr im Plaza Grill.«

»Ja, Liebster«, erwiderte sie zögernd. »Nur – ich habe heute Schäferpastete gemacht, die du doch so gern ißt.«

»Nein, nein.« Sein Lachen klang froher als je in den letzten Monaten. »Sei nicht so eine alte Stubenhockerin! Um ein Uhr. Rendezvous mit dem hübschen dunklen Herrn im Plaza. Du brauchst keine rote Nelke anzustecken. Er erkennt dich schon an der Pelzstola.«

Den ganzen Vormittag fühlte er sich ungemein befriedigt. Was für ein Dummkopf war er doch gewesen, Christine so zu vernachlässigen! Jede Frau liebt Aufmerksamkeiten, läßt sich gerne ausführen, will Zerstreuung haben. Das Plaza Grill war gerade das richtige Lokal – zwischen eins und drei konnte man ganz London dort sehen oder wenigstens das London, das zählte.

Christine erschien mit Verspätung, was bei ihr selten vorkam. Er war ein wenig beunruhigt, während er in der schmalen Vorhalle saß und die Glaswand betrachtete, hinter der die besseren Tische allmählich besetzt wurden. Er bestellte sich einen zweiten Martini. Zwanzig Minuten nach eins kam sie herbeigeeilt, erregt durch den Lärm, durch die Leute, durch die ganze Aufmachung und durch die Tatsache, daß sie eine halbe Stunde in der falschen Halle gestanden hatte.

»Verzeih, Liebster!« keuchte sie. »Ich habe gefragt. Und habe gewartet und gewartet. Und dann kam ich darauf, daß es die Halle des Restaurants war.«

Sie erhielten einen schlechten Tisch, dicht an einem Pfeiler in der Nähe des Büfetts. Das Lokal war grotesk überfüllt, die Tische so eng aneinandergeschoben, daß man den Eindruck hatte, als säße jeder auf den Knien des Nachbarn. Die Kellner zwängten sich durch wie Schlangenmenschen. Die Hitze war tropisch. Der Lärm stieg und fiel wie das Beifallsgeschrei bei einer Schülerfeier.

»Nun, Chris, was möchtest du denn?« fragte Andrew.

»Bestell du, Liebster!« antwortete sie matt.

Er bestellte ein üppiges, kostspieliges Essen: Kaviar, soupe prince de Galles, poulet riche, Spargel, fraises de bois in Sirup. Dazu eine Flasche Liebfrauenmilch 1929.

»Davon hatten wir keine Ahnung in Drineffy.« Er lachte, denn er wollte auf jeden Fall fröhlich sein. »Es geht doch nichts über das gute Leben, altes Mädel.«

Großmütig versuchte sie, sich seiner Stimmung anzupassen. Sie lobte den Kaviar und bemühte sich heldenhaft um die üppige Suppe. Sie tat interessiert, als er ihr Glen Roscoe zeigte, den Kinostar, Mavis Yorke, eine Amerikanerin, berühmt wegen ihrer Ehen, und andere, ebenso hervorragende Weltbürger. Die elegante Vulgarität des Lokals widerte sie an. Die Männer waren geschniegelt, glatt und ölig. Jede Frau blond, schwarz gekleidet, smart hergerichtet und unbeherrscht.

Jählings fühlte Christine leichten Schwindel. Sie verlor allmählich die Fassung. Gewöhnlich bewahrte sie die ihr angeborene Schlichtheit, aber in letzter Zeit war die Anspannung ihrer Nerven allzu groß gewesen. Sie wurde sich des Mißklangs zwischen ihrem neuen Pelz und ihrem billigen Kleid bewußt. Sie fühlte die stechenden Blicke anderer Frauen. Sie wußte, daß sie hier fehl am Ort war wie ein Gänseblümchen in einem Orchideenhaus.

»Was hast du denn?« fragte er plötzlich. »Gefällt es dir denn nicht hier?«

»Aber natürlich«, erwiderte sie mit einem matten Versuch, zu lächeln. Doch ihre Lippen waren jetzt steif. Sie konnte das üppig mit Sahne zubereitete Huhn auf ihrem Teller kaum schlucken, geschweige denn schmecken.

»Du hörst mir doch gar nicht zu«, murmelte er ärgerlich. »Du hast deinen Wein noch gar nicht berührt. Hol's der Teufel, wenn man seine Frau einmal ausführt –«

»Kann ich Wasser haben?« fragte sie leise. Sie hätte am liebsten aufgekreischt. Sie paßte nicht in ein solches Lokal. Ihr Haar war nicht gebleicht, ihr Gesicht nicht hergerichtet. Kein Wunder, daß jetzt sogar die Kellner sie beobachteten. Nervös hob sie eine Spargelstange auf. Dabei brach der Kopf ab und fiel, von Sauce triefend, auf den neuen Pelz.

Die Metallblonde am nächsten Tisch wandte sich mit einem belustigten Lächeln zu ihrem Gefährten. Andrew sah dieses Lächeln. Er gab jeden Versuch einer Unterhaltung auf. Das Mahl endete in düsterem Schweigen.

Und düster fuhren sie nach Hause. Dann ging er hastig weg, seine Visiten zu erledigen. Sie waren weiter voneinander entfernt als zuvor. Christines Seelenschmerz wurde unerträglich. Sie verlor den Glauben an sich selbst. Sie fragte sich, ob sie denn die richtige Frau für Andrew sei. Am Abend legte sie ihm die Arme um den Hals und küßte ihn und dankte ihm wieder für den Pelz und für das Ausgehen.

»Freut mich, daß es dir Spaß gemacht hat«, sagte er gleichgültig. Und dann ging er auf sein Zimmer.

12

Um diese Zeit trat ein Ereignis ein, das wenigstens für eine Weile Andrews Aufmerksamkeit von den häuslichen Schwierigkeiten ablenkte. Er las in der ›Tribune‹ eine Notiz, daß Mr. Richard Stillman, der bekannte Lungenspezialist aus Portland, U. S. A., mit der ›Imperial‹ angekommen und im Brooks Hotel abgestiegen war.

In früheren Tagen wäre er, die Zeitung in der Hand, erregt zu Christine gelaufen. »Schau hier, Chris! Richard Stillman ist gekommen. Du erinnerst dich doch – ich korrespondiere schon seit Monaten mit ihm. Ich möchte wissen, ob er mich empfängt – ich würde ihn furchtbar gern kennenlernen.«

Doch jetzt hatte er die Gewohnheit, mit allem zu Christine zu laufen, schon lange aufgegeben. Statt dessen grübelte er vor der Zeitung und freute sich darüber, daß er Stillman nicht als Hilfsarzt, sondern als praktischer Arzt in der Welbeck Street entgegentreten konnte. Gleichmütig tippte er einen Brief, in dem er sich dem Amerikaner in Erinnerung brachte und ihn für Mittwoch zum Lunch ins Plaza Grill einlud.

Am nächsten Morgen rief Stillman an. Seine Stimme klang ruhig, freundlich und selbstsicher.

»Ich freue mich, mit Ihnen sprechen zu können, Dr. Manson. Ich komme mit größtem Vergnügen zum Lunch. Aber bitte, nicht ins Plaza. Das Lokal ist mir verhaßt. Besuchen Sie mich doch und lunchen wir hier zusammen!«

Andrew fand Stillman im Salon seines Apartments im Brooks, einem ruhigen, vornehmen Hotel, das vorteilhaft von dem lärmerfüllten Plaza abstach. Es war ein heißer Tag, Andrew hatte am Morgen sehr viel zu tun gehabt, und als er seinen Gastgeber zu Gesicht bekam, wäre ihm am liebsten gewesen, er wäre gar nicht gekommen. Der Amerikaner war ungefähr fünfzig Jahre alt, klein und schlank, mit unverhältnismäßig großem Kopf und vorstehendem Unterkiefer. Die Haut war knabenhaft rosig und weiß, das helle Haar schütter und in der Mitte gescheitelt. Erst als Andrew die Augen sah, blasse, feste, eisblaue Augen, erkannte er blitzartig die treibende Kraft in dieser unbedeutenden Gestalt.

»Hoffentlich macht es Ihnen nichts, daß sie hierher gekommen sind«, sagte Richard Stillman mit der ruhigen Sicherheit eines Menschen, zu dem viele nur zu gerne kommen. »Ich weiß, wir Amerikaner stehen im Verdacht, das Plaza zu lieben.« Er lächelte und zeigte sich jetzt menschlich. »Aber dort verkehrt ein lausiges Pack.« Er schwieg eine Weile. »Und jetzt, da ich Sie persönlich kenne, möchte ich Ihnen zu Ihrer blendenden Arbeit über die Staubeinatmung gratulieren. Sie waren mir doch nicht böse, daß ich Sie auf das Serecit aufmerksam gemacht habe? Woran haben Sie in letzter Zeit gearbeitet?«

Sie gingen ins Restaurant hinab, wo der Chef der vielen Kellner sich um Stillman bemühte.

»Was trinken Sie? Ich möchte Orangensaft«, sagte Stillman, ohne die lange französische Speisekarte eines Blickes zu würdigen. »Und Hammelkoteletten mit Erbsen. Und dann Kaffee.« Auch Andrew bestellte und wandte sich mit steigender Hochachtung zu seinem Gefährten. Es war unmöglich, längere Zeit in Stillmans Gesellschaft zu sein, ohne die zwingende Kraft dieser Persönlichkeit anzuerkennen. Schon seine Lebensgeschichte, die Andrew in großen Zügen kannte, war einzigartig.

Richard Stillman entstammte einer alten Juristenfamilie in Massachusetts, die seit Generationen in Boston ansässig war. Doch trotz dieser Tradition fühlte der junge Stillman den unbezwinglichen Wunsch, Arzt zu werden, und im Alter von achtzehn Jahren gelang es ihm endlich, seinen Vater zu überreden und die Harvard-Universität zu beziehen. Zwei Jahre besuchte er diese Universität, da starb sein Vater plötzlich und ließ Richard, seine Mutter und seine einzige Schwester wider jedes Erwarten in Armut zurück.

Nun mußte für den Unterhalt der Familie gesorgt werden, und der alte John Stillman, Richards Großvater, bestand darauf, daß der Enkel die medizinische Laufbahn aufgebe und der Familientradition getreu sich dem Anwaltsberuf zuwende. Jeder Widerstand erwies sich als nutzlos – denn der alte Mann ließ sich nicht erweichen, und Richard mußte nach drei lästigen Jahren statt des ersehnten ärztlichen Diploms ein juridisches erwerben. Dann trat er im Jahre 1906 in die Kanzlei der Familie in Boston ein und widmete sich vier Jahre dem Advokatenberuf.

Er war jedoch nur mit halbem Herzen dabei. Die Bakteriologie hatte ihn von seinen ersten Studentenjahren an begeistert, und auf dem Dachboden des Hauses in Beacon Hill richtete er sich ein Laboratorium ein, nahm einen Kanzleischreiber als Gehilfen und widmete seiner Leidenschaft jeden freien Augenblick. Dieser Dachboden war tatsächlich die Urzelle des Stillman-Instituts. Richard arbeitete nicht als Amateur. Im Gegenteil, er zeigte nicht nur die höchste technische Fertigkeit, sondern eine ans Geniale streifende Originalität. Und als im Winter des Jahres 1908 seine Schwester Mary, die er sehr liebte, an Lungenschwindsucht starb, begann er, alle seine Kräfte auf den Kampf gegen den Tuberkelbazillus zu konzentrieren. Er nahm die frühen Arbeiten von Pierre Louis und dessen amerikanischem Schüler James Jackson jr. auf. Seine Forschungern über Laennecs der Auskultation gewidmetes Lebenswerk führten ihn zum physiologischen Studium der Lungen. Er erfand ein neuartiges Stethoskop. Mit den ihm zur Verfügung stehenden beschränkten Mitteln machte er die ersten Versuche zur Herstellung eines Serums.

Als der alte John Stillman im Jahre 1910 starb, war es Richard endlich gelungen, die Tuberkulose bei Meerschweinchen zu heilen. Die Folge dieser beiden Ereignisse zeigte sich unverzüglich. Stillmans Mutter hatte immer schon mit seiner wissenschaftlichen Arbeit sympathisiert, und er erlangte ohne besondere Mühe ihr Einverständnis, daß er die Kanzlei in Boston aufgab und mit seinem Erbteil eine Farm in der Nähe von Portland in Oregon erwarb, wo er sich sogleich in seine Lebensarbeit stürzte.

Er hatte schon so viele kostbare Jahre vergeudet, daß er gar nicht mehr den Versuch machte, einen wissenschaftlichen Grad zu erwerben. Er wollte Ergebnisse sehen, ein Ziel erreichen. Bald erzeugte er ein Pferdeserum, darauf eine Vakzine, indem er eine Herde von Jerseyer Rindern immunisierte. Gleichzeitig wandte er die fundamentalen Beobachtungen Helmholtz' und Willard Gibbs' von der Yale-Universität und der späteren Physiker, wie Bisaillon und Zinks, an und behandelte die beschädigten Lungen durch Ruhigstellung. Von nun an befaßte er sich nur noch mit der Lungentherapie.

Seine Heiltätigkeit im neuen Institut brachte ihm bald Ruhm und größere Triumphe als seine Errungenschaften im Laboratorium. Viele der Patienten waren ambulante Schwindsüchtige, die von einem Sanatorium zum andern wanderten und anerkanntermaßen als unheilbar galten. Der Erfolg, den er mit seiner Methode in diesen Fällen erzielte, trug ihm alsbald Schmähungen, Anklagen und die entschiedene Gegnerschaft der Berufsärzte ein.

Jetzt begann für Stillman ein anderer und längerer Kampf, der Kampf um die Anerkennung seiner Arbeit. Den letzten Dollar, den er besaß, hatte er an die Errichtung seines Instituts gewendet, und die Betriebskosten waren hoch. Er haßte jegliche Reklame und widerstand allen Verlockungen, seine Arbeit zu kommerzialisieren. Oft hatte es den Anschein, als müßten ihn die materiellen Schwierigkeiten im Verein mit der bitteren Gegnerschaft seiner Feinde in die Knie zwingen. Aber Stillman überstand mit großartigem Mut jede Krise, sogar eine das ganze Land erfassende, gegen ihn gerichtete Zeitungskampagne.

Diese Zeit der böswilligen Entstellungen ging vorüber, und der Sturm der Gegnerschaft legte sich. Allmählich zwang Stillman seine Feinde zu widerwilliger Anerkennung. Im Jahre 1925 besichtigte eine Kommission aus Washington das Institut und berichtete enthusiastisch über die dort geleistete Arbeit. Stillman, jetzt anerkannt, erhielt große Zuwendungen von Privatpersonen, Verwaltungsräten von Firmen, ja sogar von öffentlichen Körperschaften. Diese Fonds benutzte er zum Ausbau und zur Vervollkommnung seiner Anstalt, die mit ihrer hervorragenden Ausrüstung und Lage, mit ihren Jerseyer Viehherden und den irischen Pferden für die Serumgewinnung eine Sehenswürdigkeit des Staates Oregon wurde.

Obwohl Stillman noch immer einige Feinde hatte – so entfesselten zum Beispiel im Jahre 1929 die Anschuldigungen eines entlassenen Laboratoriumsgehilfen einen neuerlichen Skandal –, erfreute er sich doch endlich der Sicherheit, sein Lebenswerk fortsetzen zu können. Nicht geblendet durch den Erfolg, blieb er die gleiche ruhige, beherrschte Persönlichkeit wie der Stillman, der vor nahezu fünfundzwanzig Jahren auf dem Dachboden des Hauses auf dem Beacon Hill seine ersten Bakterienkulturen gezüchtet hatte.

Und jetzt saß er im Speisesaal des Brooks Hotel und musterte Andrew mit ruhiger Freundlichkeit.

»Es ist so angenehm«, sagte er, »wieder in England zu sein. Ich liebe eure Landschaft. Bei uns ist es im Sommer nicht so kühl.«

»Sie sind wohl auf einer Vortragstour hier?« fragte Andrew. Stillman lächelte.

»Nein, ich halte keine Vorträge mehr. Ist es eitel, wenn ich sage, daß ich meine Ergebnisse für mich sprechen lasse? Eigentlich bin ich ganz privat hier. Die Sache ist so, daß Mr. Cranston – ich meine Herbert Cranston, der die wunderbaren kleinen Automobile herstellt – mich vor ungefähr einem Jahr in Amerika besucht hat. Sein ganzes Leben lang litt er fürchterlich an Asthma, und mir – nun, dem Institut gelang es, ihn in Ordnung zu bringen. Seither läßt er mir keine Ruhe und will, daß ich herüberkomme und hier eine kleine Klinik eröffne, nach dem Muster der Portlander Anstalt. Vor sechs Monaten erklärte ich mich dazu bereit. Wir entwarfen die Pläne, und jetzt ist das Haus – wir nennen es Bellevue – nahezu fertig. Es liegt in der Chilterns bei High Wycombe. Ich will es in Betrieb setzen und es dann Marland, einem meiner Assistenten, übergeben. Eigentlich betrachte ich es nur als Experiment, aber mit meinen Methoden, besonders im Hinblick auf das Klima und die Rasse, als vielversprechendes Experiment. Die finanzielle Seite ist unwichtig.«

Andrew beugte sich vor.

»Das ist aber interessant. Worauf wollen Sie sich hauptsächlich spezialisieren? Ich würde das Haus sehr gerne sehen.«

»Wenn wir fertig sind, müssen Sie hinkommen. Wir wollen dort unser radikales Asthma-Regime durchführen. Das ist Cranstons besonderer Wunsch. Und dann habe ich mich für einige wenige frühe tuberkulöse Fälle spezialisiert. Ich sage einige wenige, weil« – er lächelte – »wohlgemerkt, ich vergesse nie, daß ich nur ein Biophysiker bin, der einiges von den Atmungsorganen versteht – aber in Amerika wissen wir oft vor Andrang nicht aus und ein. Was wollte ich eigentlich sagen? Ach ja. Diese frühen Tuberkulosefälle. Das wird Sie interessieren. Ich habe eine neue Methode der Pneumothoraxanlegung. Die ist wirklich ein Fortschritt.«

»Meinen Sie die Emile-Weil?«

»Nein, nein, etwas viel Besseres. Ohne die Nachteile der negativen Fluktuation.« Stillmans Gesicht leuchtete auf. »Sie verstehen ja die Schwierigkeiten mit dem fixierten Flaschenapparat – jener Punkt, an dem der intrapleurale Druck dem Flüssigkeitsdruck gleich ist und die Gasströmung ganz aufhört. Nun haben wir im Institut eine Nebendruckkammer eingeführt – ich werde Ihnen die draußen zeigen –, und dadurch können wir gleich zu Beginn Gas unter ausgesprochen negativem Druck einführen.«

»Aber was ist mit der Gasembolie?« fragte Andrew rasch.

»Diese Gefahr haben wir gänzlich ausgeschaltet. Schauen Sie her – es ist ganz einfach. Indem wir einen kleinen Bromoform-Manometer neben der Nadel anbringen, vermeiden wir die Verdünnung. Eine Fluktuation von minus vierzehn Zentimetern liefert nur einen Kubikzentimeter Gas an der Nadelspitze. Außerdem funktioniert unsere Nadel etwas besser als die Sangmannsche.«

Das machte auf Andrew fast wider seinen Willen und trotz seiner Anstellung im Victoria tiefen Eindruck.

»Nun ja«, sagte er, »wenn das so ist, wird die Gefahr des pleuralen Schocks fast auf Null reduziert. Wissen Sie, Mr. Stillman – ich muß sagen, es erscheint mir sonderbar, ja ganz erstaunlich, daß all das von Ihnen ausgegangen ist. Oh, verzeihen Sie, ich habe mich schlecht ausgedrückt, aber Sie wissen ja, was ich meine – so viele Ärzte schinden sich mit den alten Apparaturen weiter –«

»Mein lieber Doktor«, antwortete Stillman, »vergessen Sie nicht, daß Carson, der erste, der die Anwendung des Pneumothorax gefordert hat, nur ein physiologischer Schriftsteller war.« Hernach ergingen sie sich in technischen Einzelheiten. Sie sprachen über Apikolyse und Phrenikotomie. Sie debattierten über Bauers vier Punkte, gingen dann zum Oleothorax und zu Bernons Arbeiten in Frankreich, zu den intrapleuralen Masseninjektionen bei tuberkulösem Empyem über. Sie hörten erst auf, als Stillman auf die Uhr sah und mit einem Ausruf feststellte, daß er sich schon eine halbe Stunde zu einer Verabredung mit Churston verspätet habe.

Andrew verließ das Brooks Hotel in erregter und gehobener Stimmung. Doch unmittelbar darauf hatte er einen sonderbaren Rückschlag, ein Gefühl der Verwirrung, der Unzufriedenheit mit der eigenen Arbeit. »Ich habe mich von dem Kerl einnebeln lassen«, sagte er sich verärgert.

Er war nicht allzu freundlich gestimmt, als er in die Chesborough Terrace kam, doch als er vor seinem Haus den Wagen zum Stehen brachte, setzte er eine gleichmütige Miene auf. Seine Beziehungen zu Christine erforderten jetzt eine solche Miene, denn sie zeigte ihm immer ein so fügsames und ausdrucksloses Gesicht, daß er bei aller innerlichen Wut das Gefühl hatte, Gleiches mit Gleichem vergelten zu müssen.

Es schien ihm, als hätte sie sich in sich selbst zurückgezogen, wäre sie in ein inneres Leben geflohen, in das er ihr nicht folgen konnte. Sie las viel und schrieb Briefe. Einmal oder zweimal fand er sie, wenn er kam, beim Spiel mit Florrie. Sie spielten kindische Spiele mit farbigen Steinkugeln, die sie im Kramladen kauften. Christine begann auch, unauffällig, aber regelmäßig zur Kirche zu gehen. Und dies erbitterte ihn am meisten. In Drineffy hatte sie Mrs. Watkins jeden Sonntag zur Pfarrkirche begleitet, und er hatte darin keinen Grund zur Klage gefunden. Doch jetzt empfand er es – ihrem Gefühl und ihr selbst entfremdet – nur als eine weitere Kränkung, als eine Geste der Frömmelei, die sich gegen sein schuldiges Haupt richtete.

Als er an diesem Abend das Vorderzimmer betrat, saß sie allein am Tisch, die Ellbogen aufgestützt, mit der Brille, die sie in letzter Zeit benutzte, und hatte ein Buch vor sich. Sie sah klein aus und in die Lektüre vertieft wie eine Schülerin, die ihre Lektion lernt. Ein ärgerliches Gefühl gegen ihr Eigenleben erfaßte ihn. Er griff über ihre Schulter und nahm ihr das Buch weg, das sie zu spät verbergen wollte. Und da las er auf dem Titelblatt: »Das Evangelium nach St. Lucas.«

»Du lieber Gott!« Er war entsetzt und wütend. »So weit ist es mit dir gekommen? Du fängst an, Bibelforscherin zu werden?«

»Warum soll ich nicht das Evangelium lesen? Ich habe es gelesen, bevor wir einander kennenlernten.«

»Ach so, hast du das?«

»Ja.« Ein sonderbarer Ausdruck des Schmerzes lag in ihren Augen. »Vielleicht hätten deine Freunde im Plaza nichts dafür übrig. Aber es ist zumindest literarisch wertvoll.«

»So? Nun, laß dir sagen, falls du es nicht wissen solltest: du entwickelst dich zu einer ausgewachsenen Neurotikerin!«

»Sehr leicht möglich. Auch das ist ganz meine Schuld. Aber laß du dir sagen: ich bin lieber eine ausgewachsene Neurotikerin und geistig am Leben, als ein ausgewachsener Erfolgsmensch und geistig tot!« Sie brach plötzlich ab und biß sich auf die Lippen, um ihre Tränen zurückzuhalten. Mit großer Anstrengung gewann sie die Selbstbeherrschung wieder. Fest sah sie ihn an, mit gequältem Blick, und sagte leise und mühsam:

»Andrew, glaubst du nicht, daß es für uns beide gut wäre, wenn ich eine Zeitlang fortführe? Mrs. Vaughan lädt mich ein, doch zwei oder drei Wochen bei ihr zu verbringen. Sie haben in Newquay für den Sommer ein Haus gemietet. Meinst du nicht, daß ich hinfahren soll?«

»Ja, fahr hin. Hol' alles der Teufel! Fahr hin!« Er drehte sich um und ließ sie stehen.

13

Christines Abreise nach Newquay war für ihn eine Erleichterung, eine köstliche Befreiung. Für drei ganze Tage. Dann begann er nachzubrüten, machte sich Gedanken darüber, was sie wohl trieb und ob er ihr fehlte, und fragte sich eifersüchtig, wann sie wohl zurückkommen mochte. Obgleich er sich vorsagte, daß er jetzt ein freier Mann sei, hatte er doch das gleiche Gefühl der Leere, das ihn in Aberalaw von der Arbeit abgehalten hatte, als Christine, um ihm das Studium für seine Prüfung zu erleichtern, nach Bridlington gefahren war.

Ihr Bild tauchte vor ihm auf, nicht die frischen, jungen Züge jener einstigen Christine, sondern ein blasseres, reiferes Gesicht mit leicht eingefallenen Wangen und kurzsichtigen Augen hinter runden Brillengläsern. Es war kein schönes Gesicht, hatte aber etwas Beständiges, das ihn geradezu verfolgte.

Er ging viel aus und spielte mit Ivory, Freddie und Deedman im Klub Bridge. Trotz seiner Reaktion auf die erste Begegnung kam er oft mit Stillman zusammen, der seine Zeit zwischen dem Brooks Hotel und der fast schon fertigen Klinik in Wycombe teilte. Andrew schrieb Denny und bat ihn, nach London zu kommen, doch war es Philip unmöglich, so kurze Zeit nach Antritt seines Dienstes schon in die Stadt zu fahren. Hope war in Cambridge unerreichbar.

Krampfhaft versuchte er, sich auf seine klinischen Arbeiten im Spital zu konzentrieren. Vergebens. Er war zu ruhelos. Mit der gleichen Rastlosigkeit besprach er mit Wade, dem Bankdirektor, seine finanziellen Angelegenheiten. Alles war zufriedenstellend, alles ging gut. Er entwarf einen Plan, ein Haus in der Welbeck Street zu kaufen – eine große Investition, die sich aber lohnen mußte, während er das Haus in der Chesborough Terrace zu verkaufen und nur das Ambulatorium beizubehalten gedachte. Eine Baugesellschaft gewährte sicher den nötigen Kredit. Er lag in den heißen Nächten wach; in seinem Kopf brodelten die Pläne, die Gedanken an seine Praxis; er war mit Arbeit überlastet, seine Nerven zum Reißen gespannt; Christine fehlte ihm, und mechanisch griff seine Hand nach einer Zigarette.

Mittendrin rief er Frances Lawrence an.

»Ich bin jetzt ganz allein hier. Möchten Sie nicht abends einmal ausfahren? Es ist so heiß in London.«

Ihre Stimme klang gelassen und beruhigte ihn seltsam. »Das wäre furchtbar nett. Ich habe irgendwie gehofft, daß Sie mich anrufen werden. Kennen Sie Crossways? Bauten aus der Zeit der Elisabeth mit Scheinwerfern, wie ich leider zugeben muß. Aber der Fluß ist dort so schön.«

Am nächsten Abend fertigte er seine Ambulatoriumspatienten in dreiviertel Stunden ab. Lange vor acht war er schon bei Mrs. Lawrence in Knightsbridge und lenkte den Wagen in die Richtung nach Chertsey.

Sie fuhren gerade nach Westen, durch die flachen Marktgärtnereien, in eine große Flut von Sonnenuntergang. Frances saß neben ihm; sie sprach nur wenig, erfüllte aber den Wagen mit ihrer fremdartigen, zauberhaften Anwesenheit. Sie trug eine Jacke und einen Rock aus dünnem braunen Stoff und einen dunklen, eng an den kleinen Kopf anliegenden Hut. Ihre Anmut, ihre Vollkommenheit, ihre Vollendetheit berauschte ihn. Ihre entblößte Hand, der seinen nahe, weiß und schlank, drückte diese Eigenschaften einzigartig aus. Ein jeder der langen Finger trug an der Spitze ein köstliches scharlachrotes Oval. Welch erlesener Geschmack!

Crossways war, wie sie gesagt hatte, ein herrlicher Bau aus der elisabethianischen Zeit in einem prächtigen Garten an der Themse mit jahrhundertealten zugeschnittenen Hecken und schönen Seerosenteichen – das Ganze durch die Umwandlung vom Herrensitz zum Vergnügungslokal mit modernen Einrichtungen und eine infame Jazzband geschändet. Doch wenn auch ein aufgeputzter Lakai zum Wagen sprang, als sie in den Hof einfuhren, in dem schon viele kostspielige Autos parkten, schimmerten doch die uralten Ziegel hinter den Ranken des wilden Weins, und die zackigen Kamine ragten ruhig zum Himmel. Sie gingen ins Restaurant. Es war elegant und voll, Tische standen rund um ein Tanzparkett, und ein Oberkellner, der der Bruder des Großwesirs im Plaza hätte sein können, waltete seines Amtes. Andrew haßte und fürchtete Oberkellner. Aber wahrscheinlich deshalb, fand er jetzt, weil er ihnen noch nie an der Seite einer solchen Frau entgegengetreten war. Ein rascher Blick, und sie wurden ehrerbietig zum schönsten Tisch des Lokals geleitet, eine Schar von Sklaven umgab sie, von denen der eine Andrews Serviette entfaltete und ihm andächtig auf die Knie legte.

Frances wollte nur sehr wenig. Salat, Toast Melba, keinen Wein, nur Eiswasser. Der Oberkellner ließ sich dadurch nicht beirren, sondern schien in solcher Bescheidenheit nur eine Bestätigung für ihre Zugehörigkeit zu der hohen Kaste zu sehen. Andrew erkannte mit plötzlichem Unbehagen, daß man ihn, wäre er mit Christine in dieses Allerheiligste gedrungen und hätte er einen so schlichten Imbiß bestellt, mit Hohnworten auf die Straße gejagt hätte.

Er faßte sich wieder, als er bemerkte, daß Frances ihn anlächelte.

»Wissen Sie auch, daß wir einander jetzt schon recht lange kennen? Und heute haben Sie mich zum erstenmal aufgefordert, mit Ihnen auszugehen.«

»Tut es Ihnen leid?«

»Hoffentlich nicht so sehr, daß man es merkt.« Wieder entzückte ihn die bezaubernde Vertraulichkeit ihres leichten Lächelns, und er kam sich dadurch selbst witziger, weltmännischer, im Rang erhöht vor. Das war keine bloße Einbildung, kein alberner Snobismus. Ihre vornehme Erziehung wirkte sich gewissermaßen auf ihre Umgebung, auch auf ihn aus. Er bemerkte, daß Leute an den Nebentischen sie mit Interesse musterten, daß Männer bewundernde Blicke herüberwarfen, die sie übersah. Unwillkürlich dachte er, welchen Auftrieb eine ständige Verbindung mit ihr geben müßte. Sie sagte:

»Würde es Ihnen allzusehr schmeicheln, wenn ich Ihnen erzähle, daß ich eine Einladung ins Theater ausschlug, um mit Ihnen fahren zu können? Nicol Watson – Sie erinnern sich doch seiner – wollte mich ins Ballett führen – eins meiner Lieblingsstücke – jetzt werden Sie finden, ich hätte einen kindischen Geschmack – Massine in ›La Boutique Fantasque‹.«

»Ich erinnere mich an Watson und an seine Reise durch Paraguay. Ein kluger Bursche.«

»Er ist furchtbar nett.«

»Aber Sie dachten wohl, beim Ballett werde es zu heiß sein.«

Sie lächelte, antwortete jedoch nicht, sondern nahm eine Zigarette aus einer flachen Emaildose, deren Deckel mit einer Miniatur Bouchers in blassen Farben geschmückt war.

»Ja, ich habe schon gehört, daß Watson Ihnen nachläuft«, beharrte er mit plötzlicher Heftigkeit. »Was sagt denn Ihr Mann dazu?«

Wieder sprach sie nicht sogleich, sondern zog nur die eine Augenbraue hoch, als wollte sie ihm sanfte Vorwürfe wegen dieses Mangels an Zartgefühl machen. Im nächsten Augenblick entgegnete sie:

»Aber Sie verstehen das doch. Jackie und ich sind die besten Freunde. Nur hat jedes von uns seine *eigenen* Freunde. Er ist augenblicklich in Juan. Aber ich frage nicht, warum.« Dann leichthin: »Wollen wir tanzen – ein einziges Mal?«

Sie tanzten, sie bewegte sich mit derselben außerordentlich berückenden Anmut; leicht und unpersönlich lag sie in seinen Armen.

»Ich verstehe gar nichts davon«, sagte er, als sie zurückkamen. Er sprach jetzt schon so wie sie – vergangen, lange vergangen waren die Tage, da er geknurrt hätte: »Hol's der Teufel, Chris, ich bin kein Hopser.«

Frances antwortete nicht. Auch das empfand er als ungemein charakteristisch für sie. Jede andere Frau hätte geschmeichelt, hätte ihm widersprochen, hätte ihn in Verlegenheit gebracht. Von plötzlicher impulsiver Neugier getrieben, rief er:

»Bitte, sagen Sie mir etwas! Warum sind Sie immer so freundlich zu mir? Warum helfen Sie mir so und tun das schon seit Monaten?«

Sie sah ihn an, ein wenig belustigt, doch ohne Geziertheit.

»Sie wirken außerordentlich anziehend auf Frauen, und Ihr größter Reiz ist, daß Sie es nicht wissen.«

»Nein, aber ernsthaft –« widersprach er errötend; dann murmelte er: »Hoffentlich bin ich aber daneben auch noch eine Art Arzt.«

Sie lächelte und vertrieb langsam mit der Hand den Zigarettenrauch. »Sie lassen sich ja nicht überzeugen. Sonst hätte ich's Ihnen ohnedies nicht gesagt. Und natürlich sind Sie ein hervorragender Arzt. Erst neulich sprachen wir von Ihnen in der Green Street. Le Roy hat den Arzt unserer Gesellschaft ein wenig satt. Der arme Rumbold! Es hätte ihm keine Freude gemacht, hätte er le Roy bellen hören: ›Wir müssen dem Großpapa ein Bein stellen.‹ Aber auch Jackie ist dafür. Man will jemand jüngeren, jemanden mit mehr Schmiß, einen – darf ich dieses Klischee gebrauchen? – einen kommenden Mann. Offenbar planen sie eine große Propagandakampagne in den medizinischen Zeitschriften und wollen weite Ärztekreise dafür interessieren – vom wissenschaftlichen Gesichtspunkt aus, wie le Roy sich ausdrückt. Und natürlich ist Rumbold unter seinen Kollegen nur eine Zielscheibe des Spottes. Aber warum rede ich solche Sachen? Ist es nicht schade um die schöne Nacht? Jetzt schauen Sie doch nicht so finster drein, als wollten Sie mich ermorden oder den Kellner oder den Kapellmeister – übrigens, das könnten Sie wirklich tun, er ist abscheulich. Sie machen genau dasselbe Gesicht wie am ersten Tag, als Sie ins Probierzimmer kamen, sehr hochmütig und stolz und nervös, sogar ein wenig lächerlich! Und dann – ach, die arme Toppy! Nach Fug und Recht müßte eigentlich *sie* mit Ihnen hier sein.«

»Ich freue mich sehr, daß das nicht der Fall ist«, sagte er, den Blick auf den Tisch geheftet.

»Bitte halten Sie mich nicht für banal, das ertrüge ich nicht. Ich hoffe, daß wir ziemlich intelligent sind, und daß wir – nun, wenigstens ich – nicht an die große Leidenschaft glauben – die Phrase ist doch schon arg genug. Aber ich meine, daß das Leben um so viel froher wird, wenn man – wenn man einen Freund hat – der ein Stück Weges mit einem gehen kann.« In ihren Augen spiegelte sich jetzt wieder höchste Belustigung. »Jetzt rede ich ja ganz wie Rossetti, und das ist entsetzlich.« Sie nahm ihre Zigarettendose zur Hand. »Und überhaupt, hier ist es schwül, und ich möchte, daß Sie den Mondschein auf dem Fluß sehen.«

Er zahlte und ging hinter ihr durch die lange Glastür, die man vandalisch in das schöne alte Mauerwerk eingesetzt hatte. An der Balustrade der Terrasse hörte man die Musik der Tanzkapelle nur noch schwach.

Vor ihnen führte eine weite Rasenfläche zwischen dunklen Wänden aus beschnittenen Eiben zum Fluß. Wie Frances gesagt hatte, schien der Mond, der die Schatten der Eiben weithin warf und blaß auf einer Gruppe von Bogenschießscheiben auf dem unteren Rasen glitzerte. Dahinter lag die silberne Fläche des Wassers.

Sie schlenderten zum Fluß hinab und setzten sich am Ufer auf eine Bank. Frances nahm den Hut ab und blickte stumm auf das langsam dahinströmende Wasser, dessen ewiges Murmeln sich seltsam mit dem gedämpften Rattern eines starken Automobils vermengte, das mit voller Geschwindigkeit in der Ferne dahinfuhr.

»Welch sonderbare Nachtgeräusche«, sagte sie. »Das Alte und das Neue. Und Schweinwerfer quer durchs Mondlicht. Das ist unsere Zeit.«

Er küßte sie. Sie ermutigte ihn nicht, wehrte ihn aber auch nicht ab. Ihre Lippen waren warm und trocken. In der nächsten Minute sagte sie: »Das war sehr süß. Und sehr ungeschickt.«

»Ich kann es besser«, murmelte er, regungslos vor sich hinstarrend. Er war verlegen, unüberzeugt, beschämt und nervös. Zornig sagte er sich, es sei wundervoll, in einer solchen Nacht mit einer so anmutigen, bezaubernden Frau hier zu sein. Nach allen Regeln des Mondscheins und der Zeitschriften hätte er sie in toller Glut in die Arme reißen müssen. So aber wurde er sich seiner verkrampften Stellung bewußt, seines Wunsches, zu rauchen, und bemerkte, daß der Essig im Salat seine alte Magenverstimmung wieder zum Leben erweckt hatte.

Und auf unerklärliche Weise spiegelte sich Christines Antlitz im Wasser vor ihm, ein verblaßtes, ziemlich gequältes Gesicht, auf der Wange einen kläglichen Farbfleck von dem Pinsel, mit dem sie die schwere Doppeltür angestrichen hatte, als sie das Haus in der Chesborough Terrace bezogen. Das ärgerte und erbitterte ihn. Er saß hier, die Umstände legten ihm eine Verpflichtung auf. Und er war doch ein Mann und kein Kandidat für Woronoff. Trotzig küßte er Frances wieder.

»Ich hatte schon gedacht, Sie werden ein weiteres Jahr brauchen, sich zu entschließen.« In ihrem Blick lag wieder jene starke, herzliche Belustigung. »Und jetzt, Doktor, meinen Sie nicht, daß wir gehen sollten? Diese Nachtluft – ist sie dem puritanischen Geist nicht recht schädlich?«

Er half ihr auf. Sie behielt seine Hand in der ihren und drückte sie leicht, während sie zum Wagen schritten. Andrew warf dem barocken Wagenwärter einen Shilling zu und fuhr los. Beim Fahren war das Schweigen der Frau beredt selig.

Aber er war nicht selig. Er fühlte sich als Hund und Narren, er haßte sich, er war enttäuscht von seinem Tun und fürchtete noch immer die Rückkehr in sein düsteres Zimmer, sein einsames, vom Schlaf gemiedenes Bett. Sein Herz war kalt, sein Hirn barg ein Chaos peinigender Gedanken. Die Erinnerung an die quälende Süße seiner ersten Liebe zu Christine drang auf ihn ein, das berauschende Entzücken jener frühen Tage in Drineffy. Wütend schob er diese Gedanken von sich.

Nun war man bei Frances' Haus angelangt, und Andrew kämpfte noch immer mit dem Problem. Er stieg aus dem Wagen und öffnete seiner Begleiterin die Tür. Gemeinsam standen sie auf dem Gehsteig, während sie ihren Hausschlüssel aus der Handtasche nahm.

»Sie kommen doch mit, nicht wahr? Die Dienstboten sind leider schon zu Bett gegangen.«

Zögernd stammelte er:

»Es ist schon sehr spät –«

Sie schien ihn nicht zu hören, sondern stieg die wenigen Steinstufen hinan, den Schlüssel in der Hand. Während er ihr folgte, sich ihr nachstahl, hatte er eine blasse Vision: Christines Gestalt, die langsam über den Markt schritt, das alte Einkaufsnetz am Arm.

14

Drei Tage später saß Andrew in seinem Ordinationszimmer in der Welbeck Street. Es war ein heißer Nachmittag, und durch das geöffnete Fenster trug die erschöpfte Luft das quälende Dröhnen des Straßenverkehrs.

Er fühlte sich müde, überarbeitet, fürchtete Christines Rückkehr am Ende der Woche, wartete auf Telefonanrufe, wußte nicht aus noch ein angesichts der Aufgabe, sechs Patienten zu je drei Guineen im Zeitraum einer Stunde vorzunehmen, und in dem Bewußtsein, das Abendambulatorium rasch abtun zu müssen, weil er Frances zum Essen ausführen wollte. Ungeduldig blickte er auf, als Schwester Sharp eintrat, deren verkniffene Züge noch säuerlicher aussahen als sonst.

»Ein Mann möchte Sie sprechen, ein schrecklicher Kerl. Er ist kein Patient und, wie er sagt, auch kein Reisender. Er hat keine Visitenkarte. Sein Name ist Boland.«

»Boland«, wiederholte Andrew verständnislos. Dann hellte sich sein Gesicht plötzlich auf. »Doch nicht Con Boland? Lassen Sie ihn eintreten, Schwester. Aber gleich!«

»Ein Patient wartet. Und in zehn Minuten wird Mrs. Roberts –«

»Ach, was kümmert mich Mrs. Roberts!« rief er ärgerlich. »Tun Sie, was ich Ihnen sage.«

Schwester Sharp errötete bei diesem Ton. Es lag ihr schon auf der Zunge, zu erklären, sie sei nicht gewohnt, daß man so zu ihr spreche. Sie rümpfte die Nase und verließ erhobenen Hauptes das Zimmer. In der nächsten Minute führte sie Boland herein. »Nein, so etwas! Con!« sagte Andrew und sprang auf.

»Hallo, hallo, hallo!« schrie Con, während er mit breitem, gutmütigem Grinsen auf Andrew zueilte. Ja, das war der alte rothaarige Zahnarzt in Person, noch immer so unordentlich in seinem allzu weiten, schäbigen, blauen Anzug und mit den großen braunen Schuhen, als ob er eben aus seiner hölzernen Garage getreten wäre. Vielleicht sah er ein wenig älter aus, aber der Schwung seines roten Schnurrbarts wirkte noch immer ungestüm, und noch immer war er ungeniert, zerzaust und laut. Heftig schlug er Andrew auf den Rücken. »Herrgott, Manson, das ist eine Freude, dich wiederzusehen. Du hast dich ja prächtig herausgemaust, ganz prächtig! Trotzdem hätte ich dich unter einer Million Leuten gleich erkannt. Nein, sich so etwas vorzustellen! Du hast es aber vornehm hier mit all dem Klimbim!« Strahlend wandte er den Blick der bissigen Sharp zu, die geringschätzig die Szene beobachtete. »Diese Dame hier, die Schwester, wollte mich gar nicht hereinlassen, ehe ich ihr sagte, daß ich selber Arzt bin. Sehen Sie, Schwester, das ist die lautere Wahrheit. Dieser noble Kerl, für den Sie arbeiten, war ebenso Hilfsarzt wie ich, und vor gar nicht so langer Zeit. Droben in Aberalaw. Wenn Sie jemals in die Gegend kommen, besuchen Sie die Frau und mich, dann setzen wir Ihnen eine Schale Tee vor. Jeder Freund meines alten Freundes Manson ist uns hochwillkommen!«

Schwester Sharp warf ihm einen einzigen Blick zu und ging aus dem Zimmer. Doch dieser Blick rührte Con, der mit reiner, natürlicher Freude weiterschwatzte und plapperte, nicht im mindesten. Jetzt drehte er sich zu Andrew um und platzte heraus: »Keine besondere Schönheit, nicht wahr, Manson, mein Alter? Aber ganz gewiß eine anständige Person. Nun ja. Also, wie geht's denn? Wie geht's?«

Er wollte Andrews Hand gar nicht loslassen und schüttelte sie immer wieder, wobei er vor hellem Entzücken breit feixte.

Es war eine besondere Freude, an diesem bedrückenden Tag Con wiederzusehen. Als Andrew sich schließlich freigemacht hatte, warf er sich in seinen Fauteuil und fühlte sich wieder als Mensch. Jetzt schob er Con die Zigaretten hin. Und Con erklärte in kurzen Zügen, einen Daumen im Armloch der Weste und den andern auf dem nassen Ende der frisch angezündeten Zigarette, den Grund seines Besuchs.

»Ich war mir ein wenig Urlaub schuldig, Manson, alter Freund, und mußte ein paar Angelegenheiten erledigen, und so sagte mir die Frau, ich solle zusammenpacken und herfahren. Weißt du, ich arbeite an einer Erfindung – es handelt sich um eine Feder, um schlaffe Bremsen wieder zu straffen. Ich plage mich schon lange damit, aber, der Teufel hol's, niemanden interessiert es. Doch lassen wir das, es ist jetzt nicht wichtig. Ich habe dir etwas ganz anderes zu sagen.« Con streifte die Zigarettenasche auf den Teppich, und sein Gesicht wurde ernster. »Hör einmal, alter Freund, es dreht sich um Mary – du erinnerst dich doch an Mary? Sie erinnert sich jedenfalls an dich! Es geht ihr seit einiger Zeit nicht besonders – gar nicht besonders. Wir waren mit ihr bei Llewellyn, und er hat ihr nicht helfen können.« Con wurde plötzlich hitzig, und seine Stimme klang gepreßt. »Hol's der Teufel, Manson. Er hatte die Frechheit, zu sagen, sie habe eine leichte Tb. – und dabei haben wir in der Familie Boland keinen einzigen Fall gehabt, seit Marys Onkel Dan vor fünfzehn Jahren ins Sanatorium ging. Also schau, Manson, bist du bereit, um unserer alten Freundschaft willen da etwas zu machen? Wir wissen, daß du jetzt ein großer Mann bist; ganz Aberalaw spricht von dir. Möchtest du Mary anschauen? Ich kann dir gar nicht sagen, welches Vertrauen das Mädchen zu dir hat, und wir haben es auch selber – Mrs. B. und meine Wenigkeit. Und so sagte sie mir: ›Du, geh zu Dr. Manson, wenn du in der Stadt bist. Und will er unsere Tochter untersuchen, schicken wir sie ihm, sobald es ihm paßt.‹ Was meinst du also, Manson? Wenn du zuviel zu tun hast, brauchst du es nur zu sagen, und ich nehme es dir nicht übel.«

Andrews Miene zeigte Besorgnis.

»Sprich doch nicht so, Con. Siehst du denn nicht, wie sehr ich mich freue, daß du zu mir kommst? Und Mary, das arme Ding – du weißt ja, daß ich alles für sie tun werde, was in meiner Kraft steht, alles.«

Ohne sich um Schwester Sharps wiederholtes bedeutungsvolles Erscheinen zu kümmern, vertat er seine kostbare Zeit mit Con, bis sie es schließlich nicht länger aushalten konnte.

»Jetzt warten fünf Patienten, Doktor Manson. Und Sie sind über eine Stunde verspätet. Ich weiß nicht mehr, was ich den Leuten sagen soll. Ich bin es nicht gewohnt, so mit Patienten umzugehen.«

Selbst jetzt wollte er Con noch nicht fortlassen. Schließlich begleitete er ihn zur Tür und bot ihm seine Gastfreundschaft an. »Ich lasse dich noch nicht heimfahren, Con. Wie lange willst du denn hierbleiben? Drei, vier Tage – das ist fein! Wo bist du abgestiegen? Im Westland? Draußen in Bayswater! Das taugt ja nichts! Warum willst du nicht bei mir wohnen, wenn du einmal in London bist? Und wir haben eine Menge Platz, Christine kommt am Freitag. Sie wird sich unendlich freuen, dich zu sehen. Unendlich. Wir könnten dann wieder von alten Zeiten plaudern.«

Am nächsten Tag erschien Con mit seinem Kofer in der Chesborough Terrace. Nach dem Abendambulatorium gingen beide zur zweiten Vorstellung in der Palladium-Music-Hall. Es war erstaunlich, wie man sich in Cons Gesellschaft über alles unterhalten konnte. Das leicht bereite Lachen des Zahnarztes schmetterte durch den Saal, erschreckte zuerst alle Nachbarn und übertrug dann seine Laune auf sie. Die Leute drehten sich um und lächelten ihn belustigt an.

»O Gott! O Gott!« Con wälzte sich auf seinem Sitz. »Siehst du den Kerl, den mit dem Fahrrad? Erinnerst du dich, Manson–« In der Pause standen sie am Büfett. Con hatte den Hut im Genick, Bierschaum am Schnurrbart, und die braunen Schuhe waren fröhlich in den Boden verwurzelt.

»Ich kann dir gar nicht sagen, Manson, was für ein Fest das für mich ist! Du bist wirklich die Güte selbst!«

Angesichts der ehrlichen Dankbarkeit Cons fühlte sich Andrew irgendwie als gleißnerischer Heuchler.

Hernach aßen sie im Cadero – Beefsteak mit Bier –, dann gingen sie heim, schürten das Feuer im Vorderzimmer und setzten sich nieder, um zu plaudern. Sie plauderten und rauchten und tranken viele Flaschen Bier. Im Augenblick hatte Andrew die Feinheiten überkultivierten Lebens vergessen. Die Anspannung der Arbeit, die Aussicht seiner Aufnahme in die Firma le Roys, seine bevorstehende Beförderung im Victoria, der Stand seines Bankkontos, die zarte Feinheit Frances Lawrences, die Furcht vor der Anklage in Christines zurückhaltenden Augen – das alles schwand dahin, als Con brüllte:

»Erinnerst du dich noch, wie wir Llewellyn den Hals brechen wollten? Und wie uns Urquhart und die anderen sitzen ließen – übrigens schickt dir Urquhart, der noch immer der alte ist, die besten Grüße. Und dann saßen wir beide da und tranken das Bier aus.«

Doch es kam ein nächster Tag. Und dieser Tag brachte unerbittlich den Augenblick des Wiedersehens mit Christine. Andrew schleppte den ahnungslosen Con bis zum Ende des Bahnsteigs. Er war sich verärgert dessen bewußt, wie wenig seine Selbstbeherrschung ausreichte, und erkannte, daß Boland die Rettung für ihn bedeutete. Sein Herz hämmerte in schmerzlicher Erwartung, während der Zug einfuhr. Er erlebte einen erschütternden Augenblick der Pein und Reue, als er unter der herankommenden Schar von Fremden Christines kleines wohlbekanntes Gesicht sah, das ihm erwartungsvoll entgegenschaute. Dann vergaß er alles in der Bemühung, herzlich und arglos zu erscheinen.

»Hallo, Chris! Ich dachte schon, du würdest nie kommen! Ja, ja, sieh ihn nur an, es ist Con! Er selbst und kein anderer! Und nicht um einen Tag älter geworden. Er wohnt bei uns, Chris – im Wagen werden wir dann alles erzählen. Der Wagen steht draußen. Ist es dir gut gegangen? Aber so schau doch – warum trägst du denn deine Tasche?«

Mitgerissen durch diesen unerwarteten Empfang am Bahnhof – denn sie hatte gefürchtet, daß niemand sie erwarten werde –, verlor Christine ihren matten Ausdruck, und vor freudiger Erregung färbten sich ihre Wangen wieder rot. Auch sie hatte Angst gehabt, war unruhig gewesen, voll Sehnsucht nach einem neuen Leben. Sie hegte jetzt fast wieder Hoffnung. Im Fond des Wagens an Cons Seite plauderte sie eifrig und warf von Zeit zu Zeit verstohlene Blicke auf Andrews Profil.

»Oh, es ist schön, zu Hause zu sein.« Jetzt holte sie tief Atem, nachdem sie das Haus wieder betreten hatte. Dann sagte sie rasch und wehmütig: »Habe ich dir gefehlt, Andrew?«

»Das will ich meinen. Uns allen hast du gefehlt. Nicht wahr, Mrs. Bennett? Nicht wahr, Florrie? Aber Con! Was, zum Teufel, treibst du denn mit dem Gepäck?«

In der nächsten Sekunde war er vor dem Haus und half Con und befaßte sich ganz überflüssigerweise mit den Koffern. Dann mußte er, ehe man noch viel hätte sprechen oder tun können, zu seinen Kranken. Er bestand darauf, zum Tee nach Hause zu kommen. Als er sich in den Lenkersitz seines Wagens fallen ließ, stöhnte er: »Gott sei Dank, das wäre vorbei! Der Aufenthalt scheint ihr übrigens gar nicht gut getan zu haben. Ach, Teufel, sie hat bestimmt nichts gemerkt. Und das ist augenblicklich die Hauptsache!«

Obwohl er spät zurückkam, zeigte er doch übermäßige Munterkeit und Freude. Con war entzückt von so guter Laune.

»Bei Gott! Du hast mehr Schwung, alter Freund, als in jenen Tagen.«

Einmal oder zweimal fühlte Andrew Christines Augen auf sich ruhen, mit einer Art Flehen um ein Zeichen, um einen Blick des Verstehens. Er bemerkte, daß Marys Krankheit sie sehr betrübte und ihr Angst machte. In einer Gesprächspause erklärte sie ihm, daß sie Con gebeten hatte, Mary sofort herzubestellen. Und Mary sollte, wenn es ging, morgen schon kommen. Christine machte sich große Sorge um das Mädchen. Und sie sprach die Hoffnung aus, daß irgend etwas, nein, daß alles menschenmögliche ohne Verzug geschehen werde.

Alles ging besser, als Andrew erwartet hatte. Mary telegrafierte zurück, daß sie am nächsten Vormittag kommen wolle, und Christine war mit den Vorbereitungen für ihren Empfang voll beschäftigt. Der Wirbel und die Erregung im Hause verschleierten sogar Andrews hohle Herzlichkeit.

Doch als Mary ankam, wurde er plötzlich wieder der alte. Beim ersten Anblick sah man schon, daß sie nicht gesund war. In diesen Jahren zu einem schlanken Mädchen von zwanzig herangewachsen, zeigte sie mit ihren leicht abfallenden Schultern jene fast unnatürliche Schönheit der Haut, die für Andrew eine deutliche Warnung war.

Die Reise hatte sie ermüdet, und obwohl Mary in ihrer Wiedersehensfreude gerne sitzengeblieben wäre und geplaudert hätte, ließ sie sich doch gegen sechs Uhr überreden, zu Bett zu gehen. Und dann wurde sie von Andrew untersucht.

Er blieb nur fünfzehn Minuten oben, doch als er dann wieder zu Con und Christine in den Salon kam, verriet seine Miene ernstliche Besorgnis.

»Leider gibt es keinen Zweifel. Die linke Lungenspitze. Llewellyn hatte recht, Con. Aber mach dir keine Sorge. Es ist ein ganz frühes Stadium. Da läßt sich noch etwas machen.«

»Meinst du?« fragte Con düster und ängstlich. »Meinst du, daß sie geheilt werden kann?«

»Ja, ich wage das zu behaupten. Natürlich muß man sie gut betreuen, ständig beobachten, mit jeder Fürsorge umgeben.«

Er runzelte die Stirn und dachte nach. »Ich glaube, Con, Aberalaw ist der schlechteste Ort für sie. Und überhaupt sollen frühe Fälle von Tb. nicht zu Hause bleiben. Ich möchte sie ins Victoria bringen. Dr. Thoroughgood macht mir das bestimmt. Ich werde sie ihm anvertrauen. Und ständig im Auge behalten.«

»Manson!« rief Con lärmend. »Das ist ein wirklicher Freundschaftsdienst. Wenn du nur wüßtest, was für ein Vertrauen mein Mädchen zu dir hat! Wenn sie jemand in Ordnung bringen kann, bist du es.«

Andrew telefonierte sogleich mit Thoroughgood. Fünf Minuten später kam er mit der Mitteilung zurück, daß Mary am Ende der Woche ins Victoria aufgenommen werden könne. Con heiterte sich sichtlich auf, und da sein unverwüstlicher Optimismus in der Tatsache neue Nahrung fand, daß Mary in ein Spezialkrankenhaus komme, und daß Andrew und Thoroughgood sie betreuen würden, war Mary für ihn so gut wie geheilt.

In den nächsten zwei Tagen gab es viel zu tun. Als am Samstagnachmittag Mary schon im Spital war und Con in Paddington seinen Zug bestiegen hatte, war Andrews Selbstbeherrschung endlich der Situation gewachsen. Er vermochte es jetzt, Christines Arm zu drücken und auf dem Weg zum Ambulatorium leichthin auszurufen:

»Wie schön, daß wir wieder beisammen sind, Chris! Mein Gott, das war eine Woche!«

Das klang, als wäre alles im Lot. Doch wie gut, daß er den Ausdruck ihres Gesichts nicht bemerkte! Sie setzte sich allein im Zimmer nieder, den Kopf leicht geneigt, die Hände im Schoß, sehr ruhig. Sie war so hoffnungsfroh gewesen, als sie kam. Doch jetzt war in ihr das furchtbare Vorgefühl: Mein Gott! Wann und wie wird das enden?

15

Immer höher stieg sein Erfolg. Es war, als hätten sich die Fluten durch einen Dammbruch freie Bahn geschaffen und rissen ihn unaufhaltsam mit sich fort.

Seine Verbindung mit Hamson und Ivory wurde immer enger und nutzbringender. Außerdem hatte ihn Deedman ersucht, ihn im Plaza zu vertreten, während er nach Le Touquet flog, um dort eine Woche Golf zu spielen, und er schlug Andrew vor, das Honorar zu halbieren. Gewöhnlich war Hamson der Vertreter Deedmans, aber es schien Andrew, als bestünde zwischen den beiden in letzter Zeit eine Spannung.

Es schmeichelte Andrew, daß er direkt in das Schlafzimmer eines sich in Krämpfen windenden Filmstars treten, sich auf die Atlasdecke setzen und den geschlechtslosen Körper mit sicheren Händen beklopfen, ja vielleicht, wenn sie Zeit hatte, mit ihr eine Zigarette rauchen konnte.

Aber noch schmeichelhafter war das Wohlwollen Joseph le Roys. Im letzten Monat hatte er zweimal mit le Roy zu Mittag gegessen. Er wußte, daß sich im Hirn dieses Geschäftsmannes wichtige Pläne zusammenbrauten. Das letztemal hatte le Roy ein wenig auf den Busch geklopft und bemerkt:

»Wissen Sie, Doktor, ich wollte Sie näher kennenlernen. Ich habe eine ziemlich große Sache vor und werde einen tüchtigen ärztlichen Ratgeber brauchen können. Ich will keine solchen alten Hüte mehr. Der alte Rumbold ist seine eigenen Kalorien nicht wert, und darum möchte ich ihm das Genick brechen. Ich mag aber auch keine sogenannten Experten, die den Versuch machen, mir das Fell über die Ohren zu ziehen. Ich will einen ärztlichen Berater mit klarem Kopf, und ich komme allmählich auf den Gedanken, das könnten Sie sein. Wissen Sie, wir haben mit unseren Waren auf populärer Basis einen großen Teil des Publikums erfaßt. Trotzdem glaube ich fest daran, daß die Zeit gekommen ist, unsere Interessen auszudehnen und uns wissenschaftlich hinter die Sache zu machen. Man muß die Milch in ihre Bestandteile zerlegen, sie elektrisieren, mit Strahlen behandeln, Tabletten herstellen, Cremo mit dem Vitamin B, Cremofax und Lezithin gegen Unterernährung, Rachitis, Schlaflosigkeit – Sie verstehen mich doch, Doktor? Und außerdem glaube ich, daß wir, wenn es uns gelingt, die Sache seriöser aufzuzäumen, mit der Unterstützung und Sympathie der ganzen medizinischen Fakultät rechnen können, so daß wir jeden Arzt gewissermaßen zu einer Art Agenten für uns machen. Dies setzt natürlich wissenschaftliche Reklame voraus, Doktor, wissenschaftliche Methoden, und darum glaube ich, daß ein junger, theoretisch geschulter Arzt, der mitten in seinem Beruf steckt, uns sehr gut helfen könnte. Nun müssen Sie mich aber richtig verstehen. Das alles soll wirklich wissenschaftlich sein. Wir wollen unser Niveau heben. Und wenn man bedenkt, was für wertlose Mixturen von den Ärzten empfohlen werden – zum Beispiel Marrobin C und Vegatog und Bonebran – nun, so glaube ich, daß wir mit wirklich guten Sachen den Gesundheitsstand der Bevölkerung heben und der Nation einen großen Dienst erweisen können.«

Andrew verschwendete keinen Augenblick an den Gedanken, daß in einer frischen Erbse wahrscheinlich mehr Vitamine waren als in mehreren Dosen Cremofax. Er war erregt, nicht wegen des Gehalts, das er für seine Tätigkeit bei der Firma zu erwarten hatte, sondern bei dem Gedanken an le Roys Wohlwollen.

Frances sagte ihm, wie er durch le Roys fantastische Finanzoperationen Gewinn erzielen könnte. Ach, es war angenehm, zum Tee zu ihr zu gehen, zu fühlen, daß diese bezaubernde blasierte Frau ihm besondere Blicke schenkte, ein rasches, lockendes Lächeln der Vertrautheit! Die Verbindung mit ihr verlieh auch ihm Niveau, eine größere Sicherheit, einen feineren Schliff. Ganz unbewußt machte er sich ihre Weltanschauung zu eigen. Unter ihrer Leitung lernte er es, auf oberflächliche, angenehme Dinge Wert zu legen und die tieferen links liegen zu lassen.

Es bereitete ihm keine Verlegenheit mehr, wenn er Christine unter die Augen trat. Er konnte nach einer Schäferstunde mit Frances ganz unbefangen heimkommen. Er verschwendete auch keine Zeit damit, über diese erstaunliche Veränderung nachzudenken. Wenn er überhaupt darüber nachdachte, so sagte er sich, daß er Mrs. Lawrence nicht liebe, daß Christine von der ganzen Sache nichts wisse, und daß ein jeder Mann einmal so etwas erlebe. Warum sollte er anders sein?

Gewissermaßen zur Entschädigung bemühte er sich, mit Christine nett zu sein, höflich zu ihr zu reden, ja sogar seine Pläne mit ihr zu besprechen. Sie wußte, daß er die Absicht hatte, im nächsten Frühling das Haus in der Welbeck Street zu kaufen, daß sie dann die Chesborough Terrace verlassen sollten, sobald alle Verhandlungen abgeschlossen waren. Sie erhob jetzt keine Einwände mehr, machte ihm nie Vorwürfe, und wenn sie schlechter Laune war, ließ sie es ihn nicht merken. Sie schien völlig teilnahmslos zu sein. Andrews Leben verlief allzu rasch, als daß er Erwägungen darüber hätte anstellen können. Diese Geschwindigkeit pulverte ihn auf. Er hatte ein falsches Gefühl der Stärke. Er fühlte sich voll Lebenskraft, immer wichtiger, Meister seiner selbst und seines Schicksals.

Und dann traf ihn der Blitzschlag aus heiterem Himmel.

Am Abend des 5. November suchte die Frau eines Geschäftsmannes der Gegend seine Ordination auf.

Es war Mrs. Vidler, ein kleiner Sperling von Frau, in mittleren Jahren, aber mit hellen Augen und schlagfertig, eine richtige Londonerin, die ihr ganzes Leben von Bow Bells nie weiter als bis Margate gekommen war. Andrew kannte die Vidlers gut;

er hatte ihren Jungen wegen einer Kinderkrankheit behandelt, als er sich eben im Bezirk niedergelassen hatte. In jenen Anfangszeiten hatte er auch seine Schuhe bei Vidler reparieren lassen, denn die Vidlers, ehrbare, arbeitsame Leute, führten einen Laden am Ende der Paddington Street, der ziemlich großartig ›Reparaturgesellschaft‹ hieß und dessen eine Hälfte dem Säubern und Plätten von Kleidungsstücken und dessen andere Hälfte Schuhreparaturen diente. Harry Vidler selbst war oft – stämmig, blaß, ohne Kragen und in Hemdsärmeln – mit einem Leisten zwischen den Knien zu sehen, obwohl er zwei Gehilfen beschäftigte, oder mit einem Bügelbrett, wenn die Arbeit in der anderen Abteilung seines Unternehmens drängte.

Und jetzt sprach Mrs. Vidler über Harry.

»Doktor«, sagte sie in ihrer geladenen Art. »Mein Mann ist nicht gesund. Schon seit Wochen fühlt er sich schlecht. Ich hab' ihn immer wieder gedrängt, zu Ihnen zu gehen, aber er wollte nicht. Wollen Sie morgen zu uns kommen, Doktor? Ich werde schauen, daß er im Bett bleibt.«

Andrew sagte sein Erscheinen zu.

Am nächsten Vormittag fand er Vidler im Bett, und der Patient berichtete ihm von heftigen inneren Schmerzen. Sein Umfang war in den letzten Monaten auffallend gewachsen, und wie die meisten Kranken, die bisher ihr Lebtag gesund gewesen sind, wußte er dafür einige Erklärungen. Er meinte, er habe vielleicht in letzter Zeit zuviel Bier getrunken oder es sei seine sitzende Lebensweise schuld.

Doch nachdem Andrew ihn untersucht hatte, mußte er ihm widersprechen. Er war überzeugt, daß es sich in diesem Fall um eine eitrige Geschwulst handelte, die vielleicht nicht gefährlich war, aber doch einen kleinen operativen Eingriff erforderte. Andrew tat sein Bestes, Vidler und seine Frau zu beruhigen, indem er ihnen erklärte, daß eine solche Geschwulst sich innen weiterentwickeln und endlose Beschwerden hervorrufen könne, die sogleich verschwänden, wenn man das Übel beseitige. Er zweifle überhaupt nicht am Ausgang der Operation, und schlug vor, Vidler solle sogleich ein Spital aufsuchen. Jetzt warf jedoch Mrs. Vidler die Arme hoch.

»Nein, Sir, meinen Harry lasse ich in kein Spital.« Sie war bemüht, ihre Erregung zu meistern. »Ich hab' ja so was geahnt – er hat sich einfach im Geschäft überarbeitet! Aber jetzt ist die Sache da, und Gott sei Dank sind wir in der Lage, es uns zu leisten. Wir sind nicht wohlhabend, Doktor, das wissen Sie ja, aber wir haben kleine Ersparnisse, und jetzt ist die Zeit da, sie anzugreifen. Ich will nicht, daß Harry sich anstellen muß, um einen Platz zu bekommen, oder daß er in einem allgemeinen Krankensaal liegt wie ein Bettler.«

»Aber, Mrs. Vidler, ich kann Ihnen doch die Sache so einrichten –«

»Nein, Doktor, Sie können ihn in ein Sanatorium bringen. Es gibt eine Menge hier in der Gegend. Und Sie können ihn von einem privaten Arzt operieren lassen. Solange ich lebe, wird mein Harry in kein Spital kommen.«

Er sah, daß sie fest entschlossen war. Und auch Vidler stimmte seiner Gattin zu. Er wollte die beste Behandlung, die nur zu haben war.

Andrew rief am Abend Ivory an. Er wandte sich jetzt schon ganz automatisch an Ivory, und in diesem speziellen Falle um so mehr, als er eine Gefälligkeit erbitten mußte.

»Ich möchte, daß Sie mir etwas zuliebe tun, Ivory. Ich habe hier eine kleine Unterleibssache, die ich operiert haben möchte – es sind anständige, arbeitsame Leute, aber nicht reich. Sie verstehen doch. Für Sie schaut leider nicht viel heraus. Aber Sie würden mich sehr verpflichten, wenn Sie die Sache für – nun, sagen wir, für ein Drittel des üblichen Honorars übernehmen wollten.«

Ivory zeigte größtes Entgegenkommen. Nichts könne ihm größere Freude machen, als seinem Freund Manson einen Dienst zu erweisen. Sie unterhielten sich mehrere Minuten über den Fall, und Andrew rief dann Mrs. Vidler an.

»Ich habe eben mit Mr. Charles Ivory gesprochen, einem Chirurgen im Westend und einem guten persönlichen Freund. Er kommt morgen mit mir zu Ihnen und wird Ihren Mann untersuchen. Um elf Uhr. Geht das in Ordnung? Und er sagt – sind Sie noch da? – er sagt, Mrs. Vidler, falls die Operation nötig sei, mache er sie für dreißig Guineen. Wenn man bedenkt, daß sein gewöhnliches Honorar hundert Guineen ist – oft mehr –, halte ich das für ganz günstig.«

»Ja, Doktor, ja.« Ihre Stimme klang beunruhigt, dennoch bemühte sie sich, Erleichterung vorzutäuschen. »Das ist sehr gütig von Ihnen. Irgendwie werden wir's schon fertigbringen.«

Am nächsten Morgen untersuchte Ivory gemeinsam mit Andrew den Patienten, und am Tag darauf bezog Harry Vidler das Brunsland-Sanatorium am Brunsland Square.

Das war ein sauberes, altmodisches Haus, nicht weit von der Chesborough Terrace, eines der vielen Sanatorien im Bezirk, eine Anstalt mit mäßigen Preisen, aber dürftiger Ausstattung. Die meisten Patienten waren interne Fälle: Hemiplegien, chronische Herzleiden – bettlägerige alte Frauen, bei denen die Hauptschwierigkeit darin bestand, sie vor dem Wundliegen zu schützen. So wie jedes andere private Krankenheim, das Andrew in London gesehen hatte, war es ursprünglich nicht für diesen Zweck bestimmt gewesen. Es gab keinen Aufzug, und der Operationssaal hatte einmal als Salon gedient. Aber Miß Buxton, die Eigentümerin, eine qualifizierte Schwester, verstand ihre Arbeit gut. Mochte das Brunsland-Sanatorium noch so viele Mängel haben, es war tadellos sauber und aseptisch – bis zum letzten Winkel der mit glänzendem Linoleum bedeckten Korridore.

Die Operation wurde für Freitag festgesetzt, und da Ivory nicht früher kommen konnte, bestimmte man eine ungewöhnlich späte Stunde: zwei Uhr nachmittags.

Ivory erschien pünktlich, doch Andrew war noch früher auf dem Brunsland Square. Ivory kam mit dem Narkotiseur und dem Assistenten angefahren und sah zu, wie der Chauffeur den großen Instrumentenkoffer ins Haus trug, denn er wollte, daß nichts die Sicherheit seiner kundigen Hände beeinträchtige. Und obwohl er für das Haus hier offenbar nur Verachtung übrig hatte, blieb doch sein Gehaben ebenso freundlich wie immer. In den nächsten zehn Minuten hatte er Mrs. Vidler, die im Sprechzimmer wartete, beruhigt, Miß Buxton und deren Krankenschwestern erobert und stand jetzt im Kittel und mit Handschuhen in dieser kleinen Parodie von Operationssaal theatralisch bereit.

Der Patient trat mit munterer Entschlossenheit ein, legte den Schlafanzug ab, den eine der Schwestern dann wegtrug, und kletterte auf den kleinen Operationstisch. Vidler zeigte sich mutig, da ihm diese Prüfung nun einmal nicht erspart blieb. Bevor ihm der Narkotiseur die Maske übers Gesicht zog, lächelte Vidler Andrew noch an.

»Na, wenn das Ganze vorbei ist, wird's mir ja besser gehen.« Im nächsten Moment hatte er die Augen geschlossen und atmete, beinahe eifrig, den Äther in tiefen Zügen ein.

Miß Buxton entfernte die Bandagen. Die jodierte Stelle zeigte sich, unnatürlich geschwollen, ein schimmernder Hügel. Ivory begann die Operation.

Zuerst machte er überraschend tiefe Einspritzungen in die Leistenmuskeln.

»Gegen einen Schock«, bemerkte er ernst zu Andrew. »Ich mache das immer so.« Dann begann die eigentliche Arbeit.

Er machte einen großen Einschnitt, und augenblicklich, auf eine fast lächerliche Weise, wurde das Übel sichtbar. Die Eiterblase sprang durch die Öffnung wie ein voll aufgeblasener Fußball aus Gummi. Diese Bestätigung der Diagnose bereitete Andrew eine gewisse Genugtuung. Er dachte sich, für Vidler werde es ein großer Segen sein, dieses überflüssige Anhängsel loszuwerden, und da er sich schon an seinen nächsten Patienten erinnerte, sah er verstohlen auf die Uhr.

Unterdes spielte Ivory in seiner Meisterart mit dem Fußball, indem er gelassen versuchte, mit den Händen die Stelle zu ertasten, wo er festhing, und sie ebenso gelassen verfehlte. Sooft er den Ball anging, glitschte er ihm fort. Das wiederholte sich mindestens zwanzigmal.

Andrew beobachtete ihn gereizt und dachte – ja, was macht denn der Mensch? In der Bauchhöhle war nicht viel, aber doch genügend Spielraum für den Operateur. Andrew hatte Llewellyn, Denny und ein Dutzend andere Ärzte in seinem Spital unter weit weniger günstigen Umständen geschickt manipulieren sehen. Das war eben die Arbeit eines Chirurgen, sich in schwierigen Lagen zurechtzufinden. Plötzlich fiel ihm ein, daß dies die erste Bauchoperation war, die Ivory für ihn durchführte. Jetzt steckte er die Uhr wieder in die Tasche und trat, ziemlich steif, näher an den Tisch.

Ivory, noch immer ruhig, unbeirrt, glatt, versuchte weiterhin, unter die Eiterblase zu kommen. Miß Buxton und eine junge Schwester, die offenbar sehr wenig von der Sache verstanden, waren vertrauensvoll neben ihm. Der Narkotiseur, ein ältlicher, grauhaariger Mann, strich nachdenklich mit dem Daumen über das Ende seiner zugestöpselten Flasche. Die Atmosphäre in dem kahlen, glasgedeckten kleinen Operationssaal war banal, höchst alltäglich. Man merkte keine Spannung, nichts Dramatisches, man sah nur, wie Ivory die eine Schulter hob und mit der behandschuhten Hand manövrierte und immer wieder hinter diesen glatten Gummiball kommen wollte. Doch aus irgendeinem Grunde überlief es Andrew kalt.

Mit gerunzelter Stirn beobachtete er angespannt. Was fürchtete er eigentlich? Hier war doch einfach nichts zu befürchten. Ganz und gar nichts. Es handelte sich um eine harmlose Operation. In wenigen Minuten mußte alles vorüber sein.

Mit einem flüchtigen, scheinbar zufriedenen Lächeln gab Ivory den Versuch auf, die untere Verbindungsstelle der Eiterblase mit dem Körper zu finden. Die junge Schwester blickte ihn demütig an, als er ein Messer verlangte. Ivory setzte das Messer langsam an. Wahrscheinlich hatte er noch nie im Leben so sehr dem romantischen Bild des großen Chirurgen geglichen. Er hielt das Messer in der Hand, und ehe Andrew noch ahnen konnte, was Ivory vorhatte, machte er einen starken Einschnitt in die Eiterblase. Und jetzt überstürzten sich die Ereignisse.

Die Blase barst auseinander, ein großer Klumpen geronnenen venösen Blutes schoß in die Luft, der übrige Inhalt ergoß sich in die Bauchhöhle. Vor einer Sekunde war es noch eine pralle Kugel gewesen, jetzt lag das schlaffe Gewebe in einer Lache glucksenden Blutes.

Wie wahnsinnig schrie Miß Buxton nach Tampons. Der Narkotiseur setzte sich unvermittelt auf. Die junge Schwester schien einer Ohnmacht nahe. Ivory sagte ernst: »Klammer, bitte.«

Eine Woge des Entsetzens überflutete Andrew. Er sah jetzt, daß Ivory, dem es nicht gelungen war, die Eiterblase abzubinden, sie blindlings, mutwillig aufgeschnitten hatte. Und es war eine hämorrhagische Balggeschwulst gewesen.

»Tupfer, bitte«, sagte Ivory mit gelassener Stimme. Er wühlte in dem Brei umher und versuchte, das Gefäß abzuklammern, die mit Blut gefüllte Höhle zu tamponieren, doch es gelang ihm nicht, die Blutung zu stillen. Blitzartig kam die Erleuchtung über Andrew. Er dachte: Allmächtiger Gott! Der Mensch kann nicht operieren. Er hat ja überhaupt keine Ahnung!

Der Narkotiseur, der den Finger auf der Karotis hielt, murmelte leise, wie entschuldigend:

»O weh, ich fürchte, es geht mit ihm dahin, Ivory.«

Ivory ließ von seinen Versuchen mit der Klammer ab und stopfte die Bauchhöhle mit Gaze aus, die sich blutig färbte. Dann begann er die Bauchdeckenwunde zuzunähen. Vidlers Unterleib zeigte keine Schwellung mehr, war eingesunken, blaß, sah ganz leer aus, der Grund lag darin, daß Vidler tot war.

»Ja. Es ist jetzt aus mit ihm«, sagte der Narkotiseur schließlich. Ivory tat den letzten Stich ruhig und methodisch und wandte sich zu dem Instrumententisch, um die Schere hinzulegen. Andrew war wie gelähmt. Er konnte keinen Finger rühren. Miß Buxton ordnete mit lehmfarbenem Gesicht mechanisch die Wärmflaschen neben den Decken. Sie schien sich nur mit größter Willenskraft sammeln zu können. Sie verließ den Raum. Der Diener, der von dem Geschehenen keine Ahnung hatte, brachte die Bahre herein. In der nächsten Minute wurde Harry Vidlers Leiche in sein Zimmer hinaufgetragen.

Endlich sprach Ivory.

»Sehr bedauerlich«, sagte er gemessen, während er den Kittel ablegte. »Vermutlich eine Schockwirkung – nicht wahr, Gray?«

Gray, der Narkotiseur, murmelte eine Antwort. Er packte eifrig seine Apparatur ein.

Andrew konnte noch immer kein Wort hervorbringen. Im tollen Wirbel seiner Gefühle dachte er plötzlich an Mrs. Vidler, die unten wartete. Ivory schien diesen Gedanken erraten zu haben, denn er sagte:

»Seien Sie beruhigt, Manson, ich bringe es der kleinen Frau schon bei. Kommen Sie, ich werde das für Sie gleich erledigen.« Instinktiv, wie jemand, der keinen Widerstand leisten kann, folgte Andrew dem andern die Treppe hinab zum Wartezimmer. Er war noch immer betäubt, ganz matt vor Brechreiz, völlig unfähig, mit Mrs. Vidler zu sprechen. Doch Ivory zeigte sich der Situation gewachsen und war völlig auf der Höhe.

»Meine liebe Dame«, sagte er teilnahmsvoll und großartig, während er ihr die Hand zart auf die Schulter legte, »leider – leider müssen wir Ihnen Schlimmes berichten.«

Sie faltete die Hände in den abgetragenen braunen Lederhandschuhen. Entsetzen und Flehen zeigten sich in ihrem Blick.

»Was?«

»Ihr armer Mann, Mrs. Vidler, ist trotz allen unseren Bemühungen –«

Sie sank auf den Sessel, ihr Gesicht war aschfarben, sie rang die Hände.

»Harry«, flüsterte sie mit herzzerreißender Stimme. Und wieder: »Harry!«

»Ich kann Ihnen nur versichern«, fuhr Ivory traurig fort, »nicht nur im eigenen Namen, sondern auch im Namen Dr. Mansons, Dr. Grays und Miß Buxtons, daß keine Macht auf Erden ihn hätte retten können. Und selbst wenn er die Operation überlebt hätte –« Er zuckte bedeutsam die Achseln.

Sie sah zu ihm auf, verstand, was er meinte, und wußte selbst in diesem furchtbaren Augenblick seine Herablassung, seine Güte zu schätzen.

»Das ist der einzige Trost, den Sir mir geben können, Doktor«, stammelte sie unter Tränen.

»Ich schicke Ihnen jetzt die Schwester her. Bemühen Sie sich, Ihr Los zu tragen, und seien Sie bedankt für Ihren großen Mut.«

Er verließ das Zimmer, und wieder ging Andrew hinter ihm drein. Am Ende der Halle lag das leere Kontor, dessen Tür offen stand. Ivory griff nach seiner Zigarettendose und betrat das Kontor. Hier zündete er sich eine Zigarette an und tat einen langen Zug. Sein Gesicht war vielleicht ein wenig bleicher als sonst, aber sein Kiefer zitterte nicht, die Hände waren ruhig, seine Nerven nicht im geringsten erschüttert.

»Nun, das wäre vorüber«, meinte er kühl. »Es tut mir leid, Manson. Ich hatte keine Ahnung, daß die Cyste hämorrhagisch war. Aber so was kommt, wie Sie wissen, in den besten Familien vor.«

Der einzige Sessel in dem kleinen Zimmer war unter den Schreibtisch geschoben. Andrew sank auf das mit Leder bedeckte Gitter vor dem Kamin. Fieberhaft starrte er auf die Aspidistra in dem gelblich-grünen Blumentopf, der auf den leeren Kaminrost gestellt war. Er fühlte sich krank, zerschlagen, einem völligen Zusammenbruch nahe. Er konnte das Bild Harry Vidlers nicht bannen, wie er ohne jede Hilfe zum Operationstisch geschritten war – »na, wenn das Ganze vorbei ist, wird's mir ja besser gehen« – und der dann, zehn Minuten später, als verstümmelter, zermetzelter Leichnam auf der Bahre lag. Andrew biß die Zähne zusammen und bedeckte seine Augen mit der Hand.

»Natürlich ist er nicht auf dem Operationstisch gestorben.« Ivory musterte das brennende Ende seiner Zigarette. »Ich war mit der Operation schon vorher fertig – und das trifft sich gut, denn wir brauchen so keine Leichenbeschau.«

Andrew hob den Kopf. Er zitterte, er war wütend über seine eigene Schwäche in dieser furchtbaren Situation, der Ivory mit so kalten Nerven standhielt. Er sagte in einer Art Tobsuchtsanfall: »Um Christi willen, hören Sie auf zu schwätzen! Sie wissen genau, daß Sie ihn umgebracht haben. Sie sind kein Chirurg. Sie waren es nie – Sie werden nie einer sein. Sie sind der übelste Metzger, den ich mein Lebtag gesehen habe.«

Schweigen herrschte. Ivory maß Andrew mit kaltem, hartem Blick. »Ich rate Ihnen doch zu einem andern Ton, Manson.«

»Das kann ich mir denken.« Ein schmerzhaftes, hysterisches Schluchzen erschütterte ihn. »Das kann ich mir denken – ich spreche die Wahrheit. Alle Fälle, die ich Ihnen bisher anvertraute, waren ein Kinderspiel. Aber der hier – der erste wirkliche Fall, den wir hatten – o Gott, das hätte ich wissen müssen – ich bin genauso schlecht wie Sie –«

»Reißen Sie sich zusammen, Sie hysterischer Narr! Man wird Sie hören.«

»Und wenn man mich hört?« Ein zweiter schwächlicher Zornanfall schüttelte ihn. Er glaubte ersticken zu müssen. »Sie wissen, daß ich die Wahrheit spreche. Sie pfuschten gottserbärmlich herum – es war ja fast Mord!«

Für einen Augenblick hatte es den Anschein, als wollte ihn Ivory, sinnlos vor Wut, vom Kamingitter hinabstoßen, was der ältere Mann bei seinem Gewicht und seiner Kraft leicht hätte tun können. Doch mit großer Mühe beherrschte er sich. Er sagte nichts, wandte sich nur um und verließ das Zimmer. Doch in seinem kalten, harten Gesicht lag ein häßlicher Ausdruck, der eisig von unversöhnlicher Wut sprach.

Wie lange Andrew so, den Kopf an den kühlen Marmor des Kaminsimses gepreßt, im Kontor verweilte, wußte er nicht. Aber endlich erhob er sich, denn unklar erinnerte er sich, daß er ja dringliche Arbeit zu erledigen hatte. Der furchtbare Schock dieses Unglücks hatte ihn mit der verheerenden Wucht einer explodierenden Bombe getroffen. Er hatte das Gefühl, als sei er ausgeweidet und leer. Dennoch bewegte er sich automatisch wie ein schwer verwundeter Soldat, der noch kraft der Gewohnheit die ihm übertragenen Obliegenheiten mechanisch erfüllt. Irgendwie gelang es ihm, trotz dieser Gemütsverfassung seine Visiten zu machen.

Dann ging er mit bleischwerem Herzen und schmerzendem Kopf nach Hause. Es war spät, beinahe sieben Uhr. Er kam gerade recht zum Beginn des Ambulatoriums und seiner Abendordination.

Das vordere Wartezimmer war voll, und im Ambulatorium drängten sich die Leute bis zur Tür. Mühsam wie ein Sterbender musterte er sie, seine Patienten, die sich hier an diesem schönen Sommerabend im Vertrauen auf seine Kenntnisse, auf seine Persönlichkeit eingefunden hatten. Zumeist waren es Frauen, sehr viele Mädchen von Laurier, Leute, die schon seit Wochen zu ihm kamen, um, ermutigt durch sein Lächeln, seinen Takt, seinen Rat, weiterhin ihr Medikament zu nehmen. Die alte Schar, dachte er stumpf, das alte Spiel!

Er ließ sich in den Drehsessel fallen und begann mit maskenähnlichem Gesicht die übliche Ambulatoriumszeremonie.

»Wie geht es Ihnen? Mir scheint, Sie sehen ein wenig besser aus. Ja, der Puls ist viel kräftiger. Das Mittel tut Ihnen gut. Hoffentlich schmeckt es nicht zu schlecht, meine Kleine.«

Dann hinaus zu der wartenden Christine, der er die leere Flasche reichte, und durch den Korridor zum Ordinationszimmer, wo er dieselben Plattheiten, dasselbe geheuchelte Mitgefühl von sich gab, dann durch den Korridor zurück; dort nahm er die volle Flasche entgegen und trat wieder ins Ambulatorium. So ging es weiter in dem Höllenzirkus seiner Verdammnis.

Es war ein schwüler Abend. Andrew litt abscheulich, doch er arbeitete, halb, um sich selbst zu quälen, und halb in toter Leere, weil er nicht aufhören konnte. Während er in wirrem Schmerz hin und her ging, fragte er sich immer wieder: Wohin gehe ich? Wohin, um Gottes willen, gehe ich?

Endlich war er fertig, später als sonst, um dreiviertel zehn. Er versperrte die äußere Tür des Ambulatoriums und ging ins Ordinationszimmer, wo, wie üblich, Christine wartete, um die Liste zu verlesen und ihm bei der Buchführung zu helfen.

Zum erstenmal seit vielen Wochen sah er sie wirklich an und schaute ihr ins Gesicht, wie sie mit gesenktem Blick die Liste in ihrer Hand prüfte. Die Veränderung, die mit ihr vorgegangen war, drang sogar durch seine Stumpfheit und entsetzte ihn. Ihr Ausdruck war ruhig und starr, ihr Mund schmerzlich verzogen. Obwohl sie ihn nicht ansah, bemerkte er, daß in ihrem Blick tödliche Trauer lag. Er setzte sich an den Schreibtisch vor das dickleibige Geschäftsbuch und fühlte ein furchtbares Zerren in der Seite. Doch sein Körper, diese äußere Hülle der Todesstarre, verschloß den Sturm in seinem Innern wie ein Sarg, zeigte nichts von diesem inneren Pochen. Ehe er noch etwas sagen konnte, begann Christine schon die Liste zu verlesen.

Und er arbeitete weiter und machte seine Zeichen ins Buch – ein Kreuz für eine Visite, einen Ring für eine Ordination, und zog die Summe seiner Schmach.

Als er fertig war, fragte Christine mit einer Stimme, deren zuckenden Hohn er jetzt zum erstenmal bemerkte:

»Nun, wieviel macht es heute?«

Er gab ihr keine Antwort; er vermochte es nicht. Christine verließ das Zimmer. Er hörte, wie sie die Treppe hinaufstieg, hörte das leise Schließen der Tür. Er war allein, ausgedörrt, geschlagen, wirr. Wohin gehe ich? Wohin, um Gottes willen, gehe ich? Plötzlich fiel sein Blick auf den Tabaksbeutel, der mit Münzen und Noten, den Tageseinnahmen, vollgestopft war. Eine neue Woge hysterischer Wut erfaßte Andrew. Er packte den Beutel und schleuderte ihn in die Ecke des Zimmers. Dort fiel der Sack mit einem dumpfen, sinnlosen Laut nieder.

Andrew sprang auf. Er war am Ersticken, er konnte nicht atmen. Er lief aus dem Ordinationszimmer in den kleinen Hof hinter dem Hause, einem kleinen Brunnenschacht der Dunkelheit unter den Sternen. Hier lehnte er sich matt an die Ziegelmauer. Er begann, sich heftig zu erbrechen.

16

Ruhelos wälzte er sich die ganze Nacht im Bett, bis er endlich um sechs Uhr früh einschlief. Er erwachte spät, kam nach neun Uhr, blaß und mit müden Augen, hinunter und fand, daß Christine schon gefrühstückt hatte und fort war. Sonst hätte ihn dies nicht weiter gestört. Heute tat es ihm bitter weh und machte ihm klar, wie sehr sie einander schon entfremdet waren. Als ihm Mrs. Bennett den liebevoll zubereiteten Speck mit Eiern vorsetzte, konnte er nicht essen, denn er brachte nichts hinunter. Er trank eine Schale Kaffee, dann mischte er sich, einer plötzlichen Eingebung folgend, einen steifen Whisky-Soda und trank auch den. Hierauf schickte er sich an, mit der Tagesarbeit zu beginnen. Obwohl die Maschine ihn noch immer gefaßt hielt, waren seine Bewegungen weniger mechanisch als bisher. Ein schwacher Schimmer, ein dünner Lichtstrahl hatte begonnen, das Dunkel seiner Ausweglosigkeit zu durchdringen. Er erkannte, daß er einem großen, einem ungeheuren Zusammenbruch nahe war. Er erkannte auch, daß er, stürzte er einmal in diesen Abgrund, nie wieder emporklettern konnte. Und so hielt er behutsam an sich, öffnete die Garage und schob den Wagen heraus. Die Anstrengung trieb ihm den Schweiß auf die Handflächen.

Sein wichtigstes Vorhaben an diesem Tag war, ins Victoria zu fahren, wo er mit Dr. Thoroughgood zusammen Mary Boland untersuchen wollte. Diese eine Verabredung wollte er wenigstens nicht versäumen. Langsam fuhr er zum Spital. Im Wagen fühlte er sich besser als beim Gehen – er war jetzt ans Fahren so gewöhnt, daß es automatisch eine Art Reflex geworden war. Er kam zum Spital, parkte den Wagen und begab sich ins Krankenzimmer. Er nickte der Schwester zu und schritt weiter zu Marys Bett, deren Karte er unterwegs an sich nahm. Dann setzte er sich auf die rote Bettdecke und bemerkte das freudige Lächeln des Mädchens, den großen Rosenstrauß neben dem Bett, ohne jedoch den Blick von der Karte zu wenden. Die war keineswegs zufriedenstellend.

»Guten Morgen«, sagte Mary. »Sind das nicht schöne Blumen? Christine hat sie mir gestern gebracht.«

Er sah Mary an, sie war nicht gerötet, aber ein wenig schmäler als bei ihrer Aufnahme.

»Ja, die Blumen sind hübsch. Wie geht's denn, Mary?«

»Ach, ganz gut.« Ihr Blick vermied einen Moment den seinen, wandte sich ihm aber dann wieder voll warmen Vertrauens zu. »Auf keinen Fall wird die Sache lange dauern. Sie machen mich ja bald gesund.«

Die Zuversicht in ihren Worten, vor allem aber in ihrem Blick, bereitete ihm bitteren Schmerz. Er dachte, wenn hier etwas schief geht, bin ich ganz und gar fertig.

In diesem Augenblick erschien Dr. Thoroughgood, der die Krankenvisite machte. Beim Eintreten bemerkte er Andrew und trat sogleich auf ihn zu. »Guten Morgen, Manson«, sagte er freundlich. »Ja, was ist denn los? Sind Sie krank?«

Andrew stand auf.

»Danke, ich fühle mich ganz wohl.«

Dr. Thoroughgood warf ihm einen seltsamen Blick zu, dann widmete er sich Mary.

»Ich freue mich, daß Sie den Fall mit mir ansehen wollen. Bitte den Schirm, Schwester.«

Zehn Minuten verbrachten Sie mit der Untersuchung Marys, dann ging Thoroughgood zu der Nische am letzten Fenster, von der aus man den ganzen Saal überblicken, aber nicht belauscht werden konnte.

»Nun?« fragte er.

Wie aus einem Nebel hörte Andrew die eigene Stimme.

»Ich weiß nicht, was Sie davon halten, Dr. Thoroughgood, aber mir scheint der Verlauf nicht ganz zufriedenstellend.«

»Ja, es sind ein paar Kleinigkeiten nicht in Ordnung«, meinte Thoroughgood, und zupfte sich an dem schütteren, kurzen Bart. »Mir scheint eine kleine Ausbreitung des Krankheitsherdes vorzuliegen.«

»Oh, ich glaube nicht, Manson.«

»Die Temperatur ist weniger konstant.«

»Nun, vielleicht.«

»Verzeihen Sie, wenn ich davon spreche – ich kenne unsere beiderseitige Einstellung genau, aber dieser Fall bedeutet ungeheuer viel für mich. Würden Sie unter den gegebenen Umständen nicht doch an einen Pneumothorax denken? Sie werden sich erinnern, daß ich sehr dafür war, als Mary – als die Patientin eingeliefert wurde.«

Thoroughgood warf Manson einen scheelen Blick zu. Sein Gesicht veränderte sich, verzog sich zu trotzigen Linien.

»Nein, Manson, bedaure, aber ich sehe hier keine Notwendigkeit für einen Eingriff. Damals nicht und auch heute nicht.« Schweigen trat ein. Andrew konnte kein Wort mehr hervorbringen. Er kannte Thoroughgood und seine verbissene Hartnäkkigkeit. Er war erschöpft – körperlich und geistig –, außerstande, eine Debatte weiterzuführen, die fruchtlos bleiben mußte. Mit starrem Gesicht hörte er zu, während Thoroughgood weitersprach und seine Ansicht über den Fall äußerte. Als Thoroughgood zu Ende war und dann die übrigen Patienten ansah, ging Andrew zu Mary und sagte ihr, er werde am nächsten Tag wiederkommen. Dann verließ er den Saal. Bevor er vom Spital wegfuhr, bat er den Torwart, bei ihm daheim anzurufen und zu bestellen, daß er zum Mittagessen nicht nach Hause komme.

Es war jetzt bald ein Uhr. Andrew fühlte sich noch immer verzweifelt, in schmerzliche Selbstbetrachtung verstrickt und schwach vor Hunger. In der Nähe der Battersea Bridge hielt er vor einer kleinen billigen Teestube an. Hier bestellte er Kaffee und heißen Buttertoast. Doch konnte er nur den Kaffee trinken, da sich sein Magen gegen den Toast sträubte. Er bemerkte, wie die Kellnerin ihn neugierig angaffte.

»Ist der Toast nicht in Ordnung?« fragte sie. »Ich tausche ihn um.«

Er schüttelte den Kopf und verlangte die Rechnung. Während sie diese schrieb, ertappte sich Andrew dabei, wie er stumpfsinnig die glänzenden schwarzen Knöpfe ihres Kleides zählte. Einmal, vor langer Zeit, hatte er drei Perlmutterknöpfe in einer Schulklasse von Drineffy angestarrt. Draußen hing drückend ein gelber Schimmer über dem Fluß. Wie aus weiter Ferne kam ihm die Erinnerung, daß er nachmittags zwei Leute in der Welbeck Street vorgemerkt hatte. Langsam fuhr er hinüber.

Schwester Sharp war übler Laune, wie zumeist, wenn er sie ersuchte, am Samstag Dienst zu machen. Doch auch sie fragte, ob er krank sei. Dann erzählte sie ihm in sanfterem Ton, denn Dr. Hamson brachte sie besondere Hochachtung entgegen, daß Freddie am Nachmittag schon zweimal angerufen habe.

Als sie das Ordinationszimmer verlassen hatte, setzte er sich an den Schreibtisch und starrte vor sich hin. Der erste Patient kam um halb drei – ein Fall von Herzleiden, ein junger Beamter aus dem Bergwerksdepartement mit einem ernstlichen Klappenfehler, von Gill empfohlen. Andrew bemerkte, daß er diesem Fall besonders viel Zeit widmete, sich auch große Mühe gab, den jungen Mann eingehend instruierte und ihm die Einzelheiten der Behandlung genau auseinandersetzte. Als der andere schließlich nach seiner dünnen Brieftasche griff, sagte Andrew rasch:

»Bitte, zahlen Sie nicht jetzt. Warten Sie, bis ich Ihnen die Rechnung schicke.«

Der Gedanke, daß er diese Rechnung nie absenden würde, daß er seine Geldgier verloren habe und wieder imstande sei, das Geld zu verachten, brachte ihm seltsamen Trost.

Dann kam der zweite Fall, eine Patientin von fünfundvierzig Jahren, Miß Basden, eine seiner treuesten Anhängerinnen. Er war verzagt, als er ihrer ansichtig wurde. Diese Frau, reich, selbstsüchtig, hypochondrisch, war eine jüngere, egoistischere Ausgabe jener Mrs. Raeburn, die er einst mit Hamson im Sanatorium Sherrington untersucht hatte.

Müde hörte er zu, die Hand an der Stirn, während sie lächelnd einen Bericht über all das vom Stapel ließ, was ihr seit dem letzten Besuch bei Andrew – vor ein paar Tagen – widerfahren war. Plötzlich hob er den Kopf.

»Warum kommen Sie eigentlich zu mir, Miß Basden?«

Sie verstummte mitten im Satz. Der freudige Ausdruck lag noch immer starr auf dem oberen Teil ihres Gesichts, während sie langsam den Mund öffnete, um nach Luft zu schnappen.

»Oh, ich weiß, daß ich schuld bin«, sagte er. »Ich habe Ihnen geraten, zu kommen. Aber Ihnen fehlt eigentlich gar nichts.«

»Doktor Manson«, stammelte sie, denn sie traute ihren Ohren nicht.

Er hatte die volle Wahrheit gesprochen. Mit grausamem Scharfblick erkannte er, daß alle Symptome dieser Patientin aufs Geld zurückzuführen waren. Sie hatte nie im Leben ein richtiges Tagewerk geleistet, ihr Körper war weich, schwammig, überfüttert. Sie konnte nicht schlafen, weil sie ihre Muskeln nicht gebrauchte. Sie gebrauchte nicht einmal ihr Hirn. Sie hatte nichts anderes zu tun als Kupons abzuschneiden und an ihre Dividenden zu denken, ihr Dienstmädchen zu beschimpfen und darüber nachzugrübeln, was sie und ihr Mops essen sollten. Wenn sie nur schon dieses Zimmer verließe und eine wirkliche Arbeit begänne! Schluß mit den kleinen Pillen und den Sedativen, mit den Schlafmitteln und galleabführenden Mitteln und allem andern Mist! Einen Teil des Geldes den Armen geben! Andern Leuten helfen und nicht immer nur an sich denken! Aber das tat sie wohl nie, nie. Es war auch ganz sinnlos, das von ihr zu verlangen. Sie war geistig tot, und – helfe ihm Gott – er war es auch!

Er sagte mühsam:

»Ich bedaure, ich kann Ihnen nicht weiter dienlich sein, Miß Basden. Ich – ich verreise wahrscheinlich. Doch können Sie hier in der Nähe ohne Zweifel andere Ärzte finden, die nur allzu glücklich sein werden, an Ihnen zu schmarotzen.«

Sie öffnete mehrere Male den Mund wie ein Fisch, der nach Luft schnappt. Dann trat in ihr Gesicht ein Ausdruck, daß ihr ein Licht aufgegangen sei. Sie war überzeugt, völlig überzeugt, daß er den Verstand verloren habe. Sie wagte es gar nicht, ihm zu widersprechen. Sie stand auf, packte rasch ihre Sachen zusammen und eilte aus dem Zimmer.

Er schickte sich zum Heimgehen an und schloß mit einer endgültigen Gebärde den Rolladen seines Schreibtisches. Doch noch ehe er aufstand, tänzelte Schwester Sharp lächelnd ins Zimmer. »Herr Dr. Hamson. Statt nochmals anzurufen, ist er selber gekommen.«

Im nächsten Augenblick trat Freddie ein; munter zündete er sich eine Zigarette an und warf sich in einen Fauteuil. Er schien etwas auf dem Herzen zu haben, aber sein Ton hatte noch nie freundschaftlicher geklungen.

»Verzeih, mein Alter, daß ich dich an einem Samstag belästige. Aber ich habe gewußt, daß du hier bist, und so ist der Berg zu Mohammed gekommen. Schau einmal, Manson, ich hab' die Geschichte von der gestrigen Operation gehört und möchte dir nur sagen, daß ich mich darüber wirklich freue. Es war höchste Zeit, daß du einmal mit unserem teuren Freund Ivory Schluß machtest.« Hamsons Stimme nahm plötzlich einen bösartigen Ton an. »Du mußt nämlich wissen, mein Lieber, daß ich seit einiger Zeit mit Ivory und Deedman nicht mehr im besten Einvernehmen bin. Sie haben sich gegen mich nicht korrekt benommen. Wir hatten eine kleine Arbeitsgemeinschaft, eine recht einträgliche Sache, aber ich bin felsenfest davon überzeugt, daß die Kerle mich übers Ohr gehauen haben. Außerdem habe ich Ivory schon reichlich satt. Der Mensch ist kein Chirurg. Du hast absolut recht. Er ist nichts als ein schäbiger Abtreiber. Aber, hast du denn das nicht gewußt? Nun, dann hörst du's eben von mir. In nächster Nähe dieses Hauses sind zwei, drei Sanatorien, die nur diesem Zweck dienen – natürlich sehr nette und moderne Häuser, und Ivory ist der Oberkratzer! Deedman treibt's nicht viel besser. Er ist nichts als ein aalglatter Rauschgifthausierer und nicht einmal so tüchtig wie Ivory. Eines Tages wird es ihm an den Kragen gehen. Jetzt hör einmal, lieber Freund, ich spreche in deinem Interesse. Ich erzähle dir deshalb alles von den beiden Kerlen, weil ich möchte, daß du sie zum Teufel jagst und dich mit mir zusammentust. Du warst zu unerfahren. Du hast dich ja ebenfalls prellen lassen. Weißt du denn nicht, daß Ivory, wenn er hundert Guineen für eine Operation bekommt, fünfzig davon abgibt – deshalb wird sie ihm doch zugeschanzt, verstehst du – aber dir, was hat er dir gegeben – schäbige fünfzehn oder, wenn's hoch kommt, zwanzig. Das taugt nichts, Manson! Und nach der gestrigen Pfuscherei, verdammt noch einmal, möchte ich mit dem Kerl überhaupt nichts mehr zu tun haben. Nun – ich habe noch niemandem etwas gesagt, dazu bin ich zu klug, aber hör einmal zu, mein Alter, wie ich mir die Sache vorstelle. Lassen wir diese Kerle laufen und werden wir Partner. Schließlich waren wir doch Kameraden im College, nicht wahr? Ich habe dich gern, habe dich immer gern gehabt. Und ich kann dir eine Menge zeigen.« Freddie verstummte, um sich eine zweite Zigarette anzuzünden, dann lächelte er wohlwollend, breit, und begann nun, seine Vorzüge als Partner anzupreisen. »Du kannst dir ja nicht vorstellen, was ich alles geschaukelt habe. Kennst du mein letztes Stückchen? Injektionen zu je drei Guineen – mit sterilem Wasser! Da kam eines Tages eine Patientin wegen ihrer Lymphe. Ich hatte vergessen, das stinkende Zeug zu bestellen, und da ich das gute Geschöpf nicht enttäuschen wollte, nahm ich H_2O. Am nächsten Tag kam sie wieder und erklärte mir, die Reaktion sei besser gewesen als jemals vorher. Und so setzte ich es fort. Warum auch nicht? Das Ganze ist eine Sache des Vertrauens und einer Flasche gefärbten Wassers. Und merke dir, ich kann die ganze Pharmakopöe den Leuten in den Leib jagen, wenn's not tut. Ich bin nicht gewissenlos. Wirklich und wahrhaftig nicht. Ich bin nur klug, und wenn wir beide ernstlich zusammenhalten, Manson – du mit deiner Qualifikation und ich mit meinem Köpfchen –, schöpfen wir allen Rahm ab. Natürlich müssen es zwei sein, weißt du? Man braucht doch unbedingt einen zweiten Arzt, den man zuziehen will. Und ich habe schon einen tüchtigen, jungen Chirurgen im

Auge – der Mann versteht weit mehr als Ivory –, den können wir später dazunehmen. Und wenn alles gut geht, machen wir uns ein eigenes Sanatorium auf. Dann haben wir unser Klondyke.«

Andrew blieb regungslos und steif. Er empfand keinen Zorn gegen Hamson, nur bitteren Abscheu vor sich selber. Nichts hätte ihm schonungsloser zeigen können, wohin er geraten war, was er getan hatte, wie weit es mit ihm gekommen war, als Hamsons Vorschlag.

Als er zuletzt bemerkte, daß Hamson auf seine Antwort wartete, murmelte er:

»Ich kann das nicht machen, Freddie. Ich – ich habe es plötzlich satt bekommen. Ich glaube, ich werde für einige Zeit von hier verschwinden. Auf dieser Quadratmeile unseres Landes leben zu viele Schakale. Freilich gibt es eine Menge anständiger Leute, die versuchen, anständig zu arbeiten und ehrenhaft ihrer Praxis nachzugehen, aber alle anderen sind Schakale. Die Schakale sind es, die überflüssige Injektionen geben, Mandeln und Blinddärme wegoperieren, die niemandem schaden, untereinander den Patienten als Spielball verwenden, Honorare teilen, Abtreibungen machen, pseudowissenschaftliche Heilmittel anpreisen und die ganze Zeit hinter der Guinea her sind.«

Hamsons Gesicht rötete sich langsam.

»Alle Teufel, was soll das heißen!« zischte er.

»Ich weiß, Freddie«, sagte Andrew mühsam. »Ich bin ebenso schlecht. Ich möchte keine Verstimmung zwischen uns beiden. Du warst mein bester Freund.«

Hamson sprang auf. »Ist bei dir eine Schraube locker geworden oder –?«

»Vielleicht. Aber ich will den Versuch machen, nicht mehr an Geld und materiellen Erfolg zu denken. Das ist nicht der Prüfstein für einen guten Arzt. Wenn ein Arzt fünftausend Pfund im Jahr verdient, stimmt etwas nicht. Und warum – warum soll man gerade den leidenden Mitmenschen Geld abnehmen?«

»Du blutiger Narr!« sagte Hamson laut und deutlich. Er machte kehrt und ging aus dem Zimmer.

Wieder saß Andrew hölzern vor dem Schreibtisch, allein und

verlassen. Endlich stand er auf und fuhr heim. Als er in die Nähe seines Hauses kam, wurde er das hastige Pochen seines Herzens gewahr. Es war jetzt sechs Uhr vorbei. Dieser ganze ermüdende Tag schien seinem Höhepunkt zuzustreben. Seine Hände zitterten heftig, als er den Schlüssel im Schloß umdrehte. Christine saß im Vorderzimmer. Beim Anblick ihres blassen, ruhigen Gesichts überlief ihn ein jäher Schauer. Ach, hätte sie ihn nur gefragt, hätte sie nur Sorge gezeigt, wie er die vielen Stunden fern von ihr verbracht habe. Allein sie sagte nur mit jener gleichmäßigen, gleichgültigen Stimme: »Du warst lange aus. Willst du vor dem Ambulatorium Tee trinken?«

Er antwortete: »Heute gibt's kein Ambulatorium.«

Überrascht blickte sie ihn an.

»Aber der Samstag ist doch dein bester Tag.«

Seine Antwort war, daß er einen Zettel mit der Mitteilung schrieb, das Ambulatorium sei heute geschlossen. Er schritt durch den Gang und heftete die Ankündigung an die Tür des Ambulatoriums. Sein Herz hämmerte jetzt so wild, als müßte es bersten. Als er durch den Gang zurückkam, war Christine im Ordinationszimmer. Ihr Gesicht sah noch bleicher aus, ihre Augen verschreckt.

Er blickte sie an. Die Pein in seinem Herzen zerrte an ihm und brach in einer großen Flut hervor, die jede Selbstbeherrschung wegschwemmte.

»Christine!« Alles – seine ganze Seele lag in diesem einen Wort. Dann kniete er vor ihren Füßen nieder und weinte.

17

Ihre Versöhnung war das herrlichste Erlebnis seit den ersten Zeiten ihrer Liebe. Am nächsten Morgen – es war Sonntag – lag er an Christines Seite wie in den alten Tagen in Aberalaw und sprach und sprach und schüttete, als ob Jahre von ihm abgeglitten wären, seine Seele vor ihr aus. Draußen war die Ruhe des Sonntags in der Luft – der besänftigende und friedliche Klang der Glocken. Doch er war nicht friedlich.

»Wie konnte ich so weit kommen?« stöhnte er unruhig. »War ich verrückt, Chris? Oder was war es? Ich kann es nicht glauben, wenn ich daran zurückdenke. Ich – unter einer Decke mit diesem Pack – nach der Freundschaft mit Denny und Hope! Mein Gott, man sollte mich geradezu hinrichten.«

Sie beruhigte ihn. »Das alles ist so plötzlich gekommen, Liebster. Es hätte einen jeden umgeworfen.«

»Nein, aber ganz ehrlich, Chris, ich glaube, ich muß den Verstand verlieren, wenn ich daran denke. Und was für eine Hölle das für dich gewesen sein muß! O Gott, es müßte eine schmerzhafte Hinrichtung sein!«

Sie lächelte, ja, sie lächelte wirklich. Es war so herrlich, ihr Gesicht nicht mehr in dieser starrgefrorenen Ausdruckslosigkeit, sondern zärtlich, glücklich, um ihn besorgt zu sehen. Herr des Himmels, dachte er, endlich leben wir wieder!

»Es gibt nur eins zu tun.« Energisch zog er die Brauen zusammen. Trotz seinem nervösen Grübeln fühlte er sich jetzt von einem Nebel der Selbsttäuschung befreit, kräftig genug zur Tat. »Wir müssen von hier verschwinden. Ich stecke zu tief drin, Chris, viel zu tief. Ich würde mich an jeder Ecke nur meiner Gaukeleien erinnern und mich vielleicht wieder zurückreißen lassen. Wir können die Praxis verkaufen. Und ach, Chris, ich habe eine herrliche Idee!«

»Was denn, Lieber?«

Sein nervöses Stirnrunzeln entspannte sich, und er lächelte sie mit scheuer Zärtlichkeit an.

»Wie lange ist es her, daß du mich so genannt hast! Ich höre es so gerne. Ja, ich weiß, ich habe es verdient. Oh, Chris, laß mich nicht wieder zu denken anfangen! Aber dieser Einfall, dieser Plan kam mir heute früh beim Aufwachen. Ich zerbrach mir den Kopf über Hamson, der mir mit seinem schmutzigen Vorschlag kam, und dann plötzlich ging mir das Licht auf: warum nicht eine anständige Arbeitsgemeinschaft? In Amerika gibt es das unter Ärzten. Stillman hat es mir schon wiederholt gesagt, obwohl er selber kein Arzt ist. Aber hier scheint man dergleichen noch nicht versucht zu haben. Also höre, Chris, man könnte doch auch in einer kleinen Provinzstadt eine Klinik führen – eine

Arbeitsgemeinschaft von Ärzten, von denen jeder auf seinem Spezialgebiet tätig ist. Und jetzt sag mir, Liebling, warum mache ich das, statt mit Hamson und Ivory und Deedman, nicht gemeinsam mit Denny und Hope? Denny könnte die chirurgische Seite erledigen, und du weißt doch, wie tüchtig er ist. Ich die interne, und Hope wäre unser Bakteriologe. Siehst du den Vorteil der Sache – jeder auf seinem Spezialgebiet und alle gemeinsam? Vielleicht erinnerst du dich noch an die Auseinandersetzungen zwischen Denny und mir über unser jämmerliches System der praktischen Ärzte, die sich abplacken und alles auf ihren Schultern tragen müssen – einfach eine Unmöglichkeit! Gruppenmedizin ist die Antwort darauf, die allein richtige Antwort. Ein Mittelding zwischen verstaatlichter Medizin und isolierter individueller Arbeit. Der einzige Grund, warum wir das hierzulande noch nicht kennen, liegt darin, daß die Großköpfigen nichts aus den Händen geben wollen. Aber es wäre doch herrlich, Liebste, wenn wir eine kleine Avantgarde bilden könnten, eine Front, die wissenschaftlich und – gestatte mir, das zu sagen – auch geistig intakt ist, eine Pioniertruppe, die die Vorurteile niederreißen, die alten Fetische umstürzen und vielleicht unser ganzes ärztliches System revolutionieren könnte.«

Sie hatte die Wange ins Kissen gepreßt und blickte ihn mit leuchtenden Augen an.

»Das ist wie in alter Zeit, dich so sprechen zu hören. Ich kann dir nicht sagen, wie ich das liebe. Oh, ich habe das Gefühl, als begännen wir unser Leben von neuem. Ich bin glücklich, Liebster, so glücklich!«

»Ich habe viel gutzumachen«, erklärte er düster. »Ich war ein Dummkopf und Schlimmeres.« Er preßte sich die Hände auf die Stirn. »Mir geht der arme Harry Vidler nicht aus dem Kopf. Und ich will es auch nicht, bis ich etwas Wirkliches geleistet habe, um das zu sühnen.« Plötzlich stöhnte er. »Die Schuld daran traf mich, Chris, nicht nur Ivory. Ich kann mich des Gefühles nicht erwehren, daß ich zu leichten Kaufes davongekommen bin. Es scheint mir ungerecht, daß ich nicht strenger bestraft werde. Aber ich will arbeiten, Chris, ich will arbeiten wie ein Vieh, und ich glaube, daß Denny und Hope sich gerne mit mir zusammentun werden. Du kennst doch die Ideen der beiden. Denny sehnt sich ernstlich danach, wieder praktische Arbeit zu leisten. Und Hope – wenn wir ihm ein kleines Laboratorium geben, wo er für uns die Untersuchungen anstellen, aber auch für sich arbeiten kann, folgt er uns überallhin.«

Er sprang aus dem Bett und begann, wie in alten Zeiten, aufgeregt und ruhelos im Zimmer auf und ab zu gehen, hin- und hergerissen zwischen dem Entzücken über die Zukunft und der Reue wegen des Vergangenen, planend, sich sorgend, hoffend, grübelnd.

»Ich habe so viel zu erledigen, Chris«, rief er. »Und eine wichtige Sache darunter. Hör einmal, ich muß jetzt ein paar Briefe schreiben, aber nach dem Essen – wie wäre es mit einer kleinen Fahrt ins Grüne?«

Sie sah ihn fragend an.

»Wenn du aber zu tun hast?«

»Dazu habe ich immer Zeit. Nein, wirklich, Chris, Mary Boland ist eine schwere Last auf meiner Seele. Sie macht im Victoria gar keine richtigen Fortschritte, und ich habe mich nicht genügend um sie gekümmert. Thoroughgood ist höchst verbohrt und erkennt den Fall auch nicht richtig, wenigstens nicht nach meiner Meinung. Du lieber Gott, wenn ihr etwas zustößt, nachdem ich vor Con die Verantwortung für sie übernommen habe, müßte ich wirklich verrückt werden. Es ist ja furchtbar, daß man so etwas über das eigene Spital sagen muß, aber im Victoria wird sie *nie* gesund werden. Sie muß aufs Land hinaus, in die frische Luft, in ein gutes Sanatorium.«

»Ja?«

»Darum möchte ich mit dir zu Stillman fahren. Bellevue ist die schönste, die herrlichste Anstalt, die man sich vorstellen kann. Wenn es mir nur gelingt, ihn dazu zu bringen, daß er Mary aufnimmt – oh, dann wäre ich nicht nur zufrieden, sondern ich hätte das Gefühl, endlich etwas Wirkliches geleistet zu haben.«

Sie sagte mit Nachdruck:

»Wir fahren, sobald du fertig bist.«

Als er sich angekleidet hatte, ging er hinunter und schrieb einen langen Brief an Denny und einen zweiten an Hope. Er hatte nur drei wichtige Krankenbesuche zu machen, und unterwegs gab er die Briefe zur Post. Nach einem kurzen Mittagessen trat er dann mit Christine die Fahrt nach Wycombe an.

Obwohl die Gefühlsanspannung in ihm sich noch nicht gelöst hatte, wurde es eine frohe Fahrt. Mehr denn je wurde ihm klar, daß das Glück ein seelischer Zustand ist, ausschließlich dem Innenleben angehört und, was immer die Zyniker dagegen sagen mögen, völlig unabhängig ist von weltlichem Besitz. Alle diese Monate mit ihrem rastlosen Streben nach Reichtum, Rang und Erfolg im rein materiellen Sinn hatte er sich für glücklich gehalten. Aber er war nicht glücklich gewesen. Er hatte in einer Art Delirium vegetiert, und unersättlich um so mehr begehrt, je mehr er bekam. Geld, dachte er bitter, alles ums schmutzige Geld! Zuerst war sein Ziel gewesen, tausend Pfund im Jahr zu verdienen. Aber kaum hatte er dieses Einkommen erreicht, gelüstete ihn nach der doppelten Summe, und auch damit war er dann nicht zufrieden gewesen. Und so war es weitergegangen. Er wollte immer mehr und mehr. Zu guter Letzt hätte es ihn umgebracht.

Er blickte zu Christine hinüber. Wie mußte sie seinetwegen gelitten haben! Doch wenn er jetzt noch eine Bestärkung in seinem gesunden Entschluß gebraucht hätte, so hätte ihm der Anblick ihres veränderten, von Freude belebten Gesichts als Beweis genügt. Es war kein hübsches Gesicht mehr, denn Mühsal und Leid des Lebens hatten sich darein gegraben, dunkle Linien liefen um die Augen, die Wangen, diese einst so festen und blühenden Wangen, waren leicht eingefallen. Doch wie von jeher war dieses Gesicht offen und wahr. Und das Glück darin leuchtete wieder so hell und rührend, daß ihn abermals schmerzliche Reue erfaßte. Er schwor sich, nie wieder im Leben etwas zu tun, was sie traurig machen könnte.

Gegen drei Uhr kamen sie nach Wycombe und schlugen eine kleine ansteigende Nebenstraße ein, die den Hügelkamm entlang an Lacey Green vorbeiführte. Bellevue lag herrlich, auf einem kleinen Plateau, das gegen Norden geschützt war, aber den Blick in beide Täler gewährte.

Stillman empfing sie herzlich. Er war ein beherrschter, verschlossener kleiner Mann, der selten Enthusiasmus zeigte. Dennoch bewies er seine Freude über Andrews Besuch dadurch, daß er ihm die ganze Schönheit und Vollkommenheit seines Werkes vor Augen führte.

Bellevue war absichtlich klein gehalten, aber die Vorzüge der Anstalt unterlagen keinem Zweifel. Zwei Flügel, nach Südwesten gelegen, vereinigten sich in einem mittleren, der Verwaltung gewidmeten Teil. Über der Vorhalle und den Büros war eine verschwenderisch ausgestattete Liegehalle, deren Südwand zur Gänze aus ultraviolett-durchlässigem Glas bestand. Alle Fenster waren aus diesem Glas, die Heizungs- und Lüftungsanlagen genügten den allermodernsten Anforderungen. Bei seinem Rundgang mußte Andrew unwillkürlich diese übermoderne Vollkommenheit mit den veralteten, vor hundert Jahren errichteten Gebäuden vergleichen, die zumeist als Londoner Spitäler dienen, und mit jenen schlecht adaptierten und schlecht ausgerüsteten Wohnhäusern, die sich als Sanatorien verkleidet hatten.

Nach einem Rundgang mit den beiden lud Stillman sie zum Tee ein. Hier brachte Andrew ohne weitere Einleitung sein Anliegen vor.

»Ich bitte Sie sehr ungern um eine Gefälligkeit, Mr. Stillman.« Christine mußte über diese fast schon vergessene Redensart lächeln. »Aber ich wüßte gern, ob Sie mir hier einen Fall aufnehmen würden. Tb. Frühstadium. Wahrscheinlich ist Pneumothorax erforderlich. Wissen Sie, es handelt sich um die Tochter eines sehr nahen Freundes, eines Kollegen – er ist Zahnarzt. Dort, wo sie ist, macht sie keine Fortschritte –«

Stillmans blaßblaue Augen zeigten etwas wie Belustigung.

»Sie wollen doch nicht sagen, daß Sie mir einen Patienten schicken? Ärzte senden mir keine Patienten hierher – in Amerika ist's ja anders. Sie vergessen ganz, daß ich hier ein Kurpfuscher bin, der ein Kurpfuscherinstitut führt. Wissen Sie, so einer, der seine Patienten barfuß durch den Tau gehen läßt, ehe er sie zu einem Mohrrübenfrühstück führt!«

Andrew lächelte nicht.

»Ich habe Sie nicht gebeten, mich zu hänseln, Mr. Stillman.

Der Fall dieses Mädchens liegt mir sehr am Herzen. Ich – ich mache mir Sorge um sie.«

»Aber leider sind wir voll besetzt, lieber Freund. Trotz der Antipathie Ihrer Herren Kollegen habe ich eine Vormerkungsliste so lang wie mein Arm. Es ist sonderbar –« Stillman lächelte endlich gleichmütig. »Die Leute wollen, daß ich sie trotz der Ärzte kuriere.«

»Nun schon«, murmelte Andrew. Stillmans Ablehnung war eine große Enttäuschung für ihn. »Ich hatte mehr oder minder damit gerechnet. Wenn es mir gelungen wäre, Mary hierher zu bringen – oh, da hätte ich mich erleichtert gefühlt! Sie haben doch die prächtigste Anstalt in England. Ich will Ihnen gar nicht schmeicheln. Es ist eine Tatsache. Wenn ich an den alten Krankensaal im Victoria denke, wo sie jetzt liegt und zuschauen muß, wie die Küchenschaben hinter den Scheuerleisten kriechen –«

Stillman neigte sich vor und nahm ein dünnes Gurkenbrot vom Tisch. Er hatte eine charakteristische, fast zimperliche Art, Dinge in die Hand zu nehmen, als hätte er sich die Hände eben erst mit äußerster Sorgfalt gewaschen und fürchtete nun, sie schmutzig zu machen.

»So! Sie spielen also jetzt eine kleine ironische Komödie? Nein, nein, so darf ich nicht sprechen. Ich sehe, daß Ihnen wirklich daran liegt. Und ich will Ihnen helfen. *Obwohl* Sie ein Arzt sind, will ich Ihre Patientin aufnehmen.« Stillmans Lippen zuckten, als er Andrews verständnislosen Ausdruck sah. »Wissen Sie, ich bin großzügig. Ich habe nichts dagegen, mit Ärzten zu tun zu haben, wenn ich muß. Warum lachen Sie nicht, das ist doch ein Witz. Na, lassen wir's. Selbst wenn Sie keinen Humor haben, sind Sie viel klüger als die meisten dieser Brüder. Lassen Sie mich nachdenken. Ich habe erst nächste Woche ein Zimmer frei. Ich glaube Mittwoch. Bringen Sie mir Mittwoch in acht Tagen Ihre Patientin und ich verspreche Ihnen, daß ich für sie tun werde, was ich kann.«

Andrews Gesicht wurde rot vor Dankbarkeit.

»Ich – ich kann Ihnen ja nicht sagen, wie sehr –«

»Dann sagen Sie's nicht. Und seien Sie nicht so höflich. Sie sind mir lieber, wenn Sie dreinsehen, als wollten Sie einem etwas an den Kopf werfen. Mrs. Manson, wirft er Ihnen jemals Teller nach? Ich habe einen guten Freund in Amerika. Der Mann ist der Eigentümer von sechzehn Zeitungen, und sooft er zornig wird, zerbricht er einen Teller für fünf Cent. Nun, eines Tages –«

Und jetzt erzählte er ihnen eine lange und für Manson ganz pointenlose Geschichte. Doch als Andrew durch die Kühle des Abends den Wagen heimwärts lenkte, sagte er nachdenklich zu Christine:

»Die eine Sache wäre immerhin erledigt, Chris, und mir ist ein großer Stein vom Herzen. Ich bin überzeugt, daß Mary gut aufgehoben sein wird. Ein großartiger Kerl, dieser Stillman! Er gefällt mir sehr. Er sieht nach nichts aus, aber innen ist er wie aus Stahl. Ob wohl auch wir eine solche Klinik haben werden – in Miniaturausgabe natürlich – Hope, Denny und ich? Das ist ein kühner Traum, nicht wahr, aber man kann nicht wissen. Und ich denke, wenn Denny und Hope sich mir anschließen, und wir gehen in die Provinz, könnten wir in die Nähe der Bergwerksgegend ziehen, damit ich meine Arbeit über die Staubeinatmung wieder aufnehme. Was hältst du davon, Chris?«

Statt einer Antwort neigte sie sich zur Seite, und zur großen Gefährdung der Straßensicherheit küßte sie ihn herzhaft.

18

Am nächsten Morgen stand er, nachdem er in der Nacht gut geschlafen hatte, früh auf. Er fühlte sich kräftig, zu allem fähig. Er ging unverzüglich zum Telefon und übertrug seine Praxis der Firma Fulger & Turner, einer ärztlichen Agentur in der Adam Street, zum Verkauf. Mr. Gerald Turner, der derzeitige Chef dieser altansässigen Firma, kam persönlich zum Telefon und erschien auf Andrews Bitte bald darauf in der Chesborough Terrace. Nach einer Durchsicht der Bücher, die den ganzen Vormittag in Anspruch nahm, versicherte er Andrew, daß er keinerlei Schwierigkeiten haben werde, rasch einen Käufer zu finden.

»Natürlich werden wir in der Annonce einen Grund anführen

müssen, Doktor«, sagte Mr. Turner, während er sich mit der Bleistifthülse leicht auf die Zähne klopfte. »Jeder Käufer wird sich fragen, warum ein Arzt eine solche Goldgrube weggibt. Und entschuldigen Sie, Doktor, daß ich es sage, aber es ist wirklich eine Goldgrube. Ich habe schon lange nicht mehr solche Einnahmen zu Gesicht bekommen. Sollen wir also schreiben: krankheitshalber?«

»Nein«, erklärte Andrew schroff. »Sagen Sie die Wahrheit! Sagen Sie –« Er besann sich. »Nun, sagen Sie: ›aus privaten Gründen‹.«

»Sehr schön, Doktor.« Und Mr. Gerald Turner schrieb folgenden Entwurf: ›Aus rein privaten und nicht mit der Praxis zusammenhängenden Gründen abzugeben...‹

Zum Schluß bemerkte Andrew:

»Und wohlgemerkt, ich will kein Vermögen dafür – nur einen anständigen Preis. Es sind sicher eine Menge Patienten da, die zu dem Neuen nicht gehen werden.«

Beim Lunch überreichte ihm Christine zwei Telegramme, die für ihn gekommen waren. In seinen Briefen vom Tag vorher hatte er Denny und Hope gebeten, ihm telegrafisch zu antworten.

Die erste Depesche, von Denny, lautete einfach: ›Gute Idee. Erwarte mich morgen abend.‹

In der zweiten hieß es mit bezeichnendem Hohn:

›Muß ich mein ganzes Leben mit Irrsinnigen verbringen? Englische Provinzstädte bestehen aus Gasthöfen, Lagerhäusern, Kathedralen und Schweinemärkten. Hast du wirklich Laboratorium gesagt? Gezeichnet: Ein entrüsteter Steuerzahler.‹

Nach dem Lunch fuhr Andrew zum Victoria. Dr. Thoroughgood hielt zwar jetzt keine Visite, aber das paßte vorzüglich zu Andrews Absichten. Er wollte keine Unannehmlichkeiten und keine Auseinandersetzung, vor allem wollte er den Vorgesetzten nicht kränken, der trotz seinem Eigensinn und seinem lächerlichen Interesse für die Bader vergangener Zeiten ihm immer freundlich begegnet war.

Jetzt saß Andrew an Marys Bett und erklärte ihr privat, was er beabsichtige.

»Ich bin eigentlich an dem Ganzen schuld«, sagte er, während er ihr beruhigend die Hand tätschelte. »Ich hätte voraussehen sollen, daß hier nicht der richtige Ort für Sie ist. Im Bellevue werden Sie es anders finden – ganz anders, Mary. Aber man war hier sehr nett zu Ihnen, darum wollen wir niemanden verletzen. Sie brauchen nur zu sagen, daß Sie am Mittwoch fortgehen wollen – wenn Sie das nicht gerne tun, werde ich Con bitten, daß er Ihnen schreibt, er möchte Sie fortnehmen. So viele Leute warten hier auf Betten, daß man Ihnen keine Schwierigkeiten machen wird. Und dann fahre ich Sie am Mittwoch mit meinem Wagen ins Bellevue. Ich bringe eine Schwester und alles Nötige mit. Es wird ganz einfach gehen. Und für Sie ist es das beste.«

Er kehrte mit dem Gefühl nach Hause zurück, eine weitere Leistung vollbracht zu haben und allmählich das Chaos zu entwirren, in das sein Leben gestürzt war. Beim Abendambulatorium machte er sich ernsthaft an die Aufgabe, die chronischen Patienten auszujäten, die Weiblichkeit, die nur kam, um ihn anschwärmen zu können, erbarmungslos zu opfern. Dutzende Male im Verlauf einer Stunde erklärte er fest:

»Dies ist Ihr letzter Besuch. Sie kommen schon lange her. Sie sind jetzt ganz hergestellt. Und ewig können Sie nicht Medikamente schlucken.«

Es war erstaunlich, wie erleichtert er sich dann fühlte. Ehrlich und nachdrücklich auszusprechen, was er dachte, war ein Luxus, den er sich lange versagt hatte. Mit fast knabenhaft elastischem Schritt ging er zu Christine.

»Jetzt fühle ich mich schon weniger als Agent für Badesalze!« Er stöhnte. »Lieber Gott, wie kann ich so sprechen! Ich vergesse ganz, was geschehen ist – Vidler! Alles, was ich getan habe!«

In diesem Augenblick klingelte das Telefon. Christine ging zum Apparat, und es schien Andrew, als sei sie lange fort und als zeigte ihr Gesicht beim Zurückkommen wieder einen sonderbar gequälten Ausdruck.

»Es möchte dich jemand sprechen.«

»Wer?« Plötzlich wußte er, daß Frances Lawrence ihn angerufen hatte. Bedrückendes Schweigen lag über dem Zimmer. Dann sagte er hastig: »Sag ihr, ich bin nicht da. Sag ihr, ich bin fortgegangen. Nein, warte!« Seine Miene wurde fester. Er tat heftig einen Schritt vorwärts. »Ich werde selber mit ihr sprechen.«

Nach fünf Minuten kam er wieder und fand, daß Christine sich mit einer Handarbeit in ihre Lieblingsecke zurückgezogen hatte, wo das Licht gut war. Er blickte sie verstohlen an, dann schaute er weg, trat zum Fenster und stand nachdenklich dort, die Hände in den Taschen. Das ruhige Klappern der Stricknadeln bewirkte, daß er sich selber über die Maßen albern erschien, ein trauriger, dummer Hund, der, verdreckt und schuldbewußt, von einem verbotenen Weg heimschleicht. Endlich konnte er sich nicht länger beherrschen. Noch immer mit dem Rücken gegen Christine, sagte er:

»Auch das ist erledigt. Es wird dich interessieren, daß es nichts anderes war als idiotische Eitelkeit. Eitelkeit und Selbstsucht. Ich habe immer nur dich geliebt.« Plötzlich brach es aus ihm. »Ach, Teufel, ich bin an allem schuld. Diese Leute verstehen es ja nicht besser, wohl aber ich. Ich komme zu leichten Kaufes davon – zu leichten Kaufes. Aber laß dir sagen, als ich jetzt beim Telefon war, rief ich auch le Roy an, damit es in einem Aufwaschen ging. Die Cremo-Firma wird kein Interesse an mir haben. Bei denen habe ich mich unmöglich gemacht, Chris. Und, Gott ist mein Zeuge, dabei soll's bleiben.«

Sie antwortete nicht, aber das Klappern der Nadeln war in dem stillen Zimmer ein geschäftiges, angenehmes Geräusch. Er blieb lange dort, den Blick beschämt auf den Straßenverkehr draußen gerichtet, auf die Lichter, die im sommerlichen Dunkel emporsprangen. Als er sich endlich umdrehte, hatte sich das Dunkel auch ins Zimmer gestohlen, aber Christine saß noch immer da, fast unsichtbar in dem beschatteten Lehnstuhl, eine kleine, schmale Gestalt, mit der Strickarbeit beschäftigt.

In der Nacht erwachte er, schwitzend und verstört, und wandte sich blindlings an Christine, noch immer verängstigt durch seinen schrecklichen Traum.

»Wo bist du, Chris? Verzeih, o bitte, verzeih, ich werde tun, was ich kann, um in Zukunft anständig gegen dich zu sein.« Und dann fuhr er beruhigt, schon halb im Schlaf, fort: »Wir wollen uns Urlaub nehmen, wenn wir die Praxis hier verkauft haben. Du lieber Gott, meine Nerven sind auf dem Hund – und *ich* habe dich einmal neurotisch genannt! Und wenn wir uns irgendwo niederlassen, sollst du einen Garten haben, Chris. Ich weiß, daß du das liebst. Erinnerst du dich – erinnerst du dich an Vale View?«

Am nächsten Tag brachte er ihr einen großen Strauß Chrysanthemen. Mit all seinem alten Ungestüm bemühte er sich, ihr seine Liebe zu zeigen, nicht durch die protzige Freigebigkeit, die sie haßte – der Gedanke an jenes Mittagessen im Plaza machte ihn noch immer erschauern –, sondern in kleinen Aufmerksamkeiten, in fast schon vergessenen Dingen.

Als er zum Tee mit einer besonderen Art Kuchen heimkam, die sie gerne aß, und ihr dann schweigend aus dem Schrank am Ende des Ganges die Pantoffeln brachte, setzte sie sich auf, runzelte die Stirn und widersprach freundlich:

»Tu das nicht, Lieber, tu das nicht – sonst werde ich's büßen müssen. Nächste Woche wirst du dir das Haar raufen und mich durchs ganze Haus jagen wie in den alten Zeiten.«

»Chris!« rief er mit erschrockenem, gequältem Gesicht. »Siehst du denn nicht, daß alles anders geworden ist? Von jetzt an will ich nur noch an dir gutmachen.«

»Ja, ja, mein Lieber.« Lächelnd trocknete sie sich die Augen. Dann sagte sie mit einer plötzlichen Heftigkeit, die er bei ihr nie vermutet hätte: »Mir gilt es gleich, wie es ist, solange wir *beisammen* sind. Ich will nicht, daß du mir nachläufst, ich will nur, daß du niemandem andern nachläufst.«

Am Abend kam Denny, wie er versprochen hatte, zum Essen. Er brachte Nachricht von Hope, der ihn aus Cambridge angerufen hatte und sagen ließ, daß er heute nicht nach London kommen könne.

»Er behauptet, beruflich verhindert zu sein«, erklärte Denny, während er seine Pfeife ausklopfte. »Aber ich hege den starken Verdacht, daß Freund Hope demnächst eine Braut heimführen wird. Eine höchst romantische Sache – die Hochzeit eines Bakteriologen!«

»Sagte er etwas zu meinem Plan?« fragte Andrew rasch.

»Ja, er ist begeistert – aber das spielt keine Rolle –, wenn wir wollen, kommt er auf jeden Fall mit uns! Und auch ich bin begeistert.« Denny entfaltete seine Serviette und nahm sich Salat. »Ich kann mir gar nicht vorstellen, daß ein so herrlicher Plan aus deinem dummen Kopf gekommen ist. Zumal ich der Meinung war, du habest dich als Seifenhändler im Westend etabliert. Erzähl mir, wie das war.«

Andrew berichtete erschöpfend und mit immer größerem Nachdruck. Hierauf besprachen sie die praktischen Einzelheiten ihres Plans. Und plötzlich erkannten sie, welch greifbare Formen das Projekt schon annahm, als Denny jetzt sagte:

»Ich denke, daß wir keine zu große Stadt wählen sollen. Weniger als zwanzigtausend Einwohner, das wäre das Ideal. Dort könnten wir die Sache in Schwung bringen. Sieh dir eine Karte der West Midlands an! Dort findest du Dutzende von Industriestädten mit je vier oder fünf Ärzten, die einander höflich den Hals abschneiden, wo der gute, alte praktische Arzt an dem einen Vormittag eine halbe Mandel entfernt und am nächsten Vormittag mist. alba verabfolgt. In solchen Städten können wir unsere Idee einer spezialisierten Zusammenarbeit durchführen. Wir wollen am Anfang nicht zu viel investieren. Wir kommen, wenn ich so sagen darf, einfach an. Du lieber Gott, die Gesichter der Kerle möchte ich sehen – ich meine, die der Doktoren Brown und Jones und Robinson. Man wird uns waggonweise mit Unrat überschütten – am Ende wird man uns vielleicht lynchen wollen. Aber ganz im Ernst, wir brauchen, wie du sagst, eine zentral gelegene Klinik in Verbindung mit Hopes Laboratorium. Wir können uns sogar ein paar Betten halten. Im Anfang wollen wir es nicht zu groß aufzäumen. Umbauen wird vermutlich besser sein als neu bauen. Aber ich habe so das Gefühl, als ob wir uns einnisten könnten.« Plötzlich bemerkte er Christines leuchtende Augen und wie eifrig sie diesem Gespräch folgte. Da sagte er lächelnd: »Was halten Sie davon, Gnädige? Verrückt, wie?«

»Ja«, antwortete sie ein wenig heiser. »Aber – aber gerade die verrückten Dinge sind wichtig.«

»So ist es, Chris, bei Gott. Diese Sache ist wichtig.«

Andrew ließ die Faust auf den Tisch fallen, daß das Besteck

klirrte. »Der Plan ist gut. Noch mehr aber das Ideal, das ihm zugrunde liegt, eine neue Auslegung des hippokratischen Eides, eine restlose Hingabe an den wissenschaftlichen Gedanken, keine Empirie, keine Routine, keine Medikamentenmischerei, keine Honorarjagd, keine Gewinnsucht, keine Schmarotzerei bei Hypochondern, keine – ach, um Gottes willen, gib mir doch zu trinken! Meine Stimmbänder halten das nicht aus, ich muß einen Schluck tun.«

Sie sprachen bis ein Uhr morgens. Andrews gestraffte Erregung rüttelte sogar den stoischen Denny auf. Den letzten Zug hatte er schon lange versäumt. So schlief er im Gastzimmer, und als er am nächsten Morgen nach dem Frühstück davoneilte, versprach er, am Freitag wiederzukommen. In der Zwischenzeit wollte er mit Hope sprechen und – dies war ein endgültiger Beweis seiner Begeisterung – eine genaue Karte der West Midlands kaufen.

»Es ist in Schwung gebracht, Chris, es ist in Schwung gebracht!« rief Andrew triumphierend, als er von der Haustür zurückkam. »Philip ist hinter der Sache her wie ein Bär hinter dem Honig. Er redet nicht viel, aber ich weiß Bescheid.«

An diesem Tag kam die erste Anfrage wegen der Praxis. Ein Kaufliebhaber erschien, und ihm folgten andere. Mit den ernst zu nehmenden Käufern erschien Gerald Turner persönlich. Er verfügte über elegant flüssige Beredsamkeit, die er sogar an die Architektur der Garage verschwendete. Am Montag tauchte Dr. Noel Lowry zweimal auf, am Vormittag allein und nachmittags in Begleitung des Agenten. Turner rief hernach Andrew an und berichtete vertraulich und glatt.

»Dr. Lowry interessiert sich, Doktor, ja, ich kann sagen, er interessiert sich sehr. Er legt aber besonderen Wert darauf, daß wir die Praxis nicht verkaufen, bevor seine Frau Gelegenheit gehabt hat, das Haus zu sehen. Sie ist jetzt mit den Kindern an der See. Am Mittwoch kommen sie heim.«

Das war der Tag, an dem Andrew Mary nach Bellevue bringen wollte, aber er hatte die Überzeugung, daß er den Verkauf der Praxis ruhig Turner überlassen konnte. Im Spital war alles so gegangen, wie er es gedacht hatte. Mary sollte um zwei Uhr das Krankenhaus verlassen. Er war mit Schwester Sharp übereingekommen, daß sie ihn im Wagen begleitete.

Es regnete heftig, als er um halb zwei zur Welbeck Street fuhr, um Schwester Sharp abzuholen. Sie wartete, aber nur ungern und verdrossen, und war in übler Laune, als er vor dem Haus 57 a ankam. Da er erklärt hatte, daß er am Ende des Monats auf ihre Dienste verzichten müsse, hatte sich ihre Laune immer mehr verschlechtert. Sie kläffte eine Antwort auf seinen Gruß und stieg in den Wagen.

Zum Glück hatte er mit Mary keinerlei Schwierigkeiten. Er fuhr gerade vor, als sie aus dem Tor trat, und im nächsten Augenblick schon saß sie im Fond des Wagens neben Schwester Sharp, warm in eine Decke verpackt und eine Wärmeflasche auf den Füßen. Doch noch ehe er weit gefahren war, fiel ihm ein, daß es besser gewesen wäre, nicht diese mürrische und argwöhnische Frau mitzunehmen. Offenbar betrachtete sie die Expedition als weit über den Rahmen ihrer Obliegenheiten hinausgehend. Er fragte sich, wie er es so lange mit ihr hatte aushalten können. Um halb vier kamen sie nach Bellevue. Es hatte zu regnen aufgehört, und die Sonne drang durch die Wolken, als Andrew vor dem Haus vorfuhr. Mary blickte nervös und ein wenig ängstlich das Haus an, von dem man ihr so viel erzählt und versprochen hatte.

Stillman war im Büro. Andrew legte großen Wert darauf, den Fall mit ihm zu untersuchen, denn er hätte die Entscheidung, ob ein Pneumothorax angelegt werden solle, gerne hinter sich gehabt. Während sie bei einer Schale Tee saßen und eine Zigarette rauchten, sprach er davon.

»Nun gut«, erklärte Stillman mit einem Kopfnicken. »Erledigen wir das gleich!«

Er ging zu Marys Zimmer voran. Sie lag jetzt im Bett. Blaß von der Reise und noch immer nicht frei von Furcht, sah sie zur Schwester Sharp hin, die am Ende des Zimmers stand und das Kleid der Patientin zusammenfaltete. Mary erschrak ein wenig, als Stillman sich ihr näherte.

Er untersuchte sie mit größter Sorgfalt. Diese Untersuchung in ihrer Ruhe, ihrer Lautlosigkeit, in ihrer unglaublichen Genauigkeit war für Andrew eine Offenbarung. Dieser Mann wußte nichts von den Mätzchen eines Hausarztes. Er trachtete nicht danach, Eindruck zu schinden. Er erinnerte überhaupt nicht an einen untersuchenden Arzt. Er glich eher einem Geschäftsmann, der sich mit einer Rechenmaschine befaßt, an der etwas nicht in Ordnung ist. Obwohl er das Stethoskop benutzte, untersuchte er mehr durch Abtasten, durch Anfühlen der Zwischenrippen- und Supra-Klavikularräume, als könnte er durch seine geschmeidigen Finger tatsächlich den Zustand der atmenden Lungenzellen darunter erfühlen.

Als es vorüber war, sagte er zu Mary nichts, sondern führte Andrew vor die Tür.

»Pneumothorax«, sagte er. »Das steht außer Frage. Es wäre besser gewesen, man hätte ihn vor Wochen angelegt. Wir wollen jetzt keine Zeit verlieren. Gehen Sie zu dem Mädchen und sagen Sie es ihm!«

Während Stillman ging, die Apparate nachzusehen, begab sich Andrew in Marys Zimmer und machte ihr Mitteilung von dem gefaßten Entschluß. Er sprach möglichst leichthin, und doch war sofort ersichtlich, daß diese unmittelbar bevorstehende Prozedur die Kranke noch mehr aufregte.

»Werden Sie es machen?« fragte sie unsicher. »Oh, mir wäre viel lieber, wenn Sie es machten.«

»Aber es ist ja nichts dabei, Mary. Sie werden gar keinen Schmerz spüren. Ich bin dabei. Ich assistiere ihm. Ich werde darauf achten, daß Ihnen nichts geschieht.«

Eigentlich hatte er die ganze Durchführung Stillman überlassen wollen. Aber da sich Mary so nervös an ihn klammerte und da er sich eigentlich dafür verantwortlich fühlte, daß sie überhaupt hier war, ging er zu Stillman und bot ihm seine Assistenz an.

Zehn Minuten später war alles bereit. Als Mary hereingebracht wurde, machte ihr Andrew die Lokalanästhesie. Dann trat er zum Manometer, während Stillman geschickt die Nadel einführte und das Einströmen des sterilen Nitrogengases in den Pleuralraum kontrollierte. Der Apparat war außerordentlich empfindlich und Stillman zweifellos ein Meister der Technik. Er hatte eine besondere Fertigkeit, mit der Kanüle umzugehen, die er geschickt vorwärts trieb, während er den Blick auf das Manometer gerichtet hielt, um den letzten Ausschlag nicht zu übersehen, der die Perforation der Parietalpleura anzeigte. Er hatte seine eigene Methode, um ein Emphysem bei der Operation zu vermeiden. Es war ein Vergnügen, die ruhige und dabei doch flinke Arbeit Stillmans zu beobachten.

Nach anfänglicher heftiger Nervosität schwand Marys Angst endlich dahin. Mit immer größerem Vertrauen ließ sie die Operation über sich ergehen, und am Ende konnte sie, völlig entspannt, Andrew sogar anlächeln. Als sie wieder in ihrem Zimmer war, erklärte sie:

»Sie hatten recht. Es war nichts zu spüren. Mir ist, als wäre überhaupt nichts geschehen.«

»Na also.« Er zog eine Augenbraue in die Höhe, dann lachte er. »So ist's recht. Keine Aufregung, nicht das Gefühl, als ob Ihnen etwas Schreckliches passiert wäre – wenn nur alle Operationen so verliefen! Aber jedenfalls haben wir nun die eine Lunge glücklich ruhiggestellt. Jetzt soll sie rasten. Und wenn sie wieder einmal atmen kann – dann ist sie geheilt, verlassen Sie sich darauf!«

Ihr Blick blieb an ihm haften, wanderte dann durch das feundliche Zimmer zum Fenster, durch das man ins Tal hinuntersah. »Ich denke, hier wird es mir doch gefallen. Er macht gar nicht den Versuch, nett zu sein – ich meine Mr. Stillman –, aber man fühlt trotzdem, daß er nett ist. Glauben Sie, daß ich jetzt Tee haben könnte?«

19

Es war beinahe sieben Uhr, als er das Bellevue verließ. Er hatte sich länger aufgehalten, als er erwartet hatte, denn er plauderte mit Stillman noch in der unteren Veranda, freute sich der kühlen Luft und des ruhigen Gespräches mit dem andern Mann. Als er fortfuhr, war er von einem ungewöhnlichen Gefühl des Friedens und der Ruhe durchdrungen. Dies hatte er Stillman zu danken, dessen Persönlichkeit mit ihrem gelassenen Gleichmut gegen die alltäglichen Dinge des Lebens auf Andrews ungestüme Veranlagung günstig einwirkte. Außerdem war er jetzt Marys wegen beruhigt. Er verglich sein früheres übereiltes Vorgehen, diese plötzliche Unterbringung in einem veralteten Spital, mit dem, was er heute für sie getan hatte. Es hatte ihm viel Unbequemlichkeiten gemacht und manche mühselige Vorbereitung gekostet. Außerdem verstieß er gegen die Regel. Es war zwar mit Stillman noch kein Wort über die Frage der Bezahlung gesprochen worden, doch Andrew wußte genau, daß Con nicht imstande war, die Honorare, die das Bellevue forderte, zu zahlen, und daß daher die Begleichung der Rechnung auf ihn fallen werde. Doch all dies bedeutete ihm nichts im Vergleich mit dem Gefühl, etwas geleistet zu haben. Zum erstenmal seit vielen Monaten hatte er die Empfindung, etwas getan zu haben, von dem er glauben konnte, daß es wertvoll war. Dieses Gefühl durchdrang ihn warm – ein schöner Gedanke, der Beginn seiner Ehrenrettung.

Er chauffierte langsam und freute sich an der Abendstille. Schwester Sharp saß wieder im Wagenfond, doch sie hatte nichts zu sagen, und er, mit seinen eigenen Gedanken beschäftigt, vergaß sie beinahe. Doch als sie nach London kamen, fragte er, wo er sie absetzen könne, und brachte sie nach ihrem Wunsch zur Untergrundstation Notting Hill. Er freute sich, sie los zu sein. Sie war eine gute und zuverlässige Schwester, aber von griesgrämigem, verschlossenem Wesen. Sie hatte ihn nie leiden mögen. Er beschloß, ihr am nächsten Tag ihr Monatsgehalt per Post zu schicken, denn er wollte sie nicht mehr sehen.

Als er durch die Paddington Street kam, änderte sich seine Stimmung seltsam. Es berührte ihn immer tief, wenn er am Laden der Vidlers vorbeifuhr. Auch jetzt sah er das Schild ›Reparaturgesellschaft‹. Einer der Gehilfen ließ eben den Rolladen herunter. Dieser einfache Vorgang war so symbolisch, daß es Andrew kalt überlief. In gedrückter Stimmung fuhr er in die Chesborough Terrace und brachte den Wagen in der Garage unter. Er trat ins Haus, eine seltsame Traurigkeit drückte ihn nieder.

Christine lief ihm in der Halle freudig entgegen. Wie seine Stimmung auch sein mochte, die ihre war lebhaft und freudig. Ihre Augen leuchteten, denn sie hatte eine Neuigkeit zu berichten.

»Verkauft!« erklärte sie fröhlich. »Alles mit Sack und Pack und samt dem Souterrain! Sie haben lange auf dich gewartet, Lieber – erst jetzt sind sie fort. Ich meine Doktor und Mrs. Lowry. Er war so aufgeregt« – sie lachte –, »weil du zum Ambulatorium nicht hier warst, daß er sich hinsetzte und selber die Patienten abfertigte. Dann lud ich die beiden zum Essen ein, und wir machten Konversation. Ich konnte Mrs. Lowry den Gedanken anmerken, daß du gewiß einen Autounfall gehabt hast. Und dann habe auch ich mir Sorgen gemacht. Aber jetzt bist du endlich hier, Lieber! Und alles ist in Ordnung. Du sollst morgen um elf in Mr. Turners Büro kommen und den Vertrag unterzeichnen. Und – außerdem hat er bei Mr. Turner eine Anzahlung hinterlegt.«

Er folgte ihr ins Vorderzimmer, wo der Tisch schon abgeräumt war. Natürlich freute er sich über den Verkauf der Praxis. Dennoch konnte er im gegenwärtigen Augenblick kein allzu großes Entzücken zeigen.

»Ist es nicht fein«, fuhr Christine fort, »daß das alles so rasch erledigt wurde? Ich glaube nicht, daß er eine sehr lange Einführung erwartet. Oh, ich habe ja so viel nachgedacht, während du fort warst. Wenn wir nur wieder auf einige Zeit nach Val André fahren könnten, bevor wir mit der neuen Arbeit beginnen. Es war doch so schön dort, nicht wahr? Und wir waren so glücklich –« Sie unterbrach sich und sah ihn an. »Ja, was ist denn los, Lieber?«

»Oh, nichts«, erwiderte er lächelnd und setzte sich. »Ich bin wohl ein wenig müde. Wahrscheinlich, weil ich nichts gegessen habe –«

»Was?« rief sie entsetzt. »Ich war fest überzeugt, daß du vor der Abfahrt im Bellevue gegessen hast.« Ihr Blick wanderte durchs Zimmer. »Und ich habe nichts im Haus. Und Mrs. Bennett ist ins Kino gegangen.«

»Das macht ja nichts.«

»O doch. Jetzt verstehe ich, warum du keinen Freudensprung getan hast, als ich dir von der Praxis erzählte. Nun, setz dich einmal auf eine Minute ruhig hin, und ich bringe dir etwas. Hast du auf irgend etwas besondere Lust? Ich kann Suppe aufwärmen – oder Rühreier machen – oder was sonst?«

Er dachte nach.

»Nun, Rühreier, Chris. Aber gib dir doch keine Mühe. Wenn du jedoch willst – und nachher vielleicht ein wenig Käse.«

Im Augenblick war sie wieder mit einem Tablett da, auf dem ein Teller mit Rühreiern, Selleriesalat, Brot, Kuchen, Butter und die Käseplatte stand. Sie stellte das Tablett auf den Tisch. Als er seinen Sessel heranzog, brachte sie ihm aus dem Schrank eine Flasche Ale. Während er aß, sah sie ihm fürsorglich zu. Sie lächelte. »Weißt du, Lieber, ich denke mir oft – wenn wir in der Cefan Row gelebt hätten, zum Beispiel in einer Küche und einem Schlafzimmer, hätten wir uns herrlich vertragen. Das vornehme Leben hat für uns nicht getaugt. Jetzt werde ich wieder eine Arbeiterfrau sein und bin unsagbar glücklich.«

Er aß die Rühreier. Das Essen verbesserte sichtlich seine Laune.

»Weißt du, Lieber«, fuhr sie fort, während sie in der für sie bezeichnenden Art die Hände unter ihr Kinn legte. »Ich habe in den letzten Tagen viel nachgedacht. Vorher war mein Gemüt erstarrt, irgendwie verschlossen. Aber seit wir beisammen sind – ach, seit wir wieder wir selber sind, scheint mir alles so klar. Nur wenn man die Dinge erkämpfen muß, sind sie etwas wert. Fallen sie einem nur so in den Schoß, gewähren sie keine Bfriedigung. Entsinnst du dich der Tage in Aberalaw? In meinem Gedächtnis leben sie, leben sie Tag für Tag. Erinnerst du dich der harten Zeiten, die wir miteinander durchgemacht haben? Nun, ich habe das Gefühl, als ob das alles von neuem anfinge. Es ist unser Leben, Lieber. Das sind wir! Und ach, es macht mich ja so glücklich!«

»Bist du wirklich glücklich, Chris?«

Sie küßte ihn zart.

»Ich war im Leben noch nie so glücklich, wie in diesem Augenblick.«

Eine Pause entstand. Andrew strich sich Butter auf ein Brot und hob den Deckel der Käseplatte auf. Aber ach, hier war nicht sein geliebter Liptauer, sondern nur ein trockenes Endchen Cheddar, den Mrs. Bennett in der Küche verwendete. Sobald Christine das sah, rief sie schuldbewußt:

»Und ich wollte heute zu Frau Schmidt gehen!«

»Ach, das macht ja nichts, Chris.«

»Nein, das macht schon etwas.« Sie nahm ihm die Käseplatte weg, noch ehe er sich dessen versah. »Hier fasle ich wie ein sentimentales Schulmädchen und gebe dir nichts zu essen und lasse dich hungern, wenn du müde nach Hause kommst. Eine nette Arbeiterfrau wäre ich!« Sie sprang auf und sah zur Uhr. »Ich habe gerade noch Zeit, hinüberzulaufen, bevor sie zumacht.«

»Aber, so laß doch, Chris!«

»Bitte, bitte, Lieber.« Fröhlich brachte sie ihn zum Schweigen. »Ich möchte so gerne. Ich möchte es, weil du Frau Schmidts Käse liebst und weil ich dich liebe.«

Noch ehe er wieder Einspruch erheben konnte, war sie aus dem Zimmer. Er hörte ihren raschen Schritt in der Halle, das leise Zufallen der Haustür. In seinen Augen lag noch ein flüchtiges Lächeln. Wie ähnlich ihr so etwas sah! Er bestrich noch ein zweites Brot mit Butter und wartete auf die Ankunft des berühmten Liptauers, wartete auf Christines Rückkehr.

Das Haus war sehr still. Florrie schlief schon im Souterrain, und Mrs. Bennett war im Kino. Er freute sich darüber, daß Mrs. Bennett mit ihnen ziehen wollte. Wie großartig Stillman heute nachmittag gearbeitet hatte! Mary wurde gewiß gesund. Ganz gesund. Herrlich, wie der Regen die Luft gereinigt hatte – schön war es, heimzufahren durchs Land, alles so frisch und ruhig. Gott sei Dank, Christine würde bald wieder ihren Garten haben. Er und Denny und Hope würden vielleicht von den fünf Ärzten irgendeines Krähwinkels gelyncht. Aber Christine sollte immer ihren Garten haben.

Er begann, zerstreut, eines der Butterbrote zu essen. Er verlor ja noch den Appetit, wenn Christine sich nicht beeilte. Wahrscheinlich plauderte sie mit Frau Schmidt. Die gute Alte – sie hatte ihm die ersten Patienten geschickt. Wenn er nur ehrlich weitergearbeitet hätte, statt daß er – ach, damit war Schluß, Gott sei Dank! Jetzt waren sie wieder beisammen, Christine und er, beisammen und glücklicher denn je. Wie herrlich, das von ihr vor einer Minute zu hören! Er zündete sich eine Zigarette an. Plötzlich läutete die Türglocke heftig. Andrew blickte auf, legte die Zigarette weg und trat in die Halle. Doch es wurde noch einmal geklingelt. Er öffnete die Haustür.

Sofort bemerkte er den Wirbel draußen, eine Gruppe von Menschen auf der Fahrbahn, Gesichter und Köpfe, vom Dunkel umsponnen. Doch bevor er noch dieses wirre Muster enträtseln konnte, tauchte der Polizist, der geläutet hatte, vor ihm auf. Es war Struthers, sein alter Freund und Landsmann aus Fife. Aber Struthers wirkte so sonderbar, er hatte so starre weiße Augäpfel.

»Doktor«, keuchte der Polizist mühsam wie jemand, der gelaufen ist. »Ihre Frau ist verletzt. Sie ist – allmächtiger Gott! – sie ist aus dem Laden direkt in einen Autobus gelaufen.«

Eine große Hand aus Eis schloß sich um ihn zusammen. Noch ehe er Worte fand, war der Wirrwarr um ihn. Plötzlich, schrecklich hatte sich die Halle mit Menschen gefüllt. Die schluchzende Frau Schmidt, ein Autobusschaffner, noch ein Polizist, Fremde, alle drangen ein und drängten ihn ins Ordinationszimmer zurück. Und dann, mitten durch die Menge, von zwei Männern getragen, Christines Gestalt. Von dem schmalen, weißen, geschwungenen Hals hing der Kopf nach hinten. An den Fingern der linken Hand baumelte noch immer das Päckchen aus Frau Schmidts Laden. Die Männer legten sie auf den Untersuchungstisch im Ordinationszimmer. Sie war tot.

20

Er brach völlig zusammen und schien tagelang von Sinnen zu sein.

Wie ein Traum ging die Leichenbeschau mit ihrer abstoßenden Formlosigkeit und den so überflüssig genauen Zeugenaussagen an ihm vorüber. Starr musterte er die untersetzte Gestalt der Frau Schmidt, über deren dicke Wangen unablässig die Tränen kollerten.

Als er hörte, daß der Coroner Dr. Manson sein Beileid zu diesem traurigen Verlust aussprach, wußte er, daß alles vorbei war. Mechanisch stand er auf, und mechanisch schritt er mit Denny über graues Pflaster.

Wie die Vorbereitungen für die Beerdigung getroffen wurden, wußte er nicht; alles geschah auf geheimnisvolle Weise ohne sein Zutun. Als er nach Kensal Green fuhr, jagten seine Gedanken ziellos hin und her und durch die Jahre zurück. Auf dem düsteren, viel zu kleinen Friedhof erinnerte er sich der weiten, vom Winde durchfegten Hochflächen hinter Vale View, wo die Bergponys jagten und ihre wirren Mähnen schüttelten. Wie gerne war Christine dort gegangen, um auf ihren Wangen die Brise zu fühlen. Und jetzt lag sie hier in dem verrußten Stadtfriedhof.

In den folgenden Tagen hatte Andrew den Eindruck, als ob Denny ständig im Hause sei. Das geschah nicht der Praxis wegen, denn die wurde jetzt von Dr. Lowry besorgt. Lowry wohnte anderswo, kam aber täglich zur Ordination und erledigte die Krankenbesuche. Andrew wußte nichts, gar nichts von dem, was vorging, und wollte nichts wissen. Er ging Lowry aus dem Weg. Seine Nerven waren in Stücke gerissen. Das Klingeln der Türglocke verursachte ihm wahnsinniges Herzklopfen. Beim Geräusch eines plötzlichen Schrittes brach ihm der Schweiß an den Handflächen aus. Er saß droben in seinem Zimmer, ein zusammengerolltes Taschentuch zwischen den Fingern, und trocknete sich von Zeit zu Zeit die schwitzenden Hände, während er ins Feuer starrte und wußte, daß er, wenn die Nacht kam, mit dem Gespenst der Schlaflosigkeit zu kämpfen hatte.

So war sein Zustand, als Denny eines Morgens eintrat und sagte: »Gott sei Dank, endlich bin ich frei. Jetzt können wir fortfahren.«

Eine Weigerung kam gar nicht in Betracht, Andrews Widerstandskraft war gänzlich dahin. Er fragte nicht einmal, wohin sie fahren sollten. Schweigend, teilnahmslos sah er zu, wie Denny für ihn einen Koffer packte. In weniger als einer Stunde waren sie auf dem Weg zur Paddington-Station.

Sie fuhren den ganzen Nachmittag durch die südwestlichen Grafschaften, stiegen in Newport um und durchquerten Monmouthshire. An Abergavenny stiegen sie aus, und hier mietete Denny vor dem Stationsgebäude einen Wagen. Als sie außerhalb der Stadt waren und dann den Fluß Usk entlang durch die reiche, herbstlich gefärbte Landschaft fuhren, sagte Denny: »Hier liegt ein Haus, in das ich früher oft kam, wenn ich fischen fuhr. Llantony Abbey. Ich glaube, das wird geeignet sein.«

Durch ein ganzes Netzwerk von haselnußgesäumten Wegen kamen sie gegen sechs Uhr an ihr Ziel. In einem viereckigen Stück dichten grünen Rasens umher lagen die Ruinen der Abtei, glatte, graue Steine, ein paar noch erhaltene Spitzbogen der Kreuzgänge. Daneben war das ausschließlich aus Klostersteinen erbaute Gasthaus. In der Nähe floß ein kleiner Bach mit ständigem, beruhigendem Rieseln. Holzrauch stieg, gerade und blau, in die ruhige Abendluft auf.

Am nächsten Tag wurde Andrew von Denny zu einem Spaziergang fortgeschleppt. Es war ein klarer Tag, aber Andrew, ganz krank von einer schlaflosen Nacht, wollte, als seine schlaffen Muskeln beim ersten Hügel versagten, gleich wieder umkehren, obwohl er erst ein kurzes Stück gegangen war. Doch Denny blieb fest. Er zerrte Andrew an diesem ersten Tag acht Meilen weit und am nächsten zehn. Am Ende der Woche marschierten sie zwanzig Meilen am Tag, und wenn Andrew abends zu seinem Zimmer hinaufstieg, fiel er sogleich halb bewußtlos vor Ermüdung ins Bett.

Niemand störte sie in der alten Abtei. Nur ein paar Fischer waren zurückgeblieben, denn die Forellensaison näherte sich ihrem Ende. In dem mit Steinfliesen belegten Refektorium aßen sie vor einem offenen Holzfeuer an einem langen Eichentisch. Die Kost war einfach und gut.

Auf ihren Märschen sprachen sie nichts. Oft gingen sie den ganzen Tag, ohne mehr als ein paar Worte miteinander zu wechseln. Anfangs hatte Andrew kein Auge für die Landschaft, durch die sie wanderten, doch im Verlauf der Zeit nahmen seine abgestumpften Sinne allmählich und unmerklich die Schönheit dieser Wälder und Bäche, der sanft geschwungenen, mit Farnkraut bedeckten Hügel auf.

Seine Erholung machte durchaus keine erstaunlichen Fortschritte, doch konnte Andrew am Ende des ersten Monats die Strapazen der langen Wanderungen ertragen, normal essen und schlafen, jeden Morgen im kalten Wasser baden und ohne Angst an die Zukunft denken. Er erkannte, daß er unmöglich einen besseren Ort für seine Erholung gefunden hätte als diese Einöde, keine bessere Lebensführung als dieses spartanische, dieses mönchische Dasein. Als der erste Frost fest in den Boden biß, fühlte Andrew instinktiv Freude darüber im Blut.

Unvermutet begann er wieder zu reden. Anfänglich war die Unterhaltung mit Denny noch kraus und wirr. Sein Geist kehrte gleich einem Athleten, der einfache Übungen macht, bevor er sich an größere Aufgaben wagt, nur vorsichtig wieder zu den Dingen des Lebens zurück. Trotzdem erfuhr er allmählich von Denny, was sich ereignet hatte. Seine Praxis war an Dr. Lowry verkauft worden, nicht zu dem vollen, von Turner verlangten Preis, da Andrew unter den gegebenen Umständen seinen Nachfolger nicht hatte einführen können, aber immerhin ganz günstig. Hope hatte endlich seine Zeit abgedient und war nun daheim in Birmingham. Auch Denny war frei, denn er hatte seine Spitalanstellung aufgegeben, bevor er nach Llantony fuhr. Die Bedeutung dieses Umstandes war so klar, daß Andrew plötzlich den Kopf hob.

»Zu Beginn des Jahres werde ich wohl wieder arbeiten können.« Nun besprachen sie ernstlich ihre Pläne, und schon nach einer Woche war Andrews Teilnahmslosigkeit verschwunden. Er empfand es als sonderbar und traurig, daß sich die menschliche Seele von einem so tödlichen Schlag erholen kann. Und doch – es ließ sich nicht leugnen, er hatte sich erholt. Vorher war er gleich einer gut funktionierenden Maschine mechanisch durchs Leben gegangen, doch jetzt atmete er mit wirklicher Freude die scharfe Luft, ließ seinen Stock auf die Farne niedersausen, riß Denny die Briefe aus der Hand und fluchte, wenn die Post das ›Medical Journal‹ nicht brachte.

Abends saßen Denny und er über einer Spezialkarte. Mit

Hilfe eines Almanachs stellten sie eine Liste von Städten zusammen, jäteten dann das Unkraut aus dieser Liste und brachten schließlich acht Orte in die engere Wahl. Zwei davon lagen in Staffordshire, drei in Northamptonshire und drei in Warwickshire.

Am Montag nahm Denny Abschied und blieb eine Woche fort. Während dieser sieben Tage fühlte Andrew, wie sein alter Arbeitseifer wiederkam, die Sehnsucht nach eigener Arbeit, nach der wirklichen Arbeit, die er mit Hope und Denny leisten konnte. Seine Ungeduld überstieg alle Maße. Am Samstagnachmittag ging er den langen Weg nach Abergavenny zum letzten eintreffenden Wochentagszug, mit dem Denny hätte zurückkommen können. Dann kehrte er enttäuscht zurück und mußte noch zwei Nächte und einen ganzen Tag zuwarten. Am Montag bemerkte er dann unversehens einen kleinen dunklen Ford, der vor dem Gebäude haltgemacht hatte. Andrew eilte ins Haus. Und da saßen in dem trüb beleuchteten Refektorium Denny und Hope bei Tee und Schlagsahne und Schinken und Eiern und eingemachten Pfirsichen.

Am Wochenende hatten sie das ganze Haus für sich allein. Der Bericht, den Philip bei jenem üppigen Mahl gegeben hatte, war nur ein feuriges Vorspiel ihrer aufregenden Debatten. Draußen trommelten Regen und Hagel an die Fenster. Das Wetter hatte endlich umgeschlagen. Ihnen machte dies nichts aus.

Zwei der Städte, die Denny besucht hatte – Franton und Stanborough –, waren, wie Hope sich ausdrückte, für ein solches ärztliches Unternehmen reif. Es waren solide, halb agrarische Orte, in denen sich erst seit kurzer Zeit auch Industrie angesiedelt hatte. In Stanborough war ein frisch errichtetes Werk für Motorbestandteile, in Franton eine große Zuckerraffinerie. An der Peripherie beider Städte wurden Häuser gebaut, die Bevölkerung wuchs. Doch da wie dort hinkte der ärztliche Dienst nach. Franton hatte nur ein ganz kleines Krankenhaus und Stanborough überhaupt keines. Dringende Fälle wurden nach Coventry geschickt, das fünfzehn Meilen entfernt lag.

Diese Einzelheiten genügten, um sie wie Hunde auf die Fährte zu hetzen. Aber Denny hatte noch aufregendere Dinge mitzuteilen. Er zog einen aus einem Kursbuch der Midlands herausgerissenen Plan von Stanborough hervor. Er bemerkte:

»Leider muß ich gestehen, daß ich das aus einem Hotel in Stanborough geklaut habe.«

»Rasch!« erklärte der einst so spöttische Hope ungeduldig. »Was bedeutet dieses Zeichen hier?«

»Das ist der Marktplatz«, sagte Denny, als sie nun die Köpfe über den Plan neigten. »Nur heißt er dort – ich weiß nicht warum – Circle. Er liegt mitten in der Stadt, ziemlich hoch und bequem erreichbar. Ihr wißt ja, wie so etwas aussieht, ein Ring von Häusern und Läden und Büros, halb Wohnungen, halb alte Geschäftsunternehmen, das Ganze zumeist in Empire, mit niederen Fenstern und Säulenhallen. Der bedeutendste Arzt der Stadt, er sieht aus wie ein Walfisch und hat ein würdevolles, rotes Gesicht und Backenbart, hat sein Haus am Circle. Übrigens beschäftigt er zwei Hilfsärzte.« Dennys Stimme klang leicht ironisch. »Gerade gegenüber, an der andern Seite des reizenden Granitbrunnens, inmitten des Platzes, stehen zwei leere Häuser mit großen Räumen, soliden Fußböden und guter Vorderfront, und sie sind verkäuflich. Mir scheint –«

»Mir auch«, sagte Hope mit verhaltenem Atem. »Ohne es anzusehen, möchte ich sagen, daß mir nichts auf Erden lieber wäre als ein kleines Laboratorium gegenüber diesem Brunnen.«

Sie sprachen weiter. Denny ging näher auf die Sache ein und brachte interessante Einzelheiten.

»Natürlich«, sagte er abschließend, »sind wir alle ganz verrückt. Unsere Idee wurde in den großen amerikanischen Städten durch gründlichste Organisation und mit erschreckenden Kosten verwirklicht, aber hier – in Stanborough! Und keiner von uns ist ein Krösus! Wahrscheinlich werden wir in kurzer Zeit untereinander raufen, daß die Fetzen fliegen. Aber trotzdem –«

»Gnade Gott dem alten Walfisch!« sagte Hope, stand auf und rekelte sich.

Am Sonntag gingen sie in ihren Plänen ein Stück weiter und verabredeten, daß Hope, der am Montag heimfuhr, den Umweg über Stanborough machen sollte. Denny und Andrew wollten am Mittwoch dort ankommen und mit ihm im Hotel zusammentreffen, wo sich einer von ihnen unauffällig nach dem Häusermakler des Ortes zu erkundigen hatte.

Da ein arbeitsreicher Tag vor ihm lag, fuhr Hope am nächsten Morgen zeitig fort und verschwand mit seinem Wagen in einem Sprühregen von Schlamm, ehe die anderen mit dem Frühstück fertig waren. Am Himmel hingen die Wolken noch tief, doch blies ein scharfer Wind, und es war ein stürmischer, aufmunternder Tag. Nach dem Frühstück ging Andrew eine Stunde allein spazieren. Es tat wohl, sich wieder fähig zur Arbeit zu fühlen, es tat wohl, daß dieses Abenteuer mit der neuen Klinik winkte. Er hatte gar nicht gewußt, wieviel dieser Plan ihm bedeutete, erst jetzt, da die Verwirklichung so nahe war, wurde es ihm klar.

Als er um elf Uhr zurückkam, fand er die Post vor – einen Stoß von Briefen, die man ihm aus London nachgesandt hatte. Erwartungsvoll setzte er sich zum Tisch und öffnete sie. Denny las am Kaminfeuer die Morgenzeitung.

Der erste Brief war von Mary Boland. Während er die eng beschriebenen Blätter überflog, kam langsam ein warmes Lächeln in sein Gesicht. Zuerst fand sie Worte des Mitgefühls und hoffte, daß er sich ganz erholt habe. Dann erzählte sie kurz von sich. Es ginge ihr besser, unvergleichlich besser, fast schon gut. Fünf Wochen bereits sei ihre Temperatur normal. Jetzt mache sie langsam fortschreitende körperliche Übungen, liege nicht mehr zu Bett. Sie habe so stark zugenommen, daß er sie wohl kaum wiedererkennen würde. Sie bat ihn, sie vielleicht einmal zu besuchen. Mr. Stillman sei für einige Monate nach Amerika zurückgefahren und habe die Leitung der Anstalt seinem Assistenten Dr. Marland übergeben. Sie könne Andrew nicht genug dafür danken, daß er sie nach dem Bellevue geschickt habe.

Andrew legte den Brief hin, und seine Miene zeigte noch immer warme Freude über Marys Genesung. Dann warf er eine Anzahl von Zirkularen und Reklamesendungen zur Seite, lauter Poststücke in dünnen Umschlägen und mit Drucksachenporto, und griff zu dem nächsten Brief. Das war ein langes, amtlich aussehendes Kuvert. Er öffnete es und zog das steife Blatt heraus. Da wich das Lächeln aus seinem Gesicht. Ungläubig starrte er den Brief an. Seine Pupillen erweiterten sich. Er wurde leichenblaß. Eine ganze Minute blieb er regungslos und starrte unverwandt, unverwandt auf das Schreiben.

»Denny«, sagte er dann leise. »Sieh das einmal an!«

21

Als Andrew vor acht Wochen Schwester Sharp beim Untergrundbahnhof Notting Hill abgesetzt hatte, fuhr sie zum Oxford Circus und ging von dort hastig zur Queen Anne Street. Sie hatte mit ihrer Freundin, Schwester Trent, der Empfangsdame Dr. Hamsons, verabredet, am Abend ins Queen's Theatre zu gehen, wo Louis Savory, den beide anbeteten, in der ›Erklärung der Herzogin‹ auftrat. Doch da es schon Viertel nach acht war und die Vorstellung um acht Uhr fünfundvierzig begann, blieb für Schwester Sharp nur wenig Zeit, die Freundin zu holen und zum Theater zu eilen. Außerdem hatte sie keine Möglichkeit mehr, im Corner House, wie sie vorgehabt hatte, etwas Warmes zu essen, und so mußte sie wohl oder übel auf dem Weg zum Theater ein belegtes Brot verzehren oder am Ende sogar darauf verzichten. Und darum war Schwester Sharp, als sie durch die Queen Anne Street lief, bitter gekränkt und übler Laune. Sie ließ die Ereignisse des Nachmittags in ihrer Erinnerung vorüberziehen und kochte vor Empörung und Ärger. Als sie die Stufen des Hauses Nr. 17c hinaufgestiegen war, drückte sie ungeduldig auf die Klingel.

Schwester Trend öffnete mit vorwurfsvoller Duldermiene selbst die Tür. Doch ehe sie noch etwas sagen konnte, packte Schwester Sharp ihren Arm.

»Ach, meine Liebe«, sagte sie hastig. »Bitte, verzeih! Aber das war ein Tag! Später erzähle ich dir alles. Laß mich hier nur meine Sachen ablegen. Wenn wir jetzt gleich gehen, kommen wir noch recht.«

In dem Augenblick, da die beiden Frauen miteinander im Korridor standen, kam Hamson, geschniegelt, funkelnd, im

Frack die Treppe herab. Er sah die beiden und blieb stehen. Freddie konnte sich nie eine Gelegenheit versagen, den Charme seiner Persönlichkeit zu zeigen. Das gehörte zu seiner Technik; damit machte er sich beliebt; dadurch preßte er die Menschen aus.

»Oh, Schwester Sharp!« rief er freudig, während er aus seiner goldenen Dose eine Zigarette nahm. »Sie sehen müde aus, und warum seid ihr beide so spät daran? Schwester Trent hat mir doch etwas von einem Theaterbesuch erzählt?«

»Gewiß, Doktor«, sagte Schwester Sharp. »Aber ich – ich wurde durch eine Patientin Dr. Mansons aufgehalten.«

»Oh?« Freddies Stimme klang nur leicht fragend.

Doch dies genügte der Schwester. Verärgert durch die ihr widerfahrene Unbill, voll Zorn gegen Andrew und voll Bewunderung für Hamson, öffnete sie plötzlich die Schleusen ihrer Rede.

»So einen Tag habe ich mein ganzes Leben noch nicht gehabt, Doktor Hamson. Niemals. Eine Patientin aus dem Victoria holen und sie in das gewisse Bellevue schmuggeln, und Dr. Manson hielt mich stundenlang auf, während er mit einem Laien einen Pneumothorax anlegte –« Und so sprudelte sie die ganze Geschichte dieses Nachmittags hervor, wobei sie nur mit Mühe bittere Tränen des Grolles zurückdrängen konnte.

Als sie zu Ende war, herrschte Schweigen. In Freddies Augen lag ein seltsamer Ausdruck.

»Wirklich zu dumm, Schwester«, sagte er schließlich. »Ich hoffe nur, daß Sie nicht zu spät ins Theater kommen. Wissen Sie was, Schwester Trent, nehmen Sie ein Taxi, und setzen Sie es mir auf die Rechnung. Zu Ihren Spesen. Jetzt müssen Sie mich entschuldigen. Ich habe es eilig.«

»Das ist wirklich ein Gentleman«, murmelte Schwester Sharp, deren Blick ihm bewundernd folgte. »Komm, meine Liebe, gehen wir ein Taxi holen!«

Nachdenklich fuhr Freddie zum Klub. Seit seinem Streit mit Andrew hatte er, mehr oder minder notgedrungen, seinen Stolz aufs Eis gelegt und sich wieder mit Deedman und Ivory enger assoziiert. Heute abend speisten die drei miteinander. Und beim Essen bemerkte Freddie munter, weniger aus Tücke als aus dem

Wunsch, sich interessant zu machen und sich bei den beiden wieder einzuschmeicheln:

»Manson scheint ja recht nette Dinge zu treiben, seit er uns im Stich gelassen hat. Ich höre, daß er dem Kerl, dem Stillman, Patienten zuführt.«

»Was?« Ivory legte die Gabel nieder.

»Offenbar eine Arbeitsgemeinschaft –« Und Hamson gab eine fesselnde Version der Geschichte zum besten.

Als er zu Ende war, fragte Ivory mit plötzlicher Schroffheit: »Ist das auch wahr?«

»Aber, mein Lieber«, antwortete Freddie gekränkt. »Vor kaum einer halben Stunde hat es mir die Ordinationsschwester erzählt.«

Eine Pause entstand. Ivory senkte den Blick und aß weiter. Doch unter seiner Ruhe verbarg sich wildes Entzücken. Niemals hatte er Manson jene letzte Bemerkung nach der Operation Vidlers verziehen. Trotz seiner dicken Haut hatte Ivory den schwülen Stolz eines Menschen, der die eigenen Schwächen kennt und eifersüchtig verbirgt. Im innersten Herzen wußte er, daß er als Chirurg nichts taugte. Aber noch niemand hatte ihm seine Unfähigkeit und deren volles Ausmaß mit so schneidender Heftigkeit vorgehalten. Und um dieser bitteren Wahrheit willen haßte er Manson.

Die anderen hatten eine Zeitlang geplaudert, als er jetzt den Kopf hob. Seine Stimme klang unpersönlich.

»Diese Schwester – kann ich ihre Adresse bekommen?«

Freddie unterbrach sich und blickte ihn über den Tisch an. »Natürlich.«

»Ich meine«, erklärte Ivory kühl, »daß da etwas geschehen muß. Unter uns gesagt, Freddie, ich hatte für deinen Manson nie viel übrig. Aber das tut nichts zur Sache. Ich habe nur die ethische Seite der Angelegenheit im Auge. Erst neulich hat Gadsby mit mir über Stillman gesprochen. Wir waren beim Mayfly Dinner eingeladen. Außerdem wird es jetzt eine Zeitungskampagne geben. Irgendein unwissender Dummkopf in der Fleet Street hat eine Liste angeblicher Heilungen durch Stillman zusammengestellt, Fälle, bei denen Ärzte versagt haben – ihr kennt ja das übliche Geschwafel. Gadsby schäumt vor Wut. Ich glaube, daß Churston einer seiner Patienten war, ehe er ihn im Stich ließ, um zu diesem Quacksalber zu gehen. Schön! Aber so weit darf es nicht kommen, daß Angehörige unseres Berufes diesen schäbigen Außenseiter unterstützen. Du lieber Gott, je mehr ich darüber nachdenke, desto mehr stinkt mir die Sache in die Nase. Ich werde mich unverzüglich mit Gadsby in Verbindung setzen. Kellner, wollen Sie nachsehen, ob Dr. Maurice Gadsby im Klub ist? Wenn nicht, lassen Sie ihn vom Portier zu Hause anrufen.«

Diesmal sah Hamson recht unbehaglich drein. Ränke lagen seinem Charakter fern, und er trug auch Manson nichts nach, den er in seiner oberflächlichen, egoistischen Art immer gern gehabt hatte. Er murmelte:

»Laß mich aus dem Spiel!«

»Sei kein Dummkopf, Freddie. Sollen wir uns von dem Kerl mit Schmutz bewerfen lassen und zu so etwas schweigen?«

Der Kellner kam zurück und meldete, Dr. Gadsby sei zu Hause. Ivory dankte.

»Ich fürchte, meine Lieben, heute wird nichts aus unserem Bridge, außer Gadsby ist beschäftigt.«

Aber Gadsby war nicht beschäftigt, und später am Abend empfing er den Besuch Ivorys. Obwohl zwischen den beiden nicht gerade Freundschaft bestand, waren sie doch so gut miteinander bekannt, daß Gadsby seinen zweitbesten Port und eine anständige Zigarre hervorholte. Ob er von Ivorys Ruf eine Ahnung hatte oder nicht, die gesellschaftliche Stellung des Chirurgen war ihm wohlbekannt und erschien ihm hoch genug, um ihn freundlich und kollegial zu behandeln.

Als Ivory auf den Zweck seines Besuches zu sprechen kam, brauchte Gadsby gar nicht Interesse vorzutäuschen. Er wandte die kleinen Augen seinem Besucher zu und straffte sich angespannt auf dem Sessel. Eifrig hörte er den Worten des andern zu.

»Nein, das ist der Gipfel!« rief er mit ungewohnter Heftigkeit, als Ivory zu Ende war. »Ich kenne diesen Manson. Kurze Zeit arbeitete er bei uns im M. F. B., und ich kann Ihnen versichern, wir waren froh, als wir ihn los wurden. Durch und durch ein Außenseiter – und hat nicht einmal die Manieren eines Laufburschen. Und Sie behaupten also wirklich, daß er eine Patientin aus dem Victoria fortnahm – es muß gewiß ein Fall Thoroughgoods gewesen sein, wir werden ja hören, was Thoroughgood dazu zu sagen hat – und daß er sie zu Stillman brachte.«

»Mehr noch. Er assistierte sogar Stillman bei der Operation.«

»Wenn das wahr ist«, sagte Gadsby vorsichtig, »liegt hier ein Fall für das G. M. C. vor.«

»Nun ja«, erwiderte Ivory mit gut gespieltem Zögern. »Auch ich war der Meinung, daß die Sache vor das Standesgericht gehört. Aber ich möchte lieber im Hintergrund bleiben. Wissen Sie, ich war mit diesem Menschen einmal besser bekannt als Sie. Es paßt mir nicht recht, selbst die Anzeige zu machen.«

»Die mache ich«, sagte Gadsby würdevoll. »Wenn das, was Sie mir erzählen, den Tatsachen entspricht, will ich ihn persönlich anzeigen. Ich würde es als Pflichtverletzung betrachten, wenn ich nicht unverzüglich etwas unternähme. Es handelt sich hier um ein lebenswichtiges Prinzip, Ivory. Dieser Stillman ist eine Gefahr, nicht so sehr für das Publikum wie vielmehr für unseren Beruf. Ich habe Ihnen doch neulich beim Dinner erzählt, was ich mit ihm erlebte. Er bedroht unseren Stand, unsere Tradition, unsere Ehre. Er bedroht alles, was für uns wichtig ist. Unsere einzige Gegenwehr liegt im Boykott, weil er sich doch früher oder später an der Frage der ärztlichen Zeugnisse den Hals brechen muß. Denn, bedenken Sie, Ivory, die sind Gott sei Dank noch unserem Stand vorbehalten. Wir allein dürfen einen Totenschein ausstellen. Aber passen Sie auf – wenn sich dieser Mensch und andere seinesgleichen die Mitarbeit eines unserer Standesgenossen sichern können, sind wir verloren. Zum Glück ist das G. M. C. bis jetzt immer gegen solche Dinge vorgegangen. Erinnern Sie sich an Jarvis, den Operateur, als der vor ein paar Jahren einen Arzt dazu bewog, für ihn zu narkotisieren? Der Arzt wurde im Handumdrehen von der Berufsliste gestrichen. Je mehr ich an diesen Stillman denke, desto mehr bin ich entschlossen, im vorliegenden Fall ein Exempel zu statuieren. Entschuldigen Sie mich jetzt einen Augenblick, ich möchte Thoroughgood anrufen. Und morgen würde ich gern die Schwester näher befragen.«

Er erhob sich und telefonierte mit Dr. Thoroughgood. Am nächsten Tag nahm er in Dr. Thoroughgoods Anwesenheit mit Schwester Sharp ein Protokoll auf, das sie unterzeichnete. Ihre Aussage war so schwerwiegend, daß er sich unverzüglich mit seiner Anwaltsfirma Messrs. Boon & Evertan am Bloomsbury Square in Verbindung setzte. Natürlich haßte er Stillman. Er labte sich an dem Gedanken, wie ein solcher Fall dem Mann, der die Fahne der Berufsehre so hochhielt, nützen mußte.

Während Andrew ahnungslos nach Llantony fuhr, nahm das gegen ihn eingeleitete Verfahren unbeirrbar seinen Lauf. Gewiß telefonierte Freddie, als er voll Entsetzen die Zeitungsnotiz über Christines Tod las, Ivory an und machte den Versuch, die Sache zu stoppen. Doch da war es schon zu spät. Man hatte die Anzeige bereits erstattet.

Später befaßte sich der Strafsenat mit der Anzeige und ließ an Andrew ein Schreiben richten, das eine Vorladung zur Novembersitzung des Standesgerichts enthielt, in der er sich verantworten sollte. Diesen Brief hielt Andrew jetzt in der Hand, bleich vor Schreck über den drohenden Ton der unheimlichen Sätze: »...daß Sie, Andrew Manson, wissentlich und absichtlich am 15. August d. J. einen gewissen Richard Stillman, einem ärztliche Berufshandlungen ausübenden Laien, Assistenz leisteten, und daß Sie sich mit Obgenanntem in Ihrer Eigenschaft als Arzt zwecks Ausübung solcher ärztlicher Berufshandlungen verabredeten, und daß Sie daher schuldig sind, sich gegen die Standesehre vergangen zu haben.«

22

Die Verhandlung war für den 10. November anberaumt, und Andrew fand sich eine volle Woche früher in London ein. Er hatte keine Begleitung, denn er hatte Hope und Denny gebeten, ihn ganz sich selbst zu überlassen, und war mit bitter wehmütigem Gefühl im Museum Hotel abgestiegen.

Obwohl er sich nach außen beherrschte, war er doch in einem verzweifelten Gemütszustand. Er schwankte zwischen düsteren Zornesanfällen und völliger Hoffnungslosigkeit, die nicht nur in der Unsicherheit seiner Zukunft, sondern auch in der lebhaften Erinnerung an jeden Augenblick seiner bisherigen ärztlichen Laufbahn ihren Grund hatte. Vor sechs Wochen noch hätte er so eine Krise, betäubt durch den Schmerz über Christines Tod, gleichgültig, teilnahmslos über sich ergehen lassen. Doch jetzt, nachdem er genesen und mit Feuereifer daran war, die Arbeit von neuem zu beginnen, empfand er den Schlag mit grausamer Heftigkeit. Schweren Herzens machte er sich klar, daß er, wenn alle die wiedergeborenen Hoffnungen vernichtet wurden, in diesem Leben nichts mehr zu suchen hatte.

Solche und andere ebenso schmerzliche Gedanken gingen ihm unablässig durch den Sinn und führten zuzeiten einen Zustand stumpfer Verwirrung herbei. Er konnte es nicht glauben, daß er, Andrew Manson, in diese schreckliche Lage geraten und dem furchtbarsten Alpdruck ausgeliefert war, der einen Arzt bedrohen kann. Warum wurde er vor das Standesgericht gerufen? Warum wollte man ihn aus dem Register streichen? Er hatte nichts Unehrenhaftes getan. Er war sich keines Vertrauensbruchs, keines Kunstfehlers bewußt. Sein ganzes Verbrechen bestand darin, daß er der schwindsüchtigen Mary Boland zur Heilung verholfen hatte.

Seine Verteidigung hatte er der Anwaltsfirma Hopper & Co. in Lincoln's Inn Field übertragen, die ihm von Denny warm empfohlen worden war. Auf den ersten Blick machte Thomas Hopper – ein kleiner Mann mit rotem Gesicht, goldgefaßter Brille und geschäftigem Getue – keinen besondern Eindruck. Infolge einer Zirkulationsstörung hatte er oft Blutandrang, was ihm ein schuldbewußtes Aussehen verlieh, gewiß nicht allzu großes Vertrauen einflößen konnte. Dennoch hatte Hopper über die Behandlung des Falles eine ganz klare und entschiedene Auffassung. Als Andrew im ersten Ausbruch schmerzlicher Entrüstung zu Sir Robert Abbey, seinem einzigen einflußreichen Londoner Freund, eilen wollte, machte ihn Hopper trocken darauf aufmerksam, daß Abbey Mitglied des Standesgerichts sei. Ebenso entschieden hatte sich der geschäftige kleine Anwalt Andrews verzweifeltem Flehen widersetzt, an Stillman zu telegrafieren, er solle unverzüglich aus Amerika zurückkommen. Sie wüßten über alles Bescheid, was Stillman bezeugen konnte, und die tatsächliche Anwesenheit dieses Laienarztes wäre nur geeignet, die Mitglieder des Gerichtshofes zu erbittern. Aus demselben Grund sollte auch Marland, der jetzige Leiter der Anstalt, im Bellevue bleiben.

Allmählich erkannte Andrew, daß die juristische Seite des Falles sich von seiner Anschauung gewaltig unterschied. Andrews gequälte Argumentation hatte, als er in Hoppers Kanzlei seine Unschuld beteuerte, nur zur Folge, daß der Anwalt mißbilligend die Stirn runzelte. Schließlich war Hopper zu der Erklärung gezwungen:

»Ich muß Sie um eines bitten, Dr. Manson, nämlich, daß Sie sich bei der Verhandlung am Mittwoch nicht solcher Ausdrücke bedienen. Seien Sie versichert, daß es nichts Verhängnisvolleres für Sie geben könnte.«

Andrew verstummte. Er hatte die Fäuste geballt und maß Hopper mit brennendem Blick.

»Aber die Leute sollen doch die *Wahrheit* hören. Ich will ihnen zeigen, daß ich seit Jahren nichts so Anständiges geleistet habe wie die Heilung dieses Mädchens. Nachdem ich so lange Zeit meine Praxis nur als Erwerbsquelle betrachtete, habe ich endlich etwas Schönes getan, und das – *das* wirft man mir vor?« Hoppers Augen hinter der Brille zeigten tiefe Sorge. Das Blut schoß ihm ins Gesicht.

»Aber bitte, Dr. Manson, ich *bitte* Sie! Sie verstehen nicht, wie schwierig unsere Position ist. Ich darf diese Gelegenheit nicht vorübergehen lassen, Ihnen offen zu erklären, daß ich unsere Aussichten auf Erfolg im *allerbesten* Fall für gering halte. Es liegen sehr viele Präzedenzfälle vor – Kent im Jahre 1909, Louden 1912, Foulger 1919 –, alle wurden wegen Zusammenarbeit mit Laien gestrichen. Und denken Sie an den berühmten Fall Hexam im Jahre 1921. Hexam wurde gestrichen, weil er für den Laien Jarvis narkotisierte. Nun möchte ich Ihnen folgendes einschärfen: Beantworten Sie die Fragen mit ja oder nein, und wenn dies nicht angeht, so kurz wie möglich. Denn ich mache Sie feierlich darauf aufmerksam: Wenn Sie abschweifen wie jetzt, verlieren wir unbedingt den Prozeß, und Sie werden von der Liste gestrichen, so wahr ich Thomas Hopper heiße.«

Andrew erkannte unklar, daß ihm nichts anderes übrig blieb, als sich im Zaum zu halten. Hier mußte er sich wie ein Patient auf dem Operationstisch den juristischen Experimenten des Gerichtshof ausliefern. Doch es fiel ihm schwer, diese Verurteilung zur Passivität zu ertragen. Allein schon der Gedanke, daß er auf jede Rechtfertigung verzichten und stumpf ja oder nein antworten sollte, ging über seine Kraft.

Als am Dienstag, dem 9. November, abends, sein Lampenfieber den Höhepunkt erreicht hatte, fand er sich auf unerklärliche Weise auf einmal in Paddington und wanderte, von einem sonderbaren unbewußten Impuls getrieben, in der zu Vidlers Laden führenden Richtung. Noch immer war er von der krankhaften Einbildung besessen, daß alles Unglück der letzten Monate eine Strafe für den Tod Harry Vidlers sei. Es war eine Art Zwangsvorstellung, er gestand sich dies aber nicht ein. Und doch war dieser Gedanke, der in dem religiösen Glauben seiner Jugendjahre wurzelte, vorhanden. Unwiderstehlich zog es ihn zu Vidlers Witwe, als ob der bloße Anblick der Frau ihm helfen, ihm auf eigentümliche Art Linderung seines Leidens bringen könnte.

Es war ein nasser, dunkler Abend, und nur wenig Leute gingen auf der Straße. Er hatte ein seltsam unwirkliches Gefühl, als er nun unerkannt durch diese Gegend schritt, in der er eine solche Rolle gespielt hatte. Seine dunkle Gestalt wurde ein Schatten unter anderen Schemen, die alle durch den prasselnden Regen eilten und eilten. Knapp vor der Sperrstunde erreichte er den Laden, zögerte, und erst als ein Kunde herauskam, trat er hastig ein.

Mrs. Vidler saß allein hinter dem Ladentisch der Reinigungs- und Bügelabteilung und faltete einen ihr soeben übergebenen Damenmantel zusammen. Sie trug einen alten Rock und eine alte, schwarzgefärbte Bluse, die am Hals ein wenig offen stand. In Trauer sah sie irgendwie kleiner aus. Plötzlich hob sie den Blick und sah ihn.

»Oh, Doktor Manson!« rief sie, und ihr Gesicht hellte sich auf. »Wie geht es Ihnen, Doktor?«

Seine Antwort klang gezwungen. Er sah, daß sie von seinem gegenwärtigen Unglück nichts wußte. Er blieb an der Schwelle stehen und blickte sie starr an, während von seiner Hutkrempe langsam Wasser troff.

»Kommen Sie doch herein, Doktor, Sie sind ja ganz durchnäßt. Es ist ein abscheulicher Abend.«

Er unterbrach sie, und seine Stimme klang gequält, unwirklich:

»Mrs. Vidler, schon lange wollte ich zu Ihnen kommen und mit Ihnen sprechen. Ich habe sehr oft daran gedacht, wie es Ihnen wohl gehen mag –«

»Ich bringe mich durch, Doktor. Es geht gar nicht so übel. Ich habe einen jungen Gehilfen in der Schuhabteilung. Einen tüchtigen Arbeiter. Aber kommen Sie doch herein und trinken Sie eine Schale Tee!«

Er schüttelte den Kopf.

»Ich – ich bin nur im Vorbeigehen.« Dann fuhr er fort, verzweifelt beinahe: »Harry muß Ihnen gewiß sehr mangeln.«

»Nun freilich. Wenigstens war es im Anfang so. Aber es ist erstaunlich« – sie lächelte ihn jetzt sogar an, »wie man sich an alles gewöhnt.«

Hastig und verwirrt sagte er:

»In gewissem Sinn mache ich mir Vorwürfe. Das alles ist ja so plötzlich über Sie gekommen, daß ich oft gedacht habe, Sie geben vielleicht mir die Schuld –«

»Ihnen? Schuld?« Sie schüttelte den Kopf. »Wie können Sie so etwas sagen? Sie haben doch alles getan. Haben ihn sogar im Sanatorium untergebracht und ihm den besten Chirurgen verschafft.«

»Aber wissen Sie«, beharrte er mit heiserer Stimme, starre Kälte im ganzen Körper, »wenn wir es anders gemacht hätten, wenn Harry vielleicht ins Spital gegangen wäre –«

»Ich hätte es nicht anders haben wollen, Doktor. Mein Harry hatte das Beste, was er sich für unser Geld leisten konnte. Ja, sogar das Begräbnis. Sie hätten die Kränze sehen sollen. Und

Ihnen die Schuld geben? Oh, wie oft habe ich schon hier im Laden gesagt, Harry hätte keinen besseren, keinen gütigeren, keinen tüchtigeren Arzt haben können als Sie.«

Als sie jetzt in dieser Art weitersprach, erkannte er zu seinem Schmerz, daß sie ihm nie geglaubt haben würde, selbst wenn er eine offene Beichte abgelegt hätte. Sie hatte ihre Illusion von Harrys friedlichem, unvermeidlichem, kostspieligem Hinscheiden. Es wäre eine Grausamkeit gewesen, sie von diesem Pfeiler loszureißen, an den sie sich so selig klammerte. Nach einer Pause sagte er:

»Ich habe mich sehr gefreut, Sie wiederzusehen, Mrs. Vidler. Wie gesagt – ich wollte mich nur nach Ihnen erkundigen.«

Er brach ab, reichte ihr die Hand, sagte gute Nacht und ging hinaus.

Diese Begegnung war weit davon entfernt, ihn zu beruhigen oder zu trösten; sie vergrößerte nur seinen Jammer. Seine Stimmung schlug völlig um. Was hatte er denn erwartet? Vergebung wie in einem verlogenen Roman? Verdammung? Bitter dachte er daran, daß sie jetzt wahrscheinlich noch mehr von ihm hielt als bisher. Während er durch die triefnassen Straßen zurücktrottete, bekam er plötzlich die Überzeugung, daß man ihn morgen verurteilen werde. Diese Überzeugung vertiefte sich zur erschreckenden Gewißheit.

Unweit von seinem Hotel, in einer ruhigen Seitenstraße, kam er an einer offenen Kirchentür vorbei. Eine geheimnisvolle Macht zwang ihn, stehenzubleiben, die paar Schritte zurückzugehen und einzutreten. Drinnen war es dunkel, leer und warm; offenbar hatte vor nicht langer Zeit ein Gottesdienst stattgefunden. Er wußte nicht, was für eine Kirche das war, und es kümmerte ihn auch nicht. Er setzte sich einfach in die letzte Bank und richtete die verstörten Augen auf die vom Dunkel eingehüllte Apsis. Er erinnerte sich, wie Christine in jener Zeit der Entfremdung sich wieder dem Gedanken an Gott zugewandt hatte. Er war nie ein Kirchgänger gewesen, aber jetzt saß er hier, in dieser unbekannten Kirche. Heimsuchungen führen zur Selbstbesinnung, führen die Gedanken der Menschen zu Gott.

Da saß er gebeugt, wie einer, der am Ende einer Reise rastet.

Seine Gedanken drangen, nicht in einem bestimmten Gebet, sondern beschwingt von der Sehnsucht seiner Seele, zu Gott empor. O Gott! Laß nicht zu, daß ich aus der Liste gestrichen werde! O Gott! Laß nicht zu, daß ich gestrichen werde! Vielleicht eine halbe Stunde verharrte er in dieser sonderbaren Meditation. Dann erhob er sich und ging geradenwegs ins Hotel. Obwohl er gut geschlafen hatte, erwachte er am nächsten Morgen mit einem noch schlimmeren Gefühl krankhafter Angst. Beim Ankleiden zitterten ihm die Hände. Er machte sich Vorwürfe, daß er in diesem Hotel abgestiegen war, das ihn an seine Prüfung für die Aufnahme in die Ärztegesellschaft erinnerte. Sein jetziger Zustand glich genau der damaligen Examensangst, nur war sie hundertfach verstärkt.

Im Speisesaal konnte er kein Frühstück essen. Die Verhandlung war auf elf Uhr angesetzt, und Hopper hatte ihn gebeten, früh zu kommen. Er schätzte, daß er nicht länger als zwanzig Minuten brauchen werde, um in die Hallam Street zu gelangen, und in nervöser Selbsttäuschung machte er sich bis halb elf in der Hotelhalle mit den Zeitungen zu schaffen. Doch dann geriet sein Taxi in der Oxford Street für längere Zeit in eine Verkehrsstockung. Es schlug gerade elf, als er das Gebäude des Standesgerichts erreichte.

Er eilte in den Verhandlungssaal und empfing nur einen unbestimmten Eindruck von dessen Größe, von dem hohen Tisch, an dem der Gerichtshof unter dem Vorsitz des Präsidenten Sir Jenner Halliday saß. Am anderen Ende des Saales gewahrte er die an seinem Prozeß Beteiligten, sie kamen ihm sonderbarerweise wie Schauspieler vor, die auf ihr Stichwort warten. Hopper war da, Mary Boland in Begleitung ihres Vaters, Schwester Sharp, Dr. Thoroughgood, Mr. Boon, die Saalschwester Myles – Andrews Blicke wanderten die Stuhlreihen entlang. Dann setzte er sich hastig neben Hopper.

»Ich habe Sie gebeten, früh zu kommen«, sagte der Anwalt gekränkt. »Die eine Verhandlung ist schon fast zu Ende. Auf das Gericht macht es einen sehr ungünstigen Eindruck, wenn man sich verspätet.«

Andrew gab keine Antwort. Wie Hopper gesagt hatte, verkündigte der Präsident soeben das Urteil in dem Fall, der vor Andrews kam – ein ungünstiges Urteil: Streichung aus dem Register. Andrew konnte den Blick nicht von dem Arzt wenden, den man irgendeiner dunklen Geschichte überführt hatte – es war ein graues, schäbiges Individuum, das aussah, als fiele ihm der Lebenskampf besonders schwer. Der hoffnungslose Ausdruck in dem Gesicht des Mannes, als er nun, von seinen Standesgenossen verurteilt, wie ein armer Sünder dastand, machte Andrew erschauern.

Aber er hatte nicht Zeit, nachzudenken, hatte nicht Zeit für mehr als eine bloß flüchtige Anwandlung von Mitleid. Denn im nächsten Augenblick wurde sein Fall aufgerufen. Das Herz zog sich ihm zusammen, als die Verhandlung begann.

Die Anklage wurde förmlich verlesen. Dann erhob sich Mr. George Boon, der die Klage vertretende Anwalt. Er war ein magerer, spröder Mann im Frack, glattrasiert, mit einem breiten schwarzen Band am Kneifer. Seine Stimme klang kühl-gelassen. »Herr Präsident, meine Herren, dieser Fall, über den Sie jetzt urteilen werden, hat nach meiner Ansicht nichts mit irgendeiner medizinischen Theorie nach der Begriffsbestimmung des Abschnittes achtundzwanzig des Medical Act zu tun. Er erweist sich im Gegenteil als Musterbeispiel einer professionellen Verbindung mit einem nicht registrierten Laien, eine Tendenz, die, wie ich vielleicht bemerken darf, der Gerichtshof erst in jüngster Zeit zu mißbilligen Gelegenheit hatte.

Der Tatbestand ist folgender: Die Patientin Mary Boland, ein Fall apikaler Phthise, wurde am 18. Juli in die Abteilung des Dr. Thoroughgood im Victoria Chest Hospital aufgenommen. Dort blieb sie in Behandlung Dr. Thoroughgoods bis zum 14. September. An diesem Tag trat sie aus, unter dem Vorwand, sie wolle nach Hause zurück. Ich sage Vorwand, weil am Tage ihrer Entlassung die Patientin nicht nach Hause fuhr, sondern vor der Portierloge des Krankenhauses von Dr. Manson abgeholt wurde, der sie geradenwegs zu einer Anstalt namens Bellevue führte, einer Anstalt, die, wie ich höre, sich mit der Heilung von Lungenkrankheiten zu befassen vorgibt.

Nach ihrer Ankunft im Bellevue wurde die Patientin zu Bett

gebracht und von Dr. Manson gemeinsam mit dem Eigentümer des Hauses, Mr. Richard Stillman, einem Laien und – äh – wie ich höre, einem Ausländer, untersucht. Nach der Untersuchung beschlossen Dr. Manson und Mr. Stillman in einem Konsilium – ich bitte den Gerichtshof, auf diesen Ausdruck zu achten –, die Patientin zu operieren, das heißt, ihr einen Pneumothorax anzulegen. Hierauf führte Dr. Manson die Lokalanästhesie durch, und Dr. Manson und Mr. Stillman nahmen gemeinsam den Eingriff vor.

Nun habe ich Ihnen, meine Herren, den Fall in kurzen Zügen geschildert und bitte Sie um die Erlaubnis, diese Schilderung durch Zeugenaussagen erhärten zu dürfen. Dr. Eustace Thoroughgood, darf ich bitten?«

Dr. Thoroughgood erhob sich und trat vor. Er nahm die Brille von der Nase und behielt sie in der Hand, um seinen Worten damit Nachdruck zu verleihen.

Boon begann das Verhör.

»Dr. Thoroughgood, ich möchte Sie nicht in Verlegenheit bringen. Wir alle kennen Ihren Ruf, ich möchte sagen, Ihre hervorragende Bedeutung als Lungenfachmann, und ich zweifle nicht daran, daß Sie sich vielleicht von einem Gefühl der Milde gegen Ihren jüngeren Kollegen leiten lassen wollen, aber bitte, Doktor Thoroughgood, ist es nicht Tatsache, daß Dr. Manson am Samstag, dem 10. September, vormittags, wegen einer Untersuchung der Patientin Mary Boland bei Ihnen vorstellig wurde?«

»Gewiß.«

»Und ist es nicht ebenso Tatsache, daß er Ihnen im Verlauf Ihrer Besprechung das Ansinnen stellte, zu einer Behandlungsweise zu greifen, die Ihnen nicht angebracht erschien?«

»Er wollte einen Pneu anlegen.«

»Sehr richtig! Und im Interesse Ihrer Patientin weigerten Sie sich?«

»Gewiß.«

»War Dr. Mansons Benehmen bei Ihrer Ablehnung irgendwie auffällig?«

»Nun –«, Thoroughgood zögerte.

»Aber bitte, Dr. Thoroughgood, wir respektieren Ihr begreifliches Widerstreben –«

»Er schien an jenem Vormittag ein wenig verändert. Außerdem war er offenbar mit meinem Entschluß nicht einverstanden.«

»Besten Dank, Dr. Thoroughgood, Sie hatten keinen Grund zu der Annahme, daß die Patientin mit der Behandlung im Spital nicht zufrieden war?« Bei dem bloßen Gedanken zog ein wässeriges Lächeln über Boons trockenes Gesicht. »Oder daß sie irgendeinen Anlaß hatte, gegen Sie oder das Spitalpersonal Beschwerde zu führen?«

»Ganz und gar nicht. Sie war immer freundlich, vergnügt und zufrieden.«

»Besten Dank, Doktor Thoroughgood.« Boon nahm das nächste Blatt zur Hand. »Und jetzt Saalschwester Myles, bitte.«

Dr. Thoroughgood setzte sich. Schwester Myles trat vor. Boon resümierte:

»Schwester Myles, am Montag, dem 12. September, vormittags, am zweiten Tag nach dieser Beratung zwischen Dr. Thoroughgood und Dr. Manson, soll Dr. Manson die Patientin besucht haben. Stimmt das?«

»Ja.«

»War es eine gewöhnliche Besuchsstunde im Spital?«

»Nein.«

»Hat er die Patientin untersucht?«

»Nein. Wir hatten an jenem Morgen keine Röntgenschirme zur Verfügung. Er saß bloß bei ihr und plauderte.«

»Sehr richtig, Schwester – und es war ein langes und ernstes Gespräch, wenn ich den Wortlaut Ihrer protokollarischen Aussage zitieren darf. Aber erzählen Sie uns jetzt mit eigenen Worten, Schwester, was unmittelbar nach Dr. Mansons Fortgang geschah.«

»Ungefähr eine halbe Stunde später sagte Nr. 17, das ist Mary Boland, zu mir: ›Schwester, ich habe es mir überlegt und habe mich entschlossen, nach Hause zurückzugehen. Sie waren sehr nett zu mir. Aber ich möchte am nächsten Mittwoch fort.‹ «

Boon unterbrach rasch:

»Am nächsten Mittwoch. Danke, Schwester. Das wollte ich festgehalten haben. Vorläufig benötige ich Sie nicht mehr.«

Saalschwester Myles trat zurück.

Der Anwalt machte mit seinem bebänderten Kneifer eine höflich befriedigte Geste.

»Und jetzt, bitte – Schwester Sharp.« Eine Pause. »Schwester Sharp, Sie sind in der Lage, über Dr. Mansons Vorgehen am Mittwochnachmittag des 14. September zu berichten.«

»Ja, ich war dort.«

»Ich entnehme Ihrem Ton, Schwester Sharp, daß Sie ungern dort waren.«

»Als ich entdeckte, wohin wir gingen und wer dieser Stillman ist, nicht einmal ein Doktor oder so, war ich –«

»Entsetzt«, ergänzte Boon.

»Ja, das war ich«, fuhr Schwester Sharp los. »Ich hatte bisher nur mit richtigen Ärzten und angesehenen Spezialisten zu tun – mein ganzes Leben lang.«

»Sehr richtig«, säuselte Boon. »Jetzt liegt noch ein Punkt vor, Schwester Sharp, den Sie dem Gerichtshof ganz aufklären wollen. Hat Dr. Manson wirklich gemeinsam mit Mr. Stillman diese – diese Operation durchgeführt?«

»Jawohl«, antwortete Schwester Sharp rachsüchtig.

Doch jetzt neigte sich Abbey vor und stellte mit Erlaubnis des Präsidenten freundlich die Frage:

»Ist es richtig, Schwester Sharp, daß Ihnen, als sich die in Rede stehenden Ereignisse abspielten, von Dr. Manson schon der Dienst gekündigt war?«

Schwester Sharp errötete heftig, verlor ihre Ruhe und stammelte: »Ja, ja, das wird schon stimmen.«

Als sie sich eine Minute später niedersetzte, wurde es Andrew einen Augenblick warm ums Herz – Abbey wenigstens war sein Freund geblieben.

Boon wandte sich, leicht gekränkt durch die Unterbrechung, wieder an das Gericht.

»Herr Präsident, meine Herren, ich könnte ja weitere Zeugen anführen, weiß aber nur zu gut, wie kostbar die Zeit des hohen Gerichtshofes ist. Außerdem nehme ich an, daß ich meine Behauptungen schlüssig bewiesen habe. Es scheint nicht der geringste Zweifel vorzuliegen, daß die Patientin Mary Boland ausschließlich auf Betreiben Dr. Mansons der Behandlung eines hervorragenden Spezialisten in einem der besten Krankenhäuser Londons entzogen und diesem fragwürdigen Institut zugeführt wurde, was an sich schon einen schweren Verstoß gegen das Standesbewußtsein darstellt, und daß dort Doktor Manson wissentlich mit dem unqualifizierten Eigentümer der Anstalt gemeinsam einen gefährlichen Eingriff durchführte, von dem, wie bereits feststeht, Dr. Thoroughgood, der für den Fall ethisch verantwortliche Spezialist, abgeraten hatte. Herr Präsident, meine Herren, hier haben wir es nach meiner Ansicht nicht – wie es vielleicht auf den ersten Blick scheinen möchte – mit einem vereinzelten Fall, einem gelegentlichen Vergehen zu tun, sondern mit einer genau geplanten, wissentlich und geradezu systematisch durchgeführten Übertretung des ärztlichen Ehrenkodex.«

Mr. Boon setzte sich selbstzufrieden nieder und begann, seinen Kneifer zu putzen. Einen Augenblick herrschte Schweigen. Andrew hielt den Blick starr zu Boden gerichtet. Diese entstellte Schilderung der Ereignisse war für ihn eine Marter gewesen. Bitter sagte er sich, man behandle ihn hier wie einen gemeinen Verbrecher. Dann trat sein Anwalt vor und schickte sich an, sein Plädoyer zu halten.

Wie gewöhnlich, machte Hopper einen aufgeregten Eindruck, sein Gesicht war rot, und er hatte Mühe, seine Akten zu ordnen. Doch sonderbarerweise schien ihm gerade dies das nachsichtige Wohlwollen des Gerichts zu gewinnen. Der Präsident sagte: »Nun, Mr. Hopper?«

Hopper hüstelte.

»Wenn ich beginnen darf, Herr Präsident, meine Herren – ich streite die von Mr. Boon gegebene Darstellung des Tatbestandes gar nicht ab. Das liegt mir vollkommen fern. Aber die Art ihrer Auslegung trifft uns hart. Außerdem liegen gewisse Einzelheiten vor, die den Fall in einem ganz anderen, für meinen Klienten viel günstigeren Licht zeigen.

Es wurde nicht erwähnt, daß Miß Boland ursprünglich Dr.

Mansons Patientin war, da sie ihn – noch vor der Untersuchung durch Dr. Thoroughgood – am 11. Juli konsultierte. Außerdem war Dr. Manson persönlich an dem Fall interessiert, da Miß Boland die Tochter eines nahen Freundes von ihm ist. Infolgedessen betrachtete er sich von Anfang an als für sie verantwortlich. Wir müssen aufrichtig zugeben, daß Dr. Mansons Handlungsweise gänzlich falsch war. Aber bei allem schuldigen Respekt möchte ich betonen, daß darin weder etwas Unehrenhaftes noch etwas Böswilliges zu erblicken ist.

Wir haben von der kleinen Meinungsverschiedenheit zwischen Dr. Thoroughgood und Dr. Manson wegen der Behandlungsart gehört. In Anbetracht des großen Interesses, das Dr. Manson für den Fall hatte, erscheint es nicht unbegreiflich, daß er den Wunsch hegte, die Behandlung der Patientin wieder selbst zu übernehmen. Ebenso natürlich ist es, daß er seinen älteren Kollegen nicht verletzen wollte. Das und nichts anderes war der Grund für jenen Vorwand, auf den Mr. Boon solchen Nachdruck legt.« Hier machte Hopper eine Pause, zog ein Taschentuch hervor und hustete. Er sah aus wie ein Mann, der ein schweres Hindernis nehmen will. »Und nun kommen wir zu der Frage der Zusammenarbeit mit einem Laien, zu Mr. Stillman und Bellevue. Ich nehme an, daß die Mitglieder des Gerichtshofs den Namen Mr. Stillmans kennen. Obwohl er Laie ist, erfreut er sich eines gewissen Rufes und soll sogar einige Heilungen zuwege gebracht haben.«

Der Präsident unterbrach ihn ernst:

»Mr. Hopper, was können Sie, der Sie kein Fachmann sind, von solchen Dingen wissen?«

»Ich gebe das zu, Herr Präsident«, sagte Hopper hastig. »Ich will ja nur hervorheben, daß Mr. Stillman keineswegs unbekannt ist. Zufällig trat er vor vielen Jahren mit Dr. Manson in Briefwechsel, indem er ihm zu einer wissenschaftlichen Arbeit gratulierte, die Dr. Manson über gewisse Lungenschädigungen in Bergwerken verfaßt hatte. Die beiden lernten einander später, ganz außerhalb des Berufes, kennen, als Mr. Stillman herüberkam, um hier seine Klinik zu eröffnen. So war es zwar unbedacht, aber keineswegs unbegreiflich, wenn Dr. Manson, der die Patientin Mary Boland in einer Anstalt unterzubringen wünschte, wo er selbst ihre Behandlung beobachten konnte, diese Gelegenheit beim Schopf ergriff und auf Bellevue verfiel. Mein Freund Mr. Boon hat Bellevue eine ›fragwürdige‹ Anstalt genannt. Ich glaube, daß es den Gerichtshof interessieren wird, einiges zu diesem Punkt zu hören. Miß Boland!«

Als Mary aufstand, blickten sie die Mitglieder des Gerichtshofs mit sichtlicher Neugier an. Sie war zwar nervös, sah kein einziges Mal zu Andrew hinüber, sondern hielt den Blick unverwandt auf Hopper gerichtet, im übrigen schien sie gesund und bei bestem Wohlbefinden zu sein.

»Miß Boland«, sagte Hopper, »bitte, sagen Sie uns aufrichtig: Haben Sie während Ihres Aufenthaltes im Bellevue irgendeinen Grund zur Klage gehabt?«

»Nein, ganz im Gegenteil.« Andrew sah sogleich, daß sie vorher sorgfältig unterwiesen worden war. Ihre Antwort klang vorsichtig und gemäßigt.

»Sie verspürten keine üblen Nachwirkungen?«

»Ganz und gar nicht. Es geht mir besser.«

»Die dort durchgeführte Behandlung war doch eigentlich die Behandlung, die Ihnen Dr. Manson bei Ihrem ersten Gespräch mit ihm vorschlug, also am – lassen Sie mich nachsehen – am 11. Juli?«

»Ja.«

»Ist das wichtig?« fragte der Präsident.

»Ich habe diese Zeugin nichts mehr zu fragen, Herr Präsident«, antwortete Hopper rasch. Als Mary sich setzte, streckte er sozusagen flehend dem Gerichtshof die Hände entgegen. »Ich wollte nur feststellen, daß die im Bellevue durchgeführte Behandlung ja eigentlich Dr. Mansons Behandlung war, die er – vielleicht unkorrekterweise – anderen Personen übertragen hatte. Ich behaupte daher, daß der Tatbestand so auszulegen ist, und daß daher nach dem Sinn des Gesetzes keinerlei berufliche Zusammenarbeit zwischen Stillman und Dr. Manson vorlag. Darf ich jetzt Dr. Manson befragen?«

Andrew erhob sich. Er war sich über seine Lage völlig im klaren und fühlte, daß jeder Blick hier auf ihn gerichtet war. Er sah blaß und erschöpft aus. In der Magengegend spürte er kalte Leere. Er hörte, wie Hopper ihn ansprach:

»Dr. Manson, Sie haben aus dieser angeblichen Zusammenarbeit mit Mr. Stillman keinerlei pekuniären Nutzen gezogen?«

»Nicht einen Penny.«

»Sie hatten auch sonst keine unsachlichen oder niedrigen Motive für Ihr Vorgehen?«

»Nein.«

»Sie beabsichtigten keine Schädigung Ihres älteren Kollegen Dr. Thoroughgood?«

»Nein. Wir haben uns immer gut vertragen. Nur – nur gingen in diesem Fall unsere Ansichten auseinander.«

»Sehr richtig«, unterbrach ihn Hopper ziemlich eilig. »Sie können also dem Gericht ehrlich und aufrichtig versichern, daß Sie nicht die Absicht hatten, gegen den ärztlichen Standeskodex zu verstoßen, und daß Sie keine Ahnung davon hatten, Ihr Vorgehen könne in irgendeiner Weise unkorrekt sein.«

»Das ist die lautere Wahrheit.«

Hopper unterdrückte einen Seufzer der Erleichterung, als er nun mit einem Kopfnicken Andrews Verhör beendete. Obwohl er sich verpflichtet gefühlt hatte, diese persönliche Befragung des Angeklagten vorzunehmen, hatte er doch vor dem Ungestüm seines Klienten Angst gehabt. Doch jetzt war es glücklich vorbei, und er glaubte, wenn er jetzt ein möglichst kurzes Plädoyer halte, gebe es vielleicht doch noch eine kleine Aussicht auf Erfolg. Mit zerknirschter Miene sagte er:

»Ich möchte den Gerichtshof nicht weiter aufhalten. Ich versuchte nur zu zeigen, daß Dr. Manson lediglich einen unglückseligen Fehler begangen hat. Ich appelliere nicht nur an den Gerechtigkeitssinn, sondern auch an die Gnade des Gerichts. Und schließlich möchte ich seine Aufmerksamkeit noch auf die Leistungen meines Klienten lenken. Seine Vergangenheit ist derart, daß jedermann darauf stolz sein könnte. Wir alle kennen Fälle, in denen hervorragende Persönlichkeiten einen vereinzelten Fehler begingen, und da sie keine Gnade fanden, war ihre Karriere vernichtet. Ich hoffe, ja ich bitte darum, daß dieser Fall, über den Sie jetzt zu urteilen haben, anders ausgeht.«

Die Zerknirschung und Demut in Hoppers Ton übten eine ganz wunderbare Wirkung auf das Gericht aus. Doch unverzüglich sprang Boon wieder auf und bat den Präsidenten ums Wort. »Mit Ihrer Erlaubnis, Herr Präsident, möchte ich an Dr. Manson eine oder zwei Fragen stellen.« Er drehte sich um, und indem er seinen Kneifer aufwärts bewegte, legte er Andrew nahe, sich zu erheben. »Dr. Manson, Ihre letzte Antwort war mir nicht ganz klar. Sie sagten, Sie hätten nicht gewußt, daß Ihr Vorgehen irgendwie unkorrekt sei. Aber Sie wußten doch, daß Mr. Stillman keinen medizinischen Grad hat.«

Andrew blickte Boon mit gerunzelter Stirn an. Die Haltung des würdevollen Anwalts hatte ihm während des ganzen Verhörs das Gefühl eingeflößt, als wäre er einer schmachvollen Untat schuldig. In der eisigen Leere seines Innern glomm langsam ein Funke auf. Er sagte fest:

»Ja, ich habe gewußt, daß er kein Arzt ist.«

Das kleine, frostige Grinsen der Befriedigung zeigte sich wieder in Boons Gesicht. Er sagte einschmeichelnd:

»Aha, aha. Und nicht einmal das hat Sie abgehalten?«

»Nicht einmal das«, wiederholte Andrew mit plötzlicher Bitterkeit. Er fühlte, daß er die Selbstbeherrschung verlor. »Mr. Boon, ich habe Ihnen jetzt zugehört, wie Sie sehr viele Fragen stellten. Wollen Sie mir erlauben, Ihnen eine zu stellen? Haben Sie schon von Louis Pasteur gehört?«

»Ja«, antwortete Boon in der Überraschung. »Wer hätte das nicht?«

»Sehr richtig! Wer hätte das nicht? Wahrscheinlich wissen Sie aber nichts davon, Mr. Boon, und werden mir daher erlauben, es Ihnen zu sagen, daß Louis Pasteur, die größte Gestalt der wissenschaftlichen Medizin, *kein* Arzt war. Auch Ehrlich war es nicht – ein Mann, der der Medizin das beste und wirksamste Heilmittel ihrer ganzen Geschichte geschenkt hat. Auch Haffkine nicht, der die Pest in Indien erfolgreicher bekämpfte als je irgendein *Qualifizierter*. Auch Metschnikoff nicht, der zweitgrößte nach Pasteur. Verzeihen Sie, daß ich Sie an so elementare Tatsachen erinnere, Mr. Boon. Diese Fälle werden Ihnen vielleicht beweisen, daß jemand, der die Krankheiten bekämpft, ohne ins Ärzteregister eingetragen zu sein, nicht unbedingt ein Schurke oder ein Dummkopf sein muß!«

Elektrisches Schweigen. Bisher hatte sich das Verfahren in einer Atmosphäre pompöser Schläfrigkeit dahingeschleppt, einer schalen Öde, wie eine Gerichtsverhandlung in zweiter Instanz. Aber jetzt hatten sich alle Mitglieder des Gerichtshofs aufgesetzt; besonders Abbey musterte Andrew mit seltsamer Aufmerksamkeit. Ein Augenblick verstrich.

Hopper hatte sein Gesicht mit der Hand verdeckt und stöhnte verzweifelt. Jetzt wußte er bestimmt, daß alles verloren war. Boon war zwar furchtbar verlegen, rang aber nach Fassung. »Ja, ja, diese glänzenden Namen sind uns bekannt. Aber Sie wollen doch gewiß nicht Stillman mit ihnen vergleichen?«

»Warum nicht?« fuhr Andrew in glühender Entrüstung fort. »Sie sind glänzend, weil sie tot sind. Virchow lachte über Koch zu dessen Lebzeiten – beschimpfte ihn. Wir beschimpfen ihn nicht mehr. Wir beschimpfen Leute wie Spahlinger und Stillman. Da haben Sie gleich wieder ein Beispiel – Spahlinger, ein großer und origineller wissenschaftlicher Denker! Er ist kein Arzt. Er hat keinen medizinischen Grad. Aber er hat mehr für die Medizin geleistet als Tausende Graduierte, Männer, die in Automobilen fahren und – frei wie der Vogel in der Luft – ihre Honorare berechnen, während Spahlinger bekämpft, beschimpft, angeklagt wird, höchstens daß man ihm erlaubt, sein ganzes Geld an Forschungen und Heilversuche zu wenden, und ihn dann in Armut weiterkämpfen läßt.«

»Wollen Sie damit sagen«, fragte Boon mit gezwungenem Hohn, »daß Sie für Richard Stillman gleiche Bewunderung hegen?«

»Ja! Er ist ein großer Mann, ein Mann, der sein ganzes Leben dem Wohl der Menschheit geweiht hat. Auch er mußte gegen Eifersucht und Vorurteil und Entstellungen kämpfen. In seiner Heimat hat er gesiegt. Aber hier offenbar noch nicht. Trotzdem bin ich überzeugt davon, daß er mehr gegen die Tuberkulose ausgerichtet hat als irgendein Mensch, der in unserem Lande lebt. Er gehört dem Stande nicht an, gewiß! Aber viele gehören ihm an, die sich ihr ganzes Leben mit der Tb. abmühen und im

Kampf gegen sie niemals auch nur den geringsten Erfolg erzielt haben.«

Diese Worte riefen in dem langen, hohen Raum eine Sensation hervor. Mary Boland hatte den Blick auf Andrew gerichtet, und ihre Augen leuchteten vor Bewunderung und Angst. Hopper sammelte langsam und traurig die Akten und schob sie in seine Ledermappe.

Der Präsident fragte:

»Ist Ihnen auch klar, was Sie sagen?«

»Jawohl.« Andrew umfaßte krampfhaft die Rückenlehne seines Sessels, denn er wußte, daß er sich zu einer verhängnisvollen Unvorsichtigkeit hatte hinreißen lassen. Trotzdem war er entschlossen, zu seiner Ansicht zu stehen. Hastig atmend, die Nerven zum Reißen gespannt, wurde er jetzt von einer sonderbaren Gleichgültigkeit ergriffen. Wenn sie ihn schon aus dem Register streichen wollten, so sollten sie Grund dazu haben. Er sprudelte hervor: »Ich habe gehört, wie man für mich um Gnade bat, und mußte mich die ganze Zeit fragen, was ich denn eigentlich verbrochen habe. Ich denke nicht daran, mit Quacksalbern zusammenzuarbeiten. Ich halte nichts von Schwindelmedikamenten. Darum öffne ich auch die höchst wissenschaftlichen Reklamesendungen nicht, mit denen jede Post meinen Briefkasten füllt. Ich weiß, daß ich aufrichtiger spreche, als ich sollte, aber ich kann nicht anders. Wir denken noch lange nicht frei genug. Wenn wir weiterhin starr daran festhalten, daß ein jeder außerhalb des Standes unrecht hat und ein jeder innerhalb des Standes recht, so ist das der Tod wissenschaftlichen Fortschrittes. Wir verwandeln uns dann in eine schäbige kleine Selbstschutzgenossenschaft. Es ist höchste Zeit, daß wir unser Haus in Ordnung bringen, und ich meine damit gar nicht die Dinge an der Oberfläche. Sehen wir uns nur die Anfänge an und denken wir an die hoffnungslos unzureichende Ausbildung unserer Ärzte! Als ich meinen Grad erhielt, war ich eher eine Gefahr für die Gesellschaft, als sonst etwas. Ich wußte nichts anderes als die Namen einiger Krankheiten und die Mittel, die ich dagegen zu verschreiben hatte. Ich konnte nicht einmal eine Geburtszange handhaben. Alles, was ich verstehe, habe ich erst seither gelernt.

Aber wie viele Ärzte lernen überhaupt etwas, außer den paar elementaren Dingen, die sie in der Praxis aufschnappen? Die armen Teufel haben ja gar nicht die Zeit dazu, sie müssen sich ja die Füße ablaufen. Und das ist der Punkt, an dem unsere ganze Organisation verfault ist. Wir sollten zu kleinen wissenschaftlichen Gruppen zusammengefaßt sein. Es müßte Pflichtfortbildungskurse für graduierte Ärzte geben. Wir brauchen Wissenschaft in der Frontlinie, wir sollten versuchen, die alte Arzneifläschchenwirtschaft abzutun, jedem praktischen Arzt die Gelegenheit zum Studium und zu wissenschaftlicher Forschungsarbeit zu geben. Und wie steht es mit der Kommerzialisierung unseres Berufs? Um die zwecklosen, rafferischen Behandlungen, die überflüssigen Operationen, die Tausende wertloser pseudowissenschaftlicher Präparate, die wir anwenden? Ist es nicht Zeit, da reinen Tisch zu machen? Der ganze Stand scheint mir viel zu unduldsam und selbstzufrieden. Nach unserer Struktur sind wir statisch, sind stehengeblieben. Wir denken nicht daran, weiterzugehen, unser System zu ändern. Wir sagen, wir wollen etwas leisten, und wir leisten nichts. Jahrelang faseln wir über die Ausbeutung der Schwestern, über die elenden Gehälter, die wir ihnen zahlen. Nun, und? Sie werden noch immer ausgebeutet und bekommen noch immer die gleichen Gehälter. Das ist nur ein Beispiel. Was ich meine, geht tiefer. Wir geben unseren Pionieren keine Chance. Dr. Hexam, der Mann, der den Mut hatte, für Jarvis zu narkotisieren, als Jarvis noch in seinen Anfängen war, wurde aus dem Register gestrichen. Zehn Jahre später, als Jarvis Hunderte von Fällen geheilt hatte, die für die besten Londoner Chirurgen ein Rätsel gewesen waren, als man Jarvis den Adel verliehen hatte und als alle besseren Leute ihn für genial erklärten, da kamen wir gekrochen und verliehen ihm das Ehrendoktorat. Aber inzwischen war Hexam schon aus Kummer gestorben. Ich weiß, daß ich in meiner Praxis viele und schlimme Fehler begangen habe. Und ich bedaure sie. Aber das mit Richard Stillman war kein Fehler. Und was ich in diesem Fall getan habe, bedaure ich nicht. Ich bitte Sie nur, Mary Boland anzuschauen. Sie hatte apikale Phthise, als sie zu Stillman kam. Jetzt ist sie geheilt. Wenn Sie eine

Rechtfertigung meines unehrenhaften Verhaltens brauchen, haben Sie sie hier, in diesem Saal, vor Ihren Augen.«

Ganz unvermittelt brach er ab und setzte sich. Ein seltsames Licht schimmerte in Abbeys Augen auf. Boon, der noch immer stand, blickte Manson mit gemischten Gefühlen an, dann dachte er rachgierig, er habe diesem Emporkömmling von Arzt ohnehin genügend Gelegenheit gegeben, sich selbst das Genick zu brechen, und er verbeugte sich vor dem Präsidenten und nahm wieder Platz.

Eine Minute lang herrschte ein sonderbares Schweigen im Saal. Dann sprach der Präsident die übliche Formel:

»Ich ersuche alle Außenstehenden, sich zurückzuziehen.«

Andrew ging mit den anderen hinaus. Jetzt war seine Gleichgültigkeit verschwunden, und sein Kopf, sein ganzer Körper zitterte wie eine überbeanspruchte Maschine. Die Atmosphäre des Sitzungssaales hatte ihn beinahe erstickt. Er konnte die Gegenwart Hoppers, Bolands, Marys und der anderen Zeugen nicht ertragen.

Besonders fürchtete er die melancholisch-vorwurfsvolle Miene seines Anwalts. Er wußte, daß er sich albern, wie ein jammervoll theatralischer Dummkopf benommen hatte. Nun betrachtete er seine Aufrichtigkeit als hellen Irrsinn. Ja, es war Irrsinn gewesen, das Gericht so anzugreifen. Er taugte ja nicht zum Arzt, sondern eher zum Volksredner im Hyde Park. Nun schön, bald war er ja kein Arzt mehr. Sie strichen ihn ganz gewiß aus der Liste.

Er ging in die Toilette, denn er hatte nur den einen Wunsch, allein zu sein, setzte sich auf die Kante eines der Waschbecken und griff mechanisch nach einer Zigarette. Aber seine ausgedörrte Zunge spürte keinen Geschmack, und so zertrat er die Zigarette mit der Ferse. Es war im Hinblick auf die harten Worte, die wahren Worte, die er vor wenigen Augenblicken über den Ärztestand gesagt hatte, ganz erstaunlich, daß ihm die Ausstoßung aus diesem Stande so sehr zu Herzen ging. Er wußte, daß er gewiß bei Stillman Arbeit finden konnte. Doch nach dieser Arbeit verlangte ihn nicht. Nein! Er wollte mit Denny und Hope seinen eigenen Plänen nachgehen, den Speer seines Werkes in das Fell der Apathie und der des hergebrachten Schlendrians stoßen.

Doch all dies konnte nur innerhalb des Standes geschehen und nie, wenigstens in England nicht, von außen her. Nun mußten Denny und Hope allein in das trojanische Pferd steigen. Tiefste Erbitterung ergriff ihn. Trostlos zeigte sich ihm die Zukunft. Jetzt schon spürte er dieses schmerzliche Gefühl – das Gefühl des Ausgeschlossenseins, und mit diesem Gefühl verband sich die Gewißheit, daß er erledigt, daß dies das Ende war.

Im Korridor erklang das Geräusch von Schritten, und Andrew stand müde auf. Als er sich den Leuten anschloß und den Sitzungssaal wieder betrat, sagte er sich ernst, es bleibe ihm nur eines. Er dürfe nicht zusammenklappen. Er betete darum, kein Zeichen der Demut, kein Zeichen der Schwäche zu zeigen. Fest hatte er den Blick auf den Boden vor sich gerichtet. Er sah niemanden und schenkte dem Gerichtstisch nicht die geringste Aufmerksamkeit, sondern blieb starr und regungslos stehen. Alle die banalen Geräusche im Raum hallten aufreizend rings um ihn – das Scharren von Stühlen, Husten, Flüstern, sogar das unglaubliche Geräusch, das einer vollführte, der mit einem Bleistift müßig auf Holz klopfte.

Doch plötzlich trat Schweigen ein. Eine Art Starrkrampf erfaßte Andrew. Jetzt kommt es, dachte er. Der Präsident sprach. Er sprach langsam und eindrucksvoll:

»Andrew Manson, ich habe Ihnen mitzuteilen, daß der Gerichtshof die gegen Sie vorgebrachte Anklage und die hier abgenommenen Beweise sorgfältig geprüft hat. Der Gerichtshof ist der Ansicht, daß Sie trotz den eigenartigen Umständen des Falles und trotz Ihrer ganz besonders abwegigen Darstellung in gutem Glauben gehandelt haben und von dem aufrichtigen Wunsch beseelt waren, den Geist des Gesetzes und die Regeln der Standesehre zu achten. Ich habe Ihnen daher mitzuteilen, daß das Gericht sich nicht veranlaßt gesehen hat, dem Register die Streichung Ihres Namens aufzutragen.«

Eine wirre Sekunde lang verstand er nichts. Dann überlief ihn plötzlicher Schauer. Sie hatten ihn nicht hinausgeworfen. Er war freigesprochen, gerechtfertigt, rehabilitiert.

Zitterig hob er den Kopf und sah zum Gerichtstisch hin. Von allen Gesichtern, die dort, seltsam verwischt, dem seinen zugewandt waren, erkannte er am deutlichsten das Robert Abbeys. Das Verständnis in Abbeys Augen erschütterte ihn noch mehr. Er wußte, wie in einer blitzartigen Erleuchtung, daß Abbey seinen Freispruch bewirkt hatte. Jetzt war es zu Ende mit dem vorgetäuschten Gleichmut. Er murmelte schwach – und obwohl er sich an den Vorsitzenden wandte, sprach er eigentlich zu Abbey:

»Ich danke, mein Herr.«

Der Präsident sagte:

»Die Verhandlung ist geschlossen.«

Andrew stand auf und wurde sogleich von seinen Freunden umringt, von Con, Mary, dem verblüfften Mr. Hopper, von Leuten, die er nie gesehen hatte und die ihm jetzt warm die Hand schüttelten. Irgendwie gelangte er auf die Straße, während ihm Con noch immer auf die Schulter klopfte. In seiner nervösen Verwirrung empfand er die vorbeifahrenden Autobusse, den normalen Strom des Verkehrs als seltsam beruhigend, während er von Zeit zu Zeit mit freudigem Schreck das unglaubliche Entzücken seines Freispruchs wieder fühlte. Und als er plötzlich den Blick senkte, sah er, wie Mary, die Augen noch immer voll Tränen, zu ihm aufschaute.

»Wenn man Ihnen etwas getan hätte – nach allem, was Sie für mich getan haben –, ich – ich hätte den alten Präsidenten umgebracht!«

»Um Gottes willen«, erklärte Con, der nicht mehr an sich halten konnte. »Ich weiß gar nicht, warum du dir solche Sorgen gemacht hast. Sobald unser alter Manson den Mund aufmachte, wußte ich ja, daß er ihnen die Eingeweide herausziehen werde.«

Andrew lächelte matt, unsicher, freudig.

Die drei kamen nach ein Uhr ins Museum Hotel. Dort wartete Denny in der Halle. Mit ernstem Lächeln schlenderte er ihnen entgegen. Hopper hatte ihm das Ergebnis telefonisch mitgeteilt. Aber Philip bemerkte nur:

»Ich habe Hunger. Kommt alle mit zum Lunch!«

Sie aßen im Connaught Restaurant. Obwohl nicht der Schimmer einer Gefühlsbewegung in Philips Gesicht zu sehen war, und obwohl er hauptsächlich mit Con über Automobile sprach, machte er doch aus dem kleinen Mahl eine frohe Feier. Hernach sagte er zu Andrew:

»Unser Zug geht um vier Uhr. Hope ist in Stanborough – er erwartet uns im Hotel. Wir bekommen das Haus lächerlich billig. Ich habe noch einige Einkäufe zu erledigen. Wir treffen uns zehn Minuten vor vier am Euston.«

Andrew blickte Denny an und gedachte der Freundschaft dieses Mannes, dachte an alles, was er ihm seit jener ersten Begegnung in dem kleinen Ambulatorium von Drineffy zu verdanken hatte. Plötzlich sagte er: »Und wenn ich gestrichen worden wäre?«

»Es ist nicht geschehen.« Philipp schüttelte den Kopf. »Und ich werde schon aufpassen, daß es nie geschieht.«

Als Denny fortging, seine Einkäufe zu erledigen, begleitete Andrew seinen Freund Con und Mary zum Paddington Bahnhof. Während sie, jetzt ziemlich einsilbig, auf dem Perron warteten, wiederholte Andrew die schon früher ausgesprochene Einladung:

»Ihr müßt uns einmal in Stanborough besuchen.«

»Das wollen wir ganz gewiß«, versicherte ihm Con. »Im Frühling – sobald ich den kleinen Autobus wieder in Ordnung habe.«

Als ihr Zug abgedampft war, hatte Andrew noch eine Stunde freie Zeit. Doch er wußte genau, was er tun wollte. Instinktiv bestieg er einen Autobus und war bald in Kensal Green. Er betrat den Friedhof, stand lange vor Christines Grab und dachte an viele Dinge. Es war ein heller, frischer Nachmittag mit jener scharfen Luft, die Christine immer geliebt hatte. Über ihm, auf dem Zweig eines verrußten Baumes, zwitscherte fröhlich ein Sperling. Als Andrew sich endlich abwandte und wegeilte, um sich nicht zu verspäten, erblickte er am Himmel eine leuchtende Wolkenbank, die wie eine Zitadelle aussah.

ERKLÄRUNG DER ABKÜRZUNGEN

D.P.H.	Doctor of Public Health	Arzt der Sanitätsverwaltung
M.B.	Medicinae baccalaureus	Bakkalaureus der Medizin
M.C.	Magister Chirurgiae	Magister der Chirurgie
M.D.	Medicinae doctor	Doktor der Medizin
M.D.S.	Master of dental surgery	Magister der Zahnchirurgie
M.R.C.P.	Member of the royal college of physicians	Mitglied der königlichen Ärztegesellschaft
M.R.C.S.	Member of the royal college of surgeons	Mitglied der königlichen Chirurgengesellschaft
M.S.	Master of surgery	Magister der Chirurgie